读客® 这本史书真好看文库

轻松有趣，扎实有力

上兵伐谋

管仲传

灭国不用兵，杀敌不用刀！

若虚 著

江苏凤凰文艺出版社
JIANGSU PHOENIX LITERATURE AND ART PUBLISHING

图书在版编目（CIP）数据

上兵伐谋：管仲传．3 / 若虚著．-- 南京：江苏凤凰文艺出版社，2021.3（2022.10 重印）
ISBN 978-7-5594-5477-5

Ⅰ．①上… Ⅱ．①若… Ⅲ．①长篇历史小说－中国－当代 Ⅳ．① I247.5

中国版本图书馆 CIP 数据核字 (2020) 第 241758 号

上兵伐谋：管仲传．3

若虚　著

责任编辑	丁小卉
特约编辑	徐贤珉　　乔佳晨
装帧设计	陈　晨
责任印制	刘　巍
出版发行	江苏凤凰文艺出版社
	南京市中央路 165 号，邮编：210009
网　　址	http://www.jswenyi.com
印　　刷	三河市龙大印装有限公司
开　　本	710 毫米 ×1000 毫米 1/16
印　　张	24.5
字　　数	384 千字
版　　次	2021 年 3 月第 1 版
印　　次	2022 年 10 月第 3 次印刷
标准书号	ISBN 978－7－5594－5477－5
定　　价	44.00 元

目录

第十一章
宅兹中国

一

齐桓公二十四年（公元前662年），盛夏来临，热浪像翻山，翻过一山，还有更高的山峰等在后面，住在城里的君子们不耐酷暑，常要走出城来，去那山林间、水泽边避暑。

在最热的季节里，小白也离开临淄城，他要去避暑的地方，是泰山脚下的谷城（今山东东阿）。今年开年，天寒地冻的日子，谷城刚刚营造，半年过去，寒气早消，暑气日深，城已建成。但营建这座城邑，并不是为国君避暑，而是为赐给某位重臣做封邑。

这位重臣便是管仲。

列国显赫的卿大夫家族，大多有封邑，这是地位的象征，也是使后代子孙永不受穷的保障。小白认为仲父功高，岂可无封邑，遂将谷邑赐给他。

卿大夫一旦拥有封邑，获得的任何政治荣耀就不再是他个人的，而是一个家族的。小白实是用此举向世人宣示，他不仅宠遇管仲，还要宠遇管氏家族，他要让管仲的子孙在齐国永享尊荣。

谷城建成后，自要上告国中，小白对一切新鲜事物都好奇，便说要去仲父的新家做客，他又好热闹，断然不肯独自去，必要邀上亲近臣僚。恰寻得个避暑的由头，他便邀请管仲与鲍叔牙以及他们的家人同往，难得的是，久病不出门的高傒竟也随君出行。小白格外高兴，从临淄去谷城的一路，有一半行程是与高傒同车。

或是君臣太久没有相处，满腹倾诉藏得太多太满，小白与高傒有说不完的话，有时是动情回忆从前，叹息若无高傒，他早就命归黄泉；有时会像个孩子似的向高傒求问，他为君二十多年，能否称为明君，高傒总是肯定地回答他“国君是明君”；有时会唤来一个人，三人一同闲聊，说到兴头上，也要小酌。

令人称奇的是，这个第三人竟是管仲的母亲。

小白原来对管母不甚了解，不过当作年高德厚的慈祥母亲，但这趟同行接触下来，忽地像发现了储量巨亿的金矿，惊喜绵绵不断，他终于知道管仲的睿智阔达源于何处。

于是，随行人员常常见到古怪的一幕，国君、高子与古稀之年的老妇谈笑风生，底下人既好笑又困惑：国君与一个满头银发的老妇能说什么？还说得热火朝天，总不能是议国政吧？

一行人抵达谷城，小白兴致高亢，立即就要举宴庆贺，一贺新城得成，一贺出游顺利，再一贺，为管仲母亲上寿。不想本该充任东道主的管仲在来的路上中了暑，又是反胃又是眩晕，行到城门口时，忽地体力不支，如非驭车的召御寇手快扯住他，险些摔下车，于是这宴是没法赴了。

“仲父歇着吧，身体要紧。”小白体贴地说。

谷城是管氏封邑，故而城内有管氏宫，比之临淄的管氏私第，稍微窄了一点儿，但也有三进院落，墙还特高，仿佛一座城中堡垒。众人皆住进管氏宫，小白在前院举宴，生病的管仲却在后院寝卧休息。

因小白说是家宴，不拘君臣内外，弃了束缚，才亲密热闹，所以管、鲍家人也可与宴，还为管仲母亲安排尊位，但为管仲身体的缘故，姜婧没去，她留在后院照顾管仲。

安静地待在阴凉之处，不被烈日曝晒，管仲的晕厥好些了，只是仍没力气，半躺在榻上养神。姜婧吩咐下头打来一盆温水，她便浸了一条手巾，绞得半湿不湿，慢慢给管仲擦脸。

被湿手巾盖住脸，管仲的声音嗡嗡的：“本为避暑而来，我却染了暑气，着实好笑。”

姜婧忧虑地说：“你是太累了，远涉行道，天也热，怎不生病！你说你这些年，有停下来的时候吗？”

管仲认真地说：“身为齐执政，不得不累，欲为闲大夫，则齐不治。”

“知道你是齐执政，知道你有职责，我无非担心你累坏了身子。”姜婧无奈地一叹，她将那湿手巾拿开，重又浸在水里，感慨道，“你瞧母亲，比你还矍铄有神，连国君也服她老而益壮。”

管仲喟然道：“我哪敢与母亲比，她是历过大艰大苦的非凡之人，意志刚强，我只怕要走在她前面了。”

姜婧绞起手巾，不高兴地甩在他脸上，沉着脸色说：“说的什么昏话，不就中了暑气，何至于到那地步，或者是我要走在你前面！”

管仲把手巾扯下来，笑了一声：“夷吾说错话，得罪了婧，对不住，是我口没遮拦，你不要往心里去。”他牵住姜婧的手，温言道，“你我夫妻二十余年，情逾亲人，谁也离不得谁，他日便是要走，同行如何？”

话很真诚，也有些别扭的玩笑意味，姜婧笑不出，却也生不了气，横他一眼，拿起手巾浸水，耳边传来他的声音：“与你说件正事，蒙国君厚恩，赐我谷邑，当任命持重之人为邑宰，你看谁合适？”

姜婧绞起手巾，一面为他擦脸，一面思索道：“要说持重之人，御寇最合适，但你朝夕离不开他……别的家臣，能力欠妥，你可有人选？”

管仲其实胸有成竹：“我想让鸣司邑。”

姜婧忖度一会儿，说道：“鸣也可，只是，我担心友会有想法。”

管友自来认为管仲偏心，当初不留情面地丢他去戍边，吹风吃土好几年，人也半残了，好不容易熬回来，巴望着苦也吃了，资历也攒了，好歹能在朝内谋个要职，可至今仍是个普普通通的御士。小白曾想任他为亚大夫，管仲却不应允，他认为管友才不堪大任，能完成御士之责，就不错了。

父亲的铁面薄情，让管友失望透顶，他便觉得在父亲心里，他几乎没有地位，比不上受父亲厚遇的召御寇，也不及管忆、管鸣。如今管仲任管鸣为邑宰，本就一肚子不服气的管友还不知冒出什么怨念。要择子守邑，为什么不能是他？他是长子，将来的管氏宗子，难道没资格持掌管氏封邑？

管仲摇摇头：“他正是想法过多，想法多了，事便难成，他何时明白这点，才能做成事。”

姜婧其实很怜管友，作为母亲，总要为孩子说话，忍不住劝道：“你待他未免刻薄，他有上进心，也是好事，每次都被你打击，好不可怜。”

管仲语带严峻地说：“我打击他，是为他好，不具其才，而担大任，必生祸乱。况且友这个人，幸进之心过强，少具容人之量，倘或得势，必然冒进胡为，不知反省，为小政害人，为大政害国。”

姜婧听得惕然，把那忧恤孩子的慈母心敛起来：“就你说得有理。罢了，倘他有怨言，我再劝劝他。”

外头忽传来召御寇的声音，说是国君遣人送来消暑羹汤，管仲身上不方便，便由姜婧代他受赐，姜婧出去一瞧，那送汤的人竟是鹿无极。

北伐山戎之役，鹿无极大放光彩，生擒孤竹君，勇救申庶其，在齐军中成了传奇，小白因此记住了他，回来后即将他征辟入宫，每日守在小白身边，仿佛是御士，但与诸御士比较，他的爵秩高，也最受宠，某些方面很像从前护卫襄公的雍廪。

姜婧见是鹿无极，颇为讶异：“怎是你？送羹汤而已，遣一寺人足矣，国君礼待太重。”

鹿无极和煦地笑道：“为管子送羹汤，不是小事，寺人怎能胜任？”

姜婧一叹：“真无礼了，我去唤管子出来。”

鹿无极慌忙拦道：“不用不用，夫人千万别惊动管子。国君特意交代，不可打扰管子静养，若因我之故，使管子受累，是大罪过。”

鹿无极说得很坚决，姜婧只得罢了。鹿无极迟疑了一下，不好意思地笑道：“有点私事请于夫人，不知夫人肯不肯。”

“尽管说，何必客气。”

鹿无极瞥了一眼召御寇，恭恭敬敬地说：“我想请御寇一叙，又恐管子抱恙，这里缺不得人手，故而踟蹰。若御寇有不方便，也无妨，待管子养好身体，再请之。”

姜婧宽和一笑：“这是什么难事！管子又不是大病，不需太多人手，你想请御寇一叙，请去便是了。”

鹿无极喜悦地行了一礼：“多谢夫人！”召御寇也行礼，对姜婧说有事随时召唤，他立刻过来。

姜婧站着没动，看着两人渐渐走远，心里又是惆怅又是慨叹。鹿无极与召御寇交好，除了志趣相同，还在于他们有共同的话题——雍廪。这两人，一个与雍廪有师生之谊，一个有父子之情，说一声“雍父”，旁人惘然，独他二人会感伤流泪。

雍廪死去有七年了，齐国人都知道那杀他的祸首是谁，可没人能为他报仇，连国君也只有妥协放任，旁人又能怎么办？虽然国君惩责祸首终生不能踏进国都，但对势倾一国的卿大夫来说，不过是换一个地方逍遥，将来他病老归西，他的儿子孙子或许还要执齐政。

姜婧收拾起心情，进得屋来，说起召御寇被鹿无极请走了，管仲微微动容，或是想起了雍廪，但他没说出来。

因鹿无极送来的羹汤有满满一盂，管仲就着姜婧的手啜羹，方饮了三匕，他便说道：“必定是易牙所烹。”

姜婧好奇地尝了一口，赞道：“这烹术当真无匹，怪不得国君爱他，不是他烹膳，竟不动羹匙，我算是见识了。”

管仲显得心事重重，低喃道：“人有所痴，必为所制，制则听命，听命则败事。”

姜婧没有细想管仲感叹从何而来，她却生出别的心思，说道：“若是兄长与乐兄在，也让他们尝一尝，乐兄见多识广，当能谋断这烹术是不是天下无匹。”

提及申庶其与乐无荒，姜婧的念头迭出：“兄长与乐兄赴鲁半年有余，前回来书说集诗将成，依国君的意思，我们在谷约莫要待至年底，我想请他们来谷，你以为如何？”

“自然很好。”

申庶其得救返归，姜婧是希望他待在临淄养老，可他不愿闲着无所事事，也不愿为君子举国政，再操行商旧业就更无兴趣了，他唯一的愿景是，尽余生之力，整理列国诗。

这正是三十多年前，管仲在鲁国国学发出的疑问：何以当今天下，齐难知鲁诗、鲁难知卫诗、卫难知晋诗？那时管仲便萌生归整列国诗的心愿，过去有闲暇，却没能力，现在有能力，却无闲暇。

那年在郑国酒肆，管仲提过集诗之愿，仅是寒暄一言，在场的申庶其却记下来了，他当时说姜婧同有集诗之愿，其实真正有此愿的，是他自己。

身有废疾，人生也至残年，不能对策朝堂，不能行商天下，但活着总得有所作为，他已在牢笼里浪费了二十八年，后生不剩多少，与其坐而等死，不如勇敢担当。

申庶其立志整理列国诗，乐无荒头一个赞同，也是头一个抛开一切，心甘情愿与申庶其共谋事，一则他本就爱诗，二则对申庶其放心不下，非得时刻守着老友。想要集诗，人人率先想到的是去鲁国查文档，就是那座积灰越来越多、门墙越来越坍的大庭之府。如今的大庭之府早已没了往昔四方来客演说学问的盛况，曾经聆听过无数次论辩的两株大槐树无聊地年年开花、年年凋谢，墙外寂寞，墙内更寂寞，扫地的人影也难见，只有勤奋的老鼠在废寝忘食地啃竹简。

申庶其两人奉了小白之命，前往鲁国采诗，鲁国承盟友之请，为他们打开了灰比卷帙多的大庭之府。他们计划下一步，以齐君的名义去书给列国史官，请他们尽可能地收集各国诗，再将采来的诗汇总临淄，若申庶其的身体允许，亲自去列国跑一趟也未尝不可。

这采诗之旅始自去年末，至今他们尚在鲁国。姜婧甚是思念兄长，方才有此邀其来谷邑的念头。

夫妻闲话一阵，管仲身体越发困顿，话也说不利索了，姜婧劝他安生睡一觉，万事都先放下。管仲没反对，也是太累，沾着枕头就像失了意识。这一觉睡得特别沉，梦也没做，醒来时，天已黑尽了，周遭很安静，窗外的月光在门前徘徊，屋里的灯光在门里缓步，仿佛两道睽违难触的目光。他转过脸，姜婧还坐在榻边，似乎她一直就没离开。

“多晚了？”他轻轻问道。

姜婧正握着一片尺牍认真地书写，忽听得他的问话声，抬起头来，见他醒了，小声说：“挺晚了。”她想到一事，说道，“母亲适才回来，见你睡着，没让叫醒你。”

母亲来看过自己，那就是说宴席已经散了，管仲躺着蓄了一会儿神，慢慢坐起来，望了一眼姜婧手里的尺牍，说道：“你在给兄长写书？”

“嗯。”姜婧答道。

姜婧把尺牍与毛笔都放下，给管仲身后塞了几个软枕，挨着他坐下，低声道："母亲来时，对我说起高子……"

话没说完，外面却有侍女的声音传来，姜婧出去了一会儿，回来时说道："鲍叔来了，你见不见？"

"见！"管仲没有一丝犹豫。

俄顷，鲍叔牙走进来，刚打照面便抱歉道："你身体不好，我还夤夜求见，实在不应该。"

管仲微笑道："鲍叔非无事叨扰之人，必有不得不见的理由。不过，就算当真无事，鲍叔要见夷吾，夷吾绝不会回拒。"

姜婧知他们要说心腹话，悄悄退下去，把门虚掩上，她坐在外间，不准任何人靠近里间的门。

鲍叔牙仔细打量着管仲的脸色："你好些了吗？"

"好多了。你说吧，什么事？"

鲍叔牙在榻边坐下，声音沉甸甸的："今日宴后，国君留下我与高子，说起立太子一事。"

管仲依旧不动声色，稳稳地听鲍叔牙说："国君问我们，哪位公子才德堪为太子，我与高子皆言请我君自择，国君便说公子无亏如何？"

尽管早有预料，管仲仍旧无奈地叹了口气："君心何其执着也。"

鲍叔牙也很烦恼："正是，我君执意立无亏为太子，前回你劝他不急，再等等，他为何就等不得？"

"后宫那位夫人等不得。"管仲暗沉着声音说。

鲍叔牙默然，疑惑道："这长卫夫人原已失宠，忽又得国君恩宠，也是奇了。"

"是奇。行奇事，献奇人，收奇效。"管仲冷冷地道，"申池假意落水，赚来国君怜爱，再献寺人刁，赢得国君欢心，又献庖人牙，攫住国君喜好，长卫夫人从此固宠。"

鲍叔牙哎的一声叹："这不是算计国君吗？那两个贱人，应速速撵走！由得他们蒙蔽国君，时日长久，必酿大祸！"

管仲苦笑："撵不走了，国君已离不得他们，况此二人并无大过，对国君而言，他们是微末小人，如何能妨碍国政？鲍叔以为，凭你我口舌之辩，国君肯信吗？"

鲍叔牙越想越恼火，愤慨道：“难道真让公子无亏为太子不成？此人心胸狭窄，性情阴戾，他若为君，必乱齐国。”

管仲却是神色少变，语气冷静地说：“鲍叔不妨说说，你与高子是如何答复国君的。”

鲍叔牙回忆道：“我对国君说，立太子乃国之大事，不易操之过急，请再斟酌，高子言……”他埋头细想，“高子言，公子无亏很好，好武尚功，公子昭也好，温润孝顺，诸公子皆善，年长者有德，年少者聪颖，他难以抉择。”

管仲释然一笑：“高子聪明！国君素来信服高子，高子以为诸公子皆善，难以抉择，国君听进高子之言，自然也难以抉择，想来国君后来说，他当再思之。”

“不错，国君是说容后详思，话虽是如此说，我却不放心，故来寻你。”

管仲慰藉道：“鲍叔放宽心，国君并未拿定主意非立公子无亏不可，他也犹豫，这立太子之事，又可往后推移。”

说是放宽心，鲍叔哪里可能不过问，忧心道：“立太子总往后推移，也不是好事，太子不可不立。纵不立无亏，也总得择个公子为国贰。”

管仲赞同道：“鲍叔所言极是，太子不可不立，太晚立太子，恐公子无亏坐大，国君不立他也不行。”

鲍叔牙久久无声，迟迟滞滞地说：“夷吾以为……谁能为国贰？”

管仲没有回答，他想鲍叔牙应与他心有灵犀，他们都知道，也许小白自己也知道，一个令人沮丧的现实像铁幕般，委垂在齐国未来的国家命运之途上，这现实是小白的儿子，没一个及得上小白自己。小白这样敢于打破常规的君主，几乎是不世出的天才，恰恰又遇见不世出的良臣，天时地利人和通通占全了，方能成就伟业，后代即便有小白，却未必有管仲，有管仲，也未必有小白。

“择一守成之君吧。”管仲最后只能这么说。

鲍叔牙走后，夜更深了，窗外的庭燎仿佛旷野乱生的兰草，没有方向地摇曳，黄蜡的光如同穿墙而入，在白灰墙上流泻出朦朦胧胧的碎影。

也许是白日睡多了，正该睡觉的时候，管仲倒睡不着了，他这里翻来覆去，身旁的姜婧也没法安睡，既然都睁着眼，倒不如说说话。管仲想起姜婧没说完的半截话，问道：“你说母亲告诉你高子的事？”

不是管仲问起，姜婧都快忘了，她回想着，轻轻道："母亲说，高子行事如博局，事事算计。母亲认为他心机太深，不讨喜。"

从临淄来谷城的一路上，管母与小白、高傒多有接触，外人看来，他们相处甚悦，仿佛是跨越身份性别的忘年交，可原来在管母的内心，她对高傒并无好感，这段时间在小白面前与高傒关系融洽，是礼貌，也是演戏。

管仲幽幽一叹："母亲这话，是说给我听。"

"她让你防着高子吗？"姜婧问。

管仲没作声，他是知道的，母亲的洞察力远超过自己。她与高傒短短数日的近距离接触，便看出高傒的分裂，外表温文尔雅的高傒和内里深不可测的高傒，其实是两个人。

齐国早有私下浮议，说高氏门前无是非。历次政治风波，高氏都完美地避开，与之地位齐平的国氏在变国风潮中也惹了一身淋漓，唯有高氏干干净净。好事者戏言：欲知齐政变不变，且看高傒病不病。因为高傒总在风波迭生时生病，又在风平浪静后养好了病，一如既往地谦卑、大度、不争，依然受到国君宠任，依然为人敬仰，是齐君子的精神领袖。

母亲说得很对，高傒行事若博局，精于计算。襄公与无知争位，他站队襄公，小白与公子纠争位，他站队小白。无论将来会不会发生纷争，他总不会错，他要做赢家，而且是永远的赢家。

精于算计的高傒未来会谋划什么，管仲暂时想不到，至少现在，他是一张和善面孔，这样也好，无可算计，证明无事发生。

夜快要走到尽头，身旁的姜婧已熟睡了，极深的夜，适合安静地入睡，也适合酝酿阴谋，却不知此刻在管氏宫寝眠的高傒是否安睡。他的梦里，是怎样的景象呢？

二

姜婧写给申庶其的书信，在众人抵达谷城的第二日，便送去了鲁国。恰这事被小白知道，他也很想见申庶其，特许信使乘驿车传信。

信使一日便进入鲁境，接着马不停蹄赶往曲阜城，未曾进城，在郊野便感受到了来自城内的紧张氛围。

鲁侯在五天前移驾路寝，国君一移宫，君子小人全都明白了，鲁侯开始了他的等死之旅。

昔日鲁桓公死不得其正，桓公夫人也死不得其正，今日鲁侯垂死，不离都门，不出宫闱，他会妥妥当当地死在路寝床箦上，这对顽固持守周礼的鲁国君子，是值得向周公燎牲上告的好事。

能死得其正，鲁君子高兴，鲁侯不见得有多高兴，他将死，而心愿还未落实，从他康健至他垂危，一直在坚持立公子般为太子，每有提议，便被鲁君子否决，温和些的，不过规劝鲁侯不要意气用事，说得激烈的，声色俱厉地抗议国君眼里只有公子般，何其轻贱诸公子！成天被君子们喷溅唾沫，鲁侯备觉孤单，只有季友支持他。

所以鲁侯生病以来，频繁召见季友，君臣常常摒人密议，话说得太久，把天色也说晚了，季友便留宿宫中，翌日起了床，接着密谈。

那信使赶往城中馆舍，不巧申庶其与乐无荒不在，有个阿彤留守。她说申庶其两人赴宴去了，请稍候，晚些必定回来。问是什么宴，阿彤并不隐瞒，说是公子庆父举宴。

申庶其两人赴鲁采诗，鲁国方面很是客气，尤其庆父待他们极是热情。他们在大庭之府翻阅旧档，因鲁侯病得不能理事，待客必有思虑不到之处，多亏庆父周全，简拔了数个精细的厮役随从差遣，如搬书抬简、扫尘抹灰、做饭浆洗之类的活路，通通包干，又在大庭之府辟了一间干净的大屋子，专给他们做阅卷之用，并且一再叮咛，若有困难，不要怕麻烦，尽管告诉他。这些还不够，庆父还经常来大庭之府看望他们，请他们去自己的私第做客，宣称佩服申庶其，欲与二人结成挚友。

天刚黑，申庶其与乐无荒就回来了，信使将姜婧的信交给他们，申庶其阅后，递给乐无荒，说道：

“正好，有书相召，不如回去。”

乐无荒一面看信一面说：“真回去？”

申庶其点点头：“鲁国乱象已现，谚曰：‘无过乱门’。更何况我们还身在乱邦？”

旁边的阿彤听不明白，好奇问道：“什么乱象？”

申庶其说："朝内有国贰之争，朝外有公子叵测，岂能不乱？"他见阿彤仍是糊涂，温和一笑，"不用问了，跟我走便是。"

乐无荒把那书信合上，"走也可，可惜……"他停顿着，情绪忍不得，终要宣出来，遗憾地叹息道，"可惜曹沫了。"

今日庆父举宴，出人意料地邀请了曹沫，他是以为曹沫与齐国素有渊源，宴请申庶其、乐无荒，请曹沫作陪，再合适不过。

曹沫本心不想来，一是他从来就厌恶这种虚与委蛇的社交场合，二是身体不好，自上次在阳关被鲁侯用玺书召回，精神上受了重创，从此萎靡不振，不幸生起病来，那病也是时好时坏，好时无非静养数日，坏时竟显出下世光景，家里人差点给他准备后事。

庆父邀他赴宴，他不喜庆父为人，若是从前，必定拒绝了，但庆父家邀客的家臣说的话很打动人心，恭敬说请曹子与齐国老友一聚，他挣扎了许久，终于还是勉强去了。

其实申庶其从没见过曹沫，乐无荒与曹沫也只有过数面之缘，说是齐国老友，很像客气话，但曹沫依旧压抑着不喜欢来赴宴了，也许是觉得在他们身上，能见到老友的影子。

申庶其是第一次见到曹沫，以往他听说的曹沫，是个雄姿勃发的伟丈夫，现在他看见的曹沫，却是个衰弱迟钝的老人，霜白的头发脱了有一半，绾的髻不胜一簪，或是生病太久，人瘦得支棱单薄，这般的曹沫，与朋友形容的曹沫大相径庭，也因为不同，才让人悲酸难忍。

宴散后，曹沫与他们同行了一段路，彼此辞别时，曹沫凄凉地说："曹沫垂垂老矣，待死而已，恐再不能与诸友相会，烦劳二友归齐，代沫问好。沫一生无大建树，然能结识诸友，死也无憾。"

这话很像临终遗言，乐无荒眼泪也要滚落，说道："曹子既思念诸友，何不同我们赴齐，不就能与诸友相会吗？"

曹沫沉默良久，慢慢地摇头，他直到离开，也没有再说一句话。

乐无荒在回来路上对申庶其念叨："既然曹沫在鲁国活得苦不堪言，为什么不离开？这里住得不舒心，换一个住处，天下这样大，哪里求不得安身立命之所！"

申庶其忧郁地说："家国在心，离舍不了，舍了，是割他的心。"他怅惘地叹了口气，喃喃道，“我能体会。”

大多数人都会以为曹沫在鲁受屈，去鲁则伸志，可即使他易地生活，也许依然不会有多大改变。天下一直是那个封建天下，曹沫也还是那个生于下层的曹沫，纵算把他置于大变的齐国，谁就能一定保证，明天的齐国，不会重回旧路呢？

半旬后，申庶其一行人离开鲁国，庆父临时有事，没能亲送，遣了心腹家臣送行，并馈赠厚礼，邀请他们下回来鲁再会。

当申庶其等人出城，有事的庆父在五父之衢的那座小宅门前下了车，先站在门口，往四面都看了看，未曾察觉有可疑人物，才走了进去。

宅第只一进，穿过天井，便到了寝卧，门没关，庆父一只脚才迈进去，里头传出一个娇嗔的声音：“这么久才来，让我好等！”

庆父笑了一声，女人已投身入怀，他抱起女人往里走，一把将女人扔在床榻上，像是急不可待，须臾也不能等，连撕带拽地脱她的衣服，女人咯咯笑得像只喜鹊，一面任他折腾，一面骂他不得好死。

“要死也是他先死！”庆父狞笑着，拧着女人的脸说道，“鲁小君以为如何？”

女人啐他：“屁的鲁小君！”

庆父改口道：“公子南以为如何？”

女人不说话了，只是笑，仿佛上了秋千架，荡得停不下来。待这激情平息，女人忽地一脚踹在庆父腰上，险些把他踹下床。

庆父动了薄怒：“疯了不成！”

公子南笑意迭生，像脸上开着大丽花，大声道：“我乐意！”她抱着庆父狠狠亲了一口，“他要死了，我欢喜得要疯。”

庆父的喜悦很淡，眉目间却有怏怏之色：“他死了，你仍是鲁小君，新君继位，还得尊你一声母亲，你欢喜这个吗？”

公子南恼他乱说话，气得又踹他一脚，厌恶地说：“谁尊我为母亲，公子般吗？那蠢货若继位鲁君，我宁愿仰毒而死。”

庆父恨恨地说道：“人家有国君宠爱，又有季友鼎力扶持，这君位势在必得，你别诅咒自己太早，当心成了真。”

公子南不以为然地撇撇嘴巴。说起季友，她却想起一事，眉飞色舞地说道："告诉你件趣事，须句国那不成体面的小贱人，与季友勾搭上了。"

公子南诋毁的这个女人，是鲁侯的妾，国属须句国（今山东东平），风姓，据说是上古圣君太昊之后，如果按照当时的女子称名习惯，她应该被称为须句风。这位须句风，嫁给鲁侯的时间很晚，也不甚得宠，肚子却还争气，与鲁侯琴瑟和鸣不久，便生下了公子申。之后，鲁侯仿佛是完成了使命，便把须句风忘记了。须句风在鲁宫里好像不存在，与同样失宠的公子南相比，公子南偶尔还能与鲁侯拌个嘴，她却连鲁侯的面也很少见。

庆父万万想不到平时正经得好似禁欲的季友，竟会步自己的后尘，背后给国君挖墙脚，惊讶道："真的？"

公子南像摸到了金子，一脸得意容色："那还有假？须句小贱人给季友送过礼，季友也给她还过礼，还不止一次。你说，难道这二人仅仅是互相仰慕，而不是男女私通？"

季友与须句风私相授受，要说他们没苟且，只是纯粹友谊，周公也不信！怪不得季友最近频繁出入宫闱，面上是与鲁侯密谈机要，难说不是为了他与须句风私通行方便，可怜鲁侯被蒙在鼓里，还道季友忠悃，欲对他托孤。鲁侯的脑袋刷了绿漆，遭两个兄弟睡了他的女人，后宫的墙跟筛子似的，封不住满树红杏往外生长。

庆父忽然同情起鲁侯来，他与公子南私通好几年，从无愧疚，甚还有自豪。鲁侯待他刻薄，他便扑倒鲁小君，叔牙说得不差，他是为了报复鲁侯。而今听说季友与须句风不轨，他倒生出义愤来，斥责道："季友这伪君子，素日端持风仪，背地里竟如此龌龊，胆敢欺君，无耻也。"

公子南怪笑了一声，讥讽道："我竟不知庆父如此忠心，季友若是欺君，你我又算什么？"

庆父被堵了口，他和季友都在挖后宫墙脚，各自携云挈雨，爱侣成双，简直殊途同归，他骂季友就是在骂自己。

瞧着庆父憋屈的模样，公子南觉得好笑，逗弄道："丧脸作甚！季友只能与须句小贱人私通，你却能与鲁小君相好，你比他强多了。"

"这有何可比？一样是欺君，一样是死罪。"庆父恹恹地叹口气。

公子南扬扬得意地说："须句小贱人，蕞尔小国之女，季友与她交通，讨不着好处，我却不同。"

“知道你是齐国公子。”庆父没精打采地说，“你让我善待那两齐客，一个残废，一个老戎，好没意思的人，赔了我多少笑脸，费了我多少力气，也没觉着能捞着什么利好。”

“蠢！”公子南谇道，“你善待他们，果真是为他们吗？你这是做给我君父看！”

庆父折了一下眉头，闷闷地说：“叔牙前日入宫省疾，国君问他何人可为嗣，他竟然说，一继一及，鲁之常也，庆父才可为嗣。”

公子南喜道：“那不是好事吗！若国君立你为嗣，也逞心了！”

“好什么！”庆父恨声道，“叔牙这戆货，哪能如此作答！国君本猜忌我，季友又恶待我，值此非常之时，竟推我出来，岂不是逼我赴死！”

公子南抚慰道：“叔牙是老实人，他与你交好，自然希望你为君，总不能让公子般那蠢蛋摘了去。”

庆父烦恼得很，万事都不顺心，身为一国公子，地位不可谓不尊贵，奈何国君不宠待，兄弟不友善，处处受掣肘，处处被限制，就是身边这个与自己如胶似漆的女人，也不完全属于自己。

公子南漫不经心地说：“我妹妹前回问我：若公子般为国贰，我们姊妹如何自处？我说：大不了回齐国。我知道她的心思，未尝不想为公子启方争君位。”

庆父诡笑道：“若是启方为君，也比公子般为君好。”

公子南猜得着他的心思，她不点破，因为她也有同样的想法，低语道：“你找到那圉人了吗？”

“找到了。”

公子南待要说话，外头忽有人着急地呼唤庆父，似有天塌的大事。庆父披上衣服出去，公子南侧在榻边，竖起耳朵努力聆听，庆父的声音忽高忽低，却听不真切。

片刻工夫，庆父返回来，脸色煞白无血：“出事了！”

庆父是急性子，急迫地说道：“宫中传来君命，让我入宫。”

听说是国君宣令，公子南紧张道：“宫里知道你在这里？”

“没有，传君令的仆人去我家，没找着我，家里人说我出城了，传令人正待在宅内，着家里人寻我回来。”

公子南迷惑："国君宣你作甚？"她能想到的是，鲁侯大限已至，宣近臣传遗命。

庆父说："适才家臣言，叔牙先我受宣，他被召去针巫宅，我却被召进宫……"冰寒的恐惧钻入心间，不禁打了个冷战。

如果是鲁侯临终召见，不会把叔牙与庆父分开，一个君主同一时间宣传两个臣，却在不同的地方，事情太怪，怪则有变。

公子南脱口道："糟了，是不是季友……"

庆父怨恨地咬牙道："必定是他，只有除掉我与叔牙，才好给公子般上位清障！"

公子南顿时慌了："你怎么办？"她跳下床来，衣服也顾不着穿上，手忙脚乱地推拽庆父，"趁他们没发现你，赶快走！"

"走去哪里？"

"奔齐，或奔莒，离开鲁国就行。"公子南急得语无伦次。

庆父被公子南推着往前迈了几步，忽地停下来，愤愤不平地说："凭什么是我走，而不是他走！"

公子南仿佛被火烧，呛着辛味儿说："哎哟，眼下是他要取你性命，你不走，难道等死吗？他日你取他性命，走的才是他！"

庆父偏就不动窝，仿佛被铁水浇铸在了地上，无论公子南怎么催迫，他也无动于衷。公子南见他死犟不走，火噌噌往上蹿，脏话已快飙出来，庆父却像惊厥般，浑身陡地一颤，一把掐住她的手腕，声音从齿缝里恶狠狠地迸出来："那就让他走！"

公子南抬起眼，庆父像一只嗜血的鬼，满脸杀戮气，仿佛要把哪个活人生吞下去，这让她怕起来了。

两个时辰后，从针巫氏宅第出来的叔牙，摇摇晃晃登上轩车，人像喝醉了酒，车也行得不稳。摇摇晃晃的车马刚刚经过逵泉，水面吹来习习凉风，叔牙似乎不胜寒，忽然从车上一头栽了下来，这一摔，像秋来枝头脱落的枯叶，再也没能站起来。

叔牙家里白日送走一个大活人，晚上接回来一具尸体，瞧一眼那口鼻流血的死人脸，不瞎的都看得出他是服毒而死。

叔牙是受君命宣召而去，是国君赐他死吗？知情者却道，垂死的叔牙前脚跨出针巫氏宅第大门，季友后脚就走出来，所以，其实是季友逼杀了叔牙，但要说是国君授意，也未尝不可。

“饮此，得保后嗣于鲁国，不然，死且无后。”

据说，这是季友胁迫叔牙仰毒时说的一段话。叔牙生性怯懦，被人强逼而死，也不敢不死，如果季友逼的是庆父，强横的庆父哪里肯轻易就范，也许会把毒酒强灌给季友。

季友知道庆父难对付，所以叔牙由他处理，庆父则被拽进宫，由鲁侯当面赐死，庆父再跋扈，也不至于疯狂到要与鲁侯同归于尽，但庆父不见了。

宫中派出两拨人传令，分别去叔牙与庆父家。叔牙在家，没有理由推托，只能登车来赴死亡之约，而庆父不在家，回答是出城去了，问去城外哪里，却都说不上来，只是支支吾吾，胡乱搪塞。

季友立即遣人寻找庆父，国君御士、季氏私属都撒出去找人，甭管他在哪儿，哪怕葬身黄泉之下，也要把他的骨头挖出来。

这样地毯式地搜寻了小半个月，有用没用的线索拽来一大堆，庆父在五父之衢秘密购置的私第也给暴露出来，不过里边空无一人，问左邻右舍，此宅主人是谁，皆曰不知，唯常见有女人进出，或是哪个风流君子养的外室。

庆父与公子南的私情，并不是隔绝在真空世界的秘密，曲阜城早有传闻，鲁侯也隐隐听过两耳朵，可一是庆父与公子南不见丝毫做贼心虚的怯意，两个光明磊落得像义士节妇，二是鲁侯的身体越来越差，天天与死亡搏击，做梦都在较劲儿，分不出多余精力去整顿家务。

庆父藏娇的金屋被搜了个底朝天，人没有，物没有，空气里只有寡淡的香气，很像女人衣裙的味道。庆父的行踪仍是个谜，季友在寻找他，国人也在猜测他的去向。道路纷传他早已离开国境，那日国中传君令宣召，庆父仓皇逃离国都，轻车简行，昼夜兼程，奔到了齐国。

病榻上的鲁侯也在询问庆父下落，庆父一日不现身，他一日不安心，不把庆父那颗头颅放在床头摸一摸，即便他心爱的儿子做了国君，也会有危险。

周历八月癸亥的夜晚，鲁侯没等来庆父的脑袋，却等来了自己的归途。他握着公子般的手迟迟不肯咽气，忍死忍得很辛苦，直到跪在床边的季友说：“臣以死奉般。”鲁侯终于放心了，飘在躯壳上的魂，飘去了更远方。

死得其正的鲁侯，却选了一个不正的继承人。为反对公子般为嗣，鲁君子与国君已展开了持续十多年的斗争，只要鲁侯提及立储，举朝内外经常吵成一锅粥。然而鲁侯在垂死之际，以异常强硬的手腕捍卫了自己的心愿，宁肯残忍杀死兄弟，也要扶持公子般上位。

先君薨逝，新君继位，按常例要向列国知会，国中于是派出数个使者奔赴各国告丧，鲁使抵达的第一个国家是齐国。

小白这时候还在谷城，他在管氏宫召见鲁使，听说鲁侯薨逝，叹息流涕，听说公子般继位，脸像被一拳击中，悲伤瞬间被击飞，唯剩下难掩的厌弃。

“小君与叔姜夫人如何？”小白突兀地问道。

问题直白而奇怪，鲁使不知如何回答。说安好吧，死了丈夫，怎能算好？说不安好吧，她们没有因为鲁侯身死悲伤过逾，也许都没有悲伤。于是他只好含含糊糊地说：“小君与夫人一切如常。”

“一切如常。”小白复述着鲁使的话，声音很淡漠，“身遭国丧，怎能如常？”

鲁使听出小白话里有刺。公子般继位让鲁君子心里不舒服，也让小白不舒服，如果从小白的本心而言，他希望公子顺的儿子能为新君，偏鲁侯中蛊似的疯魔，让个不登台面的野小子做君主，想想将来还要与他会面，小白被硌硬得肠胃不适。

鲁使又委婉地提起庆父失踪，至于他为何不见人影，鲁使没说，只小心地问小白：庆父是不是来了齐国？

小白像听见病人胡话，失笑道：“鲁之庆父何往，寡人怎会知道？鲁使此言，似是寡人藏匿庆父，尔告丧为假，实来问罪。”

目下鲁国国人皆言庆父逃奔齐国，说得有鼻子有眼，季友也信以为真，故而鲁使来时，季友嘱托鲁使稍做打探：是不是庆父当真在齐，被小白藏起来了？

被小白一通呛，鲁使有些尴尬，干巴巴地说：“齐君勿怪，外臣怎敢问罪！鄙邑不幸国丧，庆父下落不明，道路传闻他在齐国，外臣才有此问，也无他念，请庆父归国与丧耳。”

小白越听越觉鲁国人死板，遇急难钻进牛角尖，无奈道：“既是道路传闻，十之八九为假，为何寻人只求一途，道路皆言庆父出奔，他便一定出奔吗？或许庆父还在鲁境？”

“国中也找过，并未见人，向与庆父过从甚密的小君打听，小君又不肯说实话。”鲁使情急，忘记有所遮掩，话才出口，他就后悔了。

小白听出意思来了，阴沉着脸色说：“庆父下落不明，与小君何干，何以为难她？”

“只是问一问，没有为难。”鲁使心慌地说。

实际上，庆父失踪后，季友将公子南软禁在宫里，追问她庆父下落，公子南始终宣称不知情，逼得紧了，她便寻死觅活。可她越是求死，季友越是怕她死，因为公子南背后有个不能得罪的霸主父亲，对她动杀心，付出的代价太大。

小白冷笑：“此为一切如常，果不如常乎！”

鲁使的汗闷在衣服里泛滥成灾，关于庆父的事再不敢提一个字。

送走战战兢兢的鲁使，小白却是满脸的不高兴，他从鲁使的话里捋出端倪来，大概公子南与庆父有染。对鲁国人来说，这是中冓之言不可道也，对齐国人来说，这是情不能已司空见惯。齐国历来私奔成风，两口子过不下去，各邀相好私奔，多年后偶遇于道中，还可礼貌地问好。

对公子南与庆父私通，小白全没当回事，他长姊搅乱了卫国政局，次姊与亲兄痴缠半生，见多了人间情爱乱象，再紊乱的男女关系，他也能容忍。再者小白又极其护犊子，在他心里，他的儿女都是好孩子，纵有犯错，皆可原谅，想公子南交好庆父，或许庆父有过人之处，小白素常瞧不上鲁侯的小气劲儿，公子南甩了丈夫，也是应该。

今鲁有国难，公子顺的儿子不得为君，公子南又受委屈，鲁侯娶走他的两个女儿，不给宠遇，反而薄待，这不仅是凌辱女儿们，更是在凌辱他。

小白越想越烦闷，起身往外走，丙刁迎上前，问道国君何往，小白说：“去见见仲父。”

管仲来到谷城后，一直在生病，原来以为只是中暑，歇两日自然康复，孰知小小的中暑仿佛是引子，将更重的病牵出来，忽然间，疾病如泰山压体，沉沉扣下来，翻也翻不动。医官诊过病，说是积劳成疾，要静养。哪儿还能比谷城更适合养病呢？远离了临淄城的俗务，人间万事不相干，安安静静地调理身体，于是管仲在谷城养病，小白也待了下去，他说要陪着仲父。

管仲重病让小白不仅难受，更恐惧。这许多年来，他已经习惯了管仲的存在，人生中遇到任何难事，只要问一声仲父，都会得到答案。有管仲在，他可以勇往直前，万仞高山可攀登，千寻深海可探底，天下何大，四海何广，他无惧冒险，因为管仲站在他身后，那是他攫取力量的源泉，是鼓舞他砥砺伟大事业的精神支柱。他从没想过，如果有一日管仲不在了，他会怎么样，若他失意，若他挫败，他该问谁。

小白径直走到后院，远远看见前边屋檐下，管仲半躺在矮榻上，大约是在晒太阳，鲍叔牙坐在他旁边，两人说话的声音很低，听不见在说什么。俄而姜婧从屋里出来，手里捧着一面薄衾，要给他搭在身上，管仲摇了摇手，姜婧只得抱着薄衾，倒不回去，也坐在他身旁。

阳光从檐角斜斜地刺下来，有些逼人眼，管仲微微转过脸，正看见小白走过来，慌得要起身。小白抢步冲向前，轻轻按住他的肩膀，体贴地说："仲父身体不好，不必行虚礼了。"

小白仔细打量管仲，满意地点点头："气色好多了。"

他便在管仲身旁坐下，国君落了座，鲍叔牙与姜婧不敢坐，小白却招呼鲍叔牙同坐，说君臣闲话方便，姜婧知他们要说心腹话，行了一礼，退进了屋里。

管仲歉然一笑："臣生这一场病，国事不能理，臣礼不能尽，劳动我君日日看顾，臣之罪深也。"

小白慰藉道，"仲父养病要紧，余事不用挂碍。"他停滞着，终于没能克制住，动情地说，"仲父务必保重身体，小白不能没有仲父！"

小白哽咽了，他不喜欢掩饰自己的情绪，他在乎的人，他要他们长长久久地活下去，绝不可以走在他前面，他可以忍受诋毁、磋磨、欺凌、排挤，忍受天下的所有不公，却不能忍受亲人离世。

自己生病，却致国君垂泪，管仲甚为感动："我君待臣之心已超越至亲骨肉，臣万死不能报答！"

小白擦去眼泪，自失一笑："仲父身体开始见好，寡人该当欣悦，悲泣作甚？"

说是欣悦的小白，实际还是皱着脸。管仲太了解小白，刚刚才打照面，便看出他有心事，他对小白说："我君可是遇到难事？不妨说出来，臣与鲍叔皆在，可为我君解忧。"

小白犹疑斯须，把会见鲁使时的情形追述了一遍。鲁来告丧一事，管、鲍早知，庆父失踪一事，管、鲍却不闻。鲍叔牙愕然道："大活人怎的不见了！传闻奔齐又是为何？倘或当真奔齐，我们怎么不知？"

管仲思考顷时："奔齐也罢，不知所踪也罢，或是庆父诈计诓人，是为避祸。"

"那他会去哪里？"鲍叔牙如坠迷雾，摸不着头绪。

管仲说："鲁国中皆认为他离鲁，鲁使告丧，也来齐探问，人人望向疆外寻索，焉知不是庆父故布疑阵？故臣大胆推测，庆父并未出境。"

"寡人也这样认为。"小白附议道。

管仲锁紧眉头："出境也倒好了，若还在鲁境，必是待时而动，鲁或将有大难。"

鲍叔牙问道："庆父倘若真在鲁境，恐怕鲁人至今不知，要不要提醒鲁国此事？"

"说一声……"小白顿了一顿，"也可。"

管仲轻轻摇头："只怕说了未必肯信，还误会是我齐国私藏庆父，故意误导鲁国，不过嘛，不说是瞒事，说了是尽责。"

小白默然，突地冲口说道："是否强力介入鲁之内政？"

管仲语气沉凝地说："暂不问。"

鲁生不生难，是猜测，生什么难，也是猜测，在情形不明时，最好还是静观其变。小白仔细想了想，认为妥当，说道："好，暂不问。"

为尽盟友之责，鲁使离开谷城时，小白着人告知鲁使，欲寻庆父，可往鲁境。这话在齐国方面毫无歧义，在鲁国方面听来，很像在推诿塞责，仿佛是掩耳盗铃，正如管仲推论，越发让鲁人误会庆父在齐国。

满心猜疑的鲁使走了，齐国派出的与丧使者也走了。倏而凉风乍起，将难耐的暑热吹散了，天气慢慢转凉，管仲的病也一日日见好。转眼到了十月上旬某日，小白收到了远自宋国的书信，写信者是宋太子慈父。慈父在信里说，齐国要整理列国诗，他认为是功在千秋的大好事，他已召集了得力的宋国史官，并由他主司此事，待采诗完毕，他会亲自送来齐国。

小白笑道："慈父迂是迂，倒还热心。"

宋国来书的同一日，鲁国也送来急报。小白正与管仲观鱼，原来管氏宫后墙凿了一座小池塘，里边养的鱼多为红尾的鲂鱼，逡巡池边，总让人想起那句诗："鲂鱼赪尾，王室如毁。"

小白说起慈父热心，他与慈父接触过几回，不甚喜他性格，小小年纪，迂阔如陈腐老儿。连鲍叔牙这样刚正的人，也受不了慈父的一根筋。慈父虽古板，却好管闲事，比小白还操心天下事务。

管仲说道："人各有所长，慈父虽然少变通，但他守信而修义，当初北伐山戎，列国无应，只有慈父毅然北上，以少年之身，践行大勇之义，难能可贵。"

小白静默片刻，认可道："也有道理。"

管仲盯着水里的一尾鲂鱼，忽而出水，忽而没水，他静静地说道："臣有犯上之言，望我君察纳。我君身后事，可交托给他，他必定尽心尽力，不负所托。"

不是管仲说起，小白从没想过身后事，总觉得自己还是年轻的公子小白，二十岁不到，青春韶龄，人生才开始，还有大把时间可以挥霍。可仔细想一想，与他同龄的鲁侯已成了先君，与他一路同行的亲近臣僚，渐渐白了头发，每个人都向着衰老、向着死亡逐步靠近，包括他自己。

乍想起前段时间管仲患病，他几乎以为要失去仲父了，但终有一日，他会真正失去所有他在乎的人，他不情愿不乐意，也不能抗拒命运走到终点。若他必须直面死诀，就不得不考虑身后事，而对国君来说，最大的身后事是选择储君。

小白忽然醒悟，管仲是在提醒他，该立太子了，国君的身后事非同小可，干涉一国未来，不能随心所欲地决定，他要慎重，要为齐国谋定守成局面。

如此思量的话，公子无亏够格成为一个君主吗？小白犹豫了，他喜欢无亏，但择国贰岂能仅凭喜好，那样太任性，太不负责。小白很想问问管仲：假如无亏不合适为君，哪个公子更合适？

小白的问话还没出口，却见鹿无极急匆匆地奔过来，参礼道："刚刚收到边报，鲁国出事了。"

"出什么事？"

"鲁君般为人所弑。"鹿无极说，略一停，不得不补充，"主使者应是庆父。"

小白震惊，他与管仲对视一眼，两人心中陡起同样的念头：鲁难还是发生了。

三

庆父从没离开鲁国，甚至连曲阜城也没出，他就藏在季友眼皮子底下，目睹季友为了寻找他，把搜捕的网撒向郊野乡里，撒出国门之外，他在拿命作赌，赌的是季友不知道他没走。

知道庆父留鲁的人很少，便是公子南也不知道，季友向她逼问庆父下落，是真的问错人了。庆父的藏身之处，仍在五父之衢，距他与公子南私会的小宅不太远，当季氏私属冲进小宅搜天觅地，他看得一清二楚。庆父在鲁国都乃至国都之外的巢穴不止一处，其实不仅庆父，越是位高权重的卿大夫，防备心越强，越要给自己留后手，有的同于庆父，辟出若干巢穴，有的还在家里挖掘秘密地道，那地道一直通到城外，防着哪一日大难临头，走地道逃命。

与庆父在一起的，除了死忠心腹，还有一个人，这人是个养马的圉人，名唤荦。

这位圉人荦没有别的能耐，除了力气大，据说能单手举起车盖，从大庭之府扔到南城门。庆父容留他，只因为这人和公子般有仇。

公子仿效得鲁侯之风，也好猎艳。鲁国梁氏有个女儿生得倾城之貌，公子般慕其容色，与此女暗通款曲，偏那地位卑微的圉人荦不知好歹，也垂涎于梁氏女儿，曾经骑在梁家墙头对美人飞媚眼、说淫词。公子般得知他相中的女人，竟被一个下贱的养马厮役惦记，孽火烧起三丈高，即将圉人荦提溜来，一顿鞭笞，把人打得个半死。

不就对美人表白倾慕之言，何至于受酷刑？你能登美人卧榻颠龙倒凤，我就不能骑墙吹声口哨？圉人荦为此恨透了公子般，也怕公子般今日不下死手，保不准明日再行报复，于是藏匿不出。这事被庆父知道，以为是绝好机会，设法找来圉人荦，问他说：“想不想报鞭背之仇？”

“想！”圉人荦不假思索地回答。

自庆父行踪消弭，两个多月时间过去了，季友仍没找到他，仿佛庆父已人间蒸发。派去齐国告丧的使者回来，提起齐国人说：欲寻庆父，可往鲁境。季友对这话不置可否，实际就是不信，各国内讧，失败方往往逃奔出国，哪里有留在国内的道理，齐国是在寻鲁国开心吗？

鲁侯的葬礼还在进行中，依周礼，诸侯五月葬，这五个月中，会有一系列的繁缛仪式，名目多得脑子不灵的都记不住，持周礼甚严的鲁国，逢着国丧，更是一项礼仪不能落下。

有鲁侯遗命在先，公子般于灵前继位，鲁君子们硬着头皮给他稽首行礼，每每听他自称“寡人”，都觉得他在说“剐人”，就不知道他要剐谁，也许是曾经强烈反对他为太子的君子们？

十月己未，许是觉着宫里太闷，触目之处不是丧着脸的寺人宫女，就是苦着脸的先君夫人们，新君般回到母家党氏，在私第过了一夜。

第二日晨起，还没睡醒的鲁君子们，忽然惊闻噩耗，继位不到两个月的新君般，追随鲁庄公逝去的脚步，也成了先君。

日中时分，先君般被抬出党氏私第。据知情者透露，般身首异处，身体在床上，脑袋被扔在墙外，御士们费了些工夫，才把那颗埋在长草里的头颅找到，如果找不到，可能要给般铸颗假头下葬。

弑君的正是圉人荦。

他半夜摸进了般的寝卧，杀戮以最干净利落的方式开始并结束，整个过程快得被杀者都没有做出任何反应，头颅飞出墙垣的一刹那，被杀者或许才意识到自己死了。

般被杀的次日，消失许久的庆父现身了，公然驱车从城中招摇过市，仿佛过去那场上天入海似的搜索，是庆父给国人开的一个无伤大雅的玩笑。

庆父主动露面，一直在找他的季友却沉默了一日，庆父反倒来寻他，也不亲见，着人给他传话：“听说你在找我？”

季友当日就出奔了。

般已死，鲁君子暗暗如释重负，终于不用对着野生君主稽首行礼，私心竟不觉庆父是弑君，反而是立了大功。

季友奔去了陈国，与他同行者，尚有个公子申以及公子申的母亲须句风，这两人跟着季友一块儿跑，对外扬言说担心庆父残害他们。

庆父听闻须句风母子陪同季友跑路，吐了口唾沫：“原来私情是真。”

叔牙死了，季友出逃外国，鲁庄公最有权势的兄弟只剩下庆父在国内，庆父于是晓谕君子：“国不可无君，请立公子顺的儿子公子启方为新君。”他的理由是可得齐援。鲁君子们对此无太大异议，不管择哪个公子，都比般好，前者是根红苗正的姬家血胤，后者是荒野杂草。

新君即位是大事，照例要报给齐国。小白在回临淄的路上，获悉鲁国又换了国君，这回坐上君位的是他外孙，今年不到八岁，人事尚且懵懂，哪里懂怎么治国，鲁国朝堂说了算的自然是庆父，新君与傀儡无异。

小白原来就希望鲁国新君能是公子启方，虽然梦想现在达成了，但他也不觉得有多么高兴。来见小白的鲁国使者提出：“寡君愿与齐君相会，敢问齐君何时可会？”

小白推挡道：“再议吧。”

当着鲁使的面含糊其词，私下里，小白却问管仲：“鲁国请会，用意何在？”管仲为他剖析道：“庆父得鲁，根基不稳，内则国人不服，外则季友在陈，其立启方，求与我君相会，皆欲得齐援也。”

“那，寡人是否会鲁君？”小白问道。

管仲微一沉吟：“再等等看。”

小白听从了管仲的建议，对鲁国内争，仍然暂时搁置。回到临淄后，小白顾虑管仲大病初愈，怕他又操劳过度，于是告知群下，除非关涉国本的大事，一应烦琐政务，不要交给管仲处分，且让管仲静养身体。

管仲暂不理政务，人仿佛是闲了，也很少出门，却有个鲍叔牙常常登门，两人交谈起来便是一整日。鲍叔牙是出名的寡言之人，与妻儿相处，也没话说，往往夫妻相对发呆，可只要与管仲在一起，话便多得兜不住，大到天下形势、国家政策，小到家内琐事、儿女前程，他都可以向管仲倾诉。

管鲍之交在齐国闻名遐迩，齐国人将管鲍连称，以至不通时事的外地人来齐国歇脚，顺风听见一耳朵“管鲍如何如何”，也好奇地问：管鲍是哪个？管鲍的金石之谊使人艳羡，于是国中风靡效之，便有一众好交友的，与臭味相投之辈醉酒酩酊之际，自诩为管子，而你为鲍叔也。

时间慢慢到了齐桓公二十五年（公元前661年），新年正旦的告朔礼后，国君照例宴飨群臣，今年主持飨礼的相是东郭牙。小白自来怵他，其实齐君子都怕他，东郭牙的刚直不阿同于鲍叔牙，而直言不讳更过之。偏偏管仲看中他敢言，特命他兼掌史事，因此小白但有错谬，他必要吩咐史官，是谓君举必书。所以今年的飨礼上，君子们特别老实，怕有点儿不妥当的言行，被东郭牙的鹰眼捕捉到，吩咐史官记下来，留给后代子孙做笑料，在天之灵也不得安生。

飨礼的规矩严格而烦琐，总也过不去的礼仪是臣酢君酒、君酬臣币。头一个向国君敬酒的是高傒，得了国君厚赏，接着便是管仲，小白赠给管仲酬币时，管仲说道：“臣有不腆之币献给我君。”

小白开怀一笑：“寡人未曾赠酬币，仲父倒先馈币，不知仲父献给寡人什么？”

管仲谦恭行礼，向殿外拍了拍手，俄顷，有三个御士走进来，各自怀里都捧着数捆竹简，仿佛抱着三座千钧重的小山，三人将那“山”放在小白身前。小白的好奇心极强，哪里忍得住，立刻拿起一卷，迅速展开来，方阅了几行，不用管仲解释，他已经懂了。

这简牍上书写的尽是轻重之术，比之过去忖里乙的轻重理论，要更丰富，要更贴近实际。小白忽然醒悟了，这段时间不问政务的管仲，压根儿就没闲下来，他之所以不出门，其实是闷在家里笔耕不辍。

小白将文卷慢慢合起来，长叹道：“仲父之养病，不为养病也，其心无日不在国事，仲父如此用心，寡人敬之、服之、爱之。”

他站起，对管仲深深一拜：“寡人有仲父，齐国有仲父，何其有幸。”

管仲不敢受礼，慌忙稽首参拜，小白请他起来，笑道：“寡人也有酬币赠仲父，不过，恐要容后再赠，失礼也，请仲父见谅。”

小白脸上盈着闪光的笑，却没说到底要回赠给管仲什么，倒让下头的卿大夫们心里乱猜，国君送给管仲的是怎样的特殊酬币，权倾齐国的管仲，什么也不缺，再珍稀的奇宝，于他都不特殊。

飨礼毕后，小白遣了个寺人给管仲送来一只小匣，仍是没说这里边有什么，只说：“请管子回家再打开。”

管仲归家后，天已黑得像不见底的深海。因是新年，乐无荒邀请管仲一家人去他家里过年，屋里只有一个姜婧在等管仲。他将那小匣子捧出，小心地搁在案上。

“这是什么？”姜婧问。

管仲无从作答，他打开匣子，里边卧着一片巴掌宽的简牍，年代或许很长了，泛着时间的暗黄色，简上只有两行字，墨色微微漫漶，是时间长了，还是书写者不慎坠落的泪水？

第一行字是：“臣死，齐国定。”

管仲的手颤抖起来，努力稳住情绪，缓缓看向第二行字：“夷吾为政，齐国强。”

过往的悲痛从时间深处猛地涌出来，那被他压制了二十多年的伤心爆发了，眼泪像被关押的囚徒，在深牢大狱里羁锁太久，忽一日牢门豁然洞开，疯了似的往外奔逃。

这是迟到了二十三年的悲悼。

姜婧从没见过如此伤心欲绝的管仲，她惊住了，更觉心疼，想给他安慰，却不知如何安慰，她便握住他的手，也觉那掌心很凉，似乎那儿也淌着泪。

悲泣许久的管仲慢慢平复情绪，伤感地说：“这是忖里先生的遗书。”他感喟一叹，“难为国君，保存至今。”

姜婧这才明白过来，柔声道：“你行变国之政，正是在完成忖里先生的遗志，忖里先生在天有灵，也会欣慰。”

管仲凝视着那片简牍，仅仅两行字，却蕴含着书写者短暂一生的复杂心情，有遗恨，有悔过，也有希望，有期待。忖里乙用生命向他、向小白、向后来者警示，如何为政，如何变国，如何将理想践行为现实，如何不辜负前行者的牺牲。

人道管仲是忖里乙的学生，老师冤死，不见他悲伤，甚至很少提起忖里乙，仿佛这个给他推开天下大门的恩师，于他只若陌路人，纵便是为了避嫌躲祸，也过于冷血。可亲近管仲的人知道，他不提不是遗忘，更非冷血，他在乎的不是外化的情绪表达，而是要把故人未完成的事业进行下去：我以我最坚定的信念，完成属于我们的最恢宏的理想，才是对故人最有意义的悼念。

管仲把那简牍重又放入匣内，轻轻合上盖子，轻轻抚一抚，脸上的泪慢慢干了，眼角渐渐绽出若隐若现的笑意，喃喃说道：“谢谢国君记得先生，夷吾能遇国君，何其有幸。”

他把匣子递给姜婧：“烦劳婧收好。”他似愁非愁地叹了口气，“管夷吾养病之期到此为止，不可再躲懒了。”

姜婧嗔责道：“劳碌命！”她捧着那匣子往外走，在门口停住，回头看了一眼，管仲恰也在看她，悠悠的笑容在他眼睛里熠熠生辉。她想，原来对管仲而言，投身于忙碌的朝政，比之于闲适的生活，更令他快乐。

回到政治生活中的管仲，一如既往地勤勉、高效、精明、善断，好像他并没生病，只是告了个假，假期结束，他又来公门当值。

过了年，天更冷了，却也是物极必反，寒到尽头，就该走向温暖了。车马跑在临淄城的长街深巷，原来日日为寒风摧折，马儿抖足，人也瑟缩，忽觉暖意袭来，仿佛一只归燕轻盈跳上肩头，不知不觉间，如绮春光已在堂前屋后驻足久时。

春来到，意味着春耕来到，春社也来到。一年诸多节日，齐国人最爱春社，为那自由奔放的欢娱氛围，男不拘，女不缚，人生纵情，好不快活。

因齐国最大的春社集会在临淄稷门外，彼处玩的、吃的以及美人数不胜数，在稷门外观社，玩一天能不重样。好玩的小白禁不住春社的诱惑，于是精心装扮一番，携了三五心腹，出城观社去了。

偏就不凑巧，小白这里兴高采烈地出城观社，那里一封加急简书就送进城来，简书送到了管仲手里。实际上无论小白在或不在，急事大事都先交给管仲处分，若是小事，小白更不会过问了，即使特意呈请小白定夺，小白仍然转给管仲，请仲父谋断。嘴不闲的齐国人嘲笑国君懒政，遇事唯有呼唤仲父，一曰“仲父”，二曰“仲父”，三曰“仲父”，仿佛没了仲父，国君连路也不会走了。

小白知道人家讽刺他怠惰，他对此言之凿凿：“君人者劳于索人，逸于使人，寡人得仲父已难矣，得仲父之后，何为不易乎哉！”

小白为自己好玩不做事找到了光辉的理由，也因为小白了解管仲喜欢做事。与热衷躺着挥斥方遒的齐国君子相比，管仲始终在奔跑，停不得，不可停，他宁愿累死在奔跑的路上，也不肯安逸地躺卧等死。

管仲收到的简书，唯两片木牍，上头的字不多，讲述的内容却极惊人，他仔细看了两遍，对下头命令道：“请国君回来。”

如果是一般性的政务，管仲都自行处分，只须把结果知会小白，唯有大事，如外部战争、诸侯会盟、朝聘天子，必须小白首肯，才会先请命小白。管仲从来纵容小白，知他爱玩，不会在他玩得正投入时，拿正事打扰他，可今日管仲打破惯例，将沉迷观社的小白唤回来，如此看来，这封简书非同小可。

受命寻人的是召御寇，他原来以为定要费些工夫，没想到才走到稷门口，意外地与小白一行人遭遇了。打头的是鹿无极，忽见召御寇，赶紧对他使眼色，意思似乎是不要乱说话。

小白在后边的车里，脸色很难看，他见到召御寇，不觉诧异，问道："有事？"

召御寇道："奉管子之命来请我君，有大急事。"

只要是管仲召唤，小白从不推却，没犹豫地说："那去吧。"

去见管仲的路上，小白始终恹恹无神，原是话口袋，现在却似个聋哑人，听不见也说不出。因召御寇与鹿无极走在前面，与小白隔着一段距离，召御寇悄悄问鹿无极："国君怎么了？"

鹿无极回头偷偷睨一眼小白，压着嗓子道："遭人说他老，生闷气呢。"

小白出城观社伊始，心里盛满了新鲜的喜悦，见谁都给笑脸，见游戏都要去尝试，本性爱凑热闹，因见参与牵钩的人多，男的女的攒头攒脑，号天喊地，还有若干美人在一旁娇嗔嗔地哼呜："努力！"小白也挤进去较劲，与他对阵的是个体大如牛的壮汉，两人过手一招，壮汉只一拽，小白像被野猪顶了后腰，往前跌跌撞撞地冲锋，收势不得，生生摔了个大马趴。这一局输得太快，摔得也太丑，惹来围观乡人哄笑。小白不服气：身为国君，怎能是输家！大声招呼再来。

壮汉岂肯与手下败将浪费时间，轻蔑地说："你年纪大了，力气不足，何苦自取其辱！"

输了角力已够丢人，还被羞辱人格，小白气得脸也发青，便要与这口没遮拦的莽夫理论，鹿无极等人眼见要出事，便即刻强行将他拖走。偏生有一群好事的光屁股孩童，追在小白后面，刮着鼻子羞道："老儿输咯！老儿输咯！"

本为寻乐子，却遭此意外打击，小白的观社兴致跌入了万丈沟壑，再有趣的游戏，再绝艳的美人，也提不起兴趣，因此打道回府。

原来是为污言郁闷，召御寇轻轻"哦"一声，不再追问了。

管仲请见小白的地方，是执政官寮，在齐宫之侧。小白的车马还未行到门首，管仲已出来迎候，不只有他，还有隰朋、鲍叔牙、王子成父等，齐国的卿几乎到齐了。

一眼看见这迎驾阵仗，小白立即猜出事情很严重，一面下车一面问：“是何大急事？”

管仲沉着地说：“进去再说。”

待小白在寮里坐定，管仲才将那简书呈上来，小白方阅了两行，惊得一跃，失声呼道：“白狄侵邢！”

这份简书是来自邢国的战报，说的是久居太行西山的白狄，突然穿过滏口陉，兵临邢国。之前邢国不闻白狄兴兵，边境不做任何防备，因此白狄的突然袭击，让邢国惊慌失措，狄兵攻入邢国，如入无人之境，就在简书发出之时，邢国大半山河沦陷。

对于长期以来在太行山的峰峦幽壑间沉默的白狄，山戎势大时，欲与其结盟，不热络；山戎侵燕时，欲与其并师，不回应；后来戎王陷于困境时，向狄子苦苦求援，其回答只是“且等”，仿佛不愿与诸夏为敌。现在，白狄的所谓“且等”，让所有人恍然大悟，白狄的等待，是在等待一个合适时机，兵出太行，颠覆诸夏之国。也许，邢国只是白狄进击中原的开始。

齐国重创山戎，还给燕北一片祥和，人人以为戎与诸夏战争结束，从此便可高枕无忧，但蛰伏的白狄跳了出来，把虚假的和平戳了个稀烂，仿佛在睡梦中给人一刀。

小白愤郁道：“山戎方平，白狄又来，戎狄之难，竟不能穷。”他将简书搁下，郑重问道，“白狄病邢，该如何做？”

管仲肯定地说：“戎狄豺狼，不知厌足，诸夏亲善，不可舍弃。齐为伯主，昔日救燕，今也当救邢。臣以为，当从简书之请。”

王子成父道：“纵是救邢，或也来不及，邢国不同燕国，国小民弱，武备不足，白狄强悍，又是突袭，邢国难扞其锋。我师赴邢，军行千里之遥，恐邢已亡国也。”

“纵便邢亡，也可救出邢民。”管仲坚持道。

救不了国尚可救民，王子成父也不反对，说道：“前次是我师独力救燕，这番救邢，望我君晓谕列国，诸夏为同盟也，盟友有难，怎可一再坐视不管？”

小白考虑移时："皆可。"他停了一停，问询道，"师行哪条道？借道卫国，还是救燕之道？"

隰朋说："前次北征，自济至河，沿途营造之候馆，至今未废，师行千里，此为储也，可仍走救燕之道。"

齐国前回北征山戎，从济水至于黄河的千里之地，每隔三十里，建起了兼备军事堡垒与仓廪储备功能的候馆，战事结束后，候馆却还在使用，每馆皆配有一百到五十个戍兵，防盗又护路。如今齐燕两国互为往来，走河济之道，比之以往安全得多，也便捷得多。

小白决断道："好，便依二三子之议。"

四

齐桓公二十五年（公元前661年）春，太行白狄侵袭邢国，毫无防备的邢国几无招架之力，唯有四面求援。告急简书送来齐国，出于伯主之责，齐国积极驰援。

然而正如王子成父所料，齐国援师才出国门，力量弱小的邢国已被强悍的白狄击溃了，疆域本就不大的邢国，在强敌的刀锋下，如腐骨一般脆弱不堪，很快就垮烂了。

仅仅不到三个月，狄兵在邢国国境驰骋无阻拦，仗打得相当轻松，甚至可以说是没仗打，兵锋所向，未曾交手，人已逃得精光，于是趁此兵不血刃之势，耀武扬威地冲进了邢国国都，一把火将周公庙烧成焦木。失国的邢侯与君子、国人四散奔离，大难临头之际，哪儿有路就往哪儿逃窜，有的往北逃去燕国，有的往南逃去卫国，更多的却是东渡黄河。

燕国虽痛恨前次自家遭遇戎难，邢国不救，却仍然秉承诸夏之谊，接纳了邢国难民。南边的卫国却有些异样心思，依然与鹤恩恩爱爱生死不渝的卫侯听闻北边亡国了，现有大量邢国难民涌来卫国北境，本来卫侯觉得收留也无妨，无非多点人手给自己养鹤，下头不知哪个心毒的提醒国君："来的是失国的邢人也罢了，万一有白狄豺狼混在其中，狼入国门，国危矣。"卫侯惊醒，当即下令禁断邢人南来："尔等失国，寡人怜也，然卫国逼狭，恐无容身之地，北面燕国有广袤之土，请归之。”

卫国在边境加强巡逻，持戈之士日夜警戒，邢人不准南来，卫人也不准北出，谨防卫人偷偷将邢国的七大姑八大姨带入国门，但有强行闯关者，一次撵走，二次便要动武。虽然大家都是姬姓，但一个是周公后裔，一个是卫康叔子孙，分家很久了。

卫国关上了边境大门，仓皇奔命的邢国难民撞在了一堵铜墙上，南逃之路被封死了，也不能如卫侯所期，北去燕国，毕竟北返之途，有白狄挡道，要想逃出生天，唯一的选择是东渡黄河，去对岸的河间地避难。

是以那些日子，邢国上到国君大夫，下到乡人野氓，昼夜漂在黄河里，因船只有限，能顺利登舟的不多，还已经是头挨头肩压肩。舟工摇橹时，膀子甩不出去，挤不上船的只好抱个大葫芦，辛苦游到水中央，被激浪卷走、冲走、荡走者比比皆是。

逃到河间地的邢国难民，数一数人头，不到全国人口的三分之一，常常是一家老少，逃出儿子没逃出老子，逃出妻子没逃出丈夫，逃出长孙没逃出幼女，甚有举家无孑遗，真是国破家亡。为悲情所感，邢侯哭，君子哭，国人哭，野人哭，一时哭声震撼河间地。

失国的邢人像折了翅的麻雀，被迫滞留在河间地。然而河间地实为黄泛区，住不得人，方圆百里，漠漠寒荒，无良田可耕，无甘泉可饮，只有茹毛饮血的盗匪。这帮子亡命徒也狠，哪里管什么难民：如此天赐良机，岂有不抢之理？他们也狡诈，瞧准行李丰厚的、落单少援的，呼喝劫掠，掠了便跑，追也追不回。

本要北上救援的齐军，闻说邢已崩溃，邢人逃奔河间地，临时改变策略，救不了邢国救邢民，决意将滞留河间地的邢国人接出来。但要把三分之一个国家的人带走，单凭齐国一国之力，虽可勉强完成，然过于耗时耗力，齐国遂向诸夏请援。这回比起上回北伐山戎，列国诸侯的态度发生了大逆转，如宋国率先响应，愿意与齐国通力协作，一起接出邢国人，再帮助邢国重建宗庙。

每有天下急难事，宋国太子慈父就着急得像火烧了微子庙，不赶上去泼两勺水，便食不甘味，寝不安枕。有了北伐山戎的先例，宋公渐渐也习惯了儿子的多管闲事，见慈父跳上跳下不得安生，索性放他出境，帮着齐国去接邢国人吧。

慈父承君命北奔，在济水西岸的夷仪，与率齐师救邢的王子成父会合。齐宋双方商议的结果是，待渡过黄河，在河济之间寻得一处宽平之地，以安置邢人。

又有个曹国响应号召，也愿助一臂之力，于是齐、宋、曹三国合力，共救邢国。在河间地风餐露宿的邢国人听说霸主率盟友来救他们，天天在黄河边上苦等舟船影子。

本该也出面辅力的鲁国却久无动静。齐鲁柯之会后，二十年间，鲁对齐无役不从、无盟不会，齐国有所求，鲁必有所为，即便不作为，也会及时回应，但这次表现出异乎寻常的沉默。

其实也不是鲁国不愿随从伯主，而是国中不宁，分不出精力管外事，再有新君继位近一年，鲁国方面屡次提出与齐盟会，小白都推托了。他知道庆父想得齐援，可他对庆父并无好感，也不想强力介入鲁国内政，这么拖了大半年，想想再拖无益，便对鲁国方面宣称，可以见一见。

八月，小白与鲁侯在落姑（今山东平阴）相会，因为地在齐境，所以明是两君盟会，其实是鲁侯赴齐见小白，很像朝聘。

与一个八九岁的孩子盟会，小白不知该说什么才合适。要说这位新鲁侯还是他外孙，亲缘很近，所以也不知是谁心眼多，教孩子套近乎，鲁侯见到小白不称“齐君”，而称“大父”。

陪同鲁侯与盟的是庆父。在小白面前，庆父的态度谦卑有礼，颇让人疑惑，那个在鲁国飞扬跋扈的庆父是他吗？莫非路人谣传？

庆父向小白恭敬地提出请求：可不可以由齐国出面，将在陈国的季友召回来？小白冷淡地问：“召回季友，意图何为？”

庆父知小白疑心自己有图谋，便平和地说道：“季友是鄙邑的国栋，也是先君的良臣，外臣的手足，久在他邦，羁旅失国，致鄙邑君子心伤，国人悲怀，先君在上，也当哀之。外臣没有他愿，若能使季友归国举政，死且无恨。”

纵然庆父说得情真意切，小白却以为一大半是假话，庆父与季友水火不容，哪里会顾惜什么手足情，更不会让对方执鲁政。那活着的季友，始终是庆父的心病，不除掉了，后患无穷，但季友在陈，庆父动不了他，于是希望借助齐国的力量，对陈国施压，迫使陈国交人。

小白就算支持公子启方为君，也不愿被人当工具利用，于是不隐晦地说道："季友是否归国，在庆父，不在齐也。"

小白有拒绝之意，庆父知趣得很，没再提季友归国的事，缓缓岔开话题。仿佛无意，也仿佛有心，庆父竟提到公子南，说她不能亲来，给小白带话，她嫁去鲁国有十年，只归宁了三次，每次也是匆匆归、匆匆走，甚是思念君父，思念临淄，思念齐国的山水风光，思念未嫁前陪伴君父的日子。

"小君言，想明年归宁：虽不能再朝夕相伴君父，也可聊解思念之情，不知君父允可否？"庆父复述着公子南的话，声音微微地哽咽，像是公子南当日倾诉衷肠时正流着泪。

小白听得眼泪也要滚落，脑子里闪过公子南泪水横溢的脸，心里酸疼得发慌。他想自己是真的老了，乡人其实没说错，心肠越来越软，情绪越来越柔，希望他在乎的人都能陪在身边，每个人康健快活，离疾病、灾难、死亡很远很远。

"叔姜夫人安好否？"小白忧伤地问。

庆父像忽然发现遗漏了重要事情，露出明显的自责神色："安好，她也问齐君好。"

小白叹口气："寡人这两个女儿，最合寡人心意，嫁鲁近十年，归宁少，来书也少，还道她们在鲁国忘乎所以，忘了老父亲。"

庆父急忙道："小君与夫人无日不思念齐君，然'之子于归，宜其室家'，少归宁，正是在夫家宜也，若大归母家，乃不宜也。"

小白忽地发现庆父很会说话，他盯视庆父片刻，猝然说了一句话："待小君好些。"

庆父一愣，蓦地醒悟，小白知道他与公子南有私情。实际上，当季友奔陈，新君继位，庆父持掌鲁国朝政时，他与公子南的关系便彻底公开了。两人公然同坐同卧、同乘同行，庆父经常留宿宫闱，公子南也经常留宿庆父私第，人后没羞臊，人前不避嫌。他们是没所谓，道德至上的鲁君子们反倒是觉得没脸见人，不经意提一嘴，口也脏，得赶快漱口。

鲁君子对这对不知廉耻的狗男女深恶痛绝，小白却不以为然，一是他护犊子，二是对男女关系看得很开：不就小叔子盗了长嫂，值当这样要死要活吗？

庆父含蓄地说："外臣必定尽心侍奉小君。"

小白静默许久，迟迟滞滞地说："季友归国一事，寡人思虑再三，也可向陈国问一声，至于他回不回，要看庆父诚意。"

小白答应了？庆父大喜过望，果然拿公子南当情感武器，刺中了小白的软肋。因为怜惜公子南，诱发小白思考，公子南与庆父一荣俱荣、一损俱损，庆父倒了，公子南在鲁国必是千夫所指。在冷酷的政治角力与血缘亲情之间，他选择了维护女儿，再强横的霸主，依然是拥有寻常人情绪的父亲。

落姑盟会没持续太久，齐鲁双方却达成了不成文的契约——齐国承认鲁国新君的合法地位，鲁国仍然服膺齐国，唯随齐君车马驱驰。

落姑盟会不久，小白便遣行人往陈国请季友归国，他虽然答应庆父，倒不至于发昏到为了私情不顾所以，因而在答复季友的事情上，不是命令，只是建议。霸主发了话，就算是委婉建言，陈国也不敢不重视，但也不能两棍子打走季友，只是友好地请季友斟酌，称庆父托伯主来说情。季友认真想了几日，便说他可以回国。

季友不日返程回国，走到鲁国东南边鄙的郎邑（今山东鱼台东北），却停下了。这郎邑位于宋鲁之间，距离曲阜城还有两百多里地，季友在郎邑歇脚，自此像扎了根的老树，一动不动。国中频频来催，问季友为何不行？季友说赶路辛苦，偶染伤寒，不得已要调养一段时间，待身体好转，再往国都面君。

季友留郎，既给了齐国面子，也给自己留了后路。小白出面请他归国，他若抗拒，惹恼齐国，欲求他日翻盘也不可得，故而从其请，但他不会把性命白白送给庆父，如果贸然进入国都，便是羊入虎口，死难得其所，于是乎停留郎邑，万一庆父要对他举屠刀，此地四通八达，奔宋奔曹也方便。

庆父原想借齐国的势，将季友赚回来，生死由他操控，可季友狡诈，不上他的当：让我归国可以，主动把命送到你手上不可以。季友滞留郎邑让庆父很为难，不管季友，心里过不去，要管季友，只能往郎邑逮人，就怕逮人的车马才出曲阜城，季友已经跑了，这归国与没归其实没两样。

庆父不能牵制季友，心里窝火，愿望不得满足，罪名只能由自己背负，不免迁怒，本求齐国帮忙为自己清除内患，结果齐国无能，致使季友至今逍遥，枉费自己的心血，对小白奴颜卑恭、谄媚讨好，原来霸主无用也。

季友这不伦不类的归国，使庆父怨愤难平，但在齐国看来，季友不管在国都还是在鄗野，只要身处鲁境，就是归国，也算是齐国完成了允诺，故遣仲孙湫赴鲁。

仲孙湫去鲁不久，回来时正值蜡日节。蜡祭当日小白举飨礼，以享群臣，翌日却是举私宴，邀亲近臣僚赴会，诸如管仲、鲍叔牙、高傒、隰朋、宁戚、陈完等。刚好仲孙湫从鲁国回来，依礼当向国君复命，小白索性把他一并邀来。

因是私宴，不像享群臣的飨礼，酒食看似丰盛，其实无味，可谓肉无盐、酒不烈，君臣酬酢在于尽礼数，而非享受佳肴美酒。但这私宴的礼数少，可以真正做到无算爵、无算乐，宴上的珍馐据传大多为易牙所烹，格外可口，猜不透他到底用了何种作料，平常的菜羹偏被他做出肉羹的味道。

小白对易牙的厨艺颇为得意，尽管美食不是他自己做的，但烹饪美食的易牙是他的人，这就像藏了奇玉，治玉的工匠另有其人，玉的拥有者却要展示显摆。他不住地招呼群下：尝尝这个，尝尝那个，是否合口味？是否别具风味？得到赞美的回应，乐得眉毛胡子都飞起来。

席间小白顺口问起鲁国的事：“是否已平内争？”仲孙湫诚实地回答道：“未曾平也。”

小白一愣：“怎么说？”

“不去庆父，鲁难未已。”

小白本捧着满满一觯酒，手上一颤，酒液溢出来，洒在赤芾上，他也不觉，疑问道：“为何这样认为？”

仲孙湫道：“臣在鲁不久，然庆父骄横之事，目有所见，耳有所闻，其心恐不甘为臣下。”

小白其实也隐约感受到庆父的野心，他初时答允庆父召回季友，大半是为了公子南，若说对庆父这个人，他没有好感，然而若是庆父倒台了，公子南又该何去何从？他便问道：“若此如何去之？”

“难不已，将自毙。”仲孙湫的意思是庆父会自取灭亡，庆父再有野心，也翻不起大浪，成不了大事。

小白不作声了，自此起他再没提一个鲁字，待宴散后，他独留下管仲。

这时已是宾客离去，酒阑灯灺，由于摒了人，空阔的殿内只有君臣二人，酒的芬芳、食物的香味仍在周遭萦纡。小白看着静静侍立的管仲，话在唇边涌了又涌，终于说道：“寡人欲使无亏掌中军，仲父以为妥当否？”

齐有三军，中军的名义主将是国君，事实主将一般是某位卿。小白要让无亏掌中军，与其说是看重他的军事才干，莫若说是对他的宠遇，还有什么优待，能比兵权更贵重？管仲脸上没有一丝惊诧神情，语气宁和地说：“我君欲立公子无亏为太子吗？”

管仲突发此说，小白反倒骇怪：“仲父何有此念！寡人任无亏掌中军，与立太子无干。”他发愁地一叹，低声道，“谁能为太子，寡人并未想好。”

“我君不立无亏为太子，却予无亏中军之权，厚待超过诸公子，虽是不立太子，却与太子地位相同，异日若择他子为太子，岂不是有两个太子？”

小白顿时哑然，他想把中军交给无亏，不过出于私心，没想到可能会造成国有两太子的糟糕局面。

管仲语重心长道：“先人有言：并后、匹嫡、两政、耦国，乱之本也。若我君欲立无亏为太子，掌中军尚可，若我君不立无亏为太子，掌中军将招致祸患。”

小白寂然良久，叹息道：“是寡人想错了，岂可重蹈襄公与无知之争！罢了，此事不再提。”他捶了捶腿，伤感地说，“是寡人老了吧，待儿女愈加姑息将就，只想竭尽所能厚待他们。”

管仲一笑：“臣尚且不以为老，我君怎可菲薄自己老？太公年七十，鹰扬于牧野，创周室之基业，老乎？”

这谐趣的言辞缓解了小白烦恼的心情，他也笑道：“仲父在理，寡人思虑过逾，实在不该。”他忽动起一念，说道，“提及儿女之事，寡人倒有些闲言想说与仲父听，望仲父体察。何必苛责友太紧，他既非庸碌，也非奸邪，仲父过于严厉了。”

管仲恳挚地说：“不是臣苛责友，实是友之才具平常，不堪大任，倘不顾智略合不合，委以重任，害他，更害政。”

小白劝道：“别家君子有子，恨不能为他赚来天下大利，仲父有子，却待其薄情，偶尔为私情着想，有何不可？”

“私情与公义不可兼得。”管仲铿锵道。

小白震动，莫名竟想起那年管仲说过的话，国君唯有公仇，而无私仇，那么管仲呢？他有生死仇视的政敌，但没有一个私仇。

管仲过去教小白国君只有公仇，现在教他国君必须顾公义，为了国，便不能任情妄为，事不关国家，小白想怎样率性胡来都行，事关国家，小白就只能把言行收摄在恰当的规则内。

“国家之事，寡人会以公义思之。”小白谨重地说，这是他给出的承诺。

五

齐桓公二十六年（公元前660年）于不期然间到来。这一年过得很快，仿佛在泰山脚下打了个盹儿，半年时间便如流沙匆匆滑过掌心。

被齐、宋、曹三国救出河间地的邢国遗民，目下散居在济水西岸。新的国都还未选定，到底是挨着齐国，还是挨着鲁国，邢侯拿不准主意，询过国人，国人选择挨齐者居多，毕竟背靠霸主，再有国难，能迅速寻求保护。

占领邢国旧疆的白狄再度沉默，很像从前隐没在太行山时，似乎去年那场灭国之战没发生过，无人知道他们下一步要做什么。

时间在临淄城的崇雉墙垣上摇晃，在庄岳之间的熙攘面孔上摇晃，一瞬晃到了八月。本年建子，周历八月在朔历上入了秋，但在自然四季上，仍是夏季，天气炎热，熏风拂面，雨水也多，往往是子夜轰轰烈烈地落雨，天明时已经雨收风止。

昨夜便下了一场暴雨，猎猎风雷自东面的泰山滚过来，仿佛万车奔腾，毫不留情地践踏睡梦中的临淄城，踩塌了半城景致，惊扰了一城好梦，还将庄道南段尽头的一棵百年老柏树劈倒了。

为狂雨雷电所惊，小白整晚都没睡好，耳听得雨声风声雷声交相齐作，眼看着一道道银亮的闪电从窗前劈过，仿佛一闪一灭的骇人鬼脸，心里便怕得慌。岂料忽有狂风撞门，随着一声惊雷，寝门竟被轰然撞开，吓得他掀被跳起来，因受惊过度，似乎中了邪蛊，口里便乱喊人，喊的还不是活人，如先君僖公、襄公以及他从未见过面的生母。众宫人见国君仿佛发了癔病似的神志不清，又惊又怕，又忙又慌，不知该如何做。亏得有个丙刁机敏，奔上前去抱住小白，大吼道：“国君在此，活人留下，死人退出去！”

得这一声吼叫，小白像从噩梦里惊醒，身上直打战，慢慢恢复神智，也不喊死人了，情绪平稳很多，不过有了心理依赖，不准丙刁走，非要他陪着自己，仿佛丙刁是能驱鬼的方相氏，有他在身边，才觉踏实。丙刁于是守了小白一夜，小白睡熟了，还紧紧抓着他的手。

夜梦里受到惊吓，小白睡得很不好，醒来时，只觉身上乏力，精神委顿，头也疼得厉害，约莫是患了伤风。本来这日有朝会，小白实在起不来身，不得已让寺人传话："国君生病，今日朝会取消。"

听闻国君抱恙，卿大夫们少不了要问安，纷纷请命："可否入后寝探病？"问病的殷勤言辞传进去不久，宫中便传来国君的话："多谢二三子关心，寡人无大碍，静养即可，二三子不用探病。"

探不了病，又不用举朝会，卿大夫们打道回府。此际暴雨已歇了多时，太阳升得老高，灿亮的朝霞铺满了城市的细小旮旯，亿万斑斓光片在百千巷道间跳跃，仿佛给城市缝缀的闪亮补丁。

卿大夫们都在宫门口登车，管仲是最后一个走出门的，召御寇问他去哪里，他想了一想："回家吧。"

轩车不迟不缓地行到管氏宫，管仲与召御寇一起下车，一起进门。家徒见主人回来，一面往里递话，一面告诉主人说管忆来了。

管仲知道管忆今日要回来见父母，但没想到她大清早登门，诧道："这么早就来了？"

召御寇说道："是弃疾醒得早，吵得她也睡不成，本也要归母家，故而来早了。"

弃疾是召御寇与管忆的儿子，两岁不到，生得讨喜的小模样，人见人爱。管母尤为宠溺他，常去召御寇家里见孩子，待着就不肯走，说要守着重孙，也常将弃疾领回管氏宫，陪孩子玩一整日，也不觉烦。

进得内室，管忆果然在，正与姜婧说家常话，召弃疾却坐在管母的膝上。管母手里拿着一块素糁饼，一小点一小点地掰下来，捏粉了喂给他吃，瞧他咂巴吃得津津有味，饼末儿落在衣襟上，自己拈起来往嘴里塞，管母便赞他惜食，不好奢靡。召弃疾脸上本有笑容，现在变得更灿烂了。

管母见管仲与召御寇来了，对召弃疾笑道："看看谁来了，是外祖和父亲，要不要外祖抱抱？"

“要，要。”召弃疾含糊地讷讷着，他想到能被人抱总是好的。

“听听，孙儿要你抱呢！”管母怡悦地笑道。管仲也笑，因将召弃疾接了过来，他不常抱孩子，姿势很别扭。召弃疾被他抱得不舒服，又是蹬腿又是甩手，为表抗议，便揪住管仲的胡子，下手也重，几根胡须被他生生拔下来。

管仲痛得脸上抽了一下，苦笑道：“这蛮劲，着实疼。”

眼见召弃疾又要对管仲的头发发起进攻，姜婧赶紧将召弃疾抱过来，依旧交给管母。管母亲着召弃疾的小胖手，乐呵呵地说道：“弃疾不认外祖，只认太祖母。”

众人围着召弃疾，你捏着他的小手，我握着他的脚丫，召弃疾的任何举动都能惹来一片欢声笑语。管仲看着眼前这温馨的一幕，忽想起小白说“人老了，只想竭尽所能厚待儿女”。也许吧，人渐渐走向暮年，大悲大喜经历多了，生活中最触动、最温暖心灵的，不过是片刻的天伦之乐。

于是便思念起远在谷城守邑的管鸣，他今年正旦回来了半个月，而后又匆匆奔赴，姜婧很想儿子，常常念叨：“鸣在做什么？鸣身体好不好？”若收到管鸣来书，必要反复诵读。又念起被自己严酷管教的管友，不由得反省：是不是待他过于刻薄了？当初强行送管友去戍边，姜婧纵然对儿子有万般不舍，也不敢倾诉，背着管仲落了好几次泪，当面仍是表示支持管仲的决定。

他与姜婧结成夫妻有三十年了，大多数的时间，他都使她担忧、愁烦、悲伤。虽然他位高权重，仿佛什么都能拥有，可带给家里人的烦恼远远多于幸福，也许将来的某日，当他不在了，会把更大更痛的伤害留给他们。

这一早上，管仲都陪着家人，暂弃了烦冗政务，舍了钩心斗角，万事皆不用考虑，身心备觉舒快，他还与姜婧说，得闲去谷城见儿子。

姜婧不信他的话，半揶揄半嗔责道：“你能得闲？管子又哄人。”

自己的真心期颐，妻子却以为是欺瞒，管仲哑然失笑，想想也不怪姜婧，他执齐政以来，几时有过闲暇？前回患病，小白告他假，让他静养身体，他却没一日真正闲下来，不是思谋国政，便是书写轻重之术。见他病中仍不消停，姜婧又是心疼又是气恼，夫妇两人几十年没拌过嘴，为管仲不爱惜身体，姜婧差点与他吵起来。

忙人闲不住，闲人忙不得，这辈子选择做了忙人，安逸散淡便与自己无关了。

外边忽来通报，宫里来人了，国君宣管子进宫。管仲惊愕，小白患病不能举朝会，反要见自己，是出了急难事，还是有心腹语着急倾诉？他说了声“稍后”，既要面见国君，必须穿戴朝服，旋即换了衣服出去。

那来宣君令的人竟是丙刁，瞧他那一脸惶急之色，或许当真是出事了。丙刁一见管仲，急匆匆行礼道：“有劳管子，国君急言要见仲父，请管子即刻随我进宫。”

管仲问：“出了什么事？”

丙刁道：“鲁国出事了。”声音陡地一压，像一块尖锐的石头落在泥淖里：“庆父弑君。”

该来的还是来了，人的野心生出来，便似荒野的火，只会越烧越烈，但这不是管仲目前最关心的事，他急问道：“叔姜夫人呢？”

“也为庆父所杀。”

这才是庆父弑君事件中最可骇的地方，也是小白急召管仲的原因。就在半个月前，小白还喜滋滋地到处宣告，公子南与公子顺要归宁了，吩咐一干心细手快的宫人，将两位公子原来住的寝宫拾掇干净，里头的布置要与从前一模一样，就像她们从没离开过。

然而才过短短时日，小白那殷切的、属于父亲的渴慕之音，似乎还在耳际回响，一切却已发生了翻覆之变。小白最怕生离死别，无论亲人、爱人、朋友，或者倚重的臣僚，他都害怕他们离去。往昔公子曼去世，小白哀毁过逾，久久不能平复伤心，前番管仲重病，他以为管仲将死，恐惧得彻夜难眠，所以才准了管仲长假，他宁愿管仲不做事，也不要管仲积劳成疾。而今心爱的女儿殒命，小白如何扛得过去？他早说过自己老了，他之所求，只是在乎的人都康健平安，但有一人不好，他便愁肠百结。

管仲在去齐宫的路上，丙刁将庆父弑君的事详细地说了一遍，他一贯记性好，口齿清晰，描述事情条理畅达，仿佛亲见。

如同当初刺杀公子般一样，庆父指使第三人杀死鲁侯，弑君仍是不够的，还有君的母亲也不能放过。庆父从来杀人不亲自动手，也不目睹，于是指令某个听话而心狠的寺人，给公子顺强灌毒酒。公子顺求生意志很强，不肯从死，竟与那寺人搏斗，寺人力大，一时收不住，手上的劲使得过度，把她的脖子拧断了。

管仲听说公子顺折颈而死，那死亡画面掠过脑海，真是毛骨悚然，他紧紧地皱起了眉头，又问：“鲁小君如何？”

丙刁迟迟缓缓地说：“她……没事，外间传言，庆父弑君之前知会过她……是否如传言所说，未曾查证。”

“这么说，小君知情？”

丙刁不言声，或许是不知如何回答，毕竟是确认还是否认，都让人难以决断。

如果公子顺的死，与公子南脱不了干系，两个女儿，一个惨死，另一个却是害死姊妹的帮凶，却叫小白如何承受？

管仲赶到宫中内寝，还没进门，听见里边一派炸耳朵的嘈杂，先是小白粗着嗓子乱骂人，俄而，砰的一声巨响，或许是小白掷出什么重物，夹杂着女人的尖叫声与紊乱的奔跑声，还有胆怯的抚慰声，却被小白的咆哮盖了下去。

丙刁在门口干吞了一口唾沫，即使小白宠待他，但对眼下这近乎发疯的小白，他也发怵，控背弓腰地走进去，不过须臾，里头传出话来：请仲父来见。

管仲跨进门去，入目是一地狼藉。到处是摔碎的陶片，铜鼎金樽倒的倒，歪的歪，有一只大盂被踢翻了个儿，洒出一大汪水，几个宫女淌着眼泪，一面抹地板，一面发抖。

小白光着脚坐在床榻上，脚边仰面卧着一只缺了口的金盂，一溜土黄液体自口沿处盘桓绵延，是他摔杯而洒出的药。管仲参礼见君，一拜一起之间，小白的模样被他尽收眼底。

因为生病，小白本来正在休息，忽被告知惨事，先是恸哭了一场，而后是遏不住的怒火，烧得理智成灰，逮着谁骂谁，拿着什么扔什么。这样不顾所以地发泄，仍是不能把心中的恚恨排解出来，小白精神遭受重创，病便更重，宫人们请国君服药，又不肯吃，多求了两声，他甚是不耐烦，发火把药摔了。

方才发疯扔东西，小白不慎割伤了右手掌，血止不住。宫人们要给国君包扎，他不要，连丙刁进前，他也一把推开，耍横骂道：“不用你们管！”

这时见到管仲，小白用发红的眼睛瞪着他，仿佛他是宿世仇怨。小白的声音像从门墙缝里蹦出来，暗沉又用力："寡人要亲率师伐鲁，若不灭鲁，枉为君也！"

听到如此任性的言辞，管仲却没有激切反应，平平和和地说："我君欲如何伐鲁？师分几旅、将择几人、兵行何道、出师之名为何？"

前边的问题都似听不见，唯听见出师之名，小白拍着床叫道："鲁无礼！"

管仲沉声道："我君以为鲁无礼，臣以为无礼者乃庆父，非鲁也，我君若要伐鲁，实是伐庆父，不为灭鲁。"

公子顺的死让小白悲恨交加，他悲于女儿惨死，更恨透了庆父，恨意如涨潮，放肆地蔓延开去，一并恨起鲁国。公子南如果不是嫁去鲁国，怎会被庆父蛊惑？又怎会手足相残？公子顺也不会死，千错万错都是鲁国的错，那个伪君子之国，祸害了他的两个女儿，必须为此付出代价！

小白挑衅地说："寡人若既要除庆父，也要灭鲁呢？"

小白越是激动，管仲越是镇定，沉稳地说："我君必要灭鲁，臣岂敢多言，然齐为伯主，不兴无名之师，不举不义之战。鲁今有内乱，伯主当救之，存其宗庙，而非灭之。我君向来遵从伯主之责，今为私怨而兴不义之兵，大不同于往昔作为，他日如何号令诸侯？再者，我君可有十全把握灭鲁？鲁岂是小国！天子同姓，常秉周礼，国不弱，民也不衰，如何能短时内灭之！若执意灭鲁，唯有举国投入，臣恐齐之伯业，一朝覆灭，齐之宗庙，一夕沦亡。"

冷静的小白，会认可管仲的话，丧失理智的小白，却认为管仲在唱反调，两个小白角力，后者占据了上峰，他怨愤地说："仲父指责寡人为私怨而兴不义之兵，寡人便是为私怨，又如何！"

管仲无声地一叹，振振道："私情与公义不可兼得，我君欲为昏聩庸主，尽可只顾私情，我君欲为明睿伯主，请秉公义。"他对小白深深参礼，伏拜下去。

小白长久地不说话，两只手紧紧地攥着衾被，像在捏碎捏死某个让他欲罢不能的念头。他不想舍弃，可又不得不舍弃，作为普通人，可以任情肆为，作为君主，却只有合规合义，因为君主的言行非关个人，他的背后是国家。

“私情与公义不可兼得……”小白涩涩地念着，理智慢慢回潮，滞滞地看着管仲匐低的后背，看着他压在冠冕下染了微霜的鬓发，似乎他比起去年瘦了许多，便觉自己任性得可耻可恨，动容地说：“仲父，请起。”

一声“请起”，管仲便知道小白改过了，小白会耍脾气，会有妄为的冲动，但只要给他时间反省，悔必将及，所以管仲从不死谏，话说得点到为止，小白会主动思索，也总能在事情不可收拾之前醒悟。

小白不再发狂，宫人们终于得以近身，给他包扎伤口。小白神思恢复正常，对身上的异样便感受敏感，有个寺人手重，缠伤口时太用力，小白哼了一声“痛”。丙刁赶紧接手，他却是手轻，动作细腻，待包好小白的手，小声地问：“可愿服药否？”小白慢慢地点了个头，丙刁退出了寝门。

小白抚摸着被裹成粽子的手，闷郁地一叹，说道：“该如何应对鲁难？”

管仲道：“庆父弑君，罪在不赦，齐鲁乃为同盟，鲁有难，齐不可不问，我君当问。”

小白沉默，头疼得一阵阵犯恶心，实在不想费脑力，举手扶住头，无力地说：“罢了，唯除庆父而已。”他没说如何处理公子南，他就算迁怒于公子南，为着舐犊之情，要狠心取了她的性命也仍不忍。

丙刁捧着药进来，服侍小白服下。小白这趟不闹了，除了抱怨药太苦，还是老实把那药喝光，苦药冲荡出苦的情绪，他感伤地叹息道：“寡人盼望她们归宁，但她们还没归宁就死了。”

六

周历九月的天是初秋的天，暑热还在人间称王，苍黄秋意似乎离得还很远，偶有风起时，才些微感受到若即若离的秋凉，在这个九月的最后一日，庆父逃出了鲁国。

这一次，他是真的出奔，而不是藏身国内，待时而动，机会、境遇、权力以及取之有用的一切可能，曾经被他牢牢掌控，如今却被他亲手丢失。

他得罪了鲁君子，也得罪了齐国，内外交加的压力，让他没法从容应付危机，除了奔出国境，他找不到别的路。

庆父得势于鲁，便以为自己可以对鲁君子们肆意凌践，仿佛要把自己从前在庄公那里受的窝囊气，通通宣泄到鲁君子们身上，于是今日褫了这个君子的爵，明日夺了那个君子的秩，后日在朝会上辱骂群臣。因是个身上烧着炭的暴脾气，从来不听劝，忠言不好听，良言不动听，谀词也觉太假，致使人人道路以目。有一回为一件小事对施父发火，唾沫正正吐在施父眉心，施父气得当场晕厥，差点终于遂了鲁君子们的多年心愿，魂赴周公庙。

庆父从没真正想清楚过，鲁君子当初支持他，全是因为厌恶公子般为君，而不是对他有多大好感，因此默认了他杀死公子般的行为是合法的，如果当初他力撑公子般，那么惶恐离国的就是他，而不是季友了。

去年庆父想借齐国的势拿下季友，结果未能如愿，出于失望情绪，庆父竟以为齐国无用、霸主无能，空负一张吓唬人的虚假外壳，里头全是败絮，既然杀死鲁侯无负担，杀公子顺则更无顾忌。

然而，正是他的肆无忌惮，激怒了小白，他可以随意摔打鲁君子，随意对施父吐口水，小白不会过问，但一旦伤害小白的人，小白绝不能容忍。

杀戮的血还没洗干净，齐国的问罪使者就来了，带来了小白的严厉指责，开口第一言便是："叔姜夫人何罪，尔安敢杀她！"

庆父这才真正体会出什么是霸主，人不在场，面不曾露，那威压像泰山倒下来，压垮了曲阜城的方正墙垣，他曾经对齐国的认知，全是错觉。他与季友内斗，齐国能帮他向陈国问一声，已是尽到了极致义务，至于他与季友如何生死对决，是他砍下季友脑袋，还是季友刺穿他的心脏，齐国才懒怠管，但他杀小白女儿，小白便要他以命偿还。

庆父后悔了，过于自负，下手太着急，没想好后路。他是太渴慕国君之位，嫌那总角国君碍事，日日对着一个孩子稽首参礼，心里恼怒。

内有鲁君子积怨，外有齐国威压，庆父只能出逃。

他走时还不忘去问公子南要不要一起走。公子南给了他一巴掌，啐道："杀我妹时，怎不来问我！这当口恶事做绝，被逼亡命，倒来问我！"

庆父冷笑："算了吧，明明你心里清明得很，现在说姊妹深情，小君好不虚伪。"

公子南痛斥道："你要弑君自立，我管不着，可你杀我妹，我不会放过你，我君父也饶不了你！"

庆父没被吓住，似乎觉得太可乐，嗤笑道：“小君再别把你那伯主父亲抬出来了。在你君父心中，你我是同谋，他饶不了我，一样饶不了你！”

公子南无言反驳，庆父说得没错，对公子顺的死，无论她如何自辩说她一无所知，小白都不会相信，连她自己也觉得假。小白为了公子顺，绝容不下她，倒不是对公子顺疼爱至千万人当为她陪葬的地步，而是讨厌背叛，尤其讨厌被亲近的人背叛。公子南去年才信誓旦旦地倾诉思念君父，姊妹要归宁母邦，今年便反目成仇，那昨日的深情表白，全成了骗人的虚言。

在君主的权力世界里，一花一木、一念一动、一呼一吸，都要持在掌中，儿女要听话，臣僚要忠心，盟友要亲善，天下人都得剖心以对，若有偏离，是越轨，是非礼，必须不惜一切代价拉回来，拉不回来，那就毁了吧。

庆父东奔莒国，同日公子南也离开鲁国，她不与庆父同行，而是逃往邾国。两人从此生死不相见，过去的恩爱痴缠、柔情缱绻，都像是荒唐梦里的荒唐片段，不值得温故，也无须留恋，仿佛从前不曾认识过这个人，未来的悲喜也与这个人无关。

庆父逃亡的背影刚刚消失在鲁国东鄙，在郎邑养了一年伤风的季友，忽然间病好了，他却不忙归国都，安静地等了一段时间，等来了曲阜城里君子们的切切呼唤。

庆父滚蛋了，国中无君主，朝堂无执事，君子们需要季友回来主持大局。当初是他们默许庆父杀死公子般，逼跑了季友，今日又是他们赶走庆父，请季友归国，黑脸红脸都唱了，也唱得恰如其分。

季友仍不着急，回复君子们“稍候”。君子们便遣人来请，请了一轮，担心诚意不够，又请了二轮、三轮。季友端着千呼万唤始出来的架势，择了个吉日，慢慢踏上了回国都之旅。

与季友一同回来的，还有从陈国复返的须句风与公子申。君子们出城迎接，彼此参礼寒暄，季友说道：

“鲁今无君，应先立君。”

立谁？君子们望向季友身后的公子申，恍然如大梦初醒——季友在郎邑久留不动，不仅在等君子们的祈请，也在等公子申。这就是季友比庆父高明之处，急躁的庆父永远只知闷头往前冲，季友却要瞻前顾后，会给自己准备后手，立不了公子般，可以立公子申，如同储粮，吃光这顿，不必担心，下顿早就备好了。

立公子申为君，鲁君子们不反对。公子申与可怜丧命的鲁闵公一样，也是庄公的儿子，来历干净，血统纯正，不是公子般那种野路子，不会丢我姬姓贵族的丑。

十二月，暑热像逃出鲁国的庆父，早就没了影儿，寒意却似重归邦国的季友，长长久久地驻扎下来。旧年将要结束的一日，鲁行人抵达齐国，将新君登位的消息带来，也带来新君的问候：有赖齐国出手，方使弑君恶贼不能逞其愿。

鲁行人进入临淄城，特来迎候的齐国承摈（东道国招待他国使者的官员）抱歉地表示：请鲁使在馆舍稍息，寡君正在见人，事特急，暂不能见鲁使。

“见谁呢？”鲁行人多嘴问道，心里多少梗结：凭着齐鲁世代姻亲的情谊，哪国使者能比鲁使尊贵，竟让鲁使后头排队？总不能是周天子心血来潮遣使问好吧？

承摈并不隐瞒：“是卫使。鲁使或还不知，白狄侵卫，卫君殉国，卫也亡了。”

鲁行人惊得毛发奓立，再不敢有争排位的想法。

当鲁行人暂往馆舍，承摈口中的那个卫使正被寺人领进齐宫。他是从血腥战场逃出来，一身的褴褛之衣，一脸的狼狈之色，冠不正，簪也歪，额头、脸颊、脖颈，俱是瘀青，领口、袖口、胸口，全是污渍，鞋袜还破了洞。寺人见他太不体面，好意请他洗把脸，再换身干净衣服，他却说不用，事太急，顾不上身外之仪。

确实是事太急，原来国君召见外国使者，该在外朝，但小白见这卫使在内朝，皆因外朝会面，礼仪烦琐复杂，那是平时无事，两国朝聘问好，慢慢地因循周礼，今逢大难，必须简礼。

卫使跨进内朝正殿，里边的人不少，都不认识，唯有一张脸能在记忆里打捞出印象，是卫公子辟疆，他离开卫国有七年了，徜徉在齐国这块富贵沃土里，日子过得有滋有味，比起从前，更见风姿。其实论辈分，他们是兄弟，辟疆在齐国销金窝调风弄月，他却在外族的刀口下经受生死考验，心里顿生不平。

他望向君座上的小白，参礼道：“外臣开方拜手稽首，齐君万年。”

稽首礼才行下去，眼泪忍不住，像大坝决堤，往外狂涌，不顾礼节地扯起烂成条状的衣袖擦泪，却没止住，呜咽着哭了出来。

他这一哭，不用多言，小白已是满心同情，他向来心软，见不得人受苦。了解小白的人都知道，要打动小白的心，伏低卑弱则可，因为他对一切委屈的、受辱的、落魄的、悲惨的人或事，都抱有慈悯心。

这位开方使者凄凄惨惨地一通悲泣，哭起来收不住，惹得小白也想哭。忽有人清声道："公子稍止悲，请先言卫难，再悲不迟。"

开方的哭声缓缓戛然，他抬起蒙眬泪眼，悄然看了一眼说话的人。他极是心思灵敏，从这人差肩于小白的朝位，可见在场诸君子他的地位最高，认定这人必是管仲无疑。

他依旧扯衣袖擦眼泪，歉然道："齐君勿怪，外臣哀于国亡，悲不能止，失礼了。"

小白很理解他，矜悯道："国有大难，臣子伤痛，一片赤心。寡人惊闻卫难，深以为恨，然未知详情，请公子言之。"

开方唯了一声，停顿片刻，复平那悲郁情绪，开始一字一句详尽地讲述卫难。

白狄进攻卫国，与灭掉邢国同样，也是突然袭击。

卫国在北鄙竖起的藩篱与巡行的战士，能挡住身无寸刃的邢国难民，却挡不住白狄的刀兵，弱小的邢国尚且抗了近三个月，疆域更大的卫国却连一个月也没顶过去。

因先占了邢国，白狄进入卫疆更为顺利。在邢国养精蓄锐多时的白狄，忽然一日如怒潮狂涌，冲向南面的卫国，从邢至卫，疆域既近，道里也平，只有几条河，蹚一蹚也就过去了，于是一路杀来，几无阻拦。

养鹤成痴的卫侯，在他九年的为君时间里，国政一塌糊涂，军备一塌糊涂，对付邢国这样的自己人还可游刃有余，对付外敌却一筹莫展。本来谈情说爱拿手的卫国人，也不擅长战斗，君子们追逐美人是一流行家，说起动武尚功，都皱眉头。

白狄对卫国的蹂躏，仿佛撕裂一张薄脆的纸，轻轻一用力，纸屑漫天飞舞，半个月不到，便冲到了朝歌城郊野。亡国危机像太行山上的阴云，沉沉盖在卫侯头上，他终于从鹤的迷梦中警醒过来，想到应该反击。

春秋列国少有常备军，若出兵，先要行大蒐礼，征召国人从军。为救国难，卫侯紧急举行大蒐礼，在这国家兴亡的要紧关头，本该是人人奋战，人人慷慨，人人效死，可悲的是，应征者竟自寥寥。国中无奈，强行抓来国人，却是抓了这个，那个跑，抓了那个，这个逃，好不容易凑齐了一师之兵，于太庙受甲时，一片声地怒骂道："国君为何不让鹤出征！鹤尚有禄位，我等为何出战！"

卫侯爱了鹤，自不能爱民，鹤的地位一日日升高，国人的地位则一日日沉降，整日见鹤行礼，遇鹤参拜，口不敢言鹤，目不敢视鹤，仿佛那生着翅膀的禽类，是卫康叔的化身。鹤酌金馔玉，人却啼饥号寒，鹤居高台华屋，人却住蓬门荜户，鹤褒衣博带，人却裘褐悬结，鹤如此尊贵、如此荣耀，国君拥有鹤，便拥有了天下，还要人做什么！

卫侯失了为君之责，因此失去民心，国人失了为国作战的动力，因此失去救国的最后机会。

卫侯拖起一支稀稀拉拉的衰兵，出朝歌城保家卫国，在荥泽（今河南郑州市西北古荥镇北）与白狄遭遇。一路摧枯拉朽所向披靡的狄军，对阵哀哀戚戚如丧考妣的卫军，胜负早成定局。

在人生与国家的双重尾声，卫侯彻悟出一个君主应该具有的责任，那就是国君死社稷。两军交战不多时，卫军不能撄其锋，很快败下阵来。卫侯不肯去旗逃跑，宁愿被白狄追击杀死，把自己的命殉给将亡的国，他昏聩了一辈子，在人生终局成了伟丈夫。

卫侯战死，狄军擒获了尸体。戎狄不像华夏，战场上击杀敌方主将，还要厚殓之、祭奠之，载棺归还故国，以彰显彬彬之礼。死了的人，于他们就是一坨肉，再有也是出于威慑卫国人的心理，于是爽利地肢解之。这条大腿烤了，那只胳膊烹了，脑袋整齐地割下来，刮掉皮肉脑髓，制成头盖杯，一应脏腑下水也绝不放过，卫侯的尸体被做成了肉丸、糕饼、汤羹、酱汁，独留下一片肝，与鹤肝比较，孰大孰小？

荥泽战败，卫侯惨死，国家的军事防线与心理防线彻底崩溃了。

白狄攻进了朝歌城，卫国人真切地尝到了亡国奴的滋味。

一年多前，邢国人遭受的恐惧，现在通通落在了卫国人头上。白狄才不学咀嚼周礼的华夏，伐国而不绝其祀，灭国而不戮其民，他们眼里的卫国人，是奴隶，是苦力，是牲口，也可以是与卫侯一样的鲜肉。

邢国亡国，邢国人四散逃离，卫国亡国，卫国人也要逃命。邢国难民奔逃方向有三，卫国难民奔逃方向唯一，即是渡过黄河，对岸也有卫国的边鄙，可以落脚求活气。

于是举国上下，国乡鄙野，君子小人，俱是拖儿带仔，扶老携幼。身家多的，赶着几辆大车；身家少的，把家当背在身上，扛在肩上。富贵君子与贫窭野氓，以往的不同身份者，现在的天涯沦落人，仿佛成千上万只仓皇搬家的蚂蚁，当暴风雨袭至，旧的巢穴濒临倾覆，蜂拥逃往黄河岸边。

逃难的卫国人，面临邢国人曾经遭遇过的同样困境——渡船不够。贵族有私船，更有特权，当先登舟解缆，一舟载重本也有限，偏还抬上去大箱小笼，尚有忠心的黄狗、温顺的白猫，与优雅的鹦鹉。没特权的平民只能靠后，眼睁睁看着贵胄带着心爱的猫儿、狗儿、猪儿、虫儿，轻轻捷捷地跳上船，那副趾高气扬的恶心模样，至此国难，竟仍不变，长久积压的怨气为此刻的怒火点燃，瞬间爆发了。

人潮前赴后继地奔来抢船，你扯缆绳，我拉船沿，将船上的君子推下河，箱笼猫狗也扔下河，有君子之妾不肯下船，被揪着头发拖走，倘有哭天抹泪挣扎到底的，脸上四五巴掌，屁股七八狠脚。在命运攸关的急迫时刻，君子风仪可以不要，地位尊严可以丢弃，尊老爱幼可以忘却，君子与小人为争夺活命稻草，彼此大打出手。起初是平民为反抗特权而发起的正义暴动，抢得急了眼，也分不清这与自己生死相搏的对家，到底是贵族还是平民，也可能是乡邻，曾在一只釜里舀过汤，一床被褥里睡过觉。

抢船正在激烈时，白狄追兵却如索命的无常，飞扬的马蹄踏上了逃难者的脊梁。

噩梦来临了。

杀气腾腾的三千狄兵，冲入了张皇失措的卫国难民中，便似一簇火丢入一堆柴薪中，轰地燃出可骇的烈焰来。

刹那间尖叫声、怨哭声、嘶吼声、悲号声、惨呼声，声声震动，音音惊心，河岸边到处是奔跑的人：有的狂奔乱逃，一头撞向狄兵的戈矛；有的穷途末路，纵身扑入黄河；有的不知所向，唯有坐地号哭。卫国人是羊，白狄却是狼，羊很多，狼捕食起来相当顺手，兵杖刺过去，力道收不住，头颅滚落了，心脏洞穿了，一个人死去，两个人死去，三个人死去……血腥味像地底喷油，激起更大的恐惧与更疯狂的杀戮。

为死亡所慑，大多数人失去了思考能力，东西南北分不清方向，找不到去路，少数人似疯了般往船上爬，却是缆绳未解，被已追上来的狄兵拦截，稍有反抗便是一刀，不曾反抗也是一刀。有船只趁乱离岸，舟工手忙脚乱撑了一竿，不幸遭一箭封喉，舟工既死，船上难民一气乱划，那船竟不听使唤，不是原地打转，便是侧翻，乘船者落了水，奋力向对岸游去，努力游了两三里，终于力竭，为激流吞没。也有轻舟顺利摇走，却因乘船的人太多，超逾船只的载重量，待行至黄河中央，风大浪也大，摇橹不稳，可怜翻了船，没一个活下来。

屠杀从光明似锦的正午，持续至余晖脉脉的黄昏。周历十二月，寒风在太行山上刚刚起势，仿佛刚行过执驹礼的天子服马，说不出有多么轻巧昂扬，因而放牧郊野，奔过风景萧瑟的山下平原，奔至那血淋淋的屠宰场，忽然受了惊吓，失足跌入了滔滔黄河。

玫红晚霞映照下的世界，像被血洗过一样，岸上横陈着尸体，河里漂浮着尸体，有整具的，也有残缺的。华服的君子与蔽衣的野氓，也许生前曾互为仇雠，死后却彼此依偎，在死亡面前，身份等级化为乌有。

终有逃出生天的极少数幸存者，乘舟在黄河里漂了一日一夜，摇橹摇得臂膀酸胀，也不敢撒手，船行到对岸，未料却有人接应，不是本国君子，自然也不会是管不了天下事的周天子，原来是宋国太子慈父。

慈父这一年常在济水活动，为了帮助邢国重建家园，他连宋国也很少回。他向来热心天下事务，别国受了灾、弑了君、遇了兵，他便激动得按捺不住，因此惊闻卫国遭大难，不由得愤而悲，悲而愤，不是左右拼死拦住，真要立即游过河去，以一乘战车赶跑白狄。

被慈父接应的卫国遗民，人少得可怜可伤，统共七百三十人，勉强可组成一个里，公子开方就在这些幸存者里。

由宋国助力，七百三十个遗民决定重建卫国。要建国，首先得有国君，因幸存者里有个公子申，与辟疆同为卫宣姜的儿子，于是立公子申为新君，暂把新国都定在曹（今河南滑县城关镇东）。君有了，临时国都也有了，接着向天子与列国告难，派来齐国的正是公子开方。

回述完卫难，开方默默落泪，许是开头哭太狠，眼泪耗多了，讲述惨事时，却不怎么哭。反倒是辟疆撑不住了，听到卫侯惨死，尸身遭凌辱，捂脸伤恸，再听到卫民在黄河边被屠杀，更是泣不成声。

莫说辟疆为母邦痛切，小白也觉凄惨，哀叹道："卫之难，哀也，痛也。寡人断不会不问，但凡卫国有所求，寡人必定答应，无所求，寡人也当助力。"

小白的话才出口，辟疆突地起身，朝小白庄重地拜下去，抽噎道："外臣母邦覆亡，国君殉国，国人死难，外臣却远别在齐，既不能救国危于前，又不能死社稷在后，身为卫之公族，竟坐视国亡，好不惭愧。外臣今求请齐君，蒙齐君容留羁旅罪臣，优待多年，外臣感激君恩，恨不能以命相报。然国有难，外臣不敢置身事外，必当归国，与我国人同心尽力，重建卫国，望齐君体察。"

往昔辟疆与卫侯不睦，避祸奔齐，外间讥刺他身体里有只兔子，遇事溜得特快，躲在齐国温柔乡里做富贵寓公。可当卫国遭到亡国之难，国无尺寸之土，民无立锥之地，他却挺身而出，足见他是真有担当。

小白赞誉道："公子勇而担责，赤心之人也。公子有归国兴邦之志，寡人岂能不允！"

辟疆感激地拜礼，小白还向他允诺，齐国会尽一切可能帮助卫国重建，无论人力财力，齐国都竭其所有提供。小白又体贴开方可怜，死里逃生，备尝苦痛，赏给开方许多好物，待他以上卿之礼。

开方来齐告难不到半旬，辟疆便随同齐国援师出发了，率师的是王子成父，公子无亏为副。援卫的队伍浩浩荡荡，前边是兵甲闪耀的军队，当中有车三百乘，甲士三千人，专为戍曹，后边是几十辆大车的物资，有送给卫君的乘马轩车、祭服五称，有牛羊猪鸡狗各三百，营造宫室居屋的良材，还给君夫人准备了鱼轩与三十两重锦。

队伍走到济水西岸，忽然收到讣告，说是继位不到一个月的卫国新君暴疾而死，约莫是渡黄河时染了风寒，此后颠沛流离，没有优厚条件调养身体，兼之亡国之痛郁积在心，久不能释，病便深入骨髓，转而成重疾，终不能治。

先君留下遗命，他死后，卫君由辟疆承绪，给出的理由是，辟疆能兴卫，别的理由没有，可能是死亡来得太快，没来得及说出口。

“先君择我为君？”辟疆难以置信，他离国若久，与故国的人事都暌违生疏，以为故人大半都忘记了他，不想一朝归国，竟登君位，也许先君认为他能兴卫，是看中他于危难之际不避险难，舍安逸而就苦难，心中有社稷。

同他一道回去的开方说道：“兄长与先君为同母兄弟，先君遗命兄长为嗣，也是情理之中。”话说得怪怪的，言下之意仿佛是说先君择辟疆为君，是出于私情。

辟疆盯视他一眼，却不言声了。

在齐国国门内还是公子的辟疆，走出国门却成了国君。这时，七百三十个卫国遗民，正在曹地翘首以盼他们的新国君，卫国未来要如何走，遗民们心里没底，辟疆也没壮阔豪言，他只是把在齐国常穿的君子美服换下来，着了一身粗布衣，这似乎预示着卫国将从头开始。

麻衣布冠的卫国新君辟疆，乘素车驰入曹地，作为卫国的临时国都，这里仿佛蛮荒之地，无宫阁，无楼台，无池苑，无集市，无通衢，更无可抵抗强敌的坚固城垣。

辟疆甫一入曹，立即着手筑城墙建堡垒，在郊野四边竖藩篱，营造以军事设施为先，至于宫阁楼台，全不在他的考虑中。曹地的军事设施正在紧锣密鼓地兴建，黄河边上却传来了令人忧心的战报，原来那杀卫国人杀得刃钝的白狄，已于日前东渡黄河，兵锋锐不可当，立时要杀向济水沿线的卫、邢遗民。

王子成父也在曹地，听传信候人说起东来济水的白狄主将名字，恍惚觉得耳熟，多问了一声：“率师者是谁？”

“荣如。”

王子成父点了点头，辟疆见他面露恍然神情，问道：“王子知道他？”

“知道，是熟人了。”王子成父用讽刺的口吻说，果断地一击掌，“前次让他逃了，这次，绝不能让他得逞，也不会让他逃掉！”

七

在黄河里漂得天旋地转的荣如，刚一下船，两只脚还没站稳，就给了邱如一拳头。

他之所以动武，是因为邱如给他找的这条渡船，船身既窄，吃水又浅，吹点儿风起点儿浪，便晃得像发癫痫，行到河中央，船板还裂了条细缝，河水像浓鼻涕一般漫进来，不得已一面摇橹一面舀水，差点翻船。

“你想害死我吗？”荣如恶声道，恼怒去不了，一脚踹在邱如下巴骨上，踹掉了一颗牙。

这样仍不解气，荣如一口唾沫吐在邱如颊边，怒骂道：“废物！蠢货！无一事办成，我这条命迟早废在你手里！”

荣如一旦骂起邱如来，便会没完没了，皆因他每次都翻旧账，从邱如杀申庶其不得手，怕不是故意放那贱人走，到邱如做事拖沓，脑子笨拙，再掰扯出上个月上上个月的某件针眼儿似的小事，总之是无一样称心：我之所以留着你这条贱命，不过是可怜你。

山戎战败后，戎王奔逃太行西山，荣如没有追随而去。早在燕都时，他与戎王便有了芥蒂，再有鲍丘水一战，戎王怨他不涉水救援，他也恨戎王无端责人，两人的隔阂越来越深，若他闷头去寻戎王，只怕戎王要结果他的性命。

过去的老东家只有一刀两断，也不能没个去处，思来想去，索性去投效白狄，到底荣如撤离鲍丘水战场时，带走了两千山戎精锐，这就是送给新东家的隆重见面礼。

看在见面礼的分上，狄子果然予荣如厚遇，地位虽不及在戎王手下时，但白狄的规矩没山戎烦琐，却是自在舒爽得多。

过后，白狄侵邢，是荣如率山戎精锐头一个冲进了邢国都，白狄侵卫，又是荣如率师追赶逃亡的卫国人，在黄河边大开杀戒。他极恨华夏人，一是出自戎与华夏两立的陈腐思维，二是齐燕毁了山戎国，也许还有不能说出口的隐秘念头，他曾经想要降伏申庶其，耗了二十年时间，也不能使申庶其低下头，他因此恨透了申庶其，进而恨透了所有华夏人。

荣如下令屠杀逃难卫人时，邱如竟然面露不忍，听得满耳惨叫，看得满眼血腥，禁不住摇头叹气。荣如当时给了邱如一个大耳刮子，骂他窝囊废，强逼他去结果一个被狄兵砍断腿的孩童。邱如却迟迟不动手，还求情说：“只是个孩子，要不饶了他？”荣如当着他的面，把那孩童的脑袋剁下来，血溅了邱如一身，他故意问邱如：“滋味若何？”

荣如嫌弃邱如动辄怜悯贱人，经常猜疑邱如当初没杀成申庶其，或是与申庶其达成了苟且，至于是何种苟且，总有一日，他会彻查出来。

骂够了邱如，荣如才回到正事上来，他其实是奉了狄子之命，在河济之间建立前进中原的堡垒。济水沿线原来是诸戎的天下，可恨十几年前，齐国将济水诸戎清扫干净，如今的济水岸畔，要么耸立着齐、鲁、曹的边鄙城邑，要么分散着失家无归的卫遗民与邢遗民。

白狄涉河的关津，距曹地最近，本来可仗着灭卫之势，一鼓作气把卫遗民也铲除了，但荣如再恨华夏人，也不至于意气用事，他听说曹地驻扎了齐国军队，鲍丘水一战惊心动魄，他至今对齐军隐隐忌讳，不愿刚踏上中原沃土，便与齐军正面对抗。于是思忖再三，他决意越过曹地，继续往东行进，扑向济水中下游的邢国遗民。也是因为邢遗民聚落分散，国都未建，城邑不营，凝不成一股合聚力，而且邢人战斗力也弱，狄兵与之交战，胜算更大。倘或能把邢遗民连根拔起，使济水下游成为白狄的控制区，从此逐鹿中原，前进有方。

荣如要东击邢人，也不能不顾曹地的齐军，于是乎留了个心眼，他着邱如率四千人驻扎在曹地以北二十里，既牵制齐军，又密切关注齐军动向，若有异动，紧急来报，待部署完毕，他对邱如严厉地说：

“这可是你立功的大好机会，干好了，过往所犯错误一概不问。”

邱如唯唯诺诺地应承，眼睛闪了一闪。

荣如东去，而邱如留守，两师成掎角态势，东有急难，西可救之，西有变乱，东可援之，这是荣如的完美计划，纵使出现差池，东西互为支持，也不会全军覆灭。

二月初的某日，卫国候人侦察到白狄大军渡河之后，在关津驻扎不到半旬，即刻往东奔去，约万人之军踏出的烟尘，仿佛黄灰的硕大旌旗，遮了半爿天。

白狄军队像滚地而起的龙卷风，扑向了济水下游的邢人聚落，安稳生活没过得几日的邢国遗民，又将再度遭受兵燹。卫国候人把探得的军情上告给新卫侯，经卫侯首肯，写成简书，加急送往齐国。

小白接到卫国简书的当日，正在会见鲁使，鲁国是来通报喜事，那遭着万人唾弃的弑君者庆父，已于上月末自缢而死。

庆父奔逃莒国后，鲁国为了逮回庆父，不断与莒国交涉。莒国初时软硬不吃，其与鲁国世代不睦，因频繁的疆域之争，彼此都恨得想生啖其肉，故而谁若是鲁国的敌人，就必定是莒国的朋友。可架不住鲁国送了贿赂，为得庆父，鲁国大肆送礼，莒子有礼，莒子妻妾有礼，莒君子有礼，举朝内外无一不得好处，便是看门的刖者也捧得一条鲁国假肢。

拿了人的手短，拿了太多则没脸，莒国恨鲁国，但不恨鲁国的贿赂，莒子与庆父也没有生死友谊，遂对庆父发出逐客令。

被莒国赶出国门，庆父别无他途，被强迫押解到鲁国都郊野的密邑，之后停驻不动。倒不是他刻意滞留，而是季友的意思，说是若要死，也当死在国都之外，不能让弑君恶贼的浊气污了先君先公的在天之灵。

身陷绝境的庆父抱持着最后一线求生希望，向国中请求奔亡他国，不允，请求褫爵而留命，仍不允。那一日，庆父请公子鱼（奚斯）去国都向季友求情，向晚时分，庆父听见门外传来凄惨的哭声，一声声撕心裂肺、肝肠寸断，真像在哭丧，庆父叹了口气，说道："奚斯之声也。"他把长得可做裹尸布的白帛挂在了房梁上，把自己也挂了上去。

庆父自缢，叔牙仰毒，季友成了最终的胜利者，辅弼鲁侯，执政终身。借助季友的势力，其家族在鲁国愈加兴盛，终成鲁国权力最大、地位最显赫的家族。而死了的庆父与叔牙，其后裔并未受牵连，庆父子孙立宗为孟孙氏，叔牙子孙立宗为叔孙氏，加上季友的季孙氏，因他们皆为鲁桓公的儿子，故习惯上称这三家为鲁三桓。

鲁方来齐国告知庆父已死，顺带说了一声公子顺已依小君礼落葬，但没有提公子南，齐方也没提，仿佛这个深度干连鲁难的女人不曾存在。鲁国对她有恨意，碍于强齐之势，不敢擅自处置她，小白对她也有怨气。实际上庆父才死，公子南便给小白寄过书信，书里尽是泪水涟涟的倾诉，有悔恨与自责，也有祈愿与请求。小白不觉感动，只觉糟心，没看完就丢开。

公子南过后又送来一书，说她离开邾国，前往东莱。小白仍是看了一半就丢开，也不回复，怨愤太深，难以消解，公子南希望他可以原谅自己，可他原谅不了。

公子南送来第二封书信时，是周历三月间，本年建丑，因此是夏历的仲春月，寒气未消，而春已来到。小白抛开了公子南的来书，他怕多看两个字，会使心情暗淡。但另一份来书，却让他心情转好，那是来自济水西岸的军情简书。

小白阅后当即转给管仲，又遣了个寺人去告诉申庶其：那个囚禁你的恶人做了鬼。

那恶人是荣如，令他做鬼的是王子成父，后者将前者一矛刺死。

东来扫荡邢国遗民的白狄军队，最初的半个月，战况顺风顺水，济水沿线的邢人聚落如同枯蓬断草，轻轻一碰，便瓦解粉碎，聚落铲平，人口掳走，物资劫掠，照这态势发展，不过一个月，济水将成为白狄的边鄙。

正沉浸在胜利喜悦中的荣如，忽然接到军报，说是齐、宋、曹三师次于聂地，将要救邢。

双方对峙了数日，荣如向西面的邱如发出急报，令他率师前来会战，却如泥牛入海，久无回音，仿佛邱如与那四千人被黄河水冲走了。荣如可以等邱如，诸侯师却不会给敌人等待的机会，决战不能避免。

荣如在战场上才知道，那来救邢的齐国军队，原来是戍守曹地的齐军，率师的正是王子成父。从曹至聂，战车跑快一些，一日行程，怪不得齐军来得这样快，那在曹地以北监视齐军动向的邱如，何以不报？是眼瞎了耳聋了，还是故意为之？

战斗开始后，齐军率先出击，三百乘战车发起三轮冲锋，第一轮五十乘，第二轮一百乘，第三轮一百五十乘，仿佛海上刮起飓风，一浪紧接一浪，一浪高过一浪，将白狄军阵冲得七零八落、溃不成军，以至宋师与曹师未曾举戈，胜负已分。

王子成父一乘争先，杀到了荣如的战车前，他大喊了荣如一声，在荣如惊觉恍神时，长矛刺穿了他的身体。

聂之战，诸夏大胜白狄，成功阻击了白狄进攻中原的步伐。胜利战报传遍天下，也传到了黄河岸边的邱如耳里，他正要登船北去，闻说荣如战死，叹了口气。

半个月前，他给曹地的王子成父送去一封密书，他说可以送份大礼给齐国，无别酬答，只求他与手下四千人得以全身而退。王子成父回复了一个字："可。"于是齐军东去，他不报，荣如请会师，他不动，他便坐看荣如覆灭，将那冷漠的旁观者角色扮演到极致。

在密信的最后，有这样一句话："问申庶其。"

从前的恩怨，过往的感激，现今的报答，都浓缩在这一句话里。

危险过去，遭到二度伤害的邢国人，迫切需要一个完整的、有凝聚力的国家，便由齐国牵头，齐、宋、曹三国并力，将邢国遗民迁于夷仪，为其筑城，兴建宗庙，则是把夷仪作为邢国的新国都。

齐国派去帮助邢国建都的仍是公子无亏，将来卫国重建，大约还是他燮理相关事宜。这一二年，无亏频繁参与外事，眼见他在小白心中的地位诸公子无以匹敌，倒让国中浮议，国君是否欲立他为太子。小白又遣管友胁从他，只因管友曾在夷仪戍边牧马，对那一带的情况较为了解。

夏风掠过庄、岳大道，炎天暑月来了，在最热的七月，每日便是不动，也要汗流浃背，小白每年都要去申池避暑，今年也不例外。往年小白在申池，长则两个月，短则一个月，国中事务一概交给管仲，他从不过问，安心待到熏风退避、秋风萧瑟，再回临淄城。可今年才在申池过了一宿，第二日便把管仲召来了。

来宣传管仲面君的是鹿无极，他在路上告诉管仲：国君一夜没睡好，火特大，逮谁骂谁，又砸东西又打人，谁劝也没用，下头人胡言国君八成是被热得神志不清。

小白不会无端发火，必有原因，管仲问道："可是遇到什么事？"

"鲁小君来书了。"

管仲懂了，公子南是小白心里的暗刺，她若一直沉默下去，小白仿佛就忘记了她，日子照常过，生活不起任何波澜，过去的欺瞒、罪过、怨恨也像是没有过，可是即便小白想将公子南从记忆里删除，公子南却不甘心被遗忘。姜齐子孙向来要强，过不得闲云野鹤的淡泊生活，宁愿死，也要人家记得他们。

公子南的来书，距离上一书过去了四个月。在那封书信里，她祈求小白原谅，她也许是想着小白心肠软，只要伏低求饶，天大的错，小白也可宽恕。可惜这招对别人管用，对她没用，小白对她的怨气，累成了万仞高山，她若要求得小白谅解，先得搬山。

小白的不原谅、不回应、不理会，让公子南失望至极，又因为失望，生出恚恨，她原来尚有些许愧疚心，却为小白的无情，慢慢觉得自己其实没错：“我做了什么，私通小叔吗？庄公不爱我，还不许我另觅新欢？早知庆父要杀公子顺而不能救吗？手握权柄的男人取人性命如薅草，女人何能为？”

在这封书信里，她写尽了自己的怨怒，逐行逐字皆是诛心之言，她骂小白杀公子纠而夺君位，明明得位不正，却成为风光霸主，她未杀一人，竟被归罪为弑君同谋，男子行阴谋而赚利好，女子受胁迫而背罪名，何其不公。

公子南自己把那根暗刺拔出来了，不仅拔，还补了一刀。

公子南的宣泄触犯了小白的大忌。任何人都可指摘小白治国无方、窳惰浪荡，甚至也可质疑齐国霸业不成气候，心胸并不狭窄的小白，总能强忍下去，但绝不可以提公子纠，那是碰不得的死穴，与他关系亲密的重臣不说，敢言的谏臣也不说，这几乎是齐国朝堂公开的秘密。

小白将那来书掷在一个寺人脸上，怨毒地说：“求生得生，求死得死，成全你！”

自公子南送来第一封书信，大半年光阴流逝，小白没回复过半个字，到此第三封书信，被公子南的过激言辞惹恼的小白终于回书了，写的什么只有小白自己知道。

给公子南送书的使者走了，小白并不释怀，反而更郁闷，本为避暑来申池，竟不觉凉爽，越发热得煎熬不住，因此彻夜难眠，汗淌得像涌泉，起夜几次，换了几身衣服，反反复复起来躺下，动静过大，扰得同榻的蔡姬睡不好，彼此火都大，两个又是一通吵。

白日受公子南的气，晚上受蔡姬的气，小白那怒火便越烧越旺盛，一如鹿无极所言，怒至无处发泄，便处处发泄，唯嚷着要见仲父，国事棘手，需要管仲解难，家务伤神，也需要管仲处分。

管仲步入申池行宫，小白正坐在水边台榭里发呆，火是不乱发了，神色却不轻松，瞧见管仲来了，恍惚了一下。

管仲稽首参礼后，毫不寒暄，直接说道：“送书之使走了多久？”

君臣刚见面，就说起给公子南回书的事，小白却不诧异，犹疑了一会儿：“昨日日昳离开。”

算一算，过去了大半日，这会子那信使恐怕已走到旧纪，管仲急道：“请我君速速追回前使，若再迟滞，怕来不及了。”

小白愣住，他因为公子南扰动心神，那封送出去的书信，像尖石似的硌在心里，旁人不懂他何以失常，管仲却一定能懂，所以他召来管仲，希望管仲能开解他，要么给他的行为寻找非如此不可的理由，要么不避讳地告诉他，这事就是做错了，然而可以弥补。

管仲见他兀自懵懂，重叹一声："我君忍心看鲁小君就死吗？"

小白悚然："如何会死？"

"鲁小君秉性刚烈，数度来书乞请我君宽恕，我君却始终不回复，使她惧而生怨，故有犯上之言。思其本心，实出于激愤，我君若不理会，时日长久，她自会悔过，我君若回书怒责，她默定我君不肯赦其罪，则必死也。"

管仲没看小白写给公子南的回书，可他俨然知道小白会写什么，公子南来书说的是不经大脑的气话，小白回书也是气话，但国君的气话不同于其他人，那对公子南意味着君令。

小白浑身打了个激灵，慌得一迭声地唤来鹿无极，令其乘遽追之，无论跑死几匹马，跑垮几辆车，也要把信使追回来。

鹿无极领受君命，一刻不耽搁，当即就乘轻车奔驰向东。

得乘遽之权的鹿无极，如果追的是普通送信者，早就蹑上脚跟，奈何前边的信使也是奉了君命，也可乘遽，无论鹿无极怎么日夜兼程、追星赶月，总与前者差着半日行程。

进入东莱地界后，行程缩短至不到两个时辰。由于齐国与东莱有耕作渊源，东莱的广袤良田插满了齐国的耒耜，齐国为了便利农业生产运输，与东莱合作建遽，这东莱疆域广大，许多地方人烟罕至，因而是四十里一遽。

公子南待的地方是夷（今山东即墨西），原来是个小诸侯国，城小人也少。鹿无极冲进夷邑时，只比前头信使晚了一个时辰。

去了一切负重的轻车在城内的黄土路面上横冲直撞，烈风吹浮浪一般，狂奔到公子南暂居的馆舍，要不是大门不够高敞，鹿无极几乎要驱车跃进门去。

他在跨步进门的一刹那，忽然意识到，他还是晚了一步。

公子南已于半个时辰前服毒自杀，将一丸剧毒药混在酒里饮下，那药能轻易毒死体魄健壮的男人，何况是她。公子南死去的身体蜷成古怪的曲线，没人知道她的手边还搁着小白的回书，薄薄一片青简，却成了催命符。小白在回书里质问她："祸国贱人，有何颜面苟活于世？"

公子南绝望了，其实不管是之前的伏低求饶，还是现在的怄气，她只想求一声原谅，她压根儿不敢奢望能回到从前。她回不了鲁国，也回不了齐国，仿佛无根浮萍，惶恐至极，哀痛至极，她期颐保护，期颐与血脉亲人和解，可父亲不肯原谅她，认为她活着是耻辱，她的存在，丢了天下霸主的脸。

她饮毒前哀叹道："这就是齐姜女儿的命。"

跟随公子南的侍从里，有积年的齐宫人，依稀记得公子曼临死前也说过一样的话，齐姜女公子常是美人，生得绝色之姿，不幸总成祸水，也总免不了惨淡收场。

公子南的死讯依然乘遽传回临淄。仅仅晚了一步，公子南便命归黄泉，正因这一步之差，公子南到死也认定小白没有原谅她，因小白的冷酷，她也不原谅小白。

齐国方面把死讯告知鲁国，请鲁国将死了的公子南接回去。许久以来，鲁国对公子南置若罔闻，秉持崇高道德的鲁君子，仇恨这个淫乱的女人，若不是她不遵妇仪，不会有庆父之难。这时仿佛是迫于齐国压力，也仿佛是彰显自己大度，鲁国竟以君夫人礼迎回公子南的灵柩。

原来恨不得将公子南剥皮抽筋的鲁国君子，在公子南死后，同情心泛滥如涨了大洪水，淹得曲阜城是片板不存，为公子南取谥号为"哀姜"，还指责小白绝情，到底是亲生女儿，下起毒手来不顾血脉亲情，文绉绉地叹息说："君子以齐人杀哀姜未免过逾，女子，从人者而已。"

女子，从人者也。优雅得不可亵渎的箴言，是彼时女子的生存准则，然而总有人不愿意活得优雅，于是活成了齐姜女儿的模样。

那模样，美丽也惨淡，自由也痛苦，快乐也哀愁，结局总不好，可拦不住她们前赴后继。

第十二章
楚骚汉赋

一

齐桓公二十八年（公元前658年）正月，从黄河奔来的第一缕东风吹破了去冬的寒冷坚壁，天凝地闭的季节正在过去，位于楚丘（今河南滑县东）的卫国新都城夯下了第一方土。

前岁卫国为白狄攻破，只逃出来七百三十个遗民，无家可归的遗民聚集在曹地，重建了卫国。然而新生的卫国弱小得像哪个诸侯国的乡，人民既少，屋舍未有，城垣不兴，一概象征国家制度的宗庙重器、典章舆服，全都遗失在黄河对岸的卫国旧都。这个新卫国的一切都要从头开始，不只是建国，更是营家。

经过一年艰苦草创，新卫国渐成规模，不断有卫遗民赶来投奔新家园，有的是旧卫国逃出之人，有的本就在黄河东岸的卫国边鄙。各地奔来的遗民合拢起来，卫国人口现在约有万人，作为临时聚落的曹地不够容纳日渐膨胀的人口，于是在楚丘营造正式的卫国新都。

便由齐国领衔，号召诸夏帮助卫国营国，诸侯们闻风响应，于是那筑城工地上，参水平的是齐国人，夯土方的是宋国人，运土石的是鲁国人，竖版筑的是曹国人。没有遣人参与营建的列国，也不全然置身事外，或者送来筑城必需的木材器械，或者馈赠珍宝奇货，要么搁在新宫里做摆设，要么卖了赚俩通施，给卫侯添置两件新衣。天下纷说卫侯简朴得像个穷乡野氓，布衣草履，身无完采，常与农人一块儿下田，与女工一块儿织布，全没诸侯样。

周天子也聊表安慰，让卫侯见谅，天子贫寒，手头紧，不像诸侯们财大气粗，送不了门材，馈不了珍宝，只有天子的温暖问候，由王使承载，转告给卫侯。

天子派来问候卫国的使者是召伯廖，他来时，恰好有齐使来楚丘省问营城，正要归国，他对齐使说，他这里有密书，劳烦带给管仲。

“召伯盍不乘驲送之？”齐使不解地说。各国传递书信，可凭借当时的通信手段，如乘驲、乘传、乘遽，速度快，耗时少，何必千里迢迢从京师带来楚丘，再托人只手代转，这不是多此一举吗？

召伯廖隐晦地说：“乘驲不方便，此为密书也，也期齐使勿外告也。”

乘驲使用的是国家通信设施，意味着传递书信公开化，召伯廖不肯乘驲，应是不想被人知道他给管仲写密信，更可能是不想被周天子知晓。

齐使不再问了，只对召伯廖说了声“放心”。齐使携密书离开，回到临淄时，已是二月中旬，春行过半，人间在在绿杨芳草，流红滴翠，临淄城像被斑斓色彩渲染，生动的景与活泼的人互为映衬，画一样绮丽，梦一样热闹。

齐使将密书送到执政官寮，管仲亲手接过，称道“有劳”，齐使问要否去向国君复命，管仲却让他先回家去，国君那里暂不便见人。

一句含蓄的“不便见人”，道出了令人担忧的事实，即是小白的病还没好。

小白病了一个寒冬，有时好转，有时恶化，病至最重时，数日昏睡不醒，底下人皆道国君怕是要薨逝了，得赶紧准备后事，提前想个妥帖的谥号，以免事到临头，手忙脚乱。

小白病倒，是在去年柽（今河南淮阳西北）之会后，与会列国有齐、鲁、宋、郑、曹、邾，与会目的是为郑国受楚侵之事。

会盟前一个月，楚国再度出师方城隘口，进击郑国，这是自齐桓公八年（公元前678年）以来，楚国第三次征伐郑国。

第三次伐郑，并未持续太长时间，也没深入郑国内境，楚师在郑国南鄙逛了一圈，铲平了几处边鄙小邑，掳了百十来个郑国人，然后就回师了。

楚国要逐鹿中原，必先克郑国，今年来而又去，难保明年去而又来，后年则常驻不走，郑国内外一片掩不住的惶恐。郑国人害怕再受楚患，齐国也担心郑国禁不住楚国连脚踹，顺势倒入楚国怀抱，毕竟郑伯有过著名的“唯强是从”言论。

于是有了这柽之会，齐国希望郑国坚定从诸夏，郑国也希望齐国能给以强劲保护，有强楚在背，寒体又寒心，齐国是霸主，保护小弟不受欺凌是义不容辞的责任：不然我服你作甚！

随同郑伯会盟的有太子华，他母亲是前一位郑伯子仪的夫人，辈分上是当今郑伯的叔母，可怜被郑伯霸王硬上弓。郑伯后宫庞大，女人很多，因此儿子也多，怪异的是，他对儿子们很嫌弃，厌恶这个生得丑，那个体味重，年长的肥硕，年幼的干巴，康健的傲忤，体弱的木讷，没一个称他的心。

因为无缘无故地对儿子的仇视，只要沾着儿子的关系，郑伯就没好感，太子华是儿子，不幸落入郑伯的嫌烦窠臼里，郑伯对他态度极其恶劣，平日里横挑鼻子竖挑眼，仿佛他的存在就是个天大的错误，时常怀疑自己当初为什么要立他为太子，可能是某一日与美人缠绵太久，身心俱疲导致神思昏聩，不留神下达了这荒谬的君令。

与会郑臣还有个申侯，他原是楚国人，仗着国君楚文王的隆遇，掊克专利，攫财无厌，富得指甲盖闪金光。楚文王临殁，想到申侯在楚得罪的人太多，担心自己死了，申侯会遭到报复，遂让申侯离楚避祸，申侯于是奔逃郑国，偏他的命太好，又得郑厉公宠待，从楚国财主摇身一变为郑国富翁，照样享乐终日。

人若过得太顺畅，思虑少，所谓用进废退，不免呆愣，便如这申侯，郑伯骂太子华，别个是避之不及，他却要去劝和，劝则劝矣，又不会说话，本来是小嫌隙，因为他多嘴，反倒惹来更大的怒火。

小白身为盟主，成日见得郑伯父子把家庭闹剧折腾得人尽皆知，实在忍不住，委婉劝道：“父子一体，亲善为上，太子，国之储君，当尊崇之，不当成仇。”

郑伯沉默有时，小白还道他在反省自己的过失，他却忽然不阴不阳地说：“齐君有理，然寡人怎会以亲子为仇，不过略施惩戒耳，唯逼杀之，方是成仇。”

小白的脸像冻了霜，瞬时惨白，郑伯的话戳中他的隐痛，有耳朵的都听得出，郑伯在讥讽他逼杀公子南。

之后，除了必要的正式会谈，小白没再与郑伯说一个字闲话，直到盟会结束，他的脸色都不好看。有好心的诸侯关怀地问道：齐君病了吗？小白一律回应略有些疲累，孰料回到临淄竟真的生起病来。

初时只是寻常伤风，鼻塞头疼，后来又是脏腑虚弱，又是四肢乏力，眼瞅着凛冬来临，身体熬不住寒气，渐渐显出膏肓之疾，怕得一众亲人近臣以为小白命不久矣。已有意志薄弱的公子哭了几遭，人也戆，外边哭也罢了，偏去小白面前哭，小白纵算病得身心衰竭，也烦人家哭他丧，气得把枕头砸人头上，唾骂道：“寡人死，对你们有何好处！”

说的是气话，不过临淄国人窃议，国君死了，其实对很多人有好处，比如被变国之政打压下去的卿大夫家族，比如想要做国君的某位公子或某几位公子。

小白至今没立太子，虽然诸多迹象表明，公子无亏是他心里默认的储君，但小白既没给出正式册命，也没有口头宣示群下，他日宫车晏驾，诸公子都有机会，都可竞争，反正小白的君位本就是抢来的，小白的儿子抢君位，也是子承父业。

有忧国的大夫去寻管仲，请管仲进言国君速速立太子：值此非常时期，当有非常之举，倘再不立太子，恐齐有大难也。

管仲说道：“稍安，国君自有论处。”这回答简单到让人失望，很像敷衍。

难道管仲不关心齐国未来吗？纵不虑国君安危，也得给自己谋条后路，没有国君为后盾，他如何在齐国立足？小白与管仲是一体共生的关系，想那变国之政，管仲得罪了多少显赫家族，小白若身殁，管仲能不能全身而退，也是未知。

外边对管仲将来命运的议论，他似乎听见，也似乎不闻，于他而言，他的生活在小白病前与病后，并没不同。他依然是齐执政，忙碌于烦琐的政务中，齐国的内政外交，一应巨细事务，皆由他处断，或许是太忙，便没时间理会外界，也没时间考虑身后事。

接到召伯廖的密书，管仲略感讶异，拆了那密书，细细读过一遍，再三思虑，因对左右吩咐道：“请鲍子来。”

请人的是召御寇，他从来做事麻利，人很寡言，而行动如风，因此鲍叔牙来得很快。管仲把那密书递给鲍叔牙，待他阅毕，说道：“劳烦鲍叔陪我进宫。”

两人因要说心腹话，故而同车，召御寇照旧驭空车跟随在后，鲍叔牙挽起六辔，车行得不疾不徐，问道：“这件事，夷吾以为我齐国要不要管？”

管仲道：“倒是个契机，天子与齐不睦久矣，倘若能扶持一善齐的天子，齐国的伯业可大成。”

鲍叔牙默想斯须：“也是。”车马哐当哐当地驶过平整通衢，暖融融的春光追着车毂奔跑，忽有春风盈袖，吹得处处光影缤纷，好似落了满天满地的迎春花。

眼底春色看不尽，鲍叔牙却显出忧虑容色，忡忡道：“国君一病不起，致国中流言四起，他若再不好，齐怕真有乱。”

管仲戚戚一叹：“国君其实未有大病……”他倏地一停，又道，“国君实是心病，丧女之痛，悔恨之情，积郁不能释怀。”

公子南自杀，对小白造成极大创伤。他之本心并不希望公子南死，那封诅死的回书，太半是为赌气，想要追回致命书信，偏又晚了一步。明明是气话，竟然就逼死了女儿，天意何以如此无情，非要作弄人！越想越憋屈，越想越后悔，越想越不能原谅自己。

小白的纠缠心结，鲍叔牙也懂得，当时没能救回公子南，鹿无极顿首请死，小白说：“不干尔事，要怪，该怪寡人。”这不是伪言，而是真话，每每念及公子南至死还认定父亲要她死，他就难受得挨不住，倒恨不得自己死一次，好亲口给另一个世界的故人解释。

他其实悔得噬脐莫及，但为着那国君尊严，一直强撑，哪知柽之会被郑伯讥刺，虽极恼怒，但郑伯的挑衅言辞却像针，把遮蔽心事的薄膜刺破了，里头的毒血流出来，毒性太强，祸害了心灵，也连累了身体。

车马行到宫门口，未及下车，左近行来一辆高敞轩车，车上主人早就看见管、鲍，远远地大声呼唤，原来是公子昭。轮毂一止，他赶紧下车，行礼道：“仲父安好，鲍傅安好。”

小白尊管仲为父，以鲍叔牙为终生老师，命令公子们也必须尊崇管、鲍，因此公子们效仿小白，对管、鲍的称呼与小白一样。

公子昭今年不过十六七岁，生得青春玉颜，眉目动人，小白数次夸耀：“公子昭相貌类于寡人。”小白的漂亮因为其霸主地位，不经意地闻名天下。列国诸侯与他会盟时，瞧见那张星月生辉的脸蛋，虽称奇也别扭，他们固执地认为霸主应该长一张粗犷的棋盘脸，有着差不多凑合的气场，不该是这种精致模样，颇像个混迹风月场的儇薄子。

小白知道自己脸蛋好看，自恋得目中无美人，但他能拿公子昭与自己相比，足可见公子昭的脸瑕疵少见，连挑剔的小白也没话说。

小白的儿女一水都是美人，也因为父亲小白美，母亲们也美，各位夫人、如夫人仿佛扶摇的春风，倚着齐宫的墙垣灿烂了一城，倾倒了一国。小白对美又很苛刻，美人中稍微歪了一毫，便不得宠，自然生不得后代。

管、鲍在宫门口遇见公子昭，随口问他何来，他礼貌地说：“来探病君父，仲父、鲍傅也来见君父吗？”

“正是。”管仲回答道。

公子昭面露喜色：“有仲父、鲍傅在，必能见到君父。”话一出口，他似乎失悔，尴尬地笑了笑。

仿佛是失言，管、鲍却明白个中情由，实际他们与小白也有半个多月没见了，但他们不见小白，或还有无要紧事不打扰国君养病的原因，公子昭见不到小白，却是有人刻意阻拦。

小白身体违和，心情更烦闷，不愿见人，唯独不拒绝无亏。也因无亏自幼便跟随小白左右，年纪渐长，主动担任保护小白之责，因此前年小白任命他统领御士，这齐宫高墙内的大事小事皆由他负责。自小白患病以来，无亏照顾父亲甚是精心，药来先尝苦咸，食来先试温凉，担心小白睡不好，夜晚亲自守门。小白以为他忠心又孝顺，越加放心将内务交给他，他便告诉无亏，除非大事，将闲杂人等都拦回去。

得了小白的这句话，无亏便像拿到了天子令，嚣张起来，起初撵无事而探病的，后来撵有事而探病的，撵顺手了，男人女人、阿猫阿狗，通通撵走。前次高傒来探病，也被告知：国君不想见人，高子请回。内外皆责让无亏行为失度，撵客不分人，撵别个也罢了，怎敢撵高傒，小白哪怕病至垂危，剩得一口气，也不会不见高傒。

撵得最凶的是诸公子，卿大夫若有急难国政，无亏还能拉开一条门缝，容他们与小白隔着门说话，公子们求见，连小白的一片衣角也见不着。

无亏这超逾常态的举动，让人纷纷猜测，他到底是保护小白，还是另有所图。他明是为小白阻拦访客，实是把小白困在牢笼般的宫闱里，禁断小白与外界接触，假若小白当真薨逝，遗命由他传达，身后事由他交代，谁为齐国新君，只是他的一句话。

无亏自己有险恶机心，反赖别人有阴谋，像公子昭日日求探病，日日被回拒，来的次数多了，少不了起争执，他竟斥责公子昭别有居心：总来假意问病，莫不是想谋害君父？

既然都是为了见小白，管、鲍与公子昭同行，路上免不了寒暄一会儿，公子昭说：久不见君父，不知他身体如何，是有所好转，还是依然尪羸？越说越是伤切，眼睛也红了。

“公子是否日日皆来问病？”管仲问得很随意。

公子昭点头：“是，只是……见不着。”说来是满腔委屈，又要落泪。

鲍叔牙为之动容，叹道：“公子纯孝。”

方走到内朝宫门，却见鹿无极像弹丸似的蹦出来，一脸火烧火燎的惶急，乍遇管仲三人，惊里掺着喜，喜里又掺着愁。

“出事了？”鲍叔牙紧张地问道。鹿无极能焦灼成这样，定有大事，难道小白病情转危？

鹿无极停顿一瞬，沉定着声音说：“诸公子探病，起了些口舌争执。”

“有哪几位公子？”这次问话的是管仲。

“诸公子俱在。”

那壁厢管仲还在详尽问明情况，鲍叔牙却急了，他想到的是：能让鹿无极着慌的，绝不会仅仅是口舌争执，况且诸公子探病而已，何以会起争执？八成是拦门的无亏与探病的公子发生了冲突。这帮不省心又自私的公子，老子病卧床榻，不说勉尽孝道，为父分忧，一脑浆全是自己私门里的蝇营狗苟。小白病了这许久，没见哪个殷勤拜在床前问安侍病，如今外头盛传小白将死，一个个倒“不约而同”地赶来探病。越想越觉得可怕，鲍叔牙大步流星地往内寝奔去。

鲍叔牙冲得太快，把众人都落在后面，管仲知他性急，并不喝止，一面往前走，一面问鹿无极道：“你适才要去哪里？”

“诸公子争执不下，我去找帮手。”鹿无极的话遮了一半，管仲却明白，无亏统领御士，诸公子与无亏争执，御士只能站在无亏这边，鹿无极不能要求御士与上司作对，又不能坐视矛盾激化，只好另外寻求帮手。

“有心。”管仲只有这一声赞许。

鲍叔牙飞奔到小白养病的西寝，此时寝宫大门外已闹得鸡飞狗跳，你骂我吼，我叫你嚷，有公子喷唾沫，有公子骂脏话，有公子撸袖子，满目公子，却无一张和善面孔。无亏正命令御士逮拿诸公子，御士不敢动公子，他便怒斥御士：“敢不从命，连你们一块儿逮了！”

诸公子来探望小白，原也没谁率先召集，是风闻小白可能没几日活了，先闪过脑子的念头不是痛悼父丧，而是赶紧去君前探个临终的口风：君位传给谁？是那个痴肥兄弟，还是自己？纵不是自己，有没有机会在父亲咽气之前抢得继承权？

于是乎，一个公子往宫里赶，另一个公子听说兄弟进宫了，岂能落后？你去我也要去，再一个公子闻风而动，必要大家一起去，因此诸公子“不约而同”。

公子们要与父亲“临终道别”，门口却横着一只拦路虎，脸横心更横，不准兄弟们与父亲见面，理由很充分：君父要静养，禁不住吵闹，你们来的人太多，惊扰他休息怎么好！

“人多确实不好，要不，择人探问，不必大家都去。”公子雍小声地建议道。他在诸公子中很没存在感，母亲是宋国华氏女儿，华氏在宋国是地位显贵的世卿，但比之其他公子的母亲，身份毕竟低了一等。母亲宋华子也不甚受宠，大约是没有美到让小白久久难忘。母亲不受宠，导致公子雍在小白心里没什么分量，若要择储君，将诸公子一字排开，也排不到他，所以无亏最不忌惮他。

听公子雍说择人见君，公子商人冷笑一声，不阴不阳地说：“择人？择哪个？你吗？”

遭到公子商人质疑，公子雍支吾了一下，却不敢辩白，坊间皆言公子商人比无亏还暴戾，诸公子多少有些怕他，连小白也说视此子之目令人生惧。公子商人母亲是密国公子，那密国是姬姓诸侯国，在周室天下的版图上，小到可忽略不计。密姬是个姿格绝异的美人，容貌在内宫夫人里是翘楚，可惜的是，商人没有继承父母的美貌，也许是在娘胎里抓破了脸，别的孩子刚生出来像只皱皮猕猴，越长越周正，他却是相反，越长越返祖。两岁时，保母抱他在外边玩耍，恰遇着小白，小白瞅他一眼，嫌弃地说："此子太丑。"

小白自来以貌取人，痛恨儿女不美，其实公子商人更痛恨，他打小就知道自己没有兄弟们生得好。姿容丰丽的诸公子皆是逐美之人，尚修饰，着美服，梳高髻，佩珍玉，时常暗中比美，只有商人被排除在美的较量之外，没法与兄弟们争奇斗艳，衣服穿得靓丽些，也像是沐猴而冠，惹人嘲笑。因为丑而自卑，因为自卑而嫉恨，因为嫉恨而乖戾，极崇尚暴力，幼时与人角抵，其他人是点到为止，他却是下狠手，仿佛不把人打死不罢休。原来诸公子常常笑话他丑陋，后来没人敢惹他，害怕他半夜摸进自己房里，割断自己的咽喉。

公子商人反对择人面君，其余公子虽不明言，也是反对的。人人都想见国君，你见了，你得国君允诺身后利好，我该如何办？断不能把这好处留给别人。因此诸公子齐声要求共同面君，无亏自是不答应。

一方要见父亲，一方不准，两边说不通便打起嘴仗，公子们个个牙尖嘴利，各有道理，吵了小半个时辰，吵不出个结果。哪个公子嚷了一声："长兄不让我们见君父，莫不是君父有性命之忧！"危言甫出，诸公子等不得了，搴裳揽衣，攘臂揎腕，欲强行闯门面君。无亏眼见拦不住，下令让御士逮人，闯一个逮一个，闯两个逮一双，通通捆起来。

无亏要动武力，诸公子怎肯坐以待毙？公子潘当先叫喊道："长兄既不允我等见君父，又要擅行逮拿，我等何罪，长兄竟要赶尽杀绝！"公子潘的母亲是嬴姓葛国人，那葛国也是针眼儿大的诸侯国，他生性好咋呼，动辄大惊小怪，风来了，雨落了，也嚷嚷了不得，怕是天降灾殃，小白气他小题大做，几回骂他口没遮拦，总也改不过来。

无亏冷冷道："你们未获君命，擅自闯宫，用心不良，已犯重罪，我逮你们，是为君父清除隐患！"

"长兄乱言，我们探病君父是出于孝心，何来用心不良之说？"一个稚气的声音说。这是公子元，母亲是少卫姬，他在诸公子里年纪最小，只是十岁左右的童子，却聪明过于同龄人，小白赞他脑子灵，但也叹息说小聪明太多，大智谋欠少。

无亏训斥道：“你一童子知道什么！毛尚没长全，兄长发话，你聆听便是！”

公子元没被他吓住，振振有词地说：“长兄质疑诸弟用心，我倒要问问长兄，自君父患病，长兄便随侍左右，禁断内外交通，长兄是顾虑君父病体，还是想困死君父，为自己夺权行方便？真不知是谁用心不良！”

居然被一个乳臭未干的小毛孩一针见血，无亏心里震震一抖，又是怕又是恼，扬手给了公子元一巴掌，怒骂道：“贱人满嘴风言，当死也！”

无亏素有勇力，这一巴掌打得公子元跌足倒地，半边脸立刻红肿充血，嘴里也淌出血来。公子元再老成，毕竟是孩子，又有公子的尊贵身份，自小没人动过他一指头，遭无亏狠狠掌掴，脸上痛，心里怕，大哭起来。

打哭了孩子，无亏也不愧，急令御士们速速逮人：“有敢反抗的，不要怕他是公子，尽管动手，出事了由我担责。”

他才说出“我担责”几个字，背后忽有人高声喝道：“你能担什么责！”

是哪个不知好歹的发声！无亏正要回嘴，可一扭头，却像烈火被冷水浇灭，不敢冒烟了。鲍叔牙大步走来，眼见得公子们闹得跟斗鸡似的，又痛又怒，先是一把扶起公子元，对无亏呵斥道：“公子要怎样处置诸弟，囚禁还是杀了？”

诸公子都怕鲍叔牙，平时跋扈蛮横，不把临淄卿大夫放在眼里，对小白也敢顶嘴，但只要鲍叔牙吼一声，胆小的能吓得尿裤子。小白知道儿子们怵鲍叔牙，故意放任不管，鲍叔牙有时训公子如训子息，他也不问，还说教训得好，正该如此。

无亏心虚地解释道：“鲍傅说差了，我并没有要处置诸弟，只是君父有言在先，不愿见人。诸弟必要见君父，我与诸弟说理，有些不体面的小纷争。”

鲍叔牙指着公子元红肿的脸：“这是小纷争？诸公子皆是国君爱子，国君素日也舍不得说句重话，公子竟对亲弟下重手，国君也没公子威风！”

无亏被训得无言辩驳，鲍叔牙又骂众御士：“尔等之责，是为护卫国君，使内宫无患，安敢逮拿公子！守职不当，行为昏乱，既不能承担护君之责，滚出宫去！”

鲍叔牙气极，骂了人也没觉愤怒减少，质问道：“国君呢？遭你困了这许久，病只怕更重了！”

无亏慌得说：“君父安好，我哪敢困君父，鲍傅休听外间诋毁。”

“既然安好，为何不让他人见国君？”

无亏犹豫不能答，鲍叔牙懒得搭理他，抬脚要进宫门，无亏一步上前，劝阻道：“鲍傅且慢行，君父欲静养，不愿见人。”

鲍叔牙见他连自己也拦，更气了：“拿这鬼话哄别人去吧！国君纵然是病至不能起，也要见人！”

无亏用又礼貌又冰冷的语气说：“君父倒不至于病不能起，然而君父确实着意吩咐，不愿见人，若鲍傅实在想见，我去回禀君父，凭他决断愿不愿见鲍傅。”

鲍叔牙听出无亏的意思：“公子之意是，国君不愿见我？”

“君父愿不愿，君父知道，我哪里知道？”无亏眨着眼睛说。他正是用这装傻似的手段，一句“国君不愿见”，回绝了高傒的求见。高傒不似鲍叔牙，性子淡泊不争，既说是不见，那就不见吧。

鲍叔牙刚要发作，有个沉静的声音说道：“公子也要拦我吗？”

无亏心头猛地跳动，比起鲍叔牙，他更怕这个人，对付鲍叔牙，尚有应对之方，鲍叔牙刚直，原则性太强，少了变通之谋，对付这个人，他找不到办法，因为这个人从来不循常规：你为君子赤心，他待你心神无贰；你做小人算计，他比你算得更精。

眼睛瞧见管仲，余光却瞥见他身后的公子昭，无亏像被突然拧断了肠子，一肚子的痛苦，脸上努力挤出恭顺的神情，说道：“不敢拦仲父，着实是君父病体难支，不愿见人。”

折腾了半日，无亏仍只有这几句车轱辘话，管仲笑起来：“公子或是会意有差，国君并非不愿见人，而是不愿见无关之人。公子守于宫门，每日一拦再拦，却不知拦的是外人，抑或国君？”

无亏脸色大变，撑着说道：“我如何敢拦君父，实是君父……”

管仲打断道：“不愿见人？国君昨日患病不愿见人，今日痊愈，也不愿见人？”

像本能似的，无亏冲口道：“君父的病未曾痊愈……”

话未说完，一个声音像夜深时檐下忽起的冷风，在门里响起：“寡人的病是否痊愈，寡人不比你清楚？”

无亏的冷汗流下来了，如山的恐惧压在头顶，他连仰面与那说话者对视的勇气也没有，目光往下坠落，瞧见一双鞋面干净的赤舄走出门，走过身旁，走到了诸公子中间。

小白便站在所有人面前，病得太久，瘦了很多，脸颊像被削了一圈，可这样虚弱的国君，纵便不健康，纵便不言语，也摄住了众人的心。诸公子刚刚还巧舌如簧地争论，现在都成了哑巴，除了仍在委屈抽搭的公子元。

“很好，很好，很好！”小白咬着牙道，“这一个个孝悌忠悃，巴望着寡人即刻死了，尔等便称心如意！”他盯着公子元肿胀得像发酵面团的脸，怒、懊、疼、恨、伤一股脑儿冲上心间，眼睛是看着公子元，声音却刺向无亏，“今日敢对亲弟动狠手，明日岂不要对亲父动杀念！”

无亏不敢有一字辩解，颤抖着跪了下去。

这时，不仅无亏，其他公子都回过神来。宫门与小白休息的寝卧之间，尚隔着偌大的中庭，仿佛是发生在门外的事，寝内难知晓，无亏正是出于这点考虑，才敢猖狂拦人，可其实小白对今日门外的喧嚷，早就清清楚楚，他不着急出面，也许是想看看这帮满口效忠君父的公子，到底要把这出闹剧演绎至何等荒谬地步。

小白环顾诸子，痛心道：“寡人还有口活气，兄弟手足便急于相残，寡人若断了这口活气，尔等必会互为屠戮，至宗庙丧亡，姜氏无后也！”

话说得很严重，诸公子晓得利害，纷纷伏拜顿首，你哼一声“儿子有错”，我吟一句“罪臣该死”。

小白越看他们越恼火，儿子少了，担心社稷无后，儿子多了，又要闹内讧，从来为夺君位，手足相残，父子搏杀，亲情在权力的巨大诱惑下，脆弱不如枯草。

他憎恶地道：“都滚回去，寡人最不愿见的人，是你们！”

诸公子不敢不走，挨个儿爬起来溜烟滚蛋，来的时候怕别个抢了先机，因此风驰电掣，走的时候也怕父亲反悔，提溜他们回来问罪，因此抱头鼠窜。

没走的无亏抬起头来，面上贴着两行亮晶晶的泪，可怜巴巴地呼道：“君父！”

过去有谁犯错流泪，小白便会心软宽恕，现在看见无亏的泪脸，只觉恶心，那泪很假，那脸也丑陋，厌弃地啐了一口：“你也滚！”

仿佛天塌了，无亏眼前一片漆黑，心里辗转出前功尽弃的绝望念头。他蓦地醒悟了：小白其实并没有大病，也没有垂垂将死，他只是被心事沉压，抑郁不得解脱，想要求安静，于是推了个人挡在身前。无亏却误认为小白命悬一线，守着小白的门，图谋自己的私利。这段时间，无亏的所作所为，小白都看在眼里，他却始终不言，或是想以旁观者的角度仔细观察这个曾让自己想要托付江山的儿子，有没有承绪国家的能力与度量。

再思想那管仲，也甚可疑。半个多月前，他来见了小白一面，之后便杳然不现身。也是那以后，无亏越加放肆，越加没忌讳，难说这不是君臣同设的局，借着患病之机，省察诸公子的品性。谁在国君病危时，蹦跶得最高，活动得最猖獗，谁便犯了君主大忌，谁便不能做储君。

回想这一切，无亏那颗心凉透了，他是太稚嫩，也太着急，要论隐忍等待，论心机手段，他远远不及小白。什么是真正的君主？他演戏欺骗你，你竟信以为真，甘心落入他设计好的陷阱里。

无亏颓丧离开，小白连看见他的背影，也觉糟心，把脸转过来，对管仲说："仲父面君，有何事？"

"天子事。"管仲含蓄道。

小白领会得，事情不便当众明言，示意管、鲍进去说话，余光看见仍拜伏在管仲身后的公子昭，颜色微动，缓和着语气说道："你也去吧。"

公子昭恭顺一拜，并不敢滞留，安静地退去了。

因才发了一通火，致小白耗损力气，不禁腿软，扶着寺人的手，慢慢往里走。无亏刚刚那番怀疑，也是小人之心，小白并非装病，他是真的身体抱恙，只没到病笃的地步，时不时又头晕，要躺卧不动。诊病的医官遵循君疾不可宣扬的保密原则，不管诊出什么病，脸上都是讳莫如深的表情，倒让一众寺人宫女乱猜国君是否病危，以至谣言纷传。

众人回到内寝，丙刁正在整理床褥，但凡有一点细微毛灰也拈起来，却不乱扔，全揣进袖子里，见国君领了臣下进来，他便依次行礼。小白因吩咐道：

"都下去，无寡人召唤，不准进来。"

一时诸宫人退下，门也掩上，小白半躺在床榻上，低低喘了口气："仲父说吧，是怎样的天子事？"

管仲便将那份密书呈给小白，一共三片木牍，两片是召伯廖所书，另一片的书写者却是太子郑。这密书由两人分书，说的其实是一件事，请齐国帮忙为太子郑正位，倘没强力支持，太子郑的嫡位恐怕不保。

周太子郑，正是当年周天子失国，跟着他一起狼狈奔逃的奶孩子。光阴如梭，一晃眼，十七年过去了，浑身酸气的周天子又添了丁，儿子七八人，女儿十来个。儿子里有个王子带，为王后所生，深得王后溺爱，也得天子宠待。

太子郑与王子带是一母同胞，父母之爱却若霄壤，其中的缘由明面上是王后喜爱幼子乖巧，嫌恶长子迂拙，内里却有当年王后随天子出逃，众目睽睽下被逼在野地里哺乳。她自来是矜贵人儿，哪里出过这样的丑，因恨极了过去的不堪经历，一并迁怒于不懂事的太子郑：若不是这孩子，她如何会失了体面！

王后讨厌太子郑，打小没给过他好脸色，后来生了王子带，在太平的生活里诞下的孩子，又在安逸的环境下养大，给母亲带来的是充盈的幸福感，对比那给自己带来耻辱的长子，更是这边有多满足，那边就有多厌弃。王后自己偏心眼不说，还常对周天子吹枕边风。周天子是耙耳朵，也觉太子郑毛病多，便成日地指责太子郑趋步不够快，喝汤声音大，头发梳太平，眼神贼得慌，总之，一无是处。

终于有一日，周天子在与王臣们聊天时，仿佛随口地说：“商以庶建传天下，但利于天下，何必守成法。”

王臣们都不傻，周天子口里的庶建，是说殷商王位继承兄终弟及，兄嘛，是太子郑，弟嘛，是王子带，周天子的意思也不是太子郑做完天子，再轮到王子带，他其实更想直接跳过兄，就由弟承继王位，但话不明说，非要拐几道弯。

周天子有废长立幼的企图，从来不受厚遇的太子郑，地位愈加危殆，朝内除了担任太子傅的召伯廖坚定支持太子，多数王臣的态度是不关心，或随从天子心愿，比如事事不拂逆天子的周公忌父，天子哪一日说要放逐自己去太行山放羊，他也稽首赞唱“臣附议”。

太子郑在京师找不到内援，只好寻求外援，若内无支持，外无强援，太子之位迟早被褫夺，到时不仅身份跌落，命也难留。历来政治斗争失败者，有几个保住了性命？

小白阅完书信，静静地思考一阵，说道：“仲父以为，这天子家务，是仍同于以往，不问不论，还是强力介入？”

昔年王子颓与天子闹家务，齐国置身事外，一是天子对齐国不信任，二是齐国无心介入。今番天子又折腾家务事，齐国要不要蹚这趟浑水，值得推敲。

管仲谨重地说道：“可介入。太子者，明日之天子也，我君介入王室家务，不仅为太子位，更为天子位。”

这话打动了小白，齐国尊王二十多年，叵耐遇到一个爱较真的周天子，你拿全心敬他，他却疑心你不怀好意，列国诸侯一早就嘲笑齐国自作多情。如果能扶持一个亲善齐国的天子，那才是真正地做到遵天子命而号令诸侯，对齐国霸业有百利而无一害。

“仲父所言极是，那便介入天子家务。”小白肯定地说。

管仲忽地一凝神色：“介入天子家务，是为正天子之位，然而我君家务，是否也该处分妥当？”

小白眉目微动，轻轻地说：“如何处分？”

“请立太子！”管仲朗声道，举手一拜。

小白沉默着，今日在宫门外的一场闹剧，数日间公子无亏的乖张举动，究其原因，正因国无太子，致使诸公子心存觊觎。

他怅惘地说：“前回仲父探病，寡人问起立储，仲父却让寡人略等一等，长不过一月，短不过半月，便能知晓，谁可为国贰，谁又绝不可为国贰。寡人耐心看这半月，到底是看明白了。”

鲍叔牙严峻地说：“恕臣直言，我君若立公子无亏为太子，臣宁死不从！”

小白微怔，竟自发笑：“鲍傅果是忠耿直言，无亏……”他停顿着，有些苦恼，有些失望，却必须承认，“不可为君。”

他长长地叹了口气：“谁可为太子，寡人心中有数。”择定了太子，欣喜也不强烈，犹豫许久，考察许久，最终选了个中人之主，可这已是目前最好的结果。

从宫里出来，天已黄昏，夜色像从天际泼出的墨，渐渐抹去城市的轮廓。

管仲刚一到家，未及歇息，开口便问姜婧：“友在家吗？”

姜婧道：“不在呢，午后公子无亏派人来请，友这会子八成还在公子家里。”

管仲不容置疑地说："唤他回来。"

管友与公子无亏交好，是前次同去夷仪营建邢都，两人朝夕相处了小半年，发现彼此志趣相类，好尚同一，再者一为国君爱子，一为执政长子，双方来头都大，互相都有巴结讨好的意思，于是相与甚欢，渐成密友。

对儿子与无亏做朋友，管仲的态度始终暧昧，没有欣悦赞同，也没有断然反对，仿佛是听之任之，倒是小白赞美过。他有次对管仲说："寡人之子与仲父之子结为至交，亲人之情绵延两代，美事也。"

但那时，小白还希望无亏为国贰，现在，一切都不同了，君心在变，曾经放任的态度也要改变。

管友回来时，一身浓重的酒气，像裹了一领厚棉被，沉得压弯了腰，身上太重，脚下便不稳，总打滑，见到堂上端坐的父亲，仿佛重影，歪歪斜斜地参礼，一个酒嗝没忍住，飞旋着从胃里蹿出来。

无亏今日遭了大蹉跌，请管友来家里喝酒解愁。无亏说起君父绝情，涕泪滂沱，管友想起父亲刻薄，也伤心哀泣，两个登时同病相怜，都有怨气，都要宣泄，那酒便喝得刹不住，你一觯，我一樽，数落不完的委屈，控诉不尽的不公。当管氏家臣来唤管友时，喝昏了头的两人正要骂小白，无亏刚开了个头："君父得位本也不正……"

这当口进了家门，管友的意识还沉浸在酒醉的迷幻世界里，底下人送来醒酒的羹汤，他像被强逼喝毒酒似的，很不乐意地灌下去，过得一会儿，糨糊似的脑子清爽了一些，听见父亲说道："能与我说话了吗？"

管友又想打嗝，强压下去，咳着说："父亲……要与儿子说什么？"

管仲瞧着儿子，神色不动，说道："有事请你帮忙，却不知管氏长子可愿伸把手？"

话说得客气也刺人，管友虽半醉着，也不敢怠慢，忙道："父亲但有吩咐，儿子岂敢不从？"

管仲显出浅淡得仿佛没有的笑："你肯自然好。你舅父归整列国诗，至今已集得齐、鲁、宋、曹、卫诸国诗，下月欲往京师采王诗。他身有废疾，行动不便，虽有舅母照顾，也只能管衣食内事，管不得外事，以往有乐父相陪，然他是望七十的老人，故而烦劳你随同舅父走一趟。"

管友像失聪了，以为刚刚是幻听，让他陪申庶其去京师采诗？父亲是戏弄他吗？他向来对文绉绉的诗礼毫无兴趣，当初在国学就三天打鱼两天晒网，什么周礼，什么诗风，什么君子之义，听人啰唆两句，烦也烦死。他是自由奔放的齐国卿大夫子弟，不是养性修身的鲁国君子，他宁愿死在庄岳之间的癫狂快乐里，也不要活在文质彬彬的古板规矩中。

这样乏味无聊又不能创建大功业的事，为什么要差遣他？难道是他最近在临淄过得滋润，父亲见不得他快活，非要撵他出去吃苦头？去年父亲允让他去营邢都，又因折冲外事有功，国君任他为下大夫，终在君子朝位中有了一席之地，这些转变全在父亲的默许下。他还道父亲那严酷的羁锁放松了，他便想努力求上进，使父亲彻底地另眼相看，可原来父亲对他的期许，从来就没改变过，或者压根儿就没有期许。

“父亲，舅父采诗自是好事，可我着实不通诗礼，恐怕帮不了舅父，反成他的累赘。”管仲挣扎着想要拒绝。

管仲不听他解释，自顾道：“不用你通诗礼，你随从舅父，为他行方便则是，我已请君命……”

“父亲！”管友大声截断了父亲的话，他像陌生人似的瞪着父亲，被醒酒羹汤浇下去的酒意又浮上来，像火一样烧过胸臆，他咬着字音说，“父亲，你恨我吗？”

管仲皱了一下眉头：“何以如此想？”

心里压抑很多年的怨恚、悲哀、激愤，再也盖不住了，借着那烧心的酒劲，管友不顾一切地说：“你不恨我，为何对我薄情如斯？同是你的儿子，鸣是什么光景，我又是什么光景，便是召御寇……”他顿了一下，声音颤抖起来，“在你心中，也比我强过百倍……父亲，你是齐执政，这齐国上下，孰不听你号令？孰不唯你是从？可你的长子，是令人耻笑的废物，爵秩卑微，功业不建。你莫说是为他谋些许利好了，却还要处处打压他，凌辱他！你这般苛责于我，究竟为何，为何！”

这是管友生平第一次挑战父亲，他是忍得太久太辛苦，父亲对他的刻薄寡恩，他找不到任何合理性，难道只因他是管仲的儿子，父亲就要装做为公而不顾私，牺牲他的人生吗？

管仲默然少顷，缓缓地说：“正为我是齐执政，才要打压你。诚然，凭我之力，让你获取高位，轻而易举，但那以后呢？”

管友怔忡，他没体会管仲的意思，何谓以后？谁的以后？

管仲知他困惑，耐心道："我且问你，若我不在世，你能佑护管氏吗？"

"我能！"管友自信地说。

管仲长叹："你不能。知子莫若父，你是怎样的人，我比你自己更清楚，你冒进心太强，为人又自负，以为天下万事不在话下，然一旦遭遇急难之事，唯有行险，不思后果，不虑周全；又不懂识人，少诤友而多损友，恐为人所欺，害己不说，亦遗祸家人。"

原来自己在父亲心里是如此不堪，管友以为父亲看错了自己，他岂能有这样差劲，他到底是管仲的儿子，身上总该流淌着一国执政的谋略。

"父亲，我不……"管友争辩道。

管仲摇摇头："望你好生思量，人固有所能，有所不能，何必强争于不能？那不是求上进，而是在求死。"

话说到这份上，儿子能领会几分，管仲并没把握。他能妥善处分一国巨细事务，让国君放心，君子服气，人民满意，却教不好儿子，也许正如他自己说的，人固有所能，有所不能，他之不能，就是家务事吧。

二

盎然春意在人间放肆游弋，满目山河，生气勃勃，病了很久的小白终于见人了，前段时间像闷在棺材里，自己是个死人，见不得生人，现在还阳了，对活人特别渴望，因此频繁召见近臣。他先是宣来高傒共进晚膳，君臣的一顿饭，从日中吃到黄昏，夜垂了厚重帷幕，城市封禁了出行道路，高傒没法归家，只能留宿宫里。

临淄国人曾戏言，国君与高子轻易不能共膳，一旦共膳，必有了不得的大事发生。上回吃饭，吃出了变国之政，这回吃饭，要吃出什么惊天大事？

小白不仅请高傒吃饭，显赫家族宗子都陆续接到邀请，今日某子在内朝与国君尝汤，明日某儿子与国君在郊野品酒。国君与各家族勾连，无外乎有事要求得他们的支持，事也不可能小，要说是什么事，除了迁都、战争、变国，就是立嗣。

春过去，夏便来到，国中召集临淄卿大夫举朝会，大小宗子都到齐了，小白在朝会上正式宣布，国不可无贰，他已择定太子人选，将卜吉日在太公庙行册命礼。

哪个是太子？与会卿大夫有一半了然于胸，与小白吃了饭、喝了酒，小白交了底，君子们表示支持国君，还有一半稀里糊涂，到处打听是哪一位公子：无亏吗？有诚实的不欺瞒，问什么便答什么，有爱卖关子的，故意出谜题：你且猜猜看，是不是公子无亏。

盛夏之季如火如荼时，太子册命礼在太公庙如期举行，完礼后，国中将册太子的命书抄录若干份，传遍三国五鄙，还要跨出国境，向同盟诸侯国报备。凭着齐国快捷高效的乘遽交通网，不到一旬，齐国大乡小野都知道了，几月几日本国册太子于庙，太子名讳昭，母亲是郑姬，据说他在诸公子里，生得最漂亮。

国君择公子昭为太子，因为他长得漂亮吗？国君以貌取人的烂俗毛病，在齐国早就不是秘密，君不见卿大夫们可劲儿拾掇自己，怎么美怎么折腾，就怕仪态残损些，遭国君白眼。

但公子昭能为太子，并不是因为长相，册命书里有一句话可以做出解释：“克谐以孝，烝烝乂，不格奸。”这句话出自《虞书》，是尧禅让天下时，问询四方谁可为帝，四方对舜的赞美之词。舜这位上古圣君，流传至今最大的美德就是孝，也即是说，小白择国贰的标准是孝。

小白约莫是被诸公子伤透了心，在他重病之际，诸公子罔顾父亲死活，一门心思全是肮脏私利，像是盼着望着父亲早点去见太公，这块绊脚石挪开了，才不挡着他们横抢君位，只除了公子昭，他心里的小白是父亲，而不是贴着权力金箔的国君。

所以，越是在小白生病期间上蹿下跳，着急上位的，越不可能被择为储君。未能逞愿的公子们痛定思痛：君父就是躺在床榻上养病，也拥有敏锐的眼睛，只有他骗你，没有你骗他，你那点儿绞尽脑汁琢磨出的伎俩，在他眼里像个无聊的笑话。

跳得最高的无亏，摔得最惨，不仅失去了太子之位，也失去了统领御士的职位。小白用鹿无极取代了无亏，因为当诸公子闹事时，只有鹿无极想到要平息事端，乃心为公者，才能真正保护国君。

如果说嫡位之争是一场博局，诸公子只是输了闲钱，无亏却输得倾家荡产，他为此付出的最大代价，是小白曾经对他超逾诸子的宠爱。

册命太子是国之大事，也是喜事，国中特意班赐群下，个个有赏，外朝卿大夫有赏，内宫各夫人也有赏，上头贵胄受赐牺牲玉帛，下头的寺人、庖人、酒人、幕人、缝人、阍人沾着新太子的光，也捧了满手宝贝。

赏物送给其他人，都是一派喜气，送给各夫人，却都有些讪讪的，为别个儿子的成功抚掌欢庆，这母亲只怕心大得可容下渤海。

但到底是国君赏赐，纵是一包猪下水，也要安然接受，各夫人只有强笑着接纳。孰料送到长卫姬宫中，她怒得通通砸了出来，吐了赐赏寺人一脸口水，喝了一声："不稀罕！"小白听闻，也怒了："她不稀罕，那便问问她，这夫人之位，稀罕不稀罕！若也不稀罕，寡人不留客！"

派去传话的寺人是丙刁，他其实很想躲是非，可小白当时怒火填膺，眼风扫到谁便点谁的名。小白如今离不得丙刁，起居坐卧没有丙刁伺候，浑身不舒坦，既与小白昼夜共处，小白目光送出去三寸远，见到的第一个人就是他，不唤他，还能唤谁？

丙刁磨磨蹭蹭很久才动身，仿佛腿残，一步拐着一步地走到长卫姬寝宫，还没进去，便听见长卫姬尖厉的怒骂声，梁柱怕是也要被她骂塌了，门口台阶前满是碎陶片、烂布条，有两个宫女正胆战心惊地打扫狼藉，捡一片碎布哆嗦一下。

这宫里的寺人宫女都是丙刁的旧相识，趁着进去通报的空隙，他悄声问一个看门的寺人发生了什么事，那寺人捂着嘴说："少卫夫人刚刚来了，哎哟，可是闹得不成体统。"

丙刁一听就懂了，也不用人家给他详细解释。

小白册立公子昭为太子，仿佛投了一块巨石没入水中，将水下的渣滓全都显了出来。

长卫姬过去仗着美色，拿下了小白的心，若是现在与未来仗着儿子拿下小白的江山，这齐宫将永远是她独放光辉。

为了儿子与她自己的璀璨未来，她辛苦经营许多年，能做的、不能做的，竭尽其力都做了，似乎成功唾手可得。可算计太精，总敌不过天命，她这样煞费苦心，胜利果实居然被隔壁的郑姬摘去了。郑姬算个什么东西！平时闷屁不放一声，老得也比自己明显，小白有三四年没登过她的卧榻吧？仿佛生在宫中墙角的枯枝，春来了开不出花，冬来了倒要疯狂落叶，养出的儿子也是个闷骚，小白到底看上他什么？马屁拍得恰到好处吗？

从前各夫人以为无亏未来是储君，日常礼敬长卫姬三分，现在无亏得罪了小白，所有宠遇被剥得一干二净，长卫姬的靠山倒了，那还怕她什么？

是以少卫姬打上门来，说要为儿子讨公道。前次在西寝门外，无亏掌掴公子元，事情过去了两三个月，少卫姬不吭气，乍闻太子新立，一溜烟似的跑来算旧账。

两姊妹话不投机，开始只是互相辱骂，后来就动起手来，你扯头发抓脸颊，我咬耳朵撕衣裙，宫人们急得拉这个拽那个，即便分开了，也挡不住她们互相吐口水。终得两个力大的寺人拖着少卫姬往外奔，人走远了，骂声还没绝，一个在墙内骂“贱人肠穿肚烂”，一个在墙外骂“淫妇口舌生疮”。

长卫姬本来窝火，平白地与亲妹闹一场，那火越发蓬勃，指着一屋子人和物乱骂，至丙刁来时，她已宣泄了半个时辰，仍觉恼恨难消，心里的火几乎要烧出来。

丙刁站在门外，听得里头的长卫姬尖着嗓子叫道：“国君遣人来？来作甚，杀了我吗？”

通报的寺人不知说了什么，长卫姬又骂：“国君让我死，死便是了，何必多此一举！”过得一会儿，那寺人灰头草面地出来，给丙刁使了个意思复杂的眼色，丙刁装作不懂，闷头走进去，抬眼间，以为撞见一个疯女人，披头跣足，粉黛不施，较之素日的精致装扮，仿佛人鬼殊途。

长卫姬一见丙刁，狠狠啐道：“你也有脸来！”

丙刁清清嗓子：“长卫夫人拜听君言！”

听君言如君亲临，应该参拜，长卫姬偏就不动，只拿个下巴点了点。丙刁也不敢强逼她行礼，背死书似的说道：“国君曰：长卫夫人不稀罕君赏，请问夫人，可稀罕夫人之位？若也不稀罕，君不留客也。”

君言传完，丙刁不说话了，长卫姬也不说话，两人像两缕喑哑的亡魂，失声很久了。突然间，像做了噩梦醒来，长卫姬掩面哭道：“我就知道，国君嫌弃我，嫌弃无亏，他要撵走我们母子，免得我们碍眼！”

先还是嘤嘤呜呜，之后越哭越大声，一面悲哭一面激动地倾诉：“国君无情，不顾夫妻之情，不顾父子之情，逼得人没活路。既如此，我也不要活了，哪日拉上无亏，母子一起仰毒！”

竖刁硬着头皮听她叨叨半晌，终于大声道：“夫人谰言也，君有谯让，夫人当反躬自省，改过从善，不当怨君！”

长卫姬的哭诉被拦腰斩断，唯两行泪不自主地落下，斜眼看着竖刁：“你也有脸要求我自省！你为内臣，国君病不病，你会不知？”

她与无亏想的一样，小白装病设骗局，致无亏跌了跟头，可恨的是，她安插在小白身边的耳目竟不出声知会，要么是耳聋目盲，要么是与国君合谋。

竖刁沉凝着脸色说：“国君病矣，众人皆知。”

长卫姬驳道：“屁！别在我面前说这哄鬼的浑话，国君明明……”

“夫人！”竖刁断然打断她，复述得一板一眼，“国君病矣，众人皆知。”他继续道，“国君有小疾，养护数日，自可痊愈，夫人想多了。”

话很含蓄，却不难理解，长卫姬纵是骄横不讲理，也能明白当中意思：小白生病了，但小白就一定会死吗？事情发展到如今这惨淡田地，归根结底，是无亏太心急，一个盼着父亲早丧的儿子，父亲如何容得下他？

她唉的一声痛叹，颓靡地说：“终是白忙活，是自己蠢，怨不得别人。”她看着竖刁，语气古怪地说，“我与公子而今失势，你却是国君宠人，来日多荣光，自可与我们从此生分。”

竖刁浅浅一笑：“夫人说哪里话，臣乃一贱人，若无夫人简拔，臣早死于沟壑之间，夫人今日只是有小蹉跌，臣怎可弃之不顾？”

“是吗？”长卫姬不相信地反问。

竖刁不回答是不是，只宽慰道：“夫人稍安，现在怎知胜的不能落败，败的不能取胜？日子还长。”

长卫姬沉默，陡地，眼角飞出一丝阴戾的笑：“日子长不长，不好说，不过你记住，我虽遭蹉跌，也能决定一个小寺人将来日子的长短。”

这是威胁了，长卫姬要将竖刁牢牢拴在她与无亏的车衡上，过去有她，竖刁的人生幡然改变，未来有她，竖刁也会落入深渊，是前者抑或后者，在她的一念之间。

竖刁心里打了个寒战，面上却露出顺从之相。

竖刁回去复命，寝宫门外却遇到易牙，原来是给小白送午膳，两个刚打照面，丙刁像急得很，一把拽住易牙，说道："有事问你。"也不管他愿不愿，扯着他往一边走。

两个拐到宫墙外一隅，此处生着一小丛竹林，炎夏时节，枝叶繁茂，苍翠如滴，仿佛累层的绿帷，置身其间，说话声稍低一些，外边便听不见。

丙刁严肃地问道："我问你，你献食于太子，赴过公子雍私宴？"

像偷鸡被逮个正着，易牙有些心虚，遮遮掩掩地说："也只是寻常来往，并没有深厚交情。"

丙刁冷笑一声："什么寻常来往，可别哄我了，分明是另寻新主，为自己改换门庭做准备。"

"哪里有这另寻新主的念头……真真寻常来往，你若以为不妥，我不与他们来往便是。"易牙衰弱地解释着。

丙刁掸掸衣袖，强捏出没所谓的语气："你要与谁来往，是你的事，我岂管得了你？只是多嘴提醒你，你能进宫为国君烹膳，靠的是谁？我得了势，能想到酬报你，你若得势，就不知能不能想到我。"

易牙听出况味来了，纵便改换门庭，投效新主人，也要两个一起改换、一起投效，他俩既是同盟，祸福都得相牵连。

他扯出皮肉笑容来，敷衍道：这里说话不方便，明日在宫外私聊。刚走出去两脚路，丙刁忽然喊住他，像掰扯家常话似的，语气轻描淡写地说道："那小曹子家的庖人，你把他埋哪儿了？"

仿佛埋在地底冰窖的寒气冲出来，易牙通身寒战，他早知丙刁可怕，但在这时，他发觉自己对丙刁了解得并不够。

那位欺压易牙的庖人，在易牙入宫后，就被曹氏小宗子赶出了家门。丙刁领走易牙时留下的挑拨言辞，小宗子琢磨两日，自然明白个中曲折，一旦想通，就不能再让那庖人留下。易牙对那庖人恨之入骨，报复之心一日也没放下，知道那庖人失了小宗子庇护，沦落在庄岳之间给酒肆充侍者，寻了个机会，找人把他处理了。这事做得隐秘，杀人是在临淄城外，杀人者非本地人，动完手，消弭无踪，原以为神不知鬼不觉，可怎么就被丙刁那双眼睛拾了去？

丙刁见他惊惊慌慌、想掩饰又无力掩饰的样子，淡漠地道："你放心，咱俩是同盟，你我共进退，你的事便是我的事。"

易牙脸上的表情挤成一团，像在笑，也像在哭，颤颤巍巍地说："是，是同盟，谁得利好，都不会忘记同盟。"

丙刁要的就是这许诺，冷若冰霜地笑道："明白这道理就好。"

他抬手拍拍易牙的肩，这举动也许是安慰，也许是暗示，但他不解释，自顾先走了，重又走回寝宫，却不忙进去，外头先打听了一声国君在做什么，回答说国君正在召见卫公子开方。

自从上次开方来齐告卫难，数次充卫使，频繁来往于齐卫之间，但开始还是公家使者，后来渐渐转变为私人身份，原因是小白很喜欢他，对左右言及与开方相处，特别自在，不是主客，不是君臣，而是朋友。

开方也认为在齐国待着自在，而且他与卫侯有些不便公开宣讲的芥蒂，在卫国是可有可无之人，在齐国却为君主重视。

开方这趟来齐国，已过了三个月，却一直没有回卫国的意思。齐国的羁旅客很多，但别个是不得已落难逃奔，开方是主动投诚，坊间议论他大概是不想回去了。

听说小白在面见开方，丙刁更不愿去复命了，猜想小白这时的心情，应该怡乐融融，忽拿长卫姬的烂事去败胃口，没的讨骂。正虑着择哪个时机面君合适，远远看见有寺人导引管仲走来，丙刁对管仲多少有些忌惮，好像觉得与管仲多对视两眼，便要被他看穿阴暗念想。丙刁此刻是满腹爪牙，尖利得要刺穿出来，却不想被管仲探视他的心腹，于是悄悄地绕道离开。

正登上阼阶的管仲转过脸去，丙刁的背影一晃而逝，像被风吹起的流沙，又被风吹散，他微微睨了一霎，脚下却不停，慢慢跨进了寝门。

人才在门里站定，小白的畅快笑声像阳光般照出来，透亮又温暖，听得出他心情很好，是身体恢复健康，也是陪伴的人合心意吧。

管仲参礼时，开方本与小白差肩而坐，赶紧起身闪去一边，避免管仲拜君，把自己一块儿拜进去了。他的谨慎知礼，确是会让人生出好感，也难怪小白欣赏他。

因管仲来了，开方知道君臣有国事要谈，他不是齐臣，不便在场，礼貌地说要辞别，小白却道："无妨，开方且留下来，寡人与你还有话没说完。"

小白要挽留，开方不好强走，听小白对管仲道："召仲父来，是为淮上诸国有与齐盟之意，仲父以为当不当盟？"

小白口里的淮上诸国，分布在淮水上游，大致有江、黄、弦、道、柏等国，这些国家处于楚国的势力范围内，长期为楚所胁，常有灭国之危。早前中原无霸主，列国一盘散沙，楚国在南方世界横行无忌，汉、淮的诸侯国要么被楚吞灭，要么成为楚的附庸。随着齐国崛起，齐国霸业从中原渐次渗透到江淮，齐桓公十八年（公元前668年）联合宋、鲁共讨淮水流域的徐国，迫使徐国服齐。

为此，深受楚患的淮上诸国大为振奋，苦挨了许多年，日日为楚国淫威所制，求告无门，乞请无路，终于等来能主事且不惧楚的中原霸主，又听说齐国最愿帮扶小国，于是蠢蠢欲动。诸国欲通齐，奈何路太远，便先与邻近的宋国勾连，遇上个热心天下事的慈父，他从来坚定支持诸夏联盟，正因为支持，所以有强烈的反楚情结，拍着胸脯代替小白保证，伯主不会坐视兄弟国家遭受楚国欺凌，当即遣使乘传，将诸国的投诚书送来了齐国。

管仲审慎地说："淮上诸国欲与我盟好，臣以为利弊参半，请我君斟酌。其利，淮上诸国位于楚北上之途，若与之会盟，便可遏制楚也；其弊，诸国远齐而近楚，若楚兴师伐之，我救之不及，与之会盟有何好处？"

小白思量着，管仲说的利弊皆有道理，似乎盟也可，不盟也可，他踌躇道："若不与盟，是小国有同好之请，而我竟不理，则是齐国空负伯主之名，如何号令诸侯？"

"若与盟，同盟有难，而我不能救，也空负伯主之名。"管仲道。

小白是明白的，一旦结盟，作为盟主的齐国就有保护的责任，但淮上诸侯与齐国相距悬远，万一楚国出兵攻伐，齐国如何千里赶赴救援？只怕援军才出国境，淮水南北已尽是楚言。

他沉默良久，毫无预兆地对开方问道："开方以为如何？"

未想小白咨问国事，开方惶恐道："外臣怎敢置喙齐之国政，僭越甚也！"

小白满不在乎："那又如何！寡人没把开方当外臣，再者，谋大事，当广纳良言，何必管建言者来自哪里！"

开方心头急跳，面上敛着紧张神色，小心翼翼地说："外臣愚人，不敢妄自建言，唯些许私人念想。诸夏服齐，要在齐能帮助弱国小国，但有所求，不辞险难，为燕讨伐山戎，为邢、卫重建宗庙，想那区区一个小郧，也为齐尊为上宾，天下大小诸侯皆受齐恩惠，无不美齐政。”

开方的话感染了小白，点头叹道：“我齐国之伯业，正为扶助弱小，归一天下。”他看向管仲，“寡人以为，可与之盟。”

一席话触动君心，管仲忽然发觉，开方对小白的影响不可小觑，他能以三言两语促使小白做决断，倘用心善，万事平顺，用心恶，将会有大灾殃。不过，管仲其实并不完全反对与淮上诸国结盟，但他是现实主义者，不会仅凭着一腔热情与理想做事，必须综合考量各种可能性。

“我今与淮上诸国盟，楚必不能忍，要谨防楚报复。”管仲严穆地说。

小白疑问：“楚会如何报复？”

“首要是伐郑，其次或是，”管仲微微一顿，“仿效我所为，我干涉楚后方，楚也惊扰我后方。”

小白同意了淮上诸侯的与盟之请，遂于本年九月，齐、宋、江、黄在贯（今山东曹县西南）会盟。贯是宋地，因而此番盟会是宋国充当东道主。这可让慈父格外兴奋，打起十二分的精神操持与盟诸般事宜。由于齐国每次举会，对与会列国招待得细致入微，慈父自来以小白为偶像，以齐国为理想，于是贯之会礼数一切准于齐举会。

有赖慈父精心操办，让贯之会顺利举行，小白出于客气，对慈父夸赞道：“知礼而多能，可期也。”小白的客套话让慈父信以为真，得意忘形：霸主赞他未来可期，霸主的眼睛怎会看错人？这么多诸侯，这么多公子，小白不夸，偏夸他，足见他的与众不同，所以他也可为霸主。

淮上诸国与齐盟会，自愿投入齐国阵营，成为诸夏同盟的一分子，消息不胫而走，很快为楚国获知，楚王因此雷霆暴怒。淮水与汉水，对楚国的战略意义，相当于楚国的护城河，拱卫楚国的北境安全，也是楚国进出中原的水上通道，如果淮水流域为敌所控，敌人兵车可冲入楚国腹地。

如今齐国与淮上诸国联盟，是把手探进了楚国的内囊，挠一挠，拽一拽，带给楚国的是撕心裂肺的疼痛。

楚王愤怒于齐国的强梁行为，到底自古及今，只有楚国对别个耍流氓，没有别个对楚国耍流氓，未料横空出世一个更不要脸的齐国，楚王气得无以宣泄，便要吃熊掌。楚王对食熊掌有特殊癖好，心情越糟糕，越是需要熊掌的慰藉，仿佛只要一只熊掌扣在胃里，天大的烦恼也可以压下去。

但熊掌皮厚，很难蒸熟，楚王久等不得食，急得骂人，本来在熊掌刚架上火时，他即宣召令尹子文，到子文来了，熊掌还没熟，心急火燎地着人去催宰夫：快些吧，王已饿得不能忍。宰夫回答说：外头熟了，里头还生着呢，王不可吃夹生肉。

夹生肉的答复传回来，惹来更大的怒火，楚王骂道："蒸熊蹯而已，何故拖沓迟缓！只怕楚已亡国了，不穀（古代诸侯自称的谦辞）还吃不着熊蹯！"他越急越饿，越饿越生气，越生气越丧失理智，嚷着要将宰夫杀了，换一个能快速蒸熟熊掌的良庖。

一直安静等在旁边的子文，安静地说："王勿急。"

楚王焦躁地说："怎不急！人不得食，如断头颅，乃性命之忧，不穀不可不急！"

"王勿急。"子文还是这句话。

急得火烧眉毛的楚王忽然有所觉悟，凝一眼子文平静的脸，像是把热油淋上去，也会是一样的镇定自若。对比子文的沉稳，楚王觉得自己过分急了。

子文是慢性子，天塌了也慢慢说话、慢慢走路，似乎没什么事能让他着急。楚君子私下议论，吃过老虎奶的令尹却没有虎威，倒比家猫还温吞。有时下吏奏事，急得手舞足蹈，令尹仍是一副蒙眬神情，仿佛没睡醒。

楚王按捺住心急，问道："子文之意，是食不急，还是事不急？"

"皆不急。"子文心平气和地说，"食夹生，人生疾患；事急切，国生祸患。"

子文的平静态度，让楚王的浮躁情绪慢慢缓下来，他沉声静气地问："不急待若何？"

子文徐徐道："食不急，待蒸熟可食；事不急，待时机合适。欲使熊蹯熟，需时久矣，岂能仓促成之？急躁催迫，只得夹生。与齐争伯，需日也久矣，冒进报复，不能逞愿。"

楚王抚着额，失落地一叹："淮上诸国与齐结为同盟，如在我门户横戟，令人忧心。"

子文不疾不徐道："淮上诸国距我近而距齐远，我出师征讨，纵是同盟，齐如何越千里而驰援？我若今日伐一国，齐不能救，明日伐一国，齐又不能救，所谓伯主，竟坐看同盟覆亡、诸侯离散。况齐能在我门户横戟，我为何不能去齐门户立戈？”

说到齐门户，楚王冲口而出：“郑国？”

“是郑国，再有齐之东南，自殷至周，隐患始终未除，我若在彼处立戈，可致齐国奔命不暇，何能图我？”

不用子文说破隐患是什么，楚王已明晰在心，细思子文的应对策略，越发觉得绝妙至极，便想立即执行，不禁又急起来：“即刻起，在齐之门户搅出大动静来！”

子文缓然道：“臣适才言：食不急，待其熟；事不急，伺其机。请王等待时机。”

楚王自讽地笑笑，得子文献策，火烧似的焦虑心情如被清水浇灭，恰这时外头来报，说宰夫献熊蹯也，楚王大笑道：“果如令尹之言，食不急，待其熟耳，不縠不急，熊蹯则熟。”

热腾腾的熊蹯端上来，楚王邀请子文同食，君臣相与融睦，楚王寒暄道：“子文与齐执政仍有馈赠往来？”

“不敢欺君，臣与齐执政仍有馈赠往来。”子文恳切地说。

五年前，子文以私人名义馈赠管仲，自此后，两人书函往来不断，但来书去书只是寻常交谈，一方论说齐国风物，一方描述楚国俗礼，却一字不论国事，常也互相赠礼，你送我齐特产，我送你楚奇宝。齐楚两国君主知道本国执政交通，倒都大度，从不阻拦。这两人没见过面，纯是神交，倒让不少闲人揣测纷纷：没谋面的两个人也能成为朋友吗？隔着千里之遥彼此欣赏，彼此向往，最不能理解的是：两人的归属国尚处于敌对态势，他们如何能做得到为公时各为其谋、为私时互为亲善？

楚王好奇探听道：“齐执政是怎样的人？”

要去描述一个人，是个太复杂的话题，子文只能笼统地说：“齐有他，方能成就伯业。”

楚王不说话了，像是沉迷在熊掌的美味里。许久以后，子文几乎忘记刚才的话题，楚王忽然说道：“如果齐国没了他呢？”

子文愣住了，楚王的问题虽然怪诞，却也现实，他作为管仲神交的朋友，没有想过，或者齐国人也没想过，一个人能量太大，便被自动封了神，仿佛他活着是天经地义的事，像朝霞初升，春风拂面，鲜花初绽，晚照、冬寒、凋谢都与他无关，可其实，他也是会死的。

齐国没了管仲会怎么样呢?

齐国没了管仲，齐国仍然是齐国，齐国也不是齐国了。

三

齐与淮上诸国会盟，挑动了楚国的神经，如管仲预料的那样，报复很快来临。在本年冬天，楚国第四次出方城隘口伐郑，兵车如凛风过境，放肆地扫荡郑国腹心，郑国勉强组织军队与之对抗，却是交锋即溃，索性缩回国都。楚也不攻坚城，拿掉几座郑国乡邑，抢掠几百人口，眼见锥刺的朔风冻缩了握兵杖的手，徐徐退回国内。

从此时起，齐但有行动，楚必有回应，双方开始了持续数年的明争暗斗，直到齐桓公末年，齐楚争霸始终未绝。

外界的纷扰对齐国国内却很少影响。冬日的临淄城，寒气满街巷，风也彻骨，一年即将走到尽头。

暝色苍茫，车马缓缓行进到庄、岳两道的交叉路口，驾车的召御寇走了神，轮毂兀自失道，往路边猛地歪去，亏得他及时醒悟，紧急一拽辔绳，将脱轨的服马拉了回来。这是他头回驭车出差缪，心里又愧又羞，脸也红了。管仲看了他一眼，没责一声，举手在他肩上一抚，示意不必放在心上。

因为召御寇的失态，管仲是能理解的。

他们刚从宾胥无家里出来，临别时，召御寇祝宾胥无早日康复，宾胥无却苦笑道："恐怕康复无望，死有恨也，但能与诸友地下相见，却可慰心。"

宾胥无说的诸友有雍廪，也包括召忽。

宾胥无的这场病突如其来，昨日尚在司寇官寮断狱，今日就辗转床笫沉疴难瘳，病来得急，也来得重，不过一月有余，便显出下世光景。小白特遣宫中医士为宾胥无诊病，一番悉心地望闻问切，得出的结论却令人鼻酸：司寇没几日了，提早准备后事吧。

管仲探望宾胥无，一是出于私人情谊，二是奉了小白之命。小白最怕生离死别，听说宾胥无时日无多，不敢来见他，生恐是最后一面。

见到宾胥无第一眼，管仲便觉得医士所言无差，眼前的这个病人，身上的活气稀薄得几乎无存，死气却如山般覆盖上来。

并没人对宾胥无刻意隐瞒病情，实际也隐瞒不了，天生一双司刑官的明睿眼睛，断得了疑案难案，岂会断不了自己的生死？知道自己将死，宾胥无显得很坦然，他说："人孰不死？从古至今，哪里有久活不死之人？死则死矣，唯有抱憾。"

"你抱憾什么？"管仲问。

宾胥无回答道："一憾不能再与夷吾同行谋事，二憾挚友之冤至今未昭雪。"

挚友之冤说的是雍廪，齐国人人皆知雍廪冤死，人人也知致他死的幕后主凶是谁，但知道又有什么用，国君尚且不能拿那人是问，其他人更无能为力。

这个话题使人无力，管仲无言以对。他是齐执政，仿佛弹指间万事可底定，可其实许多事，他也在妥协，也在让步，他尽力让局面维持在稳定状态，可在这表面的稳定之下，又有多少不情愿又不得不为的违心之举？

提及雍廪，宾胥无追忆起弥水一战，他们几个老友相识，后来同经风雨共历险阻，行到如今，故人零落，说来唏嘘伤感。

"当年不知好歹，对夷吾狂言，愿能裨补当世，不苟活这一生。"宾胥无缓缓地回忆着，惨白的脸上浮现一丝自得的笑，"也不算苟活了。"

他注视着管仲，真挚地说："昔年我以为夷吾不凡，必能成就大事业。自夷吾执齐政，行变国之政，使国强而民富，试问天下列国之才，岂有匹敌？齐国得夷吾，何其有幸，我能与夷吾同道，何其荣光！"

动情的倾诉让管仲心有戚戚，三十年光阴流逝，正为那相通的理想，让他们能够同行，想想这一路上，有多少信仰同道者相携相扶，彼此理解，彼此支持，才能成就今日的荣光。

"能与子同道，也是夷吾荣幸。"管仲感动道。

宾胥无倦怠地一笑，迟迟说道："夷吾前生为公，齐无夷吾，伯业不成，我今却有一言期许，望夷吾斟酌。"他紧紧扶住管仲的手臂，暗声道，"变国之政固然利国利民，可变国无后人，也许会自夷吾始，至夷吾终。夷吾为国为君，已竭尽全力，后生多为自己想想吧。"

管仲竟不觉这话有多危言耸听，仿佛面对一个不可避免的现实结果，闭目塞听只是自欺欺人，因为终究会来到，如人将死去、国将覆亡，变革也会走向结束。

“我尽力而为，至死不放弃。”他这样答复宾胥无的忧虑。

“到底是管夷吾，岂能因蹉跌、险难、生死，迁改其志！”宾胥无喟叹道，他缓缓放开了管仲。

宾胥无的话在管仲心中是否激起难以平复的涟漪，管仲没表现出来，但感染了召御寇，他是因为宾胥无说到召忽的旧事，勾拨出心里的创痛来。如果人人都有遗憾，召御寇的遗憾便是父亲，过去太久，父亲的音容笑貌早就忘了，可是总还记得有父亲这个人，记得父亲曾经在这世上活过。

宾胥无将死，世上记得他父亲的人又少了一个，那死去的人仿佛还在，只因为活人的记忆里有他，你记得他的音容，我记得他的言行，无数片段拼凑起来，便是全体的他，活人若离世，也把故人的一部分带走了。

召御寇一念至斯，难过至极，情绪为之波动，因此失手犯错。管仲明白他的心情，知道他那隐忍多年的遗憾，其实细究起来，何尝不是他自己的遗憾？

车马缓缓上道，召御寇再没有过失举动，似乎那涨上心头的悲伤已完全退了下去。才回到管氏宫，里头家臣来报：鲁国有故人之臣求见主人，已等候多时。

管仲问：“是哪一位？”

“他自称是曹沫家臣。”

管仲愕然：曹沫为何会遣家臣来？每年只有到召忽祭日，曹沫才会遣人来送祭物，算算日子，旧年祭日已过去，新年祭日还早得很。说来也怪，今年召忽祭日，素来行事有始有终的曹沫破天荒没送来祭物，这时节遣家臣赴齐，难道是来补祭？

管仲不遑多想，即唤人来见。那家臣一踏进待客的正堂，入目的一身斩缞之服，让管仲的心忽地提吊起来。家臣未曾开言，泪已崩出，一面悲哭一面断断续续地说：

“禀管子，家主……家主人，殁了。”

管仲以为幻听了，眼前有紫红夕照如潮汐漫来，周遭的一切仿佛晕了一层浅黄水墨，总也看不清，恍惚像在梦里。可耳边响起家臣痛心的哭声，他骤然惊醒，原来他身处在现实世界，而不是什么都可推翻的梦境。

曹沫的家臣不是来送祭品，而是来报丧：曹沫死了。

曹沫死的那日，曲阜城正在庆祝蜡日节，君子们受邀入宫赴宴，着一身国中刚刚发给每个人的簇新朝服，喜气洋洋地与同寮落座朝位，捧酒上寿国君，接受国君馈赠酬币，唯独没有曹沫。

他已被鲁国朝堂遗忘了很久。

鲁君子指责曹沫是庆父同党：“既是逆贼同党，有何颜面与君子同列？不杀你已是周公恩惠。”莫须有的罪名扣上来，曹沫如何甘心？数次抗议自己与庆父无瓜葛，庆父祸乱鲁国时，他闭门不出，何尝有过一日屈服！鲁君子们却言之凿凿：某年某月某日，你赴过庆父的私宴。

“赴私宴便是同忤逆吗？庆父得势时，二三君子与他过从甚密者，也不在少。”曹沫反击道。

再强有力的反驳都没用，君子们认定了曹沫忤逆，他便是把心剖了，将一腔热血洒出来，也是徒劳。

君子们可以与庆父勾肩搭背，哪怕舔过庆父的脚背，吃过庆父车下的尘土，但曹沫不可以，君子们可以伪善无耻，可以欺压良善，可以叛国投敌，但曹沫不可以。肉食者永远是肉食者，好心施舍你一口肉吃，便以为可跻身肉食阶层了吗？

曹沫能厕身鲁君子，原是鲁庄公不拘一格超擢人才。鲁庄公在时，他纵算也不得志，到底国君赏识他，是他立身于朝的屏障，鲁庄公不在了，那屏障坍了，过去对曹沫心怀不满的鲁君子，终于逮着了报复机会，势要将曹沫排挤出去。

举朝会不宣曹沫，理由是曹子身体不好，赐胙肉没曹沫的份，理由是曹子牙口不好，后来就没有理由了，国君不见他，执政懒理他，同寮躲避他，仿佛天下没这个人。偶尔失言，提起长勺之战，众人歌颂的是鲁庄公，至于那谁，事实是没有谁了，如果可以，请史官重写那段历史，简上的个别字刺眼得很，一笔抹去可好？

鲁君子恨曹沫，恨的或也不是那一个具象的人，而是曹沫的人生际遇带来的国民影响。曹沫曾经给了鲁国平民虚妄的幻想，一众身份卑贱者以曹沫为榜样，试图以底层力量撞击旧秩序的铜墙铁壁。

在欢庆蜡日节的烦嚣里，曹沫死去了，仿佛是某种极具讽刺的隐喻，一个人凄凉的死亡与一座城的喧嚷，形成如此鲜明而残酷的对比。

依循周礼，大夫亡故，国中该告丧给同盟，这在礼仪上称为“赴”。曹沫活着，尚且被人遗忘，如今死了，对一具发不出声音抗议的尸体，更没活人想起要赴同盟，想来同盟国也不关心一个不体面的大夫死活。有鲁君子在觥筹交错的酒宴上惊闻曹沫亡故，不免叹息一声：死迟矣！

鲁不赴同盟，所以来齐告丧的是曹沫家臣，曹沫在母邦受冷遇，在异邦总有三五知心好友会为他的死垂泪。

曹沫的死讯传来齐国不过三日，齐国方面派出一支吊丧使团，先遣行人赶往鲁国知会：寡君爱惜曹沫，听闻曹沫亡故，痛悼不已，故遣使吊丧，代寡君寄哀思。

死了一个无足轻重的曹沫，竟惹来齐君小白的哀思，齐国还要遣使吊丧，鲁君子们都傻眼了。

领衔齐国吊丧使团的是鲍叔牙，以卿来吊大夫，规格着实高得可怕，鲁君子免不了私下叨叨“非礼也”：齐国人就算做了霸主，仍是不通礼仪的大老粗。

齐国方面来的是卿，本国执政不得不出面对接，因此迎候鲍叔牙的是季友。两下见面，季友很尴尬，鲍叔牙很生硬，前者是心里有虚火，后者是心里有恼火，彼此都不想见面，碍于情面与礼节，强逼着相处，于是这个言谈遮掩，那个说话带刺。

鲍叔牙忽然问季友：“鲁国中没人了吗？”

季友莫名其妙：“鲍子何以言鄙邑无人？”

鲍叔牙挖苦道：“鲁若有人，大夫卒，为何不赴同盟？想来是无人，大约都忙着呢。”

季友臊得面红耳赤，早闻鲍叔牙刚直得近于刻薄，今日是见了真章。遭到当面羞辱，季友也自后悔：为何不能坚持己见？当时听闻曹沫死，他也想要依礼赴同盟，可左右进言劝阻。

这个左右正是施父。

仍然每天能见到太阳东升的施父，生命力顽强得像他维护的旧秩序，有赖他的鼎力支持，季友才能重执鲁政，于是季友特别尊重他。

“曹沫，小人也，得先君过厚之恩，有幸与君子同列，僭礼太甚。今已死，子若怜他，赠送赗仪便可，若一切依从大夫礼，是变改国家常礼，恐使君子寒心。”施父这么评论曹沫的死。

让死了的曹沫丢失颜面，事小；让活着的君子寒心，事大。季友听从施父建议，对曹沫的死采取漠视态度。

齐使团前往曹沫家与丧，送去了丰厚赗仪，从国君小白到齐君子，皆有馈赠。原来是小白宣示群下：“鲁有真君子过世，为鲁薄待也，不当使真君子凄凉落葬，二三子有敬真君子者，可随赠丧仪。”国君为一个地位不高的鲁国大夫出头，摆明了是故意给鲁国难堪，下头摸准了小白的心理，加上硌硬鲁国伪君子向来是齐国人的乐趣，以是无论对曹沫有何等认知，多多少少都有所表示。

齐国这么大张旗鼓地吊丧鲁国大夫，鲁国君子脸上都不好看，有坐不住的，悄没声儿地送了赗仪，怕被同僚知晓，来时走后门，去时走角门。

过不了几日，季友也挨不住来吊丧，一并带来鲁侯的问候，将国君亲赐的荒帷盖在棺上，又向曹沫妻儿致意，问他们有何难处，尽管说出来，他一定竭力帮衬。

季友开了头，鲁君子不敢落后，接二连三地赶来曹家吊问，赠一称禭，奠一爵酒，免不得也要哭一嗓子，或许过去假哭多了，经验丰富，眼泪说来就来，瞧那悲恸欲绝的模样，仿佛痛失生死之交。

曹沫落葬那日，曲阜国人自发送行，有些远郊乡人，甚至野人也赶来送他最后一程，送丧队伍宛如百里河川，一眼望不到头。棺椁入土的一刹那，老少俱哭，人人对面相泣追忆：还记得长勺之战吗？曹子便是因此战成名，君子们忘记曹子的功勋，我们从没忘记。

那个在君子心中像刺一样扎眼的曹沫，在平民心中却是希望，宛如黑沉沉的等级天幕上现出的一缕阳光，无数渴望上进的普通人向着那阳光奔跑，纵算暂时跑不到终点，知道曹沫在那儿，一直在那儿，总可振奋衰靡的意志。可曹沫死了，阳光闭合了，希望破灭了，以后的很多年，阳光再也没有出现过。

曹沫安葬已毕，鲍叔牙将要归国，临行问曹沫妻子，愿否随他去齐国：“在齐的朋友很期待见到你们，去了齐国，一切有我们，百事不用愁。”

曹妻却摇头：“多谢鲍子与诸友美意，然沫在鲁，我们哪里都不去，只愿余生守着他。”

鲍叔牙不勉强了，曹沫的家人与曹沫一样，生得拗不断的傲骨，一旦确定的事，哪怕屡经蹉跌，也要坚持下去。彼此告别时，曹妻将一包布囊交给鲍叔牙，说是为召忽准备的祭物，本该去年送来齐国，无奈那时曹沫病得太重，他自己沉疴难愈，家里也是一团糟，便把这事耽搁下了，如今晚是晚了些，但哀悼的心意不能弃，烦请鲍叔牙带回去。

“这是沫最后一次祭故友。”曹妻伤感地说。

鲍叔牙接过那迟到的祭物，泪水掩不住，不由分说滑落出来。

归国途中，鲍叔牙心里很不好受，每每念起曹沫死得悲凉，无边的哀伤像铁网似的兜住一颗心，痛得不能呼吸。

有齐国施压，曹沫的葬礼尚算风光，国君赐赗，君子与丧，尚有平民自发送丧，但所有身后的礼仪性补偿，只是对活人的慰藉，对死去的人又有何用？

人人皆说曹沫是真君子，可为什么真君子会是这样的凄惶下场？一个人活得太纯粹太有良知，便不容于世，是不是学会做一个没了良心的恶人，才会得到寻常福祉？

离临淄城还差着十里地，鲍叔牙还没从曹沫的死亡哀思中缓过来，国中忽遣人来报，宾胥无卒，请鲍叔牙归国与丧。

鲍叔牙连伤心也来不及，急急驱车奔往临淄城，一路狂奔，一路慨叹，连踵的死亡让人生出错觉，仿佛他这一生都在参加葬礼。

马不停蹄地赶到临淄城，才知宾胥无是两日前的子夜没的气。小白终究还是来见了他最后一面。宾胥无已是垂垂将死，起不来身，家人扶着他，在床榻上给小白参礼，也只行得半个礼。小白不让他拘礼，他却说恐是今生最后一次拜君，请受臣稽首之礼。小白难过至极，当时泣不成声，回宫后一夜未眠，翌日生起病来，过一日惊闻宾胥无辞世，病更重了，虽然身体不适，仍然抱病临丧，一见灵柩，恸哭不已，身上本不好，这一哭，如同雪上加霜，路也要走不动了，左右担心国君哀毁过逾，把他劝走了。

鲍叔牙本要面君复命，小白却体贴地遣人来告：“不必面君，先去看宾胥无吧。”鲍叔牙去往宾胥无家里，在灵前祭酒，问候亲眷，一系列举动很机械很僵硬，眼望着穿梭不息的吊丧君子，那一张张挂着泪的脸，像素昧平生的陌路人，茫然不知该如何是好。

在无数张陌生面孔里，鲍叔牙却看见管仲，两人对视刹那，便心有灵犀，一前一后退出了门。

“同行？”管仲问。

“好。”鲍叔牙答道。

这次是管仲驭车，他看出鲍叔牙心绪不佳，也知道他有话与自己说。实际管鲍每次在外相会，若有心事倾诉，皆要同车而行，双方家里人见怪不怪，只要听谁说一声“同行”，随行侍从皆会自动闪去一边，或者像召御寇一般，驾空车在后跟随。

时已入春，天气仍是清寒，车马行走在宽平通衢上，冷风毫无阻遏地吹过来，不禁使人寒战。道路两旁高挺着脊梁的乔木，上个月已重披了新绿，迎着料峭春寒，颤抖着绽放出春来第一朵花。

“曹沫后事安顿如何？”管仲轻轻道。

鲍叔牙没精神地说：“还好。”

车马渐行渐慢，几乎要停了下来，轮毂迟滞地转动着，像老年人松动的齿牙在艰难地咀嚼食物。鲍叔牙的声音从齿牙缝隙慢慢地泌出来：“曹沫这样具赤心的真君子，生时有志不得伸，死时饱受冷遇，不是我齐国给他宠遇，鲁已把他忘了。”他说不下去，汹涌的眼泪淹没了说话声。

面对伤心欲绝的鲍叔牙，管仲并不劝慰，只是安静地说：“鲍叔记得前回雍廪卒，你我与丧，归途中夷吾失态吗？”

鲍叔牙怎会忘记，那次他们与丧，回去的路上也是同车，管仲忽然失态悲泣，那样伤情的管仲，鲍叔牙从未见过，但那时他没有追问，他对管仲从来全心信任，信任其刚强坚韧，也信任其偶尔的软弱怀疑。

管仲缓缓看住鲍叔牙：“伯舆曾问我：为变国之政，付出偌大代价，值得吗？若问曹沫：做真君子付出偌大代价，值得吗？鲍叔以为，曹沫会如何作答？”

鲍叔牙反问道：“夷吾如何作答？”

管仲微微一笑，从容道：“死且不悔。”

鲍叔牙心头一震，彼此凝视着，两双透亮的眼睛如镜，映出彼此的共同信念与共同坚持，他重重地点头：“没错，曹沫一样会答：死且不悔。”

“唯同行者方明不悔之意，然天下同行者能有几何？世上凡庸之辈，碌碌于私名，汲汲于私利，目不见泰山，耳不闻天下，何必与他们计较！”管仲款然说道，“同行者既少，何不珍惜？曹沫抑或宾胥无，他们来时，我辈与其相携同行，相伴共事，他们走时，寄情别之，坦然送之，哪一日你我离世，追思过往，一生长短无定，然曾有同行之友相与，总不辜负来世上走这一遭。”

即便知道明日将死，也要活出一方明媚的天地，世人的嘲讽、冷遇、打击、中伤，全不能改变我的坚持，这便是管仲的选择，也是与他同行的伙伴们的选择，所以他们能穿过芸芸众生，走到一起来。

鲍叔牙长叹一声：“唯同行者方明不悔之意，此生能与夷吾同行，何其有幸！”

“能与鲍叔同行，也是夷吾之幸！”

车马行进加快了，风拂来，不觉寒冷，反而有丝丝暖意，前路迢递，有闪亮的阳光在道路尽头等候。

四

齐桓公二十九年（公元前657年）夏，在淮水流域发生了一场不大不小的战争。

交战的双方，一方是徐国，一方是群舒（今安徽舒城、庐江、巢县一带）。之所以称为群舒，因为不止一国，有舒庸、舒蓼、舒鸠、舒龙、舒鲍、舒龚，群舒皆为同宗，偃姓，从族属上，是淮夷诸部。

徐与舒相距并不近，徐在淮水下游北岸，舒在淮水与长江之间，徐要伐舒，先得涉过淮水，再跨越数百里之途，即使战胜，也不便据其地。徐国不辞劳苦远涉伐国，像是决策者昏了头，不顾现实情况，想哪儿打哪儿，但内里其实另有真相。

群舒是楚国的附庸国，徐国又服膺齐国，表面上是徐与舒的战争，背后实是齐楚争霸，徐伐舒是齐国授意，拳头打在群舒身上，疼在楚国心上。

去年秋天，淮上诸国与齐盟会；冬天，楚国第四次伐郑；今年夏天，齐国指使徐国伐群舒。齐楚双方是你来一回合，我来一回合，你敢挖我墙脚，我就去你隔壁放火，彼此进行着不直接对抗的拉锯战。

群舒不是徐国对手，确切言之，不是齐国对手，因此为徐所取。附庸国落入齐国手中，楚王气得又吃了两只熊掌。齐国出招了，楚国将会怎样接招呢？是讨伐与齐国亲善的某小国，还是无论谁争霸永远首当其冲的郑国？

天下形势绷弦似的紧张，仿佛为了呼应麻烦不断的人间事，天便垂下灾变的警示。

本年开年以来，雨水很少，常常旱得遍地生烟，时入夏季，雨水仍罕见，到了六月，久被锁在天门后的雨水，突然像门禁敞开，倾盆之雨降临人间。

魆风骤雨持续下了小半旬，冲刷了人间肮脏气，待雨住后，天朗气清，太阳升起在蓝得发亮的天幕，像干净的青瓷盘托出的一颗血红玛瑙。

趁着雨后的大好天气，小白启程前往申池，他每年都会去申池避暑，渐渐成了习惯，避不避暑倒在其次，就像每日午后小睡，忽然一日不睡便觉不自在，今年往申池，也不是因为热，一多半是想出城散心。

从去年末至今年开春，两三个月时间便连续经历两场死亡，先是曹沫，再是宾胥无，相熟故人连番地离世，让他备受打击。在宾胥无的葬礼上，悲痛之情排山倒海，依规矩，君临臣丧，礼节性地流泪以表哀思而已，他却哭得不能自已，不是左右强把他拖走，怕是要哭至晕厥。

小白对生离死别有着执着的在意，他恐惧死亡，恐惧一切人生分离的悲伤结果，宾胥无的死唤起他心底的恐惧。正如公子曼病逝那次，他又开始频繁召见亲臣，脾气也格外温和，甭管是谁，犯错一律原谅，比以往任何时候更溺爱儿女，本就是个护犊子的软性子，现在越发护得没原则了。去年公子无亏得罪了他，太子之位没争着，还被褫夺宫职，狼狈如丧家犬，时过境迁，小白的怒气早就消亡得七七八八，觉着其实无亏也没什么大错，于是把无亏与太子昭一起召来，让他们兄弟和睦相处，两边都流泪发誓不敢兄弟阋墙，底下人十之八九认定两公子说的大半是假话，小白却认为他们是真心。

或是觉着诸公子闹家务，是因为缺乏管教，小白效法先君襄公，给诸公子置傅，每个公子皆不落下。他本来想让鲍叔牙教导无亏，鲍叔牙断然拒绝，他从来不能违拗鲍叔牙，只好另觅良傅。

因太子尊贵，太子傅择的是管仲，这样的任命更进一步稳定了太子的地位。对此诸公子牙酸眼也酸，满口醋味地私下闲话：君父说是一视同仁，其心仍偏向太子。

公子傅中有一人来自异邦，正是卫公子开方。小白任他傅公子潘，对外宣布的根由是：开方与公子潘交好，开方傅公子潘，可使公子向善。不管给出如何精美体面的理由，让卫国公子傅齐国公子，终究是出离常规的怪事，小白到底是真心为公子潘着想，还是为了把开方留在齐国，编出个自圆其说的理由，也只有小白自己才清楚。

这次来申池，小白没带任何一位公子，却带了开方，随行的夫人除了蔡姬，还有一个徐嬴。徐嬴是徐国人，纳入齐宫不到一年，因个子很小，站在身材挺拔的小白背后便见不着了，人很娇小，模样也精致，脸只有巴掌大，掐一把下巴颏儿，眉毛也往下塌。

徐嬴入宫不多时，即宠冠后宫，风头拼过蔡姬，到底蔡姬嫁给小白有十年了，相处弥久，爱幸渐淡，膝下又无子，原来生过一儿一女，不幸半岁不到便都夭折了。小白好内，后宫庞大，陪伴君主的这一批女人老去，自有更年轻更美丽的女人补位，当年长卫姬专宠，蔡姬入宫后，长卫姬便成了明日黄花，此后，蔡姬垄断后宫十年。不料忽然来了个弱不禁风的徐嬴，眼睁睁看着小白的心一点点挪过去，蔡姬却挽留不及，她有预感，正如她过去取代长卫姬，早早晚晚，徐嬴将取代她。

众人抵达申池，因刚涨过水，水色有些泛黄，风过水面，将那层薄薄的黄纱吹开，露出清明的面孔，有阳光映照上去，折出奇光异彩。

尽管出城游乐，小白的心情也不见好，沉着脸一言不发。开方知道小白心结，寻思找个乐子让他分心，忘掉烦恼。开方问小白是否要钓鱼，答不想；是否要对弈，答不想；是否要投壶，答不想。总之是什么也不想，仿佛来一趟申池，只为了让自己郁闷。

忽而岸边传来喧哗，原来蔡姬要泛舟，左右劝夫人乘大舟，她非要乘小舟，说是轻快，她也可以摇橹，大舟这样沉摇不动，左右苦劝不听，反惹恼了她，赌气说不乘舟了。

小白看得好笑，耳听得开方说要否饮酒，他这回不反对了，因吩咐丙刁去取清酒，再着易牙烹煮珍馐来佐酒。丙刁领命前往酒窖取酒，顺道交代易牙烹食，一去一来不到小半个时辰，回来时，小白却不见了，便问左右国君何在。

左右答曰：“国君与夫人泛舟。”

丙刁惊得手里捧的酒罍险些摔下来，小白怕水是内外皆知，来申池避暑多次，可以临水垂钓、凭水观景，却绝不肯往水上泛舟，浅水处濯一濯足，也会起寒战，何况去深水中央呢！今日到底是哪里不对，破天荒竟愿意去泛舟？丙刁心里疑惑，不免向左右探问一声，才知原来是徐嬴见蔡姬有乘舟之意，她是淮水边长大，见了水就亲切，也想泛舟浮游，便央小白陪她共济，小白初时不答允，挨不住她撒娇，偏又显出一副楚楚可怜的柔弱模样，像是不坐这船，便要丢掉半条命。小白素性怜香惜玉，美人伏低相求，没有不允之理，心头一软就答应了她。先前赌气不坐船的蔡姬，眼见小白为了徐嬴，连怕水也不顾了，一时妒火中烧，怎肯落单，也跟着登舟。

这可就热闹了，两个不省油的女人同舟，一船之上满载柴薪，有点儿火星子不慎落下，只怕要烧起来。丙刁走去台榭里，往水上望去一眼，水面正行着两只轻舟，一舟在前，一舟在后，在前的是小白所乘轻舟，已划至水中央，徐嬴倚着小白坐，你掐我手背，我捏你脸蛋，咯咯的笑声为风荡来，仿佛两只花鹦鹉。坐在另一头的蔡姬忽地站起来，几步冲到船头，将摇橹的寺人推开，她却去摇橹，那船便荡个不休，小白不禁怒喝，隔得太远，声音失了真，听不明晰，应是在责骂蔡姬不当荡船，可越是责让，蔡姬摇得越发卖力，那船像颠在炒锅里的干竹笋，左一荡，右一晃，船也不行，在原地打了横，再这么荡下去，恐会侧翻。

俄而有女人的尖叫声乍起，徐嬴像失足猫儿似的扑入了小白怀里，是谁跳将而起——似乎是鹿无极，一把抢过蔡姬手里的船桨，蔡姬捂住脸失声惨哭，她哭，徐嬴也哭，当中还夹着小白撕裂的吼声。

丙刁打个激灵，转身冲出了台榭，待他奔到岸边，两只轻舟正向岸边靠拢，原来是一前一后，泊岸时却是齐平。开方不与小白同船，抢先跳上岸，面带忧虑地恭候小白，可他毕竟没快过丙刁，船离岸尚有半里水路，丙刁已站去了水里，一点也不顾蹚水湿了鞋袜，小白才欲起身，他已把手臂伸了出去。

小白扶着丙刁的胳膊下船，站在平地上，两条腿仍在发抖，脸白得像招魂幡，一回头，瞧见梨花带雨的蔡姬，脸更白了，嘴唇哆嗦着，用极后怕的语气说：“你……你想害死我吗？”

蔡姬只是哭，却不作答，那边徐嬴也下了船，一样泪涔涔悲戚戚，两个女人仿佛在比拼哭功，这个哭得撕心裂肺，那个哭得肝肠寸断。

丙刁竟也流泪：“方才吓死臣了，可恨离太远，我君又在水上，臣莫能及也……”他似是过于伤心，话也说不下去了。

为丙刁表现出的真情感动，小白反倒去安慰他说：“放心，寡人没事。”

丙刁哽噎道：“我君畏水，人所共知，素日不要说水上荡舟，便是近水闲游也当小心，今日到底是怎么了，周围人也不拦着……我君再别行险了，纵便非乘舟不可，让臣随侍，有什么事，臣为我君担着。”

“难为你有心。”小白叹口气，后怕与后悔涌动着，悔恨地说，“刁说得对，寡人不该行险，纵便行险，也得有妥善人在旁。”

提及行险，不免想起那肇事者，小白指着蔡姬责道：“日常要要小性子，寡人也忍了，今日竟拿性命开玩笑，寡人有哪里薄待于你，你竟要置寡人于死地？”

质疑极严重，不回应便背了必死罪名，蔡姬仰起脸来，一面哭一面反驳：“我哪里要置君于死地！又不是我迫君乘舟，从来在申池游水，我迫过一次吗？我君不去责迫君乘舟之人，倒来怪我！”

到这田地，还在吃醋争宠，小白实在宽纵不能，不由得作色道：“寡人欲不欲乘舟，出自寡人本意，与他人迫不迫无关，而你荡舟，欲使舟覆，有害君之心，怎不该责你！”

蔡姬的哭声渐渐矮弱，忽地发出一声冷笑：“齐君栽罪名可是在行，反正错的是我，前因如何，蒙眼不问了。不过，我倒要与齐君数论数论，也有脸说不曾薄待于我，从前爱幸时，虚情之誓，言犹在耳，如今新人在怀，我便成了害君罪人，过往誓言形若放屁！”

明明是她做错了事，反而理直气壮地来批判受害者，小白气得手足冰凉，偏他动起暴怒来，脑子里一团烈火，把反驳言辞也烧光了，强忍着要把蔡姬立即车裂的狠毒念头，咬牙呵道：“寡人不想看见你，滚回去！”

蔡姬却是一副要杀要剐无所谓的死硬模样，拗着声音说：“你想撵我走也非一日，杀了我更省事，仰毒还是自缢，随君处置！”

“滚！”小白咆哮，抖着一双手，在身上东摸西摸，像是要搜出点什么顺手的利器，要么剁了蔡姬的手足，要么断了蔡姬的头颅。旁边鹿无极瞧见事有不好，慌得大喊道：“我君盛怒不可犯，请夫人速归！”

蔡姬犟着不肯动，终有晓事的御士和宫人合力，强行把她拖走，她仍不消停，一头号哭一头叫骂，数落小白薄情："好赖是十年夫妻，翻脸不认人，你们男人都生了朽烂心肝，没一个好东西，我从此就回蔡国去，生死不相见！"

小白怒得刹不住，身上搜不到逞心的利器，生夺了一个御士的长戈，抢步就要追上去，吓得周围人拦腰的拦腰，扯手的扯手，还有跪下来抱大腿的，这里亏得拦了一阵，那里蔡姬已去得远了，唯听见那尖刻的哭骂声像越拉越长的线，在耳畔晃来晃去。

丙刁苦苦劝道："夫人有错，责罚可矣，遣归可矣，决绝可矣，我君何苦举兵！倘杀伐成真，酿大祸也！"

小白懊丧地一叹，将手中长戈重重一掷："留不得了！"

在申池闹这一场，小白心情更积郁，避暑也罢，游玩也罢，都没了兴致，当日就返回临淄城，刚一回来，便听说先他被强行拽回宫的蔡姬，正闹着要回蔡国。以往每回两人起摩擦，蔡姬便作势要归蔡，开初小白因为在乎她，还会紧张，生怕她动真格，于是一再迁就，低声下气道歉也是有的，有了几次胜利经验，蔡姬便以为这是能拿住小白的妙招，只要有口角冲犯，必言归蔡。说得多了，没一次成真，小白就麻木了，蔡姬也觉不管用了，渐也不再说起，而今旧话重提，小白认定是威胁，想到蔡姬一而再再而三地挑战底限，躁郁地说道：

"要走便走，寡人为她备好大归之礼，传遽（即传车驿马）送之。"

话被一字不漏地带给了蔡姬，闹得天也要塌的蔡姬猝然安静了，生挨了一夜，小白仍没露面，也没遣个人来问一声，悄悄托人打探国君何在，说在徐嬴那里，原还存着一丝希望，此刻也破灭了。看来小白是铁了心要决裂，那就决裂咯，反正诸侯夫妇离婚的也不在少，小白的两姊，长姊死了前夫卫国国君，再嫁公子顽，次姊甩了鲁国国君，与亲兄恩爱不弃，我岂不能甩了齐国国君，再嫁个更横的霸主！

蔡姬旋即收拾行装，凡是小白赏赐，一样没带，一身行装自也要褫了，于是把出嫁时的嫁衣从衣箱底翻出来，抖了抖积灰，也不嫌脏，利落地穿上身，不管宫人们两行眼泪一声哀告地劝她留下，冷冰冰地赌咒道："我再不回来了。"

实际蔡姬还没动身，已有耳报神赶着去给小白通消息，小白毫不在意，讥讽道：“拖这样久还不走，等着寡人送她？”

大约到此时，小白还认为蔡姬是意气用事，女人嘛，闹闹小情绪，发发小脾气，等着男人去哄她，软话一说，立马阴转晴，可这回偏就不哄，偏就不惯她的臭毛病，偏也不信她能持续闹下去，八成还没走出临淄城，便哭着跑回来。

国君夫人决绝大归，事不可谓不大，因此不断有人来报告行踪：夫人出宫了，夫人出城了，夫人出国了，夫人已不在齐境……小白忽然意识到问题的严重性，情急之际，面子可不要，尊严可丢弃，着急忙慌地派人追回蔡姬，只要把人请回来，不管是哄人还是道歉，都可以商量。

使者星夜兼程，终于在宋、陈之间追上蔡姬。使者恳切地告诉蔡姬，奉了国君之命，请夫人回齐，只要夫人肯回去，万事好商榷。蔡姬阴着脸，丝毫不动容，唯说了两个字：“晚矣。”

“晚矣。”小白至此才明白，离去的人心与逝去的故人一样，也是追不回的，他曾经天真地以为，凡是他在意的人，都可为他停留，可原来他们会离开，会变心，也会先他死去。

蔡姬大归于蔡，等同于与小白解除婚姻关系，此后各走各路，但小白是不甘愿的，他寻思着蔡姬在气头上，便冷处理了一段时间，过不多久，遣使往蔡国探问：“夫人可愿归齐？”

蔡姬没露面，也不给回复，现身的是蔡侯，客气地说：“齐君勿急，寡人劝劝她。”

国君委曲求全，惹来齐国人纷议，齐国人本就好说是非，隔壁谁家私奔都能说上半年，国君的大是非更不会放过。对小白的遭遇，本国人既好笑，也心疼，好歹是威风八面的霸主，可怜被老婆甩了，天下常见的是弃妇，齐国却出了弃夫，弃妇那哀怨悱恻的心理，弃夫原来也有。

负气大归的蔡姬一走月余，天气越发热辣，雨水也变多了，有时狂雨如怒，有时细雨缠绵，偶尔停上半日，阳光穿透昏沉天幕，方把人间阴霾抹去一角，又是一场腥风醎雨，总没个止息，仿佛是上半年雨量不足，天有亏欠，攒足了劲儿在下半年狂泻。

进入周历八月，雨水稍少，热却长起势头，下了雨，热仿佛被沤在封口的瓦罐里，挥发不出去，人似罐里久存的酱菜，腌臭了、腌烂了，感受不到一点儿清新气息，情绪难免变得烦躁。

每年暑天，国中会给君子们赐冰，逢着大热天，衣冠楚楚的君子顾不得仪表，袒胸敞怀地摊在冰块边，像狗一样伸长舌头喘气，听说隔壁鲁君子热至中暑，也要保持衣冠仪态，坐得屁股下生褥疮，恁不肯垂膝，何苦来。

这日太阳最烈的日中，小白紧急宣召管仲，或是太热，传话的寺人口里像在喷火，国君的话也躁，但仍然透着一抹温情："请仲父速来，不须弁冕端委。"

弁冕端委即是朝服，卿大夫面君必须着朝服，若冠不正、服不称，是为失礼，足可定罪。小白是顾虑天太热，如果着一身规整朝服，从头到脚没个透风的空地儿，容易中暑，全出于一片体恤之心。

管仲答了声"多谢我君矜悯"，出行时依旧弁冕端委，仿佛忘记了小白的体恤。传话寺人忍不住说道："国君予吾子恩渥，子何以辜负君意？"

管仲淡淡一笑，却不言语。

也是怪了，管仲并不是死守礼的人。像那最没规矩的宁戚，在国君面前也敢箕踞，面对管仲没大没小，生得一张贱嘴，常常直呼其名，管仲却一笑置之。还有个嘴毒的东郭牙，人生的大事就是挑刺儿，骂起管仲来绝不留情面，管仲也不在意。有好事的八婆去管仲跟前嚼舌根："东郭牙又骂你了！"管仲倒去谯让好事者："耳风跑这样快，事都做完了吗，闲得慌！"

在管仲看来，人闲才去计较不相干的闲事，他考量人才，不看遵不遵秩序，不看守不守礼法，要紧是看能不能做事，且能不能做成事，斤斤计较于礼仪的枝末细节，遇到急难事却一筹莫展，再完美的礼拿来何用？

待管仲进入齐宫，已是汗湿重衣，脸上的汗滴答成串，衣里的汗起伏似浪，鞋底也似要冒烟，小白正在内寝等候未曾进门，却听见小白的吼骂声，像在教训人，也像在宣泄情绪。

他在门外抹了一把汗，款步入门，却见小白守着两只巨大冰鉴，仍嫌热，只穿了一领亵衣，还敞开了衣缘，刚发了一通无名火，怒气未消，脸很红。

小白瞧见管仲，愣了一霎，愕然道："仲父……不热吗？"

"热。"管仲诚实地说。

"既热，何必……"小白指着管仲那一身被汗水打湿的朝服。

管仲神情庄重地道："我君许臣不须守礼，然臣不得不守礼而忍热。"

这样持礼甚正的管仲，让小白觉得古怪："守礼…… 仲父并非守死礼之人，今日是怎么了？"

"礼，非仅君子会面之数，亦是言行之准，故臣有臣礼，君有君礼。为臣者，朝服面君，恭敬治民；为君者，含垢谋国，忍耻理政。倘任情妄为，上下昏乱，国将危也。强国家创伯业，何能不忍乎？忍不忿、忍不平、忍不敬也，臣穿朝服立于朝，不能忍少时之热，岂敢与君子同位乎？以是臣不得不忍之。"

一席话说得小白沉思，他明白这是管仲在规诫自己。

谚语说：川泽纳污，山薮藏疾，瑾瑜匿瑕，国君含垢。可他差一点没能忍住耻垢。这耻垢正是大归的蔡姬。半个月前，小白再次遣使前往蔡国请人，可这趟不仅没见着蔡姬，连蔡侯也像遁地了，接待齐使的是个对眼的亚大夫，眼神不正常，口舌也迟钝，问夫人何在，支支吾吾，问蔡君何在，躲躲闪闪，还是下头哪个心肠软、嘴巴多的厮役悄悄告诉齐使：你家来迟了，女公子已重归人。

"归给谁？"齐使大惊道。

那厮役努嘴道："南边蛮子呗。"

蔡姬竟然再嫁楚王了，事前不闻风声，事后没收到消息，悄没声息地把喜事办了，知晓的说是女子归人，不知晓的，还道是拐卖妇女。怪不得蔡侯避而不见，他是不知道该如何向齐国交代，既然有顾虑，又何必着急将亲妹嫁出去？说来蔡姬虽大归，并未与小白真正了结，不然小白何以一再遣使来请，这边没断干净，那边就成了夫妻，这事做得不甚地道。

不过这口黑锅也不该由蔡侯背，因为嫁楚是蔡姬的主张，蔡侯也苦心劝过："想这齐夫人头衔，让列国女公子趋之若鹜。你今在齐宫地位尊贵，齐君又宠你，不就吵两句嘴，忍心舍弃吗？"蔡姬固执不听，死也不肯回齐国，要求立即再嫁，而且非楚不嫁，别的什么嘴歪眼斜、年老体衰的羸弱诸侯，看不上眼，如果不允她嫁，她自己奔楚求嫁。

蔡侯无奈地说："你是刻意与齐君作对？"

"是。"蔡姬并不讳言。

蔡侯劝不动蔡姬，也怕蔡姬自己奔楚，不免丢丑，随便收拾三五匮嫁妆，将蔡姬送去了楚国。先秦的男人们，守周礼而好美人，才不在乎美人是否二婚三婚，是否是孩儿他娘，只要够美，来者不拒。楚王对美人的态度向来海纳百川，听说是小白的女人，更乐得脸上开花，既能白得一个美人，又能给小白难堪，实在两全其美，兴奋得胃口大开，晚膳多吃了一只熊掌。

南海的楚王拥美人食熊掌，北海的小白吃了一肚子烧灼身心的怒气，请不回蔡姬，他可以忍，蔡姬再嫁，他也可以忍，可蔡姬择楚王而嫁，他却忍不下。齐楚争霸历年，互为仇敌，昔日的枕边人今日却为你的仇人奉巾栉，对你是示威，是羞辱。

寻常人忍不下夺妻之恨，唯手刃仇人，国君忍不下夺妻之恨，唯动起刀兵。小白决意出师南征，连蔡带楚一锅端了，不把楚王的头削下来制成酒杯，不能消解心中愤懑。南征之意宣示群下，惹来一片声的反对，国君为女人发动战争，十足的昏君做派。

别个卿大夫顾忌小白的颜面，进谏时迂回婉转，仿佛先奔去稷门，再不辞劳苦地绕回来，唯鲍叔牙当面叱骂小白："行桀纣悖乱之举，国君欲为亡国之君乎？"小白气得脸发青，却不敢与鲍叔牙硬碰硬，换成其他人，恐已沦为阶下囚，他自小畏惧鲍叔牙，几十年过去，心里那条忌惮的线还在。举朝内外，没人赞成国君发疯，小白于是锁闭宫门不见人，尤其不见鲍叔牙，仿佛隔绝了这个人，反对之声就听不见，那些批评也不存在了。

国君昏暴，又不听劝，难道当真为女人出师吗？齐国战士从来为国战，为盟友战，为天下战，如今却要为国君夺妻而战，出师之名激昂不起士气，只怕在战场上倒戈，便有人去寻管仲：子为执政，何以不出声？

卿大夫们与国君迂回转进时，管仲不言；鲍叔牙直斥君面时，管仲不言；有人质疑他不出声时，管仲仍然不言。他似乎不愿意发表意见，也似乎在等，仿佛从前的很多次，他耐心地等待犯错的小白反省，自己更正。

直到小白宣召，他终于说话了，也是因为他清楚，小白后悔了。

小白凝着管仲，一颗颗小珍珠大的汗珠，醒目地贴着他的面额，盯着汗颗粒看久了，眼睛酸胀起来。小白便想，从他认识管仲那时起，管仲就没逼过他。好直言的君子擿抉国君的细微错误，会死谏，会泣血，但管仲从来不会有过激行为，他对自己有着超乎寻常的耐心，不指摘、不怨责、不愤慨，仿佛在耐心地等待一个任性的孩子成长，是孩子，犯错就可以原谅，更可改正。

满心的愧疚、满怀的感激、满腔的恩情，从心底倒涌而上，小白大步走到管仲身前，躬身一拜，真诚地说：“小白任性妄为，小白错了。”

管仲用力抬起他的手：“臣早知我君不会妄为，若我君无向好之心，臣之言无能为也。”

小白窘着脸色，结巴着说道：“仲父……太热，你是不是……”

管仲笑叹一声：“是太热，臣着实忍不得了。”

他这一笑，小白也跟着笑，因吩咐丙刁给仲父换上轻薄夏衣，再捧来温水洗脸，把那一身沉重朝服褪下，人像减了百斤肥肉，身体轻松，精神也轻松。

小白感喟道：“小白行事多谬，而仲父屡屡宽纵小白，容忍小白。”

管仲笑道：“我君或有邪行，然非亟须改正之错。况人无完人，择其优而发扬之则可，何必求全责备？”

小白发问道：“若寡人之邪不为急，何为急？”

“人君之急，唯寡断与不敏，寡断不能谋事，不敏不能成事，而我君有大智略，凭此可为明君，可创伯业。”

小白默然，倏而长叹：“仲父之言，深究人心，小白受教了。”他摆了摆手，尽管不甘，还是决绝道，“罢了，留不住的人，随她死活，寡人岂可为一女子，行意气之举，乱我齐政！”

管仲道：“臣倒以为，若行事本心改变，未必是意气之举。”

小白一怔：“怎么说？”

“齐楚相争久矣，日后必有一战，这事倒是个契机。”

小白是一点就通的聪明人，不用说得清清爽爽，他心里已拿捏明白，默默思索一会儿，岔开话题说道：“再一事，宾胥无殁后，司寇暂由隰朋代掌，然隰朋究竟是大行人，不便一身兼两职，还是得择定新司寇。”

管仲因问道：“我君以为谁合适？”

小白惋惜地说道：“欲再得一宾胥无，难也！孰人能如宾子，为通刑律，甘愿求学京师，数年埋首典籍，宵旰苦读！”他发了一通感想，迟迟地沉吟着，似乎难以启齿，含含糊糊地说，“仲父以为，开方如何？”

管仲心下骤地一动，面色平静地说：“开方也具才干，不过，臣以为他不适合为司寇。司寇者，当坚刚不摧，开方其人，强识多也，而刚强欠缺。”

小白只是期颐，并不敢奢求，即便管仲同意了，他也会觉得过分，掩饰一笑：“仲父以为不合适，那便罢了，我们都再想想。”

“谨遵我君，再想想。”管仲语气平实地说，一丝凉意像虫子般钻入心间，轻轻一咬，留下浅浅的缺痕。

天已黄昏，管仲才辞君出宫。此时日暮西山，大片的猩红晚霞停在远端的宫墙上，宛如一领华贵的裘衣，夜风袭来，将炎热的幔帐吹开一条缝，又匆匆合拢，绝不给人喘息之机。管仲方走下庭阜，左面过来一人，对着管仲参礼下拜，原来是鹿无极。

“管子安好。”鹿无极的声音很清亮。

管仲向他点点头，鹿无极又行礼说：“母亲问子安好。”

提到谷柳儿，管仲难免多寒暄两句：“你母亲身体好吗？小妹好吗？”

“多谢管子挂念，母亲好，小妹也好，家中皆好。”鹿无极口气平稳，眸光闪动。管仲是何等敏锐的洞察力，早看出他欲言又止，因便蔼然一笑，仿佛随心地说道：

“你当值吗？若不当值，我有小事问你。”

鹿无极伶俐地回答道：“此时不当值，管子有何吩咐？无极尽力应对。”

管仲颔首，却不发话，径直往前走去，鹿无极亦步亦趋地跟在身后，原要导引管仲出宫的寺人很知趣，远远地避在二十步之外。

两人沉默着走到外朝，这外朝东西两面并列宗庙社稷，常常举行即位礼、册命礼、献俘礼、授兵礼等，如果说内朝是活人居所，外朝则是神鬼居所，除了成日沉着脸的守门御士，人很少，因此显得肃穆安静。

管仲的脚步放慢了，声音幽幽地飘向身后：“你有何心腹之言，现在便说，你有守御之责，出了宫，便是渎职。”

鹿无极大步迈前，说道：“管子体察入微，无极确有心腹之言，为私，也可不说，为公，不敢不说。”

管仲看着他，神色微动，而言不出，鹿无极微微弓背，声音低沉而清晰：“无极所言之事，与夫人有关。国君与夫人生分时，无极也在，夫人素常与国君闹别扭，生分几日，也便和好了，那次夫人又使小性，国君在气头上，出口的话自然重些，我等守御之臣，本该勉力劝和。”他停一停，眉头不由得皱住，“岂料寺人刁却多言惹祸……”他因将丙刁的话复述了一遍，说道，“这不是故意将祸端引去夫人身上吗！夫人性子刚强，国君又不相让，怎不致夫妇决裂！”

管仲神情淡淡的，仿佛听了一件芝麻小事，语气更淡：“就为这事？”

鹿无极踟蹰须臾，说道：“不仅于此，自丙刁入宫，一两年间，从扫秽贱徒，扶摇而成燕朝内臣，际遇改变超逾常理，他得势于君，再举荐易牙为国君烹食，国君如今竟离不得他们，居卧无丙刁不得安寝，膳食无易牙不肯举梱。”

“国君宠待两三内宫小臣，若不碍国政，就不必担忧。”管仲依然回应平平。

鹿无极拧得两道粗眉成了一条直线：“若只是宠待两三内宫小臣，倒也罢了，可无极细做思量，深以为这两人不简单。丙刁原是长卫夫人内臣，长卫夫人将他送给国君，易牙入宫，起因也是长卫夫人荐食。长卫夫人与夫人不和多年，故而无极斗胆揣测，这两人到底是长卫夫人的慰君善意，还是为她自己充耳目做内奸，何况，长卫夫人背后还有长公子……”

管仲忽地发觉自己错识了鹿无极，以往只道他尚勇好义，颇具公心，未想心思竟如此纤细，能察旁人不察之言，能辨旁人不能辨之举，其他人包括小白，都未能将丙刁、易牙与公子无亏联系起来，他居然瞧出端倪。

“长公子前回置国君于危境，国君大罪之，过后，父子相谅，前事竟消弭。”鹿无极忧道，“长公子纵失太子之位，而恩宠不去，尊贵仍在，又置宵小之徒守于君侧，其心叵测，无极恐其不利于君，无极位卑，不敢使父子生隙，不得已请子代言，警醒国君。”

管仲虽赞赏鹿无极敢言，但有些话不便说，婉转地道：“不可逼国君处置公子。”

鹿无极理解管仲话里的意思，并非不可逼，而是小白不会处置，不仅公子无亏，任何一位犯错的公子，小白哪怕当时愤怒，过后仍然选择原谅，错手逼死公子南已让他悔不欲生，再有公子出差池，小白怕也活不成了。小白毫无原则地宠溺儿女，源于他童年时的亲情缺损，过去那段天生天养的孤儿般的生活，仿若噩梦，令他恨意难平，因此产生补偿心理，竭其所能满足儿女的一切要求，便像在满足过去的自己。

实际上，对公子无亏这样具有潜在威胁的危险人物，要彻底消除隐患，只有让他永远沉寂下去。于别国国君而言，杀儿子跟杀鸡似的轻松，于小白而言，却残忍超过他的行为底限，连在脑子里跑跑马，也不允许。他却忘记了，自己能坐稳国君之位，是因为踩在了公子纠的骨骸上。

管仲太了解小白，他能凭着时间与耐心，慢慢劝服小白做任何事，唯独不能冲撞小白的亲情堡垒，那里最核心的地方保护着幼年的自己。

鹿无极自然知道小白护犊子，管仲尚且不可为，其他人更无奈了。他暗自叹息，又道："今又来一卫开方，不敢欺瞒管子，我不喜此人做派，险厉多疑，巧诈矫饰，国君偏以他为友，好在开方与丙刁、易牙无交情，也与长公子少来往，若这几人联手，那真要碍国政了。"

鹿无极竟对开方也察觉出不对劲，管仲对他的认识又进了一步，他盯着鹿无极，慢慢地说："你……很好，很好。"

很好是何意？管仲不做任何解释，他肃了神色，声音很低，却不含糊："你持掌御士，守君有责，无论何人有祸君之举，皆当告之，倘掩沓不告，是你失职。"

话似乎是寻常交代，鹿无极却紧张得淌下汗来，只能"唯"了一声。

管仲缓了缓语气："又或者这三人仅是尽心侍奉国君，别无异动，不须挂心。"他抬头望了一下天，月亮不知何时升起来了，弯弯一钩挂在东边的天上，最后的晚照像脱枝的秋红，一片片飞逝无踪。

夜已来临，管仲拍了拍鹿无极的肩膀，轻声道："有心。"他便动身朝宫外走去，将至外朝宫门时，略回了回头，鹿无极还在原地恭敬目送，背后的宫殿为残月光辉所映，投下阔大的阴影，遮去了他的面孔，恍惚地以为看见了雍廪。

五

夏季过去，热却退得慢，入了秋还常有火轮高吐的日子，尽管上半年旱了一阵子，雨还算来得及时，没影响农业生产，秋后仍然五谷丰登。

当列国整饬谷仓，考量今年的最终收获是多产了还是减产了的时候，来自郑国的简书飞上中原诸侯的案头，让丰收的喜悦里掺杂了一点烦愁。

原来是楚国再次侵郑，自齐桓公八年，楚国首次出方城隘口征伐郑国，二十余年里五伐郑国，分别是八年、二十年、二十七年、二十八年、二十九年，后边三次是连年出兵，可见楚国对郑国势在必得。

郑国年年被楚国锤击，去年才扛过了狂风暴雨似的侵袭，今年又来了，明年八成还有一轮，就像某个绝色佳人的追求者，人家不爱他，他偏要死缠滥打，进而拳脚相加，以暴力求相好，强逼对方同意。

对楚国的“追求”，郑国人苦不堪言，郑伯也焦头烂额，历年受兵灾，郑国南鄙被楚国人糟蹋得寸草不生，去年楚国战马抛下的黄物，还埋在草堆里散气，今年楚国战车轰然过路，那气就粉身碎骨了。

郑伯实实扛不下去了，年复一年有人在家门口放火，换作任一诸侯国都不能忍，便是不讲风骨节义的郑国人也不能忍。

想那楚国所求，无非是要郑国顺从，郑伯思前想后，以为服楚也未尝不可，伏低做小才讨得利好，他从前有过“唯强是从”的著名言论，这让齐君小白甚为不满，郑伯私心却觉得自己颇具见地。

郑伯因召来群下，宣布道：“寡人欲与楚行成也。”

明明是打不赢被迫低头，在郑伯口里说出来，却像是他即将去接受楚王的投降，透出不同凡响的光明与伟岸。

下头先是长久沉寂，或是国君的投降主义策略，让君子们毕竟觉得脸红，叔詹发言说：“臣以为不可，齐殷勤待我，从楚是背弃盟主恩德。”

太子华也帮腔道：“前年柽之会，盟誓在耳，郑服齐也，今立盟未久，而背盟从敌，恐引祸也。”

这一个个的都不同意服楚，是得了齐国好处吗！郑伯不高兴了，他不去反驳叔詹，偏挑着太子的话茬儿，逼问道：“从楚行成，会怎么引祸？”

“诚如叔詹所言，齐方勤我，我服楚，是背齐也，齐必报复之。如此，南有楚患，北有齐难，是为引祸。”

郑伯哼了一声，不阴不阳道：“我服楚，齐会报复，然我服齐，楚就不报复了？荆楚伐我，不正因我服齐吗？郑国年年被兵，国门不启，市门不开，倘能平定战事，服楚与服齐何异？”

一番骑墙主义言论，被郑伯说得义正词严，倒也符合他一贯的外交主张，诸君子震撼于国君对不守信用的自圆其说，倒不知该如何应对。

“臣以为服楚可矣，今郑之急，在楚患，服楚可解郑急。”说话的是申侯，他奔郑以来，在郑国朝堂的主要作用是充人头，郑厉公在时，因宠待他，他每有进言都要耐心聆听。如今的郑伯继位后，待申侯不如先君时，郑伯这人又太有主见，像申侯这种谋略欠缺的牟利小人，留着填充君子朝位可矣，至于进谏献策，还是罢了。

不过这回，郑伯很满意申侯的进言，笑着夸奖道："还是申侯明事理。"

太子华突地嗤笑一声："申子曾为楚人，其心向楚，也是应有之理，然我郑国，诸夏也，焉能服楚！"

申侯皱眉："这是什么话！我离楚久矣，早为郑臣，哪里来的心向楚！"

太子叱申侯向楚，实是暗指郑伯向楚，郑伯面子挂不住，批评道："太子此言差矣，二三子为国举策，说什么楚心齐心，但能利国，为何不用之？太子偏颇之见，令人齿寒！"

事没解决，倒先起龃龉，叔詹忙道："楚难临近，急也，我又不能去难，为何不向齐国求援？齐为伯主，扶助同盟，是其责任，今一再争执于服齐或服楚，能平事乎？"

郑伯不吭声，叔詹知他犹疑，劝道："被兵急也，何不先解急难？能解，则无忧；不能解，再议服齐服楚。"

郑伯默然有顷，而后用轻佻的语气说："那便先解急难，只怕解而复结，终究是死扣。"

郑国求救的简书乘传送往齐国，先呈往执政官寮，管仲阅后立即亲自送给小白，他对小白说："前次臣所说的契机，这次可成。"

小白忡忡道："此次是否可与楚决战？"

管仲摇头："恕臣实言，决战恐难，我纵有意一战，楚也会避让，若必战不可，只得深入楚境。荆楚下湿之地，湖沼遍野，道路难行，诸夏之师不明楚地险易，劳师远涉他国腹心，若战，于我不利。然可借此战机，使楚日后不能再伐郑。"

小白默想片霎："好，独师？并师？"

"并师为上。"

齐国应允了郑国的救援请求，一兵未出国门，消息倒是先散布出去。楚闻齐出，不欲与齐战，旋即退师，然而楚国退了，齐国却没罢手。

楚师从方城隘口撤退回国，齐师行进至郑国南境的鄢陵，于是驻扎不动。

正是十二月的寒冬天，凛风吹彻广袤平野，枯黄叶儿、残败花儿飞得铺天盖地，飞向西南面的洧水。这洧水是郑国最著名的胜地，每年春三月，青年男女欢会于洧水之滨，授受礼物，交心谈爱。洧水潺湲流至今西华县汇入颍水，循颍水东南行，即入淮水，过了淮水，烟霭似梦的荆楚世界渐次展露全貌。

齐师在鄢陵停留半个多月，大约过了半旬，宋国军队来了，宋公率主力在后，先期抵达的是太子慈父，他向来关心天下大事，别国受灾了、被兵了、内讧了，他很着急。因为崇拜小白，所以但凡小白吩咐一声，太子慈父跑得比豹子还快。

鲁师稍后于宋师，按惯例，国有大战，必须由国君亲任主将，因此率师的是鲁侯，但他是未成年，立在战车上还没矛杆高。为了照顾童子国君，季友与之同乘，他日若上战场，须主将援枹敲击中军战鼓，多半是季友代鲁侯行令。鲁侯很听季友的话，季友说国君须这样，鲁侯立刻这样，季友说国君不可以那样，鲁侯立刻不那样。

卫师蹑着鲁师的后脚跟来到，卫国重建不久，兵力有限，五十乘战车也组织不起，但卫侯感于齐国大恩，也不愿自外于诸夏联盟，仍然积极响应齐国号召，有几乘兵车来几乘，有几个战士来几个，赢得小白的莫大好感。

最让小白感动的却是许男，当年幽之会，齐国倡议门关不籍，诸侯们各顾私利，齐声反对，只有许男赞同。自那时起，小白便对许男另眼相待，二十年来，许国朝聘齐国不断，齐国也亲近许国。

许男如今已是年逾七十的垂暮老人，一向还多病，他就是托病不来，或由太子代征，小白也没理由责怪，可他依然如期而至，还对小白动情地说："伯主相召，怎敢不亲至！"

曹国来得稍迟于卫国，曹伯继位以来，对外政策是唯齐国是从，齐国有所要求，曹伯奔得与慈父一样快。这几年，曹伯跟随齐国，尊王攘夷，存邢救卫，凡能看见慈父之处，皆能看见曹伯的身影。随从曹伯同来鄢陵的还有太子襄，这位曹国太子有着极强的好奇心，万事万物，人生百态，在他眼里都值得探赜索隐。刚与小白见面，太子襄很是失礼地盯着小白死看，一双大眼扑闪扑闪，活似蹲在荷叶上盯梢飞虫的青蛙，直把小白看蒙了，既莫名其妙又恼火动怒，太子襄看够了，下来对左右叹息："原来霸主的脸长这样啊！"

来得最迟的是陈国与郑国。

陈国随师的有大夫辕涛涂，辕氏是陈国公族，辈分上辕涛涂是陈侯的祖父。这人因不幸生得对眼，如果说世界在曹国太子襄眼里是缤纷铺陈的，在辕涛涂眼里就是重叠一致的，模样是不讨喜了，气质也“贼”，尽管华服在身，修饰也美，却总让人觉得他随时会去偷走锅里的剩油。

好以貌取人的小白，第一眼看见辕涛涂，便满心的不舒快，样貌既出差缪了，言行又不能有所弥补，小白越发受不住，过后尽量避免与辕涛涂见面。

诸侯在郑国内境会师，东道主却姗姗来迟，以至列国纷议，郑国一贯没诚信，怕不是又想骑墙看风向。小白等得大为光火，连遣两使去郑都催迫，话一次比一次说得狠，“欲治兵于郑”的威胁也撂下了。郑师终于忸忸怩怩地赶来相会，仿佛被逼出嫁，要死不活，郑伯抱歉说：有些子跑肚拉稀的小病，养了几日身体，故而耽搁，伯主勿怪。

“小病便好，寡人还道郑君患了难言心疾，正待亲往省病。”小白嘲讽道。

郑伯干笑一阵，从来嘴上不饶人的郑伯，遭小白当面讥刺，却老实得像个不会说话的傻孩子。诸侯们猜测郑伯约莫是心虚，本来确有携贰之心，想要贯彻“唯强是从”的外事准则，搁不住齐国强硬，被迫赶鸭子上架。

诸侯师在鄢陵驻扎整顿，一起度过新年。正旦这日，由齐国做东，宴请诸侯。宴上的酒水珍馐、侑食宫乐一概由郑国提供，捧酒的侍女也是郑国宫女。有个俊俏的宫女被曹太子襄死盯了一夜，宴散后便走进太子襄的帷帐，第二日日中还没出来。

郑国破费操办宴飨，结果是齐国做东得面子，郑伯的脸拉得老长，还得附和诸侯们，感谢齐国举宴，再高声唱赞：伯主万年，伯主多介眉寿！

诸国军队麇集于郑，外界揣测纷纷，其中必有大动作，多半是要伐楚。军情跑得快，楚国也知道诸夏欲伐自己。至于如何伐，不仅楚国，观望的其他中原小国，十之八九认为诸侯师会走方城隘口，越过隘口，战车可在南阳盆地乘风奔腾，再南循汉水，郢都在望也。

齐桓公三十年（公元前656年）正月，齐国纠合鲁、宋、陈、卫、郑、许、曹，共八国军队，浩荡之师往南而来，不走方城隘口，不与楚战，而是扑向了蔡国。

因是新年期间，蔡国尚在欢庆节日，事前又不闻丝毫风声，知道诸侯师屯集，想当然是伐楚，以是国中少战备，所以听说八国师讨伐自己，蔡侯还以为是痴人说梦。

候人去探明军情，回来满面是泪地告诉蔡侯：八国师当真伐蔡，八国之军哪，铺天盖地，兵杖如林，旌旗蔽天，黑压压看不到头，仿佛蝗灾，战车过一路，大地在疯狂抖动，别说灭蔡了，吞下楚国也是轻而易举。

至于八国师的伐国之名，竟是蔡不尊天子。何为不尊天子？不从诸夏，而从蛮夷也。因为蔡姬嫁给小白，是蔡国归附诸夏阵营，但蔡国将其再嫁于楚，则是自绝于诸夏，凡自绝于诸夏者，就是不尊天子，推论一气呵成，逻辑严密，丝毫无谬。

蔡侯本在吃饭，听闻噩耗，手里的饭盂摔了个七零八碎。

八国师突击，是血战到底，还是开城投降？蔡侯仿佛是单向线性思维，不给自己设置选择疑难，脑子里只闪出一个字：跑！

蔡侯随即轻车简行出逃，好在蔡国小，车轮多转几圈，便奔出了国。国君跑路，底下人如何能誓死卫国？因此风靡效之，你跑我也跑，一干害怕齐国人来了要倒霉的，还有不知道为何要跑只是跟风的，俱是鼠窜狼奔。

诸侯师伐蔡，未交一兵即全据蔡国，史书形容是：“蔡溃。”溃者，民逃其上也。人都跑光了，谁来举兵作战？

蔡侯往南奔逃不停，一直逃到了楚国，跑进楚王宫时，是鞋也破冠也歪，狼狈如国破家亡的难民，见到楚王如见亲父，一口气不喘地对楚王讲述：齐小白率八国师侵我，八成是为了小妹，他忍不下去夺妻这口恶气，楚君也要早做准备，万不得已，把小妹献出去，舍一女人而敉平战事。

楚王才不相信小白会为女人兴兵，他尽管瞧不起中原诸侯，多是没骨气的窝囊废，但个个都要面子，怎肯为了帮助小白争抢前妻，倾其国力相随？就是小白要号令诸侯从征，也没那脸皮以此作为出师之名。蔡侯却深信不疑，依旧喋喋不休地吧嗒嘴皮子，抱怨蔡姬不懂事：两口子拌嘴而已，竟使性子负气大归，归则归矣，还要任性改嫁，生就的祸水，着实留不得，趁早将她打发走，甭管是送还给小白，还是顺手转赠哪个小国诸侯，免得搁在眼前惹祸，从此也干净！

楚王实在听不得这混账言辞，斥道：“君也是丈夫，国有急难，丈夫怯死不作为，反献女人为牺牲，舍女人而救己，何其耻辱！”

蔡侯的牢骚像被飓风吹过的麦田，唯余一片寸草不生的瘠土。

楚王虽厌烦蔡侯品性恶劣，对诸夏联盟出师南征却不能不重视，八国师侵蔡，是待在原地分享战利品，还是有进一步的军事行动？然而派去打探军情的候人还没归来，事情就已经明朗了。

诸侯师攻下蔡国后，并未滞留，而是疾行南下，前进至淮水流域。借着北来的强风，淮上诸国群起呼应，仿佛久忍压迫、揭竿而起的奴隶，纷纷兴师与诸夏联军会合，如今联军前锋已抵进义阳三关，战车再往前冲一冲，就踏入了楚国内境。

诸侯师没有选择走方城隘口，而是走淮水一线，一方面是因为要先侵蔡，自蔡入楚，恰在淮水流域；另一方面淮上诸国早前投入齐国阵营，兵出淮上，可得当地援手，当楚王收到前方简书时，淮水南北尽插诸夏旗帜。

敌人攻到了家门口，只怕眨眼间，小白已坐在楚宫吃熊掌。楚王有些着慌，决定亲率师北上决战，他甚至做好了身死战场的惨烈准备，还叮嘱左右，若他战死，记得抢回尸体，不能在死后遭到凌辱。子文却说："我严守关隘，诸侯师必不敢越关入国门，纵是两两对阵，未必与我决战。"

楚王茫然："八国之师，加之以淮上诸国，汹汹南来，若不与我决战，所求为何？"

子文道："求行成。"

楚王更不懂了："未战而行成……所为何事？"

"必是为郑国。"

楚王于是做了两手准备，一面率师北上，一面遣使如诸侯师。这时诸侯师正驻扎在訾梁（今河南信阳），八个中原诸侯国加上淮上诸国，统合十来个国家的军队，十几座营垒错落铺开，像一方一方的弓匣，无数杆诸侯旌旗迎风飘荡，偌长的旗旒飞上天，挠着天空静穆的脸，终将那平滑的面孔搔出一道道皱纹。

楚使前往齐军营垒，原是要谒见小白，可小白没露面，接待他的是管仲。楚使提出要见齐君，他是代君出使，君当对君，不当对臣。管仲默不作声地盯了他一眼，仿佛有无形的威压逼过来，把楚使的抗议全部逼了回去。

"使有何言，可对我说。"管仲慢悠悠地说。

楚使暗暗吞了口唾沫，因他是代楚王言，便用楚王的口气说："君处北海，寡人处南海，本是风马牛不相及，不想君子来到我地，为何？”或许楚王说这话时，三分恼恨夹着三分质疑，还有三分惯常的傲慢掖不住，楚使原样照搬，学得有八九分像。

面对楚使的质问，管仲显得从容而平和，用小白的语气款款道：“昔日召康公命我先君大公曰：‘五侯九伯，女实征之，以夹辅周室。’赐我先君履，东至于海，西至于河，南至于穆陵，北至于无棣。”

他顿了一下，一抹似有似无的笑从眼眸深处泛出：“楚国应贡苞茅，奈何不入，天子祭祀无以滤酒，寡人为天子征索。昭王南征而不复国，寡人为天子责问。”

楚使像听见特别严肃的笑话，人人皆知这是一则笑话，却因为内容的过度真实，无论如何笑不出。管仲说的苞茅，指楚国特产的菁茅，是一种生有毛刺的茅草，可用来在行裸礼时缩酒，即祭祀时，扎束茅草，将酒淋上去，一面过滤渣滓，一面慢慢渗透，仿佛神在饮酒。传说中，大禹分天下为九州，设定各州贡赋，楚国所在的荆州贡赋就是“包匦菁茅”。

昭王南征而不复，说的是周昭王南征，涉汉水时翻了船，不幸溺水而死，不过民间向来有另类说法：原是汉水舟工厌恶周昭王，以涂胶的船进献，船行到水中，胶为水冲化，因而船板分解。

也就是说，齐国纠集诸国军队伐楚，出师之名是一把草、一条船，楚使像被菁茅卡了嗓子，半晌说不得话，这样无耻的伐国借口，从来只有楚国能堂而皇之地宣之于口，过去到处耍流氓，欺负起小国来，绝不手软，如今那熟悉的流氓手段竟落在自己头上。

明知管仲是欲加之罪，却挑不出毛病。要说两事与楚有关，中原诸侯尚且不朝天子不纳贡，楚不贡茅草又能如何？再说周昭王淹死在汉水里，又不是楚国人推他下船；要说无关，彻底推卸干净，却也难办。

楚使搜肠刮肚地找应对之词，憋红了脸，磕巴着说道：“贡，贡之不入，寡君之罪也，敢，敢不贡奉。”

说完这话，又觉后悔，国君还没给回应，他在这儿着急认什么罪？于是把脸色拉下来，倨傲地说：“昭王之不复，君自去问水滨。”

楚使变脸如霎眼睛，未免情绪化，管仲只是微笑：“上告楚子，决战在君，行成在君，君择其一，我当从之。”这次却是他自己的话。

楚使没见到小白，揣着一腔铩羽而归的丧气，弃甲曳兵似的归国，把管仲的话原封不动地转呈给楚王。这下子便像捅了马蜂窝，楚王登时暴跳如雷，直着脖子大骂道：“苞茅不入，昭王不复，干楚何事，又干齐何事！他齐小白朝过几回天子，倒来管不穀贡不贡菁茅，中国诸侯孬种也，混账一窝鼠，专一为齐小白舔腚，胆敢欺我，大辱国！”

楚王越骂越怒，越怒越不能忍，跳脚嚷道要与诸侯师决一死战，势必将小白一矛刺死，死也不够，还当驱战车从小白尸体上碾过去，方才解恨！

楚王瞋目切齿，雷霆之怒难以平息，便是有十只蒸熟的熊掌送到面前，也不能消解。一旁的子文却安静得像睡着了，仿佛那君王的愤怒嘶吼于他是耳旁轻风，待楚王骂得累了，忽问那楚使道：“管子最后说了什么？”

楚使回忆道：“决战在君，行成在君，君择其一，我当从之。”

子文微微点首，沉思少顷，对楚王言道：“前次臣言，齐率诸侯师南来为求行成，如今闻管子之言，则我与齐可不战而行成。”

楚王正在气头上，哪肯行成，疾言道：“不穀决意一战定大局，何须行成！如要行成，先献上齐小白头颅！”

子文平宁地说：“请君度之，我与诸侯师战，有十成胜算吗？”

“纵然只有五成，也当一战！”楚王吼道，侪张的愤怒如火焚烧，理智早已成灰，除了屠戮沙场，以鲜血浇下心中烈火，再没他途。

楚王越激动，子文越沉稳：“即便有六成七成，也只是惨胜。侵我者，八国之师加上淮上诸邦，以一楚之师对阵十余国之师，胜算实少，覆败实多。齐今有行成之意，莫若答允，齐得行成，必定退师，我则解兵患也，他日可徐徐图之。”

楚王烦躁地摆了摆头：“齐已涉我门户，我不奋起抗击，反而俯首行成，谈何徐徐图之？”

子文稳重地说：“诸国之师也只是涉门户而已，必不敢贸然深入楚境，齐国纠集诸侯南来，不过是造声势，其心不在楚而在郑。多年来齐欲服郑，而我数次伐郑使齐不快，才有此役。故臣斗胆建言，暂不与齐争郑，郑若甘愿服我，自然是最好，郑若甘愿服齐，我也不问。”

凭什么把即将到手的肥肉让出去！楚王绝忍不下，怒声道：“这不是郑服齐，而是楚服齐！从此，楚国将成为齐国的附庸！”

子文顶着那弥天怒火，语气和缓地说："暂时不争郑，并非永远不争郑。时机不同，形势也会发生变化，决策也应当随之变迁，谋国事怎可固执而不转圜？臣再请问我君，此次齐能联师侵楚，若不是先在我门户横戟，怎能轻易入吾境？"

楚王的怒火陡地一沉，子文的话正正击中要害，诸国师能顺利抵进淮水，与淮上诸国服齐有重要干系，齐国发兵伐楚，淮上诸国仿佛引路先锋，积极地将齐国领进楚国大门。淮水作为楚国的东北门户，是楚国进出中原的西通道，沿线诸邦却是齐国盟国，受齐指挥，听齐号令，这就像在楚国的头顶上插了把刀，不把这刀拔掉，哪一日这刀直刺下来，将是心腹之伤。

楚王想到此处，语气松弛下来，闷闷地问道："子文的意思？"

"先清理我门户，再与诸国争衡。"子文始终不慌不忙，"今将郑国让给齐国又何妨，郑人本就是贪利无信之徒，今日服齐，明日也会背叛。待我整饬门户，坚固藩篱，则将后患无忧。齐再想横戟门户而涉吾地便无能为力，如此，则可全心争郑。"

楚王慢慢地冷静下来，仔细推敲子文谏言，深以为是老成谋国之论，两强争霸，急切不得，意气不得，拼的是耐心恒心，更是时间，于是轻轻一抚掌，赞道："好！"他露出洒脱又傲岸的笑容，"那便将郑国让给齐小白，不穀倒要看看，齐小白的伯主之位，还能坐多久！"

六

夏天来了，桐柏山与大别山头尾相接的三处关隘，掩在崇山峻岭间，彼处山林浓翠欲滴，郁郁葱葱，若非战争临近，倒是避暑的好所在。

正月间攻破蔡国，诸国师旋即挥师南下，一路推锋，一路斩关，大军势如破竹，前进至于关下，楚国军队也南上抵御来犯之敌，双方于是隔关相对，却不交锋。

双方不交兵，倒是互相派了数次使者，一开始火药味很重，双方提出的行成条件都很苛刻：你要我交出全部既得权益，彻底退出中原争霸；我要你让渡权利，永远不准涉足势力范围。每次谈判以客气礼让开始，以各抒己见展开，以激烈争吵结束，以至行成几度陷入僵局。

忽在此时，发生了一件特殊事件，意外地推进了行成的最终完成。

那日是楚使来诸国师谈判，当时与会的诸侯除了小白、鲁侯、宋公、郑伯，尚有年高的许男。或是天太热，兼之征程劳苦，许男一向身体有恙，身在军旅之故，不得已挨着忍着，却把那疾患一日日累叠起来。双方正式讨论盟誓细节前，小白才说了两句开场白，列席一侧的许男竟自一头栽倒，不晓事的还以为他遭刺客当胸砍了一刀。

倒下的许男再也没起来，颇让人惋叹。许男卒于师，因公而死，也算是为齐而死，自从许国服膺齐国，许男对齐国赤胆忠心，但有号令，必定响应，从无异辞。想这许男已是皤皤老者，还不辞劳苦跟随南征，以至不幸亡于荒野，小白甚是怜惜，也感于许男赤诚，遂以齐国之名请命周天子，特许许男加二等而葬，即以侯爵礼下葬。

远别国境，君主薨逝，许师营垒临时搭起一座灵堂，因在征途，不得已一切从简，殓尸的棺木也是刚从桐柏山砍下的整根柏木，由齐国随军的工匠连夜刨出来。列国诸侯自要聊寄哀思，于是吊孝的吊孝，赠赗的赠赗，楚使再来，见得遍地魂幡，不像来行成，倒像是来参加葬礼。

许男死于双方会商时，倒给了诸国借口：诸夏联盟为求盟好而来，一心行成，孰料楚人蛮横，一再提出无礼要求，时日迁延，久不成盟，逼得诸侯动气命绝。其实许男的死纯是意外，非要归咎责任，起因在齐国号召诸侯随从南征，可怜许男一把年纪，长途跋涉，栉风沐雨，即便原来身上还挂着半条命，这一路颠簸也颠没了，说来齐国的责任还大些。但齐国与诸夏把许男亡故的黑锅扣在楚国头上，总之是如果没有楚国寻衅滋事，许男也不至于殒命，他再活二十年也没问题。

因此再商榷时，楚有非分之求，便把许男的死提出来，作为谈判的加权砝码，楚国方面背了个莫须有的罪名，每次开出条件，无论过逾抑或适当，都被果断地挡了回去，凡要争持，便被回复："忘许君之丧乎？"最后楚国唯能被满足一个要求：欲行成，请先退兵，诸国大军陈兵楚境，兵杖不放，甲胄不解，如此求停战，太无诚意。

诸国同意了楚国的要求，决定北退两舍之地，直退到召陵，双方就在召陵会盟。

本来楚王应该北上与盟，但楚王甚是顾虑。对方是诸国联盟，己方是茕茕之身，万一事有变乱，双方师众一通混战，楚师怕是要落个被全歼的下场，纵是师徒不动，八个诸侯亲自动手，一窝蜂拥上来，也能把自己摁倒。楚王犹豫了许久，生恐会盟是羊入虎口，最终以身有病痛作为借口，遣大夫屈完代君与盟。

屈完原本就在北上抵御诸国的楚师中，一领君命，立即动身，因从冥阨（平靖关）出楚境，一出关口，便有对方使者迎候，自称是奉齐君之命，特来接待楚使。此后，每隔六七里，则有人接应，来人有称奉鲁君命，有称奉宋君命，仿佛传乘以送客，最后到达召陵，仍是齐君遣使。区区两舍之路，分割成九等分，一头一尾是齐国使者，中央是其余七国。而且对方使者每次迎候，也不空手，皆备有赠礼，逼得屈完不断还礼，后来所携玉帛消耗殆尽，只得把自己身上的佩饰摘下来，甚至向随从人员借取。

“礼过重，倒让人手忙脚乱。”屈完私下对左右感慨道。

“我瞧不是礼重，分明是故意炫耀诸夏有礼，对比我们的手忙脚乱，借此奚落我是蛮夷。”与屈完同来与盟的楚大夫发声道。这人三十岁不到，生了张不妥协的方脸，轮廓像桐柏山的巉岩，一棱一角锋芒坚挺。他与子文同出于若敖，分宗为成氏，名得臣，字子玉，与屈完一样，都是楚国公族。

屈完轻一蹙额：“子玉乱言，楚与诸夏会盟，为求盟好，而不是为了互生嫌隙。”

子玉嘲讽地笑道：“屈子实诚人，齐君好矫饰夸伐，先是夸礼于我，过后还不知夸出什么稀罕事来。所谓求好，屈子当真以为诸夏与楚能盟好？”

屈完又是皱眉，却不言语了。

距抵召陵尚离着两里路，远远望见烟尘弥张，抹杀了半边天的光明，一阵阵似雷似风的声响传荡而来，仿佛在地平线那端有巨浪翻涌。越是接近，越是感受到灼烫的气息渐渐袭来，似乎前方有一座喷浆的火山，靠近者唯有焚身为灰。

距召陵不到半里，早有齐使前来接应，再行一段路，却见得人影重重，一乘乘装饰华贵的战车，一面面羽旄摩天的旗帜，从百步之外排列到目力不能及的极远端，仿佛迎风起伏的春草，渐远渐生，渐生渐远。

原来八国之师陈兵召陵，各守一方，铺排出杀气腾腾的阵仗来迎接楚国使团，不像会盟，更像会战。

见得这番景象，屈完瞠目不知所措，倒是子玉露出又得意又讥讽的神色，还对屈完挤眼睛，意思是他早已料到：所以你们吓得舌挢不下，而我坦然自若。

俄顷，一乘四舆绘彩的戎车驶出阵列，戎车奔得不算快，但足以让九旒七仞的诸侯旗飞起来。此际有风，旌旗猎猎作响，轮毂跑起来哐当哐当，车上中军鼓为风震得嗡嗡鸣唱。

戎车奔至屈完一众人前，御者一声喝令，驷马齐整地收蹄止步，那主乘者正是小白，他便扶着车轼往下看，笑容明媚动人，仿佛脸上盛着一轮澄丽的满月。楚国使团诸人都是第一次见到齐国国君，闪入心里的第一印象是：这男人漂亮得不像个真人。

“楚使是否安好？”小白笑呵呵地说。

屈完参礼道：“蒙齐君挂心，外臣奉寡君之命，前来会盟，有劳齐君周到相待。”

小白忽而叹了口气：“可惜楚君不能亲来，听说楚君遭受病痛之苦，不能远行，却不知是身之病，还是心之病？”

屈完涩涩一笑，含混说了声“寡君代问齐君安好”，心里却想：还好楚王没来，就这骇人心魄的阵仗，楚王若见到立马掉头返回，别说和睦与盟，即刻开战也是可能。

小白和蔼地道：“楚使乃贵客也，来，与寡人同乘。”

“怎敢与齐君同乘，僭礼了。”屈完谦让道。

小白没在乎地笑笑：“寡人至今才知，楚也守周礼，可见礼者，非中国独守。纵是荒晦之途、蛮夷之地，只要其心向诸夏，那礼也在。”

耳聋的也听得出小白嘲笑楚人是蛮夷，尽管楚人向以身为蛮夷为荣，主动与诸夏划清界限，可被人当众挖苦，仍觉尴尬，屈完不免面上一红。

小白笑道：“楚使守礼持重，寡人真心之请，不得回应，好不惋惜。”

屈完本想持礼相会，可人家都将自己归类为野蛮人，我还守个什么礼？若重的屈辱逼出一腔子的傲气，他朗然道：“既齐君相邀，不敢不遵。”

小白满意地一笑：“如此甚好。”

屈完因登上戎车，充了骖乘，居中御者扬起辔绳，戎车掉转头，向着八国军阵稳稳行来。戎车像一叶压水前行的轻舟，两旁的军队仿佛夹岸的堤坝，中央余留的宽整路面便是河道，每过一国军阵，先闻战鼓霆激，再是战士齐声呼喝，兵杖齐齐击天，直要将头顶那片天击塌下来。

子玉没说错，小白爱矫饰夸伐，先是夸礼，现在是耀兵。至此境地，屈完越发觉得楚王不来是明智的。楚王能与小白同乘观兵吗？绝不能。

小白幽幽地说："治兵于楚，岂不穀私愿，为继先君之好而已，与不穀盟好，如何？"

只是移时，小白的自称就变了，不称"寡人"，而称"不穀"，倒不是学楚王，其实楚王称"不穀"是僭礼——当然是故意为之，因为"不穀"是周天子自贬之称。周天子日常自称"余一人"，若遇急难大变，比如失国奔逃，所谓"凶服降名"，则自称变为"不穀"。小白自称"不穀"，却非僭越，伯主代天子讨不庭，如天子亲临，可称"不穀"，所以小白是摆出了伯主姿态，并宣示屈完，他是代天子伐楚，非仅是诸侯间的纠纷。

屈完明白小白的心理，平和地说："蒙君为敝邑社稷赐福，忍辱容纳寡君，是寡君之愿。"

戎车已行到了各国军阵之末，那排在最后的是齐国军阵，三个军阵仿佛三堵坚固的城墙，纵有肆虐狂风，也撼不动分毫，小白举手一指，自得地说："子观我齐师如何？以此众战，谁能御之？以此攻城，何城不克？"

屈完隐忍了半日，胸中傲气陡然撑开，亢声道："君若以德抚诸侯，谁敢不服？君若以强力，楚国以方城为城，以汉水为池，虽众，也无用处！"

本来为耀兵，倒被将了一军，小白像是没料到屈完会如此回应，半晌不作声，屈完也不说话，彼此安静得像被迫在同一空间的陌路人，互相怀疑，互相猜测，也互相敌对，但就是不交流。

正当屈完以为小白会动怒，本次会盟将告失败时，小白却笑起来："寡人向来以德抚诸侯，然楚不服久也，今寡人以德盟楚，楚肯服吗？"

屈完被问住了，话说急了，没考虑周全，不留神把自己陷进去，说是齐国以德绥诸侯，则诸侯服膺，然而不管齐国以德还是以兵，楚国都不会服，现在与齐盟，也只是权宜之计。

小白不用他回答，怡然地笑道："但愿楚服，共戴天子，共守周礼。"

屈完含糊其词地敷衍过去，小白也不追问，也许彼此心照不宣，现在的和平是暂时的，现在的歃血为盟也是暂时的，明日会如何，留待明日吧。

齐桓公三十年（公元前656年）夏，齐国率七国诸侯与楚国盟于召陵，双方约定互不侵犯，世世盟好，概而论之，多是些冠冕堂皇的虚言，但在歃血宣读的誓词中，有这样至关重要的一条：楚不侵郑。正是这一条，如同牢不可解的铁索，束缚了楚国北上中原的决心，直到齐桓公辞世，除非郑国主动投楚，郑之疆域再未被楚兵，等同于楚国将对郑国的争夺权拱手让出来。

楚国使团在召陵停留了半个多月，因盟会得成，齐国作为盟主，数次举宴款待楚使，双方密切接触，酒酣脑热之余，称起兄道起弟，论起资排起辈，常常忘记对方曾是敌人。在楚国使团成员中，小白对子玉印象特别深刻，这个年轻人张狂得天也要低头，冲劲儿十足，仿佛若是派给他五万精锐，什么八国师十八国师，全不在话下，连周王畿也能踏平了给楚王建苑囿。

小白私下与管仲说起子玉，管仲的评价是："此人骄纵狂傲，自负才高，异日若执楚政，必败楚也。"

子玉在召陵的短短时日，与各国诸侯、公子、大夫，乃至普通战士、刷马徒役，多少都发生过口角纷争，大半是为芝麻小事，比如鲁国的大夫敬他酒时说话结巴，比如卫国的战士见他行礼慢了，比如齐国的厮役刷了曹太子的马没刷他的马，仿佛一只长满钢针的怪异刺猬，逢人便扎。

会盟已完，楚使即将返国，小白于是举宴为其饯行，因是离别之宴，故而列国诸侯尽皆与宴。小白与屈完在上头酬酢相贺，彼此融融睦睦，一片祥和景象。忽听下头哐当当响起两声，不知是谁踢翻了案俎，那两脚踹得极为生猛，案俎上的酒器食器噌噌地飞出去，当当地落下地，可怜是城门失火，殃及池鱼，恰有一大簋羹汤飞到旁席的曹国太子襄头上，泼了他一脸一身的肉汁。

众人循声而去，却见子玉与宋国太子慈父像斗鸡似的飞纵而起，俱是怒火焚身，烧得情绪与理智都如焦炭一般，哪里管身在重要场合，互相瞪视着狂喷唾沫。

这日的座席安排也怪，偏让子玉与慈父挨着坐，两个私下接触少有，但各自都没好感，骨子里又都有不相容的脾气，加上灌多了黄汤，起初绷在心里的礼仪之弦松弛了。也是合该出事，打哪儿顺风送来某个诸侯喷着酒气的议论，隐绰说的是各国风情，诸如齐人多变、鲁人守礼之类，子玉向来管不住嘴，当即冷言冷语地讽刺宋国人是“殷商余孽”，慈父闻言，气得把满满一觯酒泼出去，咒骂道：“楚人类兽！”子玉岂是大度能容的老实人？两个登时吵作一团。慈父骂子玉是楚国野生蛮夷：“他日我将灭楚，割下尔之头颅！子玉骂慈父是宋国迂腐贱人：异日我必吞宋，使尔死无所归！”

两个越吵越凶，越吵越收不住，当下里便动起手来，这个提着一只鼎，那个操起一只豆，作势要决斗，今日不是你死便是我亡。

上头小白脸色铁青着，偏就不说话，只急得宋公大声怒斥慈父无礼，又骂目夷：“眼瞎了还是手断了，为何不拦阻太子！”屈完也急令左右：“速速将成得臣拖走，可别在这儿丢人了！”

一时宋国人拦住慈父，楚国人截住子玉，两个被强行拽走，嘴上仍不消停，相互诅咒对方不得善终，人已去得老远，那谩骂之声仍像秋千架似的荡回来。

好好的宴飨，竟发生这样难堪的闹剧，诸侯们看戏似的饱了眼福，嘴上纷说是不碍事的小口角，心里却在憋笑，宋公与屈完都很尴尬，彼此赔礼，也向小白赔礼。

“寡人管教不严，致此子悖礼，望伯主见谅，寡人必当重惩。”宋公难为情地说。生得这么个不省心的儿子，宋公无可奈何。

小白面色渐霁，淡淡地笑道：“小事矣。”他捧起酒觯，“可以佐酒。”

诸侯们哄笑，虽然笑得宋楚两国人的脸上不好看，但一场意外风波就算是过去了。

明日楚使离开，小白亲去送行，请屈完代问楚王安好，若有闲暇，楚王可来中国一会。

“齐君若情愿，可赴楚与寡君一会。”屈完依样画葫芦，把小白的话换了身行头。

小白微笑，他笑起来总是明灿温暖，便悠悠地说：“楚君何时来中国相会，寡人何时赴楚。”

两人说的都是不能兑现的空言，小白不赴楚，与楚王不敢来与盟，心态是一模一样的，没有哪个君主肯把性命任情地交托出去。

齐楚即使歃了血、宣了誓，仍然互不信任，能将列国联合起来的从来都是实力，而不是信任。

楚使离开的第二日，小白遣管仲、鲍叔牙去宋国行营探望慈父。

慈父这两日一直在闹情绪，宋公责他去向子玉道歉，他不肯，向小白服罪，也不肯，他拒不承认自己有错，纵死也不低头。目夷好心劝慰：贵为国贰，何苦与一楚大夫计较！他倒去指责目夷胳膊肘往外拐，每有纷争，只会怪自己人。宋公叱他失礼，丢了宋国的脸，他干脆向宋公请命，废掉他的太子之位，或者赐他死，他振振有词地表示，被蛮夷当众羞辱，倒不如死了干净。

管、鲍来时，慈父正躺在榻上生闷气，外头报说齐君遣使来看太子，他也没起身相迎，原来看见管仲，殷勤得像邂逅亲人，现在却似面对陌生人，他是心里有怨气，颇怪小白不给他出头，害他被楚蛮子侮辱，枉他如此崇拜小白，将小白视为人生模范，遇到难事，小白竟置若罔闻，怨了小白，一并要怨管仲。

陪同管、鲍前来的是目夷，见慈父仍在挺尸，一面对管、鲍连声抱歉，一面慌手慌脚地拉拽慈父，口里小声地提醒着："君父可看在眼里。"慈父不情不愿地站起来，板着脸，不耐烦地行了一礼。

慈父失礼，管仲却不介意，轻笑道："太子恼吗？"

"恼！"慈父毫不犹豫地回答，口气很冲。

管仲笑着摇摇头："太子何苦与客置气。"

慈父怔愣，没明白管仲的意思，他眨了一下眼睛，是发问，还是继续宣泄愤懑，暂时拿不定主意。

管仲和悦地说："楚使来盟，是客；太子执盟，是主。客早晚要走，而主守持在家。为早晚要走之人置气，夷吾以为不值得。"

像被疏通了淤塞的人体经络，慈父本来恹恹无神，忽然来了精神，寡白的脸色陡现光润，用力地点首："管子所言极是，不值得。"

管仲重复问道："太子恼乎？"

慈父一霎缄默，确定地说："不恼了。"

管仲和蔼地一笑："太子果然明事理。"

既然慈父情绪好转，管、鲍原说是奉伯主之命，特来抚慰宋太子，因而辞别。来这一趟，鲍叔牙几乎没说话，管仲也只两三言，便打开了慈父心中的死结，宋公闻说慈父心情平复，大赞管子能平事。

因宋国行营与齐国行营相距不太远，管、鲍不愿乘车，两个款步而行，召御寇与一众随从牵住车马，慢慢跟在后边。

“也怪了，”鲍叔牙说，“慈父执拗，谁劝也没用，你只片言，他竟就想通了。”

管仲淡淡地说：“人各有所好，我不过投其所好，以我片言使他快意，自然不再纠缠前怨。”

所谓慈父所好，鲍叔牙大概知道，慈父膜拜小白早不是秘密，明面上是后生晚辈对一代雄主的崇仰，可在隐秘的内心，也许是把小白当作人生目标。小白给天下诸侯立下了标杆，若为霸主，可以达到怎样的巅峰，这统一天下的权势，这号令诸侯的威风，让多少立志成就大事业的野心家艳羡、惊叹，进而效仿。

慈父就是效仿者，不管学得真髓，还是拙劣状摹，他都在亦步亦趋地向小白看齐。

所以管仲对慈父说，子玉是客人，他是主人，将慈父抬到了与小白并肩的地步，正是投其所好，这就像捋顺毛，捋得慈父心里痛快，怨气自消，怒气也散。

鲍叔牙想到这里，不禁犹疑道：“慈父……好效国君，异日可成伯业吗？”

管仲轻轻摇头，微讽道：“我君乃天纵之主，何人能仿效？追蹑前人足迹，便自诩与前人齐等，岂不可笑！我君之后，天下或还会出现新霸，但绝不会是慈父。”

管仲不认为慈父能继承小白，刚才对慈父的虚誉，全出于权宜之策。鲍叔牙也有相同看法，他默然一会儿，说道：“不瞒夷吾，我不喜慈父为人，然夷吾待慈父过于亲善，我知夷吾从来行事不任情，却不知其中有何缘由？”

几年前慈父跟从齐国北伐山戎，鲍叔牙与慈父相处过一段时间，数次为他的荒诞言行动起肝火，好在当时有个隰朋从中斡旋，不然真要板起面孔严词教训。

这次慈父在宴席上闹事，过后仍不悛改，那些恨天恨地的怨言传到小白耳里，小白以为慈父无礼过甚，索性随他去，管仲却说：倘不理会，慈父此人倔而少通人情，恐要对齐生隙，宋素来服齐，何必伤损盟友情谊？才有了这一番探问。

听得鲍叔牙的疑问，管仲解释道："人各有长，慈父此人少变通，志大而才薄，然他好问外事，乐于助人，异日齐若有变，此人可定齐国也，我今亲善于他，为将来求强援。"

这就是管仲的不同，旁人谋事是谋当下，他却总要谋将来，十年、二十年地规划下去，未来有无数的可能性，好的可能要用心实践，坏的可能要尽力阻止，倘或最终仍然无法隔绝恶果，也要延缓那恶果到来的时间。

鲍叔牙本来觉着管仲过虑，如今的齐国，朝局平稳，民生富庶，国力强大，变国之政早已深入国家肌体，成为奠定齐国霸业的坚实根基，还有什么会阻挠齐国往前奔去的步伐？他迷惑地盯视管仲一眼。

便是这一眼，像忽然落入无底深渊，鲍叔牙竟惶恐起来，他忽然发现管仲原来老了。

依稀记得去年管仲的白发没有那么多，是从什么时候开始，那斑白之霜增多了？因为长期案牍劳形，管仲背脊越发弓了，总也站不直，人又瘦，整个人显得苍老而憔悴。前一阵子小白还唠叨：仲父怎的不见丰腴，是太劳累吗？管仲自嘲说："臣喜好轻便为人。"

这一年过去，管仲就要六十岁了，人生至此，已是晚景之年，原该含饴弄孙，颐养天年，他却还奔跑在勤勉为国的路上。鲍叔牙顿时辛酸又心疼，也钦佩又敬重，几乎要落下泪来。一瞬间，他懂得了管仲的远虑，也理解了管仲的作为，他与管仲，从来不用细述，无须赘言，便能心意相通。

说话间，一行人已走到齐军行营，恰恰打里边出来一人，正欲登车离开，乍见管、鲍，忙不迭地参礼，原来是郑大夫申侯。他一脸藏不住的惶怕，瑟缩如穿窬小贼，像是刚刚顺手牵羊了小白的枕头，趁着无人察觉，赶紧寻个僻静所在埋起来，岂料突遇熟人，很怕事情败露，因此紧张。

管仲睨他一眼，也不问他为何来，随便寒暄几句，彼此告别。鲍叔牙望着申侯远去，疑道："他来作甚？"

"问国君。"管仲唯能如此说。

两人面君时，小白正要用膳，一只手抚着饭盂，一只手持着牙梱，却迟迟不动，他看着管、鲍，开口的第一句话是："怪了。"

就在管鲍去探望慈父时，辕涛涂与申侯前后脚来拜谒小白。因与楚盟会已毕，战事告终，大军即将踏上归程，辕涛涂面见小白，是来建议行军路线，往东循海回国，也即从目前驻扎的召陵一带，顺淮水东行，直达海滨，再溯沂水往北回到齐国。这条路线包了偌大的一个圈，没有小半年，只怕到不了临淄。

“为何要循海回国，这不是绕远路吗？”小白不明所以。

辕涛涂露出体贴的笑容，他用特别诚恳的语气说道：“君既已服南楚，何不循海滨归国？可耀兵于东，再服东夷。”

既耀兵于楚，再耀兵于东，南方蛮夷众多，淮水有淮夷，滨海有东夷，自来中国难服，若能趁此兵威，克定诸夷，不失为伟业，辕涛涂话里的意思，大约是如此。

小白愣了半晌，模模糊糊地说：“寡人想想。”

辕涛涂走了不到半个时辰，申侯就来了，蹊跷的是，他也是为小白建议行军路线，但他的方案是出于陈郑之间，由陈郑为大军提供资粮、扉屦一类的军需。

这建议说了与没说无两样，原本按照正常的回师路线，就该从陈郑腹心穿行，申侯特意来见小白，巴巴地请求行军走原路，不是说废话吗？

小白长了个心眼，冷不丁问道：“子以为循海归齐如何？”

申侯脸上的神情别扭了一下，旋即有板有眼地说：“劳师南征，师已老也，往东循海而归，虽是绕远道，但倘若遇敌，恐不能战，不如取道陈郑之间。”

连番地来人提议行军路线，让小白疑窦丛生，总觉得这两人像事先达成了契约，一个唱白脸，一个唱红脸，先偏离正常，再着意矫枉，但内中原因为何，他却猜不透。

听完小白的讲述，管仲已猜了个八九不离十，说道：“此两人必定有过密议，臣斗胆一断，两人起先商榷，劝服我君循海归齐，不想让人知道他们是共谋，故而一前一后拜君，先是辕涛涂提议，再是申侯补缀，前后相继进言，我君自然动意。”

“那，为何申侯与辕涛涂所言不一致？”

管仲笃定道：“申侯虽与辕涛涂共议，事后则失悔。想这循海之道，远行数倍不止，我君纵有服膺东夷的想法，但又如何肯置全师于险途？即便一时答允，过后必定察觉当中诈谲，岂能不问罪？奈何约定在先，又不得不来，来了却不从辕涛涂之言，定是卖了盟友。我君稍后依旧循常道返归，辕涛涂又不知申侯之言，只道是我君不从其请，怎会猜疑申侯？”

小白恍然，恨得用牙梱敲击案俎：“这俩贼子，胆敢欺诈寡人，欲置我齐国战士于险途绝境！若非仲父点醒，寡人几要受其蒙骗！”

鲍叔牙诧异道：“辕涛涂所求为何，费这力气，引诱我师远去海滨，能得什么利好？”

管仲低低一叹：“不愿我师过其国。”

此次南征跨越上千里，途中要经过数个国家，每过一国，该国要提供相应的军需，来而征讨，去而归国，来回两趟，途经之国都要准备八个国家的辎重，有的国家尚且自备物资，有的国家却两手空空，完全仰靠就地补给，如那曹国，粮秣只带了半个月，还言之凿凿，什么我吃你的，也如吃我的一样，大家同盟，何必计较。

这样一来，大军行经的国家会有过重的负担，此次行军主要从陈国、郑国腹心穿过，陈郑要为八个国家的军队安排生活，人要吃住，马要吃住，尚要满足诸侯们的各种无理要求，倘风雨侵袭，气候激变，驻扎本国的时间拖长，将会消耗巨大的人力财力，也难怪辕涛涂诈欺小白绕远道，唯有不经国境，方能卸下负担。

小白其实明白行军过境的弊病，但他还是恼怒不能已，他气的不是辕涛涂维护本国利益，而是欺骗，前者情有可原，后者却犯了他的忌讳。

一个多时辰后，辕涛涂被人唤出陈军行营，说是季友相召，请去鲁营一会。辕涛涂丝毫不疑，他想当然地认为季友这样闻名遐迩的正人君子，干不了算计人的苟且事，可他还没走到鲁营，便被膀子甩得虎虎生威的鲁国勇士生拽下车，仿佛从田坎边提起一捆大麦，紧紧夹在胳肢窝下，手脚动也不能动，径直把他送去了齐军行营。

辕涛涂顿时醒悟，骂了一声：“申侯小人！”嘴里立刻被塞了臭布，发不得声，只能一波波地吞咽酸臭的口水。

陈侯知道辕涛涂被齐鲁联手执拿，可能是心虚——辕涛涂诈小白，实也有他的授意，胆战心惊着把这日生挨过去，第二日天蒙蒙亮，遣了个亚大夫来齐营要人。陈侯是估摸着过了一整晚，小白的气应该消了。可小白压根儿不露面，也不让陈国大夫见辕涛涂，着了个说话老打嗝的御士回话：寡君爱重辕子，辕子也敬服寡君，彼此相处甚乐，暂不愿归陈，何时回去再说吧。

尔后，便将陈大夫晾在原地，忽有七八个厮役来扫地泼水，恭请这位某子抬抬足，挪挪步，灰尘一扬，冷水一泼，恁是把陈国大夫扫出了行营。

闻说齐国无礼，陈侯脸上挂不住，生了一日闷气，第三日又遣上大夫来要人，偏逢着大军拔营，齐师正在拆帷帐、搬器械、套车马、载辎重，到处人喊马嘶，尘埃炽张，是一派嘈杂。陈大夫寻不到能对话的活人，顺手逮了个忙着捆草料的战士，问："齐君何在？"答曰："不知。""管子何在？"答曰："不知。""有其他能管事的大夫在吗？"答曰："不知。"那鄗邑君子辕涛涂呢，竟不答了。

憋着火寻了半日的人，终有个脸盘子方正的御士奔过来，向陈大夫传达小白的话：辕子归陈的事，待回师后再说，寡君尚且不急，陈君何必着急。

"辕子何罪，为何执他？"陈国大夫大声质问道。

御士仿佛照本宣科，一字一顿地说："辕子为何留在齐国，陈君自己知道缘由。"

齐国不肯释放辕涛涂，生死也不给个准信，陈侯大为恼火。齐国仗着霸主强势，横得像东海螃蟹，双钳一合，直要夹断人的头颅。陈侯想着独力难抗强国，便向诸国求援。不料齐国早将辕涛涂诈小白绕道的消息放出去，列国都知道陈国为一国之利，欲陷同盟于危境，哪个肯给好脸，别说帮忙要人，只怕要力请小白速杀辕涛涂。

列国皆怨陈，倒也出于情理之中，但郑国竟也置身事外，论起来，事起于陈郑不堪供应军需负担，又是申侯无信出卖辕涛涂，好歹去小白面前吭一声，为辕涛涂说句好话，也不负盟友之谊，郑伯却始终装傻充愣。

陈侯只好按下那怨愤，齐国方面唯一给出的回应，是对辕涛涂的处置回师再说，到底是怎么个说法，陈侯猜不出小白的心思。

夏末的热风在淮水掀起层层波澜，八国师拔营北返，大军刚刚出发，却有楚使飞奔而至，自称奉了令尹子文之命，有薄礼送给管仲。

因齐军是打头的队伍，楚使是越过七国军队，奔到了最前面。各国军队眼睁睁地看着楚使像离弦之箭般飞过身侧，听得车马哐当哐当越跑越快，仿佛焦急的哨声，呼碎了旷野上闷热的风。那渐去渐远的使者背影，如同一则渐次扩散的人形消息，旨在告诉人们，楚国令尹给齐国执政送礼。

管仲立在戎车上接过楚使递过来的礼物，是一只四四方方的漆匣，鲜红如一方鸡血石。楚使恭敬地说："令尹有言，管子走得急，只备得仓促之礼，望管子不嫌弃。"

"上覆令尹，有劳赠礼。"管仲和煦地说。出于礼貌，他当着楚使的面打开漆匣，里边平放着两个小匣，再启开来，小匣里盛着满满的棋子，润洁莹泽，拈起一枚，冰滑似落下屋檐的雨滴，许是用汉水珠玉所制，匣子最下边压着一片简牍，上有一行字："期与子对弈。"

管仲先是怔愣，蓦地輾然一笑，他把小匣大匣一并合拢，对楚使道："有心了，请转告令尹：何必期之？令尹与夷吾已在弈中。"

他与子文，从未谋面，是互相欣赏的朋友，也是势均力敌的对手，他们神交许久，不谈国事，不论天下，仿佛彼此褫干净了贴在身上的政治标签，只愿做疏离于俗世的纯粹朋友。其实他们没一刻真正抛离过现实，他们一直身在棋局中，从没忘记对弈，但谁能赢得对弈的胜利，也许并不重要了。

催迫行军的金声钲钲响起，离家多日的战士踏上归途，管仲回过头去，偌长的队伍如浪潮似的漫向天际尽头，仿佛横在天地间的棋道。这天地，这人生，岂不是一局棋？人人苦心孤诣，人人惨淡经营，人人勠力布局，人人也只能落子无悔。

第十三章
天下诸侯

一

齐桓公三十一年（公元前655年），周历五月夏，恰是繁茂热烈的季节，处处是镂金铺翠，红紫芳菲，世间的一切是蓬勃的、昂扬的，也是放肆的、自由的。

被齐国拘押一年的辕涛涂终于自由了。

辕涛涂去年在召陵为齐所执，跟随齐军千里跋涉来到临淄，起初是羁锁在军中，后来是软禁在城中。他虽是阶下囚，齐国待他还算客气，未加缧绁于身，也不曾虐待，住在整饬干净的馆舍里，一日三餐准时送到床前，还有两个清秀的侍女铺床叠被、揉背捶肩，只是门前常有虎背熊腰的汉子站岗，怕他逃跑，他其实也不想跑。

大概但凡是个具有人类欲望的常人，在临淄住得一阵子都不想走。临淄城是风月场，无数人纵情声色、放浪形骸，也是销金窝，无数人千金散尽、囊匣如洗。守正的君子痛斥齐人奢靡，而好乐的君子奋不顾身地投身其间。

辕涛涂在临淄一待就是大半年，除了不能出城，齐国都的犄角旮旯他都去过。他渐渐体会出外邦人来齐，为什么会生发这句感慨："恨不生为齐国人！"

小白时不时召见辕涛涂，倒不是问罪——小白的火气从来是来得快走得也快，而是陪国君唠嗑，陪国君赏花，陪国君尝新酒，陪国君钓鲈鱼，常会请来陈完作陪。小白是觉得他们都是陈国人，彼此相处有亲切感。小白曾问辕涛涂："是齐好还是陈好？"辕涛涂说："陈是母邦，不敢不好，但齐是伯主，不可不好。"小白笑骂他机诈："当初骗寡人走远路，不要脸！"

辕涛涂却郑重地说："当年幽之会，齐君晓谕诸侯，门关不籍，为天下通行谋方便。彼时之君，胸怀天下，慈悯苍生，以至列国叹服，万民敬仰，方才膺从服命，共戴齐为伯主。如今伯业大成，不顾扶助同盟的责任，反而祸害同盟，齐君忘记初衷了吗？"

小白一时哑然，倒不知如何辩驳才好。

陈国在召陵得罪了列国，回师不久，列国互为通风，都道咽不下去这口气，便由齐国坐镇，鲁国领衔，率齐国之师伐陈。由于季友与齐国共谋联手逮下辕涛涂，故而在伐陈的事上，鲁国表现得特别积极，各国军队都在鲁国的统一指挥下，一概攻守进退，全是鲁国说了算，可谓出尽了风头。

七国同伐，陈国匆匆交锋，战事才进行了一半，便与诸国行成，陈侯向列国赔罪，向各国皆馈送了丰厚贿赂。其中有贪得无厌的，如曹太子襄把在宴上遭殃的倒霉事归罪于陈国，理由是慈父与成得臣冲犯口角，皆因陈国从中作梗，要求陈国赔偿他，陈国虽认为他无耻，但为敉平事端，也尽力满足。

正因陈国被兵，辕涛涂方有那一番话。陈国纵有错，但七国师讨伐也太过，到底是同盟，彼此聚在一起尊天子攘外夷，字墨未干，誓词在耳，偏又内讧起来，那饮过的血、发过的誓真如儿戏一般。

遭辕涛涂呛声，小白有些尴尬，但不恼怒，默然一会儿，说道："辕子所言，寡人铭记，但从前至今，寡人不曾遗忘初衷，也期子他日若有异见，实言相告，切勿欺诈寡人。"

"齐君果然心胸广博，能容异见，怎不为伯主！"辕涛涂叹道，他说的是真心话。

他被小白拘执，起先对小白是满腔的怨恨，相处久了，怨没了，恨没了，反倒生出好感。他尤为赞赏小白的胸襟，天下诸侯一水的小气鬼，记仇又刻薄，一贯的两面三刀，当面说"寡人不在乎，寡人很宽容"，转背就给一刀。

小白却不一样，他是真正表里如一地宽容。譬如被齐国人戏称是“日闻骂声”的啧室，辕涛涂曾慕名去见识过，里头的学者们来自天下列国，受着齐国的供养，吃饱了喝足了，闲着骂小白，忙着也骂小白，不闲不忙还骂小白，种种大逆不道的言辞，颇让外邦人惊诧，齐君连这等混账话也能忍？

持掌啧室的东郭牙更是个嘴毒的狠人，小白一见他，怵得不敢多言，因他兼管史事，手下率领一帮子骨鲠史官，小白与某夫人拌个嘴，也被史官们隆重地记下来，所谓“君举必书”。小白有时觉着史录太严苛，把齐国国君的浪荡形象留给后代子孙，有损他的霸主威风，含蓄地请史官稍微粉饰一下，史官的回答是：落笔无改，除非君赐臣死，然臣死，自有后来者继承。小白只好打住此念。

辕涛涂对小白的容人之量赞叹不已，但有混熟的齐臣告诉他，国君能容，是因为管子能容，国君的许多处世做派，实是在效法管子。

实际不仅小白师法管仲，相当多的齐国君子都在学管仲，学他的政治手腕，学他的处世方式，也学他的肚量。管仲能容天下事，他还教会小白去涵容，那些使你讨厌的、看似异端的思想与行为，也要努力理解并包容，因为你心胸的广度，决定了事业的宽度。

人心转变是相互的，小白原来讨厌辕涛涂的长相，嫌他的对眼硌硬人，后来看多了，也就顺眼了，他还去对管仲说：这人蛮有趣，可不可以留下来？

管仲认为不妥当：“陈君数请复辕子，今与陈已行成，不当强留。”

小白很是遗憾，辕涛涂其实也舍不得走，他不仅喜欢小白，更爱临淄的火热生活，双方都有依依之情，于是辕涛涂默契地多留了一段时间。

终是陈侯察觉出不对劲：齐陈已行成，辕涛涂为何迟迟不归国，难道做囚犯做上瘾了不成？当下里遣使来催，话里话外有点儿泛酸，问辕涛涂可想归母邦，莫不是在齐国待得乐不思陈？当中有一句话特别刺耳：“子想成为公子完？”

辕涛涂再是“恨不生为齐国人”，也不敢不走了，因向小白辞行。小白不强留，然而馈赠甚夥，邀请他下次赴齐。辕涛涂来时是凄凄惨惨的囚徒，走时却成了风风光光的贵客。

管仲代君送行，依礼送至郊野。一路上辕涛涂话很多，不断与管仲说起在齐的所见所闻，大赞小白明睿，齐政优良，由衷地夸奖道：“齐为伯主，实属应当！”

想想去年夏天，辕涛涂还在绞尽脑汁骗小白，不过一年时间，竟为小白所折服，成了鼓吹齐国的热情拥趸，这转变耐人寻味。

管仲温和地微笑道：“期辕子归陈，举政多善于齐，愿陈与齐，永为同盟，世世无害。”

“管子放心，陈既服齐，怎能相害！”辕涛涂爽利地说。他停了停，可能是想到了什么，语气有些奇怪地说：“陈之心始终在齐，自然无相害，至于别国害不害齐，那就难说了。”

管仲微怔，突然就醒悟辕涛涂说的是郑国，更或者，是借着指摘郑国，暗暗宣泄对申侯的不满，辕涛涂去年被申侯出卖，害他为齐所执，虽然囚徒生涯过得很滋润，但一码归一码，事后的完美不能消解肇事者的罪过。

仿佛是出于报复性的刻意为之，小白不仅把辕涛涂的“阴谋”传扬出去，也把申侯的“反水”宣告列国，为此激赏申侯深明大义，逼着郑伯将郑国的要紧门关制邑赐给申侯。

诸侯们把这事当成值得掰扯的饭后谈资，都道是郑伯咎由自取，在赚小白绕路的阴谋事上，实也有他的份，后来东窗事发，辕涛涂被执，陈国被兵，他却溜得比兔子快，厚着脸皮附从同盟一起揍陈国，收陈国贿赂时，榨取得不比曹国少。

辕涛涂与小白冰释前嫌了，与申侯的账还得算下去，至于如何算，管仲不想过问。齐国善待辕涛涂，于他个人关系甚微，实是为了培植陈国的亲齐派，齐国要号令诸夏，与列国的任何纷争都只能是暂时的，联盟才是长久的。

管仲岔开话题，说了些无关宏旨的闲话，与辕涛涂就地别过，方才回城。这轩车刚进郭门，即有属吏来告，京师来使，因为执政出城，来使唯有直接面见国君。

“可是有急事？”管仲问。

“京师告丧。”

管仲一惊：“是谁？”

“召伯廖。”

管仲呆了一霎，也不遑多想，迅疾入宫面君，刚巧小白已见过王使，君臣便摒人密议。管仲每回与小白说秘事，都仿佛闷在地底，好听墙角的御士哪怕把耳朵紧贴在门上，半个字音也听不真，因此没人知道君臣到底说了些什么，直到管仲走出来，从他沉静的脸上也看不出任何端倪。

第二日，齐国派出使团，由仲孙湫带队，前往京师吊丧召伯廖，因仲孙湫是公族，又是上大夫，使团规格也还算高。但周天子闻说齐国上大夫来吊王臣，仍然觉得僭礼——先王崩，吊丧的是仲孙湫，召伯廖薨，吊丧的还是仲孙湫，这是把天子与王臣放在同等位置？

仲孙湫来到京师后，未曾致哀，先见周天子。先王而后臣，其实遵礼，周天子却像受了莫大冷遇，一脸僵硬，说话除了动嘴，哪儿也不动，出声很微弱，常使仲孙湫听不清，恍惚感觉周天子一直在自言自语，或者在念咒？

仲孙湫说小白问天子好，周天子的回应是："有心。"仲孙湫说召公薨逝令人哀伤，他还是回应："有心。"

仲孙湫经常作为齐使来京师，与周天子打过数次交道，见惯了周天子的怪异做派。一个小气、多疑、刻薄、无能的周天子，少有人能忍受。这也是小白不肯来朝天子的原因，他是担心自己与天子相处时，会忍不住照着天子脸上抽巴掌。离得远了，勉强能保有尊重的想象，齐国尊王的旗帜还能坚挺下去，假若朝夕相对，依着小白的脾气，只怕从此与尊王一刀两断。

在周天子机械的"有心"回应声中，仲孙湫说起齐国派来王室采诗的诸臣，这趟趁着吊丧，顺便接他们回去，在此感谢天子对他们的优待。周天子听见采诗一事，僵硬的脸色松动了，中风似的抽搐了一下，他对齐国归整列国诗，相当不满。按理说，采集天下诗歌，应该由王室负责，齐国生生把这责权抢过去作甚？纵便王室无心打理，任凭列国诗散失消亡，也轮不到齐国来挑大梁。

再说齐国都派了什么人来采诗哪，一个断腿的残废人，一个人生走到墓道里的糟老头子，还有一个通身颓废气的落魄人，仿佛三只阴气过重的鬼。怨不得坊间嘲讽，齐国遍地是野生君子，一众出身低微至泥淖里的下等人，祖上没来历，家族没贵人，竟能跃升为大夫，甚至充任执政，堂而皇之地与正经出身的君子同朝位。

周天子与来京师采诗的齐国人见过一面，嫌晦气，也觉窝火，再也不过问了。倒是太子郑时时与他们接触，像是对采诗热心得很，帮着去内府翻阅典籍，咨问积年内史，照顾衣食住行，规划出行路线，仿佛是鬼一样的齐国人的跟班随从。

周天子早就不耐烦齐国人，听说他们要走，心里满溢着兴奋，端着天子的微笑，温婉地说道：“三年采诗，不辞辛苦，今已大成，余一人心甚乐。”

话很假，而心情是真实的愉悦，仲孙湫再谢天子厚恩，遂面辞天子，即往成周的召氏宫吊丧。召伯廖是天子重臣，又是召公一脉，在京师颇有名望与权势，因而前来吊丧的王臣络绎不绝。仲孙湫刚在灵前奠酒致襚，受了亲人答谢，仿佛是凑巧，恰与太子郑不期而遇。

召伯廖担任太子傅，待太子郑一向亲厚。周天子偏心幼子，若非召伯廖居中斡旋，太子郑早已被废，所以他的死让太子郑悲恸欲绝。周天子为此又不舒服，叨叨说：“太子不孝，曷日父死，肯不肯为父垂泣！”

仲孙湫与太子郑匆匆见礼，免不了寒暄三言两语，因为周围人多，说的多为场面话，随口提了一句会将申庶其等人接走。

“要走？”太子郑讶异。

仲孙湫颔首：“采诗已成，当归国复命。承蒙王太子照顾外客，恩遇过重，无以为报，陪臣奉寡君之命，为谢太子大德，临行之前，请太子赴宴，望太子不辞。”

太子郑照顾了申庶其等人这样久，如今要走了，以小白的名义请太子郑吃顿饭，也是理所当然。本是寻常请求，太子郑却隐隐感觉仲孙湫欲言又止，可能是人多眼杂，不便以实情相告，于是再温故刚才的话，渐渐体会出别样的意味来。

吊孝的第三日，太子郑受邀赴宴，当时发出口头邀请的是仲孙湫，但正式邀请者是申庶其，因此举宴地是在申庶其等人暂居的成周馆舍。齐人来请太子郑时，太子郑对左右叹息说：“朋友将行，我心甚悲。”因此没人怀疑这次私宴，日常盯着太子一举一动的天子耳目，也当成是寻常的告别宴。或许宾主依依难舍，私宴持续了一日，太子郑走入馆舍时，天色清明，离开馆舍时，天色晦暗。朋友惜别，少不得要饮酒，说不好到底喝了多少，太子郑被侍从搀扶出门，脚步趔趄着，情绪却有些兴奋，看上去似乎相当快乐。

又过得几日，仲孙湫将携申庶其一行人返国，太子郑想为他们送行，特意来请示天子他可不可以郊送齐使。天子横他一眼，阴阳怪气地说：“你倒是对齐国人上心。”

像被针扎了手，太子郑战栗了一下，天子看着太子郑畏畏缩缩的怯弱模样，仿佛对他吹口气，便要化成灰，想想神采飞扬的王子带，越发地瞧不上眼，鼻孔里哼出声音来："要送便送，这是什么大事，总不至于不回来了。"

天子只是一句戏言，却吓得太子郑脸白了，话也说不利索，支支吾吾。天子更厌恶了，心里的天平原就倾斜严重，现在更是一头高高在天，一头沉沉落地，打定主意半年内必要废了他，若有古板的王臣反对，且让他们闹去，看是天子臣属横，还是天子横。

得到天子允许，太子郑算是奉王命送客，天子竟不问太子郑要送多远，几时回来。想来最隆重的送客不过是三舍，就算太子郑媚好齐国，非要郊送四舍，也只是三四日行程，来回不超过一旬，其实即使超过一旬，天子也未必关心。

太子郑离开京师时，天子知道，因为仲孙湫来王前辞行，天子假模假式地说："一路好走。"太子郑与齐国人走出王畿后，走到哪里，走向何方，走了多久，天子就不知道了。

然而超过一旬，太子郑仿佛是太阳落山后消失的影子，杳然无踪，有王臣提醒天子："太子郑会不会逃到齐国去？"天子反而觉着是好事，他正愁找不到理由废太子，太子主动出逃，等于放弃天子继承权，省却他多少力气，真要奔齐，那就在齐国长长久久地待下去吧，反正小白热衷收留失败者，相信太子与小白可以融洽共处。

天子不在意亲儿子死活，底下人也懒怠管，时间一晃就过去了一个月，太子的行踪仍没消息，到底是奔齐，还是半道上被劫掠了，或是逃往楚国当渔夫，众说纷纭。天子原不当回事，渐渐觉出哪里有古怪，送行而已，竟把活人给送没了，纵是当真奔齐，也不该不知会，难道这事与送行无关，而是齐国联合太子郑设下的阴谋？

天子不担心儿子安危，却担心自己被算计，心下着慌，这才想到要遣人去齐国问一声。王使才走出王城一舍，天子就知道太子去哪里了。

为天子报告太子行踪的是周公忌父。在太子消失的问题上，他比天子积极，天子还在观望等待，他却已着属吏四处打听。由于事太急，周公忌父入宫时天色尚早，天子还没起床，因此直入内寝。天子昨晚没睡好，做了一夜的怪梦，以至头晕目眩，浑身无力，尽管面见重臣，依然趴在榻上不动。

周公忌父说起太子的行踪，天子有些耳鸣，没听清楚，问道：“太子在哪儿？”

“首止。”

首止（今河南睢县东南）位于宋郑之间，是宋国西鄙。鲁桓公十八年（公元前694年），齐襄公正是在首止勒杀郑国国君，那里的平旷原野、湖沼河流，都记录着齐国的嚣张过往。

天子错愕：“他在首止作甚？”

“齐纠合鲁、宋、陈、卫、郑、许、曹诸国，与太子会盟，欲正太子之位。”

像身下忽然被丢入一块烧红的炭，天子从榻上一跃而起，头不晕了，却疼得几欲炸裂，剧烈的颤抖从指头过渡到手臂，又从手臂过渡到全身。周天子觉得自己像箕畚里的戎菽，被个粗鄙汉子疯狂颠簸，筛得壳荚全无，只剩下一颗光溜溜的裸豆。

他的直觉没错，这从头到尾是一场阴谋，什么哄鬼的送行，只是找个离开京师的理由，出了王畿，天高地阔，谁还能管得着太子的一双脚在何处落地。还有那采诗的齐国人，怪不得太子待他们亲厚过逾，大约是通过他们与小白暗通款曲，若再往上推一推，太子交通齐国与死了的召伯廖必定脱不了干系。

齐国早就设计好了一切，一个陷阱挖得又深又隐秘，趁人不备，一脚将天子踹下去，这下整个天下都看得真切看得明晰，天子被齐国耍得团团转。

八个国家共戴太子，这是尊太子吗？不，分明是向天子示威，天子胆敢废太子，便是与诸侯们为敌，西周的天子对抗诸侯，天子稳操胜券，东周的天子对抗诸侯，胜的永远是诸侯。

周天子泫然欲泣。

“齐国果然有本事，眼皮底下撒谎赚人，手段着实厉害，至今而后谁还敢动太子……唉……”天子沮丧地说。

周公忌父说：“齐胆敢行阴谋，无礼于天子，天子岂可坐以待毙？齐有齐谋，我也有我应对之策。”

“我有何应对之策？”天子没精打采地说，就在刚刚，他已转过无数绝望的念头，最凄惨的是退位给太子，他放逐自己去太行山放羊。

周公忌父冷冷道：“齐纠合诸国正太子，然诸国未必皆听命于齐，如郑不服齐久矣，迫于强力而低头，天子何不设法分化联盟？齐欲整一诸夏，我则离散诸夏，倘列国不至，会盟不成，太子之位何正？”

这建策过于恶毒了，为了天子的私心，不惜分化诸夏联盟，仿佛整一天下仅仅是齐国私事，与天子没关系。天子守着王畿的十里国土，在这狭小一隅做着万国来朝的白日梦，天下就此偃武修文，列国就此放马南山。

周公忌父的应对之策让天子精神振奋，开始还颓靡，此时笑出声来，幸灾乐祸地说：“若联盟解散，齐国还成什么伯主！再举会时，无一国服命，只有齐小白孤单一人。”

“对付齐国，还可拉拢齐国对手，借强者之力打击强者，而我不费力气，尽得其利。”周公忌父阴森森地说。

“哪个对手？”

“楚国。”

天子更乐呵了，周公忌父简直是天才构想，真真运筹帷幄，决胜千里，成周的光腚小儿也知，楚国是齐国最强劲的对手，诸夏怕齐国，楚国不怕齐国。天子并不赏赞楚国，他只是天真地以为，他有十全把握挑动楚国与齐国争斗，待两强斗得两败俱伤，天子可坐收渔翁之利。

“便依此策，立即施行，倒要看看，齐小白与谁会盟去！”天子恶狠狠地说，使劲一拍巴掌，却拍得他手痛。

二

齐桓公三十一年（公元前655年）秋，齐国召集鲁、宋、陈、卫、郑、许、曹，也即是前一年讨蔡伐楚的八国，会盟于首止，共尊王太子郑。

尊王太子，就是尊未来的天子，凡事都算得精细的列国诸侯，认为这是一本万利的好买卖。况且当今周天子悭吝小气，既没有筹谋天下的能力，又不能垂拱无为，却热衷于对各国事务指手画脚，自负才高，其实是个草包。诸侯们对他不满已久，早就想换个脸蛋亲切、做事温柔的天子。新的天子不必拥有卓越的才能、远大的志向，他只须做个寡言的偶像，将来不幸崩了，诸侯们会积极地给天子送丧葬费。

七月下旬，列国诸侯陆续到达首止，因首止在宋郑之间，离得远的鲁、卫早早来了，离得最近的郑伯却始终不见人影。

眼见七国诸侯俱至，郑伯却似蒸发了似的，毛发也不见一根，小白怫然作色，当着诸侯们的面痛骂郑伯：郑君未免拿大，竟让王太子等他，他自认是天子吗！厚颜无耻，背信弃义，郑人素来谲诈，国君尚且无道义，举国上下，无一个讲信君子！

小白骂得昏天黑地，太子郑默不作声，诸侯更没一个敢吭气，唯有个胆儿贼肥的辕涛涂跳出来说话："郑君十之八九逃盟。"

辕涛涂这次随从陈侯与盟，小白见到他格外欢喜，两个执手道衷肠，热络得像相交多年的挚友，倒让列国惊诧，辕涛涂去年企图骗小白，遭到齐国拘押，做了一年的齐国囚徒，怎的忽然与齐君交好？那去年热火朝天地讨伐陈国，又算个什么？

盟主发威，王太子不发话，诸侯不出头，列国卿大夫都不进言，偏有个辕涛涂要做仗马之鸣，大概是仗着与小白混得熟，也是摸准了小白的脾气——只要是小白喜欢的人，在他面前怎么样放肆都行，说混账话、做荒唐事，一概宽待。

辕涛涂这一出声，小白不骂了，也不追问，却是管仲发问道："辕子为何认为郑君逃盟？"

辕涛涂毕恭毕敬地说："不敢欺瞒伯主，外臣赴会途中，有天子使臣来告，请寡君与齐绝盟，天子当联陈从楚与晋。寡君曰：'齐为伯主，秉德守正，扶弱助小，向来为诸夏服膺，楚乃蛮夷，有何德伯诸夏？陈服齐久也，绝不从楚！'寡君严词拒之。故而外臣揣测，郑君或者也为天子使臣阻断来路。陈一心从齐，宁死不叛，郑则未必。"

这一番话说得面面俱到，既拍了小白马屁，又彰显陈国风骨，再把郑国打入万劫不复之地，也可见辕涛涂还记着他被申侯出卖的那笔旧账，因为怨申侯，连带把郑伯一锅掀翻。

小白看向陈侯，眸光微闪："是吗，还有这等事？"

陈侯干笑两声，磕磕绊绊地说："辕子所言无差，寡人，寡人严词拒之。"

陈侯脸上叠着生硬的笑，冷汗却在衣里一串串滚落。辕涛涂说得没错，但却遮掩了一半事实，确有王使半道阻拦，说是奉了天子之命，请陈弃齐从楚，若陈侯应诺，从此可奉王命征伐。

陈国去年被七国师围攻，挨揍了不说，还要给各国行贿，陈国国府几乎搬空。陈侯每每想起这份屈辱，再瞧一眼国府里仅存的三五枚残贝，还不够买一只屦，心都痛。忽闻天子来截和，立即闪出的想法是背叛齐国，索性与楚国结盟，还能得王命，比之跟随齐国，更为名正言顺。

辕涛涂知陈侯有叛齐的想法，将他拖去一边，问道："请君度之，设若诸夏联盟即刻分解，从齐诸国，从楚者几何？"

陈侯想了想："宋、卫、鲁等受齐恩惠最多，应不从楚，其余诸国……"他停顿着，却是无从决断，摇了摇头。

辕涛涂解释道："纵便只有宋、卫、鲁，已能助齐力，我若叛齐，齐必伐我，宋出我后，鲁攻我肩，卫挞我背，齐冲我腹心而无陈。请君再自度之，齐为诸夏，楚为蛮夷，诸夏不从诸夏，反从蛮夷，岂不自陷死地？若言楚会善待诸夏，请问汉阳诸姬何在？"

最后一言说得陈侯骇然不敢生杂念，称谢道："如果没有你的却说，寡人几废大事。"

辕涛涂的一席话，把脱轨的陈侯拉了回来，可以说若无辕涛涂，陈侯已走上了叛齐之路。辕涛涂在齐国做了一年囚犯，却成了齐国的铁杆拥趸，是不折不扣的亲齐派。

小白慢慢撤开目光，看着其他诸侯："诸君也曾收到过天子从楚之命？"

诸侯们都摇头称否，或许是当真没有，或许是死不承认，反正小白没长透视眼，看不见黑暗角落里的勾当，也没人肯效辕涛涂，主动承认自己遭到过策反。

小白没情绪地笑了一声："天子也忙，家事未曾处分完妥，又开始管起天下事。"

齐国邀诸侯盟会，天子却中道截和，手段过于下作了。齐国尊王许久，越尊越失去天子信任，仿佛对这尊王的旗号，天子不稀罕，于是齐国也不在乎。这次把太子郑偷出来，越过天子与盟，在某种程度上就是对天子那虚权的挑战，齐国不怕与天子决裂：你反对的，我恰恰要支持；你渴慕的，我偏就不满足。

不管郑伯是有疾不得来，还是被天子半道劫走，郑国终究是缺席了盟会，诸侯们都认定了郑伯受天子蛊惑退出联盟，大约本次会盟，是见不到郑国人的半张脸。不料就在盟誓当日，郑国人竟然来了，但露面的不是郑伯，而是申侯。

申侯刚至，立刻向小白赔罪，小白问他郑君安在，申侯打着哈哈说有点事，问什么事，顾盼左右装作没听见。

“郑君既有事不能来，申子是代君与盟？”小白挑衅似的问道。

申侯似乎很为难，神色别扭着：“外臣……外臣奉寡君之命，来此观礼……”

说的是观礼，不是与盟，郑伯这小九九，也是足够无耻，既受周天子撺掇，选择逃盟从楚，又不想立即与齐国站到对立面，于是国君隐身不见，遣个大夫来露脸。

小白明白郑伯的心思，毕竟“唯强是从”是他一贯的做派，郑国人哪一日不骑墙，周天子也能弥缝诸侯纷争，因此冷笑道：“那便不是代君与盟，既如此，郑使请从旁观礼吧。”

郑伯的伎俩为小白一针见血地戳破，申侯满脸通红，却不敢有一字申辩。

周天子派去阻拦郑国与盟的王使是周公忌父，劝阻的话与对陈国所言一模一样，也是“抚汝从楚，辅之以晋”以及“奉王命征讨”。

郑伯立即在心中算了笔账，倘或逃盟，坏处是得罪齐国，好处是能得王命——这可是齐国竭其所能都得不到的王权承认，又有楚、晋为盟友，也许可以建立起对抗齐国的新联盟。郑伯甚至想得很深远，假设齐国主导的是东土联盟，由郑、楚、晋主导的则是西方联盟。

郑国多年来与楚国一直不清不楚，有过刀光剑影的对峙期，也有过眉来眼去的暧昧期。召陵会盟时，楚与诸夏盟誓楚不侵郑，可并没说，郑不可以主动投奔楚国。

并且楚国的强大是有目共睹。去年八国率师伐楚，声势造得轰轰烈烈，也只在人家门口芟了两把草，摘了三朵花。由此可见，齐国必定畏惧楚国。齐与楚争霸以来，有过一次正面对抗吗？

傍着楚国的大腿与攀附齐国的胳膊对比，还是大腿更有力量，倘或哪一日楚国撕毁盟约，再次北进中原，首受其害的不还是郑国吗？与其到时候为强敌攻伐，不如先行媾和。

再想一想那晋国，在中原诸侯的认知里，晋国与燕国一样，存在感很低。浩浩黄河与巍巍太行隔断了晋国的身影，晋国人要进中原，翻山翻不完，蹚河蹚不断，脚板磨掉两层皮，才能望见中原的一片山一脉水。约是道路难行，晋国在东周重建王纲后，许多年不朝天子，专心致志地闹家务，闻说闹了快一百年，还没闹清爽。

今年初，晋国把家务事遍告天下，是谓晋侯逼杀太子，为何逼杀呢？为废长立幼，在这事上倒是与周天子心意相通。目下风闻晋侯杀儿子杀得风生水起，斩草除根似的全力剿灭诸公子，民间纷说，曲沃武庙前准备了若干口棺木，每个公子一口。晋侯年轻时与美人缠绵过于频繁，因此膝下儿女众多，棺木可能不够用，部分公子不得已要挤一挤。

关于晋国太子之死，各国史官唯在简册上书写一行字：“晋侯杀其世子申生。”对此，各国各有看法，郑伯却是心生赞叹，敢对亲儿子下毒手的诸侯很对他胃口。

郑伯感慨万千地评价道：“儿子不听话，宰了就宰了。”他还把这话故意说给太子华听，太子华吓得脸也白了。

有敢与小白抢女人的楚王，有敢手刃亲子的晋侯，还有周天子充门面，郑伯以为，西方联盟可成矣。小白跋扈这样久，也该有新的盟主横空出世，打压他的嚣张气焰，小白称霸二十多年，骑在中原诸侯头上拉屎撒尿，成什么体统！

郑伯是在前往首止的半道上被周公忌父拦下，双方同行了一里地，郑伯就被周公忌父说服了，是以来不及寻馆舍、觅行在，在野地里与群下商榷，他说：“天子之命不可违逆，莫若从之。”明明自己要背信逃盟，偏就不说，把个周天子端出来挡箭。

叔詹不同意逃盟，反对说：“国君不可以背信，背信则失援，必招引祸患。倘若他日祸患降临，再乞盟求援，损失恐怕多于现在，那时我君必定后悔。”话说得很重，还隐隐有诅咒意思，让郑伯有些下不来台。

太子华也反对，他在郑国是亲齐派，倒不是有多爱齐国，一是靠着齐国这棵大树好乘凉，二是他失宠于郑伯，若能得齐国援助，能保住命也能保住储君位。

郑伯极恼他们对齐国的讨好嘴脸，仿佛没了齐国，郑国便要亡国，他还就不信了，在齐国裤裆下讨活气，与在楚国胳肢窝下求生存，一样是伏低做小，怎么就从齐得利好，从楚要遭殃？

也许是出于挑事的心理，他问申侯道：“子以为如何？”

申侯回答得忸忸怩怩：“逃盟不祥，恐齐报复。”他既没说从齐与盟，也没说逃盟从楚，说的是后续的可能，形同废话。

郑伯不阴不阳地说：“子受齐恩渥过厚，子之心在齐也。”

申侯不作声，他去年出卖辕涛涂，小白赞他有功，强逼郑国将制邑赐给他。原是两人共谋，辕涛涂沦为齐囚，他却得到莫大好处，今郑伯要背齐从楚，他一方面受齐恩惠过厚，另一方面是楚人，仿佛无论怎么做都要落话柄，不免尴尬。

郑伯哼道：“寡人从王命而已，诸侯不从王，难道从诸侯？二三子以为从齐为利，二三子自去会盟，寡人返国也。”

揣着与众作对的心理，郑伯理直气壮地逃盟了，因为践行骑墙作风，倒也没堵死从齐的路，仍派申侯去首止观望。他是认为，申侯受齐恩遇，猜想小白对他有好感，把申侯推出去，小白不至于动大怒，再次，申侯与会，勉强可代表郑国，不算是完完全全的逃盟。

因此郑伯走了，申侯来了，已做了面黑的恶人，还要遮半边脸装良善。小白岂是猪油蒙心的蠢诸侯，不受这糊弄，晾湿衣服似的晾了申侯在一边，申侯忐忐忑忑地近前献殷勤，也不搭理。

小白率六国诸侯登上坛墠，与太子郑盟誓，申侯在下边“观礼”，走也不是，不走也不是，煎熬得身心俱疲。

待盟誓完毕，小白陪同太子郑下坛，一眼瞥见辕涛涂与申侯站在一处，两个笑得脸上吹起春风。真怪了，辕涛涂不是恨申侯入骨吗？在齐国时，但与辕涛涂提及申侯，竟是瞠目切齿，怎么转眼间，忽然就一笑泯恩仇了？

小白遇到难解之事，下意识地去看管仲。管仲应该也看到这一幕，目光并不往那边送，却与太子郑说话，两个正在议论藏于王城的九鼎。管仲说年轻时来京师游历，听过九鼎的传闻，可惜身份卑微，无权得见，太子郑上了心，许诺道：“异日管子来京，当请命天子，特许管子观瞻九鼎。”

“陪臣观九鼎，岂不僭礼吗？”

太子郑道：“若天子特许，非僭礼也。”

众人走下坛墠，辕涛涂与申侯不再攀谈，立在一旁恭敬行礼，小白微窥他们一眼，忽想起他有意将制邑赐给申侯，是想把这处干系郑国门户的重要关隘夺走，以此来钳制郑国，当时管仲并不赞同，他说并不能起钳制之效，反会构怨，然而他一意孤行，终究还是强逼郑伯执行。

他对管仲，从来言听计从，极少的时候也会拂逆，若坚持得过于执拗，管仲便不与他强争，因为过后的事实会证明，管仲总是对的。那么这次，是管仲又对了，还是他终于决策正确？

首止会盟告终，诸侯要归国，太子郑也要回京师，来时是被齐国“偷”出来的，回去时却要大张旗鼓，以未来天子的风光面目踏入王城。考虑到周天子必定怒火填膺，见到太子郑，只怕要横戈断头颅。诸侯们商议，各国皆遣人护送太子郑，若周天子不肯接纳太子郑，可暂在成周落脚。

齐国派出护送太子的人是仲孙湫，小白嘱咐他不要忙着回齐，可在京师多陪陪太子郑，话没说透，仲孙湫却心领神会，这是要他保护太子郑，有齐国大夫随侍太子郑，周天子不敢贸然动手。

七个国家派出七个大夫，凑起一支七千余人的军队，声势赫赫，不像护送太子回家，倒像去攻打王城。周天子见此阵仗，怒气大概消不了，但也不敢对太子郑起歹念。

送别了太子郑，诸侯们相继离开，小白是举会发起者，列国诸侯于他皆是客人，因而走得最晚。宋国是东道主，以是慈父代宋公送行，他送起来便没有止境，还说要为小白驾车，一路送到齐国去，小白推了再推，却像沾上了黏糕，甩不脱手。慈父仍犟得泰山崩塌了也要撑起一片天，因见小白久久不领情，竟生起闷气，脸拖长得像只倭瓜。

于是乎两边僵持着，车马不行，卤簿不动，无数双眼睛看着齐国国君与宋国太子站在路边，这个说“请君登车，我为君挽辔”，那个说“太子止步，寡人方行”，两边仿佛在牵钩，彼此势均力敌，这头一使力，那头便加把劲儿。

最后还是管仲来打圆场：“依礼，相送不出境，出境，则将分疆也。太子欲取齐国疆土？”

慈父立时惊觉，省悟得快，道歉也来得快：“岂敢取齐疆！是慈父失礼，举止过逾，望齐君见谅。”

送行到此为止，慈父又啰唣了些有的没的，方参礼拜别，可走出去两步路，还回过头向小白招手呼喊。待慈父的背影彻底消失，小白叹气道：“到底是仲父有智略，不然寡人真要为他磨死。”

管仲悠然一笑：“臣投其所好而已，慈父好守礼，臣以礼劝之，他自然听服。”

小白无奈地摇摇头：“好守礼而呆板戆直，不知变通，常有荒悖之举，寡人好不头疼。”

管仲神色郑重地说：“呆板也有呆板的好处，信必守，诺必行，相比于矫饰言辞而行为诡诈之小人，慈父有大德。臣过去曾言，我君身后事可交托于他，现在还是这话。”

这是管仲第二次对小白说起身后事，小白凝一眼管仲，或是瞬间的错觉，他觉得管仲似乎又老了。

本来交托身后事，该是君对臣的最后叮咛，可管仲比小白年长，也许等不到小白交托身后事的一日。管仲很早就意识到臣早于君辞世的可能性，因此一再提醒小白把身后事托给另外的妥善人，生时黾勉守职，死后也能保有安定局面，那为臣之责才算完满。

一想到未来的某日将与管仲生死永隔，小白竟自不寒而栗，心情沉重得不可收拾，唯能不顾一切地将脑子里的所有晦暗念头赶走，似乎只要不想，所有不好的结果就不会来到。他注视着管仲，感伤又关切地说：“仲父保重身体。”

管仲一怔，他立刻就明白了小白的担忧，唇角翕动着，想要说点什么。小白却已转过身，款款登上国君戎车，他扶着车舆，微笑道：“仲父走吗？”

管仲回过神来，随从笑道：“走。”他行了一礼，往队伍后边走去，才要登车，目光不经意地瞥见管友，心念偶动，呼了管友一声。

管友没想到父亲会召唤自己，他迟钝地回应着：“管子……有何吩咐？”

儿子对自己是尊称，而不是亲称，仿佛眼前这位长者，只是陌生的高官，而不是他血脉依存的父亲，管仲不由得伤怀。

管友随从申庶其赴京采诗，整整三年了，没回过一次家，有时申庶其与乐无荒劝他回去看看："父母在堂，怎可远游不归？"他也不肯，问他原因，咬死不说，问多了，却泪流不止。

这趟与太子郑同来首止，申庶其诸人一直停驻不走，趁着闲暇，乐无荒私下与管仲数论："管友可怜，哪家卿大夫子弟，不是被父母奉若珍宝？唯独你逼得亲子穷途无归，也太无情，待他好些，又会怎样？当年他出生时，你远别在鲁，不知生死，婧为此担惊受怕，以至积郁成疾，可怜生友时难产，险些丢了性命。待你回来，日日忙于国政，很少沾家，十分用心里可曾匀出一分来照顾家人？且看在为你操持家事的妻子分上，她这几十年太不容易，她是做母亲的，能不疼惜儿女吗？只是不愿分你的心，方才事事顺从你，何不待友温善些，婧也得安心。"

一番话情真意切，说得管仲无言以对，他其实很想告诉乐无荒，他并非无情，三年前将管友从临淄城撵走，是不想他搅和进嫡位之争，他怎能不爱儿女？他之所以对管友苛责，全出于舐犊之情，知子莫如父，他比任何人都了解自己的儿女，有多高的才能，有怎样的品性，有什么致命的缺点，他尽力使他们各得其所，可伏低，而不拔高，他宁愿他们的未来平淡无奇，也不要落得个凄惨收场。

但这样的期许，又如何向人细述？儿女未必理解，朋友未必明了，最亲近的妻子虽然支持，仍有惋惜。

管仲看着管友，希冀道："可否与我同乘？"

管友愣住，茫然地久久不动，父亲的寻常请求，对儿子而言，却是纠结难断的意外，管仲也觉无奈，只得说道："有事与你说。"

管友还在犹豫，召御寇却已下车，把御者的位子空出来，他于是思忖，这是执政的命令，恭顺地行礼应诺，恭顺地登车，恭顺地充当了御者。

前方传来开道的鼓声，久停的队伍像忽然流动的河川，从头至尾往前推涌，管仲父子乘坐的这一辆车，仿佛河川里的一朵浪花，夹在万千翻腾的浪潮里，一动一静，随从大流。

管友沉默地驾车，行了五六里路，彼此毫无交流，恍惚觉着父亲在看他，他微微侧脸，正与管仲目光相撞，忽然像做错了事被当场逮拿，慌得他手上一抖，车马差点儿偏离正轨。

儿子与父亲同乘，却惊慌失措，他对父亲，畏惧多于亲昵，生疏多于熟悉，管友紧紧地挽住辔绳，车马重归正途，波动的心情并没有平复，却听得管仲幽幽道：“你还在怪我吗？”

管友沉默着，过得一会儿，轻轻道：“不敢。”他说的是不敢，而非不怪。

管仲寂寂地叹了口气：“我知你怪我，对你苛责过逾，你有求上进之望，我却屡屡打压，处处阻拦，仿佛无情。可天下为人父母者，怎会不疼爱儿女？你以为我不想你过得好吗？哪个父母不期望儿女过得好？然期望不是勉强成就，有多大才能，据于多高地位，强而拔高，必惹事端。我是齐执政，凭我手中之权，自能让你风风光光，有所祈请便有所达成。然而我在时，也许能保得你事事遂顺，他日我不在了，你又该如何做？高位实疾颠，厚味实腊毒，巅峰之上，寒战难立，稍一不慎，死丧之祸，试问你有十全把握，使你自己、使管氏永不颠陨吗？希望你能体会我的苦心。”

父亲在与自己交心吗？管友惴惴不安地看了一眼父亲，这个时刻的父亲不那么像记忆里令人忌惮的齐执政，目光慈爱、温柔、耐心，还有藏掖不住的疲倦从眼角滑下来，在瘦削的双颧上划出两道沉重的阴影。他其实知道父亲很劳累，处分内政、筹谋外交、整一天下，都在他心中盘桓运作，他要考虑的问题太多太多，搁在他手边需要处分的难事也太多太多。母亲常常告诫儿女，父亲肩负国之重任，不要去给父亲添麻烦，所以管忆、管鸣向来乖巧，少让父亲操心。管鸣被派去守封邑，长年不得归家，没一声怨言，唯有自己，总在不满，总在怨恚，总在猜疑父亲对自己的感情。是否因为欲求太多，生出了不该有的贪嗔？

也许，父亲是爱自己的，只是父亲的身份太不寻常，身为一国执政，承担的责任太重，全心顾及国家，便顾不到小家，亲情难免疏漏。

“父亲。”管友小声地呼道，这个久违的称呼让管仲动容。管友像是不适应，莫名地不好意思，赧赧地说：“前次母亲来书，言及父亲明年六十，家人该聚起来为父贺寿，我如今也回来了，正可为父亲过寿。”

管仲温和地笑了一下：“不是你提醒，我竟已忘了年纪，果然老矣，难得你有心，不过无须过寿。”

他伸出手，轻轻抚了抚管友的手臂：“有你们在，就足够了。”

这难得的、令人感动的温情，几乎让管友哭出来。他擤了擤鼻子，把眼泪强忍了回去，紧紧攥住辔绳，车马稳稳向前行驶，再没偏移。

队伍自离开宋国，借道鲁国腹心，从泰山东麓返回临淄，因无急事，不必着急赶路，这一趟行程走了月余。在鲁境时，先期归国的鲁侯特意奔来相见，两国君主因此举宴欢会。席间，小白问起了鲁侯的年龄，何时加冠，陪同鲁侯的季友心思明敏，立刻就领悟出小白的用意。

“寡君生于王十一年，未曾加冠。”季友代鲁侯回答道。

小白默想一阵，说道：“有十二年矣。国君十五生子，冠而成人，始能婚姻，则可生子，何不冠之？”

季友笑道：“今岁正欲冠也。”

小白说了声“甚好”，不再提起此事，但话外之音，在场诸人都听出来了，小白关心鲁侯行冠礼，是有意与鲁国结成婚姻之好，到底齐鲁联姻是常态，只不知这次会将哪个公子嫁来鲁国。

有承鲁侯与季友盛情挽留，小白在鲁国多待了几日。渐渐秋风萧瑟，天地苍凉，天气越来越冷，小白遂辞别归国，自阳关离开鲁国，刚刚逾过关口，便收到了来自南方的军情简书。

小白在戎车上拆开简书，方看了一半，已是脸色大变，急切地呼唤道：“仲父！仲父在哪里！”

管仲这当口正在队伍最后，原来申庶其在归途中病倒了，他自己说是偶感风寒，养两日自然好转，自己说起来轻松，可身边人总觉得他不像患上伤风小病，倒是显出沉疴之相。乐无荒甚为忧虑，唤来管仲商量：申庶其是暂时留在鲁国养病，还是跟随大部队继续往前走？

申庶其以为自己无大碍，不愿意留在鲁国，乐无荒却说：“养病要紧在养，这一路颠簸，小病颠成大病，你若怕孤单，我可以陪你。”

申庶其与他理论半日，无论如何也说不通，一时着急，发狠道：“纵算要死，也当死在亲人身边，我不要死于异邦！”

乐无荒的脸色唰地白了，眼泪不听使唤地往外狂涌，七十多岁的老人，哭起来像个弄脏新衣裳的孩子。申庶其见他悲恸，深悔自己失言，向他诚挚道歉。

终是管仲提议折中之法，就让申庶其跟着走，但有不妥，随时停下来，从此东去，皆是齐国之境，申庶其无论停在哪里，都可养护身体。

诸人还在商议中，小白宣传管仲的使者飞车来告。管仲闻说有简书忽至，不遑多想，旋即登车飞奔向前，队伍很长，从头至尾有约一里地，仿佛挥出去的长鞭子，驭车的召御寇驾驶得又快又稳，迅疾从“鞭杆”奔到“鞭梢”，小白正站在车下，煞白着脸，一言不发地将简书递给管仲。

简书上说，就在列国会盟首止时，楚国令尹子文悄然率师北上淮水，轻而易举地灭掉了弦国。这个弦国，正是与齐有盟的淮上诸国之一。

毫无疑问，这便是楚国清理门户的开始，多年与齐争郑而不得，果断做出战略调整，暂时放弃郑国，专心整饬国门，待清扫了门前障碍，北出中原无后顾之忧。

楚国讨伐弦国，齐国不知，即便知道，也不能救，弦被灭国，又不能补救，一如当日管仲预言，淮上诸国远齐而近楚，倘若楚国兴师伐之，齐国救之不遑，只能坐看覆灭。

小白悔恨道：“寡人自信能掌控全局，方与淮上诸国会盟。可恨寡人断事失误，害人害己！寡人枉为伯主，不能救同盟！”

管仲虽以为失弦不救是决策失误，但现在不是追究责任的时候，勉慰道：“曩昔与淮上诸国盟，一则淮上诸国有请盟之意，倘或拒之，岂非失天下同好之心？二则也可借此制楚，设想若无淮上诸国，怎有召陵之盟？今楚灭弦，非我不愿救，乃不能救也。君纵是伯主，有所能，有所不能，不必过度苛求。欲饱食当逐次食之，平天下也当逐次平之，先处分急务，其他不急之事，俟后徐徐图之。”

管仲的安抚让小白焦愁的心情和缓下来，他问道：“急务为何？”

“为服郑。”管仲肃声道。

小白默然不言，他在思索管仲的话。诚然，服郑才是齐国当前亟待解决的急务，去年召陵会盟，楚国承诺放弃对郑国的争夺，眼看彻底服郑告成，今年郑国就受周天子蛊惑，主动向楚国投怀送抱，如此一来，所有努力付之东流。如今楚国又对淮上诸国动手，齐国空负伯主之名，同盟覆亡，竟不能救，若此时再失郑国，齐国霸业必将遭到重创，就不要说统一天下，能不能保住中原霸主之位也自难说。

管仲说得对，饭要一口口吃，实现霸业要一件一件功业完成，小白似愁非愁地一叹：“罢了，先解决急务。”

三

齐桓公三十二年（公元前654年），管仲六十岁了。

因是整寿，家里人要为他过寿，他嫌麻烦，不想大费周章，一家人吃顿便饭即可，不要到处宣扬，免得惹来不相干的人登门贺寿，你来送礼，我来馈宝，甚是麻烦。

家里人不敢拂逆管仲，决定在寿诞那日，只有一家人悄悄为他贺寿，至多将鲍叔牙请来，但这刻意低调的处理，被国君的一句话打破了。

那日小白在内朝召见近臣，原为商议如何处分郑国，自去年郑国逃盟后，齐国几回向郑国发出邀请，要么单独会盟，要么来齐朝聘，做到了最大限度的忍耐与争取，郑国却久无回应，大约是铁了心要跟着楚国走。

“唯战，方能服郑。”王子成父说。他这几年见老了，身体也不好，时常罹病，故而前年伐楚，没有随从参战，以至小白慨叹：若王子成父在，八国战车也许能开进楚国内境，那稍后的召陵会盟，楚国何止于方才让渡一个郑国！

用温情感化不了渐行渐冷的人心，只好用拳头强迫服从，小白赞同与郑战，其他人也赞同，既然对伐郑达成共识，小白迫切地希望一战定大局。

“一战恐难，我君当做好二战三战准备。”管仲冷静地说。

小白紧紧一锁眉，懊恼地说：“服郑何其难也！为服郑，不惜纠集同盟，征伐强楚，偏有天子干涉，郑君也无信，害我同盟努力白费！”

管仲叹道：“天子给予大利好，郑君难抵诱惑。”

周天子用王命与晋、楚强援诱惑郑伯，像郑伯这样的骑墙主义者，很难不受影响，齐楚争霸多年，越争得烈，楚国越强大，齐国始终无法弹压楚国崛起的强劲势头，要不是齐国着力控扼，只怕中原列国都要去拜楚国的山头。

不过被周天子寄予期望的晋国，在天子与郑伯的梦想里担负着抗击齐国的责任，可能没工夫掺和中原事务。去年末，晋国假途灭虢，将阻挡在晋国南渡黄河路上的虢国与虞国连锅端了，才算是首次打通了进入中原的出口。

说起晋国吞并虞国，小白曾经模模糊糊听说过虞国的逸事，似乎有个大夫叫百里奚，他依稀记得管仲、鲍叔牙有故友也叫百里奚，好奇问了一声：是不是同一个人？

“虞国大夫百里奚，正是臣之故友，可惜三十余年不曾见面。”管仲惋惜地说。

虞国如今亡国，覆巢之下，焉得保全，想来百里奚不能幸免，过去曾经执手携游人间，还道重逢是易事，一别之后，经年难见，却终于人生翻转，生死疏离。

“竟然三十余年不曾见面……”小白被勾起满怀伤感情绪，戚戚地追忆道，“那时寡人尚是童子，仲父也正当年，朝夕之间，三十余年过去了。”他看着管仲，那张熟悉的脸写满了疲惫，让他难过，也让他不舍，他沉郁地说，“寡人记得，仲父寿辰快到了，仲父今年有六十了。”

这话才出口，管仲还没给出回应，一个念头急切地跳在小白心上，他脱口而出：“寡人要为仲父过寿。”

管仲忙推让道：“多谢我君惦念臣的生辰，但臣不想过寿。”

小白却是拿定了主意，绝不放弃，执拗地说：“仲父有仲父的顾虑，寡人有寡人的心意，寡人必要为仲父过寿。”他索性越过管仲，去向其他人讨主张，“二三子以为，要否为仲父过寿？”

下头没一个反对，甚至竭力附和。得到群下支持，小白兴致高涨，与群下讨论这寿诞到底怎么庆贺？该在哪儿举宴？是在宫里，还是在管氏宫，或者，挪去城外？

管仲极不愿过寿，可挡不住国君热心，同寮赤诚，因说道：“不必麻烦，就在管氏宫吧。”

小白乐哈哈地拍着巴掌：“仲父说了算，那便在管氏宫。”

说是要让管仲安心过寿，小白还给他许了假，强逼他休息，并警告属吏：“若是发现仲父出现在官寮，拿你们是问！”管仲莫可推却，只得接受国君恩渥，暂时“卸任”。小白又贴心地吩咐，过寿的一切事宜皆由宫中操办，管仲只须敞开家门，余事不用管，也不准管。

却在寿宴的前一日，管仲出城去往左南乡，陪他出行的有妻子姜婧。

左南乡而今是齐国最大的工商乡，齐国行销天下的丝织品有一半出自这里。由于丝工多为女工，若没有齐国女人的一双巧手，齐国丝织业不会有今日的成就，动辄引领天下时尚，今年服紫，明年服绿，后年又服朱。就连素来对齐国横挑鼻子竖挑眼的周天子，也追捧齐国紫帛，纵算嘴上不言，行动上常常偷摸着派人来齐买布，齐国人都知道天子喜服齐衣，但天子脸酸，装死不承认自己好齐货。

因而女人是左南乡的王，齐国女人本就飒爽，惹急了，休夫时有发生。男人尤其惧内，有时两口子吵嘴，女人指着自家男人鼻子臭骂：“不是我织布赚法化，养着你这窝囊废，吃饱饭喝好酒，你敢对着我放厥词？”

持掌左南乡女工的工官是谷柳儿，女工们很听她的话，一则服气她的织衽技艺，二则钦佩她的人格力量。女工可以不给乡官面子，有乡官嘱托女工干点儿私活儿，给他老母亲织领中衣，女工会甩脸子拒绝，但谷柳儿若发话，没人不应许。

管仲夫妇来左南乡，是来探望在此养病的申庶其。去年回国途中，申庶其不幸患疾，坚持跟随大部队走到国都郊野，越发病得挪不动，迫不得已临时落脚附近的左南乡，原是非常时刻的非常安排，孰料自从进入左南乡，就再也没离开。

申庶其喜欢这里的乡野风情，嫌临淄城太过嘈杂，人多是非也多，满眼满耳皆是扰人心神的纷争。阿彤与他想法一样，也以为待在左南乡更适宜养护身体，再有个乐无荒相随不舍，于是三人就在左南乡长住下来。

申庶其等人刚踏入左南乡，谷柳儿就诚邀他们来家里住。申庶其不想麻烦她，谷柳儿却说儿子把家安在临淄，女儿也出嫁了，家里只剩得她一个孤老妇人，多来些人陪她说话，也是好的。申庶其等人为她的恳切打动，方才答应了。

管仲夫妇来探望申庶其，是因前日为申庶其诊病的医师来告，申庶其时日无多。管仲当时心中一沉，问道：“还有多久？”

“长则三月，短则……恐不到一月。”

管仲久久不言，悲于申庶其不久于世，伤于申庶其半生坎坷，也痛于故人逐个离去。人活得长了，就得不断经历死亡，也许把他们都送走了，才能迎来自己的终点。

夫妇分乘不同车马，径直赶往左南乡，在谷柳儿家门首停下。谷柳儿知道他们要来，打门里迎出来，方一见面，姜婧问起申庶其病情，谷柳儿不说病重不重，却道：“申先生坦然待之，我甚是钦服。”

申庶其正在内室，半躺在床榻上，约是乏力，大半个身子都倚在阿彤手臂里。乐无荒立在一旁，将一片片书满字的简牍递给他，待他细细阅后，又递还回去，十来片扎束成一捆。床头搁着三面案几，一面堆起高高一摞扎束成捆的简牍，另外两面则铺满了若干散开的简牍。

他抬头看见管仲夫妇进来，苍白的脸上浮出一丝温软的笑："明日过寿的贵人来了，可惜咯，病体违和，不能亲自赴宴相贺。"

管仲无奈道："过寿非我本心，奈何国君恩许，不得已强己而从之。"

"是国君的一片心意，夷吾为国举政，俾齐大治，君欲大赏夷吾，勿要辜负。"申庶其笑道，慢慢将手中简牍交给乐无荒。

管仲微微躬身，从案上散开的简牍里拿起一片来，匆匆一阅，上边书写的原来是诗，三面案几上堆叠了约有几百片简牍，内容皆相同。这就是申庶其不辞辛苦从列国采来的诗，有齐诗、鲁诗、宋诗、卫诗、郑诗、周诗，乐无荒还托朋友从河西采来了少量秦诗。

管仲紧紧持握简牍，一片轻薄简牍，却沉重得像一段浩瀚的历史，忽然便想起那年他在鲁国泮宫发出的疑问：如何使散乱天下的列国诗相通，齐知鲁诗，鲁知卫诗，卫知晋诗？为这天下赋诗相和的梦想，人生蹉跎四十年，奋斗四十年，现在终于做到了。

"若无申兄，不得归整列国诗，夷吾此生难见他国诗。"管仲有些激动，声音微颤。

申庶其学着管仲的语气说："若无夷吾，申庶其焉能归整列国诗，也难见他国诗。"

两人相视微笑，管仲将那简牍缓缓搁下，叹道："同行者同心，夷吾当日与兄长同行，不过草草一言，兄长却铭记不忘，竟将此事做成，夷吾好生佩服。"

申庶其环顾诸人，含笑道："不得已，申庶其与诸友同行到此为止。"

听着似临终遗言，原先姜婧还强撑着，此时不觉流下泪来。申庶其看着她，仍是笑着说："小妹勿悲，我是早该死之人，昊天垂恩，多给了十年，得与亲友重逢，又做成大事，若是行商，实是赚了大利。"

他转过脸去，深深地凝视着阿彤，举手抚住她湿漉漉的脸，掌心有刺痛的凉意，是她溅落的泪。他鼓励地笑了一下，她也跟着笑了一下，他把目光慢慢转向其余人，恳挚地说："申庶其身后之事，有劳诸友。"

众人都懂他的意思，这是希望诸友为他照顾阿彤，乐无荒率然道：“但有我在，身后之事，无须挂虑。”

“多谢。”申庶其浅浅笑道，他注视着管仲，款款地吟道，“有頍者弁，实维在首。尔酒既旨，尔肴既阜。岂伊异人？兄弟甥舅。如彼雨雪，先集维霰。死丧无日，无几相见。乐酒今夕，君子维宴。”

他抬起手，就空敲了敲，宛如击缶，安然道：“乐酒今夕，君子维宴。子且去乐，我自赴死，生不从死，死不碍生，各得其所。”

午后日倾，管仲夫妇离开了左南乡，姜婧原要留下来陪兄长，申庶其不准，他说：“丈夫过大寿，妻子怎能不在身边？何必守着一个垂死人，染了通身死气。”

两人来时是各自乘车，管仲问姜婧要不要同车而归，姜婧摇头：“男女不同车。”

管仲落寞地叹口气：“可惜，夷吾欲与婧同车久矣，心愿总不得达成。”

姜婧一怔，突地回想起那年从召忽家出来，管仲曾邀她同车，她也是回答“男女不同车”，她说道：“又不是在郑国，不便同车。”

原来她还记得当年的对话，管仲莞尔：“异日去郑国，再邀婧同车，望婧不辞。”

明明是美好的期望，姜婧却黯了神色：“何时能同赴郑国……怕是今生没机会了。”

管仲明白她是被申庶其影响，至亲的兄长即将离世，申庶其可以坦然面对生死，她却很难做到。他便牵住她的手，柔声道：“可愿与夷吾同行？”

“嗯。”姜婧答道。

两人缓缓步行，召御寇率一众侍从远远地跟在身后，他是难得见到管仲夫妻携手同行，不愿打扰这温馨一幕，吩咐底下人动静小些，不要轻易靠前。

夫妇二人走在乡野小道上，如绸的春风拂在脸上，白如雪的轻絮不知从何处飞来，落了满肩，迷了双眸。正是春耕时，一畦畦农田翻了土，播了种，施了粪，灌了水，静静等待着新芽破土而出。由于左南乡是主丝织业的女工乡，临近农田尚是成片的桑树，葱葱郁郁，仿佛一朵朵挨紧的墨绿层云。正有农人在田间桑林辛勤劳作，汗水甩出去，歌声也抛出去，为风揉碎了，零散的旋律似一树缤纷的花瓣，飞散在天地间。

管仲眺望着一望无垠的农田桑林，低声希冀道："但愿今岁又是丰年，风来合度，雨来合时。"

姜婧叹气："管子之心无日不思国政。"她瞧着他满头的花白发，疼惜地说，"别把自己累死了。"

"哪里会这样容易累死！"管仲自嘲地笑道，"纵便累，依旧活到如今，老得要过寿。"

姜婧笑不出来，郁郁道："说什么老，若你老了，我岂不也老了？"

管仲握着她的手，十指紧紧相扣，深情地说："老又何妨，诗曰：'死生契阔，与子成说。执子之手，与子偕老。'我与婧，结为夫妇三十余年，真偕老也。"

姜婧低声道："是咯，你我已偕老半生。"忽生出不祥预感，伤怀道，"不知谁会先走。"想到终有一日亲爱夫妻生死隔离，心情像坠入深潭底，再念及申庶其将死，姜婧落下泪来。

管仲叹息，温柔地揩去她颊边的泪："不管谁先走，同行相伴时，扶持相爱，不舍不弃，明日分离时，方不留遗憾。"

这辈子能够相伴，是彼此的幸运，珍惜当下相守的每个瞬间，明日如何，留待明日去诠释。姜婧点了点头："扶持相爱，不舍不弃。"

夫妇依偎着，一面观览田野风光，一面窃窃密语，后来虑着天晚了，临淄或会关城门，这才回到临淄城。刚进家门，里边来说，国君从宫里派了帮手来操办寿宴，已等候多时。

寿宴是明日，这时节就遣人来操办，国君也太性急了吧！管仲虽觉略不妥，到底要见一面，未料来人竟是易牙，身旁还随着一个十六七岁的少年，生得一张勾人的漂亮脸蛋，管仲认得是易牙儿子易起，年纪虽小，已学得父亲烹饪手法，也被召进宫里充庖人。

管仲说道："有劳庖牙，不过此时烹膳，是否稍早？"

易牙笑道："有些膳食需要提前准备，若挨到明日临时烹煮，火候不够，既会夹生，也恐味道不足。"

在烹饪上，易牙是行家，他说要提前准备，自有他的道理，管仲也不好置喙，再说能得易牙备办寿宴，是小白的殊恩。

易牙如今在临淄城声名大噪，仿佛脑门闪光的厨神，不仅为小白烹膳，常也被公子公孙、世卿大夫请去家中备宴，日常行走在贵胄宅门，是显赫当代的一流红人，连袖口的油腥子也受着吃货的膜拜。但因请的次数太多，有时小白想吃易牙调的羹汤，竟找不到人，问左右易牙在哪里，不是在某公子私第蒸熊掌，就是在某某宫熬蜜饯。小白为此满肚子的不高兴，抱怨说喂饱了他们，倒饿死了他。有回太子举私宴，请易牙去私第烹膳，小白恰恰又惦记起易牙团的糁饼，其实别个庖人也会做，但小白偏就好易牙那一口食，为等易牙回来团饼，干饿了一整日，因此怒得狞髯张目，骂易牙心中无君，又骂太子不孝。待易牙赶回宫来，着急忙慌地团好糁饼捧上来，小白赌气偏不吃了。太子知道自己害君父挨饿，唬得面君顿首认错，小白朝他一通咆哮，差点儿为一口饼废太子。

小白有言在先，此次寿宴，全部事宜由宫中筹办，不准管仲操心，以是易牙父子与管仲见过面后，便将管氏宫的家徒召集起来，挨个儿分派任务，劈柴的、烧水的、淘米的、切肉的、剁骨的、洗菜的、刷鼎的、温酒的等等。

易牙甚是勤勤恳恳，一夜几乎没睡，易起熬不住，蹲在灶台边打瞌睡，被他踹了两脚，叱道："这便忍不得，你还能做成什么大事！"

快天亮时，事做得差不多，只等宾客来到，该燃火的燃火，该烧水的烧水，易起战战兢兢地问易牙："可不可以先去小睡一觉？保证不会耽搁正事。"易牙见他熬得双眼通红，人是一偏一倒，像是打断了脚筋，也觉他可怜，烦劳家徒领他去哪间空房歇息。

约莫是不放心，易牙叮咛道："不要乱跑，歇好了就过来。"

易起噘起嘴："父亲如何这般不信人，我能跑去哪里？我向来没去处。"

易牙冷着脸说："你会没去处？只当我不知道你……"他忽地意识到这是在外边，有的话不便说出口，只能拿眼神警告。易起打着大大的呵欠，嘟囔着什么碎语，跟着那家徒走了，父亲对他的眼神暗示有没有看见，只有他自己知道。

一晨无事，温热的太阳渐渐升高，春光正姣好，映得人人脸上像涂了金粉。日中之后，宾客陆续登门，第一个登门的是曹孙宿。原来曹盩罹罪自杀，其子羸弱，小白趁机擢升小宗子曹孙宿代掌大宗，过了几年，把"代掌"改成"掌"，从此，曹孙宿正式成为曹氏大宗子。当初若无小白破格提拔，他便是肝脑涂地，也不能从小宗跃升为大宗，故而他对小白忠心耿耿。后来宾胥无过世，他又代替宾胥无担任司寇，他的仕进之路，仿佛都是从“代”开始。其实在择选新司寇时，管仲认为他比不上宾胥无，但数遍齐君子，唯他精通刑律，这点对刑官来说至为重要，一个司刑官，若对刑律不熟，临到断狱，再去翻阅典籍，也太可笑。

小白与管仲商议任曹孙宿为司寇时，问管仲此人若何，管仲诚实地评价道：“风骨欠弱，不及宾胥无公正，勉强可为刑官，断寻常讼狱，尚能依刑决断。”

“断非常讼狱呢？”小白追问道。

管仲就不说话了。

曹孙宿持掌司寇以来，兢兢业业，几无纰漏，一是宾胥无打下的司法基础太好，二是他确实颇具能力，总体上还算是个合格的刑官。为此小白欣慰地对管仲说：宾胥无后继有人。

国君对新臣的赞许，管仲没有给出任何回应，倒也不是针对曹孙宿，实际管仲对下属大夫很少夸誉，事做好了，加爵赏物则是，何必说虚头巴脑的漂亮话。只有个隰朋例外，君子们常常酸不啦唧地说闲话：执政赞美起隰朋来，简直不遗余力，他每次看见隰朋，眼睛里都放光，比看见亲儿子还开心。

曹孙宿来得太早，管仲陪着他坐了一个多时辰，寒暄的话嚼得没味儿了，才有其他客人登门。管仲要去迎客，便由管鸣陪曹孙宿坐。管鸣是前日从谷城赶回来给父亲过寿，把他召回来的是小白，说要让仲父一家团聚。因是执政过寿，临淄君子没有人不来，即便来不了，也要托相熟的同僚送礼，一时间，堂上堂下人头攒动、高朋满座，贺寿之声不绝于耳，门前还不断有华盖轩车停靠。

卿大夫们络绎而来，太子与各位公子也前后脚登门，人差不多到齐了，小白终于露面，与他同至的是高傒，后面还跟着一个卫开方，刚还在堂上高谈阔论的诸君子纷纷迎出去参礼。

小白看向稽首拜礼的君子，径直将管仲拉起来，欣悦地说：“今日仲父大寿，虚礼都免了。”他热络地挽着管仲的胳膊，君臣相携步入正堂。小白要管仲与他同席，管仲以为僭礼，推了再三，终于是差肩而坐。

国君莅临，寿宴正式开始，小白吩咐：为仲父过寿，欢娱为上，当不拘君臣，不限规矩，二三子无算爵，想怎样畅饮便怎样畅饮。

堂上国君与诸重臣尽饮无数，堂下更是纵酒不羁，一干君子枕麹藉糟。人醉了，神智都被烈酒泡得变了形，文雅的唱歌起舞，激烈的畅论天下，怕事的数论是非，还有搂着同僚脖子号哭的，到底为什么要哭，他自己也不太清楚。

君子们醉得一塌糊涂，堂上的小白也大醉了，醉意摄了心，一刹那从能纳诤言的国君变成了不讲道理的孩童，要赖说要吃易牙熬的菜羹：现在便要吃，一刻也耽搁不起，敢让寡人挨饿，寡人砍你们的头。

下头人连忙去寻易牙，不料在那庖厨里外搜了三遍，竟没看见易牙，问易牙何在，家徒们都摇头说不知道。只有一个家徒恍惚记得有谁来找易牙，他慌里慌张地出门了，末了还补充了一个似乎无关紧要的细节，早先易牙到处问有谁见过易起，易起原来在某间空房睡觉，后来不知溜去哪儿躲懒了。

觅不到易牙，下头人不敢隐瞒，向国君如实相告，小白正是醉得丧失理智时，火气压不住，诟骂道："混账！他又被谁请去烹膳？仲父寿宴，寡人在此，安敢失职！他以为他是谁，卑贱庖人耳，寡人没了他，便吃不得肉，啜不得羹？"

怒火蹿得胸口烧灼似的难受，顺手把酒觯掷下去，飞起一脚，踢翻了面前案俎，壶儿、盘儿、杯儿乒乓地摔出去，汤汁、酒浆、菜肴滚了一地，仍不解气，又将那四脚朝天的案俎一把抄起，作势要打人。在旁诸人眼见国君撒酒疯，到底丙刁与开方反应敏捷，丙刁猛地抱住小白，开方一步上前，将案俎生夺下来。

这一抱一夺，小白受了惊吓，为酒刺激的疯劲儿更猖獗了，一手推开丙刁，一手格挡开方，吼叫着："个个当死！"像饿急了的野狼似的往外冲，太子昭因离得近，慌得去拦他，他着实是醉迷糊了，好人歹人分不清，给了太子昭狠狠一脚。管仲紧急拽了一把太子昭，顾着别人，自己却没提防，那一脚不肯落空，生踹在管仲腹心，喝醉的人收不住力道，管仲没撑住，竟自跌坐下去。

鲍叔牙见国君疯得失了常性，连管仲也伤，气得想给他两个大耳刮子，一面搀起管仲，一面大呼："御士何在！"

守在门口的鹿无极听见堂上一派嘈杂，扭头看得真切，情知事有不好，领着两个御士冲进来，不由分说将小白牢牢摁住，你扭手，我压肩，任凭小白如何抗议咒骂，恁不撒手。鲍叔牙捧着一只觯走过来，照着小白的脸用力一泼，满满一觯清水从头淋到脚，激得小白打个寒战，鲍叔牙喝道：

“我君疯矣！管子过寿，二三君子欢乐相贺，好不融洽，然我君为一下贱庖人，失态之甚，竟伤管子，置管子颜面于何地！我君素日仲父不离口，心中可真有仲父乎？”

小白被骂蒙了，也骂蔫了，意识被江海似的酒淹没了，那一觯清水仿佛细川入海，未曾稀释酒海的浓度，他只是模模糊糊觉着自己做错事了。

“仲父，寡人伤到你了吗？”小白恍惚记得自己刚刚踹了管仲一脚。

管仲温煦地说：“我君没有伤到臣。”

“哦。”小白想，仲父说没有那便是没有，还好，为酒麻醉的心智仍抱有清醒的底线，不曾酿下大错。

安静下来的小白，酒疯是不撒了，却虚弱得像个重病患者，深重醉意让他疲倦不堪。管仲因令左右将国君扶出，且在家里歇下，待明日酒醒再回宫。

国君因醉退席，主人要陪国君，不得待客应酬，寿宴便结束了。各家臣仆将烂醉的主人接回去，敞开的轩车关不住浓酽的酒气，车马奔跑在庄岳大道，那酒气便抛下一路，行人站在路边嗅一嗅，也要被熏醉了。

别家君子还能扶着家臣的肩膀走一走，曹孙宿却是人事不省，被两个家徒抬上车，何时离席、何时登车、何时到家，一概不晓。

醉死的人瞌睡大，任他天崩地裂、山呼海啸，也是吵不醒。一觉醒来，已是日光大亮，曹孙宿抚着那颗疼得要裂成碎片的头，依旧躺着不想动，外头却来报说，有人求见主人。

“是哪个？”曹孙宿不耐烦地问。他想着谁这样多事，赶紧打发走了，别耽搁他醒酒。

“是太子。”

曹孙宿弹坐而起，头痛不顾了，醒酒不管了，匆匆穿戴整齐，奔去外边见客。

太子昭果在正堂等候，一见曹孙宿，那张俊逸出尘的脸露出温雅的笑，他笑起来特别像小白，但小白尚有男子的粗犷气，他却偏于妩媚。

“曹子可曾醒酒？”太子昭笑吟吟地问。

曹孙宿笑着赔罪道：“太子莅临，臣迎候迟缓，实是宿醉未醒，期太子见谅。却不知太子见臣，是有急务须处分？”

太子昭莫由来地叹了口气：“曹子是真醉了，两耳充塞，双目遮蔽，出了人命大事，司寇竟自浑然不知。”

人命大事？曹孙宿心中陡然一震，切切道：“惭愧，昨日为执政过寿，醉酒而不能理事，到底是何等大事，请太子明示。”

笑容像阳光晒干的晨露，从太子昭的脸上消失，他慢腾腾地说道：“便在昨日，于庄岳之间，吾有家臣为宵小所杀。”他盯着曹孙宿，目光仿佛被寒气凝结，一动不动。

四

当君子们在管氏宫觥筹交错、纵酒放歌，庄岳之间的女闾却出了一桩人命官司。

事情起因是两个嫖客争风吃醋，为一个女优大打出手，以至酿成惨祸，这两个风月老手，一个是太子家臣，一个是易牙的儿子易起。

易起虽然年少，已是女闾的常客，隔三岔五要去送法化，在女闾有个长线的相好，两人如胶似漆，好得生死相许、矢志靡他。

易牙对易起好逛女闾，态度是玩玩算了，什么娶回家纳为妾，想也别想。或许一开始易起仅仅只是好新鲜，但遇上那相好的女优，从此便沉溺不得自拔。易起见天往女闾跑，去一次钱囊空一次，易牙察觉事情不对，提醒儿子：“少去那销金的鬼地方，你一个毛头童子，这女人看上你什么，怕不是在骗你！”易起不听劝，疑心是易牙舍不得财，还骂老子抠门：“国君赏给你若许好物，你却兜在怀里，不肯分给我，难道要带进坟墓里？”

父子争执不下，易起像是鬼迷心窍，软的劝不动，硬的抗到底，易牙一怒之下，强迫易起禁足，不准他再去女闾见那相好。

易起被软禁在家里，除了去宫里当值，其余时间大门不出二门不迈。易牙盯他盯得紧，吃饭睡觉、沐浴如厕，无一不处于密切监视下。就这样过去了三个多月，易起起初还强烈抗争，后来大约觉得反抗无用，渐渐变得温顺不闹事，再没提女闾一个字，似乎是想通了。

因见儿子听话多了，易牙误以为他改过自新，这次备办寿宴，易牙将易起一道带来，中途还让他去休息，哪知一个瞌睡把人给睡没了。

说是要睡觉的易起，一朝离开父亲的掌握，前脚才跟着家徒装模作样去空房歇觉，后脚便悄悄溜去了女间，狂奔去重逢相好的路上。

不想千辛万苦奔到女间，却是物是人非，他三个月不露面，那女优岂肯等他，早就琵琶别抱，正与别人郎情妾意着，见他来了，笑着问他："你是哪个？"

易起的一腔痴情喂了狗，也是他天真，人家当成生意，他偏要当成感情。易起觉着自己受了欺骗，恨那女优，更恨那新相好，如果没有那混账男人截和，女优不会变心，自己不会受情伤。

心里有气，又不能自我排解，自然要发泄出来，于是易起与那新相好起了冲突。两个先是互相讥讽嘲弄，之后话是越说越冲，脏话飙得飞上天，火是越吵越旺，终于动起手来。

易起是剁骨头的厨子手，有把子劈山斩波的力气，三两下将那新相好揍得门牙飞出去，是鼻也歪了、嘴也斜了。新相好虽然力气不及易起，却有股不服输的蛮劲儿，纵算抵不过重拳袭击，他可以咬耳朵、扯头发、踹裆部。两个打得头破血流，却少有人来阻挡，女间里争风吃醋是常有的事，嫖客们嫖得尽兴要打架，嫖不着也要打架。

两个扭打半晌，胜负难分，新相好毕竟在体力上稍逊一筹，易起趁其衰竭之时，提起他的衣领，一拳头击下去，正中面门，鼻梁刹那折断了。新相好吃痛，一跤跌倒下去，也是天意作弄，恰恰身后有只缺口的大水盂，不巧脑袋磕在刀锋似的豁口边上，瞬时磕出拳头大的血口子，那血仿佛涌泉，汩汩地往外冒，人挣扎了十来下，便没了气。

斗殴常见，死人却少见，顷刻间，整个女间都嚷起来，不过一会儿，庄岳之间也传得沸沸扬扬，行商、坐贾、路人、访客以及喝高了的酒徒，吃撑了的食客，都奔来女间看死人。忽然有人咋呼道："这死人是太子家臣，你好大胆子，敢打死太子家臣，嫌命太长吗？只怕举家无孑遗。"

易起没想到这新相好太不禁打，原还惶怕，不知该怎么办才好，猛听人说出此人身份，也许为壮胆，也许为恐吓旁人，倔强气冲荡胸臆，狂言道："太子又如何！这齐国说了算的又不是太子，他是太子家臣，我还是国君亲臣。这混账无礼，我能废他性命，太子无礼，一样废了他！”

持掌庄岳之间的司市获悉女间闹出了人命，急急忙忙地赶过来，一番审问，才知双方来头都不小，杀人的与被杀的背后，都是他惹不起的狠角色。本来遇到人命案，该将嫌疑人解往司寇官寮处论，还当通知双方亲眷，可司寇在管氏宫贺寿，作为亲眷的太子也在管氏宫贺寿，而易牙在管氏宫烹膳，这一日，整个临淄城的显贵君子都在管氏宫贺寿，于是先将易起看管在官寮，派了人去管氏宫通报案情。

那派去管氏宫的小吏，见得满眼贵客，任哪一个的衣角飞起来，也能断人头颅，不觉怯场退缩，悄悄向管氏宫的家徒打听：“太子呢？”“太子在堂上陪国君。”“司寇呢？”“司寇酩酊大醉。”“那么宰牙呢？”“在庖厨调羹呢。”那就先找易牙吧。

易牙听说溜走不见的儿子，居然在女间杀了人，吓得腿软手也抖，羹不调了，饼不蒸了，肉不煮了，该守的职分也忘记了，心急如焚地往庄岳之间赶，到那司市官寮，一见易起，先是一巴掌，再是一记窝心脚，踹得他起不来。

他痛心疾首地对司市表示，养子不教，父之过也，请把易起交给他，由他亲自扭送司寇，无论是斩了、剐了、车裂了，他都认服。

司市见他说得诚恳，再瞧他对亲子的切齿模样，或者真要大义灭亲，再说人命案也不归官市管，派人去报案，司寇却久不来提人，莫如让易牙将易起领走，也可卖个人情给他，毕竟易牙是国君尊前红人，因此答允易牙之请，但切切叮咛，这事含糊不得，千万交与司寇处论。

易牙将易起带出庄岳之间，刚刚服侍国君歇下的太子昭才惊闻家臣丧命，更令他恼怒的是，易牙压根儿没将易起押送司寇，而是带回了家里，大概以为是误杀，不过罚三釜金，就算完事了。易牙父子仗着国君的势，敢与太子叫板，胆儿比天大，不就是两个做饭的厨子，猖狂得目无王法，太拿自己当个人物！

所以太子昭特来拜访曹孙宿，意思是我的人被人杀了，你作为司寇要不要管？

曹孙宿对整个事件全然无闻，太子的讲述又多偏颇，但他毕竟是司刑官，过手的疑案难案何止千百，因而勉能猜个八九不离十。人死在女间，必与争抢女色有关，孰是孰非其实掰扯不清，然而太子亲自过问，一为受害者是他家臣，一为行凶者身份不寻常。易牙敢将易起带回家，摆明了自以为势大，不把国法放在眼里，且看你敢不敢逮拿。

“易起杀人于闹市，有司竟视若无睹，放任其来去自如，曹子以为如何？”太子昭说道，语气有些咄咄逼人。

曹孙宿浅笑道：“臣昨日宿醉，不知闹市凶杀事，是臣失职。”

“那今日知了呢？”太子昭定定地睇着他。

曹孙宿避开那逼人的目光，微微垂下头去，委婉地说：“当依刑论之。”

“依刑论之。”太子昭念叨着，俊丽的面孔漾出玩味的笑，“若是能依刑，也倒好了，只恐曹子有所顾虑，不敢依法断事。”

曹孙宿含糊说了句“太子无忧”，别的话就没有了。他是知道的，太子所求不仅是司寇依刑处论，而是曲法定死罪，太子要易起以命相偿，司寇必须为他出头。

若那杀人者是普通人，纵是为太子曲法隐法，又有何妨，但易起的背后是易牙，易牙的背后是国君，万一易牙去国君面前哀哭求情，国君向来对熟人心软，时常见面的亲臣之子与不认识的太子家臣相比，前者更值得怜惜，倒会怪司寇不近人情。曹孙宿不想得罪太子，也不想得罪国君，他能走到今天不容易，一个小宗子跃升为大宗家长，任职高官，为保住现在的地位，他谨慎小心，四面奉迎，倘有差池，这半生的奋斗便无意义。

太子昭看得准曹孙宿的想法，他倒也不点破，仿佛闲聊似的说道：“昨日仲父寿宴，庖人牙不守职分，擅自离开，君父甚是恼怒，欲拿他问罪，而今君父尚不知庖人牙离职，是前往庄岳之间带走易起，若是知晓，那怒气更要重几分。”

太子昭话里有话，曹孙宿却不愚拙，他在寿宴上烂醉，并不知道堂上发生了什么事，此刻听太子讲起，才知易牙开溜去救儿子，惹得国君恼怒。这么说，易牙把国君得罪了，太子的随口言辞，其实是提醒：易牙干犯君心，失了靠山，所以不用担心国君问责，无论谨依刑法，抑或是曲法从意，皆可大胆为之。

曹孙宿谦恭地说道：“不守职分太不应该，回护罪人也不应该，太子放心，臣必当依刑论之。”

第二次说“依刑论之”，却与第一次有不同的意味。太子昭暖暖地笑了一下：“不愧是司寇，心思活络，能持正也。”

约不到一个时辰，司寇官寮的刑吏便冲进了易牙家里，将正在睡觉的易起一把揪起来。易起惊得魂魄飞上云巅，一面挣扎哭泣，一面惨呼“父亲救我！”可惜易牙出门在外，听不见儿子的呼救。因易起闹得太厉害，刑吏们便给予“优待”，捆了手、缚了脚，嘴里还塞了烂布，着个虎背熊腰的壮实汉子，将易起扛在肩上，仿佛入室抢劫的强梁，生抢得一袋大麦，甩开膀子、迈开脚板，怎么冲进家门，又怎么冲出家门。

小主人突为有司逮拿，一屋子人哭天抢地。不过多时易牙回来，听说儿子被刑吏押往司寇，脑子轰地炸空了，想也不想地赶去司寇。先是求见曹孙宿，来见他的刑吏回复说：曹子宿醉未醒，何时醒，那就不好说了。再请问易起关在何处、所犯何罪、如何处论，回答唯四个字“依刑论之”。

回答过于含糊其词，易牙着急了，辩解说易起并非有意，两人斗殴而已，那人自己跌跤摔死了，干易起何事，纵算要惩处，无非罚金而已，何必拘押。刑吏板着石头脸，仍旧回应四个字：“依刑论之。”易牙再要多言，刑吏转背就走了。

找不到个说理处，易牙急得无措手足，有软心肠的低级刑吏将他拉去一边，悄悄与他数落：“你儿子打死的可是太子家臣，太子施压于司寇，司寇不敢不逮人。但国君这般宠你，何不向国君求情开恩？国君不会不答允。”

易牙怎能不知道该向国君讨恩典，实际上，易起为刑吏逮拿时，他正是去见国君，可是国君不肯见他。

小白在寿宴上撒酒疯瞎闹腾，醉得神志不清，当夜留宿管氏宫，翌日酒醒，追想前日的荒唐行径后悔莫及，心里惦记着一件极重要的事，急切地问左右：“仲父可曾有事？”

奈何回答让他更后悔。

他那一狠脚，直踹在管仲脘腹，管仲当时仿佛没事，不想到了晚间疼痛像垒石块似的，一块块加上去，辗转一夜不得安生，第二日竟起不来身。

小白听闻自己踢伤了管仲，一时愧疚得不能恕己，早膳也来不及吃，赶去探望管仲，方一见面，看着管仲疼得难以动弹，欲给国君行礼也不能，眼泪旋即流出来，又是道歉认错又是咒骂自己。

管仲却说：“过不过寿，其实无妨，不慎伤及臣，也无妨，但若当时伤及太子，岂不是动摇国本？希望我君日后无论遭遇何等急难之事，切勿操之过急。”

说来管仲挨这一脚，是为太子昭挡招，小白于是召来太子昭，令他照顾管仲。管仲以为不妥当：“太子非徒役，怎可侍奉人？”小白却道：“仲父是太子傅，哪有太子傅身体抱恙，太子不闻不问的道理？”

为着管仲受伤，小白不肯回宫，他说：“仲父一日不康复，寡人一日不得释怀，非得守着仲父不可。”

小白发疯重伤管仲，鲍叔牙气极，为此数日不理小白，他素性耿介刚直，闻恶不忘，过去襄公犯错，当面就指出来，襄公不高兴，他仍不退避，如今对小白，依旧直言不讳，没想过要给国君留存颜面。

鲍叔牙日日黑脸，臣下对国君甩脸子，国君原可责罚，但小白一是畏惧鲍叔牙，二是做错了事感到理亏，竟不敢有任何申斥。

终是管仲劝说鲍叔牙：“为一管夷吾，与国君置气，是无臣礼，况国君之本心，当真欲伤人吗？”

鲍叔牙一向信服管仲，即便有如山高的气恨，管仲说不应当，他就抹平了，不与小白置气，却必须与小白数论清楚，他严厉地告诫小白：“为贱人而伤君子，君安心否？”

不用鲍叔牙提醒，小白早已悔得肠子也青了，回溯事情起因也丢人，竟是为口腹之欲不得满足，何丑也！少一口吃食，他小白不会死，齐国不会亡，少了管仲，就什么也没有了。所以推究起来，不是易牙擅离职守，如何会燃起无名孽火？不是那孽火压不住，又如何会伤到管仲？把这线索捋一捋，罪根在易牙。

故而易牙求见国君，小白坚辞不见，对左右言道：“别放这个人进来，寡人看见他糟心。”

易牙屡次请求面君而不得，仿佛他因家务事稍微离开一段时间，回来就不是宫里人了。

这么求了拒，拒了求，易牙日日往管氏宫走一遭，见不了国君，也能打听消息，却听说管仲伤得太重，总不见好，国君心情越发恶劣。易牙请求宽恕，或者应该等到国君心情转好时话才易说，可那时儿子还有命吗？

易牙又来求见国君，以往还是国君御士或者某个寺人来回拒他，这次却是管氏宫看门的阍人直接告诉他：“请回去吧，国君不见你。”

易牙再要请求，大门轰地关上，仿佛缝得密合的囊袋，一丝儿缝隙不漏，眼前耸峙的高墙，撑着头顶的那爿昏沉的天，滞重的阴影仿佛大厦倾覆，毫无怜悯地压下来。

过去是失望，现在是绝望了，易牙险些要失声痛哭，人生境遇仿佛如一出烂尾戏，高潮才起了个头就戛然收尾。想他昨日还是国君尊前的红人，受着峨冠君子们的奉承，今日连国君的面也见不着，大约这齐宫，以后也进不去了。

易牙跌跌撞撞地往回走，一路走一路悲泣，身侧的管氏宫像连绵的泰山，仿佛铺满了整座临淄城，恍惚觉着走了百年光阴，也没走出那高墙投下的阴影。易牙脊梁猛地一疼，是谁朝背上掷了一枚小石子，一扭头，鬼魅似的影子从墙里的一扇角门飘出来。

易牙见得那人，劈脸骂道：“现在才来见我，还说是同盟，我今有难，也不见你伸把手！”

丙刁伸出食指压住嘴唇，“嘘”了一声，因攥住易牙的手腕，扯着他往墙后的深巷里钻。那巷中栽满了桑树，春光如透明的纱，笼着蓬勃的绿意。两个走至两株桑树之间，易牙甩开丙刁的手，恨恨道：“遇难便躲事，同盟之谊荡然无存！”

丙刁诘难道：“我若躲事，何必来见你？”

易牙哑了一下，旋而责问道：“国君不肯见我，你日日守着国君，也不帮我通融，不是躲事是什么？”

丙刁被指责得皱了眉头，按捺住脾气，解释道：“国君在气头上，恼你入骨，我即便去通融，也无用，若是强求，把我也搭进去，他日真有倾覆大难，连个能转圜危机的人也没有！”

易牙嘀咕道：“说到底，还是为自己着想……”

话没说完，丙刁连珠炮似的逼问道：“我便是为自己着想，又怎么了？又怎么了？”他直视着易牙，眼中凶光毕现。

“给我听好了！”丙刁倨傲地挑起眉毛，“没有我，你别说进宫为国君烹膳，只怕还居于下流，遭人欺凌践压，终是一介下等贱庖。我俩纵是同盟，也得分主臣，我为主，尔乃臣。”

易牙不服气地哼了一声，本想反驳，到底还是算了。

丙刁瞠目道：“你还不服吗？”

“服，怎敢不服。”易牙怪腔怪调地说，“倒要问问主，我要如何才能见到国君，请主为臣讨个主张。”

丙刁嫌他语气刺耳，剜他一眼，因摇摇头：“短时难见，管子一日不痊愈，国君一日心不惬，那气消不了，怎能见你？”

“管子受伤，又不干我事，国君何以气我……”易牙委屈地嘟哝着。

丙刁像听见荒诞的笑话，反问道：“不干你事？”

易牙抽了抽唇角，话在齿间徘徊，却没发出声音。

丙刁凝着桑树下的一地斑驳光明，冷漠地道：“你若想国君见你，倒也不是没法子。你也知道，国君向来心肠软，爱惜弱小，你只须伏低扮弱，国君见你可怜，或许便原谅你了。”

“我还要怎么伏低扮弱，数次求情认错，又数次被拒。”易牙苦闷地说。

丙刁讽刺道：“你这算什么伏低扮弱，到这地步，还想着一无所失，以为向国君伏头认错，说两声假话，国君便能既往不咎，然后一切如常，依旧入宫行走？”他忍不住嗤笑一声，“戕害太子家臣，妄图凭着口舌轻易解决，未免太想当然。”

“起不是有意戕害太子家臣，两人斗殴而已，纯是意外。”易牙焦急地辩驳道。

丙刁抬起手，掸了掸无处不在的阳光，眯起眼睛吊诡地一笑：“意外吗？你说，国君信你还是信太子？”

易牙呆住，他忽地醒悟：目下他被国君排斥，太子却能相伴国君，太子可以任意地对国君重塑事实，他都不能当面辩驳，况且太子于国君是亲人，而自己是外人，国君怎会相信一个外人的说辞？

丙刁睨着发傻的易牙：“易起在庄岳之间大放狂言：‘太子无礼，一样废了他。’你猜国君怎么说？”他不待易牙回应，自顾道：“国君言：‘易起要废太子，他想篡国吗？’”

一溜冷汗从易牙后脖颈淌下去，他慌张而无力地辩解着：“起年少不懂事，说的是浑话，不，不可当真……”

丙刁咬着牙，凶煞地说：“当不当真，太子说了算，国君说了算！”突然的恼火跳腾起来，怒道：“蠢也！努力这样久，好不容易赚得今日地位，平白地为个贱女人，开罪太子，至前事尽废，我也险被你父子连累！”

易牙丧着脸，想哭却是双目无泪，无力地抹着额上的汗，结结巴巴地说：“那，那……我，我该，该怎么，怎么做？”

丙刁不耐烦地道：“你也蠢，我让你伏低扮弱，你不懂吗？”

“如何，如何伏低扮弱？”易牙颤颤地问，脑子里是一团糨糊。

丙刁嫌弃地啐道：“不要妄想一无所失，只有失去，而且是挽不回来的失去，才能赢回国君的心。”

“失，失去什么？”易牙仿佛心智残缺的傻子，只会重复提问，丙刁偏不给答案，嘲弄似的盯着他冷笑，他正迷惑时，蓦地像桑树颠响了一声炸雷，头脑清醒的瞬间，也把万仞深的恐惧炸了出来。

易牙怕得用一只手遮住眼，身上像患了疟疾似的，止不住地发抖，声音发出来，也像失了真：“不，你别想让我失去，失去……总有，总有别的法子……”

丙刁冷冰冰地说：“我言尽于此，随你听不听，为个没出息的逆子，轻则爵秩被褫，退回去过苦日子，重则举家性命无保，也随你！”

易牙受不住了，扯着衣袖抹泪，呜咽道：“你这无情狠人，又没儿女，你不懂……”

脱口的话像蜇人的毒刺，丙刁脸色突变，他扬起手几乎要给易牙一巴掌，那举在半空的手像拉开的弓弦，却迟迟不放箭，他瞪着易牙，恶狠狠地说：“你要为那没出息的逆子殉葬，死远些，再别来找我！”

巴掌落下来，甩在桑树干上，树冠摇晃着，桑叶起舞陨坠，落在丙刁身前，仿佛无数张狰狞鬼面。易牙想说什么，但又好像总也说不出来。丙刁看也不看他，转身往巷口走去，才跨出去十步不到，忽地停住，他没回头，暗沉的声音从肩膀上摔出来：“好好想想，走到如今不容易，舍得为一时之痛，放弃到手利好，再倒回去过苦日子？”

他不等易牙作答，仍是头也不回地往前走去，从那半掩的角门进入管氏宫，背身把门关严实了，为防有人知道他出过门，拣着僻静角落往里走，才跨进内院，有个寺人气喘吁吁地跑过来：“国君找你呢。”

丙刁稍整衣冠，匆匆忙忙奔去见小白，因为太急，脸上的汗珠子也来不及揩拭。小白像看陌生人似的觑着他，古里古怪地说：“还以为你也跑了。”

丙刁温顺地笑道：“在齐国疆土，臣能跑去哪里？臣舍不得我君，便是我君撵臣走，臣也要厚颜留下来。”

小白责道：“谀词说过头了。”他说的是训诫的话，脸上却带着笑，显见心里是受用的。他拍了拍丙刁脑袋，仿佛在拍一只乖巧的哈巴狗儿：“走吧，随寡人去看仲父。”

管仲在内寝休养，恰太子昭也在，两个正在叙话，见国君来了，管仲要起身参拜，小白几步赶上前，轻轻按住管仲的肩膀，示意他不必拘礼。

小白不错眼地打量管仲，与前阵子相比，气色好多了，因关切道：“仲父感觉如何？”

“多承我君体恤，臣已大好。”管仲轻缓地说。

小白一笑，又闷闷地叹了口气：“终是寡人的错，害仲父受伤，险些酿成大祸。”说着牵动愧疚之心，眼睛泛红，忽忽坠泪。

见小白悲泣，太子昭递过去一张手巾，恭请君父拭泪。小白一面擦眼泪，一面嘱咐太子：“好生照顾仲父，仲父是为你受苦，你尽孝仲父，便是尽孝寡人。”

小白说一声，太子昭答一声，温顺听话，太子昭自来对小白百依百顺，从不顶嘴从不争持，小白要他怎么做，他便怎么做，不像有些公子，小白说东，他偏向西，小白说这样不可为，他偏要上手去试。

听得国君父子一递一进地论及自己的伤情，管仲说道：“臣已无恙，我君与太子可归，二君守一臣，僭礼了。”

小白不肯允，倔起声音说：“仲父重伤，肇自寡人，仲父一日不痊愈，寡人一日不归。”

见国君要起孩子脾气，管仲劝道：“臣实已痊愈，因臣一人，纵容私情，使君位虚悬，储君劳顿，臣罪过深重。我君若执意滞留不归，臣唯赴司寇认罪。”

管仲说得严重，小白踌躇了一下，尽管不情愿，可不能不听管仲的话，只得说道：“那……仲父养护身体，寡人稍后便归。”

管仲微笑一霎，倏忽敛容道：“臣曾言，公义与私情不可兼得，期我君牢记。”他转向太子昭，郑重地说，“也期太子明了。”

太子昭突地绯红了脸，像是这简白只言，道破了他不为人知的秘密，他小声地答允着，把头垂低了。

小白没注意到太子的异样，他的身心全都在管仲身上，君臣说了不少公私事，眼瞅着窗外天色渐暗，暮色四合，小白才说该走了。管仲要送行，小白不让：“仲父歇着，哪里都不要去，明日寡人再来看你。”

说是不让送，管仲还是送到了大门口，小白见他行动自如，想来身体已复原，心里便释怀了，但仍有不放心，着意叮咛仲父不要急着入公门，再多养几日。

管仲在门首拜别国君，目送国君卤簿远去，那车舆上长长的旗旒消失在庄道尽头，他才返回去，还没走到内院，已痛得迈不动步，还好管友、管鸣适才随他同送国君，见父亲不好，一左一右搀扶着他，慢慢将他挪进内寝。

姜婧正在内寝，见管仲送君时还是个行动无碍的正常人，回来就不成个人样，又是心疼又是焦虑，忙里忙慌地与两兄弟伺候他倚在榻上，口里却忍不住埋怨道：“还说自己大好了，你这是大好？”

管仲抱歉地笑了一下，却没力气说话，刚刚在小白面前强撑，只为将小白劝回去，那时便是有刀子插在心口，也要忍受。

一时两兄弟帮着母亲照顾父亲，这个捧来热水，那个递过毡被，管仲倚靠不动，眼前人影晃动，每张脸都似涂了墨，分不清谁是谁，过得许久才缓过劲来。

暮色逾浓，晚霞像落下门闩的门，闭合了光明，半个月亮从门后跳出来，正是该吃晚饭时。家徒呈来膳食，顾虑管仲行动不便，便将晚膳搁在内寝，管友、管鸣也不走，陪父亲同食。

歇了半日，管仲的精神恢复太半，一面吃饭，一面与管友、管鸣闲话，先是说起管友回临淄后沉稳多了，不似从前，恁是坐不住，成日地访亲问友，纵乐无度，心也玩野了。“倒不是要限制你交朋友，只希望你无论行事抑或与人交往，皆要合度。”管仲说。

“父亲训诫得是。”管友安静地说。

又说起管鸣，才起了个话茬儿，姜婧便插嘴说：“管鸣自从归家，足不出户，访什么友呢，他就没朋友。”

管鸣不好交友，管仲也是知道的，他说道：“前日太子请你赴私宴，你回拒了？”

管仲受伤以来，小白令太子昭在管氏宫照应管仲，因此与管鸣多有接触，太子昭似对管鸣甚为赞赏，屡有深交之意，但管鸣始终与太子昭保持不即不离的关系，必要的尊敬礼让从不缺少，狎昵亲近却没有。

父亲问话，管鸣放下手里的饭匕，浅笑道：“也不是不交友，临淄乃多事之地，遍地纠葛，满目纷争，儿子愚拙，应付不来，不想搅和进是非里，害了自己也罢了，只恐害了家人。”

儿子能有这样的非常认识，管仲备感欣慰，称扬道：“鸣能拔离于是非之外，不为俗务蒙蔽，可少罹祸也。”

“也是知交不易得。”管鸣道，“设若能如父亲与鲍父这般，互为知己，同行不弃，何乐而不求？若结交者，俱为泛泛之友，倒不如不从众。”

“你不是与召御寇交好吗，他不是你朋友？”管友突然冒出话来。

兄长突如其来地质疑，管鸣微愣，仍是心平气和地说：“我待御寇为亲人，我所谓之朋友，当如管鲍之交。”

管友笑了一声，情绪寡淡：“管鲍之交？哪里有这许多管鲍之交！鸣瞧不上泛泛之友，非求知己不可，想来太子在鸣看来，亦为泛泛之友？鸣连太子也看不上，眼光确然高。”

管鸣霎时涨红了脸，争辩道：“兄长乱言，怎是我看不上太子！太子地位贵重，一国储君，是吾等之君，臣当尊君，何必亲昵为友？敬尊太子与不亲近太子，这是两回事。”

“鸣适才言，不交友是不想搅和进是非里，与太子结交，会搅和进是非里？”管友显然是在故意找碴儿了。

说了数言，莫名被挑出一堆错谬，管鸣再是忍让，也不免怒气上昂，硬声道：“兄长有话明说，这样挑刺儿，好没意思！”

管友冷笑一声：“是你有话明说。什么不愿交友，不想搅和进是非里，害了自己也罢了，只恐害了家人，说这些矫饰之言，只当谁傻吗？”

管鸣骤地醒悟；“你以为我在说你吗？”不过是家常闲聊，得了父亲两声赞誉，却被不服气的管友猜疑指责，霎时恼怒难平，冲口道，“小人之心！我自言我事，你心虚什么？你要与谁结交，与我何干，只求别祸害家里人就行！”

管友愤激道：“我与谁结交，又如何祸害家里人？”

“公子无亏！”管鸣高声道，“你与他结交，便是搅和进是非，祸害家里人！”

砰的一声，管友用力一拍案，那案俎上的器具跳起来，一只盛满羹汤的陶豆翻倒了，汤汁洒在案上，滴滴答答流了一地。

“都住口！”姜婧断喝道。好好一顿饭，两兄弟竟然打嘴仗，是日子过得太舒坦吗！富贵君子家，吃太饱穿太暖，闲得发慌发浪，非要瞎折腾，今日兄弟争财产，明日父子抢女人。

她指着两人，骂道：“父母在上，二子何敢当面争执，不孝也！父亲身体患疾，二子不知顾惜，于父亲尊前争吵无休，无情也！”

母亲怒而责骂，管友、管鸣不敢再动唇舌，两人先后离席，跪了下去，姜婧严厉地说：“向父亲认错！”

两兄弟齐声道歉，管鸣还流了泪。管仲沉默着凝视他们，在他脸上，看不到责怪，看不到气恼，只有深深的疲倦，他实在没力气教训儿子，低声道：“都出去吧。”

两兄弟拜辞，前后脚走了出去。管仲微侧过脸，像受了莫大伤害的孩子似的，巴巴地看着姜婧。姜婧见他眉头锁紧了，汗珠子挂在额角鬓边，担心道：“又痛了？”

管仲不答，他把脸埋在姜婧肩上，在身心劳损时，他格外眷恋妻子的依靠。姜婧抱住他，轻轻抚着他的后背：“皆是饱食之过，若日日饿肚子，你瞧他们还闹不！”

管仲撑不得展颜一乐：“饿肚子也有饿肚子的烦恼，人之贪念，岂能餍足！饿肚子时想饱食，饱食了，又求富贵，富贵了，又求权柄，无穷无已。”他虚弱地叹了口气，声音有些模糊，“过去尝闻君子之家多纷争，不想有一日，落在自己身上。我若在，尚能阻断他兄弟扞格，我若死去，孰能拉得回他们？不须外人着力，只此内讧，也会使举宗覆亡。”

以往管仲每回说到生死问题，姜婧都会变脸，这一回却是异常平静，她轻声道：“立孺子吧。”

管仲沉默了，或是身体的疼痛太难挨，他像怕风的婴儿似的，蜷在妻子怀里。姜婧从床头椸枷上取来一方手巾，细心地擦去他脸上的汗水，温柔地问道："想好立谁吗？"

按理说，管友是嫡长子，应是理所当然的管氏孺子，但不知是管仲忘记了，还是拿不定主意到底该让谁继承爵位，多年不曾正式立嗣。这让管友很不开心，一度怀疑父亲要择召御寇为嗣，对召御寇深为嫉恨。

管仲自从登临高位，在齐国的管氏族人都奔到门下，管仲遂成为管氏大宗子。凡是大宗子都有收族之责，一概分宗小宗、支脉散宗，渐渐归入大宗的旗下，管氏一宗越来越庞大，凭着管仲的显赫权势，管氏这个新兴的卿大夫家族，在庄岳大道跺一跺足，动静不低于齐国的百年老宗。身为大宗子，责任重大，既要在朝堂上保有一席之地，也要维护宗族利益，可以说举族的命运都系在大宗子身上。

所以现在择定的管氏孺子，便是将来的管氏大宗子，管友抑是管鸣，哪个能真正保护家族？或者，谁也不能？难道管氏的荣光注定将要一代而终，没人能复制上一代的奇迹，也不能再造下一代的辉煌？

念想未来，再是身具开天辟地的勇气，也觉渺茫不可预知，管仲沉郁地说："无论立谁，总有人不满意。"

姜婧抿嘴一笑："管子怎的也迂阔了，为人行事怎能让所有人满意？人无完人，事无完事，择其善者行之，何须顾虑人人是否称心如意。夷吾当初若瞻前顾后，能推行变国之政吗？"

管仲哑然，他怃然一叹："婧所言为至理，夷吾实在迂阔。"他顿了顿，思虑道，"我再想想，择最善者。"

管仲一夜睡得不安稳，身有伤痛，心里也有事，姜婧也不能入梦，夫妻相对凝眸，黑暗中，对方的面孔却依然清晰，也许是太熟悉了吧。

在这寂静而无眠的夜晚，管仲心里油然生出对妻子的深深依恋，是人老了吧，越发珍惜伴侣，年龄渐长，对身外之物的执着越来越淡，唯不能够离舍的，也就是她了。

极阴的子夜慢慢过去，曙光在窗前勾出白蒙蒙的花斑，仿佛昨夜落了雪。外边忽传来家徒的呼唤声，姜婧猛然惊醒，披衣出去，管仲也撑起身体，奈何隔着两道门，只能听见模糊散碎的声音。不过多久，姜婧折身回来，面白如纸，似乎受了巨大的创伤，神魂不曾归位，愣了一会儿，失意地喃喃着："兄长，兄长殁了……"她说完这话，出口的声音仿佛来自别人，却提醒了自己，她捂住脸，不能自已地痛哭起来。

便在那极阴的子夜，申庶其死了。后来据阿肜说，他走得坦然平静，遗憾有的，惋惜有的，可没有后悔，没有怨恨，他这一生过得太苦，正因为苦，不幸福成了生活常态。他说自己是早该死之人，却赚来十年的适意生活，想来天本厌他，见他太凄惨，怜他不易，故而开恩施舍给他十年，再想要更多，就没有了。

申庶其之前一直在归整列国诗，十年间奔波各地，中原诸国的诗差不多已采集抄录，但还没有整理归一，他把这未竣的任务留给了姜婧，请小妹为他完结心愿。

由申庶其采集并抄录的列国诗，不日送到了管氏宫，姜婧抚着那堆叠成丘山似的卷帙，良久叹息，她说兄长这最后的十年，抵过常人的一生。

申庶其的葬礼原要在左南乡举行，依从他的遗愿，在哪儿没的气就在哪儿举丧。小白惊闻申庶其亡故，他以为申庶其纵不曾担任齐国公职，但于齐有大功，当赐以齐大夫丧仪，因而宣下君令，将申庶其的灵柩迁回临淄城，便在管氏宫停灵，小白要亲自临丧。

国君要致哀申庶其，君子们岂敢拿大，也不得不与丧，实际上齐国君子一多半不认识申庶其，只知他是执政的妻兄，对他辛苦采集列国诗的事，更是一知半解。

君子们与丧，必要对丧主哀泣，却哭不出来，又不是熟人，毫无交情，绞尽脑汁想象悲伤故事，使劲挤出两颗珍稀的眼泪。

申庶其大殓这日，小白前来临丧致哀，他不像假哭的君子心中毫无悲痛之情，他是真哭，也是真悲痛。死亡对其他人可能是转背就忘的小事，对小白来说却是大事。

小白每回参加葬礼，都悲恸过逾，一旦哭起来，常常没个尽头，似要把一颗心呕出来才罢休。管仲担心国君哀毁伤身，因而吩咐诸内臣扶国君回去。

小白临到要走，还去关心管仲，约是看出管仲身体没有完全复原，体贴地道："仲父保重身体。"这才离开，忽见丙刁红着眼睛，抽一下鼻子，瘪一下嘴巴，忍泪忍得很辛苦，小白不禁问道："你哭什么？"

丙刁戚戚地说："我君，我君有慈悯之心，能为不相干的人垂泣伤悲，臣好感动。"

小白破颜一笑，又惘然一叹：“寡人便是这点不好，心不够狠，太易动情，列国诸侯皆不似寡人。”

“这才是我君不同凡响之处，故而我君能成伯主，他们成不了。”丙刁自豪地说。

小白笑道：“虽是阿谀之词，倒也中听。”

“并非阿谀之词，是据实而论，臣过去与庖人牙私下议说我君，常赞我君……”丙刁正说得兴致勃勃，忽然像意识到犯了忌讳，赶紧住声，脸上也显出惶惧之色。

小白迟滞了一下：“易牙……他现在如何？”

丙刁嗫嚅着，似乎是话难说。小白不满地道：“做什么，还说不得了？”

丙刁连忙认错，目光垂下，声音低落着：“易牙，他儿子死了。”

小白惊讶，他知道易起被羁押在司寇狱，他因怨恨易牙，对易起的事从未过问，算算事发至今，也没多久人就死了，疑问道：“是施刑而死？”

“不是，是自杀。”丙刁沉声道，“易牙曾去司寇探看易起，愤于儿子不肖，对易起多有指责，易起倔强，因而自绝。”

小白不能理解：“不就父亲骂几句，何至于自绝？”

“闹市斗殴，误伤人命，获罪下狱，易牙父子皆要面子，父恨子昏乱无礼，子恼父相逼太甚，看似父子冲犯口角，实已两心决裂。”

小白摇头叹息：“纵有重罪，也当由司寇论断，何苦逼死亲子？易牙也迂，易起也狂。”

“逼死亲子，易牙也很后悔，家事如此狼藉，又不得国君谅解，自以为罪重，我看他也不想活了。”丙刁难过地说。

小白呆了一霎，渐渐露出戚容：“可怜。”

一声可怜，无别多言，丙刁便知，小白对易牙的迁怒已经消解了。

从管氏宫出来，小白正要登车，一眼看见曹孙宿夹在众御士间，毕恭毕敬地稽首参礼，想是来吊丧，不期与国君遭遇。小白停顿着不上车，犹犹豫豫地说道：

“有……小事问你。”

曹孙宿道：“我君请问，臣无所不言。”

小白与曹孙宿说话，眼睛却瞟向别处：“有庖人牙，其子起于闹市伤人，司寇将其羁押，他如今怎样了？”

曹孙宿怔愣，他没想到国君会问起此事，但不敢隐瞒，老老实实地说：“已自绝也。”

小白仍不看他，声音很冷：“人死了，怎不上告？”

曹孙宿要解释，小白不容他出声：“你这司寇当得越发糊涂。”他敏捷地登上路车，须臾是辔绳飞舞，銮铃叮咚，国君卤簿越走越远，却把个茫然无措的曹孙宿撇在原地。

“蠢！”小白讥嘲道。为他驭车的丙刁听在耳里，脸上没一丝异样情绪，默然地挽紧了辔绳。

五

齐桓公三十二年（公元前654年）夏，齐、鲁、宋、陈、卫、曹联师伐郑，出师之名是郑国逃盟。

齐国率诸侯师攻入郑国境内，兵车在郑国边鄙如风卷残叶，郑国朝野震惊，一国敌两三国尚且难为，何况同时对抗七国师，于是郑国首先向周天子求救。

当初郑伯是听了天子挑唆，才率性逃盟，而今郑国受难，至此宗庙沦丧的生死关头，天子是不是应该站出来主持公道？

周天子深表同情，然而无能为力。

诸侯要尊太子，周天子企图瓦解中原联盟，撺掇了一个郑伯逃盟，也就只有郑伯头脑发晕，被天子灌了迷魂汤，别的诸侯都是不吃亏的人精，将服周与服齐在心上权衡一番，傻子也会选择服齐。

周天子没能制止会盟举行，却给自己惹来烫手的麻烦。

首止尊太子后，七国遣人护送太子郑回京师，几千人的浩荡队伍，仿佛太子郑的私属，像洪水一般漫向王城。归来不可不面君，太子郑见天子时，是七国大夫相陪，保镖似的站在身后，此起彼伏地高呼：“天子万年！”周天子听来，却像在刑场上呼喊：“死罪不可赦！”一片锥心刺骨的疼痛。

周天子本来还想着太子郑回来，先捆起来鞭笞三百，见得如此骇人阵仗，太子郑的一根汗毛也不敢动了。

列国护送使团在京师待了一段时间，大约是观望小气的周天子会不会携私报复，眼见周天子始终呆若木鸡，于是相继离开。齐国护送使团却留了下来，说是欲保得太子出入无忧。这话传进周天子耳里，周天子欲哭无泪。

从此，便有个仲孙湫天天陪着太子郑，太子郑出行巡游，他出行巡游，太子郑蛰伏不动，他蛰伏不动，太子郑见天子，他也见天子，每时每刻都谨防太子郑落单，像是生恐周天子要对太子郑下毒手。

周天子为家务事烦忧，门前那三寸地还没扫干净，哪里管得了郑国的急难？即便郑国因此绝祀灭国，天子也只能挥泪叹一声："有情有义。"

郑伯在这一刻幡然醒悟，漂亮而虚无的王命，与粗糙而有力的霸权，二者比较，后者不好看，但实用。齐国称霸二十多年，唯受过一次王命，还不是命伯主，但那能影响齐国的强国地位吗？小白在临淄城咳嗽一声，中原诸侯撒丫子奔赴，生怕来得晚，平时在国内耀武扬威的诸侯，见到小白，仿佛小白的妾，媚态丛生不说，还要争宠。

小白不是王，可他比王更有尊严权势，周天子是王，却是纸糊的假王，郑国东门的扫地老翁弹一指头，周天子就粉碎了。

郑伯对周天子断了念想，现在断了，将来也断了，郑伯依然坚信他的"唯强是从"理论，但从的不是纸糊的天子，而是强者，真正的强者。

郑伯毫不犹豫地抛弃了周天子，转而向楚国求救，派去请援的使者是申侯，许是觉着申侯是楚人，方便说话。

申侯从首止回来后，这一年里忙着营造他的新封邑，修筑高墙，建造堡垒，问申子何以为，他回答说："筑大城，可扩大名声，传之子孙，功德永存。"

对申侯营城邑，郑伯没有表态，可能不甚舒服，却像蒸饼，把情绪闷在心里。

申侯往楚国请援，楚王便问子文要不要救郑，如果出兵，就要背弃召陵盟誓。他其实不在乎背信弃约，但自从与子文议定楚国未来的战略转向，专心清扫门户，就不想过早与齐国发生正面冲突。

"可救。"子文并不犹疑，"是郑国主动投奔我，不算背盟。召陵盟誓是楚不侵郑，我也不曾侵郑，救郑宜也。"

楚王放心了，问道："如何救？"他不愿意与齐国面对面对抗，可以救郑国，但不能为救一反复无常的郑国，使楚国陷入激战。

子文明白楚王的顾虑，说道："我救郑，不为与齐战，使齐来不及伐郑，退师则可。"

"如何使齐来不及伐郑？"

"请伐齐之与国。"

楚王立时领悟，鼓掌一笑："使齐小白奔命不及，何以伐郑！"

楚王答应了郑国出师之请，于是郑伯翘首以盼楚国军队杀出方城隘口，每日望眼欲穿，可连楚国人的半片衣角也没见到，倒是七国之师步步逼近，战车已开到了郑国都城下。郑国都被黑压压的军队围得像只铁笼子，齐国人的道地脏话每日轻捷地飞上了城头，仿佛成群结队的乌鸦，啄聋了郑国人的耳朵。

在投降还是坚持反抗间煎熬的郑伯，在第一缕秋风掠过城垣时，终于知道驰援郑国的楚军动向，楚军没有直奔郑国与诸侯联军硬碰硬，而是扑向了许国。

许国一直是齐国的忠诚拥趸，许穆公甚至为了随从小白伐楚，以残年之躯辗转千里之途，不幸身死军旅。许对齐的赤胆忠心，中原诸侯难敌其右。齐自诩伯主，盟友受难，岂能坐视？楚国不救郑，反而伐许，是料定了齐国不得不救，不可不救。

闻悉许国被侵，七国之师迅速从郑国都撤走，那压在郑国城头上的乌鸦飞走了，天空霎时明朗。

因郑许毗邻，七国之师兵锋一转，即奔向许国，楚知诸侯师将至，即刻退兵，诸侯之师也不追。双方仿佛博局，克制地遵循着游戏规则，你走一步，我落一子，点到为止，打成了平局。

由于楚国干涉，此次伐郑结束了。小白与诸侯们道别，各自归国，临行，他说了一句话："服郑不可不为。"

诸侯们懂得霸主的执着，今年伐郑被楚国横插一脚，明年还得再接再厉，郑国一日不服，齐国一日不停止胖揍郑国，直要揍到郑国臣服为止。

小白返回齐国，还未踏进临淄城，便问仲父安好否。这次伐郑，管仲因为身体尚未复原，没有随从出征。

仿佛是为了让国君安心，管仲出城一舍相迎。小白见到他，欢喜得紧，捉住他的手，不住声地问候：仲父一切可好？吃得好吗？睡得好吗？寡人日日惦念仲父，今见仲父无恙，寡人欣慰至极。

因说与仲父有体己话说，小白邀管仲同车，管仲没有推辞，是以君臣共乘，便由管仲驭车。小白说起此次伐郑，可恨楚国横生枝节，无奈服郑不成，好不沮丧。

“无妨，楚今日能救郑，未必明日也能救，我君但有恒心，服郑不远矣。”管仲温声安慰道。

小白默默地点了点头，君臣分别数月，想说的话封存了很多，不拘公事私事，想到什么说什么，又论及整理列国诗的事，小白说道：“归整列国诗，至今可曾完妥？”

申庶其去世后，归整列国诗由姜婧接手，管仲道：“几乎已经完妥，只差晋诗。”

小白轻轻耸眉：“齐与晋暌违久矣，既非同盟，又不朝聘，甚少来往……罢了，寡人遣使问一问。”

车马越来越接近临淄城，通衢大道平直如矢，轮毂驰过去，不见一点儿颠踬，管仲忽地说道：“臣有私事请命于君。”

小白微怔：“仲父有私事？”

管仲颔首：“臣欲立孺子，请我君命之。”卿大夫要立嗣，除了卿大夫自决，也要得到国君首肯，虽则国君不管君子家事，但须给予国家层面的承认，这是必要的程序。

“立友吗？”小白随意地问道。

管仲静默刹那，摇了摇头：“不是。”

管仲居然不立嫡长子？小白转过脸来，诧异地看着那张脸，平静然而隐忍，便是这熟悉的神情让小白知道，管仲不是玩笑，他已拿定了决心。

小白明白，管仲对尚存犹豫的事轻易不言，倘或言之，必是想得很透彻，管友不得为嗣是不可改变了。作为国君，他觉得自己应该有所表示，便说道：“那友怎么办，要不要寡人给予他补偿？”

“不用。”管仲的声音很轻，但语气相当确定。

小白生出怜悯心：“如此，友岂不是一无所有？”

管仲寡淡地说：“生长于君子之家，每日饱食暖衣，从不曾受苦，怎是一无所有？”他停顿着，有些话不可不说，殷殷道，“臣请我君，不要赐友高秩，不要委以重任，便让他一生庸常。”

为人父母，儿女便是心头肉，总想把世上最好的东西给他们，最多的财富、最满的幸福，乃至最高的权柄，都交到他们手上，可管仲竟希望儿子平庸。小白不能理解管仲的想法，疑问道：“仲父为何期望友一生庸常？”

管仲一时无声，车马轻轻一颠，原来是路面有小坑洼，俄而轮毂连转，前途又是宽平之道，管仲挽了挽辔绳，淡漠一叹：“友心性甚高而才干寻常又少谦逊，不具容人之量，一心冒进，为达目的或会不择手段，若委以重任，必为祸国蠹臣。非其才而强行为之，不是为他好，反是害他。”

他偏过脸来看着小白，神色略略忧郁：“期我君体谅臣这为人父母的良苦之心。”

小白心中忽地震动，这时的管仲，不是权倾朝野的齐国执政，不是闻名天下的霸主辅弼，只是一个不放心的父亲，因为不放心，故而踌躇忧虑，宁愿儿子一生平庸无为，也要求得他的平安。

“仲父放心，寡人也为人父母，也想儿女好，仲父之期望，寡人记下了。”小白温和地说。

一点笑意荡漾在管仲的眼睛里，他诚挚地说：“多谢我君体恤。”

小白也一笑，莫名就细细打量起管仲，不知是错觉，还是确实如此，管仲好像又瘦了，眼下的阴翳很宽，显得轮廓晦暗而深邃，脸色比之去年更差了，白发也比去年多，鬓角几乎全白了，多看一眼，便多一分疼惜，登时眼角发涩。他强忍住那翻涌的伤情，声音发哑地道：“仲父保重身体。”

管仲一愣，他是何其灵敏的心思，立刻就明白小白的忧虑，这其实不是小白第一次问候他的身体，近一两年，小白对他身体的关注越来越频繁。

小白害怕管仲不在了，他在意离别生死，尤其在意亲近人的生命长短，而在所有的亲近人里，管仲最为重要，因为管仲是小白的精神支柱，如果管仲辞世，对小白来说，是整个精神世界的崩塌。

“臣一切皆好。”管仲唯能如此回答，虽然有些自欺欺人。

小白返回齐宫后，回想起管仲的模样，一年比一年苍老衰弱，眼睁睁看着仲父奔向残年，他却无能为力，于是越想越难过，越想越伤心，以至于饭也吃不下，下头提醒国君该用膳了，他却冒出一言：“仲父吃了没有？”

想到便要做到，当即命令宫中庖人为管仲烹膳，荤要不油腻，素要不刮肠，嫌其他人不精细，特意差遣丙刁去送膳，必须送到管仲跟前，最好能侍奉他进食。

送了一日便有两日三日，惹来纷纷议论，国君难道是怕执政饿死？堂堂齐国执政，能找不到饭吃吗？小白懒管非议，依旧持之以恒地送下去。管仲日日接受赐食，一再说礼遇太重，来送膳的丙刁殷勤地回答说，管子操劳国事，日渐消瘦，国君希望管子丰腴些。

所有膳食皆出自易牙之手，当日小白一声“可怜”，易牙便重回宫闱，大概是遭到人生重创的关系，他每日恹恹无神，烹饪技艺却依旧出类拔萃，只是，调的羹、团的饼偶尔会有股奇怪的苦味儿，小白为之惋惜：易牙手艺衰减。

如此送了两旬，时间跑到了十二月，寒风猎猎，天地飘零，生机像饿久了，逐次枯瘪下去。气候转冷，国君也没忘记了仲父的肠胃，这回是丙刁携易牙去送膳。

因值年底，正是比国会之时，经过变国之政的陶铸重塑，齐国基层组织一级级搭建起来，过去紊乱的国会数据，终于能勾勒出较为清晰的面貌。如今再问各乡官，本乡田土几何、人口几何、战士几何、女工几何、孤弱几何，乡官可以扳着手指数得头头是道。

比国会先由各乡邑计量本地的各项数据，再汇总国都，由国中统计，制定来年的国家管理预算。这比国会是国之大事，每次坐纛的都是管仲，各地数据送入国都，要管仲签收，国会统计的最终结果要管仲认可，管仲忙得连轴转，常常是坐不暖席，底下又有事呈上来，即便不干国会，也是别的要紧国事，哪里有时间吃饭。

丙刁等人在官寮候了许久，眼见管仲忙得停不下来，总不得闲暇，却不敢催，后来是召御寇说：“你们回去，将膳食搁这里，我会照顾管子进食，大可放心。”

丙刁没有反对，人是要走，却对召御寇叮咛周至：“一定要照顾好管子，国君很在意管子身体，管子若不吃饭，国君食不甘味。”

“放心吧，有我在。”召御寇承诺道。

丙刁等人离开执政官寮，让同来的几个寺人先走，他要和易牙去庄岳之间走一趟，稍后回宫，易牙正要问“我何时说过与你去庄岳之间”，丙刁悄悄掐了他一把，他就不说话了。

丙刁便领着易牙往南城走去，易牙满心疑惑，但丙刁不露底，他也不敢问去哪里，明面上他与丙刁是同盟，其实怕极了这个人。丙刁的聪明、狡诈、狠毒、痴狂、疯魔，都让他不寒而栗。易牙承认自己不是好人，总还有些不敢为的忌惮，而丙刁，早与好人生死两别，这世上没有他不敢为、不能为的事情。

走了不到一个时辰，拐进一条种满柳树的小巷，万条枯黄丝绦随风摇摆，两旁高墙矗立，行不过十来步，却见一扇角门嵌在墙里，丙刁举手叩门，三下重三下轻，倏而，门里应了一声：“是谁？”

“是刁。”

门吱嘎打开，门里出现一个壮年汉子，看着像哪个君子家的私属，丙刁轻声问道：“公子在吗？”

“在，公子已久候。”

丙刁点点头，与易牙走进门，穿过四方的天井，登堂入室，那屋里端坐一人，正在自斟自饮，手里捧着一只酒觯，刚刚饮尽，回味无穷地叹息着，听见门外来人，慢慢抬起头来，丙刁恭敬地拜了下去。

易牙还在发蒙，恰在这时，有明锐的阳光破门而入，刻刀似的镌出那张冷峻的脸，他才认出这人是公子无亏。这相遇着实让人措手不及，他怔愣着，猛地想到应该行礼，手忙脚乱地参拜。

无亏看着他的失措，一抹讥讽的笑从眼底绽出：“怎么的，这才多久，便不认识我了，听闻牙已改换门庭，尔之新主待尔如何？”

听得无亏的嘲弄，易牙脸上一红，到底他与丙刁得以受宠于君，原是无亏在背后推波助澜。他们与无亏名义上没有关系，实际是不言而明的主臣。无亏失势后，他确实有过改换门庭的念头，与诸公子勾连交通，还想攀上太子的衣带，可结果如何呢？太子不仅不领情，逮着机会还要将他置于死地。

易牙战战兢兢地伏拜于地，颤巍巍道：“牙不敢改换门庭，公子待牙有大恩，牙始终是公子……公子的人。”

无亏冷哼一声：“你还知道你是我的人，当日若没有我，你二人只是区区贱氓，生则无寄寓，死则填沟壑，何有今日风光！见我受了蹉跌，立时生出异样心思，妄图改投新主，自此与我脱离瓜葛。可惜呢，人家不稀得你效忠，白白送掉一条性命，愚也。”

易牙不敢回嘴，又听无亏提及儿子的死，伤心又悔恨，呜咽着只是顿首。

无亏冷冷地看着他：“你是如何进宫、如何得宠，纵国君不问，旁人会不知吗？我若失势，你也没了依傍，莫说在宫里立足，能不能保住残命，也是未必。”

易牙哭得不能自已，心里却渐渐清晰起来。无亏说得没错，纵然小白不问他何所来，但总有人知道他入宫目的并不简单，太子想来也是知道的，所以就算他有投效新主之心，就算他打定主意与无亏脱离关系，一旦事起纠纷，他旧主的敌人仍然会对他痛下杀手。他与丙刁，从来只是无亏手里的棋子，棋盘之上黑白分行，黑子有黑子的局，白子有白子的道，若做了黑子，永远做不了白子。

丙刁忙打圆场道：“易牙是一时糊涂，如今也遭了大难，受了教训，他已想明白了，必会终生跟随在公子左右，请公子原谅他。”

无亏盯视丙刁，古里古怪地说：“你也糊涂过吗？”

丙刁心里仿佛打鼓，面上却不显山不露水，急切地说：“没有，绝没有，刁之心，一向在公子这里，不敢须臾离舍。”他见无亏似有怀疑神色，赌咒似的说道，“不论其他，当日刁落难闹市，公子不以刁卑贱，馈刁法化，解刁急难，便是此恩，也当以死报之，刁不敢忘公子大德。”

无亏片时无语，他往那空觯里斟满了酒，缓缓放在唇边却不饮，慢条斯理地说道：“人嘛，可贵在不忘本，你能有这份心，实属难得。也请二位记住，我纵是受了蹉跌，还是齐国长公子，要拿捏你们易如反掌。”他瞥了一眼诚惶诚恐的两人，“都起来吧。”

丙刁与易牙再二再三称谢，这才起身，无亏叫他们坐下饮酒，两人歪歪斜斜地坐下去，一人握住一只酒觯，因心里有鬼，这酒喝得并不爽利。

无亏将那觯酒一饮而尽，酒劲上了头，情绪就掩不住了，怨愤道：“什么‘克谐以孝，烝烝乂，不格奸’，全是哄鬼！平日在君父面前装孝悌，糊弄得君父失了性，以为他有赤心，无争心，一再宣称‘子昭类我’，若当真无争心，就该把太子之位让出来！”

丙刁轻轻呷了一口酒，愁道：“今太子储位已定四年，又有强援，不好对付。”

“强援？”无亏眨了眨被酒意渲红的眼睛，“你是说管子吗？”

丙刁不说话，算是默认。

无亏冷笑：“君父任管子为太子傅，无非想让管子做太子屏障，保得太子后生无忧，不过嘛，”他狠狠一咬牙，齿间寒意陡生，“管子老矣，还能活多久？他能保得住太子现在，保得住太子将来吗？便给他十年，十年后呢？”

话很险恶，却也是现实，其实不仅小白，许多人都看出管仲老了。每年都有乡官来临淄向执政述职，今年见到的管仲仿佛老了一些，明年见到的管仲又老了一些。管仲仍然是齐执政，仍然是小白离不开的仲父，可他还能将权力握在手里多长？生命总有结束，再是伟大的人物也会死。

丙刁这阵子为管仲送膳，只因为小白的恐惧，但小白越怕管仲死去，越可见管仲垂暮。他以为无亏的诅咒不是空穴来风，说道：“公子高见，我瞧管子怕是撑不过十年，管子若死，一切就好办了。”

无亏重又斟满一觯酒，慢吞吞地说：“君父能坐稳君位，不过是将失意者、落魄者、不得志者纳入囊中，许其高位，尽其才干，便是管子，当年也不过是齐国乡间一野氓。没有君父，哪有执齐政的殊荣？故而他对君父效死力。我辈可效法，举凡为君父打压者，为管子排挤者，为太子不礼遇者，尽为我所用。”

丙刁忽动心念，小心地说道：“管子长子不得立为孺子，公子要不要将他纳入囊中？”

就在一旬之前，承管仲请命，国君认可，立管鸣为管氏孺子，而作为嫡长子的管友，一无所得，既失去了宗子继承权，也没得到任何补偿，就像这个儿子是从荒野捡来的不明身份者。

管友与无亏曾经交好过，但在小白册太子前夕，管仲将管友打发离开临淄城，强行中断了这段交情，管友在京师一待就是三年，过去再深厚的情谊，经过时间的过滤，也冷却了。管友重回临淄后，彼此再无来往，无亏隐约感觉得出来，管仲不愿意儿子与自己接近，从管仲的立场来说，他支持太子，无亏却是太子的对头，禁断亲子与无亏结交，倒也无可厚非。

想起前尘往事，再想起管仲的强硬态度，连儿子交友也要管，无亏觉得累人，懒懒地说："他早与我各走一头，哪肯入我囊中？他父亲叱他一声，直要吓破他的胆。"

丙刁阴森森地笑着："管友失了孺子之位，正是公子欲寻找的失意者、落魄者、不得志者，公子若宽厚待之，他受公子感召，必为公子效死。再次，管友可是管子长子，倘或公子为他夺得大宗爵秩，管氏一宗从此为公子驱走也。最后，管子拥戴太子，而其子拥戴公子，公子不以为有趣吗？"

太子能定位，因为得到管仲的鼎力扶持，所以无亏极恨管仲，恨像瘟疫似的扩散，连带他家里人也不可饶恕，起先与管友尚有酒肉交情，自从管仲推戴太子，对管友也生出厌恨，管友不再与他来往，他倒巴不得，免得看见管友想起他父亲。今日听丙刁这么一分析，原来可以利用管友来对付管仲，搅得他父子反目，亲情成仇，这招直击死穴，当真恶毒，也当真高明，无亏便觉无比痛快。

"善！"无亏提声赞道，"刁果然是妙人，能思人之不能思！"他凝望着丙刁二人，蓦地突然奇想，"你二位，不也是失意者吗？"他指着丙刁，惋惜道，"凭刁之才，早该为内宰，而今只为侍奉国君起居的小小寺人，屈才了。"

丙刁与易牙进宫多年，小白说是宠待他们，可一没加爵，二没任职，似乎把他们当成供君主开心的俳优，一个会伺候人，一个能烹佳肴，日常夸誉不少，赏物也不少，却从没有过超逾常规的封赏。也许这正是小白的清醒，内宫近臣再受宠，也只能局限在内宫，不准问外事，不准干碍国政，丙刁、易牙纵有一技之长，也仅仅是伺候君主的高级厮役。

丙刁叹了口气，忧闷地说："多承公子为我等抱屈，然我等能侍奉国君，已是万幸之至，何敢奢求其他？公子是不知，现下有个鹿无极日日盯梢，稍有言行不妥，便去国君面前诋毁构陷，我等在宫中如履薄冰，只求能保住性命。"

易牙终于得到机会说话："是呢！鹿无极甚是可恶，我为国君烹膳，他常要先尝，难道我会下毒不成？"

提到鹿无极，无亏也是一肚子恶火，叱骂道："鹿无极那乡野贱人，胆敢夺走我的宫职，他有何功、有何劳，凭什么持掌御士？无非攀附管子，攫来大利！"他攥紧拳头，重重地击在面前案上，"且等着，迟早有一日，我必将失去的一切通通夺回来！”

丙刁说道：“公子说要收纳失意者，刁在想，失意者有无势无权者，如我等，也有有势有权者。刁以为，公子盍不广纳有势有权者，管子行变国之政，得罪多少君子，他们皆可为公子效力……”

无亏心头像落下一枚弹丸，震得全身经络发颤，他明白丙刁意有所指，一时默默饮酒，却不言声。

良久之后，那一觯酒已饮毕，无亏突兀地问道：“刁以为，卫开方此人如何？”

丙刁先一怔，说道：“此人在卫不如意，别居在齐，多年不归母邦，卫人皆言开方无情，然好揣君心，举一言察君取舍，举一事观君喜怒，国君甚爱他。”

“可为我所用乎？”

丙刁踟蹰着：“不好说，此人难测也，倘勉为我用，也难知其真心。”

无亏一挥手：“管他真心如何，不要碍我的道！”他把酒觯放下，冷着脸色说，“你们走吧，如今不比从前，少见面为好。”

丙刁二人起身拜礼，丙刁说道：“目下是蛰虫冬伏之时，公子且忍，总能等到出头日。”

无亏面无表情地点了个头，因命私属将两罍清酒交给他们。清酒购自庄岳之间，是临淄城响当当的名酒，拿回宫给小白交差，也使小白相信，他们晚回宫是去庄岳之间买酒。

两个一人捧一罍酒，悄悄地走出了门，听得身后角门吱呀地合拢，巷道内有穿堂风吟啸而过，万千柳条仿若波浪，荡起来落下去，眼前的一切，静谧若幽梦，恍惚觉得刚刚的遭遇不曾发生过。

易牙抱紧了酒罍，手臂沉甸甸的，身体负重，连累他说话也不清爽：“公子，公子还没死心吗？”

丙刁觉得这问题很可笑：“为何要死心？争君位是何等大事，换作是你，你能死心？”

易牙默然一会儿：“可是我们能做什么？我一庖人，你一寺人，只是宫中徒役罢了，争君位的人得是狠人。”

丙刁霎霎眼睛，半认真半嘲谑地说：“你还不狠吗？敢对亲子下死手，其狠绝果烈，我自叹不如！”

易牙颜色大变，忽然想把那沉重的酒罍摔去丙刁脸上，砸断他的脖子，砸碎他的骨头，把他砸死了，还要挫骨扬灰，才叫解恨。

这四海芸芸，除了易牙，只有丙刁知道，易起的所谓自杀，实际是他杀。一开始，易牙很想易起自绝，可易起不肯死，无论易牙如何软硬兼施，甚至跪下来苦苦哀求，易起仍是坚持宁生毋死，他的求生欲望强烈得可畏。

儿子过于爱惜生命，被逼得穷途末路的易牙只有自己动手了。

他去向刑吏求情，恳请他们怜惜一个父亲的舐犊之情，他想为儿子做几顿饭。刑吏见他伤心得生不如死，确然可怜，想着做两顿牢饭，也没什么大不了，于是允了哀请。第一顿饭没事，第二顿饭也没事，到第三顿饭，将一丸毒药拌在糁饼里，然后，顺理成章，该死的必定会死。

吃进胃里的糁饼，消化为攫取生命的毒液，而盛放糁饼的食器，没留下一点可疑痕迹。

易起奔赴黄泉路，易牙悲恸欲绝，不待刑吏审问他，他先声夺人，咬定是刑吏看管不严，致其子自杀而不能救，嚷着要讨说法。

刑吏追查易起所服毒药从何而来，因为没人相信易牙会残毒亲子，这事便成了谜，或许是易起随身携带吧。待要深入推究，易牙忽被国君重召回宫，国君又因易起“自杀”而申饬曹孙宿，案子就搁浅了。

原来是丙刁教他伏低扮弱，用挽不回来的失去，重新赢回国君的心，他依样照做了。选择权本来在他，他明明也可以决绝不从，却偏偏选择了最残忍的结果，创痛造成了，不怪自己，反而对丙刁生出怨恨，好像如果不是丙刁出主意，他就不会残杀亲子。

看着易牙的张皇失态，丙刁以为自己拿住了易牙的致命弱点，得意扬扬地笑起来，也不等易牙，快步朝巷口走去。易牙在原地待了一小会儿，盯住丙刁渐走渐远的背影，喉头忽而发痒，一口痰涌上来，本想照着那嚣张的背脊骨吐出去，却在一霎之间，把头一偏，用力吐在路边，污了一丛娇嫩的花草。

五

齐桓公三十三年（公元前653年）春，庆贺新年时喝残的酒还在杯底闪光，齐国再次出兵讨伐郑国，出师之名除了去年伐郑时宣称的逃盟无信，又加上与楚国苟且，背弃召陵盟誓。

齐国军队一步跨入郑国东鄙，郑国的边鄙乡邑去年才被列国之师蹂躏得奄奄一息，过了个年尚未恢复元气，新一轮的攻掠又来了。

齐师很快又攻到了郑国都城下，依旧把地道的东夷脏话抛上城楼，跟随脏话一同抵达的，是成双成对的飞箭，箭杆上绑着卷起来的白布，打开来，原来是告郑君书。满书刻薄言辞，回溯郑国背信弃义的无耻过往，从第一代郑伯郑桓公一直数落到当今郑伯，因为郑庄公与齐僖公曾是亲密盟友，笔下稍留了情面，其他郑伯无一不被硬扒下底裤走光，实是指着郑伯的鼻子骂祖宗。

告郑君书被呈给了郑伯，仿佛有受虐的怪癖，他很认真地看完了，也很认真地琢磨：是该生气呢，还是该伤心呢？或者也请某君子写份告齐君书，与小白对骂？不就互相揭短吗，哪个诸侯国没烂事？他齐小白被窝里的腌臜事儿罄竹难书。

郑伯把告郑君书转给群下过目，并没有出现他臆想中群情激奋、纷纷写血书请战的景象。现实而精明的郑国君子很会为自己谋算：齐国屡伐郑国，是国君作死惹来的祸端，非关我事，将来齐国要算旧账，请算在国君头上。

君子们各有小九九，沉默着传阅告郑君书，却无人开腔，唯叔詹倡言道："国危矣，请服齐以救国。"

郑伯不甘心服齐，如果现在服齐，当初又何必逃盟，这不是证明他决策错误，自抽耳光吗？可他拿不出不服的理由，含混道："寡人知道齐国所来为何，再等待少时。"

叔詹被他气笑了，这节骨眼了，还等待什么？等待齐国人不忍之心萌生，主动退回去吗？他深恨国君的固执与愚蠢，硬邦邦地说道："朝不及夕，何以待？"

郑伯阴着脸说："如何不待？可待援也。"

"待谁？楚国？"叔詹摇头道，"去年齐伐我，楚救也；今年齐再伐我，楚或许再救我；明年齐三伐我，楚还肯救吗？去年楚能救我，是伐齐盟国，逼齐退师，若齐不顾盟国，全心攻我，我君以为，楚会为我不惜代价与齐战吗？”

齐国欲让郑国臣服的愿望，强烈得像冲天大火，几要烧塌了天，即便今年又不能遂愿，齐国必定还会再兴兵。郑伯沉默许久，眉毛也要拧断了，半吞半吐道：“昨日逃盟，今日服之，耻辱。”

“谚有之曰：‘心则不竞，何惮于病？’既不能强硬抗敌，又不能服软低头，唯有灭亡。若是服齐有利于国，有何耻辱！”

郑伯又是不言，仿佛成了寂然的一尊木雕，最后像春蚕抽丝似的，抽出断续的话：“寡人想想……想想。”

郑伯想得很久，齐师在郑国都城下也守得很久，依然将告郑君书射上城楼，每回还不重样，守城战士每得来书，照样呈给郑伯，请国君审阅定夺。

齐师围了郑国都两个月，郑伯累计收到十三份告郑君书，堆在案头小山似的一摞，在第十三份来书上有这么一句话：“郑之罪，孰偿之？”

当夏日阳光映照在荒无人烟的郑国东门，郑伯终于想清楚了，遣使出城觐见小白，称道愿意服齐，并送给齐君小白一样别致的礼物。

这礼物是一个人的头颅，砍凿下来时血肉模糊，面目不清，但刽子手给予精心拾掇，洗了面，梳了头，发髻上还插了一根素朴的玉簪，仿佛如生。

头颅装了函，外边系上锦绳，若不说是人头，还道是价值无双的珍宝，随头颅附上的是郑伯对齐国问罪的回答：郑之罪，其偿之。

“其”是这颗头颅的主人，正是申侯。郑伯拍着胸脯说申侯是罪魁祸首，逃盟是他的主意，从楚是他的主意，齐君不信，可随便问一个郑君子，那去楚国求援的使者是不是他，那年楚伐郑，他是不是说过“服楚可矣”。

郑伯的一面之词并不能蒙骗小白，连他自己也觉得匪夷所思。他杀申侯，仿佛是为悦齐，实际是为私心，申侯大筑制邑，惹得郑伯动起杀心，无奈久无借口，这回趁着齐国问罪之机，借刀杀人。

小白收到申侯的干净脑袋，才把那彩漆匣子打开一条缝，便厌恶地丢开，令人找个地儿速速埋了，不虞触碰死人头，嫌晦气，一日洗了七八次手，还对管仲诚恳地说：“寡人错矣。”

小白恼于郑伯借齐国的势牟自己的利，就算郑宣称要服齐，他也不许。管仲劝道：“求服郑，而郑果服也，何必节外生枝？本可行成，却延宕战事，徒使战士曝露郊野，师老也。”

小白同意郑国服齐之请，既要重投秩诸夏联盟，必须重新盟誓，双方约定，于本年秋天会盟于宁母。

本次会盟的有齐、鲁、宋、陈、郑，因宁母位于鲁国境内，鲁国遂成东道主，一切会盟事务由鲁国负责。

照规矩，盟会者都该是诸侯，但陈侯身体抱恙，代君参盟的是太子款，最为亲近齐国的辕涛涂随从与会。像从前一样，辕涛涂与小白相见甚欢，两个公开会面后，躲在人后叽里咕噜说了许久的私房话。

宁母会盟的核心议题是服郑，别个诸侯或者头疼脑热，可以告假不来，郑伯却不能不来，可他还没走出都门，便像被狂风吹折的荒草，噌噌地倒伏回去。

太子华捉摸不透郑伯的奇怪举动，疑道："君父何以去而复返？"

郑伯不回答，他在想那十三份告郑君书，他得罪小白太深，所以小白骂了他十三回，怨气大约还没消解。他是小人之心，揣度别人也是小人之腹，忽然就担心贸然前往宁母，小白会不会将他当场逮拿，处以大辟之刑。因此越想越恐惧，越恐惧越不敢动身，然而毕竟应诺了与齐盟会，郑人若不现身，又被指责为逃盟，齐师明年再度兵临城下，于是吩咐太子华说："你先去看看。"

什么叫先去看看？太子华稀里糊涂，自要问个所以然，郑伯却垮下脸来，叱道："蠢！身为太子，不能领会君父心意，枉为国贰！"

太子华不敢问了，害怕多问两句，郑伯以话多的理由，废了他的太子之位，只得唯唯应承，代君赶往宁母会盟。却为郑伯的犹豫，郑国使团延宕时日。列国皆尊小白，每有盟会，早早奔赴，故而列国使团到了三四日，郑国使团才姗姗来迟。本来迟到就够硌硬人了，郑伯还不露面，小白的脸色比郑伯还难看。

"郑君是否患疾？"管仲代小白问道。

太子华支吾着："有……没有。"

"国中有急难？"

"没有。"

管仲静默少顷，仿佛随口一问："那便是逃盟？"

太子华心里咯噔一响，红着脸说：“不是，怎敢逃盟！郑诚心服齐。”

“郑之诚心，寡人已见。”这次说话的却是小白，语气亲切，脸上还带着动人的笑容。

太子华很是尴尬，连忙赔罪，可道歉的话也是含含糊糊，到底郑伯为何不来，仍然没说清。

下头辕涛涂高声道：“这便是郑国人的一贯做派，少信义多欺诈。”他因为与小白熟，不怕在小白面前出风头。

太子华本就憋了一肚子窝囊气，平白地被个陈国大夫羞辱，颜面被反复糟践，实实地忍不得，怪腔怪调地说道：“申侯受死，辕子可快意否？”

辕涛涂脸上一抖：“申侯受死，我快意何来？”

太子华冷笑：“不是辕子进言申侯大筑城邑吗？申侯贪鄙之人，果然行之。未料辕子又传语寡君，申侯大筑城邑，是有叛心。两头蒙骗，两头赚取，辕子少信义多欺诈，郑人不如。”

辕涛涂借郑伯的刀，砍下仇人的头，其实是公开的秘密，人人心里清楚，但人人不会说出来。太子华把这种你知我知但你我不说的脏事放到台面上，揭了辕涛涂的阴私，也揭了郑伯的阴私，连小白也受到牵连，因为郑伯把罪责推给申侯，齐国默许了郑伯推出替罪羊的行为。

辕涛涂气得脸色青红不定，兀自一言不发。他是知道的，太子华希望他能反驳，最好能吵一架，把私下的恶浊污秽都吵出来，他偏就不遂其意。

郑伯不来，盟誓不得成，虽然太子华说他可以代替郑伯盟誓，小白却不答应。宁母会盟是为服郑，郑国国君不至，服从何来？太子纵是国贰，毕竟不是郑伯，要想重回诸夏联盟，请拿出诚意来。

太子华对小白说的“国贰不是国君”这句话，似乎有所深思，离开宁母前他去见了小白。

初时一通漫无目的废话，东一榔头西一榔头，小白直听得耳朵发木，几乎想要撵客，太子华才慢慢切入正题，信誓旦旦地表示他是真心服齐，无奈国中有人反对。

在一大堆杂音里，小白敏捷地捕捉到关键音：“谁反对？”

“泄氏、孔氏、子人氏三族，实违君命。”

这三族是郑国的显赫公族，他们反对服齐，其实也就相当于郑伯反对，小白暂不回应，沉默着示意太子华说下去。

“郑国服齐，有大利而无一害，外臣愿遵从伯主，然力不足也。”太子华顿了顿，小心地打量小白一眼，并无异样，大胆地说，“若君能除此三族，外臣从此以郑为内臣，唯君是听。”

小白听明白了，太子华想借着齐国的力量，铲除树大根深的郑国公族，更或者是铲除郑伯，只不过弑父的念头不能明着说出来。郑国的乡野小儿都知道，郑伯不爱太子，早晚得废了他。为了自保，太子华需要强援，为他登位肃清障碍，反正郑伯得罪了齐国，如果把郑伯换掉，由他这个亲齐派充任郑国国君，揣测小白该是乐意的。

小白虽然不齿于太子华的恶毒用意，毕竟动心。他着实讨厌郑伯，齐为服郑，付出多少心血，至今仍未使其彻底服膺，若能换一个听话的郑伯，未尝不好。他还没回话，旁边的管仲忽地说道：“太子且稍退，容寡君熟思。”

小白不及开言，倒是管仲先出声，从管仲的口气里，听不出意思来，小白又不吱声，约莫是要与管仲商量，太子华不好强留，拜手离开。

太子华刚一离开，小白有些激动地道：“仲父以为太子华之议若何？可从此得郑？”

管仲沉凝着脸色：“臣以为不可从。”

小白讶异：“为何不可从？”

管仲慎重地说道：“我君以何服诸侯？以礼与信也，今以奸邪终之，我君以为妥当吗？郑君与太子华，父子也，子不违父命是谓礼；奉君命与盟，守命不背是谓信，违此二者，是大奸邪，郑人必不服，太子华岂能得郑？”

小白虽认为管仲说得在理，可他在服郑的事上已心力交瘁，很希望速战速决，而扶植亲齐派为国君，无疑是终南捷径，不甘心地说：“寡人数次征讨郑国，未捷，然而郑君无信，且难服，今幸而郑有内乱，便听从太子华，不是可以早日服郑？”

管仲耐心地说：“君若先抚之以德，郑不肯服，再率诸侯讨之，是郑无理而我有理，则郑国覆亡在即，岂敢不从？若借其罪人以伐之，是郑有理，何惧我讨？此其一。”

“太子华为郑太子，竟外求大国，以乱本国，既违父命，又违国命。况子华之才不足成事，他日必招祸患，此其二。”

“郑君纵无信，然郑有良臣为政，国中不乱，国人服命，未可离间，此其三。”

他稍稍一停，参礼请道：“君其勿许，郑必受盟。”

小白默想有时，一声长叹：“微仲父，寡人几偾事也。”

太子华苦等小白给回音，特意多留了两日，小白却始终沉默，像是忘记了太子华的建言。眼看得齐国与盟使团收拾行装，即要开拔回国，太子华挨不住了，巴巴地跑去齐国行在讨说法。小白不见他，遣了个满脸正气的御士，送给他一句话：“太子好自为之。”

返国的小白未走到齐境，忽收到来自京师的密书，写书者是仲孙湫，他匆匆一览，转手递给管仲。那密书上说，周天子病重，恐怕不久于世，太子郑惶恐天子崩殂，王子带发难夺位，请齐助他登王位。

管仲读完那密书，思谋道：“我君当再盟诸侯，以定天子。”

小白并不犹疑，利落地应道：“好。”

管仲亲写回书，便由仲孙湫遣来的信使带去京师，信使星夜兼程，紧急奔赴京师。仲孙湫正陪着太子郑在王城，自天子患病以来，太子郑专心一意地守着垂死的亲父，饭来尝饭，药来尝药，因天气渐寒，有时还为天子暖被，孝顺得感天动地。

就在三日前，周天子被挪到了路寝，正式开启属于他的等死之旅。为了让天子静养身体，太子郑禁断闲杂人等见天子，除了他和少数亲臣以及伺候天子起居的内宫宫人外，其余诸人一概不允出现在天子面前。其中，最不可与天子亲密接触的，是他亲母王后与他亲弟王子带。对王后，太子郑忧惧京师多盗贼，恐母亲受惊扰，派了二十多个脸黑的虎贲守在王后宫外，请母亲之玉趾只在内寝逡巡。王后骂他不孝，他回答说：“母亲曩昔如何待儿子，儿子今日便如何待母亲。”对王子带，便是连王城也不准他入，称王城周边十里地多有披发左衽的蛮荒戎人，王弟玉体不宜久留，请往成周暂居，若嫌成周太吵，北上不远，大河滔滔，水不甚清而凉矣，可洗净俗世污垢。

闲杂人等不能进王城，但齐国的使者能。那密书顺利地传入仲孙湫手中，他阅后，想了一想，举步去寻太子郑。

太子郑正在路寝内室喂周天子吃药，病得枯槁似的周天子坐不起来，被个孔武有力的宫女抱在怀里，远远望去，倒像抱着有了年头的祖宗神主，满目灰埃，边角磨损严重。

太子郑拈起一柄羹匕的药，慢慢送到天子唇边，哄道："来一口。"

周天子不肯吃药，喉咙里嘶哑作响，似乎有痰，最后只能艰难地翕动嘴唇："带，带……"

"来一口。"太子郑又哄道，眉眼温柔似水，真像在哄小孩儿。

周天子仍不吃，他攥紧了衾被，瘦得脱相的脸上浮起创瘢似的潮红，用尽力气道："带……我，我要见带……"

太子郑微一抬眉，淡漠地说："没有带。"

"带！"周天子激烈地道，他要见王子带，可以立刻死，但不能不与爱子最后道别。

太子郑沉默须臾，毫无征兆地怫然作色，怒道："来一口！"

这一声断喝，吓得那宫女惨白了脸，差点要把周天子摔在枕头上。周天子打了个哆嗦，两颗浑浊的泪像仓皇逃跑的罪犯，从眼角慢慢滚下来。太子郑举起羹匕，硬塞进他口里，他吞不下去，土黄药液流出来，混着唾液与泪水，在胸前染湿了一大片。

太子郑阴沉着脸，兢兢业业地给天子喂药，天子吞咽无力，他也喂，天子呕吐出来，他还喂。适才的温柔像撕下来的一张面皮，想来天子是不喜欢的，那他就不要戴上了。

周天子不想吃药，药太苦，喂药的人太凶悍，他想推开那只手，却使不出力气阻挡。周天子一辈子都在渴慕自己做主，做个真正的天子，不受诸侯钳制，不为群下约束，他要恢复周的荣光，像伟大的成王，使普天之下莫非王土，可行到末路，他连要不要吃药也做不了主。

太子郑喂完药，扯过衾被一角，为周天子擦去嘴角的药液，终于露出笑容来："这样才好，养好了病，大有可为。"

像听见了血淋淋的诅咒，周天子瘦巴巴的脸抽搐着，嗓子眼发出喑哑的痰音，似乎在笑，也似乎在哭，他便直勾勾地盯着太子郑，没有一丝情绪的目光从眼眸深处刺出来，直把太子郑看得汗毛倒竖。

"别这么看我，你快死了，好歹是我给你送终，平和些吧。"太子郑压着嗓门说。

周天子耸了耸鼻翼，仿佛在冷笑。

俨然走到人生终点，周天子仍拿自己当天子，是天子就该不惧胁迫，让天下匍匐臣服。可周天子坚持的王者威仪，在太子郑看来，像小孩儿装成人耍威风，竟是如此可笑幼稚，他哧地笑出声来："王父，你可知你为何会败给我？无他，你以天下之主自居，以蚍蜉之力而奢望掌控天下，而我，自始至终把天下之主当成虚名。"

他似讽似笑地一叹："自镐京沉陷，周之天下，早不复从前，妄图复兴成王周公盛世，岂非痴人说梦？这天下，说了算的不是王，是强势诸侯。诸侯尊王，各有企图，借来天子之命，为一己之私贴面，你以为我不知道？但那又如何？他们要王命，我给他们，他们要尊荣，我也给他们，因为只有仰仗他们，王室才能活下去！什么普天之下莫非王土，率土之滨莫非王臣，哄鬼的瞎话，王父，只有你才信吧？"

"懂了吗？"他讥讽地笑道，只是说不清是在笑天子，还是自己。

周天子说不出话，成串的泪水涌出来，像心底淌出的私密倾诉，是彻悟，是后悔，是坚持己见，只有他自己知道。

外头来报仲孙湫请见太子，太子郑对周天子极温善地笑了一下，转身走了出去。

仲孙湫在路寝正堂等候，太子郑知道有秘事要谈，因而摒人，待室内无人时，仲孙湫才道："寡君来书，为定王室，欲再盟诸侯，请太子与盟。"

便像上次首止会盟定太子，再盟诸侯定新天子，太子郑以为可行，点头道："也好，只是，"他犹豫了一霎，说道，"不能是现在。"

周天子没咽气，王太子还是王太子，诸侯会盟就定不了新天子，仲孙湫明白个中款曲，他说道："太子以为何时可举会，寡君便何时举会。"

太子郑眯着眼睛一笑："有劳齐君，其实……也不须等太久。"说着话，眼神渐渐转黯，仿佛感伤于周天子的即世。

太子郑预料得不错，的确不须等太久，这年闰十二月的某个深夜，周天子的最后一口气落在枕上，像叶落幽潭，一丝涟漪也没荡开，无声无息。

在生命的最后时间，周天子顽强地坚挺着，他依然在渴望奇迹发生，便像他从前的很多日子里，期盼错位的天下能复归周道，离心的诸侯能服膺王室，失去的王朝辉煌能重现人间。他原来以为他可以做得到，临到死亡他才醒悟，他以为只是他以为。

而他现在，唯一的、最昂贵的梦想，仅仅是与心爱的儿子见上最后一面。

周天子忍死等着王子带出现，但正如太子郑所言，没有王子带，现在不会有，以后也不会有，周天子在极度痛苦、极度绝望中，徒劳地一遍又一遍呼唤“带”，床前有鬼影似的活人来而又去，没一个是王子带，那口不肯与人间割舍的活气，终于坠下尘埃。

周天子崩，按规矩，应遣王使将讣告宣传天下，太子郑恐生事变，因而秘不发丧。坊间皆道周天子患了重病，有性命之忧，但不闻命已陨绝。被撵出王城十里地之外的王子带，也误认为王父还活着。

京师之人不知天子崩，却有密使背负讣告，紧急带去东方，久等京师消息的诸侯们立即开始行动。

本年正月初六是冬至，一年中极寒之时，万物零落，人间萧条，沉沉死气铺满天地。诸侯们顶着凛冽朔风，赶往洮地（今山东鄄城西南），与盟列国有齐、鲁、宋、卫、许、曹、陈。诸侯们前后脚抵达，聚起来等了一日，等来了悄悄赴会的太子郑。

陪太子郑与会的竟是周公忌父，小白乍见周公忌父，顷刻一团阴云罩住脸。天下尽知，周公忌父是周天子的宠臣，多少年来，与周天子一块儿排斥齐国，为对付齐国，献言献策，不遗余力，仿佛齐国刨了他家先祖周公旦的祖坟，如今周天子尸骨未寒，他却立刻倒戈新主，这骑墙的大本事，郑伯也要甘拜下风。周公忌父要是一如既往地与齐国死扛到底，小白还敬他有骨气，可他顺风倒得太快，小白便鄙薄他为人，对他并无好脸色。周公忌父也识趣，知道小白对他有芥蒂，躲在太子郑背后，有事无事都不出头。

太子郑至洮的前日，小白收到了郑伯的与盟请求，由郑使飞车呈来，一共两片青白的简牍，写满了郑伯的殷切之愿。不知道郑伯从哪儿打听到诸侯们在尊新天子，也想来凑热闹。

郑伯盘算得精明：死了的那个周天子不喜欢齐国，活着的大半时间是与齐国作对，可叹能力有限，屡被齐国羞辱，连累得郑国遭殃。新天子却爱齐国，抱着小白大腿不撒手。齐国既有国家实力，又有天子尊崇，面子里子全具。郑国倘不随从，便是与天子对立。天子纵然威权旁落，虚名还在。

小白怎能不知郑伯的曲拐心思？他把郑伯的请盟书晾在一边，自己不出面，派了个口齿清楚的内小臣去回复郑使：本次会盟是为尊王室，不是服郑，前回宁母之盟，郑君不来，想是郑君有良图，且待下次吧。

有心与盟，遭到小白拒绝，郑伯不屈不挠，二度遣使来告：寡人已在赴会路上，恳请齐君准允寡人见天子，郑自此服齐，不敢背也。

小白这回没拒绝，也没肯允，似乎是无所谓的放任态度。郑伯的路车哐哐当当地驶来了洮地，来的那日刚好遇上盟誓，郑伯携一身风尘，脖颈上沾染的黑灰还来不及揩掉，便匆忙登坛，将温热的血涂在口角，成为拥戴新天子的末位诸侯。

齐桓公三十四年（公元前652年）正月，齐国率中原诸侯与王太子盟，确立了太子郑为新的天子，且歃血盟誓：凡我同盟，同尊天子。

有赖齐国出手，前后两次会盟，数年倾力帮助，保住了太子郑的嫡位，太子郑对小白千恩万谢，一再动情倾吐：若无齐君，则无我。

小白回应说："齐为天子守东土，为天子效力，岂不应当？"

太子郑未曾正式即位，仍是王太子身份，但小白说"为天子效力"，显然是把他当成是天子，太子郑嘴里不说，心里很受用，笑逐颜开地说：

"齐为伯主，也属应当。"

这位准天子的客气话，让小白也让在场诸侯心中都是一震，齐国尊王许久，因为周天子的狭隘偏见，不曾给过王命承认，难得一次王命，也是命事，而非命伯主。而今太子郑亲口说出齐为伯主，他又受齐国莫大恩惠，必有回报之心，是不是意味着，打起尊王旗帜很多年的齐国终于能够得到王室的承认？

齐受王命，应该不远了。

六

齐桓公三十四年（公元前652年），中原诸侯会盟于洮，共定新天子之位，列国遣人护送太子郑归京师，甫至王城，旋即发丧，将天子崩的讣告宣示天下，太子郑于先王灵前即位，成为东周的第六位天子。

因新天子在洮之盟时，亲口宣言齐为伯主，以至天下诸侯都在观望，何时天子会对齐国赐王命。

不过年内许是不能了，因为天子很忙。

天子先是忙着操持先王葬礼。按照周礼“天子七月而葬”，从先王死之日至其落葬，中间有历时七个月的丧仪，整整一套烦琐的丧仪走下来，耗时耗力也耗财。

再是忙着防备王子带。当初为恐生变，将王子带撵出王城，连先王崩也不容他知晓，但新天子出于一片温煦的手足之情，准允王子带给先王送丧，结果王子带在先王灵前号哭连天，命也要哭掉了，殊为非礼，倒不知他是悲恸过逾，还是故意哭给新天子看。新天子对王子带的做派相当不满，于是着人密切关注王子带的一举一动。

天子不赐命，齐国也不催问，也许是齐国习惯了尊王，而王不接受。差不多有三十年的漫长光阴，齐国在敬尊王室的路上坚定前行，那股矢志不渝的执着劲儿，除了没有感动那位刚刚变成先王的周天子，天下诸侯多少受其感染，因而同行者越来越多。

停尸七个月的先王带着“周惠王”的谥号，在洛邑落葬，王室权力平稳过渡。时间奔到下半年，发生了一件喜事，原来是齐鲁再次联姻，小白将幼女公子滩嫁给鲁侯为君夫人。鲁侯在小君的人选上，犹豫了一段时间，据说是楚国也有意与鲁国结成婚姻之好，那来保媒的楚使把自家公子吹得天花乱坠，由不得鲁侯不动心，他虽然倾向于楚公子，可做不得主，最终是季友为他定下了齐国公子。

新天子元年，中原平静无事，没有战争，没有会盟，疆域畔衅也少见。实际这些年里，中原诸侯少有纷争，这一切得益于齐国主导的诸夏联盟，在齐国的强势干预下，中原诸侯不敢生隙，偶尔喷唾沫骂架，齐国也要谯让：诸夏当亲亲睦睦，二君何以忍不住污言！

生活的平静将激荡的暗流隐没在稳定的人间秩序之下，时间飞快流逝，一年如黄河奔涌，东流入海，不舍昼夜。

齐桓公三十五年（公元前651年）三月，列国收到了来自宋国的讣告——继位三十一年的宋桓公亡故。先君辞世则新君继位，也就是说，太子慈父成为新的宋国国君。

当慈父还是太子时，便不安生，诸夏联盟每有事，都能看见他蹦跶不休的身影，没有哪个诸侯国的太子跟他似的，热衷在列国面前露脸。做人可以热情，但热情过头，却成了惹人嫌的缺点。诸侯们忍慈父久矣，小白也受不了他，尽管慈父对小白的狂热崇拜，连耳聋的宋国老妪也知道。

慈父继位不久，便接到齐国发来的邀请，约定于夏秋之际在葵丘（今河南民权东北）会盟。

无联兵征伐之事，无定鼎王室之事，无斡旋纠纷之事，忽然会盟，原因何在？齐国方面没有明言，但外间早就传得沸沸扬扬，说是周天子将赐王命，给予齐国霸业来自王室的承认，所以齐国邀列国会盟，一同见证齐国的荣光。

风传黄河对岸的晋侯也要赶来与会，自西周板荡，晋国闷在家里内讧了一百年，当今晋侯杀儿子杀得风云变色，大概是杀疲乏了，嫌弃晋国内境血腥味重，想要来中原呼吸新鲜空气。

葵丘位于宋国西北面，所以宋国便是此次会盟的东道主，由宋国承办本次盛会，列国使团将在宋国混吃混喝许多天，慈父不觉麻烦，反而兴奋不已。

因为宋曹两国毗邻，曹国使团率先抵达葵丘。与宋国一样，君主易代，曹侯也于去年换了人，国君正是那位对万事万物充满无限好奇心的太子襄，因其好奇，肚里的小道消息甚多，各国的宫闱秘密事、被窝风流史他都知晓。慈父从来自诩是真君子，非礼勿视、非礼勿言，不耻曹侯为人，两人很不对付。曹侯嘲笑慈父迂腐，慈父鄙薄曹侯下作，当面就夹枪带棒地互相挖苦。不是看在曹侯是客人，宋国有义务招待与盟诸侯，慈父怕是忍不得要撵曹侯出国门去。

盟主齐国来得不早不晚。别的诸侯与会，慈父不一定迎候，小白来了，他却一定亲迎，即便身具国君之尊，面对小白，他依然诚惶诚恐。

随小白与会的有太子昭，慈父是头回见到太子昭，照面第一眼，便觉漂亮得挪不开眼，都道他与小白年轻时有七八分像，难道是因为脸蛋中看，小白才立他为太子？

接触下来，慈父发现太子昭很听话，无论小白说什么，哪怕是瞎扯胡话，他永远回答“君父所言极是”，这样乖巧温顺的儿子，与率性自由的父亲，形若天壤。

小白任管仲为太子傅，太子昭一并也听管仲的话。其实不止管仲，对小白倚重的亲近臣僚，太子昭一概尊之、敬之、顺之、从之，谁倡议便赞同谁，如同没棱角的面团团。诸公子奚落太子为保嫡位，谄媚大夫，脸也不要了。

为迎接小白，慈父特意举宴享之，他待小白为极尊贵的上宾，是以酒肴丰夥，尚有侑食之乐，奏的却是《文王有声》。宋国宫乐结合了商周乐音，当列国渐渐遗失先代古乐，宋国却保留了先代余音，耳听得宏阔宫乐，慈父露出得意之色，掩不住那要夸耀的心情，问小白道：

“齐君以为此周乐若何？”

小白曾经听过王室乐工演奏周乐，宋国宫乐纵然动听，与纯正的周乐比，总还差着味儿，但不好拂逆慈父面子，便含笑道：“甚好。”

这回答不能让慈父满意，他追问道：“如何好？”

小白给噎住了，好便好，还得给充分理由，好没道理，本想敷衍过去，可慈父是个较真的脾气，倘不给个准确的说法，怕要没完没了地纠缠下去。正在为难时，管仲清声道：“宋君以周乐飨寡君，是谓‘诒厥孙谋，以燕翼子’。为子孙谋身后，思虑何其远也，能谋后代者，必受福祉。”

管仲的恭维话得体又中听，慈父像吹了一夜春风，脸上的皱纹通通吹平了，端出矜重的笑容来，说话仿佛吟诗，带着节奏感说道：“管子过誉，寡人岂敢谋后代，能谋一代已足矣。”

管仲微笑道：“宋君乃明睿之主也，深图远虑，持礼秉义，天下诸侯能如宋君守信者，少矣。寡君尝与外臣言，身后之事，可托宋君也。”

小白竟然说过可以将身后事托给自己！慈父高兴得眉眼生辉，嘴上还谦让道：“哪里敢让齐君托身后之事！寡人智略浅薄，何德何能担此重任。”

“寡人身后之事，欲交托宋君，”小白骤然开言，“不知宋君愿否？”

慈父快坐不住了，血像喷泉似的往头上冲，一阵幸福的晕眩感荡漾在四肢百脉，他其实心里已经答应了，口里还在推却：“不敢，不敢，齐君为伯主，身后事怎能交托小国之君？受之惶惧。”

管仲朗然道：“宋君自谦过也，天下诸侯无如宋君者，不托于宋君，该托于何人？望宋君不辞！”他说毕，带着太子昭一同起身，两人离席走出来，对慈父隆重地拜了下去。

慈父慌得跳到他们面前，一手扯住一个：“受不得，受不得！非朝聘，寡人如何敢受齐之太子、执政大礼！”

管仲不起来，太子昭也不起来，管仲切切地说：“今以鄙邑世子托付宋君，鄙邑之国命，在宋君也，世子之位，在宋君也，殷殷之愿，期期之心，望宋君体察。”

话说到这地步，慈父再推让，就是虚伪过头，无情过头了，他叹了口气：“寡人惭愧，受此嘱托，罢了，伯主有命，寡人岂敢不从！”

慈父刚一答应，小白便赞道：“宋君愿受寡人身后事，守此信诺，试问天下诸侯，孰能担此责任？”

小白的赞美在慈父胸中激起暖热的豪气，他用富有仪式感的姿态搀起管仲与太子昭，大言道：“齐君放心，管子也放心，但有寡人在，世子之位，必不会失。”

自齐桓公二十四（公元前662年）年，管仲首次建言小白，可将身后事托给慈父，十一年后，终于达成此事。虽然小白不以为自己身后会出变乱。在他看来，齐国政局风平浪静，嘱太子于慈父，不过是走过场，倒是可以让好管闲事的慈父更美齐国。

对未来满怀信心的小白无法预料，嘱太子于宋，这看似寻常的同盟互助传统，却在他死后，使动荡的齐国归入正途，那时已成先君的齐桓公，魂若有灵，是否终于明白管仲的苦心？并非管仲先见祸端，而是习惯性把事情想到最坏，当那最坏的一刻到来时，因为先有预备而不致全盘皆输的惨淡结局。

小白已至葵丘，迟滞于路的诸侯不敢耽搁，跑得车轱辘仿佛要烧起来，不过三五日，络绎出现在小白面前。郑伯这回不逃盟，但仍然迟到，不知是故意，还是凑巧，与赐命的王使同时到达。

周天子可能忘性大，派来的王使竟是周公忌父。小白乍听周公忌父来赐命，恼得发根生烟，险些要任性地拒绝王命。管仲劝他说：要紧在王命，不在宣王命之人。

周公忌父带来葵丘的，不仅有周天子赐命，即承认小白的伯主地位，尚有胙肉，即天子有事于文武庙，献祭于祖，分赐有功者，此外还有大辂车、龙旗九旒、渠门赤旂，后三者为天子舆服，为天子特赐齐君使用。

受命当择洁净宽敞之地，或为宗庙，或为殿堂，或为坛墠。葵丘原有专供宋公落脚的行宫，是一处两进大院，前院有九楹正堂，庭阜是十一阶，中庭广大，可容百人举宴，受命遂在行宫举行。慈父早就令人打扫干净，不见光的犄角也一尘不染，站于中庭，总能嗅到淡淡的幽香，似乎是花香，却不知从哪儿飘出。

周公忌父进入葵丘，小白没有亲迎，迎他的是管仲。周公忌父本来不愿意来，可天子说他是首席王臣，他不去，不能彰显王室对齐君的厚遇，他如果执意拒之，只有天子亲去。

“子忍看天子披风霜、受颠沛，亲往赐命吗？”周天子这样说。

天子的话格外刺耳，周公忌父不敢不动身，他其实也怀疑，天子派他受命，是真的为给小白厚遇，还是为了硌硬他。周天子不是不知道，他曾经与小白不合，想当初他站队周惠王，成日地挑齐国的刺儿，小白恨他入骨，骂他与那刻薄天子一个鼻孔出气。天下人都说他是周惠王的忠犬，现在的周天子起初也对他无好感，后来能容纳他，只因他果断反水。

不过，天子也捏住了他过去附庸王子带的把柄，有事无事拿出来刺激人，阴阳怪气地问一声：“王子带好在哪里？”

天子故弄玄虚的问话声、王臣公然放开的取笑声，羞得他的脸皮也要掉了。

做人一条道走到黑，哪怕一错到底，也比中道改志好，所以贰臣、叛徒，受着现实的冷嘲热讽、历史的口诛笔伐。

管仲代小白迎接周公忌父，陪同相迎的还有隰朋。周公忌父是第一遭见到隰朋，听说他在齐国担任大行人，是个世所难见的全才。周公忌父原来觉得管仲能言，像小白这样不拘小节的性格，说到兴头上，经常张嘴乱扯淡，不是管仲及时止损，多少祸端自此酿成，可隰朋比管仲还会说话，几乎是滴水不漏，他不说废话赘言，该说的话，一个字不少，不该说的话，一个字不吐。

以往齐有外事，折冲樽俎的多为管仲，一概地代君言、代国言，现在外事活动多是隰朋言，管仲实也在旁，却是默许态度，似乎非常放心隰朋。齐国君子尝言，隰朋平常不多话，但凡举一言，仿佛从管仲口里说出来，如合符契，既是有人能说出自己想说的话，管仲何不沉默？

一众人来到行宫，小白立在门口等候，彼此照面，都堆出生硬的笑意，心里都有同样的想法，赶快把这赐命仪式完成了，一个得到荣誉，一个得到解脱，各得其所。

入了门，穿过中庭，款款登上台基，周公忌父左手捧着用红布包裹的胙肉，右手捧着册命书，用周天子的口气说：“余一人有事于文、武，使宰孔赐伯舅胙。”他顿了顿，机械地补充道，“且有后命，天子使孔曰：以尔自卑劳，加劳，赐一级，无下拜。”

诸侯受天子命，应该隆重地稽首参礼，听天子特许不用下拜，小白果然不想拜了，倒不是不想拜天子，而是不想拜代表天子的周公忌父。

不拜正合心意，小白伸出手去，仿佛要把周公忌父手里的册命书一把夺过来，顷刻之间，小白会成为周立国以来，第一位横抢赐命的诸侯。

管仲忽然大声道：“天子赐命，特许我君不拜，然君不君、臣不臣，乱之本也，我君必不为也。”

小白的手像被火烫了，陡地缩回去，抬眼瞧见周公忌父那张看好戏的丑脸，心像被恶犬咬了，只觉冰凉的汗水淌在背心窝，像刀刃似的划开了身体，好险，真好险，差点就闷头不顾跳进坑里，他把一双手缓缓合拢，温恭地说道：

“天子之威，不离咫尺，小白岂敢承天子之命‘无下拜’？恐跌损大礼，使天子蒙羞。”

他拾阶而下，在庭阜下稽首拜礼，再登阶，在台上再拜稽首，而后受命，这一系列的受命礼完整而恭敬，毫无纰缪。

看不到小白违礼，周公忌父未免失望，天子恩赐小白不拜，不是真的要给予小白并侔天子的特权，只是虚无的礼貌而已，头脑清楚的诸侯，没一个会不拜天子，因为不拜天子，等同于忤逆天子。小白适才发晕，不是管仲提醒，他已犯下僭越之罪。倘或小白不下拜，天子作何感想？奉小白为伯主的诸侯作何感想？小白号令诸侯尊王攘夷，而心实不把天子放在眼里，欲为齐天子吗？

可惜，好好的一出大戏，被管仲搅黄了。周公忌父在遗憾的同时，也领悟出一个真相，管仲就是挡在小白身前的藩盾，他将小白保护得太好，小白在他的庇佑下宛如温室里的花草，外边的风雨全不关心，唯一要做的事，是成为霸主，至于如何成为，管仲为他规划得清清楚楚，他只须按部就班，逐步完成。

小白受命完毕，之后要与诸侯盟誓，中原诸侯皆至，只差一个晋侯。这晋侯是首次在诸夏盟会上现身，风闻他老迈多病，俨然下世光景，仍然披霜带露地赶来与会，这一路是过黄河、逾崤山，真正的跋山涉水，也是备尝辛苦。

中原诸侯期盼晋侯闪亮登场，晋侯却久久不现身，是过崤山翻了车，还是过黄河翻了船？要不就是途中染上雾露之疾，被曲沃武公接走了？

好打听稀奇的曹侯，逢着变故，焉有不钩沉致远之理！小白还没过问，他便着急忙慌地撒出耳目去刺探，颠儿颠儿地赶来告诉小白："晋君返国也，不，是逃盟。"

晋侯初时有与盟之愿，倒非欺诈，他确实想来葵丘，在返国之前实已经过周王畿，往东走了两舍之地，半道上遇见一个人，那人把晋侯劝回去了，这个人便是返归京师的周公忌父。

那时晋侯正在生病，渡黄河时河风太猛烈，吹得人肝胆欲裂，通过崤山险道时，又遭暴雨突袭，淋得透心湿，原本身体就不好，一再禁受风吹雨打，出门时只是稍有些风寒之症，每往东走一步，那病就叠加一点，走了数百里，病越来越重。

病恹恹的晋侯遇上了周公忌父，两下寒暄，少不得要说起葵丘会盟的事，周公忌父阴一句阳一句，仿佛舌头生了毒疮，出口的话浊气十足，就算他没有明言，在旁人听来，会以为葵丘会盟是一群谄媚的蠢货聚拢来给一个自大的夯货捧臭脚。晋侯听得不对味儿，问道可不可与会，周公忌父说："齐侯不修德而勤于远略，骄甚，可无与会。"

不务德而勤远略能是什么值得批判的罪过，晋侯能干出假途灭虢的神奇伟业，价值观与周公忌父公开宣扬的修德截然不同，在他看来，身为诸侯，若不勤远略，不开疆扩土，不是合格的诸侯。

周公忌父见晋侯不以为然，晋侯约莫还觉得小白强势霸道，极对他胃口，若能结交未尝不好。周公忌父不甘心，因又说道："君抱病赴会，前道迢迢，艰难苦恨遇之不穷，又闻晋不宁，恐生变故，何不先归国养病、靖乱，然后再谋齐国？"

为达到硌硬小白的目的，周公忌父将顾忌抛诸脑后，对晋侯直言不讳，偏是这难听的直言，击中了晋侯隐忧。这些年，晋侯疯魔了似的残杀儿子，杀得着的，一刀剁了，杀不着的，纷纷奔逃外国，这般的残忍只为给幼子铺路。如此泯灭亲情地铲除障碍，仿佛幼子承继君位十拿九稳，可晋侯心里清楚，做了鬼的儿子自不必说，避难外国的公子却不甘沉寂，哪个都不是省油的灯，一心只等着老父咽气，奔回来抢夺君位，他在，尚能镇住局面，他不在，天知道会生出何等骇人变乱。

看看自己现在的身体状况，糟糕得惨不忍睹，只怕还没走到葵丘，已死在路上，又如何掌控国内局面，扶助幼子登位？或许连遗命也来不及宣传。

于是晋侯放弃赴会，果断返国，周公忌父为此心满意足，小白将来会不会拿他是问，他不去想，至少这一刻他痛快得很。

晋侯半道而归，纵有不得不为的苦衷，终归是言而无信，惹恼了小白，很早之前他便想联盟秦晋，将齐国势力深入河东河西，挨到今日，眼见机会将至，鸭子才下锅，皮毛未煮熟，却扑棱翅膀飞走了。

晋侯不来，葵丘会盟依然只是中原诸侯的内部之会。得奉天子之命，成为伯主的小白与诸侯铮铮盟誓：凡我同盟，既盟之后，言归于好。

便在葵丘会盟上，由齐国牵头，议定了若干大事。一是定下列国贡物等级，按规矩，诸侯对伯主有朝贡义务，需要缴纳道地特产。齐国称霸多年，列国朝聘不断，贡物自不会少，但齐国不残剥列国，从来是轻受方物而重遗之，诸侯使者空着口袋来齐国，装满口袋离开齐国。列国日常吃齐国的、拿齐国的，还受着齐国保护，不服齐也不好意思。此次定下等级，仍然一律准以轻物，用小白的话说：伯主当帮衬同盟，怎能给同盟增添负担？

一是向诸侯们提议门关不征。第一次幽之会时，小白首次倡言为列国通行打开方便之门，遭到诸侯们齐声否决。时间过去三十年，齐国霸业已至顶峰，小白成为天子承认的伯主，再次把这旧事提出来，许是慑于齐国权威，这回反对声很微弱。然而到底干系诸侯的钱袋子，诸侯们争论几日，最后勉强达成一致，各国除了扼守国门的要隘不变常籍，其余门关尽量少征税，尤其专门为征收过路费而设的关卡，最好不征税。

除了商定以上两件大事，尚有五命之誓：

> 初命曰：诛不孝，无易树子，无以妾为妻。
>
> 再命曰：尊贤育才，以彰有德。
>
> 三命曰：敬老慈幼，无忘宾旅。

四命曰：士无世官，官事无摄，取士必得，无专杀大夫。

五命曰：无曲防，无遏籴，无有封而不告。

诸侯们在葵丘信誓旦旦地宣示永为盟好，轰轰烈烈地讨论国计民生，从夏末待到了秋晚，几个月时间倏忽而过，有赖东道主宋国招待得格外精心，吃肥了一圈的诸侯们都忘了归期。

葵丘会盟已至尾声，诸侯们收拾行装，即将启程回国时，来自西北的变闻，绊住了诸侯们归家的脚步。

那位中途逃盟的晋侯，回到国中就病卧不起，当诸侯们在葵丘热烈地争论何处门关可以不籍时，晋侯在翼城的晋宫断了气。

晋侯一死，国内不服幼子为君的大夫趁机发难，幼子的屁股还没在君位上坐热乎，便被削掉脑袋，国外潜藏已久的诸公子也蠢蠢欲动，一面拉拢国内势力，一面借助他国强援，内外交通，势必归国夺位。

小白听闻晋国内乱，初时的感受是幸灾乐祸，晋侯不来与盟，归国送死，死后国家动荡，国内一团糟，国外一团麻，他说与管仲听：晋乱是不是咎由自取？

管仲沉默了一忽儿，问道："我君欲服晋否？"

小白一呆："寡人欲与晋盟，而晋君不与盟，奈何？"

管仲道："晋国远在河山之外，我君过去欲与晋来往，道里难行，也无入晋之缘由。"他便一顿，铿然道，"今晋内乱，请我君率师入晋，正晋君位，我君服晋，正在此也！"

小白恍然警醒，又愧又服地说道："多谢仲父，寡人差点误事！"

幸好会盟虽终，诸侯未行，小白旋即向诸侯们发出请求："寡人欲请王命定晋乱，诸君可自愿随从齐国，赴晋平难。"

小白说的是"自愿"，但诸侯们不敢不从，不管甘心还是违心，皆道："尽听伯主吩咐。"齐国奉王命，遣使向周天子请命，天子回答说："诸侯互助，亲爱融睦，甚善。"于是天子也派出王使，与齐国一同赴晋定乱。

赴晋平难的诸侯师由于有周天子的王命，堂堂正正地从王畿北面的孟津渡过黄河，水面风大，而浪不急，轻舟摇一摇，没多久便能靠岸，河对面是苏国，也即是南阳地。

如今的太行东山下，却是狄人的天下，北自滹沱水、南至洹水的狭长冲积平原，遍地可闻狄人的音声，可见狄人身影。白狄攻破邢、卫后，两国的旧疆为白狄占据多年，两国遗民受着白狄统治，着狄衣、吃狄谷，只怕乡音也改了。

旁人还好，卫侯却唏嘘落泪，阔别经年，终于踩上黄河西岸的湿土，激动之余，是深深的伤感，只因故土不可归，母邦不可返，想要去卫国旧都的宗庙奠酒祭祖，也是不能，纵便去了，触入眼里的只是一堆焦木。

要过太行山，须借道苏国。从前周天子将南阳诸田赐给郑庄公，致使苏子对周天子心怀怨恨，周天子换了几茬儿，苏子也不是过去的苏子，恶劣关系仍然没有缓解，苏子倒与北边的白狄勾勾搭搭，媚眼飞上了九重天。

诸侯师通过太行八陉中的第二陉太行陉，出了太行山，一路少有阻挠，将要抵进晋国都时，忽收到西面传来的消息，说是那河西的秦国深赞晋国公子夷吾，今要送夷吾回国继位，秦伯闻说中原诸侯奉王命来定晋乱，将遣使来见伯主，共商立君大事。

来晋国本为平内难、定新君，要说对晋国诸公子的情况，中原诸侯全不了解，但与晋国素有渊源的秦国了解，想来秦国择定的储君，应有必可为君的长处。小白思谋不久，应允了秦国之请，师众不再前往晋国都，而是折而向北，一直走到高粱，遂驻扎不动。

等了三日有余，秦伯特使果然来到高粱，领衔的上介是个糙得像黄土高原的老头儿，生得满脸沟壑，头发霜白如雪，老得年龄也模糊了，没有七十岁，也有八十岁，非要说他一百岁，也不是不行。

迎使的承摈有齐、鲁、卫、曹等国大夫，接待规格甚是隆重，但列国君子们见得这么个半截身体埋在土里的老疙瘩，心里都在犯嘀咕：秦伯是在开玩笑吗？要么秦国人死绝了，举国只剩得老弱妇孺，不得已派出个不体面的糟老头子。

这老者是个伶俐人，从承摈们的眼神里看出藐视之意，他全不在乎，乐呵呵、笑吟吟，也不管人家愿不愿，津津有味地讨论汾水的鱼："上游的鱼干瘪，下游的鱼肥实，二三君子好吃瘪还是好食肥？"一行人来到高粱的齐国行营，原来是小白将举宴飨秦使，行营外也有人迎候，却是管仲，两边见面，管仲忽然愣了一下。

老者早有心理准备，因而从容迂缓，笑道：“夷吾，一别多年，还识得老友否？”

记忆朝往事的深处挖掘，眼前一片灿烂的美好景致，管仲认出他来了，难以置信地说：“百里奚！是你吗？”

“怎不是我？”百里奚一笑，感叹道，“自与夷吾在临淄作别，三十七年过去了。”

当年分别时尚是风华正茂，再见时，彼此都步入暮年。管仲也自叹息：“三十七年……百里别后，久无音讯，夷吾惭愧，竟不知百里何往，恍惚听闻百里曾任虞大夫，却又如何去了秦国，做了秦大夫。”

百里奚半打趣半真挚地说：“夷吾不知我音信，我却知你音信，夷吾了不得，齐执政之名，誉满天下。”

管仲谦和一笑，问道：“蹇叔呢？百里可有他音信？”

“放心，没死，与我同在秦国，他本也要来，我把他挡回去了，那张烂嘴，管不住要扯淡，我此来是为公事，并非私事，会面者皆是地位尊贵之人，由得他乱开腔吗？”

“未想百里与蹇叔皆在秦国，别后三十七年，想来当中有种种曲折，来，百里请随我面见寡君，且慢慢叙之。”

两人一面携手往里走，一面闲话，百里奚才说起自己的经历。当年他离开齐国后，回到母邦虞国，做了个职位不高不低的寻常大夫，不想天有不测之变，虞国被晋国吞并，他不幸沦为晋国俘虏。晋侯嫁女儿给秦伯，将他作为陪媵送往秦国，他不堪凌辱，中道逃亡，一路南奔至楚。偏他走霉运，好不容易逃脱陪媵身份，又被黑心肠的楚人执拘为奴，成了君子家的牛倌，整日与牲畜打交道，骨头缝里也渗出牛粪味。孰知命运如东海扬尘，变化无常，他不愿赴秦，而秦伯知他具大才，一心想将他收归麾下，于是以追回逃奴的名义，遣人用五羖——五张羊皮，从楚国人手里赎买了他，接其来秦，授以国政，他从奴隶到秦大夫的经历太过传奇，秦国人戏称他为五羖大夫。

百里奚对自己的遭际，说得很简单，挫折苦难在他口里一带而过，但管仲知道，那三十七年不曾相见的时间，该有多少不忍回首的辛酸痛楚，百里奚用他的宽博胸襟容下了，既容下，也就不计较了。

听到秦伯为得到百里奚，竭其所能，千里迢迢将他接回秦国，管仲赞叹道："秦君能识才，为得才而全心以赴，真有道之主。"

百里奚笑融融地说："寡君待奚有知遇之恩，奚若无寡君，只为碌碌之人。为君子，一生得一有道之主报效，死且无憾，想来夷吾也是一样。"

管仲不言，只是微笑，其实是默认。

前头十步不到，便是齐君帷帐，鲍叔牙恰恰从里边走出来，他原是来迎秦使，管仲呼他一声，说道："来见见老友！"鲍叔牙的记性没有管仲好，辨了半晌，管仲提醒了他，才认出是百里奚，顿时惊得如坠梦里，话也说不出，盯着百里奚仔细打量，竟是手足无措。

百里奚欣悦笑道："鲍叔安好否？"他不等鲍叔牙回应，看着管鲍两人，戏谑似的说道："闻名天下的管鲍之交，奚在秦国，也听了不少逸事。"

因小白等候已久，鲍叔牙不及与百里奚细述衷肠，急急问候几句，便引导百里奚去面君。小白听说来的秦使是百里奚，又喜又奇，说道："早闻子之大名，恨不能相见，子与寡人重臣是故友，今番相见，殊为难得，稍后不要急着走，留下来叙旧也是好的。"

百里奚代秦伯致意小白，一字一句地复述秦伯的原话，秦伯应是极其崇敬小白，说的全是誉词，如"寡人在西方久闻齐君威名""齐君尊天子攘蛮夷合诸夏，百代伟业也"。实际呢，天下诸侯、准诸侯膜拜小白的不在少数，最典型的是慈父，他能垂泣至天明，是谓为伯主分忧。

小白没见过秦伯，对他的事知道得也很少，但显然秦伯对小白有着超乎寻常的关注。相较晋国，秦国更难进中原，百年来困在河西收复西周失地，每寸疆土都得来不易，正因为知道创业的艰辛，才能对称霸的齐国生出由衷的尊敬，不像养尊处优的中原诸侯，将齐国成就霸业归因为运气好。

说话间，诸侯们陆续与宴，乍一见秦使是老朽的百里奚，都做出浮夸的诧异神情，忽一见小白待他礼敬有加，耳旁风吹过来，知道管仲、鲍叔牙是他旧友，又都变成殷勤的笑脸。

因小白着意吩咐，今日欢宴没有献酢的繁缛礼节，从一开始便是无算爵，五六爵过后，已是酒酣脑热，诸侯们放开了胆，也就放开了嘴，向百里奚打听那位公子夷吾：他何德何能为新晋君？百里奚谨慎地说："公子夷吾幼时便不好戏耍，为人节制有度，年长仍不改，至于其他，外臣也不知。"

曹侯打了个曲径通幽的酒嗝，得儿得儿地笑道："听闻晋公子卓越者，尚有一位公子重耳，怎不择他？”

百里奚还在斟酌如何应答，曹侯却是性急得很，哪里等得到百里奚推敲辞令，着急忙慌地扬声宣称，他对这位公子重耳颇有耳闻，其人母亲是狄女，因此一半夏人血统一半戎狄血统，是不折不扣的杂种，最稀奇的是重耳生有异相，何等异相呢？骈胁也，就是肋骨长得黏合起来，浑然如同一整片。

曹侯是包打听，自信天下没有他不知道的秘闻，哪个诸侯屁股上长了根纤细的黄毛，他也门儿清，说起重耳的骈胁，惟妙惟肖，仿佛他曾经近身观察过。

卫侯皱了一下眉头："何丑也。”因为曹侯那栩栩如生的形容，他先入为主地把重耳想象成丑肥懒汉。一个人若丑且懒，必不会有大成就，不立重耳为晋君是明智的。卫侯为重建卫国，勤勉努力，不敢怠惰，因此容不得懒人，他并不知道，此时的隔空嫌弃，导致数年后，他将过境卫国的重耳拒之门外，最终给卫国酿成了弥天之祸。

曹侯开启一个绝妙的话题，人闲心闲的诸侯们七嘴八舌议起重耳的肋骨，有心热的还向左右咨问：这怕不是病吧，能不能治？一时间说得口沫横飞，舌灿生花，你说骈胁不稀见，还有骈脚骈手呢，我说重耳大概是品行不端，故而遭此奇特天谴，当中夹杂着宋君慈父的慷慨陈词："不可以身之异态定品行高低！”也没人搭理他。

小白听不下去了。衣冠楚楚的诸侯竟然公开讨论一个陌生人的肋骨，心是有多无聊！平时在国门内乌烟瘴气，烝先君夫人通大夫妻子，私生子多得月月有人叩首宫门认爹，出来国门，不说收敛些，明明蠢得不识数，偏又张狂，不分场合丢丑，齐国怎么与这群蠢货结成盟友！

他猛地大声道："敢问百里，这位公子重耳，如今安在？”

小白的声音极其清亮，盖过了诸侯的议论声，百里奚答道："上覆齐君，重耳在狄也。”

小白微一颔首，转向管仲道："仲父如何看？”

"臣以为，晋公子重耳有非凡之才，我君若爱惜之，可请其奔齐。”管仲畅声道。

小白显出惬意的笑："适才诸君纷说重耳，可知此人不凡也，寡人对重耳甚是好奇，必请其赴齐，奉为上宾。”

君臣一问一对，貌似寻常，其实故意，诸侯们像被抽了大耳刮子，脸上一疼，猝然哑巴了。小白说要接纳重耳奔齐，摆明了要给嘲笑重耳的诸侯难堪，不过也难说他对重耳当真有兴趣。这二三十年，齐国收留了多少无家可归的落魄人，天下浮议小白有怪癖，对一切弱小的、卑微的、受难的、可怜的，充满了同情心，愿意给予无私帮助。

重耳真会去齐国吗？小白说请重耳赴齐是落于实际的行动，抑是一句戏言？诸侯们揣测了一阵，渐渐失了兴致，天下落难公子何其多，不值得给予一个陌生公子过度关心。

于是齐与秦合议同谋，共立公子夷吾为晋侯。这时晋难已平，再滞留晋国无用，小白派隰朋率领少部师众，会合秦师接纳公子夷吾入晋为君，各国诸侯与大部师众则东返归国。

承小白盛情挽留，百里奚一直没走，待到诸侯师开拔归国，他还跟着往东走，说是给管、鲍送行。故友依依难舍，一路送出了三舍之地，眺看到前方太行山拔地而起的雄伟身影，方才止步。

鲍叔牙邀请道：“百里若得闲，可邀上蹇叔，同来齐国相会。”

百里奚凄凄一叹，语带伤怀地说：“我也有此愿，可恨老矣，走不动了，若是年轻二十岁，但有朋友相邀，纵是千里万里，也当奔赴。”

百里奚的感喟，让鲍叔牙心有戚戚，老去的又何尝是百里奚？他与管仲也老了，曾经携手同游天下的至交好友都老了，有的甚至埋首黄泉很多年，依然活着的他们，还能在这世上行走多久？

管仲慨然说道：“此生能结识诸友，也曾同行过，当年狂歌慷慨，畅快淋漓，虽有不能长相陪伴之遗憾，异日奔赴黄泉，也不辜负了。”

百里奚默然斯须，幽幽长叹：“夷吾所言甚合我心，不辜负了。”他对管、鲍深深一拜，“就此别过，天高路远，二友慢行，当年情谊，奚永志不忘。”

车马迤逦东去，故友的面孔看不见了，面前只有遮蔽天地的太行山，仿佛巨龙幻影，不经意地跳纵而起，倏忽游入远方的朦胧烟霞间。

那太行山的背后，是梦魂不忘的故乡，是这一生最后要去的归宿，起于此，终于此。

第十四章
百代过客

一

齐桓公三十七年（公元前649年），春情萌动，遍野的花都开了，红白桃李恣意绽放，时令一到，由不得你喜与不喜，悲与不悲，该盛开时便即盛开，到那该凋谢的秋晚之季，也挽留不住。

春暖花开的季节，最合适荡秋千，一荡飘入春风，成了风里的一叶飞花，二荡飞上了天，攀上云的帷裳，自由而酣畅，仿佛把人生的所有束缚都荡出去了。

最早发现秋千的娱乐价值的，是国君小白。他先在宫中设置若干秋千架，带着后宫诸夫人晃荡嬉戏，有个别夫人荡得上瘾，只要上了秋千架，菟丝子似的攀附着不肯下来，宫人请夫人用膳，夫人说荡着吃吧。

记不得从哪年起，小白荡得越来越少，他说是老了，不禁荡，腰疼。国君不游戏，其余人不敢独乐，久而久之，失了兴致，那秋千架便积起灰尘，木板生出湿腥的苔藓。偶有年轻的某夫人出于好奇心，踩上去小心翼翼地晃一晃，被偶尔过路的小白痛骂："扰耳喧哗，甚不知羞！"

细心的人发现，小白似乎没有从前那样贪玩了。小白打小就是玩中行家，齐国君子十个有九个沉溺玩乐，要说玩出新角度、新视野，小白简直是无双国手。

只是现在的小白，在他心里最能触动情绪阀门的事，不是如何玩，而是生死。

今年开年不久，王子成父病故了，丧报上告国君时，小白正在吃早饭，于是这顿饭再也吃不下了。

重臣过世，小白必须临丧，底下人于是碎嘴纷说，国君今番又要哭了。小白每回参加葬礼，都伤心欲绝，哭得几乎晕厥，最后得由人架出去。可出人意料的是，这次小白竟没有哭，人人都看得出他很悲痛，人人也没看见一滴泪水，越是这样的镇定，越觉骇人。

小白离开时，刚巧遇见来吊丧的隰朋，他像打量久别重逢的故友，盯着隰朋看了半晌，突兀说道："朋要保重身体。"

很少在人前流露情感的隰朋，忽然落泪。

去年夏末，隰朋从晋国回来，或是路上染了风寒，才向国君复命，第二日就卧不能起，自此缠缠绵绵病了三个多月，几乎丢了半条命。病好后，身体却大不如前，受点儿风、淋点儿雨，不是伤风就是腹泻，本就不丰腴，越发瘦了，人也脱相了，他自嘲说"齐君子无丑于朋者"，小白听言，却暗自神伤。

小白从小有个怯生生的愿望，他在乎的人可以长久而健康地活下去，他们一起玩耍，一起快活，一起承担患难，一起成就荣耀，便是不得不死，能不能一块儿奔赴黄泉？

小白恐惧死亡，尤其恐惧别人的死亡，其实是恐惧孤单。

每个相识之人的亡故，都让小白的精神世界裂开一条缝，但能彻底摧毁他的，只有管仲。

小白不想管仲死，但管仲老去是不争的事实，人一朝步入暮年，生死常常由不得自己做主，小白纵然不愿意与管仲死诀，也必须承认仲父不复当年。

去年初自晋返国，在新年的宴飨上，小白赐管仲酬币，赐给他三归之权，即将封地谷城的三种赋税——粟米之征、布帛之征、门关之征，一体归于管氏私府，不须上缴国府。管仲不肯受，他说：自古及今，卿大夫封地之获利，三分有一归国府，三分有二归私府，君不可为臣破例。小白不准他拒绝，固执地坚持道："寡人欲仲父富贵比于公室，恩泽及于子孙，倘不赐三归，何以富也？何以泽也？"

因为小白的特赐，管仲享有三归之权，管氏家族因为管仲长久执齐政，风光等逾国、高，如今连封地的钱袋子也变大了，更是富贵逼人，惹来牙酸的君子絮叨：管子身为陪臣，富于列国之君，太奢靡，小器也。

不过也有人讳莫如深地揣度：管子没几年奔头了，国君赐给特权，是趁着他还活着，让他乐呵乐呵，总不能等到他身后，再赐这个赏那个，那时天大的恩惠，对死而无知的尸体又有什么用？到底管子执政三十多年，齐国有赖他才有今天的成就，五鄙的乡人闲来追忆往事，常对后生子辈太息：没有管子，我们连饱饭也吃不起。

君子吃饱饭，非议管子奢侈；下层吃饱饭，赞美管子有为。一粒粟米在君子的铜鬲与在平民的陶鬲，不同的炊具烹出不同的饱腹之味，也喂养出不同的肚肠。

在很多人心里，老得明日将下葬的管仲，至今没有致仕等死的表现，他还是唯一的齐执政，恪尽职守，夙兴夜寐，没一日懈怠。

本年开春，持续十几年的列国诗归整工作已告完成，原来还差着秦晋诗，前年因为平晋难的缘故，去了一趟晋国，与百里奚相遇，管仲请百里奚帮忙采集秦晋诗。百里奚说于秦伯听，秦伯甚是上心，得益于秦晋的联姻关系，便由秦伯出面，请晋侯帮了把手，动作也还快，就在第二年，即将抄录的秦诗晋诗送来齐国。

有了秦晋诗的加入，天下之诗大体完备，整理妥当后，呈给小白阅览，小白大加颂扬，称道立即着内史抄录数份，每国送一份，尤其天子处，当优先馈送。

“自此无论公私会面，可赋诗以明志也。”小白感慨万端。

流散于天下的各国诗，在齐桓公时期得到第一次大规模的结集，从那时起至春秋末孔子删诗为经，诗的影响越来越大，列国诸侯君子无论谒见天子、会盟誓约、私交会面，都热衷于赋诗引诗，甚至通过一个人所赋的诗句，观其志、察其心、审其行。

为庆贺列国诗结集完成，小白举宴飨群臣，实际他现在经常举宴，理由很多，也可以没有理由。其实举宴只是借口，小白是想有人陪他，人越老，越好热闹，害怕冷清，害怕无人理睬的寂寞。

这趟举宴，非大节上的飨礼，与私宴性质差不多，所以邀来的臣下不多，原本宣召了高傒，他却因病不能来。临淄的君子时常讪牙，说那高傒一年有一半的时间在生病，可也没见他垂死过，每每是歪歪倒倒病得不能见客，过段时间神采矍铄地亮相人前，再几日又闭门养病了。

宴席设在内寝，三楹的小殿堂，因为空间窄，君臣的坐席挨得很近，小白却高兴得很，连连说君臣亲近才好，仿佛寻常一家人围拢来吃晚饭。

喝至半醉时，小白捧起满满一觯酒，深情款款地说："二三子皆为寡人亲人，恩逾骨肉，情过血脉。"

他看住管仲，目光充满期颐："若无仲父，无今日之小白，仲父好生养护身体，小白还欲与仲父共兴齐国，同创伯业，归一天下。"

"多谢我君看重臣。"管仲躬身肃拜，道，"然臣更希望，即便没有臣，我君也能兴齐国、创伯业，齐国能有今日，实非臣一人之力。"

"不，不，小白不能没有仲父，齐国不能没有仲父，孰人敢言无仲父也能兴齐，寡人定不恕他！"小白执拗地说。

这耍横似的孩子话，让管仲感动，也让他忧虑，但后一种情绪，他没表现出来，绽出温软的笑意，向小白敬酒上寿。

小白慢慢打量群下，这些被他视为亲人的重臣，除了卫开方正值盛年，其余人都生了白发。隰朋年龄最少，五十不到，却因身体欠佳，瘦得皮包骨，酒也饮不得，只能浅尝辄止；宁戚年长于隰朋，常年与农田打交道，日头下曝晒，泥地里蹚行，备尝辛苦，头发白了一半，背也弓了；至于管、鲍，早就是飞霜在首的垂垂老者，再追忆那已躺在黄土冢中的故人，生死永隔，永无相见之日。小白想想亡人，看看活人，越发地辛酸痛楚，眼睛酸胀得难受，赶紧饮下一大口酒，把倒涌的悲伤淹下去。

良久，他抚着腿叹道："二三子见老，寡人也老了，唉，尚有多少心愿未曾达成，好不遗憾。"

宁戚问道："我君有何心愿？不妨说出来，臣等纵是愚拙，也能为我君达成。"

小白一哂："依旧狂傲！寡人尚难为，你如何能！"他稍稍停顿，目光慢慢凝向管仲，"往昔寡人问仲父：孰人能封禅？仲父答：受命者可封禅。那时寡人未得王命，伯业也方起步，今王命在手，伯业大成，却不知今日是否可封泰山？此便是寡人难为而想为的心愿。"

原来小白有封禅之愿，往年在华不注山咨问过一次，二十年过去了，却始终没忘记，曾经不切实际，今日却要梦想成真。管仲知道，葵丘会盟后，齐国霸业达到巅峰，小白多少有些膨胀，以为天下诸侯皆是蠢人，齐国但有招呼，望风来服，地位几与天子齐平，那么，践行封禅泰山，便当提上日程。

管仲想拦回小白的疯狂想法，直言道："封禅者，古有七十二家，俱为受天命之圣帝明王，并无诸侯封禅。"

本欲管仲首肯，结果被他一口否决，小白脸上不好看，负气似的说道："寡人北伐山戎，南讨荆楚，东服郑卫，西平秦晋，数合诸侯，一匡天下，天子赐王命，诸侯纳方物，功业不及七十二家圣帝明王乎？如何封不得？"

"臣以为，我君可封禅。"卫开方帮腔道，一抹浅笑从不生皱纹的眼角流出来，"七十二家圣帝明王，古史渺茫，传说难信，未必及得上我君功业，想那庸碌之主能封禅，我君为何不可？"

开方的每句话都说在小白心坎上，小白舒坦得很，看着卫开方笑起来。怨不得小白喜欢他，拿他当知心朋友，外间都道卫开方善于揣摩君心，小白喜欢的，他竭力促成，小白不喜欢的，他一字不提。

管仲暗暗瞥了一眼卫开方，遽然微笑："我君必要封禅，倒也不是不可。"他向小白一拜，神情肃然地道：

"只是封禅非寻常祭礼，得有祥瑞之兆。往昔受命者，先有河出图，洛出书，再有一应异物。如鄗上之黍，北里之禾，用为粢盛；江淮之间，一茅三脊，用为藉草。再有东海致比目之鱼，西海致比翼之鸟。最后，物有不召自来者，十有五焉。以上全备，方可封禅。倘若无异物，无祥兆，贸然封禅，是对神不敬。"

管仲说得郑重其事，与他素昔议论国政的模样，几无差别，小白不禁蒙了，下意识地看了看卫开方，可卫开方也是满脸迷惘，彼此都没想到一个封禅提议，私心只为向天下炫耀功业，竟会牵扯出如此复杂的礼数，如果不遵此礼，封禅失了意义，如果遵此礼，便封不成禅。

小白有些搁不下颜面的尴尬，鼻梁也要皱断了，赌气道："若照仲父之言，封禅不成了。"

管仲宁静地笑道："举凡好事，怎能仓促成之？齐之伯业，也非一朝速成。望我君耐心等待，俾异物至，祥兆现，再封禅也不迟。"

小白那封禅的热望，被浇了冷水，成了一团泥淖，看着也烦恼，懊丧地说：“罢了，以后再说吧。”

此后，小白不再提及封禅，情绪却明显低落，幸而有个宁戚说笑话，逗得他展颜，脸色方才缓和了一些。

宴毕，小白留了开方叙话，其余人拜君离开，管、鲍走在最后。出得内寝，日已微倾，天上铺满了云，近处的云薄脆如碎布，远处的云厚重如裘毡，阳光在云的背后漫射，将那厚薄不均的云层涂染出紫金边缘。

内寝东西两面连出去手臂似的长廊，在东廊上走不多远，却见丙刁与易牙站在廊下，嘀嘀咕咕，两人警惕心很高，听见身后有人来了，迅速分开，垂手路旁行礼，脸上俱造作出旁若无事的神情。鲍叔牙极不喜欢这两人，冷哼一声，经过他们时，重重地踏步，走出去十来步，又回头狠瞪了一眼。

走出宫门，管、鲍又要同车，管仲唉唉叹气：“老矣，驾不动车咯。”

“请问同乘数十年，管子驾过几次车？”鲍叔牙佯怪道，再次主动充当御者，顺手挽住六辔，銮铃丁零零一响，车马已稳稳上道。

管仲似笑非笑道：“管夷吾数欺鲍叔，而鲍叔竟能容忍，夷吾何其羞愧，鲍叔何其宽厚。”

鲍叔牙静默有顷：“我只能容忍你，只因夷吾不同，夷吾是真君子，其心为国，为天下，至于其他人，无一个比得上夷吾。”

管仲挚诚地说：“夷吾看天下人，也无一个比得上鲍叔。”

不紧不慢地行了一段路，一搭接着一搭闲话，鲍叔牙始终有个心事放不下，他不想对管仲掩瞒，说道：“国君今日提封禅事，是谁在背后怂恿，是不是卫开方？”

管仲不言语，实是默认了鲍叔牙的说法，他们都看出来了，小白忽有封禅念想，是卫开方在推波助澜。

鲍叔牙恼道：“自开方来齐，长留不归，一味媚上，趋承君意，今日敢撺掇国君封禅，明日又当煽惑国君行下何等荒悖之事！偏国君爱他，以为他忠心可嘉，明明是小人，倒造作出君子嘴脸！”

管仲无奈地一叹：“国君……以他为朋友，故而待他全心信任，他有所进言，国君必有所接纳。”

“纵是朋友，也是损友，非诤友！”鲍叔牙越说越激动，“还有那丙刁、易牙，两个居心险恶的贱人，怎还不撵走！国君缺了他们，从此睡不得觉、吃不得饭吗？这三人与国君朝夕相处，耳濡目染尽是邪念，何能向善？一国之君，受制于奸佞之人，耻也！”

管仲叹气：“鲍叔是刚正君子，闻恶不忘，眼里容不得瑕疵。然国君其人，鲍叔也该知道，他生性好玩，爱热闹、怕孤单，不喜独处，即便你我能为友臣，却不能终日与他狎昵亲爱。卫开方、丙刁、易牙三人，鲍叔不喜欢，不瞒鲍叔，我也不喜，可他们能陪伴国君，纵令一国之君，人生有太半光阴为公义，仍有小半光阴为私利，爱听媚上之言，好绮靡之乐，其逐乐之心与常人无异。如鲍叔这般，终身持正严刚的完人，天下少见。”

鲍叔牙怔怔的，说不得是通透了，还是更忧虑了，怅然道：“道理我也懂，可也不能就此罢了。此三人今日陪伴国君玩乐，能迷惑国君心智，煽动国君封禅，万一哪日干碍国政，又待若何？”说着悄悄觑了管仲一眼，挡不住的苍老毫不怜惜地刺入眼底，一阵揪心的疼痛，他把目光转开，忧郁地说，“国君此人，自幼贪玩，心性不定，须有人管教，方能成才，你我在一日，能拦住他乱来，你我若不在了，谁管得了他？这辛苦开创的齐国伯业，怕不要被他毁了！”

小白开创的齐国霸业，小白亲手毁掉，听来像个无聊的笑话，但现实也许就是这样荒诞而悲凉。

鲍叔牙的担心，管仲也有，或者说，很早以前管仲便有所预见，正是那年伯舆质疑：为变国之政，付出偌大代价，倘若不能使后代承继，值得吗？

值得吗？管仲有时也会问自己，可无论值得抑不值得，已经走到了这一步，活在当下的每一刻，都当努力奋争。

“我在一日，齐国是磐石之固，我不在了，保不住齐国伯业，也要保住齐国。”管仲静静地说，平和的语气却凝聚着拔地参天的力量，他是这么说的，也是这么做的。

回到管氏宫，月亮已升起来了，圆圆一轮，分外窈皎，似哪个君子忧伤的笑脸，颊边飘过一缕游云，将那忧伤遮断了一半。

按照多年的习惯，管仲一到家，总要先去给母亲问安。管母今年八十多了，不见衰竭，反而越活越康健，越活越精神，常常神清气爽地去庄岳之间逛集市，她在前边健步如飞，侍从在后边跟得气喘如牛。外头闲人嚼舌根：

管子一年老于一年，他母亲却像逆生长，莫不是把儿子的命活在自己身上？

母子见面，说了三五言家常话，管母便催管仲走："别在我这儿耗着了，去看看婧，养病许久，越发不好了。"

这两年，姜婧为完成申庶其的遗愿，一直在归整列国诗，人上了年龄，禁不得劳累，审读典籍是细致功夫，耗神耗力，日积月累地操心，年初病倒了，手头的事耽搁不起，好在有个阿彤主动搭把手，帮助姜婧结集完妥。

阿彤这一向都住在左南乡，只因申庶其养病期间，阿彤与谷柳儿相处融洽。申庶其去世后，乐无荒本邀阿彤回临淄，左右有个照顾，但阿彤喜欢左南乡的居住环境，也喜欢谷柳儿，谷柳儿也希望与阿彤做伴，以是长留左南乡。后来听闻姜婧为集诗积劳成疾，想到集诗是申庶其的遗愿，申庶其的事便是她的事，不能不管，因此来管氏宫帮忙。

管仲到内室，阿彤果然在，正坐在榻边与姜婧说话，旁边还有个年约十岁的男孩子，原来是管鸣的儿子管启方。管鸣被立为孺子，仍在谷城守邑，妻儿本随他同在封地，管母舍不得管启方，于是将他留在管氏宫。

见管仲回来，阿彤因牵起管启方，微笑道："我们去见太祖母，祖父祖母有话说。"

管启方乖巧地应了一声，不吵不闹，轻手轻脚地跟着阿彤离开，他比管鸣还听话，管母说他省心，养得这么个早熟懂事的重孙，谁不疼爱呢？

管仲端详着姜婧，像是比昨日好了些，也像是坏了些，他迷离着无从判断，便在她身边慢慢坐下，握住她的手，那手像浸在冷泉里的枯木，少有温暖，他想焐热她，却做不到。

姜婧靠在他肩上，寂寂地说："我怕是要走在你前头。"

管仲嗔怪道："瞎说，哪里就到这般田地！你且安生将养身体，劳心事一概不问，必定能好。"

姜婧乏力地一笑："多谢管子吉言，我必定能好。"她抬起双眸，有银光映入眼底，是管仲鬓角的白发，以往不能确定的，现在却无从怀疑。

她惆怅地叹了口气，期期道："能待友好些吗？他太苦了，我知道你是为管氏未来着想，可牺牲了他，管氏一定会向好吗？就算管氏从此荣耀百代，你待友刻薄寡恩，致他满腔怨气，恨意难释，不怕他视亲人为仇雠吗？"

管友不得立为孺子，自认被家人轻贱至尘埃之下，父亲向来严苛，待他温善的祖母、母亲，也不为他说话，可知他们都不爱他。他便觉灰心失意，于是向小白请命，自愿去五鄙担任乡官，一接到任命，立刻启程离开，从此不回来，姜婧给他去书，他有时回，有时不回。管母看不过去，私下与姜婧数落：夷吾也太无情，将儿子推向对立面。这事上，若有十分的错，夷吾占了八分。

管仲也觉自己无情，一样心疼儿子，可温热的亲情如何抵抗得住寒烈的现实？人生不是非黑即白的对立两面，可选择是、取舍是，只要剥夺了管友的继承权，他就会生恨，必使亲情成仇。

他感伤地说："牺牲了友，管氏不一定会向好，他早已视亲人为仇雠，可是婧，我能怎么做？"

姜婧叹道："治国难，治家也难。人生不如意，十之八九。无完美之国，也无完美之家。君子之家富贵饱食，无饥寒迫体，无碌碌奔忙，仍有如许多烦恼。"

管仲接话道："我现在最大的烦恼，是婧的身体。"他握紧姜婧的手，温柔地说，"夫妻相伴四十年，夷吾离不得婧，再别有走在前头的傻念头。"

姜婧谑道："我还未与夷吾同车而行，怎敢辞世？夷吾久久悬置的心愿，总要满足了才好。"

管仲一笑，一本正经地邀请姜婧，说道："他日再赴郑国东门，婧与夷吾同车如何？"

"愿与管子同车。"

人至暮年，宏大的愿望都散落了，唯剩在心底的，只是一些简单而温馨的小心愿，想与生命中最重要的那个人，回到当年相会的地方，慢慢温故往事，也就足够了。

二

初晓时分，沉压了一整夜的黑幕不甘愿地分开了，朝霞一点点抹上宫墙的脊梁，将雄伟的宫殿轮廓缓慢地显露出来。

仿佛遭遇了噩梦，丙刁忽然醒了，透窗的曙光像尖锐的目光，直直地抛在面前，他被那不礼貌的注视逼得偏了一下头。此时天太早，寝宫静悄悄的，门口值夜的御士也不见动静，或许正倚着门打盹儿，只听得晨风有气无力地在门廊上来回往复。

他往内寝送去一眼，床榻上安静得像没有生气，小白应该还在沉沉入睡。这阵子小白失眠严重，常常辗转一夜，床褥也给他蹬开十来回，总也等不来睡意，好不容易睡着了，囫囵两个时辰不到，又醒了。人睡不好，脾气便大，动辄发火，眼风扫到谁，便指着谁乱骂，连向来为他宠待的丙刁也不能幸免。

丙刁起了身，同他一屋子守夜的寺人也不敢睡了，惺忪着睡眼爬起来，还得蹑手蹑脚，呼吸声也要小心地敛住，免得惊扰国君瞌睡，又是一顿怒斥。

丙刁对其余寺人叮咛说：让国君多睡会儿，大家伙儿动静小些。说完，他悄悄走出寝宫，他昨日向小白告了假，说有私事要办，恐有半日不能当值，小白很能理解，体恤地说：翌日晨起出宫，不必再来请命，早去早回即可。这个时候的小白，又恢复成过去那个细腻温柔的君主，同情一切弱小，爱惜一切微贱。

宫人们都发现国君越发喜怒无常，变脸变得没有章法，前一瞬才和风细雨，后一瞬就气急败坏，像个任性的老小孩儿，深恨人家说他老，过去盛年时，一日三叹“老矣”，现在真的老了，却又忌讳“老”。

丙刁一步不停地往宫外走，高墙森严似合拢的铁臂，微翘的屋檐从晨雾背后露出刀锋般的生硬轮廓，奶白透亮的曙光慢慢跟着脚步追赶，约行了半个时辰，只觉天渐渐大亮了。

出得宫来，驾起一辆素朴的轩车，只有骖服两马，辔绳一甩，橐橐地往南城而去。清晨的临淄城，安谧如空阔的庙宇，道上少有行人，因此车马跑得快，径直奔到南城的一条深巷内，在一处小宅门前停下。

这是两年前，小白赐给丙刁的私第，是只有一进的四合院，原是哪个君子家的后院，君子犯了罪，司寇处以罚金，君子无多余财利，只得将宅第上缴国家。小白便将私宅拆成两部分，前院赏给有功的战士，后院则赏给丙刁。

丙刁跳下车，将车里的三只大方匣捧下来，那匣子极沉，不易一起拿走，只能一匣一匣往宅门里搬，他却不进屋，就搁在院子里。

那院里栽着一棵大柞树，枝干像筋骨脉络似的裂开，撑起无数个华盖似的树冠，树下垒起一抔土堆，丙刁便在这树下土前，将匣内的物什一一取出来，有一罍酒、一篚饭、一豆肉、一筐饼、一盂羹，还有若干糕点。

又从室内抱来一只大铜鬲，里边烧起火，将食物一样样丢进去，每丢一样，便腾起一层迷眼的黑烟，着火食物的焦煳味迅速弥散开来，那被祭的亡灵受着这焦臭的歆享，未必会大快朵颐。

丙刁斟了满满一杯酒，将酒液慢慢倾倒在地，口里喃喃念道："吃饱了，就别来找我，我年年祭你，你还不餍足？"

他嫌一杯一杯地祭酒太慢，干脆抱起酒罍，哗地倒出去，酒浆像飞瀑陨坠，将那土堆冲塌了一半，生生砸出一个坑，他瞪着那在坑里荡漾的酒液，仿佛那儿有张张熟悉的脸，用命令的口吻道："别来找我，知道不？"

"别来找我！"他把酒罍扔在土堆上，另一半也坍了，甩了自己一巴掌。

他像被自己打蒙了，愣了一下，又甩了一巴掌，再一巴掌，很多巴掌，似乎麻木了，竟不觉得疼，从前父亲喝醉了打他，牙打掉了，血流了满脸，他不哭，所以现在他也不哭。

昨夜他又梦见父亲，这样的梦做了上百次，逼真得像现实，或者就是现实。是在清邑大火的那个夜晚，从房屋背后山林烧来的烈火，如同饿疯了的野兽，一口吞掉他那泄风漏雨的家，横梁、支柱、门墙像被拗断的脆骨，纷纷倒下来。父亲被垮塌的房椽子压住了那条废腿，动不得，也不敢动，他哭着呼喊："刁，救救我，救救我！"

他想他可以救父亲，搬开那根房椽子，带着父亲逃出火海，然后……然后仍然回到从前的生活里，陪着这个百无一用的窝囊父亲，与狗争吃食，与猪争圈巢，活得不如畜生，人生开始不久，便已看到了头，未来的十年、二十年、三十年，与父亲互相折磨，互相嫌弃，到那忍无可忍的一日，还能同归于尽。

他于是昂起了头，对父亲说："你自己救自己。"他头也不回地跑出了家门，身后是父亲绝望的惨号，鬼一般骇怖，而火焰的哔剥声越来越大，掩过了生命的垂死呼救。

亮得像流星陨落的火光映在他湿漉漉的脸上，很快，卷着黑屑的热风将他的脸吹干了，身后的家灰飞烟灭，什么都灰飞烟灭了才能重新开始。

父亲常说是他拖累自己，他却觉得，是父亲拖累了他，所以父亲与那破旧的家一起灰飞烟灭，他的人生就不同了。一场大火烧灭寂了许多人的希望，却烧出了他的光明前景。

是的，他不同了，他如今是国君身边的红人，国君缺了他，睡不好、吃不香，衣服也不会穿，腰带也不会系。虽然他只是一个寺人，连个男人也算不上，整日干的是伺候人的下贱活路，可那又怎么样？

“怎么样？”他自言自语道，燎烧的烟为风催动，狂躁地跳蹦舞蹈，眼睛不小心被熏出了泪，他扯过衣袖揩掉了。

正午时分，丙刁离开那座小宅，依旧驾着那辆素车，抄近路返回齐宫，因刚刚燎烧祭祀，一身浓重的烟火气，着实不妥当，先去换了身衣服。

有巴结的寺人赶紧来说：国君找你呢！找不着，乱发脾气，不梳洗、不着衣，披头散发地满屋子转圈，还砸东西。

丙刁愕然，小白忘性也太大了，昨晚上明明告过假，小白一口应允，怎么睡了一觉就抛之脑后？

“国君而今气性大，我们动辄受责让，还望刁多待在国君跟前，国君见到刁，比见到我们开心。”那寺人讨好地说。

宫里人都知道，小白离不开丙刁，没他在，哪儿哪儿都不自在，为着丙刁在小白心目中的不可取代性，宫里的寺人、庖人、酒人、阍人等，如果犯了错，给丙刁行贿赂送苞苴，请丙刁在小白面前说句好话，丙刁有时受请，有时不受，看心情阴晴。

丙刁略想了想，问道：“国君现在做什么？”

“国君正在见管子，听说是天子有事。”

丙刁在小宅祭祀先父的时候，小白收到了来自京师的简书：王城又一次陷落了。

这时，夏日热风纵情地吹拂着，吹得山河万里像要烧起火来，似乎为了呼应季节，王城果然燃起一场大火，纵火的是天子的邻居伊洛诸戎，幕后主使却是王子带。

天子未登位前，与王子带势若水火，登位后，更是冰炭不同器，顺风听见谁提起王子带的名字，也觉刺耳，于是将王子带撵去王城十里地外，有事无事不要朝王，天子生有眼疾，看见亲弟倒胃口。

天子不想见到王子带，勒令王城周围方圆十里，王子带的一根毛发也不能出现，王子带像被扫出王城的飞尘，被迫飞到十里之外，而在十里之外，散居着扬、拒、泉、皋、伊、洛诸戎。

王子带在诸戎待了三年多，沙沉江海似的消失了。因为久不闻音信，天子以为王子带将要老死于戎，如果这样也是皆大欢喜，他却没想到，有一日诸戎会突然同伐京师。

王子带联盟诸戎征伐王城，因是突袭，王城毫无防备，戎师仿佛饿虎扑食，很快就攻进了王城。诸戎人马在只有天子能行的王道上抛下瞩目的黄物，将天子私库里的五齐四饮搬出来，一气地狂饮滥喝，黄汤灌多了，便朝王座撒尿。

轻易就占据王城的王子带，深恨天子薄情，怒气消不掉，一把火烧了王城东门，火焰几日几夜不灭，东城墙烧得坍下去一大半。看着在烈火中撕裂垮塌的王城，王子带痛快无比，既然天子不准他进入王城，天子也别想拥有，索性毁了。

在王城陷落时，周天子与先王一样，不做城破我死的无谓牺牲，立马奔逃出城，一路奔到了成周。早上城破，晚上周天子就坐在瀍水滨向着王城方向落泪，饭也顾不上吃，立即向诸侯求援勤王，由天子口授而内史书写的第一份简书送往齐国。

天子简书送到小白手里的同日，卫侯亲写的来书也呈入齐宫。

卫侯来书，说的是白狄将要渡河南下，与中原诸侯一较高下，首当其冲的卫国危也。原来去年白狄吞灭了苏国，曾经与白狄暧昧不清的苏子，多年来亲狄而疏华夏，却挡不住白狄逢华夏必灭的野心。白狄占领卫国，自旧卫腹心至苏国，中间平坦无阻，战车驱动起来，轮毂能跑得飞起来，因此灭苏之战仿佛弹指间，苏国社稷灰飞烟灭。国破之际，苏子仓促逃来卫国，追思过往，悔恨莫当，一把鼻涕一把泪地与卫侯倾诉：戎狄豺狼，不可信也，那白狄有进击中原之愿，卫国正横在白狄渡河入中原的路上，当早做准备。

白狄灭掉苏国，太行东山下遍地是狄人，如今白狄要进中原，一抬脚蹚过黄河，脚丫子能搔到中原的肩胛骨，对岸的卫国战备空气为之一紧，临河的郑国也紧张起来，怕是那战争烽烟还会波及周王畿。

王城失陷与白狄侵华夏都是大事，小白召来管仲，问他何事更急：是同时处理，还是分出轻重缓急？

“狄侵华夏更急。”管仲如实作答。

“天子事不急吗？”

“也急，但向天子求援之国，必定不是只有一个齐国。齐距京道里悬远，简书从成周送来齐国，齐国再出师入京，中间来去历时久长，别国已出师定乱。我君放心，葵丘之后，诸侯尊天子者多矣，天子有难，诸侯不可不救。”

小白考虑一阵：“那，狄侵华夏，并非事在眼前，何以更急？”

“事不在眼前，事却会发生，倘不备难，他日事起，虽有大急，而不能救难于万一。当日卫国为白狄攻破，正为备难不足也，我君以为急否？”

小白一凛，请教道：“仲父以为，此二事当如何处分？”

管仲道：“天子事，天子有求，我齐国不可不应，当遣师赴京，不过臣猜测，师方出境，难或已平；戎狄事，狄若侵华夏，卫当其冲，请我君号令诸侯，助卫备难，纵便狄过河南下，也可无患。”

小白埋头思量片霎：“好，就依仲父之言。”

议了半日政务，错过了午膳时间，小白因留了管仲共膳，吩咐下头烹膳精细些：要好消化，要多多想到仲父的胃，而不是寡人的。

不过多久，宫人们将膳食捧上来，小白一眼看见丙刁端着一只小鼎走在前面，脸色一沉，质问道：“你去哪里了？”

丙刁将手里的鼎轻轻放下，细声细气地说：“臣有些子私事要处分，耽搁久了，致我君担心，臣下次再不敢了。”

丙刁才一说，小白就想起来了，恍然地抚着脑门：“今日是尔父亲祭日？”

“有劳我君记得，正是。”丙刁平静地说，神色却隐隐悲伤。

小白较真地说：“寡人怎会记不得！尔父亡于清邑大火，寡人那日也在清邑，那已是……多少年前？”

“二十五年。”

小白侘傺一叹：“竟是二十五年前，至今回想，恍若昨日。”他看着丙刁，称许道，“难得你有这份孝心，父亡已久，却年年祭之，乃父在上，也当欣慰。”

丙刁略带忧伤地微笑，并不夸伐自己的孝义，专心致志地侍奉小白用膳，握住一只牲匕，将鼎里的肉慢慢片下来。小白入神地看着他片肉，随心地说："寡人还记得，刁之父与仲父是同乡。"他忽然转向管仲，"仲父还记得刁的父亲吗？"

"记得。"管仲说，面无异色。

小白突发念想："同为乡里，而际遇不同，是才能所限，也是天命使然。"

丙刁怯怯地道："臣之父，庸碌之人，不敢与管子较高低。管子乃治国大才，臣父唯仰望耳。"

这顿午膳吃得长久，直到临近黄昏，才罢了匕、搁了箸，管仲因而辞君，小白亲送他出寝宫。门外有宫人在抹地板，湿重的抹布从水盂里甩出来，溅得一地的水沫子。

"天子事，他国可完全平难否？"小白仍在挂虑这件事，君臣离别也要问一声。这个天子是齐国扶植上位的，天子坐不稳王位，对齐国有弊无利。

管仲坦言："恕臣直言，平难可，完全平难未必，且观后续吧。"

小白缓缓点头，余光瞥见脚下有水漫过来，他迈开一大步，扭头对管仲道："天子也戆，与王子带辛苦夺位，偏要留此后患，留则留矣，何以相逼……"

话未说完，小白像被一棒击在胸口，仰面摔了下去。国君忽然跌倒，周围是一片惊呼，这个迟钝些，只知失声惨叫，那个敏捷些，却去搀扶小白，还有细心的，发现国君所以摔跤，是因为脚下踩滑，皆怪那抹地的宫人，乱甩湿抹布，以至到处是水，抹地的宫人们吓得脸白如雪，一个劲地顿首请罪。

小白摔得虽狠，好在无大碍，只说脚踝疼得厉害，站不起来。众人扶他入内寝，传了医师来诊断，说是骨折了，不算太严重，能愈合，只是伤筋动骨一百日，得静养。

国君摔折骨头，周围人是你认错我服罪，还有抹泪的，小白却笑起来："这倒好，可以躲懒不问国事。"

便有人建言：那几个抹地的宫人害国君受伤，应该提溜出去鞭扑至死。小白说算了，他们不是故意，不要诛杀。

一众人簇拥在旁，小白嫌吵，让他们都出去，留下丙刁等两三人，他坐在榻上，抬头看见神色忡忡的管仲，歉然笑道："让仲父担心了。"

管仲沉默少焉，还是说道："我君不比以往，万事当谨重。"

话有顾忌，小白却懂，他不比以往了，不再是过去那个生龙活虎的小白，步子迈大一些，竟会摔折了骨头。

小白想想不觉沮丧又悲哀，可这就是现实啊，每个人注定的结局，任你是伟大人物，也不得不老去，不得不死去。

这时丙刁等服侍国君躺好，有个寺人手不稳，将枕边一件什物扫出床榻，滚在管仲脚边。管仲顺手捡起来，是个成年男子巴掌大小的木人，看得出是个男孩子，团团一个笑脸，像映着一轮十五的满月，那刻工技艺精湛，将这木人镌刻得惟妙惟肖，衣带皱褶也纤毫毕现，或是年代久了，经过无数次的摩挲，边缘圆润无棱角，一双尖头的小鞋磨成了圆头。

小白责道："笨手笨脚！"

管仲将那木人递过去，小白露出赧赧的笑："这是寡人幼年时，高子送给寡人的玩偶。那时寡人胆小，不敢一个人睡，怕得整夜失眠，高子说握住这玩偶，能安枕，如今又失眠……"

他没说下去，可能是觉得说出来丢面子，一国之君睡不着觉，竟要依靠这样幼稚的心理暗示，管仲能理解小白的难为情，他宽和地笑了一下，行礼拜别："天色已晚，君请将养身体，臣当告退。"

小白唤来鹿无极，令他送管仲出宫："走慢点儿，有路面不平之处，扶着仲父，千万别摔了。"鹿无极一一应承，陪着管仲走出去，在门口时，管仲微微偏了一下脸，内寝的灯火已苒苒点亮，黄腻的光芒如擦脸的手巾，抹去小白脸上的皱纹，让他显得年轻，然而也孱弱，有一绺头发散在肩上，像从头顶滑落的一线水银，好像是新生的白发吧。

国君老了，尽管知道这是逃不开的结局，仍然难过起来，渐老的国君，还有已经垂老的他们，与寂灭的死亡越来越接近，当他们都不在了，谁能继承他们的事业，佑护这个国家?

管仲慢慢踱出了门，外边的世界日暮崦嵫，晚照映了半城璀璨、一宫斑斓，夕阳无限好，可也是夕阳了。

翌日奉命勤王的齐师自临淄开拔，不意刚刚走出国门——一如管仲预料，天子派来的王使奔入了齐国，向小白表示，天子感谢齐君受命，然戎难已平，暂不须来京师勤王。

那平戎难的诸侯国是秦晋，也如管仲所言，齐国带起尊王的风气，诸侯乐于向天子表忠心。比起从前，天子有难，各方置若罔闻，如今天子呼求，各方积极驰援。

刚一收到天子求援之请，秦晋随即出师，此时，诸戎正在王城跑马撒欢，抱着周天子的好酒，喝得五迷三道，腿软得走不动道，秦晋联军没费多少力气，三下五除二就将毫无战心的诸戎赶出了王城。在成周看了月余日升日落的周天子重返旧都，一只脚才跨进王宫，便将一股子尿骚味的王座丢进涧水里，望一眼空荡荡的天子私库，再望一眼仍在冒烟的东城墙，切齿诅道："带必死也。"

便是这句话将王室内争拖入旷日持久的纠缠局面，从现在起，天子与王子带离而复和，和而复离，直到晋文公初年，方才完全终结。

三

齐桓公三十八年（公元前648年），开春不久，庆贺新年的美酒还在胃里没消化，中原列国便派出土木工匠，前往卫国国都楚丘修筑外郭城。这是列国第二次帮助卫国兴营造，前次是为迁新都，这次是为备狄难。

谁也说不好白狄何时会渡过黄河，而今的太行东山下，黄河西岸边，处处有狄人，在在是狄影。诸夏攘夷这许久，齐国甚至抗赢了强悍的山戎，却挡不住狄人东来，过去在诸夏眼里横行凶残的山戎，比之于白狄，也算是温柔敦厚。

卫国对白狄心有余悸，一闻白狄将侵华夏，恐惧得骨头疼，生怕重蹈覆辙，再亡一次国，遂向齐国提前求救。齐国便于本年率列国城卫都，把外郭城墙筑高筑宽，一应战略物资囤积城中，迫不得已打围城战，至少能扛过一年。

为卫国筑城的列国工匠里，有著名的郧国工匠。当年齐国北征山戎，郧国工匠追随齐军，一路建营、铺路、搭桥、凿山、挖洞，勤勤恳恳，兢兢业业，比齐国工人还黾勉努力，为齐国战胜山戎立下汗马功劳。郧国君主郧犁来自从服膺齐国，对小白忠心无贰，年年朝聘，小白感他诚心，当今天子继位，为郧犁来请王命，正式册封他为诸侯。

今年夏天郧犁来又来朝齐，不巧遇着小白心情不好，因为南边传来了坏消息。

继七年前楚国灭掉弦国，本年再吞并黄国，淮水下游与齐国亲好的诸国，被楚国一一蚕食，照此发展，淮水流域将重新归入楚国势力范围。正像管仲早前预见的那样，淮上诸国距楚近距齐远，楚如伐国，齐国救之不暇，空负伯主之名，坐看盟友灭国，无能为力也。

小白深恨自己愚蠢，也恨自己无能，管仲劝慰他不必挂碍心上，事有可为，也有不可为，他却想不通。

郧犂来朝齐，小白再是情绪低迷，也要举宴招待客人，可在宴上没精打采，话很少，反应也慢，像骨头生了锈，举起一根手指也不容易。郧犂来多次赴齐，记忆中的小白神采飞扬，风姿清迥，通身的不凡气度，然而现在的小白，眼角眉梢皆是掩不住的老态，过去的小白，走的是上坡路，现在的小白，却在走下坡路。

“齐君老矣。”郧犂来后来对亲随评价说。

郧犂来在临淄待了有大半个月，走的那日，依礼有大夫郊送。或是齐国看重郧犂来，派了个老而持重的君子相送，因其老，所以迟钝，因其持重，所以寡言。郧犂来与他闲聊，无论说什么，也许是耳背，也许是当真糊涂，他都结结巴巴、磕磕绊绊，代国君馈赠礼物时，手抖得像筛糠，有时哈喇子流出来，竟不自知，他本要郊送两舍，郧犂来让他回去了，明言是礼遇太过，实际是担心这位老叟走远了，找不到回去的路。

这次朝聘，让郧犂来大失所望，以往齐国在他印象里，是青春的、向上的、拥有无限可能的，而今的齐国，便如这老朽的君子，表面上衣冠楚楚，身份尊贵，脏腑却已衰竭，只因为生命的惯性，支撑着渐趋僵硬的身躯缓慢运转。

“齐将乱也。”郧犂来感伤地叹息说。齐国乱不乱其实不干他的事，可目睹伟大崩溃，毕竟令人扼腕。

郧犂来走后，红衰翠减的衰败季节来了，齐国忽然收到了一个人的奔国请求。

这人是王子带。

去年秦晋并师勤王将诸戎赶出王城，王子带跟随诸戎败退，周天子重返王城的第一件事，是勒令诸戎将王子带交出来，此等忤逆天子的大罪人，断断留不得。

诸戎附从王子带叛乱，是为得大利好，如今见到天子势大，也懒怠再举刀兵。天子让他们交出王子带，也能接受，但得开出合适条件，满意了，把人带走，不满意，就耗着呗。诸戎与天子谈判，需要中间人，因晋国出师勤王，晋侯得立，亦有天子扶持之力，便由晋侯从中斡旋，将双方的要求摆到台面上：诸戎要求天子不问忤逆之罪，宽恕所有叛乱的戎人，未来与诸戎和睦相处，该给诸戎的好处，一毫不能少；天子拒绝了诸戎的要求，不仅要求无条件交出王子带，还要将那几个朝王座撒尿的戎人交出来，敢亵渎天子座席，死罪也。

双方拉锯数个回合，从去年商榷至今年，始终谈不拢。诸戎坚持要得到天子赦免，天子却绝不宽恕，原来只问罪于亵渎王座的戎人，后来与诸戎说不通，深以为天子威望受损，火气越发旺盛，又迁怒于偷饮天子酒的戎人：定要剖开肚子，扯出腌臜下水，丢去洛水里喂鱼！诸戎于是发起狂来，对天子撂了狠话：王子带的一根毛，天子也休想见到！

天子有天子的体面，怎肯受此威胁？他等不及晋侯与诸戎再商讨办法，再这么拖拖拉拉，王子带都老死了。天子不与任何人打招呼，突然率师伐戎，扬言不交出王子带，便将诸戎斩尽杀绝！

天子师刚与戎师交手，胜负未分，王子带知道这番必死无疑，趁乱奔逃东去，他也聪明，别国不奔，偏奔齐国。一则齐国有收留政治斗争失败者的传统，二则天子受齐国恩惠大，倘无齐国，天子失位已久，王子带如果得到齐国庇护，天子不能像威逼诸戎一样，命令齐国交人。

王子带奔来齐国，像抛在齐国手里的烫手山芋：丢出去，显得不近人情，也不符合齐国开门接纳失意者的大国襟怀；不丢出去，惹来周天子猜忌，给齐国增添无穷麻烦。周天子闹家务，倒让齐国难做人，小白在肚里诅咒了周天子许多天，杀一王子带何其轻易，天子却把一件轻易的事变得复杂难解。小白与管仲紧急商量，终究没有撵走王子带，但也没让他进临淄城，请他在边鄙落脚，一应供奉不会少，就当在齐国游方，如果王子带提出要见小白，不予搭理。

齐国收留了天子的敌人，必须给天子交代，再有王室内讧日久，也应为天子平事。虽然有个晋侯斡旋了一年，却是越斡旋越糟糕，原本是天子与王子带的恩怨，被他一搅和，竟变成了天子与诸戎的矛盾，王子带仿佛成了局外人。小白骂晋侯是个废物：当初不该听信秦国人的一面之词，立这二百五为君，晋国公子死无孑遗了吗，挑不出个体面人？

听闻目下天子与晋侯互相埋怨：天子诘责晋侯平事不力，明明是诸戎叛乱，越发猖獗得像错的是天子，如今连王子带也逃脱了；晋侯非难天子不知好歹，他辛苦平事一场，没得半句赞许，反把责任都推在他身上。

王子带来齐的次日，齐国便向天子主动请求：愿为天子平事。天子闷了几日，大约在认真思考，是向齐国讨要王子带，还是任由王子带留齐，反正眼不见心不烦，也许有齐国看着，王子带再不敢乱来，最后回复说：速来。

这年周历冬，齐国派出了管仲与隰朋为天子平事，两人各有分工，管子就王子带留齐一事给天子交代，而隰朋敉平诸戎与天子的矛盾。由于这一向是晋国平戎，而今齐国参与进来，也不好踢开晋国，须与晋国一同调停，为此小白对隰朋吩咐：与晋同平戎，礼也，若遇紧要事，少与那废物晋君多言，朋可自决。

当瑟瑟寒风吹彻天地，管仲与隰朋离开齐国，从齐至京的千里之途，比起以往，畅行少阻。原来是葵丘会盟，议定中原列国少籍门关，列国迫于齐国威压，减少了不必要的路口关卡，各国行商行走中原，因为税收负担减轻，贸易往来愈加频繁，因门关少籍而获利的行商都赞赏齐国惠政。不过也有人担忧：这样的和睦局面到底能持续多久？万一齐国霸业消沉，会不会重归老路？

管仲与隰朋同路而行，走到伊洛两水交合处才分手，管仲入王城见天子，隰朋去洛水北岸见晋侯，与其一同平戎。管仲与隰朋约定，平戎事成，即来王城面见天子，两人又同路回去。

隰朋笑道："同路回去恐不能了，朋不敢叨扰管子出游，管子安生在外散心，不必考虑其他。"

管仲也是一笑，他这次来京师，为公也为私。原说是顺路走一趟，小白却特意许了他的假，称道：仲父辛苦，几十年宵旰操劳，难得有闲暇，既有机会出游，不要忙着回来。

管仲不愿做尸位之臣，哪怕只有半日偷闲，也觉羞愧，回拒说："臣不问国事，长期在外，不妥。"

小白说道："仲父不想去看看，这和平天下是什么样？"

管仲动心了，他这一生辛苦竭蹶，不正为创造一个和平天下吗？这些年，因为齐国的强力震慑，中原少战事，列国少纷争，曾经分崩离析的诸夏联合起来，曾经威权坠落的天子重获尊崇。他曾经梦想的天下，已在慢慢变为触手可及的现实，尽管这现实仍有不可弥补的缺陷，但在当下，是真实可触碰的生活。

这壁厢听隰朋说起出游的事，管仲无奈地说："在外安生散心，不虑他事，怕是难。"

隰朋叹服道："管子一心为国，身在外，也不忘国中事，我辈当效之。"

"别学我。"管仲诚笃地说，"朋何须学管夷吾？朋之为人，居其家不忘公门，居公门不忘其家，事君无二心，亦不忘其身，我才当效之。"

隰朋被夸得赧然："朋不敢当管子赞誉，朋自入公门，为人行事从来师法管子。管子今言欲学朋，折杀也。"

管仲坚持道："不不，朋之行事为人，才该夷吾师法。我听说一事，朋私下赡养贫家五十室，有这事吗？"

隰朋呆愣，他倾尽宦囊赡养贫家的事，几乎没人知道，就连挚友宁戚也不闻，管仲如何知晓？他下意识地想遮掩，可管仲说得如此肯定，应是对这事十拿九稳，只得默认。

管仲喟然长叹："行善而不欲人知，朋乃大善也！我为齐执政，护民爱民之心却不及朋，着实惭愧！"

连连被称扬，隰朋局促得像个老实孩子，他只笑笑，无一言夸伐功劳，也无一言抒发感情，像是这善事其实很寻常，不值得一说再说，虽然被人知道了，提一嘴就过去了吧。

管仲默默地凝视着隰朋，面前这个清瘦的中年人，脸上总有一团消不去的病容。三十多年前，他发现了隰朋，认定隰朋是齐国的未来，他多么希望隰朋能继承那未竟的事业，将变国之政进行下去，佑护齐国，佑护这美好然而脆弱的新秩序。

隰朋能吗？管仲无从回答，他知道自己没有多少时间了，可上天能给隰朋多少时间？够不够将他们的事业完整地交托给下一代继承人，他本来有满腹心事想与隰朋倾诉，话到嘴边，只有两个字："保重。"

管仲距离王城尚有一舍，便有王臣郊迎，殷勤引导进入王城。周天子乐见齐国来使，对管仲又极有好感，因飨管仲，由召公过相礼。原也可让周公忌父相礼，但是天子知道齐国与周公忌父不睦，他杵在这儿，只会让宾主倒胃口。天子很体贴地请周公忌父在家养病，最近不要出现在王城。

宴飨伊始，捧上来的宴客之食是肴蒸，即是肢解牲体，煮熟后，连肉带骨盛放在俎上，也称折俎。管仲一见便不敢受，离席拜道："陪臣何敢受此礼，僭越了。"

相礼的召公过说道："管子执齐政，在齐为上卿，故天子飨管子上卿之礼，管子受之。"

管仲谦让道："陪臣齐之低贱下臣，齐有天子之守国、高在，若陪臣受上卿之礼，他日国、高来承王命，以何礼待？陪臣敢辞！"

管仲纵为齐执政，爵位却不敢越过国、高，小白可以尽其可能宠任管仲，超擢他为卿，尊为仲父，可一旦步入宗庙祭祖，永远只能排在国、高后面，到底他在齐国是异姓。当今天下，除了齐国，列国都是同姓执政，他能执齐政，已是不可复制的奇迹。天子本欲给管仲大体面，管仲却端出周礼来拒绝天子的好意，身为天子，应是周礼的人格象征，居然违礼，太说不过去，天子拿捏着善解人意的笑容，说道：

"舅氏知礼，舅氏有请，岂能不依？"

天子呼同姓诸侯为叔父，异姓诸侯为舅父，管仲虽是姬姓，可他是小白的臣，天子呼小白为舅父，其臣随君，连带管仲也成了天子舅父。

承管仲之请，当即撤下肴蒸，天子重定礼数，飨管仲以下卿之礼，天子说再不能往下降了，降成大夫，不成体统，管仲也不反对。

当下里宾主敦睦，几轮酬酢过后，天子与管仲聊起天，他似是谈兴甚浓，好奇心也强，问管仲今年高寿，听说六十有六，便赞美管仲精神好、身体好，又问管仲是哪一年来的京师，管仲说是庄王五年，天子惊叹："这样早，余一人还没生出来。"

天子口没遮拦，言辞粗鄙失礼，召公过轻轻咳嗽一声，以为提醒。管仲却没在乎，浅笑道："距今四十余年，陪臣亦老，忆起当年来京，恍若昨日。"

天子随之一叹："前回在首止，舅氏曾言，昔年来京，欲观九鼎而不能，余一人许诺，异日舅氏赴京，当助舅氏观鼎，今日舅氏在京，可观鼎。"

管仲心中震动，他是万万想不到，在首止的随口数言，天子竟然记在了心里，还要付诸实际，他这搁浅心里多年的梦想，真的要实现了吗？他沉下那怦然跳动的兴奋，恭谨地说：“陪臣观鼎，僭礼也。”

天子大度地笑道：“天子亲许，何来僭礼？舅氏已辞上卿之飨，不可再辞观鼎之恩。”

天子既是如此说，管仲不敢再让，离席稽首参拜，天子瞧得见管仲的激动，能满足别人的愿望，对自己来说也是美好的经历，天子被自己感动了。

直到宴飨结束，宾主都没提王子带，彼此其实有些微妙的心照不宣，天子也懂看人下菜碟，横眉冷对地强逼齐国交人，惹急了齐国，对他没好处。齐国是强国，最要紧的是齐国尊王，他以后遇到麻烦，还得仰仗齐国出手襄助，而且齐国为王子带的事，派执政来京，已经表明了齐国的态度，齐国收留王子带，不是要与天子作对，那就让王子带留在齐国，永远别回来，未尝不是好结果。

比起周惠王，天子现实得市侩，郑伯那句著名的“唯强是从”，天子没有说过，却在行动上忠实践行，齐桓公势强时，天子与齐国如胶似漆，后来晋文公称霸，天子便搂紧了晋国的大腿。

带管仲观鼎的王臣是内史过，他是个话多的热心肠，也许因为内史职权是为天子书册命，惯常铺采摛文，故而极富口才，在去观鼎的路上，虽然知道管仲对九鼎的历史并不陌生，仍然不厌其烦地讲述了一遍。

九鼎相传是夏禹时，以天下贡金铸就而成，商汤代夏，鼎传于商。后来武王伐纣，周代商祚，将九鼎迁于洛邑，从此九鼎就在这王城安家。因九鼎传了三代，前一个旧王朝衰亡，后一个新王朝取代前朝政权，也把九鼎搬走，逐渐地，作为器物的九鼎消沉下去，作为国祚传承象征的九鼎却凸显出来，最后彻底压倒了物。

九鼎放置在王城宗庙，因天子吩咐说，观鼎事大，得告诉先王一声。内史过便领着管仲先拜了西周开国天子文王、武王，又拜了东周首位天子周平王，而后转到宗庙背后。管仲原来以为九鼎必定安放在宗庙里，不是挨着文王武王，也得毗邻成王，哪知内史过却将他带到一处逼狭的四方小院前。

门口有个牙掉光了的老头，老得看不出年龄，仿佛从成王的年代已守在这里，熬了数百年，成了这座王城的墙灰。老头昏蒙着眼睛盯着来人打量，内史过朝他大声嚷嚷说：天子贵客来观鼎，开门开门！老头歪歪斜斜地行了一礼，摸摸索索地启开锁，哆哆嗦嗦地去推门，推也推不动，仿佛推开的不是门，而是坟墓。

内史过嫌他动作太慢，举手一拍，只听嘎啦一声，刺耳得心也起毛，大门颤抖着撞进去，直叫人担心，那门会不会垮下来。进了门的小天井，触目甚是残破，地面像被蝗虫洗劫过的水稻田，又遭到三年大旱，裂开了拇指宽的罅缝，荒草便在缝里疯长，有八脚蜘蛛到处结网，迈步不留神，便会一头撞在网上。见得眼前景象，内史过很尴尬，便去骂那老头：“早与你说过，有贵客来观鼎，且拾掇干净，偏你懒！”

老头瑟缩地说：“没，没说过。”

内史过更尴尬了，挥起衣袖四处清了清蜘蛛网，掩饰地对管仲嘿嘿笑，穿过那荒草绊脚的天井，踩死了三五只蜘蛛，方登上正堂台基。不待守门老头动手，内史过抢先推门，孰料门一开，一股呛鼻的灰尘像索命鬼似的扑出来，不由分说扼住咽喉，一阵猛烈的咳嗽，直咳得肺疼，忽又被灰迷了眼，看不清屋里有什么，也许藏着先代天子的亡魂。

管仲揉了揉眼睛，耳听内史过一个劲地赔罪说：“管子见谅，皆因下头徒人怠惰，原本，原本一切尚可……”他摇了摇头，慢慢转过脸去，户外的阳光像锋利的长矛，洞穿了屋里深重的黑暗。

管仲在心里数了数，一、二、三……没错，是九个，统共九个鼎，一样大小，一样沧桑，一样生了锈迹，一样不复当年荣光，一样在改朝换代的巨变中见证历史，一样顽强坚韧地活到了今天。想象九鼎刚出炉时，通体灿金，闪闪发光，所以世人才将铜礼器称为吉金，可过去了数百年，黄金的质感早已没有了，当初的光辉也没有了，留下来的是什么呢？

他往前迈了一步，九鼎离他更近了，仅仅一步，却像是穿过了时间的帷幕，忽然就与苍穆的历史面对面，漫长的光阴涌过来，历史中的人也奔过来，伟大的人、渺小的人、传说的人、现实的人、向往的人、真正的人，无数的人往来穿梭，他们走过的人生轨迹，是落在简上的墨痕，一笔一勾，一横一直，绘出那个时代的全幅画面。

为了走到九鼎面前，走到他们面前，他走了一生，只为将一个和平天下献给他们。

走这一路有多艰辛哪，步步机阱，步步险坎，步步风波，步步蹉跌，他想要实现的梦想，也许并没有真正完成，可他从没放弃过。将来他也会变成他们，后代的人会记得他、歌颂他，或者批判他、贬斥他，甚至忘记他，一生功过，如何评说，他不想计较，他唯一在乎的是当下有否抗争过、奋起过，有否在艰难困苦时仍没忘记努力向上，这一生才算没有白活。

他朝着九鼎深深一拜，拜的是深层悠远的历史，也是自己这难为而必为的一生。

管仲拜了，旁边的内史过也跟着拜，起身的一霎，余光扫到管仲眼眸里有荧光一闪而逝，像是泪水，再要细看时却没有了。

“多承天子厚遇，夷吾得偿所愿，不胜欢喜。”管仲静穆地微笑道，说是欢喜，从他脸上，倒看不出有多激烈的情绪。

内史过问管仲还欲观否，管仲说心愿已了，不必滞留，内史过咯咯笑着说：“也好，管子下次再来观鼎。”

那老头送他二人出门去，内史过对老头喋喋道：速速整饬干净，万一下回又有贵客来观鼎呢?

老头“嗯嗯”地哼着，是听见了却不在意，还是装没听见，不容易判断。

内史过陪管仲沿原路返回，回头望去，老头像游魂一样倚靠在门上，眼皮耷拉，神态委顿，仿佛睡着了。一个朽迈的老者守护着九鼎，这就是周的现实写照吧，那威严庄敬的王权，其实只是被日渐衰微的尊王者守护的虚拟象征。

管仲神色微微一黯，脚下路面不平，稍稍绊了一下，路不好走，前途会拐弯、会碰壁，可还得走下去。

管仲观鼎后不到半个月，隰朋平戎便成。王子带逃奔齐国，诸戎捏在手里与周天子讨价还价的筹码没有了，时间拖得越长，牵连进来的相关方越来越多，先是秦晋为天子讨逆，接着是齐国为天子平戎，诸戎与天子再对立下去，矛盾激化成战争，列国自不会袖手旁观。诸戎老实地低了头，将亵渎王座的数个戎人交给天子处分，至于喝掉的天子酒，就别剖开肚子了，能否折算成泉布，赔偿给天子？面对诸戎的折腰屈服，前一阵子咄咄逼人、绝不退让的天子，忽然变得大度宽容，接受了诸戎的求请，表示将与诸戎继续做睦邻，大家同在洛水里饮水洗涮，首要的是互不侵犯。

再有王子带放火烧毁的王城东门，一年过去，断壁之间衰草连天，齐国于是呼请列国为天子筑城，便像为卫国筑城一般，每国派出相应的工匠与戍卒。

平戎已毕，管仲与隰朋在王城作别，隰朋返回齐国，他却前往成周，时已至年底，不过几日便到新年，成周官市热闹异常，商旅云集。闻说这段时间在官市买货极其划算，原来是外地行商赶着回家，存货一律打折处理，还有白送的，说："时不我待，怎可为身外之利耽搁归家？错过了双节，罪莫大焉。"所谓双节，是因为明年正旦又是冬至，两个大节凑在一起，数年才有一次的时令巧合，怎不让羁旅之客归心似箭，喜与家人同贺双节？

行到成周郊野，驭车的召御寇本专注挽辔，忽地喜道："我看见她们了。"

前边有一棵歪脖子老柳树，经过秋冬凋敝，绿意无存，翠色不在，光秃秃的枝条毫不含糊地垂下来，朔风吹来，老树瑟瑟发抖，风若狂些，恐要拔起根干。

树下停着一辆四面遮幅的衣车，驭者望见对面来车，回头说了句什么，有个女人从车里钻了出来，朝着召御寇使劲招手，她是管忆。

两车堪堪相遇，召御寇竟然紧张，一向驾车极稳，忽然像走夜路遭打劫，心头发抖，手上也发抖，以至两车差点错毂，亏得他反应敏捷，拽住了偏移的服马，一场小事故被及时制止，一滴汗却从额角渗出。

管忆便羞他："都道召御寇是驾驭的能手，我瞧着稀松寻常。"

"那是因为你在，他向来畏妻，见着你怕得慌。"衣车里有个声音轻轻地说。

管忆瞪着召御寇，逼问道："你怕我吗？"

召御寇不敢看她的眼睛，声音发怵地说："怕……"立刻觉得这样回答不好，改口道，"不怕。"不怕也觉不妥当，嗫嗫嚅嚅地说，"也不是……"

衣车里的声音笑起来，管仲也笑道："果然畏妻。"

衣车里的笑声徐徐，那声音揶揄道："管子畏不畏？"

管仲不答，走到那衣车前，轻轻掀开襜帷，里边有个病恹恹的老妇，因天冷，裹得像只角黍，只露出一张苍白的脸，他便凝着她，微微笑道："夷吾畏妻。"

姜婧仿佛满足地一笑："多谢夷吾畏我。"

管仲伸出手去，握了握她的手，真凉，仿佛那一身温热血肉已化成了冰水，他担忧地说："还走得动吗？要不要停下来？"

姜婧缓缓地摇头，声音很低，然而极果决：“走吧。”

“同车否？”管仲希冀道。

姜婧又摇头：“此为女子车，不可同车。”她停顿少顷，说道，“待到郑国东门，必与夷吾同车。”

管仲露出微微怅惘的笑，深凝她一眼，将襜帷放下，一时管忆登上衣车，管仲登上轩车，两车并辔，往东逶迤而去。

长期以来，管仲有与姜婧同乘共行的心愿，姜婧有与管仲重返相识地的心愿，然而几十年来，管仲忙于国事，抽身乏术，平时在家的时间尚且寥寥，遑论与妻子结伴出游，彼此的心愿都难以落实。这回管仲来京平王事，从不干碍管仲为公的姜婧，忽然请求他：“待你平事完毕，顺路去郑国东门走一遭，我在东门等你，绝不耽误你的正事。”

管仲想了想，虽仍脱不了假公济私之嫌，可他不想姜婧心愿落空。这一两年姜婧的身体一日不如一日，管母数次对他唏嘘叮咛：婧怕是没几日了，她跟着你不容易，百事都顺着她些。他一想到妻子不久于人世，而心愿竟不能达成，难过至极，于是答允了。

这本是夫妻私事，却不知是哪个嘴多，耳报跑到小白跟前，小白得知姜婧此生只有一个微末心愿，为公一辈子的管仲，竟要在处分公事的夹缝时间里为妻子偿愿，他便是满心的愧疚与满心的怜惜，因此给管仲告了长假，再三嘱咐：仲父全心陪妻子，余事一概不问。

管仲先期出发，姜婧稍后赶来相会，因不放心母亲，管忆陪同出游。刚一离开齐国边境，走不到两舍地，姜婧旧病复发，管忆顾虑母亲的身体禁不住长途跋涉，建议她回临淄养病，下次有机会再出游。姜婧没答应，她说：缠绵床笫而死，与完结心愿而死，我择后者，人孰不死，死得其所耳。

管忆拧不过她，只得陪着她慢慢前行，身上好时，多走几里地，身上不好时，停下来休养，经过郑国时，管忆以为本来就要赴郑，可不必走了，姜婧却说想早点见到她父亲：“我们去成周等他吧。”

于是才有了成周相会这一幕，管仲看出姜婧的身体状况很糟糕，她不顾病体固执出游，是想到自己迟早有一死，倘不能在死前了结心愿，留下终身不复的遗恨，魂也不得安息。

一众人在新年的前一日抵达郑国国都，姜婧病得越发厉害，莫说去郑国东门郊游，在城里稍走几步，也是不行。

因是新年，郑国都开放宵禁，苦寒的冬夜，满城却是车水马龙，喧嚣像晃荡在门口的秋千架，荡出去也要荡进来，人人都在庆贺双节，一家人却在馆舍里守着一个奄奄一息的病人。

因为管仲的特殊身份，他才进入郑国边鄙，郑伯便知道了，派了个体体面面的大夫郊迎两舍，殷切请管子来宫里与他过年："寡人当飨管子，愿陪管子巡游郑国。"出于礼貌，管仲以私人身份面见郑伯，也接受了宴飨，但委婉拒绝了郑伯的同游期许，理由是私人出行，非干公事，不能以私事打扰别国国君。还有最为重要的，他没说出来，他要陪着垂死的妻子。

这趟出行，召御寇与管忆都体会出来，父亲很害怕失去母亲，母亲每有不妥，父亲便失魂落魄，那个刚强坚韧的齐国执政，走到人生暮年，越发依赖执手偕老的伴侣，在将死的妻子面前，他不是通权达变、运筹帷幄的政治家，只是忍受亲人离世的伤心老人。

新年在戚戚哀哀的死别氛围里过去了，不知是回光返照，还是身体养护得当，姜婧渐渐缓过来了，能下床走一走，不过走不远，头脑也清醒，还与管忆说起回齐国后，不忙归家，先去谷城住一段时间，仿佛她已康复成为正常人，她便对管仲说："我想去郑国东门郊游，我们还没同车呢。"

"你可以吗？"管仲忧心忡忡地问。

"可以。"

姜婧有所要求，没有不允的。众人当即前往郑国东门，由于不是春社，天也还冷，东门外人烟稀少，偶有一辆华盖轩车潇洒地奔向郊野，果然是男女同车，女子轻盈盈的笑声与男子清亮亮的啸声，交相呼应，车马走去很远，声音还晃晃悠悠地飘回来。道路两旁的栗树褪去了葱郁皮肉，剩下一副参差的灰暗骨架，像从老坟里刨出来的散乱骨头，头身四肢也分不清，不得已随意组装。

目睹男女同车之乐事，管忆心痒，怂恿召御寇与她同车，召御寇说他要给父母驾车。管仲说道："我能为母亲驭车，你且依从她。"

召御寇仔细地斟酌了一会儿，也不反对了，于是搀扶姜婧上车，着意吩咐两个家徒：在车下跟得紧些，眼风看得细些，主母如有不适，立即帮着家主停车。

这样安排还是不放心，他又安排管仲夫妻驱车在前，他则驱车跟随，前头有任何异动，后头看得一清二楚，姜婧点头赞道："当真细心。"

管仲因而登车，稳稳地坐在御者之位，两手挽起六辔，姜婧调侃道："管子老矣，尚能驾驭否？"

管仲笑而不言，不慌不忙地一挥辔绳，车马橐橐前行，轮毂像滑行在两边有藩篱的直道上，丝毫不逾矩，姜婧笑着赞美一声，忽地叹道："四十五年了。"

管仲一怔，突地醒悟姜婧说的是他们相识的年份，不禁感喟："我与婧相识四十五年，当日在东门邂逅相遇，适我愿兮，终得执子之手。"

姜婧掩面一笑："管子又哄鬼，明明当日忸怩作态，刻意与我疏离。兄长有意为你我做媒，见你不搭理我，疑心夷吾或者不喜欢小妹，倘或议亲，被你拒绝，岂不丢脸？"

管仲唉唉叹气："婧错怪夷吾了，我并非不喜欢你，只是……"他微一顿，小声地说，"脸皮薄。"

"管子从来自诩厚颜，无事不敢为，也会脸皮薄？"姜婧戏谑道。

"当然会，越在意，越怕不能拥有，害怕则怯于奋进，纵然以十全勇气追求得到，也担心会不会亵渎那份在意。"

姜婧默思少刻，小心地问道："夷吾最在意的事，是变国之政吗？"

"是。"管仲并不讳言，坦诚地说道，"在意变国之政能持续多久，在意后生子辈能不能承继，在意设使变国之政一代而终，在我身后，齐国该向何处走。"

姜婧又疼又爱地嗔道："操心命。"她挽上他的胳膊，柔声道，"你已竭尽所能，能做的都做了，无愧于君，无愧于国，身后若何，留给后生子辈吧，一个人能管好眼前事，怎能管得了未来事？"

管仲沉默，姜婧的劝慰稍稍纾解了他内心的沉重，他也在思考，如何平衡当下与未来，拼全力完善了当下，真的不能兼顾未来吗？肩上一沉，是姜婧靠了上来，他听见她低沉的呓语："与夷吾结为夫妇，是我最在意的事……"声音越来越微弱，"若有来生，我们还在郑国东门相会……"

管仲强忍住那窒息的心痛，颤抖道："好，我们还在郑国东门相会，若我来迟了，你且等等。"

泪像冲开闸门的洪流，瞬间崩绝了，前途变得朦朦胧胧，像有重重浓雾飘过来，仿佛百代不能消解的悲伤，他们便承载这悲伤，一步步走向那属于每个人的命定终点。

他说："婧，回到临淄，我便向国君请辞，以后都在家陪你好不好？"

姜婧没回答他，她依偎着他沉入醒不来的梦里，梦特别长，用一生的时间去比量，也是不够的，那么，再加上生生世世，可曾足够？

寒风猎猎，眼前的天地苍凉如末世，繁华坠落，富贵飘零，只是一片望不到头的肃杀景象，前方也许别无美好，轮毂仍然执着地击打路面，车马还在行进，可人生已经到头了。

四

齐桓公四十年（公元前646年），年初有一件营造事被史官记下来，原来是齐国率同盟国为杞国筑新都缘陵，便有闲人算起账：这是齐国第几次出境营造？仿佛这些年，中原霸主的主要功业是率领诸侯们兴建土木工程，比如前年为卫国筑外郭，去年为周天子重修王城。

但每次修建的目的不一样，筑卫国是为备狄难，筑王城是因王子带烧毁了天子家大门，而筑杞国是防备淮夷。

淮夷与周的封建国共处多年，前些年少有冲突对抗，今日忽然发难，必不会是心血来潮。究其原因，是楚国在背后操纵。当年齐国盟好淮上诸国，在楚国门户横戟，正是控扼了淮水一线，而后率八国师伐楚，逼着楚国在召陵会盟。楚国隐忍不发，舍郑国而清门户，待一一收拾了淮上诸国，也来齐国门户立戈，这叫作以其人之道，还治其人之身。

淮夷侵扰杞国，是从去年春天开始。杞国位于潍水流域，疆域距离齐国太近，假若杞国被攻破，淮夷将直入齐国边鄙，多年平静的齐国南疆会不胜其扰。小白思量再三，遣人去告知外出的管仲："淮夷病杞，寡人欲盟诸侯，仲父能赶得回来吗？"

管仲答复国君说："臣必定如期而至。"

管仲从来说到做到，他许诺小白如期而至，果然准时抵达会盟的咸地，比小白还提早了半日。可小白一见他，便向他道歉，一迭声地自责：“小白愚拙，小白无情，不该让仲父来。”

小白遣去请管仲与盟的使者，回来复命时告诉小白，管仲的妻子在出游时病逝于郑国。管仲是在将妻子灵柩运回齐国的路上，与使者相遇，平静地承接了君命，没有半个字的推诿抱怨。

小白获悉这噩耗，懊悔莫及，再遣使者去见管仲：“仲父不必来了，归家操办丧事要紧。”但管仲已经启程前往会盟地，请使者转告国君说：“国事大过家事，臣之内子丧事可缓，国事不可缓。”

拦不回管仲，小白只好当面向管仲赔罪，管仲并不怪他，郑重地说：“臣为执政，我君有大事，召臣燮理，臣不可逃责，至于私事，大事完妥后再处分。”

正是咸之会，列国商定将杞国迁都于缘陵，其国疆腹心往西靠拢齐国，远离淮夷部族众多的胶东地区，事实上是成为齐国的附庸国。

管仲在会盟上，一如既往地沉稳、睿智、刚强、坚毅，依然是过去人们熟知的齐执政，没一个人看出他刚刚经历了丧妻之痛，连小白也恍惚了：仲父妻子莫不是没死？如果噩耗为真，仲父为何能镇定得像无事发生？

从咸之会到返回齐国，管仲都平常如故，直到进入临淄城，家越来越近，他强撑在心里的那根弦像是忽然崩开，前一瞬还在回答小白“妻子的葬礼一切从简，这是她的遗愿”，后一瞬就天旋地转，人像被拔根的老树，轰然跌倒，召御寇拉也没拉住，眼瞅着他摔在车下。

这一摔，把心里的悲痛、身上的疾病通通摔出来，管仲从此病倒，人们才知他在咸之会上的镇静，全是伪装，妻子的死让他痛彻骨髓，劳碌国政、斡旋外事，都不能使痛苦缓解，他的生命已塌下去一半，余下的生命撑不起一个完整的人。

管仲一病不起，不能理政，他向小白请辞执政，小白不允，斩钉截铁地宣称：“齐国执政非仲父莫属，寡人静候仲父康复。”可管仲养了近一年的病，是好一阵、歹一阵，强逼自己去公门当值，半日不到就撤回来，说是精力撑不住。

管仲渐渐步入末路，齐君子看在眼里，私下揣测管仲何时会死，他死了，谁会是新的执政。外头的传言，小白自然知道，可他不愿听人说管仲将死，谁在他面前提一嘴管子病得重，他也要发脾气，骂那说实话的人不怀好意。仲父若有不好，全因你们污烂了心肝诅咒他！他用这掩耳盗铃的荒唐做法，遮盖他内心的恐惧，当他察觉管仲渐老，便隐隐担心管仲死去，可这一日到底还是来了，不安全感越加严重，总以为房梁要垮，地板要陷，窗前的树影是鬼影，惶恐得整夜整夜地睡不着。

小白对管仲辞世表现出的过激行为，使国君身边人豁然醒悟：原来国君过去说离不开仲父，不是客气话，竟是真心话。他比任何人都清楚，管仲对于他的意义，那不仅是辅弼良臣，更是精神世界。

所以对管仲的病，小白近乎偏执地关切，每日遣医一问，三日登门一探病，他希望管仲可以康复，拒绝了管仲辞去执政的请求，仿佛只要不答应，管仲就能病愈，继续执齐政。

五月间，小白听诊病的医官说，管仲的病有所好转，喜得饭也顾不上吃，迅即出宫去看管仲。这半年多来，管氏宫的家臣家徒三天两头见到国君，以往国君偶至，个个如临大敌，拘谨得手脚也没处安放，而今来多了，也就麻木了，看门的阍人甚至练出耳功，听见街角銮铃一响，便知国君来了，回头提醒一声，快来迎候。

小白步入管氏宫，方知鲍叔牙也在，自管仲罹病，鲍叔牙比他跑得还勤，他是三日一探望，鲍叔牙是日日问病，在管仲或会离世的事上，鲍叔牙与他一样紧张。

里头获知国君莅至，尽管小白一再交代仲父身体不适，虚礼可省却，管仲却以为不出迎无臣礼，由鲍叔牙与召御寇一左一右搀扶着他，慢慢踱出来迎候国君，小白奔得快，三步两步跑到内院，一眼望见管仲走出来，忙得嚷道："仲父快回去，不必相迎！"

管仲要行礼，小白不准，又令召御寇让开，他与鲍叔牙同扶管仲，管仲惊惶道："岂敢让我君屈尊服侍臣，僭礼了。"小白固执得很，偏不肯撒手，拗着劲儿将管仲扶回内寝，因觉寝卧外间阳光充足，暖意融融，便安顿管仲倚坐在外间的矮榻上，他还给管仲身后塞了两个软枕，管仲一直说"不敢劳烦我君"，他也装耳聋。

一切收拾妥帖，小白在管仲身边坐下，仔仔细细地打量他，满意地点点头："仲父气色见好了，与两日前相较，大有不同。"

重病之人，即便身体好转，相隔两天，也看不出大变化，小白说这话，很像自我安慰，管仲了解他的心思，轻轻一笑："臣确实好多了，这不，还能迎君。"

"仲父好生将养，烦乱事无须挂虑，必可痊愈。"小白鼓励道，听来是勉励管仲振作精神，也许是在催眠自己。

管仲淡淡地笑着，小白还是从前的小白，温柔多情，敏感忧郁，在乎亲近人的生死，就是这个仿佛孱弱的小白，却身具不世出的天才之智。回想自他认识小白，五十多年过去，目睹小白从怯弱的孩子，渐渐成长为经纶天下的君主，这巨大的改变背后，有他的助推力，他便年复一年持之以恒，将小白推上人生顶峰。他现在推不动了，但小白的未来，与小白关联的齐国未来，纵令是身后事，也不能就此罢手。

他不想继续自欺欺人下去，他哄着小白，小白哄着自己，明知是骗局，还要装聋作哑地粉饰太平，于是坦率地说道："臣能痊愈，固然好，然臣已年高，倘不能痊愈也是当然。"

小白狠狠地皱起眉头，旁人说管仲时日无多，他可以掩耳不闻，管仲宣判自己死刑，令他的不快无从着落。

小白不爱听，管仲也要说下去："臣若死，请我君深虑臣之身后事，不使良政陨亡，稗政滋生。"

"仲父，"小白艰涩地说，"怎会死？"说出这个问题，自己也觉得幼稚可笑。

管仲凄然一叹："人孰不死！我君期颐臣病愈，臣也期再为我君效力。可生归死路，凡人难阻，不必与死较力，且当与生奋进。"

小白很不愿承认管仲会死，可理智告诉他，现实再残忍、再惨烈，也是必须面对的现实，管仲要他考虑身后事，他一贯对管仲言听计从，管仲有所请，他则有所应。小白强迫自己说："仲父若不幸而不起此疾，齐政将如何安排？"

管仲显然想得很清楚，确定地说："隰朋与宁戚，我君请一并任用。"

人人尽知隰朋是管仲一早相中的接班人，管仲百年后，必是隰朋执政了，可当管仲真正交托后事时，他原来希望隰朋与宁戚一起担当重任，小白犹犹豫豫地问："两人同执齐政？"

管仲懂得小白有疑惑，说道："隰朋才能卓荦，言不过逾，行不偏颇，然他刚强稍弱，虽知变通，若遇险佞小人，不遑应付。宁戚其人，看似举动失度，殊无风仪，非君子作为，可他机警灵活，谋事不拘常规，往往收得奇效，有宁戚为隰朋臂膀，两人一正一奇，互为襄助，齐可大治也。"

管仲的一番解释，让小白明白了他的苦心，叹道："仲父思虑深远，朋与戚，正可互补。"目光忽地掠过沉默的鲍叔牙，一个想法蹦出来，也不打算藏掖着，直白道，"鲍傅可执齐政否？"

鲍叔牙像被劈头盖脸抽了一鞭子，浑身都不自在起来，他还没回应小白，管仲说道："鲍叔，君子也，千乘之国，不以其道予之，不肯受也。清廉正直，一闻人之过，终身不忘，可为良臣，不可为执政。"

当着鲍叔牙的面批评他刚直过度，不能担任执政，鲍叔牙没有一点儿不舒坦，反而笑着点了一下头，默认管仲说得中肯。

见得鲍叔牙的大度，小白不禁感慨良深，若换作是他，再是亲密关系的朋友，胆敢当面非议他，也会忍不住不痛快吧！素常不藏锋芒的鲍叔牙，竟能忍得住管仲的直言不讳，他在管仲面前，完全放开了自己，因为彼此灵魂契合，精神一致，便不在乎细枝末节的同一化，真正的知己，正是如此吧。

"管鲍之交，贵在全心无贰，彼此信任。"小白艳羡地赞叹道，俄而，失意地叹了口气，"寡人若得一知己，少活十年也值了。"

小白其实心知肚明，与他狎昵相亲的身边人，多为玩伴，少有朋友，他们讨好他、巴结他，对他无所不应，仅仅因为他是国君，而不是为他这个人。管仲听着小白的惋叹，唇角摩挲着，那徘徊在心里许久的话，仿佛立即将脱口而出，也许是不想在一日之内塞给小白太多难题，到底还是咽下去了。

小白自知把话题扯远了，忙忙拉拽回来，真诚地说："仲父安生养病，纵便交代身后事，不过为有备无患，寡人希望，齐执政仍是仲父。"

国君的期望沉得负担不起，管仲不想小白失望，笑了一笑："借我君吉言，臣不敢不养好身体。"

小白在回宫的路上，忆起管仲交代身后事，俨然君臣死别不远了，难过得心如刀绞，一忽儿抽泣呜咽，一忽儿无声哀戚，一忽儿自言倾诉，不知情的还以为他是个患癔病的疯子。

为国君驾车的丙刁，见小白伤心得收不住，忍不住说道："我君待管子之心，天下无有，臣好不感动。我君赤诚之愿，必能上达天听，天也有情，会佑护管子平安。”

安慰的话没让小白称心，失落地说：“仲父怕是不能好了，而今不过是拖日子，天有何情？分明是无情！将寡人在乎之人，一个个收走！”说着又落泪，抬起手背擦眼睛。

丙刁慌得一手攥住辔绳，一手摸来一方手巾递给小白，宽解道：“万事不到穷途，不可断言无望。管子此次患病，根源在妻子亡故，管子与妻子情深意笃，一朝生死永诀，哀毁过逾，郁积不消，病自此生也。臣斗胆建言，要治愈管子，要紧在治愈伤心，病根消除，病不就好了吗？”

小白以为丙刁说得有理，慢慢止了泪：“如何治愈伤心？又不能使死人复生，难办！”

“死人不能复生，活人却可慰藉病人心。”丙刁说得神神秘秘。

小白像听了个艰深的谜语，无论如何猜不到谜底，问道：“哪个活人？”

丙刁轻笑道：“我君也知，管子长子友别在乡里，久不回国都，外头盛传管子与长子不睦，自然臣是不信的。管子年高，妻子亡故，子息又远别在外，家人或死或离，不得团聚，可怜可伤。我君何不将友召回临淄，以慰管子之心？管子有儿女奉承膝下，足可慰藉丧妻之伤，病可痊愈。”

小白半晌不吭声，忽然将手巾啪地甩在车轼上，亮起嗓子赞道：“伶俐人！”他越思想越觉妥当，激动地说：“鸣也在外守邑，一并召回来！”他拍了一下丙刁的肩膀，“仲父若能病愈，尔有大功！”

丙刁谦虚道：“臣不过勉尽微薄之力，希望我君宽心，管子安好，不敢邀功。”

像被太阳照耀，心里显出温暖的明亮，小白的情绪陡然变好，刚刚还悲观绝望，现在却乐观起来，仿佛管仲的病，只是一领难脱的旧衣服，召来他的亲人，反掌之间，旧衣剥落，新衣换上，人生面貌恢复如初。

当日小白便宣下君令，召管友、管鸣回临淄，或是有人吹耳旁风：不如给仲父一个大惊喜。他没有提前知会管仲，直到管友、管鸣接受君命，已在赶来临淄的途中，管仲才知道，对此他沉默异常。隔了一日，小白又来探病，问他诸子绕膝，可快慰否，管仲说了一通冠冕堂皇的感谢话。

有多嘴而脑子太快的君子，琢磨这事哪里不对劲，貌似是为管仲着想，使其得享天伦之乐，外面的温情也许掩盖了里头的险恶：将管家人都召回来，将来连根拔才方便。可谁想把管氏家族连根拔呢？

管鸣回临淄后住进管氏宫。管友却不住家里，前次母亲病故，他回来与丧，待母亲落葬，立马动身离开，像是临淄城有瘟疫，逃得远些才够安全。

后来管仲病重，他没回来瞧一眼，管鸣尚有书信寄来，勤问父亲安好，他却无片言传递。临淄城都知道管氏父子生隙，分明是血脉亲人，关系还不如陌路人，也许哪一日亲父死了，管友也不回来哭灵。

谁也没料到突然一日，国君一道君命将管友召回来，明面上的命令自不会说让他回家陪老父，而是任以新的公职，这公职是掌内府。

内府的职权是接纳四方贡赋与税收，如金玉、齿革、兵器、绣帛等，如果按照后世的说法，内府就是国库。有人戏言：齐国甚富，内府藏帑巨亿，风悄悄刮出一捧黄金屑，也能在庄道购置两进小宅。掌内府是不折不扣的肥差，小白将内府交给管友管理，倒未必是看重管友能力超群，也不是认准他清廉不贪，而是为了让管仲高兴，但管仲是不是真的高兴，小白想当然地认为不言而明。

管友一到临淄，不及旋踵便去面君，小白先说了通大面上的礼节性言辞，落后叮咛道："去看看你父亲，父有疾子岂可不服侍尊前？"他也知管氏父子生分，但如果管友继续与管仲疏离，将他召回就没有意义。

"父子之间，何有消不了的仇隙！偶有冲犯，互为退让，当能重归于好。"小白苦口婆心地劝道。

管友答应得很爽气，不带一点儿为难，仿佛他当真想通了，欲与父亲泯恩仇。他的态度让小白很满意，暗暗赞许自己做了件大好事。

辞别国君，管友果然去了管氏宫，先去问安管母，管母也与他数论道理："不要与父亲置气，他还能活几日？你忍心他抱憾而死？"

管友默默地听着祖母的教诲，没插一句话，许久，迟迟缓缓地问道："父亲……活不了几日了？"

管母觉得他语气古怪，沉下脸色说："你希望他死吗？"

管友把头伏下去："孙儿没有这样想。"

管母盯视他，本想忍，终究没忍住，冷冰冰地说："但愿你果真'没有这样想'，你父亲并未对不起你，纵有顾虑不周全，也不该被你嫉恨，望你详思，切勿为一己私怨，致举家罹祸，尔之母亲在上，也不恕尔！”

这是管友生平第一次，耳听祖母如此严厉的训诫，管友把头埋得更低了，他记得母亲说过，祖母睿智过于男子，洞察力远胜父亲，她也许早就看出什么端倪，为了顾全孙儿的颜面，也为那最后的亲情底限，才没有宣明，只是旁敲侧击地威慑。

管友在管母面前，仿佛是躲不过棒打的丧家之犬，再多的防备也无济于事，他匆匆与管母作别，说要去看望父亲。管母由他去了，临走又嘱托道：“别惹你父亲生气。”

管友唯唯应着，几乎是落荒而逃。

最近一段时间，管仲的病又重了，儿子们的相继归来，没能给他带来舐犊欢悦，却像是加重了他的心理负担，兼之妻子的死始终压在心上，搬不开，他还不断往上边累叠悲伤的块垒。管母劝他放开些，可他能放开很多事，外间皆美管子有度量能容天下，唯有这件事，他无能为力。

再坚固的堡垒，也有罅缝；再完美的人，也有死穴。他坚持了一生的刚强，也避免不了被至亲之人的死亡击倒。

父子见面，无话可说，彼此像初次相识，觑着眼睛互相打量。管友看得清父亲的状态极不好，这位权倾一国的执政，从前的强毅刚劲不见影儿，衰老如枯萎的藤蔓，爬满了他的身体，祖母所言不差，他活不了几日了。

知道父亲或将死，管友有些遗憾，却没有悲伤，仿佛这将死的是邻家的老人，听说他死了，至多给出两声不冷不热的叹息：那消失人间的生命，与自己有何关系？

两人沉默着，看来看去，无论垂死的抑或康健的，也还是原来的那个人。管仲先自开言：“见过国君了吗？国君与你说了什么？不要辜负国君期许，为国都之官与为五鄙之官有相同，更有不同……”

父子久别重见，除了叨叨公事竟没别的话说了，在父亲心目中，自己与一个平庸的下属并无区别，或许更生疏，管友不耐烦地说：“父亲是不是以为，我不配为国都之官？”

管仲本倚在榻上，听得儿子质疑，便有一口气急蹿而上，倏地撑了起来。管友不待他说话，激烈地道：“你说我会祸害家人，他也说我会祸害家人，我到底给家里带来多大祸乱？我自认未曾使家人蒙羞，反倒是家人不信任我，凌辱我，糟践我，褫夺我的孺子之位，截断我的上进之途，置我于艰厄之地，是你们一再祸害我！”

他是攥着拳头说完这些话，与其说是辩驳，莫若说是宣泄，怨气太大，恨意太深，胸中油然生出毁天灭地的报复冲动，要让伤害他的家人付出惨痛代价。

儿子的激愤没让管仲动怒，反让他疲倦，他忧郁地叹口气：“天下便有这一类人，事有不如意，怪天怪地，怪君怪主，怪父怪母，怪同僚，怪乡邻，却从不怪自己。固执以为自己平庸无所为，是他人不懂我、不知我、不用我，以是争心过强，欲求太满，争不赢，求不得，生出怨恚心，势与人人为敌。”

管友不乐听父亲讲论大道理，反驳道：“父亲责我有争心，可父亲若不争，能为齐执政乎？能求得今日富贵乎？至今仍是齐国乡间一野氓耳。”

像听见了荒谬的蠢话，管仲失笑：“你以为我之争，仅为求富贵？管氏长子之襟怀，数年不变，不知其羞，反而高倡宏论。你若有此念想，便是争来国政之权，也不过是庸常大夫，于国无益，于民无善。以狭隘之私念求取无度，乃引祸之道，害家尚轻，恐害国也。”

父亲的批评严重得不堪入耳，自己只是想求上进，竟成了祸国殃民的罪人，管友甚是不服气，要与管仲理论。管仲朝他摆摆手：“不必说了，你之论说，我知道，我之劝诫，你却不领会，数次与你交心，你竟未有一次反省，你要我依从你之主张，我绝不能苟同。这是我最后一次劝你，倘你仍要执拗于错误，日后别来我眼前抱屈！三岁黄口，也没你这般惺惺作态！”

显见父亲要撵人，管友也不想留下来，他冷着脸胡乱行了一礼，抬脚就往外走，恰恰召御寇走进来，两个在门口不提防地打了个照面。管友瞧见召御寇，窝在胸中的火烧到了脑门心，便是这么个登不上台面的死了亲爹的傻小子，父亲待他如己出，亲近远远超过自己。召御寇对他参礼，他却理也不理，故意一甩头，扬长而去。

对管友的无礼冒犯，召御寇不惊不怒，仿佛无事，他捧紧了手里的小匣子，走到管仲跟前，行下礼去。

管仲与儿子辩这半日，耗了精力，身上本就不好，便觉晕眩，看见召御寇来了，也没力气说话，眼前全是重影，召御寇的脸像散开的简牍，一片片飞旋。

“管父，有哪里不好吗？”召御寇担心地说，伸手扶住了他。

管仲虚弱地摇摇头，歇了一会儿，慢慢恢复精神，召御寇的面孔渐渐清晰，国字脸庞，轮廓分明，而神情温柔与召忽有六七分相像，品性更是相类，一样质朴忠贞，拥有难得的赤心。召忽若活到现在，知道儿子是个端重君子，应该会欣慰吧。

目光从召御寇的脸，慢慢滑到他手里的小匣子，即使在病中，管仲的心思仍然敏锐，问道：“有事？”

召御寇将那小匣子捧过管仲：“鹿无极交给我，请我代转管父。”

管仲点个头，召御寇虑他没力气，帮他打开小匣子，里头有两片简牍，约是书信，管仲取出来，刚看了开头两行字，脸色微微变了，匆匆阅至结尾处，凝声道：“鹿无极有没有说，哪里得来？”

“他说了，那送书的家臣进了临淄，不想那接书的主人不在家，那家臣不愿久等，往庄岳之间耍乐，醉酒胡为，放肆闹事，伤了两个卫国行商，为巡城的御士逮拿，从他身上搜出这书。恰鹿无极今日不当值，也在庄岳之间，方才得到此书，现在那家臣还关在庄岳之间的司市，现请示管父，该怎么处置？”

管仲凝着眉目，一动不动，神情严峻得可怕，许久后，将那简牍放回小匣子，沉沉道：“原样放回去，仿佛不知，暂不处分。”

召御寇不问为什么，他捧回小匣子，说道：“还有别的吩咐吗？”

管仲隐晦地说：“鹿无极知道怎么做。”

召御寇仍是不问，他向来没有好奇打听的习惯，管仲交代事情，说清楚了，依令去做事，不说清楚，也不刨根问底。

召御寇才要走，管仲唤住他，温声叮嘱道：“早去早回。”

这一声寻常的交代，很像父亲，召御寇老老实实地应了一声，慢慢往外走去，心里被又温暖又伤感的情绪填满了。

忽而想起幼时，鲍叔牙每次见他，都要流泪，他问母亲：“鲍父为什么要哭？”母亲说：“他想念你父亲。”无论鲍叔牙抑是管仲，为了当年生死以赴的朋友之谊，都在竭尽努力照顾他，父亲的自杀是管、鲍毕生难以康复的憾痛，便把那接续的情感寄托在他身上。父亲虽然不在了，可他们的人生时时处处都有父亲的影子，他甚至知道，就连不喜欢他的管友的名字，也与父亲有关。

他偏过头觑了一眼管仲，一团模糊的光影蒙着管仲的脸，那脸更加苍白羸弱。他想：管父是不是要死了？小时候依偎过的肩膀，长大后支撑他的目光，以后也许再也没有了，泪水瞬间涌出，他匆匆跨出门，在背光的角落悄悄擦掉眼泪。

召御寇将来书带去庄岳之间，交到鹿无极手里，把管仲的话也一字不差地带到。鹿无极何其聪明，一听就心领神会，说道："无极明白。"

事已办妥，召御寇正要离开，鹿无极却叫住他；"我不得不啰嗦几言，管子是好人，可他那儿子不是个东西，你得当心，别让他害你。"

召御寇知他说的是管友，没所谓地说："我又不与他争，不挡他的道，他害不着我。"

鹿无极皱眉头："我说你是老实人呢，你不与他争，他要与你争。你得管子欢心，他整日被管子摔摆，自己没出息，连亲父也嫌弃，不反躬自省，偏生嫉恨你。这废物心胸狭窄，多年不得志，怨恚丛生，恐会戕害良善。"

召御寇默然一思，沉静地道："纵使他要害我，我又能怎么做？反去害他？我行事不愧天，不害人，宁死也为丈夫，耻为小人。"

鹿无极叹息："我说你们这些真君子，活得累！罢了，他要真敢害你，不论是管子的儿子，还是哪个位高君子，不论过去十年、二十年，我必让他以命相抵。"

召御寇又感动又想笑，一个人说不出的、久存的念头闪入心间："雍父的事，你还没放下？"

鹿无极不答，吊诡的笑容浮在颊边，三分的神态，有一分狠绝，一分固执，一分自信。召御寇劝道："算了吧，国君尚且杀不了他，你能奈何？"

"为什么算了？"鹿无极狠厉地道，"你别管，早晚我会做到，舍了我这条命，也要让他给雍父偿命！"

召御寇还要劝，鹿无极武断地让他不要说了，速速离开，尚有管子交代的事要办，迟延拖沓，恐惹来疑心。

鹿无极强行堵嘴，召御寇很无奈，只好拜别，鹿无极忽而神色渐愁，郁郁地道："管子……还有多久？"

召御寇无从回答，其实不止鹿无极，很多人都在追问、在揣测管仲还有多少日子，关心他的，希望最后的日子慢点来到，仇视他的，希望他早早辞世，不论是盼他生或盼他死，管仲已奔入末路，却是不争的事实。

管仲何时会死，是当下齐国人最关心的问题，也渐渐成为列国的谈资，没了管仲的齐国，还是齐国，也不是齐国了，威风八面的齐国霸业，将如何收场？一旦齐国衰落，诸夏联盟还能存在吗？中原列国这些年之所以互帮互助，全因为齐国强势纠合，齐国若没有力量凝聚列国，擅长骑墙的诸侯，必不肯吊死在齐国这棵残败老树上，改换门庭是早晚的事。

那时会不会有新的霸主出现，继承齐国的事业？或者，天下将陷入更混乱、更酷烈的纷争局面？

天变冷了，这一年走到了尽头，垂危的生命反倒更加顽强，在多数人心中，已是先故人的管仲，仿佛凭着一腔矶碑不平之气，撑到了齐桓公四十一年（公元前645年）。齐君子们获知，新年的正旦宴飨，管仲将要现身。管仲自从患疾，已经很长时间没有出现在公开场合，因为生病的管仲不方便出门，以往最爱召集群下聚饮的国君，无心作乐，颓丧得像只鬼，一身的凄风苦雨，身边人怕他憋出好歹，劝国君寻个不伤大雅的芝麻乐子，他就发誓赌咒：仲父病着，寡人行乐，要遭天谴，尔竟怂恿寡人行乐，居心何毒！

为个将死的管仲，国君失了常性。管仲生病，国君不行乐，管仲若死，国君难道也去死不成？闲人们太息国君怕不是疯了。

而今垂垂等死的管仲终于要露面，是不是意味着管仲的病痊愈了？若是管仲恢复正常，国君的疯病也能痊愈了。

管仲身体转好，以至小白这阵子脾气温和，见谁都是个亮璨璨的笑脸，前些日子的疯病果然消失了。正旦这日，小白特遣太子昭去接管仲入宫，再三再四地叮咛：走慢点，别颠着仲父。

小白催得急，说要早些见到仲父，太子昭大清早就赶往管氏宫，管仲像是知道太子昭提前来，也是早早在家等候。太子昭接出管仲后，提出要为管仲驾车，管仲称不敢让太子驾车，若太子执意僭礼，他唯有不走。太子昭只得罢手，于是两人同乘，太子昭居左边尊位，管仲居骖乘，因太子昭欣赏召御寇的驭术，令他充御者。

太子昭不住口地问候管仲的身体：“君父挂虑仲父，我也挂虑，今见仲父康复，欣喜若狂。”管仲愧道：“病这一场，累得国君与太子忧心，臣不能为君分忧，反使君受累，大罪也。”

太子昭勉慰道：“仲父是齐国栋梁，仲父病，是齐国之不幸。”接着他说了偌多漫无边际的空言，常常词不达意，没个中心主题，说到哪儿算哪儿，连天冷这样的废话也说了三遍，他越是胡扯，越是显出他有心事，可他恁就不吐实情。太子昭不比小白，能对敌人隐藏心事，也能对亲人倾诉心事。小白若信任谁，可以把心剖出来，绝不作忸怩遮掩的假态，身边人都知道小白浑身是毛病，可也全心折服于他的人格魅力，喜欢他，爱戴他，愿意与他共事。

这壁厢太子昭没完没了地漫天撒胡椒，他再这么啰啰唆唆下去，车马行到宫门口，也说不出个子丑寅卯。管仲索性直言道：“太子可有难解之事？不妨说出来，我虽迟拙，勉可为太子开释一二。”

被管仲一语中的，遮掩与试探都没用了，太子昭支吾了一霎，小声道：“这阵子仲父抱病，君父心有不惬，长兄常入宫陪伴君父，往往数日留宿，君父，君父……”他露出愁烦神情，声音越发低了，“似对立我为国贰，生出悔意。”

管仲明白了，公子无亏日日在小白面前尽孝心、献殷勤，哄得小白失去判断力，又对立储生出摇摆心。要说这无亏，为追逐君位，多年如一日地执着坚持，小白明知他有争心，竟不阻拦，放任其野心滋生，全然不顾可能酿成二子争位之祸。也是小白太过溺爱子女，有君子谑称：诸公子只要没把国君逼死，哪怕犯下天大的错误，国君皆可原谅。就如这无亏，曾经得罪小白，以至父子生隙，时过境迁，小白像是忘记无亏的所作所为，仍然待无亏宠如从前。他原来就爱无亏，如今年老，备感孤单，有亲子日常作陪承奉，几箩筐裱糊精美的好话灌进耳朵里，心自然就跑偏了。

听太子昭说小白有悔意，管仲不觉惊讶，心中却难免有疑问：“长公子陪伴国君，请问太子这一向在做什么？”

太子昭不甚懂管仲话里的意思，迷糊着说：“我？我这一向……没做什么……”

管仲无奈叹息：“太子忘了，国君择太子为国贰，是为当日国君重病，诸公子忙于争位，心中无君父，唯太子挂虑国君身体，册太子命书有言：

‘克谐以孝，烝烝乂，不格奸。’此正为国君立太子之本心。太子切记，国君不仅是齐国之主，他也是太子之父，父有疾患急难困苦，子当尽孝尊前。太子若不守国君，自有其他公子守之，今日只一长公子，明日诸公子皆至。”

太子昭羞愧得满脸通红，窘促得想跳下车，找处暗无天日的角落藏起来。管仲说得极对，小白就像一座人尽可进的堡垒，他不去守，自有别人去守。无亏吃了上次不孝的亏，学奸狡了，在小白面前表演孝心，旁人觉得他是虚情假意，但小白以为是真心就够了。

“仲父所言在理，我即日便去守着君父。”太子昭哭兮兮地说。

管仲没评价太子昭亡羊补牢是否能挽回颓局，仿佛突兀地问道：“敢问太子，平昔可曾与宋君有往来交通？”

提起那位宋国国君慈父，太子昭显出一言难尽的表情，虽然在葵丘会盟时，管仲将他交托给慈父，却非他自愿。他对慈父并无好感，大约但凡是个正常人，都不会喜欢慈父，不说别的，仅就慈父那好管天下大小事的火热劲儿，就让多少人忍受不住。

瞧见太子昭的神色，俨然是没有与慈父交通，约莫还不愿意与慈父有任何瓜葛，管仲因嘱咐道：“葵丘之会，嘱太子于宋君，非只联盟齐宋，亦为将来着想。宋君秉义，能救急难，异日若有难，请太子速奔宋，难可平。”

管仲的话令人毛骨悚然，太子昭不禁惶惑起来，齐国异日有难？身处于歌舞升平的太平世界，竟说出这样的危言，管仲是危机意识太强，还是老迈昏聩得糊涂了，不由自主掰扯胡话？

“仲父谋国善言，我记下了。”太子昭顺从地说，掩不住敷衍意味。

管仲晃了太子昭一眼，那张漂亮脸蛋像被霞光映衬的薄云，一片动人的煦色，与小白很像，可他到底不是小白，没有小白的天才智略，也没有小白的果敢坚决，父子一脉相继，父子却如此不同。

太子模棱两可的态度，让管仲很不放心，他想有些话不可不交代清楚，和善地说：“宋君此人，举动或许过逾，不甚讨喜，但他秉持节义，热心助人，但有承诺，不辞其难，这便是宋君最为可贵的长处。今有数言，望太子察纳。天下何有完人？君子或为恶，小人或行善，不以一眚掩大德，不以一缺掩大意，太子当效国君之襟怀，为君者，能容天下人，则成天下事。”

太子昭又脸红了，管仲劝好的话听来却是刺耳的批评，管仲希望他学习小白的心胸，足见他心胸狭隘，眼界也窄，他低下头去，唯唯道："是，我会努力师法君父。"

管仲看到他的迫促，又怜惜又遗憾，没能给齐国寻找一个出色的继承人，不是不愿，而是没有。那样卓尔不群的小白，怎么就养不出一个同样优秀的儿子？

也许不止变国之政，连齐国霸业，也将一代而终，管仲宽慰地拍拍太子昭的肩，心里却像垒起山石，愈渐沉重。

车马行到齐宫，方才走进宫门，未想小白奔出来迎接，管仲便要稽首参礼，小白拦住他，说"仲父大病初愈，不须大礼"，因挽住管仲的胳膊，君臣相携同行。

小白打量着管仲，激动地说道："仲父病愈，寡人好不欢喜。"说得柔肠百转，泪已坠落，也不顾讲究，抬手揩掉。

管仲感动道："臣不争气，久病不起，让我君忧怀，其罪甚大！"

"仲父养好身体，小白不能没有仲父。"小白颤颤地说，眼见又要哭了，因不想管仲有负担，把眼泪忍回去，岔开话题道，"有件小事，与仲父说一声。"

"何事？"

"晋国公子重耳欲奔齐，他也知礼，遣使来问：可否入境？寡人已答复：静候公子入齐，寡人当尊为贵客。"

说是重耳有意，其实也是齐国邀请，前回在晋国高粱，一众诸侯闲极无聊，议论晋国有位肋骨生得奇怪的落难公子，小白从此便对重耳上了心。后来隰朋留晋立新君，回来却说，重耳比之于现在的晋侯，在晋国更得人心，最早秦国是想拥立重耳为君，结果被他拒绝了。小白闻说原来重耳是个非凡人物，更感兴趣了，当即遣人去请重耳来齐，重耳听说齐国相邀，回拒说多谢齐盛情，然他暂不想奔齐。重耳不给面子，小白却赞他有骨气，不像那些个软脚虾，闻风听见霸主欲与之隔山喊话，颠儿颠儿赶来拍马屁。于是这事便耽搁下了，直到去年年末，重耳或是想通了，忽然决定来齐，来也不是突如其来，而是提前打声招呼，若小白肯允，他入境，若小白不同意或不回应，他便另谋落脚处。

知道重耳将来齐，管仲微微笑道：“重耳能来齐，是好事，臣素闻重耳之名，有机会见一见。”

“仲父欲见重耳，再容易不过了。”小白笑道。

落难公子奔齐，多年来经常发生，早不是稀罕事，君臣很快把这事掠过去。小白又说起管仲的身体：可曾好完全了？哪里不受用？不可隐瞒，仲父今夜不要走了，寡人有许多话想与仲父说。

正旦宴飨是在治朝正殿举行，时间还早，君臣先往偏殿歇息，小白便说：仲父必定没用早膳，寡人也没用，莫若与寡人共膳。

下头将膳食捧上来，小白因令太子昭为管仲盛羹汤，笑着说：“仲父且尝尝，这是易牙新调之羹，可口吗？”

管仲微一弹眉，默然无声地饮下羹汤，缓缓一笑：“可口。”

小白雀跃道：“仲父以为可口，令易牙为仲父烹膳如何？也可食补，调养身体。”

“臣怎敢使唤我君身边人！臣若贪这一口吃食，大可来我君处蹭食，只求我君不撵臣。”管仲玩笑道。

小白乐哈哈地说：“不撵不撵，仲父便是日日来蹭食，寡人也欣然接纳。”他看着管仲，无限感慨在心头交集，说道，“寡人与仲父相识五十余年，回想过往，仿佛如昨。寡人幼年顽劣，人人皆道寡人无能，唯仲父认定寡人不凡，宽忍寡人错谬，勉励寡人奋进。倘无仲父，便无今日之寡人，是仲父成就了寡人。”

国君的肺腑之音，使人动容，管仲谆诚地说：“我君之伯业，岂是臣一人之功？我君有砥砺之志向，宽博之胸怀，能全心信任臣，臣才敢放手谋事，是我君先成就臣，臣勉能成就我君。”

小白举起牙梱，当的一声敲在食鼎上，叹声道：“仲父成就寡人，寡人也成就仲父，君臣互为成就。”

这话一出口，管仲离席起身，参下礼去，小白走到管仲身前，用一双手扶起他，起誓道：“愿与仲父，不离不弃，生死相扶！”

他正要请管仲就座，眼风却扫到鹿无极在门口探头探脑，他把脸沉下去，大声训道：“无极太没规矩，寡人与仲父会面，尔不守职分，擅自窥伺，好大胆！”

鹿无极没想到在门首悄悄晃一下，竟被眼尖的小白察觉，慌得伏拜在地，急声道："不敢窥伺我君，原有外事上告，见我君与管子共膳，生恐打扰，故而迟疑观望。"

小白愠怒道："天大之事，不能等到寡人与仲父吃完这顿饭，再来禀报？何以学间人偷窥之态！你是御士之长，倘众御士效法长官，人人窥伺，寡人如何安枕！"

头回遭到小白不留情面的叱骂，鹿无极像被轰天闷雷劈了，身上打起寒战。他不是愚拙之人，心思纤细活泛，从小白的责骂里听出弦外之音，明是谴责窥门无礼，其实是借题发挥。

看见鹿无极战战兢兢，管仲打圆场道："无极不会无端窥伺，必有要事上告，他掌御士，通外事于君，是其职分，今窥门望君，是守职，非不守也。"

"有事待会儿再言。"小白不愉地说，"太没眼力，寡人好不容易得与仲父清闲叙话，怎能被外事打扰！"他是憋得太苦了，管仲病了多久，他那满腹心事就封存多久，只想安生与管仲倾诉衷肠，闲人撵走，闲事轰走，就是周天子要见他，也得等等。

管仲婉转劝道："臣请我君先省外事，万一事急，若迟延应对，恐会偾事，待处分完妥，再与臣叙话，也不迟。"

小白极是听服管仲，垂首一想："也罢，便依仲父，先省外事。"他望向鹿无极，语气很生硬，"有何外事？"

鹿无极赶紧爬起来，趋步走至君前，将两片合拢的简牍呈上去，说道："门关才送来的简书。"

听说是简书，小白突然紧张，拆开那两片简牍，却是一片空白，一片落满了字，他挨近管仲，将那有字的简牍挪到两人中间，便于一同看。

这份简书是军情战报，发出者是徐国，内容说的是楚国突然循淮而下，侵袭徐境，徐君恳请伯主救援。

齐桓公十八年（公元前668年），齐国联合宋、鲁，共伐徐国，迈出了争夺淮水控制权的第一步。此战之后，徐国服膺齐国，在齐桓公二十九年（公元前657年），还为齐国讨伐楚国的附庸群舒。有了徐国作为开路先锋，齐国顺势溯流而上，又与淮水下游诸国联盟，逐步控制了淮水一线，在楚国家门口不断横陈刀枪剑戟，才能在召陵会盟，成功逼迫楚国放弃与齐争郑。

楚国被齐国抢走门口的淮水，陷入被动应战的不利局面，终有令尹子文当机立断，及时调整对外战略，楚国不再主动进击中原，转而闷头清理门户。齐桓公三十一年（公元前655年），楚国灭弦，三十八年（公元前648年）灭黄，凡与齐国盟好之国，楚国皆一一吞并，逐步将淮水下游的控制权重夺回来。

今又征伐徐国，楚国全据淮水之心，已不可遏阻。倘或徐国从此服楚，齐国为了牵制楚国，付出的心血通通付诸东流，辛苦争一场，不仅没能维持局面，而且还全面倒退，甚至不如从前。

但重夺淮水，对楚国而言，仍是不够的，按照子文的谋划，齐能在楚门户横戟，楚也能在齐门户立戈，所以楚国煽动淮夷骚扰诸夏联盟，实是在齐国后院放火，以至去年齐国为避淮夷之难，被迫迁徙杞国。

楚国不断挑动齐国神经，今日指使淮夷在齐国后方滋扰，明日征讨徐国迫使齐国出师，年年生事，年年开衅，令齐国奔命不暇，如何与楚国从容争霸？

一顿早饭吃了一半，便收到败坏胃口的简书，小白不仅没了食欲，心情更是颓靡，有个跛扈的南蛮子天天给他制造麻烦，安生饭也吃不得，仿佛出于本能，顺口就问管仲：“仲父以为该如何应对？”

管仲将那份简书接过来，手上似没力气，薄薄的简牍重得像石板，险些拿不住，莫名想起子文送给他的一副棋子以及子文亲书的一行字：“期与子对弈。”

“期与子对弈”，子文想要与他手谈。他当时怎么回答的？不必期之，他们早已在弈中。

从那时起，子文始终记得与他对弈，谋一子，也谋全局，谋开端，也谋终盘，他却常常忘记了弈局的存在。这一局棋下到现在，落子缜密的子文，与落子忘子的他，对弈十年，胜负其实早已定了。

“子文，赢了。”他低讷道，苦苦一笑。

小白没听清楚：“仲父说什么？”

管仲想回答小白，也必须给出应对之策，可他发不出声音，他觉着自己已经油尽灯枯，点星的火光跳出来，挣扎着，抗争着，又熄灭了，死寂了。

小白似乎在对他说话，听不见了，连小白的模样，也像幕后的模糊影子，眼前的世界仿佛一盘棋道紊乱的棋盘，纵的、横的、斜的、曲的，多得数不清，然而棋子在哪里，对弈的人又在哪里？

他于是把自己当成棋子，以生命的全部力量，高高举起自己，重重地摔落下去，定死在棋盘中央，那儿是天元位。

五

周历正月末，寒意恻恻，满目萧疏，日昳时分，天色忽然转黯，也许是云层厚了，有个年轻人走进了管氏宫。

出来迎客的家臣，刚与年轻人打照面，抱歉道：“家主身体不适，不得亲迎，请贵客见谅。”

年轻人大度又谦和地说：“漫说管子身体不适，纵是行动如常，也不敢让管子亲迎。管子如今有些雾露之疾，我贸然请见，管子不回拒，是我莫大荣幸，妄求厚遇，愧也。”

家臣接待过的客人成百盈千，见的人多了，锻炼出识人的本事，来客往往一张口，他便能判断出此人能力高低、品性优劣，不说十全可信，也是八九不离十。这年轻人的一番谦辞，礼貌又漂亮，听得人心里舒坦，想来应该是个心思细致的人。

家臣领着年轻人往里走，从大门走入内院，偌长的一路，年轻的人话很少，除非必要的寒暄，一概沉默，不像有些访客，跨进门来，嘴便不闲，问东问西，打听主人家的私事，眼睛也忙，这里瞥，那里瞄，瞅见某个内眷的背影，兴奋得成了顺拐。

行至内院，恰见召御寇走出来，恭敬地行礼道：“我是召御寇，特来引导公子。”

年轻人还了一礼，刚刚领路的家臣便退下去了，召御寇说道：“管父身上不大好，不得已在内寝见客，失礼之举，实属无奈，公子勿怪。”

听召御寇称管仲为父，年轻人猜测召御寇必是管仲子辈，因召御寇又提及管仲身体抱恙，见客失礼，年轻人礼让道：“能见管子，是我之荣幸，不敢求尽礼。”

召御寇做了个请的手势，年轻人让了再三，才肯挪步，两人差肩而行，召御寇忍不住悄悄打量他：二十六七岁，青葱韶华，生机勃勃，仿佛向阳的花，惹眼的灿烂溢出来一点儿，也能照亮一隅天空。可是听闻他已经流亡在外十年，空有公子身份，并无公子之实，故国不得回，辗转迁移，从狄奔齐，却不知齐国会不会是他最终的归宿。

忽听见年轻人请教道："敢问管子有何忌讳？提前告知我，免得我不知深浅，冲犯管子。"

未想他如此心细如尘，召御寇有些感动，勉励道："管父无忌讳，公子放心，但有欲言之事，皆可言之。"

年轻人一笑："不是言辞忌讳，我是顾虑管子抱恙，我贸然请见，不明管子身体好坏，倘或管子有疲乏之意，我又看不出，耽误管子养病。"

原来是考虑管仲身体，召御寇思量片刻："也没什么，别让他累着。"他怕年轻人生出异样想法，补充道，"私面交谈，不会劳累。"

年轻人叹息一声："我来时，齐君也曾言，别让管子累着。想管子为齐，宵旰操劳，无日不累，以至成疾，我纵不曾见管子，耳常闻之，也为之慨叹。"

年轻人的称叹无论是出自真心，还是客套话，到底直入肺腑，召御寇听得戚戚动容，脸上勉强显出平静的笑容，低低地说："多谢公子体贴。"

不要再让管仲劳累，是小白的心声，是召御寇的期许，但管仲自己，并不这么想。

正旦那日，管仲在小白面前忽然昏晕，那一瞬宛如天塌，小白全然没了理智，想也不想地把宴飨取消了。由于是临时起意，来不及宣传群下，君子们已来到齐宫，才被告知今年正旦宴飨没了，左右问问，说是管仲病了，国君无心举宴。君子们俱是摇头：国君疯病又犯了。

因为小白不放心，管仲当日留在齐宫，第二日醒转，听说国君为了自己取消宴飨，自责不已，向小白请罪："请国君不可为一臣而误国事，正旦宴飨是常礼，国无大变从没有取消的道理。"

"仲父患病，便是国之大事！"小白执拗地说。

小白任性起来，仿佛犟死的牛，一头冲上绝路，他也不回头，管仲不得已，语气严重地说："臣今日有疾，我君不飨群臣，臣若身死，我君不为君吗？望我君牢记，君人者之责，是为齐国为齐民，不是为臣！"

也许是自知理亏，说不赢管仲，又不愿认错，小白长久不言，忽而流下泪来。管仲见他伤切，倒不好再指责，缓下语气安慰小白，他的病没什么大不了，养两日自然见好，哄孩子似的劝了很久，小白才稍稍敛住悲伤。

小白原本想留管仲在宫里养病，他要日日看着管仲，好了歹了，心里有数，管仲以为不妥：臣下怎能长住内宫？执意归家，小白拗不过他，也觉自己任性得过逾，放了他走。

管仲归家养病，那病却不像他安慰小白的那样，养两日见好，反而渐转沉疴。宫里每日遣医为他诊病，结果都要上告小白，因小白严令必须实话实说，奈何实话总是让人揪心，在宫医们的口中管仲几乎没有好转迹象。小白日闻管仲衰竭，心情抑郁至极，脾气越发暴躁，常为一句无关紧要的闲话，莫名爆出怒火来，短短数日，鞭扑了十来个犯小错的宫人，如今宫里人人自危，闻听今日当值，是近身侍奉国君，心已悬在囟门上。

发疯的国君与垂死的执政，带着齐国滑向了险境，在外人眼中依然强大的中原霸主，内部已是一派山雨欲来的危机景象。

对齐国当下的困境，这年轻人心里很清楚。实际他才入齐境，便知管仲重病将死，楚国伐徐，齐国应付不遑，国君小白如今又性情大变，种种坏事累叠起来，齐国已隐隐露出季年光景。

迈步进入内寝，因天阴，屋里光线不太亮，管仲倚在外间的矮榻上，昏暗的光影像一只血肉剔尽的手，扣在他的脸上，看不清他的模样，恍惚觉得那儿有一尊肃穆的神。年轻人在管仲身前五步外停步，行礼道："重耳问管子，管子多介眉寿。"

召御寇几步奔到管仲身前，管仲扶着他的手，半立起身体，笑道："公子见谅，我这里行动不便，不能还礼公子。"

重耳谦逊道："得见管子，诚惶诚恐，重耳不敢求管子还礼。"

管仲向他举手，请他过来安坐叙话，重耳又行了一礼，趋步至管仲身边坐下，彼此面对面的一刹那，他才看清楚管仲。这位闻名天下的齐国执政衰老得惨不忍睹，仿佛古墓里久不见光的枯骨，一身的阴气，离他近些，也觉寒意迫人，谁能想到眼前这个垂死老人，曾经大刀阔斧地推行震惊世人的变国之政，以向死求生之心，创造出一个极富极强的齐国，尊崇王室，联盟诸夏，中原至今，和平少纷争，天下列国无人不知他的名字。夸誉也罢，非议也罢，后人若说起这一段历史，总也绕不开他。

正在浮想联翩时，耳听管仲亲切地问道："公子来齐，可还习惯？"

重耳连忙收摄心神，回答道："有劳齐君礼遇，妥善安顿，一切习惯。"

管仲微微笑着："寡君盼公子来齐久矣，公子今日赴齐，是寡君之愿。"他说话很慢，又常赘言，也许是脑子迟钝，也许是精力欠缺，执政属吏们因此感慨，患病的管子与过去睿智敏捷的执政，大不相同。

主人家盛情邀客，重耳免不了要说恭维话："重耳此次来齐，耳闻目见，令人难忘。齐之富庶，天下无匹，不仅国富，民也富，士农工商，各安其业。，曩昔管子推行变国之政，再造齐国，齐能有今日之盛景，乃变国政的成效。"

管仲心中骤然一动，这几十年里，他参与的外事活动不胜枚举，与各国诸侯公子大夫周旋，一干人聚拢起来，个个不恭默，为赢得齐国欢心，不是颂扬小白是天纵伯主，便是夸美齐国无一不善，却少有人提及变国之政。也许那深刻影响齐国的变国之政，于他们而言，仿佛是隔墙外的风，吹醒了邻家的一树花，与我何干！齐国能富强，是运气好，天气好，至若变国之政，擅改祖宗成法，罔顾彝伦秩序，不是好事。

与齐国密切来往的诸夏看不到变国之政的影响，一个远道而来的落难公子却看到了，所谓眼界，所谓心胸，把中原诸侯强行合拢起来，也比不过重耳。

管仲瞬间对重耳刮目相看，齐国收留过很多奔亡公子，蠢迂的不少，聪颖的也有，也许这一个会与他们都不一样。他一念至此，称赞道："多谢公子美变国之政，实在难得，列国指斥变国者何其多，公子却美之，公子之心不同寻常。"

重耳静静一笑："非我不寻常，是他们眼盲耳。不过，对变国之政，重耳有些登不上台面的想法，恐惹管子不惬，不知管子愿否一听？"

管仲颔首，示意他大胆说下去，不必有任何忌讳，重耳微微倾身，不紧不慢地说道："变国之政能行于齐，未必能行于他国。齐有国君进取，有管子理政，有大夫助力，有民心思变，四者缺一，变国之政不成。设若他国有君欲变，而臣不欲变；有臣欲变，而民不欲变；有民欲变，而君不欲变。倘或人人思变，又无变之能力，故不可变，不敢变，变恐生乱。故而齐能行变国之政，是人力，也为天意。"

管仲震住了，重耳明里是说变国之政推行不易，必须兼顾各方面条件，可他话里的深意大可推究，变国之政太超前，跑得太急，也就跑得不稳，今日唯能在齐国推行，但即使在齐国，又能推行多久？天下芸芸君子，不懂变国之政，视为异端，他却看出变国之政的利好，也看出变国之政将一代而终。

“一点浅见，呈于管子，请管子鉴察，见笑了。”重耳谦虚地笑道。

管仲微睨着他，这一副彬彬有礼的皮囊下，藏着怎样捉摸不透的心机，令人拜服，也有些可怕，他不动声色地说：“公子高见，剖析变国之政成因，齐能行之，人为与天意，各居一半。”

重耳称扬道：“天意属齐，也是好事，故齐能成伯业也。”

管仲默然顷刻，忽地说：“天意若属公子，公子待若何？”

重耳一愣，旋而笑道：“管子说哪里话！重耳羁旅之客，如何能为天意所属！”

管仲款然一笑：“公子在晋时，便能得人心，后奔亡在外，有才能之士誓死跟随，闻说公子父事狐偃，师事赵衰，长事贾佗，尚有魏犨、颠颉等相携左右。天下庸碌之人，计较于得地与宝，不知得人心者，方可无敌。公子有效死之士不舍不弃，天意必属公子。”

夸美的话却让重耳莫名紧张，他看着这个衰弱的老人，枯木一样的残躯，一个小孩儿便能将他轻易推倒，可那枯萎的生命，仍然迸发出摄人心魄的力量，忽然就明白了管仲为何能是齐执政。虽然他老了、将死了，精神却从不曾倒下，哪怕临死时发出的呼唤，也能激励无数人前赴后继。

管仲觉得重耳可怕，重耳也觉得管仲可怕。重耳暗自思想：我若为君，怕是驾驭不了管仲，君臣即使共事，也会互相猜心，可是奇怪了，小白如何能驾驭管仲，君臣相处四十年，竟没生过一次嫌隙？

“管子过誉了，天意在不在重耳，不敢乱言。”他只好含糊其词。

管仲微笑，皱纹舒展着，显得慈祥又温柔，殷殷道：“万一天意属公子，异日公子归晋，望善待齐国。”

旁人听来，对一个朝不保夕的落难公子寄予厚望，这期许怕是要落空，可管仲说出来，是如此笃定无疑，以至重耳以为他再谦让，不免虚伪又无礼，于是谆谆道：“若以子之灵，得返晋国，重耳不敢不善待齐国。”

管仲容然轻笑：“多谢公子。”

略坐了不到一个时辰，重耳称不敢打扰管子休息，管仲也不留他，吩咐召御寇送他出门。待召御寇返回来，管仲歪在矮榻上，盯着房梁出神，像那梁上有字，因隔得太远，看不真切，不得已费些时间辨认。

召御寇在门口轻轻呼唤一声，管仲“嗯”了一声回应，也不看他，声音却是在问他：“你以为，国君与公子重耳，两人有何不同？”

召御寇不明就里：管仲是病糊涂了吗？竟然拿小白与重耳做比较，重耳一介落魄公子，怎敢与小白相提并论！可管仲发问，他又不能不答，为难地说：“这……能比吗？”

管仲将目光慢慢收回，慢慢看向召御寇，自言道：“国君持正，重耳谲诈，此为不同。”

召御寇更迷惘了：小白居然持正？小白虽然身具雄才伟略，可他从来没“正”过，浪荡得天都兜不住他，那帮骨鲠史官一面“君举必书”，一面规劝国君：收敛些吧，后代子孙阅史，见得齐先君个顶个是荡子，太不好看。

召御寇这时忍不住了：“管父为何要比较国君与晋国公子？”

管仲倦倦地笑了一下：“你没看出来，也不怪你，我不是拿国君与公子比较，你权当我闲极生事。”

看出来什么？召御寇满心的疑惑，或者管仲真的是闲极生事，因说道：“晋公子纵便异日归国为君，也未必能与国君比，国君是伯主，他能是吗？”

管仲笑了一声：“御寇怎能轻鄙落难人！不当以目前定将来，武断也。”

召御寇微微红了脸，话说得太绝对了，圆不回来，他诚诚恳恳地说：“不敢轻鄙落难人。只是我耳闻目睹后有些微不成体统的想法。管父也知，国君并非完人，说句犯上之言，缺点不少，可天下诸侯无一人及得上他，这天下，只有一个国君。”

管仲怔住，轻轻念叨：“天下只有一个国君。”倏忽怆然长叹，“御寇此言，使人戚戚！天下只有一个国君，过去没有，将来没有，唯此一时，方才遭遇。”

管仲感慨小白的难得，召御寇却在想，小白也会说，天下只有一个仲父。独一无二的小白与独一无二的管仲遭遇，彼此磨合成最好的君臣，共同成就了这个时代的齐国。

重耳离开不久，宫里医师又来给管仲诊病，结果照例通报小白，今日的病情与昨日比较，并没两样，就是说，管仲身体不见转好，可小白固执地认定，倘若暂时不能病愈，维持原状总比持续恶化要好。

为楚国侵袭徐国，齐国决定再盟诸侯，诸夏有难，当诸夏协力解决。小白私心期望管仲随从与盟，毕竟这么多年，齐国每举盟会，管仲必定在场，没有管仲在身旁，小白与诸侯商榷天下大局，心里没底气：如果突遇事变，他该怎么应对？可管仲病得下不来床，家门也出不了，怎么能出国门？

管仲了解国君的心意，对小白进言：不可为臣一人耽误国之大事，请我君速行，外事不决，臣也不能安心养病。小白知道自己任性，但他管不住那野马脱缰的渴慕，苦挨着等候管仲康复，偏偏人心拼不过天意，总也等不来那个满意的结果，再耽搁下去，诸侯们怕是闹起情绪，徐国也被楚国吃干抹净，只能舍下管仲赴会。

临行之前，小白自要去探望管仲，前一日医师来告，管仲的病稍有起色，到底有多大起色，他也说不清楚，或者是为了安慰国君吧，尽管语焉不详，小白仍觉得满足。

小白来见管仲的这日，是周历二月底，寒气未消，卷地凛风，吹透温暖，春绿想要冒头，在枝丫上瑟缩地显出一点儿嫩色，倒似死人身上生出的霉菌。因管仲行动不便，拜在门口迎君的是管鸣，小白随口问了两句管仲的病情，其实问谁都没区别，不见得换一个人，就能得到他想要的答案。

才步入内院，对面便与一人相遇，原来是乐无荒，两只眼睛红得像熟桃子，显见刚刚恸哭过，忽遇国君，躲无可躲，手忙脚乱地参礼，拜下去了，有一滴未揩干的眼泪吧嗒掉在膝前，溅出一朵水花。

小白觑着眼睛打量乐无荒，想着他今年是有多大年纪了，过八十了吧？乐无荒常常抱怨自己活得太长，送走了一个又一个朋友，去年为这个痛哭流涕，今年为那个擗踊悲伤，哪一日他死去，都没朋友送他。

小白对乐无荒素有好感，说来他为齐国建有大功，又与管仲是相识多年的好友。小白唤他起来，不知是没听见，还是故意，他固执地伏拜，抽一抽鼻子，高声道：“乐无荒敢辱齐君，有事请齐君允可！”

小白一愣：“你有何请？”

乐无荒朗朗道：“乐无荒与管子相交数十年，情同亲人，管子家人便是乐无荒家人，今恳请齐君允可乐无荒，管子百年之后，由乐无荒携管子家人归故里。”

小白听得半懂不懂，隐约是乐无荒要把管仲家人带走，他问道：“归去哪里？”

“颍上。”

小白迟滞着，头脑像卡在石块间的轮毂，转动得很慢，疑惑地问道：“为何要走？”

乐无荒微微犹豫，想想说了惹祸，不说憋得慌，不如说出来：“管子不在了，家人留在齐国……没人照顾。”

石块陡然踢开，头脑飞速转动起来，小白完全听懂了，乐无荒的意思是管仲去世后，他要带管仲家人离开齐国，留在齐国，没了管仲护卫他们，也许会遭遇不幸，怒火腾地烧上心头，又从心头蹿上脑门，愤声道：

“说的什么鬼话！别说仲父无事，便是当真有事，他的家人怎会无人照顾，齐国是濒亡之国吗？仲父家人在齐，会沉陷死地不成？你与仲父情同亲人，寡人与仲父就不是亲人？仲父身后事不交与寡人，反而交与你这老戎！你是质疑寡人待仲父薄情？”

连珠炮似的怒骂轰在乐无荒头顶，轰得他直不起腰。小白越骂越恼恨，他待管仲之心，天日可表，竟被乐无荒质疑他不能保护管仲家人，仿佛管仲一死，他便要拿管仲家人祭旗，不是看在乐无荒是耄耋老人，直要将他逮拿下狱。骂了半晌，乐无荒不敢回嘴，小白也不想费唇舌，因此狠狠一跺足，转头离开。

走出去偌长一段路，回头一望，乐无荒还待在原地，吧嗒吧嗒地掉眼泪，想想八十多岁的老人被自己当面痛骂，到底他是出于呵护朋友家人的好心，并没大错，又觉得可怜，便吩咐一个寺人过去扶起乐无荒，再送他回家。

“我君心真善，这老戎无礼，冲犯君父，我君还厚待他。”丙刁在旁边小声地议论说。

小白不悦地横他一眼：“不要称他老戎，他是仲父至交，于我齐国有大功，言有差谬，不是大罪。”

本想捏软柿子，却撞上铁板，丙刁尴尬地笑一笑，再不多嘴了。

却见召御寇在内寝门口迎候，小白是见人就问管仲身体，哪怕听见的是重复的话，又问召御寇，管仲如何了，有没有好转，召御寇道：“比前几日好些。”

就算是安慰话吧，小白也觉得有光在心里晃了晃，这料峭的季节竟不冷了。

寝卧里，阳光不够充足，总像蒙着一层薄薄的雾，管仲半躺在榻上，撑起身子要给小白行礼，小白让他不必多礼，因挨近他端详，照面一打，竟不知看见的是人，还是一缕魂，都说管仲身体好转，好在哪里？现在看见的只有坏，只有将死的朽败。

管仲轻声问道：“我君哪日走？”

“两日后。”

君臣沉默了，千言万语存埋心间，想要倾诉，从何说起？如何说尽？也许这一别后，再无相见之时，也许今生君臣缘分已尽，悲伤很多，遗憾很厚，要道一声再见，谈何容易！

良久，管仲深嘘一口气：“臣有秘事禀告，请我君摒人。”

这是小白没想到的突发状况，愣了一霎，不禁发问：“仲父有何秘事？”

“摒人再告。”管仲的语气极坚决，没一丝商量余地。

小白不问了，命令周围人全部退出去，考虑到管仲身体不适，留下召御寇随侍。丙刁殷勤地问小白要不要他守门，小白没说话，管仲生硬地否决道：“不用你。”他却唤管鸣守在门口，有人敢在门外逡巡，无论是谁，先逮了。

人已走干净了，屋里安静得像封在胸腔里，一切声息都极低弱，宛若垂死的心跳。小白看一眼管仲，那张严肃的脸孔变得陌生，他无措起来，紧张地问：“可以说了吗？”

管仲对召御寇点了个头，召御寇扶住他，他借着召御寇的力量，从榻上慢慢站起，朝着小白深深拜下，小白慌得拦阻，急切道：“仲父沉疴之身，何以行大礼？”

管仲不顾小白劝止，坚持把这隆重的稽首礼完成，他便一字一顿道：“臣是将死之人，蒙我君厚遇，执齐政至今，建有薄功，今当与君死诀，无别多求，唯求我君除奸佞！”

看着拜倒的管仲，小白脑子一片混乱，语无伦次地说：“仲父何必如此！除奸佞……除……仲父先起来，再议除、除奸佞。”

“我君不肯除奸佞，臣拜死不起！臣为执政，坐视齐国内乱而不顾，宁死也！”管仲亢声道。

小白从没见过如此固执的管仲，自他们相识以来，管仲从没逼过他，即便他犯错，管仲不像有些耿介臣下，当面指摘国君荒唐，甚至死谏，而是等待他反省，自己改过，管仲对他的耐心，给了他自我觉醒的空间，他之所以信任管仲，一多半因为管仲能容纳他的全部缺陷。

可今天的管仲是怎么了，也学那强逼国君的死谏作态，是自觉时日无多，怕国君不肯答应，以后没机会进言了吗？小白无可奈何，说道：“要除哪个奸佞，仲父说出来，寡人依言照做便是。”

管仲挨个地数道：“丙刁、易牙、卫开方，”他一顿，咬牙说出最后一个名字，“公子无亏！”

仿佛忽然掉落悬崖，被毫无防备的失重感冲击得头昏脑涨，小白恍恍惚惚地说：“他们……是奸佞？”

“是！”管仲严峻地说道，“长公子为争储位，引丙刁、易牙入宫，眩惑君父，后又有卫开方与之勾连，我君若纵容彼等奸佞，太子储位将不保，我君身后，齐国必乱！”

许是管仲的话太过出人意料，小白回不过神来，长久不语，见管仲还拜在地上，他叹了口气：“仲父起来说话可好？除奸佞要紧，身体也要紧。”他对召御寇招呼道，“御寇，别让仲父累着。”

召御寇搀扶起管仲，让管仲重又倚坐榻上，这寻常的一起一拜，耗去管仲大半精力，脸白得没一丝血色，像淋了冷水，浑身只是发抖。小白见他难受，疼惜道：“仲父何苦呢！为几个不碍大务的小人物，折腾自己。”

管仲衰弱地摇摇头：“他们并非不碍大务的小人物。”他知小白不置信，说道，“我君可还记得，那年在申池，长卫夫人意外落水？”

“记得。”小白困惑得很，平白地提起长卫姬落水的事，原因何在呢？问道，“这事与他们有何关系？”

“长卫夫人落水，救她的人是丙刁，自此，丙刁甚得长卫夫人欢心，长卫夫人称赞他伶俐可人，因此献给我君。”管仲说完这段往事，略一顿，凝起力气，又道，“臣今日不只请我君回想丙刁来历，更请我君详思，长卫夫人当真不会水吗？”

问题才出口，小白忽地打了个寒战，是呢，长卫姬当真不会水吗？他竟从不怀疑当年落水事故的真实性，如今管仲发问，他才将往事剖开，经此意外，长卫姬重获宠待，然后丙刁来到自己身边，接着易牙入宫……一环扣着一环，一锁套着一锁，他被长卫姬骗了多少年，原来只道她善妒，不想她竟有骇怖心计。

“无亏，”小白像被寒风吹彻骨髓，牙齿直打战，“也参与其中？”

管仲不答无亏参不参与：“长卫夫人潜心谋划，一为固宠，二为长公子争储位，有丙刁、易牙守在国君身边，充耳目，做间人，我君一举一动，尽在她母子掌握。”

小白霎时醒悟，当初他生病，无亏禁断宫门，管仲让他不动声色，暗中观察诸公子举止，他听信管仲的话，瞧出无亏居心险恶，过往的宠爱一朝消散，如果没有当时那一场疾病，现在的太子，应该就是无亏吧。所以，管仲应该一早就看出长卫姬母子的谋算，可他不明言，以事为引，将无亏的卑劣之心暴露在自己面前，顺理成章将他踢出太子备选。

小白半伤切半埋怨地说：“仲父早就知道吗？为何不早言？”

管仲一叹：“臣纵便早言，我君可舍得斩断亲情吗？”

小白哑然，他不是不知道，要让无亏永无争心，唯有一法，但逼死一个公子南，已让他悔恨难当，再要残杀亲子，如何下得了手？

遇上一个心慈手软的国君，管仲虽无奈，也不忍逼他太紧，说道：“我君不舍长公子，臣不敢逼我君，然为保太子储位，为齐国不乱，臣请我君除其他奸佞，实也是救长公子。”

小白沉默，管仲了解他仍有顾虑，缓缓开释道：“那三人平素与君做伴，仿佛无碍大务，细究之，不然也。丙刁，臣与其父同乡里，其父之事，我君曩昔已闻，臣不赘言，那年清邑大火，丙刁失家，国中为失家乡人再谋生计，俾使各安其所，奈何丙刁不甘埋首乡里，只身奔赴临淄谋富贵，却是高不成、低不就，以至自刑而入宫，身之不爱，如何爱君？”

“易牙，”管仲觉得乏力，停了停，坚持说道，“与丙刁相识于微时，原在小曹子家中烹膳，受曹子家庖人欺凌，后为丙刁引荐入宫。过不多日，小曹子家庖人遭撵出私门，忽然失踪，生死未知。再有易牙儿子，外间皆曰他是自绝，彼时易牙干犯君心，却为这恰当的自绝，易牙得以重回我君身边。不过，臣不免一问：那庖人失踪，易起自绝，果与易牙毫无关系？”

小白听得毛骨悚然，惴惴道：“仲父以为是何关系？”

“臣不敢擅做定论，无论易起之死，是自绝，抑是另有隐情，为易牙逼杀，人情何能不护亲子？子之不爱，如何爱君？”

小白怏怏地低下头去，想想身边人，俱是奸恶小人，甚觉丧气。

“卫开方……”

小白骤地抬头，打断道：“开方与无亏少有来往，他怎么也搅和进去了？”

管仲不忙解释，却向召御寇点首，召御寇会意，侧身取来两片落满字的简牍，小心地呈给小白，管仲这才说道：“此为有人写给卫开方的来书，前回为臣意外获取，为免惊扰当事者，原书已送开方，只将书中所言抄录下来，呈于我君一览。”

小白懵里懵懂地接过来，才看了一半，惊得一个激灵弹起来，失声呼道：“这是真事假事？”

管仲明确地说：“我君若是存疑，他二人必会再有书信往来，待下次臣再为我君截书，我君便知，此为真事无疑。”

小白狠攥着那简牍，懊、悔、气、伤一股脑儿冲上来，切齿诅道：“吃里爬外的混账东西，寡人枉自待他恩逾血亲，他竟敢与寡人之敌私下交通，是欲弑君谋国乎？”刹那莫大的猜疑生出来，沉声问道，“无亏知道这事吗？他与那人可有勾连？”

“不敢欺瞒我君，长公子恐怕脱不了干系，他有心与那人结交，深知干犯我君忌讳，不便亲自出面，则由卫开方代为达情，我君细读此书，有请卫开方代问长公子之语，若非长公子与之勾连，何以问好？”

说来说去，全是无亏的争心在作祟，小白烦躁地将那简牍丢开，说道：“开方为公子潘傅，不助公子潘，反助无亏，也是奇怪。”

管仲闷闷地叹道：“不奇怪，君子为义，小人为利，但有利好，趋之不顾。想这卫开方，乃卫国公子，卫君不曾凌践他，卫国不曾驱赶他，他却舍卫而长居于齐，十五年不归家省亲，亲之不爱，如何爱君？”

小白默然片晌，就在这短短时间，管仲告诉他的全是坏事，过往的认知遭到全面摧毁，他甚至理不清是他错了，还是所有人都错了，忽然变作蠢笨的孩童，迟迟地道：“仲父以为，寡人该怎么做？”

管仲努力将自己撑起来，拼起一口气，铮铮道："我君若信得过臣，让臣来做，为齐国后生福祉，臣万死不辞其难！"

小白心中一震，他与管仲对视一眼，那双熟悉的眼睛，不够清澈，不够明亮，却依然坚毅、从容、果决，管仲将死了，可管仲还是齐执政，是他的仲父，是这个国家的支柱。

他没立刻回应管仲，仿佛陷入冥想，很久不开言，管仲也不催迫，也不知过了多久，小白似愁非愁说："仲父还有别的吩咐吗？"

管仲轻轻道："善待晋公子重耳。"

这又是小白意想不到的，投身齐国的落难公子何其多，管仲单单把重耳提出来，当中有何深意？小白滞滞地说："善待……怎么个善待法？"

"比于过去善待卫君。"

小白立刻懂了，这是说不仅把重耳当成是落难公子，而是当成未来的晋国君主，他颔首道："寡人知道怎么做。"

窗外日头西倾，屋里光线更暗了，彼此的面孔也看不清爽，小白说该走了，叮咛管仲好好休息，起身往外走去，还没走到门口，又回头道："仲父……"突然像是词穷了，也像是话太多无从说起，满腔的情绪都泛滥了，堵塞在嗓子眼，使他说不出话，他凝视着管仲，艰难地送出声音，"等我回来。"

"好。"管仲答道，脸上有笑容，亲切、温暖、美好，一如从前。

小白把脸狠狠转过去，他怕自己多看管仲一眼，眼泪会崩出来，他头也不回地推门而去，门开的一霎，傍晚的凉风扫了进来，扫走屋里人颊边的泪痕。

小白的衣角消失在门后，一直强撑坐立的管仲，像被一棒击在头顶，猛地倒在榻上。召御寇吓得血也凉了，正要朝门外喊人，管仲一把攥住他的手："别，别喊，国君会听见。"

召御寇嗯嗯地应着，每嗯一声，眼泪流出来一行，哽噎道："管父身上本就不好，与国君密谈半日，大损精力，管父就不能等到身体好转，气力复原，再与国君说吗？"

管仲苦笑，虚弱地说："我还能有几日？不趁此时交代清楚，难道把疑难留给后代？"

召御寇不说话了，只是哭泣，扯着袖子擦眼泪，两只衣袖都打湿了，仍是泪流不止，管仲见他伤情，笑道："傻孩子，管父还没死呢，忙着哭甚？"

这玩笑话让人难受，召御寇更想悲哭，念及管仲不愿自己伤心，将汹涌的泪强忍了回去。未几管鸣送了小白返回来，一眼瞧见管仲脸色惨白，比之刚刚，似更衰弱，忧道："父亲有哪里不好吗？要不要我去请医？"

"我还好，略有些疲累而已。"管仲掩饰道。

管鸣垂手一旁，动动唇，又闭紧了，眼神也不定，飘来飘去，管仲看出他欲言又止："你有事吗？"

病中的父亲，仍有一双慧眼，能洞穿任何暗角，管鸣不敢藏掖，说道："适才国君来探望父亲，与乐父遭遇，乐父向国君请命，说是……"他停顿着，想到管仲从不避讳生死，大胆道，"父亲百年后，他要带管家人复返故土，若留在齐国，没人照顾，国君闻言动怒，痛骂乐父。"

管仲惊讶："他竟这样说吗？奇了，他从没对我提过。"

管鸣点点头："我也是头回听乐父说起，父亲……"他犹豫着，本可以不说，至此非常时期，还是得说出来，"会有那一日吗？"

不说是怎样的一日，管仲却懂，微微睨住他："你担心吗？"

"担心。"管鸣把顾忌一概抛开，说道，"父亲为推行变国之政，得罪了多少人，时隔多年，恨意未消。他们不敢动父亲，可父亲若不在了，他们必会对家里人动手，儿子无能，我怕自己保护不了家人。"

管仲幽幽道："还有国君在。"

"国君若也不在了呢？"管鸣越说越放肆，"纵便国君在，父亲该知道，国君身边多小人，倘一众小人进尽谗言，蛊惑君心，或者国君一时昏聩，为他们操控扼制，彼等小人假传君命，欲置我管氏于死地，我该去找谁救家人？"

这一番犯上言辞，任何一句摘出来，也够处论定罪，召御寇听得打冷战，暗暗瞥一眼管仲，管仲平静得像听了三五言闲话，一丝乱容不见，只听管仲缓缓道："去求鲍父。"

毫无疑问，管仲家人有难，鲍叔牙绝不会坐视不管，但管鸣还不放心，追问道："鲍父若有不便呢？"

管仲不禁发笑："你倒是思虑深远，鲍父有不便，可去求宁子。"

求宁戚？管鸣愕然不明所以，求不了鲍叔牙，转求宁戚，就好像本要登高山，忽然降在丘陵，落差太大。宁戚此人，在齐国的政治能量没有鲍叔牙大，品性也没有鲍叔牙优良，成日自诩为小人，奚落君子，嘲笑丈夫，嗜好求利，国君请他做事，先得给他好处。就这么个趋利忘义的小人，能在别家遭大难时，挺身而出仗义相帮吗？只怕是避之不及吧。

管仲知管鸣对宁戚有怀疑，说道："宁子自称小人，他便真是小人吗？宁子司农事，辟草莱，垦荒土，时常曝晒田间，与农人同劳作，试问哪个君子肯愿效仿宁子，舍尊荣而就苦事？不过好利求富贵而已，何损大义？"

管鸣将信将疑，他其实是知道的，宁戚是父亲先见才华，再举荐给国君的。父亲执齐政以来，为国简拔的才能之士数不胜数，齐君子皆言，不管什么人，只要管子看一眼，便知道能不能用，用在何处。父亲看人几乎不会出错，也许，宁戚当真能够救人于急难，也许，贬斥自己是小人的，有时候比拿捏君子风貌的，更像一个君子。

"若是宁子也有不便呢？"管鸣忐忑地问。

管仲这回不笑了，神色微黯："还有一人，然他未必肯。"

"是谁？"

管仲不言，或是觉得说了没用，凭着管鸣的面子，请不动那尊神，实际上除了小白，谁能请得动他？便是小白，也可能被拒绝。

人生真难呢，行到最后，发现难题越来越多，解了一个，还有下一个，下下一个，到他合上双目，也许仍要留下遗憾吧？那就在还能呼吸还能思考的时候，尽量去解难，留给后生子辈的难题越少，他走得才安心。

六

齐桓公四十一年（公元前645年）三月，齐国盟诸侯于牡丘（今山东茌平县东）。这次盟会，小白没有带上管仲，齐执政缺席盟会，向天下列国传达出一个糟糕的信息：管仲将死。

诸侯们未出国门，已知管仲垂危，对此，大多数诸侯表现冷淡，也有假模假样挤眼泪的，当然，这得把眼泪储存至小白面前流出来，唯有宋君慈父捶胸恸哭，不知情的，以为他亲父宋桓公又死了一次。

小白本来要携卫开方与盟，临到要走，不知转了什么心思，忽然把卫开方撂下，理由没有，反正管仲生病后，小白的疯病越发严重，常常想一出是一出，莫名其妙看谁不顺眼，便定要将其拖出去鞭笞三百。

小白刚走了一日，正在琢磨小白为何撇下自己的卫开方，突然有管氏宫家臣来拜："请公子来家里走一趟，管子想见你。"他问是什么事，家臣就抹泪："管子身体不好，没几日了，最近只想见亲近友人，见一次少一次。"

管仲活不了几天了，这齐国上下，除了小白蒙眼不肯承认，无人不知，卫开方也知道，平日在小白跟前假装善良，小白不肯面对管仲的死，他不提一个死字，小白若为管仲伤心流涕，他也赶紧陪上七八行眼泪。面上是戚戚之容，心里却不以为然：不就死个烦人的老儿，何况早就该死了，管仲执齐政三十七八年，长期霸占高位，致有志者不得出头，好不容易盼到他蹬腿，执政终于可以换人了，换成自己更好。

听到家臣说管仲想见他，卫开方没有丝毫怀疑，垂死之人，人生的最后阶段，不就是今日与这个挥泪作别，明日与那个执手死诀，于是他捏着嗓音，用忧伤的声音说："我也很想见管子。"

那家臣引导卫开方去往管氏宫，路上卫开方问起管仲病情，说是前几日还能下床走两步，这两日别说走一走，坐起来也要人帮忙，人病了，食欲大减，吞食也艰难，一个月吃不了半升粟，越发瘦得一把骨头。

卫开方纵算对管仲存有恶意，想到曾经光风霁月的齐执政，走到人生尽头，衰残得不如一把枯草，也觉可怜。

走进管仲养病的内寝，屋子昏暗阴冷，像是房梁上盖着一团湿重的阴云，将阳光挡开，将寒气沉下。卫开方撑着眼睛辨了一会儿，才从昏蒙的视线里离析出管仲的脸，旁边还有一个人，仿佛管仲的影子，是召御寇。

他给管仲行下礼去，未曾开言，召御寇过来，将榻边的蒲席挪正，请他坐下。

刚刚落座，管仲轻轻一咳："公子肯来见我，有劳了。"

卫开方含笑道："管子患疾，早该来探望，拖延至今，是我无礼，管子见谅。"

"自然原谅，公子一向很忙，不来也是当然。"管仲淡漠地说，语气很古怪。

卫开方觉得管仲话里有刺，听着不舒服，耐着性子说：“管子说哪里话，我一个闲人，能忙什么？管子若责我不登门，我常来探望便是。”

管仲的声音很冷：“何敢责公子不登门！公子怎不忙呢，忙着在国君跟前进谗言，忙着教辅公子潘暗争储位，忙着与长公子暗通款曲，忙着与国子交通书信！”

像有一捧荆棘突地丢进怀里，卫开方腾地立起来，涨红着脸，瑟瑟道：“管子乱言也！何来这等事？什么进谗言、通款曲，管子不可诋毁好人！”

管仲冷笑，却是不言。那边召御寇将两片简牍递给他，说道：“这是公子昨日遣人送与国子的书信，在国都门关所获，请公子一览。”

简牍摊在膝上，卫开方压根儿不敢看一眼，大祸临头的恐惧像泰山压下来，背上湿得衣衫与皮肉黏在一处，他挣扎着说：“那，那又如何？国君，国君也没说过，不能与国子交通书信。我与国子互为看重，有结交之意，干碍国法了吗？管子擅截君子书信，甚为非礼！”

秤砣落在脑门上，还死扛着不说痛，管仲讥讽道：“也不怪公子，卫国人怎知齐国事？我来告诉公子，国子当初被国君逐出国都，正为犯国法；公子与国子结交，是与罪人勾连，也为犯国法；公子出面，长公子居后，欲借国子之力，争夺储位，国子则欲借尔等之力，复归国都，彼此各取所需，阴谋忤逆，还是犯国法。”

卫开方怎肯服罪，到此境地，无论如何也要争一争，硬着头皮反驳道：“管子好没道理，不过在书中提及三五言长公子，与友人闲扯而已，怎么就是阴谋忤逆，再者我为公子潘之傅，竟为长公子出头，莫不是笑话！”

管仲摇头，嘲谑地说：“公子仅在书中提及三五言长公子吗？便是此书，公子问国子：‘国君离齐，管子将死，太子怯懦，长公子武勇，国子待若何？’这是友人闲扯？至若公子不为公子潘出头，不是不愿，而是不能。长公子势大，暂且投身长公子门下，长公子若不得为君，再推公子潘，有国子在外为援，何愁事不成？无论谁为君，公子总能得势，公子好谋算！”

这般一针见血的剖析，直击心魄，卫开方说不出话，一阵寒战连着一阵哆嗦，倏然，仿佛出于既是要死不如一搏的心理，竟笑起来，一面笑一面叹气：“不愧是齐执政，果然厉害，我实蠢拙也，今日才得见识管子手腕！不过，仅凭书中片言讲述事实，未见一字真阴谋，你定不了我的死罪，更不要说论罪长公子，即便管子拿获长公子，国君舍得杀他吗？”

管仲那苍白的脸上没有一丝表情，冷淡地说：“怎样处论长公子，不劳公子费心思量。然公子与国子交通，已犯君之大忌。公子还能待在国君身边？国君每见公子，便念及公子与国子有过书信来往，离死罪不远了。”

如被一桶黏胶泼了个彻头彻尾，卫开方怔着半晌不动，猛地吼叫道：“你无非就想赶走我！”他像捕食的螳螂似的跳起来，召御寇一伸手，将他摁了回去，肩上如被压着一座山，动弹不得。

管仲看着他，颊边漾出挖苦的笑：“公子离卫十五年，不想归家视亲吗？”

卫开方顷时无声，眼睛盯着滚在膝前的两片简牍，一片肚皮朝天，一片俯身向下，仿佛撕开的脸皮，恨恨地笑道：“管子一片苦心，无非为太子着想，要赶走妨碍太子登位的潜在祸害，我在管子眼中便是祸害，或者不止我？可管子难道不知吗？太子的真正祸害，是我等小人物，还是长公子？”

管仲微一仄眉峰，似乎有所触动，却不言语。

卫开方像看扭曲的幻象般盯着管仲，咯咯一阵笑：“不杀长公子，太子储位不得保，管子身后，齐国仍会乱。然而，齐国人人皆知，国君舍不得杀长公子，对储君之位生觊觎心的公子何其多，他何尝忍心杀一个？管子费尽力气，为太子清障，为齐国除患，怕是要被白白辜负了。”

管仲仍是无声，在他脸上看不出任何情绪。

卫开方似嘲非嘲地一叹：“管子放心，你要我走，我不会死赖着不动，长公子这趟浑水，我不蹚了。不过呢，我临走之际，与管子赌一场，管子命不久矣，而我正值盛年，管子掌控不了身后事，我却能在管子身后继续作为，不信且看十年之后，齐国又是怎生光景！”

话太恶毒，与诅咒无异，召御寇听得火大，用力一抡胳膊，直要砸向卫开方的天灵盖，管仲呼了一声，向他缓缓摇头。召御寇不能不听管仲的话，把怒火狠狠压下去，瞧一眼那张满不在乎的脸，像吞了只苍蝇，恶心得忍受不住，用力一推卫开方，喝道：“滚！”

卫开方手脚并用地爬起来，眼风扫到那散落的书信，下意识地伸出手，召御寇一脚踩在简牍上，又是一声怒吼：“滚！”

这声呵斥仿佛巨石滚下山，震得卫开方的心肝也要裂了，余光一瞥召御寇，一脸狰狞，活似生吃人肉的厉鬼。他心头像摔碎了七八个陶罐，慌里慌张地奔出了门，身后传来召御寇震耳欲聋的喊声：“不拘是谁，送卫国公子开方回家！”

卫开方吓得落荒而逃，召御寇仍不解恨，一面将那简牍捡起来，一面叱骂道：“卑贱小人！趁早滚回卫国去！再有下回，我拧断你的脖子！”

正骂在激烈处，未想一转背，惊惶地看见管仲像槁木似的横在榻上，一动不动，仿佛如死，慌得一颗心摇摇欲坠，又怕又伤地碰了碰管仲的手，颤颤地呼道：“管父？”

管仲慢慢转动半个头：“嗯？”

见到管仲还活着，召御寇那摇晃的心瞬间找到支撑，险些要落泪，耳听管仲轻声道：“把鹿无极找来。”

召御寇不问召唤鹿无极的原因，应了一声，旋即出门去寻人。因国君不在，鹿无极不当值，闲得在家里睡觉，听说管仲相召，立马精神了，跟着召御寇往管氏宫跑。

两人同车而行，路途漫漫，免不了要闲话，鹿无极问道：“管子的病如何了？”

召御寇皱皱眉头，烦恼地说：“不好说。”

“前回我去见母亲，她说想带着小妹来看望管子，你觉着哪一日合适？”

“要见管父，早点来。”召御寇唯能如此说。

鹿无极明白了，无边的悲伤漫上胸臆，眼角湿漉漉的，迅疾将这伤情撇过去：“给你说件稀罕事，昨日国君刚走，长公子遣人来邀我赴宴，我回复伤风乏力，走不动道，给推了。”

召御寇不由得吃惊，疑虑道：“长公子为何邀你赴宴？他不是恨你吗？”

“那谁知道呢，或许，他想与我重归于好？”鹿无极促狭地笑了一下，“我虽然没去，到底留了个心眼，打听到长公子私宴上有谁在，你可猜猜，有谁在？”

召御寇摇头，他便是把临淄君子都想一遍，也猜不到。

鹿无极压下声音：“管子长子在。”

辔绳从召御寇手里险些滑落，他忙抓紧，心上像落了急雨，怦怦乱跳：管友竟然现身无亏私宴，这要是被管仲知道，那沉疴之身如何承受？

当年管仲为了禁断管友与无亏来往，将管友遣出齐国，一别多年，两人的交情渐渐淡了。管友回来后，与无亏再无密切接触，仿佛断干净了，如今趁着管仲病重，无暇顾及家务事，又与无亏勾搭上手，他是非上无亏那条贼船不可吗？

“你趁便知会管子一声。”鹿无极说道，“长公子有夺太子位之心，与长公子搅和在一处，不是好事。”

召御寇愁道：“我要怎么说？友本就厌弃我，我去管父面前数落他的不是，致父子生隙，外人不晓，还道是我故意挑拨是非。”

鹿无极嗔责道：“你哪来这许多顾虑？你不说，我说。”

“你要如何说？切勿乱言，管父身体不好，禁不起磨折。”召御寇紧张地叮咛道。

鹿无极生出两分薄怒：“我会乱言？你也是迂而怯，管友那混账东西，打小便欺负你，你可曾反抗过一次？哪一日你死在他手里，仍要为他说好话？”

召御寇缄默少顷，伤感地说：“无论如何……他是管父的儿子，我父亲与管父情若兄弟，我若是没有管父，便活不到今日，友再对我不好，我也当他是兄弟。”

话已至此，鹿无极无言以对，一声长叹：“由得你吧。”

两人不再说话，似乎被各自的心事抱拥，你在追思过往，我在忧虑未来，直到与管仲见面，两人也没太多交流。

管仲见着鹿无极，不忙与他叙话，指着召御寇说：“去外边守着，不要放人进来。”差遣召御寇去守门，也就意味着，管仲与鹿无极说的话，召御寇也不能听。

召御寇素来听服管仲，管仲不让他过问的事，他一定闭耳不闻，当下老实地出去守门。这一守，时间像掠过耳旁的清风，知道曾经过去，不知道过去哪里，于是眼看着阳光在墙垣上热烈绽放，一朵爆开，一朵飞旋，一朵跳纵，渐渐地，那刺眼的明亮暗弱了，晚霞从墙头缓慢地落下去，仿佛一大捧玫瑰跌落枝头，如果望远一些，西天有一大片瑰色，浓得像腔中血，那血红的背后是夜的朦胧面孔。

已忘记守了多长时间，召御寇忽听得门背后传出鹿无极的声音，他把门打开，面前出现了鹿无极的脸。他想他这辈子都没法忘记这样的鹿无极，亢奋又倦怠、嗜血又畏惧、热烈又阴寒，是人，也是野兽，仿佛分裂的两个灵魂，被强制扭合在一副躯体里面。

里间管仲在呼唤召御寇，听声音，便知道他很不好，召御快步奔进去，搀起快要厥倒的管仲，他还来不及问问管仲身上哪里不好，管仲望着鹿无极，说一个字喘一口气："你也可以不做。"

"不！"鹿无极咬牙道，拳头也捏紧了，一字字斩钉截铁地说，"非我不可！非我不能！非我不敢！"

他一展衣襟，给管仲重重地磕下头去，召御寇顿时吓住了：管仲可还没死，鹿无极怎能对活人行顿首礼！倘不是参礼死人，那便只有去国时拜故土，罹罪时拜君父，或者，赴死时拜亲恩。

鹿无极是哪一种呢？

管仲凝着他，很慢很慢地说："你走吧，再也别来了。"

鹿无极抬起头，泪水像一串串闪亮的银珠，贴着那苍穆的脸，他极利落地起身，阔步走了出去，没有回头，没有说一个字。

召御寇不知道发生了什么，心里纵使有万千疑问，也不能说，冷不丁地听管仲问道："像不像？"

"像什么？"召御寇更惘然了。

管仲低低地喘息着："雍廪，鹿无极像雍廪。"

召御寇心中震颤，多少年了，他没听管仲提过雍廪，管仲不说，他也不说。那隐埋在心底的伤痛积满了灰尘，忽而在今日，不经意的一阵风吹过来，吹走了时间的灰，惊觉那旧日的伤口竟还没结痂。

他却看见，两行泪水从管仲的眼中清晰地滚出来，便在那瘦削的脸颊上，割出新的、更深的、难以愈合的伤口。

两日之后，几桩事变像泰山滚雷，将临淄城轰出莫测的深坑来，先是卫开方返回卫国，事前不闻他提过，事发生了也不给解释，有交好的君子问他："国君知道吗？要不要等国君回来再走？"他模棱两可地回答："国君知道。"其余的话却不肯说了。

公子潘为卫开方送行，一路送一路掉眼泪，他本就好咋呼，遇到这种被迫别离的伤心事，更是要命，哭得天昏地惨，口口声声说要去向君父讨说法。卫开方制止了他，隐晦地劝道："公子忍忍。"

卫开方出临淄雍门而去，车马拉出的扬尘还未落下，便有御士冲进后宫，将丙刁与易牙赶出宫闱，罪名是煽惑君心，勒令这俩贱人即日起滚出临淄，滚出齐国！易牙恳请给点时间收拾行囊，不准！带点儿干粮再上路，不准！哪里有时间余留给贱人，速速滚蛋，休得污了我齐国！身上没吃没喝，关我屁事，若是饿死了，那是活该。

一寺人、一庖人，对庞大的齐国后宫而言，像宫墙上飘走的灰，走了也就走了，可两个微末人物的离去，仿佛闸门裂开缝，预示着更强浪潮的到来，因为从那日起，长卫姬的寝宫门口，日夜守着五六个持戈御士，里边的人出不来，外边的人进不去，形若牢房。

长卫姬这两年多病，天冷些，犯痰症，天热些，犯咳症，日常是拿药当饭吃，把个活人折腾成骷髅样儿，如今遭软禁，心里焦虑，病更重了。因质问御士为何把门，回答曰：夫人体弱怕风，为夫人挡风也。撵不走御士，要求面见公子无亏，不被允许，原因是长公子忙，不方便进宫。说不通，着急起来，怒问到底是哪个宵小迫人于绝路，回答曰：是国君的命令，夫人若不信，等国君回来，夫人可以亲自去问国君。

长卫姬被禁锢的同日，公子无亏也接到了君令：请长公子在国君回来之前，不要出门。无亏不服此令，质疑凭什么不让他出门，回答他与回答长卫姬一模一样：等国君回来，公子可以亲自问国君。

严酷的君令宣下不久，隔天一道执政之令传于公门：即日起管友不再掌内府，因其不胜其职。管友接到卸任的命令，恨得嚷起来，他怎么就不胜其职？一没渎职，二没贪墨，三没逾分，仅仅因为他有个执政父亲，他便只能一辈子做个低级属吏吗？

管友奔去管氏宫，请父亲给儿子说法，管仲却不见他，出来个管鸣，好言好语地请求他："父亲病得太重，一日不如一日，你能不闹了吗？"

管友厌烦他教训人："你从我手里夺走管氏孺子之位，倒叫我不闹！我是闹吗？我是求活路！"

管鸣斥责道："你还没闹？我且问你，自父亲生病以来，你除了与父亲置气，何尝在他跟前尽过一日孝心！国君召你回来，是让你守着父亲，你守过他吗？"

管友冷冷一笑，嘲讽道："有你日日装孝子守着父亲，我何必讨没趣？

其实父亲死了，于你有好处，从此，你是管氏大宗子，持掌宗族一应人事，想如何处置你长兄？”

管鸣被他激得怒火烧心，两兄弟越吵越收不了场，若非家臣们死命阻拦，怕是要拳脚相加。管友给人生拽出门，下头人好心给他建议：何不向老祖母求情？他哪里敢去见管母，前回遭祖母一通训斥，至今心有余悸，若是祖母知道他在父亲养病的寝卧门前闹事，必会一拐杖敲在他脑门上。

管氏宫容不下他，管友便往鲍氏宫跑，好歹有个姑姑管璧心疼他，总能扯着姑姑的衣袖哭两嗓子。去了偏不凑巧，原来鲍叔牙这两日有些风寒之症，头疼咳嗽，四体无力，不得已在家休养，人是不出门，心里却挂念管仲，时时刻刻想去看望知己。管璧不放他走，让他养好身体再去探病，他觉着自己没有大碍，管仲的病却是痊愈无望，“还能见他几次呢？”说得泪眼婆娑，管璧却说：“朋友之谊固然重要，你的身体也重要，又没说不让你去，总得先照顾好自己。”两个是鸡同鸭讲，互相不理解，因此夫妻龃龉。

管友来时，管璧刚与鲍叔牙拌过嘴，两个都冷着脸，气氛极紧张，管璧自然知道管友的遭遇，因鲍叔牙不准她干涉管仲教子，她其实不问管友的事很久了，但这些日子为管仲与鲍叔牙闹别扭，心里正窝火，不免要借题发挥，阴一句阳一句地说：“你那亲父一贯如此，无情寡恩，身为一国执政，亲友从没得过好处，反会遭殃。”

鲍叔牙一听就炸了：“谁遭殃？你、友还是我？”

管璧哼了一声：“友没遭殃吗？到底是亲父，对儿子刻薄严酷，下狠手糟践他，一国执政对亲子尚且无情，况且是他人！”

“你懂什么！”鲍叔牙呵责道，“夷吾如何教子，自有他的道理，扪心一问，他严教亲子到底为何，你会不知？你是他亲妹，遇事不予他支持，反而无端指摘，才是无情！”又指着管友训道，“尔父何以待尔严苛，尔从不反省悔过，只知一味抱怨，怪责亲父，甚不孝也！尔父如今垂死，尔不侍奉尊前，勉尽孝道，反为一己之私，与老父动气，令他忧虑，尔也枉为人子，空披了一张人皮！”

鲍叔牙的怒骂像开山巨斧劈下来，慑得管友栗栗危惧，管璧也不敢回嘴，这齐国没人敢与鲍叔牙叫板，惹恼了他，就是小白也怕得要道歉。

骂了半日，气还没消，鲍叔牙抬脚往外走，管璧回过神来，慌得喊他止步："身上可还没好，仔细又头晕，你要去哪里？"

"我去与夷吾死在一起！"鲍叔牙气冲冲地吼道。

主母拦不住家主，下头人更不敢伸一伸手指头，鲍叔牙冲出门，着实怒得想毁天灭地，人人瞧着都可厌可憎，竟要自己驾车，家徒们恳请为家主充御者，他让他们滚："倘或真有良心，稍后去给我收尸！"于是一甩辔绳，哐当哐当奔到管氏宫。

管家人都没想到鲍叔牙会来，眼见浑身烧火的鲍叔牙冲进来，俱是措手不及，召御寇急急忙忙地跑出来迎客时，鲍叔牙已趋步进入内院。

"鲍父不是身体不好吗，怎的来了？"召御寇匆匆问道。

"身体不好又怎样？死了也得来！"鲍叔牙说得咬牙切齿。

鲍叔牙显然正在气头上，召御寇不多言了，他不吭气，鲍叔牙却有话说，问起管仲的病，他几日没登门探问，有没有见好，召御寇摇摇头，难过地说："不太好。"

鲍叔牙沉默，管仲那日渐严重的病，如消散不了的阴影，覆上他的心头，将怒火也盖过去了，耳听召御寇提起一事："早起高子遣人来送药，称是能治百病的灵药，管父以为无用，我倒觉着试试也无妨。"

鲍叔牙不冷不热地说："他还有这好心，难得。"他顿了须臾，自言自语道，"高子果然会做人。"

鲍叔牙对高傒的微词，召御寇听在耳里，仿佛不闻，一时两人走进内寝，管仲正倚在榻上默神，瞧见鲍叔牙，笑了一下："鲍叔不在家养病，来探望老友，有心了。"

鲍叔牙没笑，打量一眼管仲，仿佛与死亡迎面相撞，那触入眼底的，是枯白的面孔、昏暝的双眸，神采早就没了，瘦得脱了相，便是那笑容，像贴在唇角的木屑，不留神便脱落了，看久了这副皮囊，让人忘记他原来生得什么模样。鲍叔牙竭力地回忆管仲过去的样子，可他惊慌地发现，他竟记不清了。

管仲把脸轻轻转开，问道："友去见过你了？"

鲍叔牙正在悲伤于管仲不复从前，被管仲一打岔，心思为管友的事牵走，火又冒出来："见了，我骂了他，不孝之子，胆敢怨怼亲父，混账！"

管仲笑道："多谢鲍叔，为我管教儿子。"

"下回他再犯浑，你交给我，不信收拾不了他！"鲍叔牙愤愤道，"这不孝子为私利蒙了心，全然不知你是在救他，非要蹚浑水，异日惹来大祸，连累家人，悔之晚矣！”

管仲惆怅一叹：“人们都说夷吾教子过严，只有鲍叔深知缘由。”

怒气易泄，问题难解，鲍叔牙愁烦地说：“可叹你之苦心，他不能领会，将来……”他梗了一梗，迫着自己说出口，“将来你若不在，他依旧颟顸胡为，辜负你之苦心，更置家人于危境。”

管仲苦涩一笑：“我尽我所能，奋进当下，勉力为将来谋划，至于将来会否出差谬……鲍叔鲍叔，非我不愿完妥，而是不能。”

鲍叔牙怔忡，忽然便想起这几日致临淄国人纷议的事变，旁人不知个中因果关联，他却清楚，这正是管仲在奋进当下，也在谋划将来，可将来到底如何，是否一切如故，是否完美无谬，也许管仲无力掌控。

“隰朋病了。”鲍叔牙仿佛没头没脑地冒出这句话。

“我知道。”管仲低声道。

彼此一阵沉默，鲍叔牙虑道：“朋向来多病，夷吾本欲将国政交托于他，万一他有不好，该如何做？”

管仲露出一点酸涩的笑，怆然叹息：“过去怎样，将来便怎样。”

话像不透光的帷帐，遮住那背后的惨淡景象，鲍叔牙却看得一清二楚，管仲身后有隰朋，隰朋身后却无人接替，齐国或者会回到老路上，依旧是世卿掌国政，贵胄握权柄。管仲执政近四十年，给齐国下层的才能之士开辟了奋进通道，无数出身卑微者，因为管仲的帮助，仿佛借梯登天，从此改变命运，但再多的登天者，也永远拼不过强劲的卿大夫家族。你是个人，他们是家族，你是偶然奇迹，他们是经营数百年的习惯势力，今日有管仲庇护，暂且容许你们僭越，明日管仲死去，屏障移开，旧秩序将全面恢复。

管仲从没说过变国之政一代而终，但他心里自始至终都清醒：齐国这四十年的变革，太过超越时代，总有一日会被时代摧毁，曾经艰苦卓绝的奋斗，如同一场认真的梦。

眼见大厦将倾，鲍叔牙无法随便放弃，不甘道：“一生心血，辛苦竭蹶，身后却没有继承，岂不白白辜负！”

管仲静默顷时，缓然道：“一生奋进过、努力过，为国谋福祉，为天下正大义，岂是辜负？纵然身后没有继承……”他一顿，铿锵有力地说，“夷吾死且不悔。”

这是鲍叔牙第二次从管仲口中听到“死且不悔”。人生会完结，未来会变化，身后的世界也许是另一个天地，但总不能因为明日不可知，便不去奋斗，徒然悲叹，那样的颓靡无为，就不是管仲了。他认识的管仲，倘或下一瞬将死，这一瞬也当慷慨前行。

鲍叔牙深为震撼，一股凛然之气提起来，赌誓道：“但有我一口气在，无论将来如何，我也会扛下来！”

管仲赞许地一笑：“鲍叔不惧。”

鲍叔牙伤怀地说：“鲍叔惧。”

管仲微愣，他注视鲍叔牙，鲍叔牙也注视他，彼此凝眸的刹那，什么都明白了，什么都理解了，什么都领悟了。管仲动情地说：“夷吾此生能与鲍叔为友，五十四年相知不迁，同行同志，死且无憾！”

鲍叔牙凄凄念道：“死且无憾……”

天色渐渐近晚，晚照在窗外涂色，鲍叔牙不肯走，说要从此在管氏宫住下，再不回去了，管仲笑他学小孩儿家耍脾气：与妻子吵嘴而已，哪里至于不归家。鲍叔牙被他说得不自在，也觉自己任性，便说走可以，但明日还要来。

“明日恭候鲍叔。”管仲笑道。

鲍叔牙起身往外走，才至门口，管仲唤了他一声，他回过头去，有深邃的笑意漾在管仲的眼睛里，被透窗的夕照映得熠熠生辉。管仲凝视着鲍叔牙，清晰而缓慢地说道：“鲍叔慢行，夷吾再不能与你同行了。”

鲍叔牙仿佛是答应了，仿佛又没答应，也许没答应的是躯体，答应的是灵魂。他恍了一会儿神，不知何时已经走出了门。

晚照从青蓝的天幕落下来，潮水似的漫到身前，越往前走，越是绚烂，然而绚烂到了极致，就该凋谢了。一辈子最好的时光，拥有过，也会走到尽头；一辈子最好的朋友，同行过，也会走到死别。没有什么可以永远存在，人生走得再长再慢，总会结束。

鲍叔牙与管仲相识五十四年，同行五十四年，原来说好的同行不弃，哪怕颠沛、苦难、艰辛、蹉跌，无论遭遇怎样的困境，也不能使彼此隔离，然而死亡做到了。

面前光影浓烈，像是神从天上泼下的彩漆，给周围的世界渲上艳丽的色泽，他便一个人走在夕阳西下的明灿晚景里，现在是一个人，将来也是一个人。

鲍叔牙慢慢踱到大门口，有眼尖的家徒看出他不对劲，知道他是独个跑来见家主，关切地问道："鲍子身体不好吗？我们送你回去？"

鲍叔牙看了家徒一眼，家徒仿佛被鬼盯了，心里直发毛，不待他再问一声，鲍叔牙像被台风吹折的老树，直直地倒了下去。

鲍叔牙在管氏宫门口哀极而厥，被管氏家徒抬回鲍氏宫，第二日的探病便落了空。他醒来后，切切地说要去见夷吾，可愿望迫切，身体不允许。猜到鲍叔牙心急，管仲遣了召御寇来探望，并代为传话：鲍叔安心养病，不急。

"国君即日返国，鲍父待国君回来，访友不迟。"召御寇最后说道。

这时小白正在返回临淄的路上，牡丘会盟持续不久，列国诸侯商定出师救徐——其实是齐国的意思，便由鲁国公孙敖担任主将，率诸侯师出征。本来会盟纵算议事，也有其他礼节性活动，譬如巡游、宴飨等，以此增进同盟感情，过去齐国举会，议事结束，盟誓完毕，也要挽留诸侯。可小白这趟急得很，事一说定，立即要回国都，别说留下，有诸侯与他多啰唣两句，也不耐烦，他不说是为什么，诸侯们却心知肚明。

齐君奔丧也，这是诸侯们的共同心声。

小白急急往临淄赶，刚一动身便给管仲送书，走了一舍地又送一书，后来越来越频繁，每隔十里发出一书，书信内容无非：寡人走到哪里了，仲父身体如何？寡人甚是想念仲父，一到临淄便来见你。

收到小白的第一书，管仲给小白回信，他早就握不起笔，写不得字，是召御寇扶着他的手，一笔一画慢慢描摹，一百字不到，竟写了两个多时辰。

小白才一阅到管仲的来书，看一眼那规整得毫无特点的字，他就明白了，当即遣人奔驰相告：仲父不用回书，寡人去书问仲父，是寡人心急。

其实不用小白嘱托，纵使他希望，管仲也写不动书信了，他给小白写完回书，便陷入昏迷，实际上近些日子，他清醒的时间越来越少，沉睡的时间越来越长。

"死如睡着。"这是他醒来时，对召御寇说的话。

四月初的某日，管仲昏睡了整整一日，前日午后醒来一个时辰，问了一声“国君走到哪里了”，召御寇回答说距临淄只有一舍之地，明日应该能见着，他歇了少顷，让召御寇给他读了小白的新近来书，又沉沉睡去，此后再没醒过。

召御寇守了管仲两日，总不见他睁眼，试那呼吸，也是出的气多入的气少，不免害怕，着家臣去请医师诊病。那医师来后，像端详尸体似的，盯着管仲扫了两眼，既不用药也无任何救治手段，唯是垂泪叹气：“管子大限已至，赶紧把家人召来，见最后一面吧。”

召御寇像被施了定身术，傻呆着半晌没反应，脑子稀里糊涂，七窍像灌了浆，听不见、说不出、看不清、哭不出，朦朦胧胧听得医师催道：“管子没多久了，再不抓紧些，见不着了！”

宛如遭冷水当头淋下，召御寇打个激灵，终于醒过神来，吩咐下头人去知会亲友，能来的都来，这是最后一面，若迟了，便再也没机会与管仲告别。

一时间家臣家徒四散飞奔，通知亲友来与管仲死别，未过多久，亲人来了，朋友来了，有个别耳报跑得快的属吏，也奔进了管氏宫，于是该来的到齐整了，不该来的也偷摸来了三五个，唯独少了一个管友。

因管友与家里生分，不住在管氏宫，另置了私宅别居。家臣去他私宅寻人，半片人影没见到，问人在哪里，屋里人回答说前些日子出城了。去了何方？不清楚。甚时回来？不晓得。有谁知道他的去向？不知道。

找不到人，家臣只好回来，这当口，人人都去内寝与濒死之人道别，家臣自然也去内寝复命，恰在门口遇见管母，她一见那家臣，问道：“人呢？”

家臣怎敢隐藏事情，一五一十地讲述管友行踪不明，管母闷着脸色，霎时无声，像是耳背没听清，忽地，仿佛被隐忍的怒火点燃了，举起手中的鸠杖，狠狠地敲在门框上，骂道：“劣子！亲父垂死，他竟敢不露面，其心何忍！我管氏一门老少，异日将死于他手！”

她一跺足，转身进了寝卧，鸠杖咚咚地杵地，甚不顺手，原来被她敲损了一个角。

仿佛是听见母亲的怒喝，管仲缓缓地醒了过来，睁开眼睛，周围都是人，熟悉的人，有母亲、管鸣、管忆、召御寇，亲人都在，除了……算了，不计较了，还有鲍叔牙、乐无荒，朋友也在，还少了谁？

他张了张口，召御寇贴近了他，听见微弱的声音从胸腔里努力地发出来：“国君……”

召御寇落下泪来：“快了，国君就快到了，管父……”他几乎要说不出话，嗓子眼里像有颗果核，卡得难受，强撑着道，“你再等等。”

管仲长长地呼出一口气，目光像艰难转动的磨盘，慢慢地滑过送别他的亲友，曾经同行过、交心过、共事过，今当诀别，不必赘述遗言，不必刻意交托后事，他们都懂，也能使他放心，他不放心的，却是不在场的人。

这不放心沉重如山，压在灵魂肩上，他将要死去，也不能卸下，也许会带入另一个世界。

视线像被黑幕罩住了，是夜晚要来临了吗？面前的面孔越来越模糊，只有那身外的嘈杂格外清晰、格外响亮，他用最后的意志力凝聚那飘散的生命，再等一等，等来他想要见的人，等来他的不放心。

身外的声响更大了，仿佛战场上催迫战士进攻的中军战鼓，多少回，他们并肩作战，以最无畏的信心、最壮伟的勇气，创造出一个和平天下，可惜以后，那样的同行同事再也没有了，泪从晦暗的眸中流下来，谁给他揩去了。

战鼓声逼近了，就在他身前敲响，他向着那鼓声来处望去，眼睛被明净的光华映亮了，他看见一轮皎洁的月亮，这个世界的一切都沉没下去，唯有那轮月亮升了上来，哦，是国君！

他说不出话，只能动动手指，小白握住他的手，轻轻地呼唤：“仲父。”

他安静地看着小白，仿佛许多年前，他观望那个失去依靠的孩子，他看出孩子的不凡，预见未来的一日，孩子会成长为最杰出的君主，于是他等着孩子长大，孩子也等着他成熟，他们互相扶持，互相支撑，互相成就。

他们是一对最好的君臣，今生到头了，来生还有这样的机会吗？倘若天意允许，重来一次吧！那时，天下或许会海晏河清，他们不需费心重整，不用艰苦草创，只是安享太平的平庸君臣，也是极其美好的。

他努力地笑了一下，是灵魂在笑，身体却再也不动了。

小白原本握住管仲的手，忽觉得自己握不住了，仿佛有珍贵的生命从手心滑落出去，他想他握不住仲父了，要失去什么的巨大恐惧像战车似的撞过来，撞碎了他，这也不够，还要碾过他的残骸，使他无所存在。

可他失去的不只是一个人，而是整个世界，他的仲父没了，他的世界垮塌了。

周遭是此起彼伏的哭声，人人在伤泣，人人在哀悼，人人在悲痛。有谁知道他的恐惧、了解他的失去？他没仲父了，他真的没仲父了。

从此没人宽待他，没人容忍他，没人勉励他，没人鞭策他，他想自己仍然是那个光脚的孩子，在那广袤而寒冷的天地间，孤零零地奔跑，没有尽头，不知道前途。

窗外风来风去，宛如一声声凄凄惨惨的悼唱，晚照的余光在天幕上划出无数道血淋淋的伤口，城市像坠落深渊，没入了雾蒙蒙的死寂中。

黑夜来临了……

第十五章

夕照临淄

一

齐桓公四十二年（公元前644年），周历四月初。

昨夜下了整整一宿雨，雨不算大，却没完没了，仿佛恼人的情绪，缠缠绵绵不得休止。一辆轩车在水蒙蒙的世界穿行，宛若拦路强寇的雨水，从四面八方围拢过来，湿了乘车者的衣衫冠带，还嚣张地渗进眼耳口鼻，使他呛出七八声喷嚏以及两行眼泪。

走了半里路，管鸣已向这水世界抛出无数喷嚏，泪也多，偏偏忘记带手巾，倒也顾不上体面，扯起衣袖揩鼻子擦眼睛。倘有不明底细的，偶一遇见，还以为他在哭泣，其实他如果当真落泪，也属正常。

他刚去探望生病的隰朋，原是有极要紧的事告诉隰朋，可怜隰朋已说不出话，幸而能认人。见到他，隰朋也许是想起管仲，一直抓住他的手不放，泪流不止。他看得心伤，把想说的话全部咽下去，只能喋喋着“安生养病”这些场面话。

该说的事讲不出口，憋回来像硌在心上的尖锐石子，心疼得恐慌，倒是可以去寻鲍叔牙倾诉，可他已经有很久没见到鲍叔牙了。

鲍叔牙也病了，至今有两三个月没出门，家里宣称鲍子的病要静养，因而禁断访客，无论是谁，来也不见，即便有宗庙不血食的急事，也得先等鲍子病好。

管鸣想，最不被准予面见鲍叔牙的访客，应该就是自己吧。这一个多月以来，他登门求见数次，其他话只字不提，只说探病，却都被挡了出去。他不愚拙，能猜到鲍叔牙不见他，不是本人的意思，鲍叔牙纵算病至垂危，知道管仲家人求见，无论如何也会勉力一见，管鲍之交生前不离不弃，死后一样不忘不舍。

祖母说："你们这位姑母心思太多，乃父在时，她尚有忌惮，而今乃父已殁，鲍叔又病不能理事，她端出鲍氏主母的架势，不把我们当一家人了。"所以祖母不让他去找鲍叔牙，她说找了没用："有你那矜贵寡情的姑母把门，你叩门一百次，她撵你一百次。"

可管鸣不愿放弃，祖母是天塌了也撑得住的刚强性子，他比不得祖母的洒脱，更不能坐而待祸至，父亲临终前交代，若有难，可去求鲍父，不过父亲也说了，鲍父那里走不通，还可以求宁戚。

要不要去见宁戚？管鸣郑重地思考了一会儿，还是罢了，不仅因为他对宁戚始终存有疑虑，虽然父亲笃定宁戚能救急难，但他不能确信口碑一塌糊涂的宁戚是否敢于担当，再也是因为宁戚最近不太方便。

隰朋大渐弥留，宁戚心情恶劣，身上便不好，不免病病歪歪，听爱打听的管氏家徒窃语："宁子时常躲在人后哭呢。"纵然是自称为小人的宁戚，仿佛唯利是求，原来也有在乎的人，隰朋便是他最在乎的人，唯一可交心的朋友。

真是邪门了，这个病，那个也病，临淄城是有瘟疫吗？君子们挨个儿地染疾，病了不说，还都是垂死之相。自从父亲去世，齐国朝堂愁云惨淡，国君有回伤心地对群下说："仲父殁后，诸事不顺。"

去年诸侯师救徐，不与楚正面作战，反去征伐楚之附庸厉国。可恨的是，数国联军看似气势汹汹，恁就攻不下一个芝麻小国，像是齐国的"瘟疫"传染给诸侯之师，各国战士疲软得像临时拉来的白徒，举不起戈，射不准箭，驾驭战车常常偏轨，后来还是楚国军队主动撤离徐国，列国才结束了这次尴尬的出征。

再有那在太行东山下纵横驰骋的白狄，终于跨过黄河，今年伐郑，明年征卫，一时间黄河东岸烟尘弥张、兵戈扰攘，诸国自要向伯主求援，请伯主将这祸害诸夏过烈的白狄赶过黄河，若能像当年为燕国讨伐山戎一般，端了白狄老巢，那便更好。可齐国是有心无力，至多为同盟筑城修墙，保得城邑不被攻破，甚或，偶尔师法周天子，送去无用的口头慰问。齐国面对强敌的衰靡不振，导致列国腹诽不绝：当年那个能抗赢强悍山戎的齐国，跑去哪里了？

怀想当年父亲在时，齐国霸业如日中天，北伐山戎，南征荆楚，领诸夏服膺，归一中原，齐国战士的威名震慑天下。过去听鹿无极说过："我齐国战士每有激战，知道执政在中军坐镇，心里踏实，敢战而不惧死，因为我们战死了，执政不会不管我们家里人。"

管仲不在了，那撑在许多人心里的支柱便倒塌了，也包括小白。

小白如今性情大变，没有管仲在他身边警醒鞭策，他仿佛战车偏离阵列，由着性子横冲直撞，有时像个悖乱荒唐的昏主，有时像个阴戾残酷的暴君。管鸣却觉得，小白更像是没人管的小孩子。

在管仲的葬礼上，小白为管仲服了最重的斩缞，掌丧仪的祝官提醒国君，没有君为臣服斩缞，这是非礼。小白竟自暴跳如雷，令左右御士将那祝官捆起来，拖到哪个水沟里鞭笞，打死为止！那时鲍叔牙还没病不能起，与小白竭力争执，小白起初固执不听，鲍叔牙说了这么一段话："我君素昔尊崇管子，却在他灵前动起赫斯之怒，戕害无辜，致他背负恶名，他在天有灵，岂不寒心？"

鲍叔牙的话像敲在心上的重锤，小白哭成个失祜的孩儿，终于放了祝官，但服斩缞不变，国君铁了心执意以为子之礼送丧，连鲍叔牙也不劝他改丧服，再没人敢去进言非礼。

小白带头为管仲服斩缞，让卿大夫们很为难，服不是，不服也不是，服了非礼，不服又怕国君责怪。诸公子却没这顾虑，随从效之，倒不是他们自觉性高，而是看见太子昭的前车之鉴，太子昭临丧时仅仅服了腰绖与首绖，遭小白劈头盖脸一顿臭骂："仲父何尝亏待过你，若无仲父，尔安能为太子？今仲父亡故，你便将他抛之脑后，何其薄情也！"

太子昭其实甚冤，依周礼，君不为臣服斩缞，太子是国贰，算半个君，一样不用服斩缞，小白要极尊管仲，那是他的私愿，非得强逼人人跟着他发疯。

太子不服重孝，为国君怒斥，事情传开来，诸公子立时心明眼亮，一个接着一个服斩缞吊丧，不仅如此，还在管仲灵前擗踊号哭，有的以头抢地，有的猛抽耳光，有的抽搐发癫，有的哭至晕厥，仿佛棺材里躺着的死人是小白。生得最丑的公子商人，哭得最婉转动听，他准备了一篇偌长的祭文，哀哀戚戚地念了约两个时辰，才堪堪结尾。与丧的君子都知道诸公子作假，看戏似的欣赏公子们的绝伦表演，可架不住小白满意。

最出乎意料的表演来自公子无亏，他在小白去国与盟期间，被软禁在家，明面上是小白下令，可谁都清楚，真正要羁锁他的人是管仲。

管仲去世，公子无亏再是戴罪之身，也得来露个脸，哭一场，哪怕哭完了，小白又把他关起来。却不知他一向闷在家里，从哪里打听到小白为管仲服斩缞，岂会特立独行不服？于是也服斩缞临丧。

人来了，少不了要哭，他偏与诸公子不同，诸公子是浮夸地表演悲痛，他却是隐忍地悲泣，哀毁而不过逾，痛悼而不失礼，那伤心看起来格外真实，以至小白叹道："此子真悲也。"

就是这句评价，次日，守在无亏门前的御士悄然撤走，看门的人走了，可小白并没明令无亏可以自由行动，所以无亏依然老老实实地待在家里，他知道长卫姬沉疴难起，也没去向小白求情，允许他探望母亲。

一个多月后，长卫姬病逝，闻说她临死前的愿望是见儿子一面，不过，当无亏闻丧奔赴，长卫姬已死去多时。小白知道无亏没能见到母亲最后一面，召来无亏问道："你母亲将死，为何不来求寡人？寡人不是无情之人，难道不容你母子见面吗？"

无亏哭着说："儿子是罪人，得保首领属腰，已是君父过逾之恩，不敢有非分之求。"

小白不禁伤切悲叹，因为长卫姬的死，也因为可怜无亏失母，那对无亏的猜疑与怨恚渐渐消散了。外间纷说，公子无亏好手段，在管仲灵前洒两行泪，母亲将死而不顾，便重获君心。这些议论，小白是听不见的，就算听见，或许也是不相信的。

管仲的死给小白造成极大的精神创伤，他迫切需要情感补偿，无论这情感是真心付出还是假意奉迎。渴慕情感，必然会反抗理智，所以他讨厌板起面孔的冷静说教，过去他畏惧鲍叔牙，鲍叔牙讲论大道理，他纵有不乐意，也要强迫自己听服，现在鲍叔牙再一板一眼地训诫诤言，他会不耐烦地打断道："鲍傅不要说了。"

小白不再是从前的小白，抑或，他其实一直是自己，只是过去管仲唤醒了他内心最好的自己，管仲一死，引导他向好的力量没有了，最好的自己消隐了，最坏的自己却越来越显现。

回想过去这一年，好事几乎没有，坏事却是一桩接着一桩，管鸣忽而生出大厦将倾的恐慌感，如果父亲还在该有多好，天大的难事，父亲也能从容应对，那么艰辛的变国之政，父亲也推进下去了，何况是现在这样……

轩车行到了管氏宫门前，管鸣才刚下车，就见管启方和召弃疾一前一后奔出来，乍与管鸣相遇，慌得止步行礼。管鸣乜视他们一眼，这两人年岁相差不多，个头齐平，很像两兄弟，因问道："你们这是要去哪里？"

管启方道："正要去寻父亲。"

管鸣错愕："寻我？"

管启方看了看召弃疾，说道："刚刚弃疾来告，伯母邀了姑母，再有姑祖母，往家中一聚，又来请太祖母，这会子她们都在伯母家中。"

这话说得不着边际，不是一家人，怕是听不懂，意思是管友的妻子邀请管璧、管忆做客，把管母也请去了。可女人们聚会而已，干自己什么事，竟要巴巴地来寻自己？

管鸣正在纳闷，骤地，像有一把斧子劈开脑子，一个想法喷出来，急声道："你姑祖母也在伯母家里？"

"是。"回答的是召弃疾。

管鸣豁然明了，管友妻子邀妯娌做客，本就奇怪，只因管友与家里关系几乎决裂。前回父亲临殁，他不现身，父亲死后三日，他才赶回来奔丧，祖母当时或是太过哀伤，既没斥责，也没质问，只是痛心地问他："你就这样恨你父亲？"

管友一言不发，默然流泪，仿佛受了莫大委屈，祖母不严词追究，管忆却不肯宽恕，给了管友一巴掌，让他滚："父亲不用你装孝子哭灵！"被亲妹当众羞辱，周围人也在明里暗里指戳他不孝，管友觉着颜面受损，当真要走，管母喊住他："你要走，我不拦你，送了父亲再走，他到底生养你一场。你纵便恨他，可你母亲何辜！她魂若有灵，知道你父子生隙，你竟不肯送别父亲，她要如何思量？"

提及母亲，管友那坚硬起来的心肠软塌下来，打消了离开的念头，之后，任凭管忆如何当面背后地詈骂，他也没走，仿佛塞了双耳、闭了双目。但直到葬礼结束，他也没说那迟来的三日，到底去了哪里。

然而一个月前，家里人都知道管友在那三天做了什么，用管母的话说：人无完人，谁都可以犯错，但友犯下的，是最不可原谅的错误。

因管友这个不该犯的错误，原来隐藏的危险，忽然撕开了层层遮蔽的纱罩，显出狰狞面孔。管鸣与管母数落，兄长为何就看不出？他这样不顾所以，会带来多大的祸患！管母说："人之最愚者，正在把错谬当成正确，知子莫如父，尔父早已看穿了他，不得已严苛管束，可惜他终究辜负尔父苦心。"

有了这些不堪追溯的前因，管友妻子邀家里人一聚，便显得古怪。尤其管忆与管友水火不容，前次知道管友失踪的原因，若不是召御寇死命拦阻，已打上门了，今日竟安然接受邀请，过于反常。仔细想想管璧也在邀请之列，这事就说得通了，管璧与管友从来交好，管氏宫任何一人或者管忆相请，她都有警惕心，未必动窝，管友妻子招呼，她却不会拒绝，而且妯娌人人受邀，不是单请她一个人，更会减轻怀疑，她一走，那鲍氏宫就……

能想出这调虎离山之计的，除了老祖母，还能有谁？管鸣记得，父亲母亲都曾称誉祖母智略过人，她是懒管人间纷争，愿意过闲云野鹤的散淡生活，父亲有回自谦道，若祖母是男人，要与他争政，他只有认输。

管鸣想到此处，本来颓唐，一瞬间精气神都提上来了，立马要奔去鲍氏宫，可一只脚才迈出去，突地像踩了尖刺，又收回来，转身看着管启方、召弃疾："是太祖母让你们来寻我？"

管启方点头："是，适才弃疾来家里，太祖母叫我与弃疾一起寻父亲。"

管鸣心里仅剩的疑惑，现在也清楚了，他叹道："那便是了。"他指着两人，"你两个，去一趟鲍氏宫，见到姑祖父……"他微一停，并不犹豫，说道："把伯父的事告诉他。"

管启方小心地问道，"除了伯父的事，别的……也说吗？"

管鸣默然一会儿，目光渐黯："说吧。"

约莫半个时辰，管启方与召弃疾来到鲍氏宫，口口声声要见姑祖父，称想他了。偏生鲍叔牙儿子鲍齐也跟着管璧去做客了，家主人都不在，鲍氏家臣家徒拿不定主意，毕竟管璧特意吩咐，不要放管鸣进门。但她没说为何不准管鸣见鲍叔牙，也没说不放管鸣儿子进门，这含含糊糊的交代，让人误以为她只是单纯讨厌管鸣。

再看看管启方与召弃疾，两个皆是十来岁的少年，毛还没长全，嫩得禁不住风狂雨横，纵有不良居心，也没那胆量付诸行动，那就放进门吧，见一面又不会掉肉。

鲍叔牙在内院养病，自他生病以来，活动范围不超过鲍氏宫，身体好时，在外院踱步，身体差时，拘在内院，有时连寝卧的门也不出。刚开始病卧时，小白还常来看他，病得狠了，小白竟再不出现，时不时遣个温柔的寺人来问病：鲍傅如何了？有什么要求，尽管说出来。鲍叔牙隐约猜到小白有事瞒他，过去他任公子傅，小白若闯了祸，便会躲着他，非得他亲自去提溜小白，再三再四地逼问，才吞吞吐吐地说出来，之后，还得可怜巴巴地补充一句：鲍傅别骂我。

他不便出去，只好问家里人：近日可有坏事发生？国君可有荒悖行为？都摇头说万事遂顺，一切如常。可越是人人表现出平静，他越是怀疑，他便想抱病出门打听，或者找个外人来问，可管璧不答应，谴责他没事找事，不信任家人，疑心病太重。两人争得急了眼，鲍叔牙骂管璧拿他当刑徒，人还没死，就闷在棺椁里；管璧怨他不知好歹，她是好心维护家人，唯有他瞎眼看不见。

两口子吵嘴，儿辈自要劝和，却都站在管璧这边，恳请鲍叔牙体谅母亲：她是为你好，为鲍氏好。鲍叔牙怒叱他们受管璧蛊惑：自私自利，国有难不问，朋友有急不救，与那些见利忘义的纨绔有何分别！异日鲍氏若是满室皆小人，我还是死了好，眼不见为净！

今日鲍叔牙因管璧赴约离家，寻思要不要溜出门，可恨身体状况实在糟糕，凭他一己之力，从内寝走到大门口，艰难如跋涉万里，况且这鲍氏宫的犄角旮旯都有管璧的耳目，只怕他才跨出寝门，管璧已闻风奔回。鲍叔牙一辈子要强，不惧难不畏死，老而将终，却被妻子管成残废小儿，人生悲凉意，至此终于了解。

鲍叔牙正在自怨自艾时，忽听两个侄孙来探病，不禁讶异，也不遑多想，先见面再说。管、召两人进来后，他问道："你们怎么来了？"

管启方温温柔柔地说："代太祖母、父亲，问姑祖父好。"

鲍叔牙身体不好，脑子却不糊涂，听出话里有玄机，他不忙追问，吩咐屋里人都出去，他要与侄孙说体己话，待内寝一走而空，唯剩得他与两个侄孙，一凛神色，严厉地道：“不许欺哄隐瞒，通通给我说出来！”

管启方与召弃疾对视一霎，齐齐拜了下去，管启方哽塞道：“求姑祖父救救伯父，救救管氏，救救齐国！”

实情未曾托出，鲍叔牙已急了，捶着床板喊道：“快说！”

管启方深凝一口气，将要说的事太骇怖，他不得积蓄力量，沉沉说道：“一个月前，国君将祖父赶走的奸佞重新召回来了。”

头顶仿佛响了一声炸雷，鲍叔牙惊得手足无措，竟不知该如何是好，一扬手，将肘边的凭几摔了出去。

被赶出国境的丙刁、易牙，从来就没离开过齐国，有人把他们藏了起来，这个人就是管友。

管友失踪的那三日，正是为了藏匿丙刁、易牙。他曾担任过五鄙的乡官，在乡野置有一座小私第，后来调回了临淄，私第空了出来，于是将丙刁、易牙秘密安排在私第落脚。远离临淄，与国都的熟面孔隔离开来，在这人生地不熟的鄙野，乡人都不认识丙刁、易牙，两人平日深居简出，偶尔被人看见，还以为是为管友看房子的家徒。

管友从临淄出发，在齐国边鄙接到丙刁、易牙，将他们送去私第安顿，一来一去耗了六七日。他是做不见光的阴谋事，不敢告诉家里人，故而若有事寻他，谁也觅不到他的行踪。等到事情办妥，回到临淄，才知道父亲去世三天了，他竟错过了与父亲的最后一面，为藏匿被父亲赶走的两个卑贱小人，以至不能与父亲告别，连父亲小殓入棺也未能亲着襚衣，所以当祖母问他是否恨父亲，他除了流泪，无言解释。

丙刁、易牙与公子无亏命运相连，无亏落败，丙刁、易牙狼狈如丧家犬，无亏重获国君关心，丙刁、易牙回归宫廷便顺理成章。

无亏很是沉得住气，去年与小白冰释，拖到今年才断断续续提起丙刁、易牙，话也说得凄楚：“这两人实无大错，皆因受自己连累，可怜现在无家可归，飘零外乡，朝不保夕，君父纵不用他们，请给他们条活路。齐国乡间的陌生野氓，君父尚且开恩施舍，何况是全心伺候过君父的内臣。”

小白原谅了无亏，最不能宽恕的罪行也给予了容忍，其他人自然没有什么不可以谅解的。再说，两个微末小人物，掀不起什么大浪。他其实也很怀念丙刁、易牙在身边的安逸日子，内臣虽多，不见得个个有丙刁的伶俐劲儿、易牙的烹饪本事，无亏递上来一架梯子，他顺势就往下走，随口道：“那便召回来吧。”

被撵走一年的丙刁、易牙复返宫廷，殷勤远胜从前，小白现在就爱听好话谀词，乐意被人奉承恭维，又比从前更恐惧孤单，身边随时要有人，因此擅长揣摩君心的丙刁与擅长喂养君胃的易牙，加上一个心机修炼得越发莫测的公子无亏，日日与小白做伴。上回太子昭求见，居然被告知：“国君不想见你，嫌你不孝。”

当初立太子是为太子能秉孝心，如今竟然指责太子不孝，仿佛是说册立太子的理由站不住脚。太子这一两年连续跌跟头，逐渐失去小白的欢心。无亏也跌跟头，却是跌一次跃起一次，如果说太子是丢失阵地，无亏则是收复失地，不仅扭转败局，而且扩大战果。

也就在丙刁、易牙被召回不久，小白任命无亏重掌国君御士，至于原来掌御士的鹿无极，小白没撤他的职，而是与无亏同掌，但一个职位有两个官长，这样的安排格外别扭。何况无亏现在圣眷日隆，小白对他的宠待一时无两，倘若两官长同时号令，御士们只能舍鹿无极而从无亏，所以鹿无极其实与被撤职也没区别。

小白宠待无亏，却要糟践鹿无极，不敢发声的御士们目睹长官受辱，只能在心里暗暗揣测鹿无极八成是被小人进谗言了，想想他前次不小心窥门，小白一个劲儿指桑骂槐，已经透露出些微眉目。多年里，鹿无极严密监视丙刁、易牙和卫开方，迫得他们不敢轻举妄动，怕极了鹿无极，也恨极了鹿无极，便在小白面前若有若无地说上一嘴：鹿无极或者是在为谁充耳目，国君不见他日常鬼鬼祟祟？难说不是在行阴谋。

小白耳根子软，别人不提醒也倒罢了，别人提醒了，越看鹿无极越觉得可疑：鹿无极若有所作为，是别有居心；若无所作为，是潜心盘算，总之是哪儿哪儿都不顺眼。管仲在时，小白要打压鹿无极，会考虑仲父有想法，管仲身殁，小白没了顾忌，莫说一个鹿无极，有一百个鹿无极干犯君心，他也一样抛弃。

听得小白召回奸佞，鲍叔牙既怒又痛，起初小白释放无亏，他向小白屡屡进言：“无亏是险厉之人，放他出来，如放出恶狼，君将危也，国将危也，我君忘记管子临终的交代吗？他费尽力气除奸佞、稳朝局，我君怎可辜负！”对鲍叔牙苦口婆心的劝诫，小白不是顾左右而言他，就是请鲍叔牙不要管他的家事，若鲍叔牙说得激烈，他便哀叹：“寡人老矣，欲爱子承欢膝下，有何不可？”鲍叔牙被他堵了嘴，再要劝说，要么不予回答，要么拒不见人，后来生病，外事不问，便搁置下了，谁能想到事情竟演变到这般田地。

管仲去世才一年，小白就如放野的厩马，奔出去千里万里，他若一意孤行下去，多少人辛苦开创的齐国霸业，迟早将毁在他手里。

“国君昏庸也，无奸邪不成活吗？”鲍叔牙恨恨地道。

管启方乞请道：“伯父与奸佞勾连，祸国祸家，太祖母与父亲昼夜忧惧，伯父如今几与家里决裂，前回太祖母请他归家，他竟不至，欲加庭训，无从说起，故太祖母与父亲遣孙儿来讨姑祖父示下，求姑祖父劝一劝伯父，伯父倘仍不悛，异日酿成大祸，祖父在上，不得安息。”他说着流下泪来，他这一哭，召弃疾也呜咽起来。

管友与无亏等人搅和，令鲍叔牙更加痛心，管仲花了多少力气将儿子拉回正道，他却偏偏要往邪路上走，父在，不尽孝，父死，不道别，这样蔑弃人伦的劣子，哪家父母不失望？管仲一生，于国于民无亏欠，就算是他的政敌，提起管仲的执政生涯，也会给声赞誉，唯独这个儿子满怀怨恚，像是给了他生命的父亲是宿世仇敌。管仲做错了什么，要被亲子薄待？生前没得过儿子好脸，死后，还要被儿子蒙羞。

鲍叔牙越想越恼火，决然道：“不用说了，我立刻进宫面君，哪怕国君斩了我，也要进言，只当这条命断送在今日！”

本来久病虚弱，这当口被一股傲气激起，精气神忽然回来了，迅速地翻身下床，也不要人帮忙，自己穿上衣服，大步流星往外走。

才到门口，半只脚还没跨出去，偏就如此不巧，恰恰管璧往门里走，两边登时打个照面。管璧见鲍叔牙出门，竟不惊奇，眼睛瞥向他身后的管启方与召御寇，冷笑道：“我就说嘛，平白地邀我做客，果然有蹊跷。两个小鬼头平日不登门，今日趁着姑祖母不在家，偷偷溜来胡言乱语，这是要撺掇你姑祖父去做什么？”

鲍叔牙一见管璧，便知是有人去向她通风报信：管启方、召弃疾来见家主，不知根由，怕不是好事，主母快回去看看。他沉着脸道：“是哪个混账的耳报？”

管璧不理他，指着管、召训道：“不好好在家待着孝顺父母，奔来别人家生事！姑祖父有病，身子弱，他哪里都不去。你们若闲得慌，往别处寻乐子，不要打扰姑祖父，都给我滚回家去！”

当即命令两个臂膀有力的家徒，将管启方、召弃疾送出门，鲍叔牙要阻拦，她当没听见、没看见，口里催着快让他们走，哪个敢迟疑不送客，从此请出了鲍氏宫。

管、召连抗议的话也来不及说，便被悍匪似的家徒赶出了门，鲍叔牙有心留客，可一是病体乏力，二是管璧严令三五个家徒把门，他冲也冲不出去，眼瞅着管、召被撵，进宫面君也无望，气恨冲荡胸臆，朝管璧吼道：“凭什么撵人，疯子！”

管璧回嘴道：“你才疯了！我可是为你好，这节骨眼上，你见哪家君子去蹚浑水？可别傻了，万一不慎，白白送掉性命不说，这一大家子也得牵连进去。”

鲍叔牙嘲讽地笑了一声：“蹚浑水？为国救急是蹚浑水？为君解难是蹚浑水？为友助力是蹚浑水？你眼里唯有一家之利，一己之私，且守着你的私利吧，不要来干碍我！我愿为公义而死，干尔底事！”

管璧讨厌他的大道理，紧紧皱着眉头，按捺性子说：“我挡不住你为那劳什子公义要死要活，可你不能自个儿慷慨赴义，却遗祸家里人！你这阵子养病，不知道外边是什么情形，人人皆道管敬仲变国，致君子家受挫，他今亡故，人死了，家里人还在，迟早会遭报复。兄长一生为公，结果呢？生前得罪君子，死后家里人遭殃，你非要学他，何苦呢？不如趁现在事情还有转圜的余地，及时止损，说句犯上之言，无论谁做国君，鲍氏一门无损荣光。”

没想到这样无耻无情的言辞，竟然从管仲亲妹的口里说出来，鲍叔牙像看陌生人似的盯着她，语气很淡地说：“你的意思是，无论是国有难，抑或夷吾家人有难，我一概不管？”

管璧还以为他是被自己说服了，利利索索地点头：“你没法管，管了给自己惹祸，不如不问。”

鲍叔牙片刻沉默，目光像水，清冷得令人生寒，很慢很慢地说：“你也是管家人，你母亲、侄儿有难，也不管？”

管璧戚戚地叹了口气："那能怎么办？异日有大难，他们流离无归，接济一二未尝不可，若出手复归大局，恐或惹祸，只能罢手。况我嫁来鲍氏，便是鲍家人，自然事事心向鲍氏。"

鲍叔牙笑起来，笑声没有一丝喜悦，像吹过树洞的啸风，尖厉得刺耳，直笑得管璧心里发毛，还道鲍叔牙犯了疯症，却听他叹道："我好后悔。"

这句感慨没头没脑，管璧莫名其妙，鲍叔牙毫无感情地看着她，用冷得结冰的语气说："后悔娶你。"

管璧呆住了，初时以为是幻听，再见鲍叔牙那冷若冰霜的脸，她才醒悟，这是鲍叔牙的真心话，因为鲍叔牙从不撒谎。想她竭尽努力，消磨了青春，蹉跎了年华，熬断了骨髓，榨干了心血，几乎把一生的幸福搭上去，才得到鲍叔牙妻子的身份，为了他不惜改变自己，学着做一个温婉体面的君子妻子，可半生的付出，换来的是他的后悔。

管璧失声痛哭。

这里夫妻闹得不可开交，一时长子鲍齐带着子辈孙辈来劝和，屋里跪了一片，屋外跪了一片："叩请父亲原谅母亲失言，也请母亲原谅父亲失言，口舌之争而已，又非仇隙，过去就过去了。"

鲍齐恳恳地说："母亲纵有思虑不当之处，考其本心，是为父亲着想，为鲍氏着想，鲍氏保有今日荣光，实在不易，请父亲体察。"

鲍叔牙瞧着这一大家子，密匝匝的人头像田里生得茂盛的韭菜，一茬儿挤着一茬儿，鲍氏可真风光呢，从齐国封建伊始，鲍氏便在齐国扎根，一代又一代，吃齐国的谷米，喝齐国的井水，穿齐国的丝帛，骄傲地宣称与齐国同命祚，可这些饫甘餍肥的贵胄啊，为齐国做过什么？为供养他们的齐国民氓做过什么？你们的荣光来自何处？你们的富贵取自哪里？当真以为得自天授？

鲍叔牙缓缓地环顾儿孙，衰弱地问道："你们都赞同齐？"

没人开口答应，至多点个头，但鲍叔牙在他们的眼睛里，看出了同样的意思。

"行吧。"鲍叔牙凄凉一笑，"你们是一家人，同心同德，同保荣光，同取富贵，无可厚非。我与你们不是一家人，不必与你们同心。"

屋里屋外的鲍氏家人都像被刀割了耳朵，疼得失了真。鲍叔牙是要与鲍氏决裂吗？鲍氏大宗子当众宣称自己不是鲍氏，这要传出去，岂不是家族之耻？

鲍叔牙看也不看他们，径直往外走，管璧本哭得死活不顾，这当口也不哭了，眼巴巴看着鲍叔牙甩手离开，想拦又不敢，还是鲍齐反应快，三步并两步奔到鲍叔牙跟前，小心翼翼地问道：“父亲，你……去哪里？”

鲍叔牙瞪他一眼，鲍齐仿佛被鬼盯视，瘆人的寒气直透心肺，打了个冷战，战战兢兢地听鲍叔牙说：“我去找夷吾，别拦我。”

鲍齐差点儿冲口说出“管父死了，你去哪里找他？”，却在忽然，他在鲍叔牙的脸上看见动人的笑容，像是有月光淌在眉间，明亮干净，温情柔软。那笑容不是对他，不是对跪在这里的鲍氏家人，是对谁？也许是那尽管逝去却始终活在心里的朋友。

鲍叔牙越过鲍齐，越过祈请他留下的所有人，他再不想与他们为伍，他要去找同行者，当年他们说好的同行不弃，既要同行，就该是永远，死亡也不可以将他们分开。

他迈步出门，外面的世界雨收风歇，湛蓝的天上横过一道彩虹，空气里飘荡着淡淡的甜腥味，周遭的一切都新鲜明亮，仿佛初生。

一束束绚丽的阳光从极高的天空奔腾而下，仿佛千万乘金碧辉煌的战车，他张开手，把自己抛上车舆，于是乘此轻车，去那天的尽头寻找同行者，无论要走多远，无论要找多久，他相信，他们一定会重逢。

二

已到傍晚，一钩夕阳如血，像腕部跳出来的一滴血，挂在宫殿的飞檐上，缓缓沉没。

小白慢慢登上寝宫的庭阜，抬头望着头顶那爿天空。东面的云很厚，一朵朵如耸峙的城邑，却被无坚不摧的晚照攻克了，西面铺满了散碎的云片，仿佛从失陷城邑里抛出来的尸骸。他忽然想哭，却没有泪。

身旁的丙刁提醒他过门限，他机械地抬起脚，仍然撞了一下，踉跄着往门里冲，亏得丙刁与另一寺人扶住了他，不然已摔趴下了。他是太老了吧，连走路这样的本能习惯也忘记了，倒不如一个学步孩儿，他忘记的事太多了，能记得的还剩多少？

“老矣。”小白辛酸地说。

“我君是因为痛悼良臣，伤心过逾，故而心神不宁。”丙刁说得泪眼婆娑。

小白像被掐了一把，身上一阵痉挛，失魂落魄地说：“良臣已矣，全不在了，不在了……”

半个月不到，两个重臣去世，小白甚至生出错觉，似乎他这一生别无美好，只是不断地与故人告别，去年他失去了仲父，今年又失去了隰朋，还有他尽管畏惧却仍然无比尊敬的鲍傅。

隰朋亡故的噩耗传来时，他正玩在兴头上，无亏不知打哪儿逮来一只良种猎狗，捕兔扑鹰是好手，追逐舔人也是行家，偏也不舔别处，专舔屁股。小白是闲极而生无耻心，放那狗儿满宫室乱窜，扑住宫女寺人可劲儿狂舔，直吓得他们嗷嗷哭，他却在一旁哈哈笑，底下忽来报丧，他不耐烦地说：“等一下，有什么要命事非得现在说？”报丧的候了许久，终于等到小白玩乏了，才战战惶惶地告诉国君：“隰子卒了。”小白当时就傻眼了，愣了半晌，忽看见猎狗还在舔人，无名孽火烧起来，命令御士将那狗儿拖出去剥皮抽筋！

放狗辱人的是小白，杀狗泄愤的还是小白，与其说他与畜生置气，莫若说是与自己动怒，他过去是喜怒不遮掩，现在却是喜怒无常，忽然就心血来潮狂喜狂乐，忽然又情绪受挫怒火填膺。

令小白最为不甘的是，隰朋竟没有留下遗言，也许是因为隰朋弥留之际已说不得话，更可能是隰朋对越来越荒唐的国君失望透顶，他无话可说。

小白其实知道很多人对他很失望，他只是掩耳盗铃习惯了。赞美歌颂是假的，他知道，但他爱听，宁愿相信是真话；鞭挞批评是真的，他也知道，但他不爱听，于是归类于假话。

因为再也没有人涵容他的缺点，耐心等待他自我反省，自我悔改，当他将要滑向危险边缘时，没人再将他拉回正途，他便是察觉出错谬，又能找谁帮他正误？那就干脆一直错下去吧。

小白听说——也或者是他自己的猜想，鲍叔牙是在对他的极度失望中离世的，隰朋死后不到一旬，就在隰朋的葬礼上，临丧的小白还没从近臣的死亡中缓过来，仿佛是老天好折腾，忽而就有鲍氏家人哭着来报丧：鲍子殁了。

鲍叔牙临死前失忆了，反复念叨“我要去见夷吾”，他忘记管仲已死，他的记忆停留在那次他去探望管仲，走时与管仲约定明日再会。这是他对朋友许下的承诺，说出了口就要践行，也许因为他第二日没有成行，这事成了烙在他心里的遗恨，人之将死，什么都可以忘记，唯独没实现的诺言不能忘。

家里人不敢告诉鲍叔牙实情，生恐他知晓管仲已死，加重他的病情。鲍叔牙每一天都在期望与管仲见面，很多次流着泪哀求家人，放他出门见朋友。直到生命的最后一刻，他仍没把那缺失的记忆找回来，他是怀着遗憾离去，至死也想不明白，为什么不能与朋友最后道别。

随着隰朋、鲍叔牙的相继过世，当年与小白同兴齐国的辅弼近臣，尽皆凋零，只剩下一个宁戚。奈何宁戚的身体也不好，长期的田间劳作，加上挚友隰朋故去，使身心备受磨折，康健得满面红光的君子们叹气：宁子也没几日了。

小白在半个月内，参加了两场葬礼，刚给隰朋致襚，又给鲍叔牙送赗，他有时甚至恨起自己何不早死：好让你们来送我，而不是我总在送你们！

一辈子都在逃避生离死别的小白，却在不断地经历生离死别。他想要留下的，总是离开；他渴望长久的，往往短暂；他竭力争取的，失之交臂。

今日临丧鲍叔牙，小白明明心痛至极，偏就哭不出来，听着周围或真或假的哭声，总有种如梦的恍惚感，而后他看见了管友，当面就指责道：“亲父死，你久不露面，别个父亲死，你倒来得及时！”

管友臊得满面赤红，一身皮囊无处安放，恨不得找个暗无天日的角落躲进去，后来是鲍齐打圆场，这头请国君堂上安坐，那头将管友悄悄拖走了。

管友依附无亏，本来该是同生共体，而今无亏起复，丙刁、易牙回宫，管友却未得重用，究其原因，正在他与丧迟到，这让小白无论如何不能宽恕。

这时又想起管友，小白忍不住那憎恶心，抱恨道：“仲父一生为公，于国于民从无失当，养出个不肖子，不值！”

才叹良臣不在，忽叱管友不肖，小白这思维也真太跳跃，丙刁忙忙道：“友与丧迟到，也是臣的错。当日臣与易牙流离在外，困顿无依，几欲濒死，友是纯善之人，可怜臣等，因而出手相助。我君若责友，亦是责臣等，臣等蒙我君开恩，恕臣罪愆，友却为我君责惩，臣等愧也。”

小白从无亏处得到的信息是，丙刁、易牙离开齐宫后，在边境游荡，偶然与出行的管友相遇，管友可怜他们，给他们寻了处落脚地，因此耽搁了时间。在无亏的讲述中，管友是帮助落难人，而不是藏匿奸佞，虽然外头都知道真相如何，但无亏日日守住小白，要向小白描述事实，先得过无亏这关，所以没人敢对小白说实话。

就算是谎言，管友在虚假的讲述中，也不是故意与丧迟到，小白却摇摇头："那不一样。"

他召回了管仲赶走的奸佞，却责备管友救助奸佞与丧迟到，他与管友其实殊途同归，可他与自己达成谅解，而管友犯下的是不可饶恕的罪行。

丙刁叹息说："友纵有大错，一则是为救助臣等，一片善心，难能可贵，二则到底是敬仲亲子，我君看在敬仲一生为公，厥功甚伟，今亲子有微瑕，恳请我君宽待之，不然，臣等心不得安。"

小白沉默良晌："刁既如此说，那便罢了。"

丙刁面露喜色，旋即拜下谢恩，小白见他竭力为管友求情，不禁感叹道："你是善人，受人涓滴之恩，全心回报。"忽而牵动心事，忆起管仲说丙刁等人是奸佞，可自己耳闻目睹，并未见到悖理行为，管仲虽然厌恶他们，他们提起管仲，却是满口尊重，再念想无亏与丧时的表现，那泪迸肠绝的伤心，铁石心肠也会被他感动，装也装不出吧，难道是管仲错了？

管仲当初告诉小白，无亏等人的最大罪状，是与国牧勾连，企图里应外合谋篡国政，但是与无亏有书信往来的，自始至终只有一个卫开方，有管仲提醒，小白以为应当付诸行动，管仲不在，无人警醒，他转背就忘记了。小白为此质问过无亏，他是否要与国牧内外勾结，无亏矢口否认，甚至说若君父不信，他愿意以死明志。

纵便无亏也许不曾与国牧交通，到底卫开方与国牧的书信是铁证，所以小白召回了丙刁、易牙，唯独没有召回卫开方。这正是无亏的聪明处，让卫开方站去前台代言，万一事发，他把头一缩，推出替罪羊背锅，他还能继续伪装忠臣孝子。

小白大半生都信服管仲，管仲说可，他践行，管仲说否，他罢手，管仲即便不在眼前，行事总有三分忌讳，常常自查自纠。仲父会认可吗？仲父会批评吗？可是管仲死了，他再不用考虑任何人的想法，任性至于昏聩，放肆至于狂悖，甚至怀疑起管仲的判断。

"圣人或也有悖。"小白喃喃道。

这话如同唇语，声音很低，丙刁却听得一清二楚，不仅听清，而且明白。他不动声色，将小白搀进内室榻上倚坐，一面给他捶腿，一面哀哀道：“这一二年，天或无情，带走我齐国多少良臣，每有良臣辞世，我君便哀毁过逾，试看列国之君，待臣之恩，没一个及得上我君，臣看在眼里，又感动又心疼。”

小白半嗔半谑地说：“你又怎么知道诸侯不如寡人？”

丙刁显出认真的神色：“臣纵使不曾行走天下，也不是双眼一抹黑，不说别的，我君待管敬仲，生前荣宠无匹，身后风光无量，且问列国，哪个君这样宠遇臣？便是开辟以来，也未之有也。”

小白寂然一叹，凄婉地说：“那是仲父应得的。”

“更是我君襟怀所致，换一个别国国君，管敬仲不能获此生前身后荣誉。”丙刁用烂漫的语气说。

说的是谀词，却因语气自然，不觉扎耳，小白自得一笑：“寡人自认待臣下优厚，列国之君确实不如寡人。”

丙刁小心地笑道：“长公子自掌御士，事无巨细，皆亲问之，昼夜操劳，臣前回多嘴：‘长公子贵为公子，一干细末小事，何必过问？’长公子言：‘食君之禄，为君分忧，不是应该吗？敬仲在时，君父垂拱，臣下奔走，齐国大治也，我辈当效法敬仲，怎能使君父操劳、臣下敛手？是为不孝不忠。’”

小白满意地点点头：“无亏能这样想吗？不枉寡人宠爱他。”

丙刁庄重地说：“我君待臣下优厚，臣下该当效死，岂可君为勤夫、臣为懒汉？我齐国向来不养懒汉。”

小白抚掌道：“说得好！齐国不养懒汉，正为人人勤勉，方能成就齐国伯业。”兴奋的情绪只冒了个头，又被悲伤压下去，怏怏地道，“仲父不在了，鲍傅不在了，隰朋不在了，勤人越来越少，寡人以后还能仰仗谁？”

丙刁劝慰道：“天下人才多矣，我君何愁不能再获勤人，良臣虽殁，尚有其他忠贞大夫，也有长公子赤心为国。我君为君四十余年，黾勉不懈，创此伯业，如今，老者已矣，少者当年，老者开基，少者承继，少者老去，更有少者，齐之伯业方能绵延百代。”

小白被说动了，老去的一代总会死去，年轻的一代要成长起来，管仲曾择定隰朋为继承人，隰朋却在壮年病逝，还有个后备宁戚，也是病弱之身，从前兴国安邦的重臣，老丧太半，总把目光盯着老臣，年轻一代没机会出头，是时候将基业交托出去，老者奔忙创业，少者反而坐享其成，齐国的未来没指望。

小白长长地呼了一口气，心里的负担像被一瞬搬空："刁说得对，老者开基，少者承继，少者老去，更有少者，齐之伯业方能绵延百代，寡人知道怎么做了。"

丙刁恬淡地一笑，埋头为小白掸了掸起皱的深衣下摆，将一点儿看不见的灰尘拈走，仿佛刚刚他没与小白有过一场关系重大的交谈。

在隰朋与鲍叔牙葬礼之后，小白宣布了一道惊世骇俗的君令：由公子无亏掌中军。君令在一日之内传遍临淄，五日之内传遍齐国，举国哗然。原来齐国三军是由国君与国、高分掌，国牧犯事后，左军由国牧孺子代掌，国氏一门生恐再罹罪，二十多年来谨重小心，再不敢与国君争利好，左军实际已经落入小白掌中，国牧孺子仅仅是挂名。小白麾下有两军，将一军分给无亏，好似兜里有两块肉，掏一块送给爱子。

此时已是齐桓公四十二年（公元前644年）的年末，就在无亏掌军的消息在齐国甚嚣尘上时，郑国太子华的死讯传入齐国。

宁母会盟时，太子华向小白建言，欲与齐国里应外同谋郑国，不知是哪个嚼舌根的告诉了郑伯，郑伯自此起了杀心，本年寻了个借口，将太子华送去了黄泉路上。

之所以拖了许多年才动手，只因太子华是郑国的亲齐派，郑伯一直隐忍不杀，是为给小白面子，到底郑国服齐，擅杀亲齐派，会使齐国起疑。如今堂而皇之地处决太子华，也许是小白的面子终究比不上郑伯的慨恨之志，更是郑国服齐的心态发生了改变。

其实何止郑国，服膺齐国的中原列国，或多或少都有了些不言而明的异样想法，明眼人都看得出，齐国那山雨欲来的潜隐危机，管仲已死，小白垂老，国中无能臣，继任无良才，齐国霸业如今还能撑持，纯是吃老本。

十二月，诸侯们会盟于淮地，为淮夷侵凌诸夏商榷应对之策。这二三年间，受楚国煽惑，淮夷几乎年年生衅，去年侵郗国，今年袭鄫国，明年或又攻掠宋陈边鄙，致一众泗上沂上小国备受惊扰，纷求齐国保护。但今日的齐国已不是过去的齐国，过去的齐国无所不为，也无所不能为，今日的齐国，空负有为之心，却不能将此心转化成现实。

诸侯们都明显感觉到齐国应对天下难事渐渐力不从心，南边淮夷侵诸夏，惊恐小国，齐国不能根除隐患，北边白狄渡过黄河，数侵郑、卫，齐国不能击退强敌，除了拉来诸侯们盟会，大家说一通空誓，仿佛就没有别的办法。

这趟与盟，无亏陪同小白前往，小白仿佛是为了践行将事业交托给后来者，在淮之会上，举凡与诸侯周旋揖让、协商事宜、宴飨酬酢，皆由无亏出面，他只在一旁点个头，如同可有可无的背景，以至诸侯们胡乱猜测：无亏是公子还是太子，或者，已经是齐国新君了？

诸侯们有疑虑，不会说出来，胆儿永远肥的辕涛涂却非说不可。

他与小白有好几年没见了，小白见到他依然欢喜，他见到小白却觉心酸，在他印象中，神采飞扬仿佛如神的齐国霸主不在了，面前的这个老人，仿佛朽株枯木，通身的暮气。

辕涛涂用津津有味的口气说："今日得见齐太子风姿，令人难忘。"

小白莫名其妙："哪里来的齐太子？"

辕涛涂露出惊讶的表情："是我会错意了，以为随齐君与会者是太子，原来不是？"

小白不说话了。

会盟结束后，辕涛涂在回国的途中，对陈侯说："公子与太子并耦，齐将乱也，可惜可伤。"

辕涛涂因为曾经与小白的私人感情，为齐国霸业陨落感到惋惜，其他诸侯却不做斯念，一次会盟，使他们看到小白的衰残与齐国的式微，顿时觉得机会来了。

性急的鲁侯率先发力，大约此时对鲁侯来说也是最好的时机。年初季友去世，内部制约他的力量挪开了，如今又见小白显出将死之相，外部控扼他的力量也将瓦解，鲁侯忽而生出前所未有的自由快感，必须做点什么，才能让那得来不易的自由落到实处。于是淮之盟后，列国诸侯纷纷归国，鲁侯却没有归鲁，他率师把项国灭了。

春秋灭国多矣，大国吃小国，屡见不鲜，恭默王城的周天子也管不了诸侯们自相残杀，但齐国联盟诸夏后，诸夏的对外事务由齐国统一指挥，列国有征伐，必须得到齐国允可，凡是没有齐国批准的军事行动，一概被认为是对齐国霸主地位的挑战。

鲁侯对齐国综合实力的误判，使他忘记百足之虫死而不僵的道理。闻知鲁国灭项，齐国反应极其迅猛，公子无亏随即率军出击，在半道上将回师的鲁侯截下来，二话不说，解往齐国而去。

国君被齐国当道劫掠，是奇耻大辱，也是飞来横祸，鲁国紧急派出使团奔赴临淄，哀请齐国放回国君，割地罚金都可以商量。

现今的齐国，主事的是无亏，小白现在很少过问国政，大事小事都交给无亏处分，平日也不出宫，无亏会给他送来各种新鲜玩意儿，由得他任情耍弄，若是玩腻烦了，便寻人聊天，不拘是谁，哪怕是刚认识的扫秽徒人，也可以说上一天，往往是他不停倾诉，对方畏畏葸葸地聆听。

国君的疯病越来越严重，这是君子们的普遍心声。自从管仲逝世，小白变得喜怒不定，行事毫无章法，如今居然把国政交给无亏，丝毫不顾忌太子昭的感受，好歹太子昭是国贰，小白就算要退位，也该是太子昭继任，无亏一个公子僭越太子而执齐政，算怎么回事？

鲁侯被齐国中道劫走，事关齐鲁邦交，小白竟然不想管，他现在很讨厌动脑筋，连玩乐也得简单直白，底下呈上来的政事稍微复杂些，一律回复：拿给长公子处分吧，寡人不欲费神。

鲁国使团请求齐国释放国君，无亏的态度却相当强硬，提出三个条件：一是将被灭的项国交给齐国；二是齐国本次出师耗损的粮秣兵杖，鲁国必须双倍补偿；三是鲁国未经伯主允许而征伐，是背盟行为，应当受到惩罚，即将汶阳田划给齐国。这苛刻条件让鲁国使团难以接受，两边数回言辞交锋，始终谈不拢。

因为小白的不作为与无亏的不妥协，鲁侯在临淄城吃了两个多月的齐粟，看在他好歹是一国之君，没让他蹲居司寇监牢，软禁在一座湿气很重的四方小院里，大晴天里墙壁上都在淌水。有两个粗手笨脚的老妪洗洗涮涮，耳又聋，鲁侯呼她们来为他铺床，她们乜鲁侯一眼，扫茅厕去了。伙食也不好，一日只送两顿饭，肉还少，清汤寡水的，总有股脚丫子的臭味，鲁侯饿得嘴里淡出鸟来。有了这番不堪回首的遭遇，鲁侯原来对齐国是畏惧，现在却添上了恨。

鲁侯滞留齐国不归，鲁国使团也在齐国耗下去，鲁君子们陷入复杂的困局：答应齐国的无理条件？为了国君与齐国打一仗？还是另立一个新国君？便在这纠结难解之际，鲁侯君夫人忽给小白送来一书：请君父来齐鲁边境一会。

收到鲁小君来书时，小白正是躁郁的时候，近两个月似乎患了臆想症，总疑心有人害他，这个寺人眼神太贼，那个宫女神情有鬼，烹膳的庖人会不会下毒，守门的御士会不会行刺，乃至窗外婆娑的树影，门外行经的微风，都是敌人的耳目，对人的信任感薄脆如纸，除了极少数的亲信，其他人在他心里无一不有恶意。

鲁小君请小白一会，这个节骨眼上，不说归宁，却要与亲父相见，人人都知道是为鲁侯求情，小白自然也知道，他想了两天，答应与鲁小君会面。

小白同意会面与鲁侯毫无关系，他只是想去见鲁小君，人老了，总想儿女绕膝，纵使他对人际关系产生偏执的怀疑，仍对血脉亲缘存有藕断丝连的情感寄托。

八月底，小白与鲁小君在卞地（今山东泗水）相会，两边寒暄才了，鲁小君没说一个字的求情话，出乎意料地交过来一封书信，说是有人托她代转小白。

小白甚为惊奇：“谁让你代转？他为何不亲送？”

鲁小君含蓄地说：“他若亲送，君父不肯收，也收不到。”

小白疑疑惑惑地打开书信，他便是榨干了脑髓也绝想不到，来信者居然是卫开方。前年卫开方返回卫国，与小白断了联系。小白因他与国牧私下交通，他视卫开方为朋友，卫开方却背叛自己，已是怨愤难平。

卫开方远在卫国，也知道无亏将罪责都推到自己身上，他为无亏出头，落得个狼狈出奔，无亏却全身而退，不仅未受损，还比之前更风光，他岂是忍辱负重的软脾气，憋屈了两年，亲书一封，烦请鲁小君代转，将事情原委一五一十地告诉小白：欲与国牧交通的是无亏，欲借国牧外力夺权的是无亏，一门心思想祸害太子昭的是无亏，将管友拖下水来对付管仲的还是无亏。再有丙刁、易牙是无亏的爪牙帮凶，丙刁与易牙结盟，相约同取富贵，易牙儿子自绝实是易牙所杀，是丙刁教他以不可挽回的失去重新打动君心。他还在书中提到长卫姬当年是假装失足落水，齐君若不信，遣个妥帖人来卫国打听，长卫夫人会不会水！

卫开方的讲述极详细，剖析毫厘，擘肌分理，字里行间掩不住那贯彻骨髓的怨气，他恨无亏，势要撕开无亏的伪装。小白阅完此书，像看了场俳优表演，离奇得可笑，荒诞得可悲，如果来书是真，他生活的世界便是虚假，如果是假，那什么是真？

机诈如卫开方，久忍不发，是为等待时机，无亏守着小白，如同四面合围的堡垒，寻常手段攻不进去。等到齐鲁生隙，卫开方才借着鲁小君的手，献上他准备已久的报复心。

卫开方的睚眦之愿，小白不想去揣摩，他想的是：书中讲述是否如实？无亏若是真有这样的险恶居心，那便是欺骗自己，自己把无亏当成最可交托心事的亲人，连无亏也不可信任，他还能信任谁？

他也领悟过来，卫开方信中所言，与管仲的警醒高度一致，原来管仲一直是对的，而他一直是错的。

有管仲在，他是最睿智的明君，没了管仲，他是最愚蠢的昏主。

小白当天与鲁小君会面，当天就奔回临淄，他并没有完全相信卫开方，也没有完全怀疑，他在信与疑之间摇摆，无人为他的两难出谋划策，他能想到最快捷最简单的获取真相的举措，竟然是当面质问无亏。

小白一面往临淄飞奔，一面急传无亏面君，他等不及拖至临淄再见，没有耐心从长计议，他只想立即知道真相，如果卫开方所述是假的，父子重归于好，如果是真的，即行逮拿，这次他再不原谅。

宣传君令的使者披星戴月地赶往临淄城，无亏却迟迟没有回应，不见人，也不闻音信，小白走到临淄城下，无亏才派了个家臣来接君父。小白见不到无亏，火气腾地烧成燎原之势，朝那家臣怒吼道：“无亏呢？奔国了？”

家臣平平和和地说：“公子在国都静候我君归来。”

小白诘问道：“寡人召他，为何不来面君？他怕什么？”

家臣叠起一个笑脸：“公子忙于国政，为我君解除后顾之忧，不遑分身，今知我君归国，公子遣臣来迎，我君入国，可见公子。”

这家臣俨然是无亏特意挑拣的猴儿精，天生的厚脸皮，小白问一，家臣答二，小白问东，家臣答西，偏就不正面回应。

小白纵然恼怒，也听得出家臣话里别有深意，于是质疑道：“寡人有何后顾之忧？”

家臣笑眯眯地说：“我君不在国中，公子忧惧宵小之辈妄生祸端，护君之御士虽有忠心，奈何人手不足。因公子掌中军，今已征召一旅入城，充作御士之用，为我君肃清隐患。”

刹那是天崩地坼，小白本立在路车上，忽觉筋骨剧烈地抽搐起来，身子一晃，险些摔了下车，他在赶回临淄的路上，想过无数种结果，唯独没有想到这一种，最糟糕的结果。

小白宣召无亏面君，没有明说为了什么事，可无亏俨然有所警觉，不仅不与小白见面，反而利用掌中军的特权，将中军的一旅调入临淄城，所谓肃清隐患，解除后顾之忧，不是为了保护君父，而是为了对付君父。小白要见他，不能在临淄城外，只能在重兵把守的临淄城内，这是父子会面吗？不，是篡权之臣引失国之君入瓮。

小白在这危险扑面而来的时刻才觉悟出自己的愚蠢，是他自己将自己一步步推到这死亡之境，多少人提醒过他，警示过他，他为什么不听？为什么辜负他们的苦心？为什么良善不分真假不辨？

一时间悔恨交加，悲恨交加，他拍着车轼，一声声如怨如怒地喊道：“寡人才是齐国之君，寡人在一日，他便做不了国君，他想弑君篡位，人心不服！以为凭着区区掌中军便能为所欲为，寡人能封给他，也能收回来！”

他喊得声嘶力竭，每一声的呐喊都像在拷问生命，真后悔呢，悔得肝肠寸断，悔得痛不欲生，可有什么用？再没人体谅他的后悔，再没有在他反省时，为他裨补缺漏，为他勘误正疑，将错误扭转为胜利的契机。

“仲父，我错了。”他在心里说，可是仲父听不见，仲父已经死了。

来自灵魂深处的痉挛撞击了他，将他的意志击溃了，他像被狂风拗断的华盖，从路车上直摔下去，那摔车的齐国国君，也不过是一副寻常的皮囊。

三

又是一场雨。

今日的雨水从日出时分开始下起，落了大半日光景，也不见停止，至日入时越发猖狂。公子无亏私第的大门敞开了，峨冠华服的君子们鱼贯而出，眼瞅着雨下大了，赶紧登车离开，一辆辆轩车冒雨而行，轮毂溅起的脏污潦水，像鼻涕似的弹出去。

管友故意落在最后，磨磨蹭蹭地整衣冠掸灰尘，还往茅厕跑了一趟，估摸着君子们走得差不多了，他才慢慢踱出门。

他不想与君子们同行，免得他们又阴阳怪气地问他：乃父敬仲推行变国之政，利齐抑或弊齐？他不说话，若一再追问，他就说“兹事体大，容后再议”，便是一阵轰然调笑，仿佛耍猴。

无亏今日在私第举宴，齐国有头有脸的卿大夫家族几乎到齐了。高傒在家养病，高氏却有小宗子与会，虽然小宗子宣称他是自作主张，与高子无关，但众所周知，齐国的卿大夫家族中，要说对家族控制最严的，无人能出高傒之右，高氏大宗小宗的一应族内事务，都要得到高傒首肯。如今高氏小宗来赴无亏的私宴，居然说不干高傒的事，再蠢的脑袋也不肯相信。正因如此，尽管高傒没有露面，无亏依然心满意足。

高氏来的是小宗子，国氏来的是孺子，并带来远在封地的国牧的问候，无亏更满足了。君子趁机与国氏孺子套近乎：请向国子问好，他受委屈了。

卿大夫很给无亏面子，血脉兄弟们却集体缺场，诸公子只来了一个公子雍，他不像其他公子多少有点儿机会染指君位，他是排在末尾，等待的可能也没有，索性跟紧无亏，无亏吃肉，他也能喝汤。

无亏请君子们赴宴，没有特别的理由，君子们却心领神会，快快活活地受邀，几杯烈酒下肚，胆气充盈，头脑发热，便开始肆无忌惮地抨击变国之政，仿佛憋久了憋狠了憋成了废人，终于逮着机会可以自由地放屁，岂有不放之理！

君子们记性也好，纷纷翻出旧账来：家侄家兄、家父家祖死在变国之政的屠刀下，何其冤乎！自太公建国以来，君子何尝受过这等凌辱！于是你哭我也哭，借着酒劲，号哭如吊丧，无亏也陪着掬泪。君子们不免要恭维一声：公子善心。

这帮君子本是匿在阴沟里的食腐臭虫，逢着大雨倾盆，跟随潦水冲出来，把清明世界搅浑了，臭虫才能风风光光地生存下去。君子们都贼精，若是过去，没一个敢冒头，迫于对失去富贵生活的恐慌，也曾为变国之政大唱赞歌，如今形势大变，执行变国之政的改革者逐一死去，没死的也在垂死路上挣扎，旧秩序终于能够卷土重来。

于是诋毁变国之政，发泄多年积攒的怨气，成为当下最快意的乐事，反正没人管得了他们，最能镇压他们的国君也快死了吧。

从卞地回到临淄的当天，小白就病倒了，至今已病了半个多月，下头纷传国君重病，但患了何疾、病情如何、能否康复，甚至是生是死，无人知晓。清楚小白状况的，只有无亏，因无亏持掌御士，齐宫都在他的掌握中，前次小白生病，无亏曾封禁过寝宫，却没能挡住小白与外界的联系，这回吸取教训，封禁整座齐宫，从外朝进入内朝，三道宫门，三重看守，莫说闯进个人，一只鸟也飞不进。

无亏困住小白，却仍不敢弑君，杀掉小白很容易，登临君位也容易，但他不学公孙无知，轻易弑君，粗糙善后，把齐君子通通逼到对立面，他要先得到卿大夫家族的支持，他的君位才有保障。

从宴席上的情况看，君子们现实又冷酷，他们不关心小白死活，不关心谁做国君，只关心失去的利益能不能拿回来，关心变国之政可否终结。

“变国之政，祸国之政也。”无亏评价说，这话让君子们的脸上都盛开出向阳花来。

宴上因有个管友，君子们像发现了新鲜玩意儿，偏要和管友过不去，要么冷嘲热讽，要么指桑骂槐，要么直斥其面。管友窘迫得坐立不安，深为赴宴后悔，早知道就托病不来。

他知道他们是嫉恨父亲，当年不敢与父亲针锋相对，将积怨转嫁在自己身上，他虽与他们同席，仿佛是同一阵营，也鄙薄他们的无耻。

管友起身准备回家，刚刚走到门口，脚步忽地收住了，他看见门外檐下，鹿无极与丙刁站在一处，脸上的笑容热忱又动人，仿佛一对至交好友。

鹿无极如今也是无亏的拥趸，他投靠无亏，是在小白任命无亏掌御士不久，他是个聪明人，看出风向不对，迅速倒戈，据说他为了得到无亏认可，登门赔罪，七尺高的丈夫，哭成个熊样。无亏正要收揽人才，赞他识时务，对过去的嫌隙既往不咎，鹿无极感激涕零，自此对无亏忠心耿耿，仿佛无亏的一条狗。

管友瞧见鹿无极，心里隐隐有刺，父亲在世时，鹿无极对父亲何等尊崇，父亲一走，立刻倒向无亏，生就的墙头草。

可面对无亏如同国君似的权势，谁不来献殷勤呢？想想那曹孙宿，父亲六十寿宴，他是头一个到，无亏举宴，他又是头一个到，谄媚的话说了七八箩筐，旁人听一耳朵也脸红。再有鲍齐，人是没到，借口是母亲生病，但遣了家臣送礼，还真荒诞，无亏请客吃饭，你送什么礼？

他本想躲一躲，却被眼尖的丙刁瞥见，咯咯笑道：“哟，你还没走？”

纵算耳背，也听得出话里的讽刺味儿，管友生硬地行了一礼。丙刁像是心情极舒畅，说话的声音仿佛要飘起来：“子欲何往？”

管友麻木地回答：“归家。”

“要不要我送你一程？”

管友怔怔的，一抬眼，正对上丙刁那得意扬扬的笑脸，像摔烂的过季柿子，丑陋且腐朽，彼此隔着一段距离，也能闻到他身上浓烈的酸腥味，那不是人的味道，是尸体。

小白生病后，丙刁被任为内宰，职权是持掌内宫，宫里口径统一地宣称丙刁高升是国君的意思，重病的小白自不会有心情去擢升内官，底下都说是无亏假传君命。从此后，一个去势的寺人，跃升为大夫，原来在小白面前伏低扮弱，现在却敛不住那小人得志的嚣张气焰，不见他在今日的私宴上，趾高气扬与这个敬酒、与那个上寿吗？仿佛他是齐执政。

管友迟迟没反应，丙刁还道他开不得玩笑，心里不客气地笑了两声，与鹿无极肃拜作别，极有派头地登上轩车，才刚安坐尊位，俯身下来，对管友道：“俟后有份好礼奉送，子如何回报我？”

管友呆愣着：“好礼……不敢受。”

丙刁看不惯他那呆样儿，不容置疑地说：“受不受，由不得你，是公子相赠，你要拂逆公子恩情？”

没说送什么好礼，反将枷锁套上来，仿佛不是送礼，而是要命，管友战战栗栗地说：“不敢不受。”

丙刁呵呵一笑，轩车带着他远去，此刻雨水已弱，而天色愈渐阴暗，暗黄的薄雾从墙角屋后飘出来，追着轮毂紧紧不舍，恍惚有百千鬼影在跟车奔跑。

管友把目光狠狠移回来，却又与鹿无极目光相碰。丙刁让他烦恼，鹿无极让他鄙弃，可他有什么资格去鄙弃鹿无极？鹿无极为无亏效力，他也为无亏驱走，他嫌恶鹿无极，是五十步笑百步。

他不想看鹿无极，鹿无极还在看他，是在看他的笑话吗？他是挺可笑的，管仲的儿子，与诋毁变国之政的乌合之众同席喝酒，听他们像疯狗似的撕咬父亲坚持一生的事业，还要乔装大度。

他隐约感觉鹿无极有话要说，可他没话与鹿无极说，他们能说什么呢？一起憧憬在无亏手下共事的光辉未来，怎么党同伐异，怎么攫取财富？或者，一同追念父亲，想象父亲如果健在，知道不肖子孙与敌为伍，会是怎样的痛心？

他默不作声地拱拱手，转身登车离开，没与鹿无极交流一言，车马蹚水而行，他直觉鹿无极在原地目送他，可他没回头去确认，他坚持认为是自己的臆想。

轮毂搅水的声音很大，像是车下拖着一座浑浊的池塘，雨仿佛收了，傍晚的凉风如逃兵似的四散奔亡，将垣上檐下的残雨吹起来，溅了满脸，恍若泪水。

管友将脸上的雨水揩去，重重地叹了口气，暗红的晚照迎面映过来，仿佛一道审视的目光，逼得他低下了头。他不知道自己现在这样算什么，准新君的臂膀，篡位者的爪牙，还是阴谋家的棋子？

或者什么都不是，只是供人使唤的厮役，为人取笑的俳优，就像在私宴上，君子们不分场合、不问情由地肆意凌辱他，仿佛面对的不是一个人，而是一条狗。他是管仲的儿子，生不由他，却成他的原罪。

前次无亏暗中命他去藏匿丙刁、易牙，他依言照做了，却错过了父亲生命的最后时刻。事后，他的同伙没一个人对他说声抱歉，丙刁还阴阳怪气地说："你不是恨他吗？他死了，于你是天大的好事。"

或许是为了弥补他的损失，也为了奖励他的听话，无亏代传君命，令他重掌内府，表面上是宠遇，可内宫如今是丙刁做主，无亏又给了丙刁插手的权力，这样一来，丙刁实际成了他的官长。他的公门生活，就是被一个去势的寺人颐指气使，要论在无亏心里的地位，他远远比不过丙刁，究其原因，他是管仲的儿子，无亏对他仍有戒心。

他与无亏勾连，原是为了实现他被辜负的志向，也有与父亲置气的私念，然而他为无亏鞍前马后地效力这样久，不惜斩断亲缘，并没有达成所愿。经过今日一宴，他也看出来了，无亏要拉拢卿大夫家族，就不会重用他，君子们十之八九都对父亲怀恨在心，父亲生前，他们不敢造次，父亲死后，他们却要迁怒于他。

也许这就是上天对他不孝的惩戒，自绝于家门，投身敌营，又遭嫌弃，如同过街老鼠，人人厌恶，无路可逃。

晚风更凉了，吹得身上战栗，管友一路昏昏沉沉，此刻被风吹清醒了，抬头一瞧，前边竟是管氏宫。管友心里发紧，仿佛遭遇了鬼门关，正要吩咐御者驱车快奔，却见打那大门里出来一人，眼神奇好，那人认出管友乘车过门，不暇多思，喊了他一声。

不用看人，听声音也知道是召御寇，管友心里又慌又惧，像携宝出门撞见了强寇，除了逃，别无他法，低声对御者催道："快走！"

御者甩起辔绳，车马嘚嘚往前冲去，将召御寇远远抛开。召御寇愣怔一霎，突然追上前去，高声呼唤道："友！回家吧！"

车马越奔越快，管友也许听见了，也许没听见，背影被朦胧的雾水湮灭了。

轩车往左一拐，华盖的一个角在半空中翻起半朵花儿，召御寇下意识地踏出去两步，然而那轩车却看不见了。

瞬时的失落像大雨淋下，召御寇打了个冷噤，他为管友感到深深的担忧与难过，可就如管母说的，要让离心的人归家，只有他自己醒悟，否则谁也叫不回来。

天将黑了，雨后的天幕没有月亮，召御寇驭着一辆素车回家。他驭车很在行，无论是崎岖险道，抑或恶劣天气，都少有颠簸，管仲过去常常夸他手稳，只是这样亲切的赞美，再也听不见了。

召御寇的家距管氏宫有两里路，在一条背街的深巷里，隔壁有座四方小院，鲁侯曾经软禁在这里。两天前，鲁侯被释放回国，传闻他走时发誓，此生再不入齐。

齐国提出的三个条件，鲁国答应了前面两个，第三个是万死也不能应允，无亏倒也不强求，皆因他忙着夺位，内务正在焦头烂额时，外事处理得差不多就算了。再说过分逼迫盟友不是好事，他将来登位为君，少不了要与鲁国搞好邦交关系。其实还有个隐秘缘由——卫开方的那封亲笔信，说是交给小白一览，转呈的鲁小君又怎会不知书中内容，她也聪明，与小白会面时，不开言求情，只把书信拿出来，是给小白看，也是给无亏看，无论最终齐国做主的是小白抑或无亏，这一书足够作为有分量的谈判砝码。

接受妥协条件释放鲁侯，对齐国来说是开恩施舍，甚至还觉得自己吃亏了，对鲁国来说却是辱国之耻。从这时起，齐鲁关系如离弦之箭，再难回头，柯之盟后，持续三十多年的齐鲁亲密期将成为过去。

召御寇进家时，天已完全黑了，残雨从檐角滴答滴答地落下，在夜色中一闪一灭。管忆正在里屋与儿女闲话，见召御寇回来，笑道："我还道你今晚留在管氏宫呢。"

召御寇不忙与妻子说话，对召弃疾吩咐道："带弟妹出去，父亲与母亲有事说。"

召弃疾应了一声，带着一个弟弟两个妹妹走出去，还不忘记关上门。

管忆见他神色凝重，玩笑道："这般严肃，坏事好事？"召御寇却没有笑意，暗声道："乐父今日也去见祖母……"

话没说完，管忆打岔道："他又提起带我们回颍上？"

召御寇道："是，他这次是下了力气劝服，祖母给他说动心了，鸣也有所动摇，只是……"他住了口，苦恼地摇摇头。

他不说，管忆也明白，接话道："只是放心不下国君，你不是也一样放心不下吗？"

召御寇忧愁地说："国君生死未明，长公子祸国正烈，这当口离开齐国，也太……"他皱起眉头，"无情义，管父在上，也会怪我们自私。"

管忆叹道："如今投到长公子门下的君子何其多，纵便是我管氏，私下通款曲的小宗也不少，哪个不为私利着想？只你们心系君父，这一片忠心，少有人领会。"

以前管仲是管氏大宗子，在齐的管氏小宗旁支都依附于管仲，管仲殁后，管氏风光渐黯，一众小宗哪里肯吊死在一棵树上，于是寻找新的靠山，比如管至父那一脉，在小宗中最早倒向无亏。

对小宗的离心行为，管鸣很是恼火，他是宗子，聚拢不了宗族，深为自责。管母倒还达观，劝他看开些，是自己人自会留下，不是自己人，就让他走吧。

听管忆说起当下分崩离析的人心，召御寇瓮声瓮气地说："不用谁领会，我只须对得起自己的心。管父当初推行变国之政，阻力何大，他照样义无反顾。”

管忆搡了他一把，佯怪道：“真是父亲教出来的好女婿！”她忧伤一叹，语气低沉地说，“可乐父数次求请，他是出于佑护我管氏的赤心，一再辜负，于心不忍。你也该知道，父亲身后，国不成国，家也不成家了，纵我们不在乎，老祖母怎么办？置她于凄凉之地，于心何安？”

管母已是年过九十的耄耋老人，人生暮年遭遇动荡，于她太残忍，召御寇因道：“我怎会不虑着祖母？我与鸣计议过，由你带着祖母与子侄，随乐父归颍上，我俩留下来。”

管忆摇头：“你们不走，祖母怎肯走？”她注视着召御寇，目光坚定，“你不走，我也不走，我们是一家人，生死皆在一起。”

召御寇霎时感动，因将她拥入怀中，深情款款地道：“能娶到你，是我的荣幸。”

“那你还怕我？”管忆哼了一声，“人人皆言我是悍妻，祖母也教训我，别总是欺负你。我欺负你了吗？”

召御寇正色道：“管父尚且畏妻，我畏妻又有何妨！乃师法敬仲。”

素日不苟言笑的召御寇，竟也贫嘴滑舌，管忆像撞见稀罕事，扑哧一笑：“敢掰扯父亲，父亲在上，看不诅烂你的舌头！”

召御寇也自发笑，只是一瞬，笑容像为云遮蔽的月光，渐渐灰暗，怅怅地说：“许久没有梦见管父了，我真想他。”

思念的情绪传染给了管忆，恻恻地说：“我也想他。”

心存良善的好人，都会想念管仲吧！管仲的亲友，与他有共同信仰的同僚，受惠于变国之政的齐国平民，会追忆他、缅怀他，至于养尊处优的君子，对管仲没有怀念，只有仇恨，并把这仇恨转移到他的家人身上。

一夜漫漫，雨在子夜时分又下起来，总在窗前轻叩，因为落雨的关系，天亮得很迟，虽是白昼，依然雾沉沉、灰蒙蒙，雨也未停，午后越下越大，鳞集似的雨点摔在房前屋后，敲出成千上万个旋涡。

天气不好，召御寇没出门，与管忆商量，待雨稍小些，一起去管氏宫，无论如何，劝服管母跟随乐无荒离开齐国，她不愿舍弃家人，可以携重孙同行。齐国赤焰渐炽，管氏一门身在炼炉，随时有倾覆之难，现在不走，以后想走也走不脱了。

这么等了大半日，那雨却没有收敛的意思，宛如野马注坡，狂奔不休。管忆等得焦躁，便与召御寇提议：不如冒雨一往，事急矣，淋雨何伤?

召御寇还没答应，外头却有人叫门，未几，听见召弃疾惊慌失措的喊声："父亲母亲，启方来了！舅父出事了！"

召御寇与管忆互看一眼，俱是一样惘然、一样讶异。忽而门开，管启方奔进来，他来得急，没准备雨具，淋得一身透心湿，一见召御寇夫妇，像迷路小孩得遇熟人，积压许久的委屈爆发了，大哭道："姑母姑父，父亲遭逮拿了！"

召御寇大惊："谁逮拿他？为何逮拿？"

管启方呜呜咽咽地说："是司寇，他们说父亲预谋篡国。"

今晨，有司寇刑官登门来访，自称有桩陈年狱讼，与管敬仲有关，曹子难决，请管子前往司寇一问。那刑官说话客客气气，脸上还带着谦卑的笑，看不出一丁点异样。管鸣信以为真，跟着那刑官出门，哪知道才至司寇官寮门口，便有七八个脸黑手粗的刑吏拥上来，将管鸣一绳子捆了，也不过审，径直押解刑狱。

家里人闻说管鸣被逮，急忙遣家臣去讨说法：管鸣犯了什么罪，何以为司寇羁押？曹孙宿不见管家人，其他刑官也像遁地了，只有个睡眼惺忪的低级小吏接见家臣，哼哼唧唧地说：管子企图篡国，岂可不拿？家臣反问：张口乱栽赃，说管子篡国，证据呢？小吏装作耳朵灌风，什么什么地敷衍两声，也隐匿了。

一听管鸣无辜被拿，召御寇立即明白是怎么回事，恨得捶拳，愤激道："果然动手了，恁地不留余地，何其毒辣！"

这壁厢管启方哭得声气下咽，管忆也急得落泪，召御寇匆匆劝他们暂止悲伤："管鸣遭难，家里必定乱成一锅粥，老祖母受此打击，需要亲人安慰，我们得去管氏宫走一趟。"

事不宜迟，众人急急出门，召御寇与管启方、召弃疾同车而行，管忆却带着儿女共乘在后。才行了半里路，召御寇陡然警觉，反应极快，脑子里才闪出模糊的危险念头，双手已拉紧辔绳，车马停住了，他立起身体，目光往前深深地探去，一片朦胧的雨雾里，有喧嚣渐渐逼近，他在心里估了个数：

两乘战车，车下行走约有二十人，皆是全副武装。

他将辔绳交给召弃疾，令他充任御者，而后跳下车，不容置疑地命令道：“带他们走！”

召弃疾摸不着头脑：“走去哪里？父亲不走？”

召御寇默然须臾，似乎在思考，一霎，干脆地道：“带去见宁子，他一定会帮你们！”

召弃疾更蒙了，原说是要去管氏宫，半道停车，忽然改道见宁戚。可是为何要去见宁戚？父亲又为何不同行呢？满心的困惑迟滞了行动，他摩挲着辔绳，始终不动，期望父亲给出详细的解释。

儿子磨磨蹭蹭，召御寇发火了，怒道：“我让你走，你就走！”

召弃疾被吼得直打哆嗦，哪里还敢拖延，赶紧掉转车马，没走两步，却与后面的车相遇，前车掉头，后车不得不问，隐约听见是管忆问了一声什么，召弃疾才说出半句话，身后传来召御寇的喝断：“走！”

这声嘶吼，宛如烈战时的鼓声，是不能违抗的中军号令，召弃疾不说了，管忆也不问了，两车一起掉头而去。管忆倏地回头呼唤召御寇，声音被风扬起来，拖得很长很长，丝线似的从她的那一头，牵到召御寇的这一头。

召御寇静静地目送家人远去，雨点落在脸上，银箔似的贴在眼窝下，闪闪发光，背后的喧嚣像索命的鬼号，逐渐推进，他将眼角的水沫抹掉，慢慢转过身来，两乘战车已冲到面前，车上有战士用又刻薄又粗哑的声音道：

“召御寇，你要去哪里！”

他认得这人，名字好像是叫崔重，是崔夭的私生子，亲母到底是何等出身，向来是崔重的忌讳。当初崔夭自杀，崔氏萎靡不振了许久，有名分的门子尚且夹缝里保恩荫，私生子更难仰承雨露，故而崔重颇为潦倒。无亏重掌御士后，辟了一帮牛鬼蛇神充御士，如卿大夫见不得光的私生子、君子家暗门里养的不明身份者、紧抱无亏大腿的小宗支裔，都被遴选入宫，这帮新进御士很听无亏的话，有没有真本事倒是其次。像这崔重，武力欠弱，智略稀松，只是表现出对无亏有一颗赤红的忠心，唯无亏是从，深得无亏赞许，在国君御士中，算是个小头目。

召御寇极瞧不起此人，冷淡地说：“偌大的临淄城，我想去哪里便去哪里，需要知会你？”

崔重举起手里的长戟往前一指，几乎要戳到召御寇眼睛里，用教训的口气说："有罪之人，哪能来去自如！"

召御寇昂然地直视他："我有何罪？"

长戟在召御寇面前挑衅地画圈，崔重恶声恶气地说："你兄弟告发你，阴谋篡国！"

召御寇冷傲地说："我没兄弟，我父亲只有我一个儿子，不知打哪儿钻出来一个身份不明的兄弟！"

耳不聋的都听出召御寇在讽刺崔重，崔重涨红了脸，对召御寇恶狠狠地道："尔之罪行，容不得你不认，去你兄弟面前辩白吧！"

他正要令众御士押走召御寇，忽又质问道："适才望见不止你一人，是你家里人吗？他们要去哪里？"

召御寇叱道："与你何干！要拿人，速速来拿，废话这样多！"

已在砧板上淌血，还要做烈士模样，崔重厌烦地吐了一口唾沫，当即下令，二十个持戈御士围拢上来，登时召御寇的后背前胸抵上了兵杖，动一动，便会被戳出无数窟窿眼。

两乘战车加二十个车下御士，一起押着召御寇往前走。雨又大了，倒豆子似的噼啪往下落，天色愈加昏暗，天边有黑沉沉的积雨云缓缓靠近，仿佛一艘桅杆隐没的巨船，预示着更猛烈大雨的到来。

众人走到南城的一座宅第，这是丙刁的私第，原来小白将此宅的后院赏给他，他得势后，自不肯与别人共居一第，遂将占据前院的有功战士赶走，而今前院后院皆为他所有。守门的阍人不问情由，放了他们进去，才一入门，抬头就见正堂檐下烧起一口大鼎，里头不知煮着什么，一股子腥臭味喷出来。

进门之前，崔重吩咐将召御寇双手反剪捆绑，这时他用手抵住召御寇的脊梁，将召御寇推入正堂，耀武扬威地喝令道："给我参礼！"

堂上端坐数人，居于主人位置的是丙刁，正拿着一只雕凿精致的牲匕，慢条斯理地片肉吃，坐在贵客位置的是易牙，约莫是喝多了，脸膛红得发亮，还有一人的席位陷在浓重的阴影里，召御寇不用看清他的脸，也知道那是管友，他定定地盯着管友，管友却像是做贼心虚，闪躲着把脸藏进更深的黑暗里。

丙刁璨璨地笑了一声："别看你兄弟，他害羞。"

召御寇直截了当地发问道："你的爪牙说，我被兄弟告发，就是他告发？"

丙刁片下一块肉，不忙吃，凑到鼻子边闻了闻，哀伤地叹了口气："你从小养在敬仲家里，与敬仲情同父子，与他家人亲逾骨肉，后又娶敬仲女儿为妻，可谓亲上加亲，你与友，不是血亲兄弟，却胜似兄弟，不过，在大义面前，没有兄弟。"

召御寇嗤笑道："听你说大义，怎的如此好笑，你也配说出口！"

为召御寇嘲讽，丙刁一点不恼，举起那块肉转了一转："大义是什么？好比这肉，人人欲求，但不是人人求而可得，不在我口中，我不言大义，在我口中，大义为我所据。"他将那肉送入口中，细细地咀嚼，脸上是惬意的笑。

召御寇驳斥道："无耻！你说的是大义吗？分明是私利，装出大义的嘴脸，里头一副烂污心肝！"

"我就说你们这些真君子不通世情，实在迂腐。"丙刁惋惜地摇摇头，"过去有敬仲佑护你，大义在你，你倒是可以宣讲你所秉持之大义，而今是有罪之身，大义在我，我能以大义处论你，你再宣讲大义，无人理会。"

召御寇乜眼看他："你打算怎么以大义处论我？"

丙刁瞥了一眼崔重："他没说吗？你之罪是阴谋篡国，无论在天下哪一国，皆违大义也。"

召御寇不禁失笑："真正篡国者，反污良人篡国，这便是尔等奸佞之大义，栽赃罪名何其任性，我倒要问问，你要如何证实我篡国？"

丙刁又在片肉，偏是筋骨连接，很难割断，手上用力，口气也硬起来："篡国，大事也。尔虽有罪，只为胁从，能篡国者，非高位君子不可为。"

高位君子？召御寇骤然领悟，怒气一时上昂："满口昏言，已故之人，如何篡国？尔等栽污先人，诋毁有功之臣，无耻至极！"

丙刁优雅地笑道："故人为何不能篡国？故人开基在先，后人继承，父子两代布局阴谋，篡国成也。"

仿佛听了个腐臭的笑话，恶心感倒涌而上，几欲作呕，召御寇詈骂道："亏你们想出这般肮脏伎俩，竟敢诬赖管父篡国，这齐国上下，要论为公之心，孰人能比管父！栽赃他篡国，谁会相信！"

"我相信啊。"丙刁眨眨眼睛，神情天真如孩子，"不过，也需要御寇帮帮忙，将篡国事实一一交代，若是无有隐瞒，算你首告之功，可不论处胁从之罪也。”

召御寇冷笑：“没影的事你让我交代，纯是睁眼说瞎话，我宁死不从！”

丙刁和风细雨地说道：“你慢慢想，自然会想出来。”他切那筋肉，奈何劲道十足，久切不下，懊丧地叹口气，“譬如吧，楚令尹与敬仲素有书信来往，互为馈礼，为列国君子美誉也，这当中有无难为外人所知之阴谋？敬仲为太子傅，是不是太子有所图谋？或许敬仲欲外借楚力，内谋齐祚，他与楚令尹明是朋友飞书达情，实是为篡国做遮掩？”

说到底，污蔑管仲篡国，是想借着给管仲定罪名兴大狱，以此把脏水泼到太子身上。齐楚争霸若干年，两国君主也不阻拦重臣交往，不仅纵容，甚至保护。楚王见天儿咒骂小白，说起子文与管仲的神交之谊，依然称美之。至于小白，从一开始便持欣赏态度，管仲有时犹疑，他反而鼓励说：“别国君子愿结交仲父，是深赞寡人有眼光。”

为天下列国嘉赞的齐楚执政友谊，于丙刁一伙看来，却是别有用心的阴谋，这样令人向往的朋友之谊，他却要用来作为罪名，以此糟践管仲的清誉，将管氏一门置于死地。

召御寇忽地看着管友，高声道：“敬仲是尔亲父，你竟勾结外人，构陷亲父，冤屈忠良，孝悌之义何在！敬仲若受篡国污名，你纵便投身新主，又何能立足？”

藏在黑暗中的管友，像泥淖里蠕动的蚯蚓，不由自主地抖了一下。

丙刁拖长声调道：“他这是秉持大义，大义当前，无兄弟，也无父子。”

召御寇啐了他一口，唾骂道：“贱人！生就的贱骨头，纵是换了一身假皮囊，仍改不了里头的败臭！你以为你是谁？真把自己当成君子？不过是长公子的一条狗，他给你一身假皮囊，方便放你出来咬人！一个去势的无耻寺人，男人也算不上，有何脸面诋毁丈夫？乃父乃祖在上，知道你自刑入宫，死而再死也！”

丙刁的手剧烈地抖动着，牲匕尖一歪，戳到了掌心，一线血涌出来，弄伤了自己，那块筋肉仍没片下来。他将那染血的牲匕用力一扔，死死瞪着召御寇，原来溢着笑的脸像拧转的麻花，唇角仿佛癫痫似的不由自主地抽搐，一口倒气一句诅骂：“我好意给你活路，你却不知好歹，你那执政假父已死成枯骨，没了他，你猖狂什么！”

召御寇不惧地反击道："谁稀罕你给活路！丈夫宁死，也不从去势寺人手下讨活路！"

丙刁像被一刀劈开了皮肉，里边最脏最臭的下水滚出来，人人掩鼻，人人避之不及。他是去势寺人，他知道，可不用你们提醒！你们是完整的男人，是追崇虚无大义的丈夫，那又如何？照样为去势寺人摆布。丙刁怨毒地命令道："把他的手指一根根折断！"

崔重要讨个好彩头，于是亲自动手，因召御寇是被反剪双手，倒方便了折手指。他便令两个御士摁紧了召御寇，他却站在召御寇身后，先择中右手大拇指，拗竹节似的着力一翘，啪的一声脆响，指骨断了。

"祸国贱人！"召御寇高声斥道。

丙刁听不得他的骂声，拍着案俎，急催道："折断！"

崔重不敢懈怠，认认真真地折骨头，啪的一声，又一声，贵客席位的易牙看得心头发紧，酒也醒了，想捂住耳朵，却怕得罪丙刁。每被折断一根手指，召御寇就骂一声，十根手指齐齐断裂，骂声仍未终止。

崔重一推手，再也坚持不住的召御寇跌在地上，惨白的脸上满是豆大的冷汗，他急促地喘息着，慢慢抬起头，惨笑道："祸国贱人，以为长公子必得齐，尔便能为所欲为。长公子今日或得势，然未必得齐，长公子多行不义必自毙！长公子完了，你也完了，我今便是死，也算是烈士，异日你死，算什么？朽烂死狗耳！千人唾万人践，无人为尔殓葬！"

巨大的恐惧从心底跳出来，仿佛有一只冰寒的手，一把掐死了生的全部希望，丙刁歇斯底里地号叫道："割了他的舌头！"

崔重踟蹰着，他在揣测这是真话还是发泄情绪。丙刁又号道："割了他的舌头！"易牙实在看不过眼，怯怯地劝道："算了吧，不必与闲人置气。"

丙刁忽地看着易牙，齿间像含着刀，一字字寒光闪闪："你们若姑息他，便是他的篡国同谋！同谋！"

此时的丙刁仿佛缺失人性的野兽，但凡周围有一点人的气息，便要不惜一切代价扑灭，他没了人性，别人也不可以拥有。他用尽半生力气，甚至残忍伤害自己，只为做人上人，他做到了，证明他的选择是对的，任何胆敢挑战他的所谓烈士、所谓丈夫，唯有死路一条！

割舌头到底太残酷，崔重犹豫难决，让他杀了召御寇，也比割舌容易。

丙刁狠厉地道：“不动手是不是？好，不劳烦你们，我来！”他抄起那片肉的牲匕，奔到了召御寇身前，易牙吓得把眼睛闭上了，黑了双目，却封不了耳朵，仅仅转瞬，听得极凄厉、极惨烈的喊叫，像刀一般捅进耳膜，直要将脑浆也带出来。

守在召御寇身旁的崔重，已被眼前的一幕吓白了脸，召御寇那满口的血像喷泉似的，喷了丙刁一头一脸，打量他一眼，极像吃血的厉鬼，浓烈的血腥味呛得眼底生泪，两个押住召御寇的御士看也不敢看，双腿仿佛患了疟疾，一个劲儿发抖。丙刁仍不解恨，仍要发泄，疯狂地叫嚣道：“拖他出去！剥皮！丢进鼎镬煮沸！”

“够了！”管友忽然吼道。他像从夜色中跃起的老鹫，扑向了丙刁，在丙刁不及反应之时，一把夺过他手里鲜血淋淋的牲匕，转头凝视召御寇。召御寇也在看他，血肉模糊的口中发出含混而痛苦的声音，是请求？是期许？抑或是道别？

管友高高举起牲匕，眼睛红得像烧红的炭，铁灰的泪滚出来，在他眼底心上留下刀砍斧凿的伤痕，他狂号着、怒喝着，仿佛濒死的孤狼，绝望以至无路可走。他觉得自己分成了两半，一半不肯、不忍、不能为，一半坚决、坚持、必定为，于是这一半的不能为，眼睁睁看见另一半的必定为，将牲匕刺进了召御寇的心脏。

召御寇像折足的鼎一般倒在管友面前，他最后也许想对管友说点什么，可他说不出。管友想，他其实知道召御寇最后的话，他会说：友，回家吧。

本想极尽折磨后，再送召御寇上路，未曾想半道上杀出个管友，给了召御寇痛快一击，丙刁很不乐意，谴责道：“你竟敢矜恤召御寇，你……”

话没说完，丙刁却似被掐住了喉咙，后头的话落回肚中，管友像鬼似的瞪着他，他那似痴似狂的模样吓住了丙刁，但丙刁仍壮起胆子威胁道：“你想做什么？”

管友直愣愣地逼视他：“你不是会折断手指、割掉舌头吗？来啊，折断我的手指，割掉我的舌头，贱人！”

丙刁下意识地往后退，口气却仍强横：“放肆！别忘了自个儿的身份！”

管友挥着拳头咆哮道：“来啊，折断我的手指，割掉我的舌头，贱人！”

丙刁又退了几步，睨一眼管友的疯魔劲儿，便觉可怕，对崔重喝令道：

“管友疯了，还不快把他带走！”

不割舌头，逮人倒是行家里手，崔重一声令下，五六个御士拥上来，生拽着管友往外走，管友一面奋力挣扎，一面撕心裂肺地号呼。

“来啊！”他喊哑了嗓子，眼泪飙出来，可他在大笑，笑声嚣张地盖过世间的喧哗，他又在大哭。

他被御士越拖越远，目光像沙袋似的抛出去，那堂上横卧的死人是谁，是谁？谁杀了他，谁是罪魁祸首，谁给了他致命一击？

他在心里拷问自己：这就是你背弃家族，苦心求得的结果吗？

丙刁说无亏要送他一份好礼，这好礼是逮拿管鸣，是残杀召御寇，是将管氏一门埋入坟墓，他们都死了，他就可以踩着亲人的尸骸，成为新的大宗子。

管友突然便回忆起很久以前父亲的话：“试问你有十全把握，使你自己、使管氏永不颠陨吗？”他以前以为自己能，所以他恣意妄为，与父亲决裂，与家里生分，现在发现自己并不能，所以他悔恨难释。

外面的世界昏沉如末日，雨大得可惊可怖，轰然如落下人间的千万镐头，敲烂这别无留恋的天下。把一切都毁了吧！也不须再造，永远寂灭才是最好的结局。

四

雨终于停了，阳光像抽出枝头的新芽，在依旧湿暗的天空悄然绽放，却因是入秋的天气，凉意渐透骨髓，酸风阵阵射眸，满目皆是不堪看的残山剩水，一派萧瑟景象。

太子昭在门前台阶上停了一下，略整了整衣冠，才款款举步，一跨进门里，便觉浓重的悲戚扑面而来，眼前是一片白汪汪的世界，白的魂幡，白的旌铭，白的丧服，白的绋带，以及白如死人的活人脸，刹那以为误入了一座坟墓。

吊孝的客人很少，放眼过去，见不到几个，葬礼冷冷清清，除了伤心欲绝的家里人，几乎没有外人，在这山雨袭来的危殆时期，人人明哲保身，即便有覆国之难，也只是冷漠旁观。

太子昭知道召御寇遇害，是在三天前，知会他的不是管家人，却是宁戚的家臣。

那日召弃疾率一家人投奔宁戚，因宁戚这一二年，身体每况愈下，不问外事已久，向来闷在家里养病，忽闻召弃疾携家人求见，诧异不已。一时两边见面叙话，他却是个脑子极灵的聪明人，听说管鸣为司寇逮拿，召御寇在半道上打发家里人离开，立刻警觉事有不好，遣了家臣出去打听，果不其然，召御寇将家人遣走，自己却被崔重押走。

“要出事！”宁戚当时焦虑地说，顾不得身体不妥，急忙领着召弃疾等一众人，赶去丙刁私第寻人。

奈何赶到了私第，守门的阍人却不放他们进去，宁戚便在门口大骂：“丙刁贱人，自刑的孬种，让你主人来见我，烦劳他动动脚趾，出城去告诉国子，反正我活不长了，我便带着你妹、你外甥，举家去你国氏宫门前自焚。有贱人逼得我们没活路，非死不可！”

他这里肆意骂架，惹来一街人看热闹，顷时便有百十来国人拥在门口，七嘴八舌地探问是非，有知情的回答说：有好人被去势的寺人羁押在此，家人来要人，竟被拦阻。

听闻是这等凄凉苦事，再见那好人的家人，弱的弱，少的少，最小的孩子才是冲龄小儿，一声声哭喊着要父亲，令人酸鼻。一个去势的下贱寺人竟然欺负妇孺，刹那间群情激奋，当先有五六个壮汉攘臂揎拳，揪住阍人的头发，投掷弹丸似的，扔到路边的排水沟里，看门狗摔成了残废狗，大门骤然洞开，外边的人蜂拥而入。

在宁戚闯门要人时，丙刁等就从后门溜走了，留得崔重与二十个御士善后，还没来得及将召御寇的尸身拖走，人潮已拥到面前。眼见召御寇惨死，管忆痛极而厥，儿女围着父母号天哭地。

见此人间惨事，国人更是愤怒，进门的怒吼连连，没进门的疯了似的往里奔，不过少时，宅第内挤满了人，转个背与谁头挨头，掉个身与谁肩并肩，御士们纵有兵杖在手，也施展不开。怨愤的国人将御士们统统暴打了一顿，崔重的门牙也被打掉了，他虽被揍，嘴还硬，一直骂骂咧咧道：“擅伤国君御士，是忤上！”

“那且看看，是谁忤上！”宁戚回答他说。

当下里，偏让这帮仗义出手的国人抬着召御寇的尸身，押着崔重等御士，浩浩荡荡地前往司寇，若有路人好奇探问，便泪雨涟涟地解释说：“长公子指使手下行凶，杀死管敬仲的亲人，我们去司寇讨说法。”

一时义愤的、好奇的、从众的，都跟着队伍走，还有数条街外闻风而奔的，宛如百川汇流，从四面八方聚拢过来。

从南城丙刁私第走到司寇官寮，队伍越来越庞大，摧城黑云似的压至官寮门首。司寇刑官早闻宁戚亲来讼狱，慌得出来迎候，乍见眼前的大阵仗，顿时心惊肉跳，好心请宁子里边暂坐，有话慢慢说。宁戚不肯进去，高声道：“让曹孙宿出来见我，有人杀害敬仲亲人，欲灭敬仲之族，冤也，痛也！曹子身为司寇，若不为敬仲家人申冤，我便撞死在司寇阙下，使天下皆知，齐国无刑！”

刑官扭捏地说：“曹子不在，要见曹子，稍等两日。”宁戚冷笑两声，掸掸衣服，一屁股坐下去，称道曹子一日不来，他在此坐等一日，无非坐死而已；又请国人将召御寇的尸身搁在他旁边，一面抚尸哭泣，一面咒骂曹孙宿躲事。

劝不走宁戚，也驱不走国人，如果上告无亏，遣御士来强力撵人，也不是不可行，但因为宁戚与国牧的姻亲关系，无亏要联盟国牧，对宁戚便有三分忌惮，一旦动起武力，伤了国人也罢了，伤了宁戚，是给国牧难看。

这么拖拖拉拉了许久，大概是想明白躲也不是办法，终见曹孙宿蹑手蹑脚地走出来，宁戚劈头便质问道：“敬仲亏待过你？”

曹孙宿干巴巴地笑道：“宁子何有此疑？”

宁戚又逼问道：“敬仲不曾亏待你，你何以刻薄敬仲家人？”

“宁子说笑，我哪里敢刻薄敬仲家人。”曹孙宿僵硬地笑着。

宁戚冷声叱道：“敬仲之子无故为司寇逮拿，敬仲女婿为奸佞擅杀，你也不问，不是刻薄是什么？”

曹孙宿赔着小心道：“逮拿敬仲之子，为其有罪也。至于敬仲女婿为奸佞擅杀，不知情由，不好妄下定论。”

“放屁！”宁戚诟谇道，“什么不知情由，不好妄下定论，只当我和这许多目睹召御寇遇害之国人皆眼盲吗？那我倒要问问，敬仲之子犯何罪？”

曹孙宿吞吞吐吐地说：“还当……审问之。”

宁戚着实想给他一个大耳光，呛声道："既要审问之方能定罪，便是无罪！尔为司寇，有罪之人不问，无罪之人反逮拿，真曲法也。"他指向召御寇的尸身，"今有奸佞擅动私刑，戕害良善，我与诸国人皆可为人证，敢问司寇，你逮还是不逮？"

曹孙宿像被压在刀口上，动一动，便是鲜血飞溅，窘促地说："这个……当从长计议……"

宁戚直起脖子，一口唾沫吐去他脸上："屁的从长计议！为一贱人，尔罔顾国法！他是你的亲父，抑或你的官长？我竟不知，齐之司寇原来为寺人所掌！"

曹孙宿忍着满脸口水，心下生恨，刚才的殷勤一走而空，端出刑官架势，一板一眼道："宁子不可在有司门前无礼！"

宁戚毫无惧色："可了不得，宁戚得罪了寺人，请曹子立即逮拿宁戚，论处忤逆寺人之罪。齐国寺人为大，倘与他作对，唯死而已。"

围观的国人看得真切，愤于曹孙宿姑息养奸，又是起哄，又是辱骂，跟着宁戚齐声高呼："寺人为大！"

宁戚提声道："敬仲一生，为国尽忠，为民尽心，才使我齐国得有今日伟业。可恨他身后，家人竟遭下贱寺人凌践戕害，有司不辨是非，为贱人作伥，致忠良蒙冤，元勋受屈，辜负先贤之功，寒凉后生之心！"

人群本已是干柴，经宁戚这一番悲情控诉，犹如火星子溅落，腾腾地烧起火来，有的亢声咒骂，唾沫飞到了曹孙宿脸上，有的指指戳戳，说要在司寇为召御寇落葬，有激动的已挽起袖子，跃跃欲试，作势要拆了曹孙宿的骨头，再放火烧了司寇官寮。

曹孙宿又怕又气又慌，他也是为人效力，做不得主，宁戚不去找主使者的麻烦，偏来触他霉头，撺掇一群好斗国人闹事，杀他这只鸡，给无亏那只猴儿看。想想自从宁戚横门司寇闹事，没有数落无亏一个不是，死咬着他与丙刁，异日无亏即使要拉旧账，宁戚也可以推说他责让的是下头的昏聩属吏，与长公子无干，都道宁戚狡诈，总算是见识了。

正闹至人仰马翻时，忽有一乘车奔过来，司寇门前是人头攒动，挤得水泄不通，车马进不来，车上之人只好下车，一边往里挤，一边高叫道："长公子有令！"

国君有令也分不开人群，那人只得生挤，待挤至门前，已是大汗淋漓，宁戚晃了他一眼，原来是鹿无极。

他向宁戚与曹孙宿分别行礼："长公子有令，已拿下擅动私刑之寺人，请宁子放心，长公子当公正断之。"

宁戚没有悦色："是吗？那敬仲之子呢？"

"也当公正断之。"鹿无极说得滴水不漏。

宁戚讥笑一声，说道："公正？敬仲之子身陷刑狱，万一哪日瘐死，公正何在？"

鹿无极和气地说："也请宁子放心，管子纵在刑狱，也不敢待之以寻常之囚，长公子已命我亲为看护，保得管子平安。"

"你？"宁戚怀疑地打量着他，蓦地冷笑，"无极果然称职，从前无极为乡间野人，幸得敬仲简拔，登为君子爵秩。敬仲在时，无极待敬仲如再生父母，殷勤过于子嗣，今虽为长公子驱走，有往昔情分在，想来不会薄待敬仲之子。"

宁戚分明在讽刺鹿无极，可鹿无极没显出一丁点的不自然。人若无耻，脸皮可以不要的，宁戚乜视着鹿无极，故意道："闻说召御寇与尔是挚友，他今不幸为奸人所害，望你节哀。"

"多谢宁子体贴。"鹿无极寡淡地道。

死去的召御寇在咫尺之距，见得召御寇的死状，任是无情之人，也会不忍，鹿无极却从始至终都没看朋友一眼。宁戚不禁联想，他大约并没有哀，因而无须节制。

无亏做出让步，宁戚见好就收，总让召御寇横尸公门，对死者也不尊重，因招呼召御寇家人送死者归家，他也要随从离开，临走对鹿无极道："杀害召御寇的帮凶，尔当如何待之？"

他说的是崔重等御士，鹿无极严正地说："必不会宽贷。"

宁戚其实不甚相信，不阴不阳地哼道："望你不食言。"

这时管氏宫已知召御寇遇难，家里不敢隐瞒管母，实际也瞒不了，她自来心思敏锐，亲人丧亡这样的大悲事，岂能骗过她的双眸？家里将召御寇的事和盘托出，她悲不能已，好好的大活人，昨日还在眼前，鲜鲜亮亮地呼唤祖母，今天就没了。

儿孙们簇拥着管母去召家，生怕她禁不住打击。她偏坚强得非比寻常，倒还劝慰儿孙："御寇之死，令人扼腕心伤，然他是不屈君子，节烈丈夫，他没辱没他父亲，召忽有子如斯，幸也。"宁戚恰也在召家，管母已知他为管家人出头，向他称谢，称若无他仗义襄助，御寇归不得家。

宁戚却是满怀愧疚地说："受不起，我去迟了，没能救下御寇。"

管母凄凉叹道："那是御寇的命，谁又能救得了！宁子能不避险难，闻祸而救急，故人魂而有灵，也会感激。"

宁戚慨然道："我受敬仲之恩，百身莫报！敬仲家人有难，倘闻祸而避让，死后赴黄泉，有何颜面见敬仲！"

管母为之动容，诚挚地赞誉道："宁子素常自言为小人，岂有小人遇急难，挺身而出者？非君子而何？曩昔自诩君子者，也无有宁子之勇。"

宁戚默然一笑："活了大半生，我自言小人，旁人也称我小人，至此衰年，却获君子之誉，多谢管家母亲夸美。"

他顿了顿，怆然叹息："我能救管氏于现在，不能救管氏于将来，管家母亲，将来恐仍有大难，多多小心。"

无亏暂时的让步，一是给宁戚面子，二是担心激起民愤。然而管鸣仍在狱中，卿大夫家族对管氏的怨恨从未消除，宁戚在，尚能挡一挡风浪，宁戚若有不测，再没人为管家人出头，当危险袭来，也许就是灭门之灾。

管母泰然道："宁子为救管氏，已尽全力，将来如何，吾家不敢奢求。"

宁戚一时无言，讷讷道："目前国君生死未卜，若是能见到他，也许还有转机。"

无亏一直扬言国君在养病，但疾患为何、康复是否有望，却是闪烁其词，或许小白已死，无亏秘不发丧，依旧利用小白来控制朝局。可是小白纵便活着，想要与他见面，又如何能通过那层层把关的禁宫？

召御寇死得冤，人人皆知，人人也怕，少有人来吊丧，当天来了一个东郭牙，抚棺叹息道："烈士为小人所戕，齐国焉得不败！"话有犯上之嫌，他却无所畏忌。

东郭牙走后，零星来过三五个下大夫，匆匆洒泪，匆匆离开。仿佛为了端持高姿态，无亏也遣家臣送了赗仪，召弃疾连人带东西一股脑儿扔出去。

太子昭来得迟些，却是吊丧者中身份最显赫的，除了他，没有一个公子现身，往常管仲在时，热络着呼唤仲父，如今仲父家里出事，个个闻风隐遁。

太子昭还没走到灵堂，就见管母杵着鸠杖迎出来，她到底年高，行动不及从前利索，却有个管启方旁边搀扶，太子昭忙谦让道：“怎敢劳烦管家祖母亲迎。”

管母凄凄一叹：“值此危难之时，太子以贵重之身，屈尊吊丧吾家不幸之子，管氏上下，深感太子之恩。”

听得此言，太子昭几乎坠下泪来，陡生出天涯沦落的凄惶之感。

他其实已经很久没出门了，自从小白病困禁宫，无亏把持国政，他便像折了翅的雏鸟，飞不高也飞不动，也曾想入宫探病小白，每回都被把门的御士撵走。

不能与小白会面，平常行动也受限，因无亏持掌御士与中军，前次征召一旅补入御士，两边战士合拢起来有三千人。便是这三千御士，日日持兵在临淄城的三街六巷巡逻，尤其是贵胄聚居的庄、岳大道，一日之内要来回走上十来趟，每晚夜深时分，还能听见战车像飓风般碾过长街的声音，令多少君子夜不能寐。

如此严阵以待，对外宣传是为了防备忤逆，不得已昼夜巡省。至于谁是忤逆，无亏说了算，他的同党说了算，所以管鸣被以篡国罪名逮拿下狱，召御寇是篡国胁从，受私刑而死，太子昭应该也在忤逆名单上，暂时不动太子昭，不是不想动，而是杀一国贰，需要合适的时机。太子昭知道自己已被架在火炉上，稍有差池，便是焚身之祸，因此闭门不出。

不仅太子昭，诸公子都不敢出门，只要是有继承权的兄弟，都是无亏的潜在对手，巡城御士对诸公子私第严密监控，成天在大门口来回转悠，甚有爬到墙头去窥伺公子内宅。

堂堂齐国太子，沦落得不如鄙野贱人，当国有变乱时，却无所作为，只能仓皇等死，太子昭只觉悲慨难释，在灵前祭酒时，实在忍不住，终于放声号泣。

这里正在伤切，乍闻得外边吵吵嚷嚷，说是管友来吊丧。召家看门的阍人不准他进来，让他滚，不滚仔细拳头不饶人，杀了人还来哭灵，再要矫饰，也不带这样恶心人。

听见管友的名字，一直伤心得晕晕沉沉的管忆忽然清醒了，不顾所以地奔了出去，管母焦急地呼喊她，也没能止住她。

管友正与那阍人理论，阍人固执不放行，他便硬闯，抡圆了胳膊，将那阍人打翻在地，抬脚跨过大门，他是往里冲，管忆则往外奔，两个刚刚对面而遇。兄妹对视刹那，管忆像垂死困兽般号呼着，双手举起居丧的苴杖，砸向他的头颅，管友下意识地闪躲了一下，心里却有个声音在呐喊：被她打死算了！他竟不躲了，苴杖从颅骨一侧扫下，直直地落在肩上，沉甸甸的疼痛像刀子似的扎进心里，真疼，可又是如此痛快：再来一下，打死我吧，一切就结束了。

像是听见了管友心里的渴求，管忆再次举起苴杖，照准管友的囟门便要重重击下，猛听得背后管母的呼喝声："将你母亲拦下！"

召弃疾不情愿拦人，他私心希望母亲打死舅父，如果母亲力量不够，他可以帮把手。

管母怎能不知他的心思，紧握鸠杖噔噔杵地，痛骂道："一家人自相残杀，可是真好！尔要杀兄，可先打死我，待我死了，你们自可大肆屠戮，我反正已死，双眼一闭，看不见听不着，随你们闹去！"

管忆那举起来的苴杖久久不能落下，仿佛一口寒烈的铡刀，高高悬空，却斩不得人，不是刀下无人，而是开铡的人下不了手。

苴杖变得越来越重，仿佛承载着数十年的记忆，那些好的、坏的、悲的、喜的往事，从时间的坟墓里跳出来，占满活人的世界。他们纵然陌路，纵然仇雠，也仍是一母同胞的亲人，一同偎过母亲的怀抱，牵过父亲的掌心。管忆再也持握不住，苴杖脱手落下去，她凄惨地喊道："你滚！我不想见到你，到死也不要见！"

召弃疾扶住哀痛欲绝的母亲，死死地看了一眼管友。管母向召弃疾使个眼神，示意他带母亲离开，他这次没抗拒。

管友呆立在原地，他看着管母，嗓子眼像发痧，热辣辣的，声音一点点地呕出来："祖母。"

管母用鸠杖轻轻敲地，徐徐地说道："你可知道，你父亲为何给你取名为友？"

管友张张口，想说话，声音似糊了泥，透不出来，管母不等他回答，说道："你出生时，御寇父亲为公子纠死义，尔父痛失挚友，悲不能忘，故为子取名友，以纪念朋友之谊。”她漠漠叹息，幽幽地道，“御寇父亲自小失祜，养在吾家，与尔父相亲爱，情同兄弟，他曾与尔父言：为兄弟，是一生，异日儿女当为亲人，也是一生。尔父希望，尔与御寇能互助互爱，比于血脉兄弟，可惜，尔从不曾以御寇为亲人，每每怨责亲父偏心，厚遇御寇而薄待亲子。”

管友微微放低了眉目，似有所动，却是无言。

管母睨着他，缓然道：“尔父一生最重朋友之谊。何为朋友？同心不背，同志不离，同行不弃，可赴急难，可托身后，可共生死，尔父与御寇之父是如此，管鲍之交是如此，尔父期许尔也可继承父辈之谊，可你辜负了先父之愿。”

“祖母，我……”管友想要解释，挣扎着送出声音，又生咽下去。

管母一叹，鸠杖磕磕地一击：“你心中有怨，执政之子竟不能伸张抱负，成就非凡事业，反遭亲父一再打压，质疑亲父严苛无情，不惜与亲父作对，与家人生分。友啊，父母生养你，怎会不爱你疼你？尔父待你的一片苦心，你当真体会吗？为将你拉回正道，他竭其所能，与你交心规劝，你何尝听过一次？一错再错，执拗不悛，终至今日酿成大错，何能弥补！”

管友把头埋下去，一阵战栗像电流似的从肩上滚过。

“你恨父亲，恨家人，你不愿认我们是亲人，却为何要与奸佞为伍？”管母痛心地说，鸠杖用力击地，声音高扬起来，“你真以为依傍他们，便能称心如愿？他们要置我管氏于死地，你竟也充帮凶做爪牙，帮着外人祸害亲人。你别忘了，纵你与管氏决裂，也仍是管家人，是管敬仲的儿子！失了家人，你一无是处，一无所有！”

“祖母！”管友突地喊道，他抬起头来，泪水无比清晰地滑落脸颊，一字字泣血似的倾诉道，“我不曾想祸害亲人，也永不会祸害亲人！”

管母陡然愠怒：“御寇算什么？他是不是亲人？”

像被狂风吹灭了刚刚燃起的火焰，面对管母的质问，所有辩白都是徒劳，管友哑口无言。

管母威厉地道：“尔父数次告诫，你冒进心太强，谋事不能，又不懂识人，恐为人所欺，害己不说，亦遗祸家人。知子莫如父，试问今日尔之举动，是否正中尔父所断！”

管友说不出话，只是伤泣，从没有哪个时刻，父亲曾经说过的话，一句句、一字字，像锋利的箭镞般刺在心里，无法忘记，不能遮蔽。

管母见他恸哭得像个失家孤儿，油然而生怜悯之心，有那么一瞬几乎想要宽宥他，可若原谅了他，那对于召御寇来说太不公平。她把心一横，冷漠地说："你既与管氏决裂，从此就不是管家人，忆不想见你，我也不想见你，你走吧。"

"祖母！"管友哀戚地呼道，"求求祖母，让我给御寇祭爵酒吧。"

管母冷笑："你以为在他灵前奠酒挥泪，便能赎罪？御寇不用你寄哀思，有我们送他，不缺你这矜贵君子！"她转过身去，昂声道，"来啊，送外客！"

管友苦苦地乞求，管母却再不理他，听得那鸠杖声越来越远，每一声都像击在心上，那颗心便分崩离析，撕裂的痛超逾了他的承受力，令他痛哭流涕。

他直到现在，才领悟出父亲对他有多重要，父亲在时，他只有抱怨、愤怒、猜忌、恚恨，误以为天下没有了父亲，他便能获得飞扬的自由与完满的成就，有一日父亲真的不在了，自由并没有如期而至，成就也没有为他所执掌，他便是想恢复成过去的自己，也不能了。

管母说得对，失了家人，他一无是处，一无所有。他就算永远睽违家人，也仍是管家人，是父亲的儿子，父亲是他的依靠，是管氏的屏障，如果管家人死无葬身之地，他也会成为黄土垄中的冤魂。

管友踉踉跄跄地走出门，心思紊乱，眼睛便不看路，险些与谁撞作一团。他失魂落魄地觑了那人一眼，竟是阿彤，他该称她一声舅母，可心里一团糨糊，眼前的熟脸总觉得很陌生，招呼不打，礼也忘记行了，恍恍惚惚地说了句自己也听不懂的碎语，脚下像打了蜡，停不住，那句碎语没说完，人已走远了。

阿彤奇怪地看着他离开，并没有叫住他，管友与家里闹掰，她是知道的。姜婧活着时，妯娌有时闲话，说起管仲父子生隙，姜婧很是无奈，她希望父子和睦，彼此理解，彼此让步，这大概是她的一个遗愿吧，可惜到死，她也没能看见父子复归于好。

阿彤是从左南乡赶来，因对管母道："谷姊劳我代告，她身上不好，不能亲来哀悼亡人，望谅解。"

谷柳儿不能与丧，身上不好是个理由，更可能是因为鹿无极。儿子投身无亏门下，她觉得有愧于管家人，不好意思现身，管母倒还开通，说道："也请代告谷柳儿，她有心了，养好身体是要紧。"

因太子昭还在，阿彤看了一眼太子昭，又对管母道："有什么需要我帮忙的，尽管开口，一家人不必客气。"

"多谢，诸事皆有安排。"

阿彤不放弃，坚持道："有些难事，管氏家人不方便做，我却可以做，管家母亲请放心交给我。"

这般不屈不挠，仿佛不为管家人做事不可，管母听出意思来了，她不忙探问缘故，先吩咐管启方、召弃疾陪好太子。她告诉阿彤，有点私密小事要问她，因带着阿彤走进一间小屋，关门摒人，才说道："阿彤可是有事说？"

阿彤点头："不瞒管家母亲，有极要紧的事。"她把声音放低，"我要进宫面君，管家母亲有何言欲告知国君？"

管母惊讶："你如何能进宫？"

阿彤迟疑着："管家母亲不要问，我自有我的法子，不过，面君机会唯此一次，管家母亲有何必言之事，请告诉我，我尽力代告。"

管母将信将疑：齐宫守备森严，连太子也进不去，阿彤凭什么能面君？揣着满心不解看着阿彤，见她神态认真，不像在说假话，难道她身负通天本事，自己过去没看出来？

"当真……能进宫？"

"能，请管家母亲信我。"阿彤诚恳地说。

身逢危险处境，只要能带来转机，哪怕是再离奇的话，也要相信了，管母定了定神，说道："若是能面君，请代告国君，敬仲一家有灭门之危，期国君救之。"

这求告近乎绝望，听得人心里发酸，阿彤湿了眼睛："好，我记下了。"

"国君若不能救，不敢有怨言，他也有不方便。"管母怅怅叹道，小白为无亏所禁锢，自己尚且没自由，救不了臣下家人，也可理解。

管母对灾祸的从容态度，让阿彤愈加难过，低头掂走眼角的泪珠，小声地咳嗽着，把眼泪咳回去了，慢慢恢复镇静，说道："有些要紧话，请管家母亲代告太子，我不方便与他说。"

“你说。”

阿彤回想着，缓缓复述道：“国有变，太子速速出雍门而去，勿忘敬仲昔日所嘱。”

这话仿佛云山雾罩，管母甚为迷惑，听来像是让太子奔国，可临淄城如今为无亏把持，满城皆是巡逻的御士，平常人家出趟门，冷不丁就被御士当成奸徒逮起来，太子如何出得了城！

她不得不问：“何时是国有变？又如何出雍门？”

“时机一到，会给太子指示，请太子早做准备。”

管母沉默良久，忽然发问道：“那人是谁？”

问得没头没脑，阿彤却明白，轻轻道：“管家母亲不必知道，大难来临，有人避难躲事，也有人迎难而上，何必问是谁？”

管母霎时震动，她不问了，猜疑变作了敬佩，大难来临，人人奔逃躲祸，却总会看见逆行的身影。

五

齐宫内朝有座寝宫，位于东墙根下，中庭遍栽桃树，春来开花结果，秋来落叶满庭阶。与其他寝宫比较，这座寝宫面积不大，早先也有齐君安枕过，奈何齐国君主都好奢靡，嫌这里不够敞亮，渐渐不来了，但空余一座寝宫甚是浪费，便用来堆杂物。

一个月前，这座寝宫门前忽然有御士持戈把守，之后，御士除了换岗，从不离去。曾经有宫人偶尔过路，遭一通训斥，甚要逮拿，从此，门前方圆半里之地，竟是人迹罕至，仿佛这堆杂物的寝宫里，有不能放出来的瘟疫。

消失在世人视野里的国君小白便在此养病。

说是养病，医师却很少来，探病的人更是没有，无亏来过一次，那时小白刚刚挪进来，因是闭门会面，父子的交谈难为人知。守寝门的御士大胆地听了两耳朵，隐约觉得里边吵得很厉害，忽而，小白的吼叫撞门而出：

“你要弑君，还不快动手！”

回应他的是无亏冷若冰霜的声音：“不，活着比死去对我更有用。”

此后无亏再没出现，小白也没离开过寝殿，御士们日日守在寝宫大门口，与小白养病的内寝隔着桃树夭夭的中庭，没法知道里边的情形，当值久了，腿站得发麻，脑子却会胡思乱想：国君或许已死，他们其实在守灵。

无亏禁断小白与外界联络，寝宫周围又不准人经过，门前荒凉得像古墓甬道，唯有风起风落。正是周历十月的秋天，凉意徐徐而生，这座孤寂的寝宫在阑珊秋景中沉陷下去。

每日正午，总有宫女给小白送饭，因上峰有严令，禁止与国君说话，那膳食便搁在寝殿门口，由小白自己来取，至于小白取没取，取了吃没吃，无人过问。无亏不想小白死，也不想他活得太好，他现在还需要打出小白的旗号，挟君令而控全局，毕竟卿大夫家族向心力不足，诸公子又多有不服，还有个碍眼的太子，都得一一解决。他可以弑君，但能否处理弑君引发的结果，他并没十全把握。所以无亏暂时急不得，待大局稳固，君位已定，小白没了利用价值，也就该消失了，如果小白能在囚禁中“自然地”死去，不用脏他的手，那便更好。

这日又到正午，送饭的宫女却迟迟不来，实际上昨日就没来，按说是每日一送，执行起来并不规律，刚开始半个月是每日准时送达，后来是隔日来，偶也有过三日送一顿的情况，也许是觉着国君病重，食欲不佳，少吃点可以清肠胃。守门御士曾隔着门缝往里窥探，发现前一日的膳食仍在寝殿门前，小白没动，前前一日的也没动，不知小白是不知道门口有果腹之食，还是有意绝食。御士们虽然奉命把门，其实很同情小白，比起暴虐的无亏，他们更喜欢小白，回想过去那个正常的小白，是极好相处的君主，但他们怕无亏，因为害怕，不得不服从。

小白刚被软禁时，无亏进行过一次清洗，有二十来个御士和十来个内官遭砍了头，罪名是谋害国君，其实是不与他同心。当日监刑的是丙刁和易牙，两个一边饮酒一边看杀人，周围人瑟瑟发抖，他俩却谈笑风生，乐是乐，也不忘记数人头，还警告其他人，埋人头的坑尚有空余。从那以后，大家都同心了，即便有为小白抱不平的忠心，在无亏与其同党的威慑下，也不敢出头。

门前树影微微倾斜了，宫女仍没现身，守门的两个御士悄悄用唇语交流：再这样敷衍下去，国君会不会饿死？国君死了，长公子会不会怪罪我们？长公子到底是想国君死，还是不想？

正说得入港，远远地瞧见两个女人迤逦而来，走得近些，看清楚是一人抱着一只陶鬲，一人扛着两把笤帚。

御士猜到是来送饭，但仍要依例问道："来做什么？"

"送膳、扫秽。"抱陶鬲的宫女回答说。这宫女的年龄约莫过了四十，眼角唇边生了细纹，依然眉目如画，年轻时应该很标致，好色的国君居然没发现这么个丽人儿，白白耽搁了大好的青春，也是可怜。

"别耽搁久了。"御士叮咛道。

宫女应诺着，走进宫门内。拥笤帚的宫女像是勤劳得等不及，立即开始扫院中落叶，抱陶鬲的宫女却走上寝殿庭阜，推门之前，余光瞥见台基上放着三样食具，俱是器盖不开，面上落了灰，有只小虫子在一只方篚的口沿处懒洋洋地爬过。

宫女心底叹息着，背后扫落叶的声音响亮又激烈，她明白，留给自己的有效时间并不多，不暇多思，猛地推开门，刹那，一股霉味冲入鼻喉，忙捂住嘴打出一个喷嚏。

屋里很暗，她在门口站了一小会儿，眼睛渐渐适应了昏暗的光线，隐隐绰绰的物什像从深海浮出的沉船残骸，慢慢映入眼底。小白并不在外室，她抱紧陶鬲，跨步进入里卧。

里卧更是幽深，温度也低，冰窖似的寒彻骨髓，她不禁打了两个寒战，靠墙的床榻上仿佛躺着一个人，也仿佛不是人，或是谁任意扔弃的旧物，一朝脱手，便忘记了。

她在榻前小心地蹲下，将那陶鬲搁在脚边，轻轻地摇了摇那人，没动，仿佛已死了，她又摇了摇，仍没动。莫不是真死了？那她冒险来这一遭，岂非白费工夫！

"国君，国君。"她压着嗓子呼唤道。

忽地，本来耷拉在床榻边的手，像钻出坟墓的死人枯骨，紧紧地、毫不松懈地搭上宫女的手腕，她想挣开，却动不得分毫，断断想不到，衰竭将死的人竟有这样大的力气，也许此刻在他那浑噩的意识里，这突然出现的女人是来伤害他的凶手。

宫女急切地道："我是阿彤，我君记得不？申庶其的妻子！申庶其记得不？管敬仲的妻兄！”

那箍在女人手腕上的力量减弱了，那只枯骨一般的手颤抖着，无力地摔落下去，他便睁着眼睛，努力地辨认面前的女人，视线时而清楚时而蒙眬，但他想自己应该是认识她的，他微微张开嘴唇，声音在干涩的唇齿间徘徊，偏偏出不来，他很着急，一下又一下地拍床，试图把声音拍出来。

“仲父。”这是他能说出的最清晰的声音。

阿彤揣测小白是多日不食，兼之重病，以至身体过度虚弱，因将他扶起来，在他身后叠起一摞软枕，双手捧起那陶鬲，从怀里摸出一只柶，将那器盖启开，里头是满满一鬲熬得很清的麦粥，她便一口一口地喂给小白。

第一口才送入口中，小白像是太久不进食，忘记怎么吞咽，全都呛了出来，阿彤耐着性子慢慢喂下，到第三口之后，吞咽便顺畅多了，她不敢让他多吃，怕他羸弱的肠胃禁不住饱食，一鬲粥只吃了不到三分之一。实际小白也没胃口，之所以逼自己吃下去，只因阿彤与他有话说，他也想与阿彤说话，若不进食，没有开口的力气。

阿彤将那陶鬲放下，她便看着小白，小白也看着她，艰涩地吐出碎开的字音：“你……说……”

阿彤陡地拜下，一字一泣地说：“管家母亲请我代言，敬仲一家有灭门之危，期国君救之。”

小白一听便急了，那焦虑之情竟撑起他的意志力，说话变得异常清楚：“谁要灭仲父一门？是无亏，抑或是别人？”

值此非常之时，必须实话实说，阿彤将管家人的遭遇讲述了一遍，也说道宁戚仗义出手，逼得无亏暂时让步，可当时明言公正断之，其实只把个崔重关起来做样子，至于丙刁，在家里闭门思过几日，之后又公然出现在君子家的寿宴上。现在管氏宫门首，每日有一队持兵御士来回巡街，明面上是为保护敬仲家人不受骚扰，实是监禁，管家人畏于兵威，都不敢出门。

听完阿彤的讲述，小白半晌不动，像是魂散了，直到阿彤呼他一声，仿佛才从噩梦里惊醒，身上一阵阵颤抖，长声叹息道：“寡人有负仲父！不听仲父之言，置己于绝境，更害仲父家人于危途，死者无知则已，若有知，死后有何面目见仲父于地下！”

阿彤惴惴地问道：“我君能救他们吗？”问出来，便觉得是一句废话，小白目前的情形，自身尚且难保，如何去救别人？

小白不说话，也许在失悔自己那本可避免的过错，也许在思考如何救人于危难。许久之后，他苦苦地说：“我不能，但有人能。”他不说谁能救管家人，而是在枕下摸了摸，将一样物什递给阿彤：“把这个交给管家母亲。”

阿彤不明所以，愣愣地盯着小白要答案，小白确信地说：“你只须交给管家母亲，她便能明白。”他停顿着，神色有些犹疑，声音低微地说，“但愿，他肯救。”

阿彤不问了，将那物什细心地揣进怀里，耳听小白凄然说道：“我能为仲父做的事，到此而已，原想倾国之力报答仲父，未料遗祸仲父家人，小白愚蠢，小白任性，小白纵死，也不能原谅自己。”一面自责，一面悲泣，那仿佛是他一生最后的泪，流干了，流尽了，就没有伤心了。

看到小白悲恸欲绝，阿彤不忍，勉慰道：“我君放宽心，未必便无路可走，万一还有转机呢？”

小白惨然道：“是真无路可走，要走去哪里？”

阿彤从小白的话里听出了求死之愿，她本可以不说，但她想振奋小白的生存意志，说道：“敬仲临终前，曾与一人交托身后事。他说，我君虽答允除奸佞，然他死后，我君恐会违其言，他请那人代他谋身后事，倘或齐有乱，务必保太子、保齐祚。敬仲到死，也不忘救齐国，我君……也不该忘。”

小白喟然一叹：“仲父知我甚深……我知道你所言之人是谁。”

阿彤惊愕，转念一思，纵便无亏禁闭寝宫，就连心腹也不准与小白见面，对人的猜忌到了近乎丧心病狂的地步，但自己尚且能偷偷进宫见小白，那人也总能将要紧消息多少传入小白耳中吧。她也懂得分寸，没有追问小白详情，依旧鼓励道：“逢此大难，仍有人赤心护国，挂念君父安危，我不甚懂君子大义，也说不好，然申庶其失陷山戎二十八年，备尝艰辛，也挺过来了，我君切勿放弃，再忍耻数日，有那人筹谋，必将我君救出去。”

充满希望的安抚并没让小白兴奋，他凄惶一笑：“你可告诉他，不必费心救我，也救不了，尽其全力去救仲父家人、救齐国吧。”因见阿彤又要劝说，衰弱地摇摇头，“无亏留得我这条命，是为他行方便，故我死，于齐国更有利……”他缓慢地仰起脸，一线瘦棱棱的灰白光影射入眼中，宛若苍白的泪。

“仲父教过我，公义与私情不可兼得，我却一再忘记，一再违背，君人者，纵私情以凌公义，必乱国也。四十年砥砺奋进，方创此伯业，一朝被我毁弃，我对不起仲父，对不起为齐国舍死不顾的忠烈君子！”

小白哽塞难言，冰凉的泪一行行坠落，阿彤为他揩拭，始终擦不尽，他低低地喘了口气，声音渐渐微弱：“我为齐国国君，今国有大难，不敢避让，祸自我始，也由我终。”

阿彤不甚明白小白话里的深意，她凝了一眼小白那泪中含笑的脸，她在他脸上看出死的决绝，也看出了生的顽强，或者在某些时刻，死也是生吧。

“你走吧，迟延太久，惹来怀疑。”小白低声道。

阿彤恭恭敬敬地拜了一礼，悄无声息地往外走去，将要出门时，回头看了一眼，在那阴暗寒冷的里屋，小白像正在融化的薄冰，那束窄窄的光影照着他的额头，慢慢地，光影像燃尽的烛火，熄灭了，连带着他一起消失在黑暗中。

这就是一代霸主的最终结局吗？伟大的君王、伟大的功业，即便拥有完美的开端，却避免不了悲伤的结果。

阿彤走出门来，那宫女还在奋力清扫，落叶在笤帚的驱赶下，有的扬起，有的奔腾，有的躲闪，最终仍不得不聚拢归一。

阿彤走后的落日时分，守门的御士便换了一拨，彼此换岗时，没有互相打听当日有何异常，因为宫女送膳，在御士看来，寻常得不值一提。

到了第二日，又有宫女来送膳，由于御士换了人，不知道前日有宫女来过，自然不会生出好奇心，怀疑为啥最近送膳如此频繁。上头吩咐给养病的国君一日备一膳，宫女们也市侩，她们觉着失势的国君就不是国君，只是个等死的糟老头子，于是送一日不送一日，反正上头知道了也不谯让，就算饿死了小白，倒还遂了无亏的心愿。

宫女今日不扫落叶，照例把膳食放在寝殿门前，敲敲门，唤一声：“请君用膳！”然后离开寝宫。守门的两个御士放了那宫女进门，不过多时，猛听见背后传来凄厉的惨叫声，天也被她叫塌了，御士情知不好，提着戈冲进去，却见那宫女连滚带爬地从庭阜冲下中庭，又从中庭奔向大门，疯了似的号叫道：“死了！死了！”

谁死了？

两个御士分别行动，一个拦住恐惧得神志不清的宫女，一个跳上寝殿台基，见那殿门敞开如撕裂的胸膛。何时打开、由谁打开？无人知晓。事后据那宫女说，她来送膳时，门就已经敞开了，要不，她怎么能看见那一幕呢？

才在殿门前站定，便觉浓重的血腥味冲出来，御士往门内投去一眼，小白——假如真是小白，端坐在外间的君座上，看不见脸，他头上罩着白帛，包裹得严严实实，如此遮面，或是他觉得无颜见故人吧。在那一片白之下，却是触目惊心的红，仿佛有谁给他泼了一身红漆，那红从他胸前淋漓地淌下，在脚边聚起山峦，因垒得太高，不免要坍塌，闷头往前奔涌，在地板上滚出参差的痕迹，一路走一路分出枝丫，主干走到门限处，遇到障碍，急速地转了个弯，画出一条瑰丽的弧线。

不知是谁，或者是小白自己，用一柄牲匕刺进心窝，下手极狠厉，不留一点余地。牲匕从何得来呢？宫女们为小白送了一个月的膳食，虽然断断续续，但每次来，都会备有食具，小白不进食，却将锋利的食具收走。

然而没人知道小白是何时藏匿食具，重病垂死之身是如何从里屋挪到外殿，又是如何敞开殿门，如何给了自己致命一刺，一切都像夜雾中微茫的萤火，看不清、辨不明，只有揣测。

小白的死被迅速告知无亏，这时的无亏仍然希望小白能再残喘几日，可他万万想不到身处绝境的小白，昂起自我毁灭的勇气，迎面给了他一耳光。

无亏至此不得不承认，他错识了小白，原先以为小白能成为霸主，能力占五分，运气占五分。他与小白做了三十多年的父子，隔得太近，看到的都是缺点，于是想当然地认定霸主之业，人人可为也。现在他醒悟了，小白就算陷在泥潭里，也能迸发光华。

你能禁锢小白的身体，禁锢不住他的自由意志，这样的君主太可怕了，这样的父亲太可怕了，无亏怕得做了几个晚上的噩梦，他封锁了小白已死的消息，头一个发现小白尸体的宫女，当夜就被活埋了。

无亏有心隐瞒死讯，他还妄想继续利用小白，然而死亡却像启开盖的烈酒，浓酽的气息封也封不住，被活埋的宫女的哀号声还在静夜回荡，临淄的街陌已在传说国君的薨逝。

无数的墙后、门里、廊下、街角、巷口、路边，乃至庄岳之间的各家商肆，都在暗声议论：国君被弑，弑君者是公子无亏。仅仅三四日时间，临淄城的街谈巷议，全是关于小白的死，各种小道消息甚嚣尘上，有说国君死久矣，就在从下地回临淄的那日，便被长公子弑杀，长公子为遮掩真相，捏造出国君养病的谎言，诸君子都被他骗了。

无亏现在要是承认小白死，便是将弑君的罪名自动背上来，要是不承认小白死，也无人相信，再多的解释听来也像欲盖弥彰。道路纷传公子无亏弑君，嘴巴太多，要统统封上，只有把临淄城杀得空无一人，不仅如此，死讯已传到了国都之外，大概三国五鄙都在叹息国君死不得其所，或许还得杀光齐国人。

议论无亏弑君最猛烈的是啧室，一众学者受着齐粟供养，过去热衷骂小白，小白不得其死，倒纷纷念起他的好来：国君虽然好色不厌，奢侈崇乐，但我们骂得他体无完肤，他却从不为难我们，君人之度量，天下少匹！长公子真无耻之徒，弑君也，弑父也，人人得而诛之。

“公子无亏弑君”，为啧室学者嚼烂于舌尖，也被齐国史官一笔一画认真地书下来。

无亏闻说史官书写自己弑君，恼恨满胸襟，这一笔春秋落在简上，会惹来多少当时和后代的口诛笔伐，他要是真弑君，忍着谩骂的唾沫也倒罢了，偏他未弑，栽赃罪名也得实事求是吧！

“传东郭牙来！”他火冒三丈地命令道。

东郭牙被押来无亏的私第，无亏正在吃晚饭，无奈没食欲，瞧着一案佳肴，鼎里的肉像腐烂的死人脸，簋里的羹像墙角的污水，豆里的饭像水沟里的淤泥，越看越反胃，抬眼见东郭牙被两个粗壮御士扭进来，把眼一横，凶恶地道：“为何书我弑君？”

东郭牙反问道：“公子没弑吗？”

无亏握住一只玉椢，磕磕地敲击案俎：“国君不曾薨逝，何来弑？”

东郭牙笑了一声：“国君不曾薨逝，那可真好，恳请公子让我见国君一面，只要亲身见证国君仍在，便是我误书，我愿意向公子请死谢罪。”

无亏攥紧了玉椢，颊边肌肉不自主地抽搐，横声道：“国君有疾，须静养，哪里容得你想见便见！”

“又不让我见国君，又不明告国君是否薨逝，我唯有相信公子弑君。”东郭牙慢悠悠地说，脸上溢出戏弄的笑容。

无亏扬起手，掌心砸在案上，玉梱生生被砸成数截，他紧紧地盯着东郭牙，这貌不惊人的小矮子，从来听说他嘴贱，调教出一帮认死理的史官，从前小白纵容他，管仲保护他，如今小白与管仲都死了，他失了依傍，还有什么猖狂的资本！

“我说国君没薨逝，便是没薨逝，你敢质疑，便是咒君，也是死罪！”无亏强硬地说。

东郭牙淡淡地道：“公子好大口气，说我质疑，是质疑国君薨逝，还是质疑公子？而今道路皆言国君已薨，公子不以实情相告，反指责我等诅君。齐国悠悠之口，千万人议君之死，皆为咒君否？皆为死罪否？公子可还不是国君，威风竟比国君还大！”

言辞竟比刀锋还伤人，无亏受不得这讥刺，弹立而起，指着东郭牙咒骂道：“尔有何胆，敢书我弑君！我今摘了你的脑袋，换人重书！”

东郭牙傲然道：“自古及今，史书春秋，落笔无改，公子即便摘了我的脑袋，换人重书，后来者也不会改！”

无亏极恨他的桀骜，小白宁死不屈，诸公子各有肚肠，卿大夫摇摆无定，如今连个书史的矮子也不服自己，越发地气闷了，砰砰地拍着案俎，怒叱道：“落笔有误，落笔必改！你是个什么东西，不过仗着管敬仲宠信，觍脸持掌一国之史，成日擿抉细微，吹毛求疵，今管敬仲死矣，何敢在我面前狺狺！我偏就不信，没了你东郭牙，还找不到个体面人书史！”

他挥挥手，命令将东郭牙赶快推出去，或鞭扑，或缳首，或拔舌，轻重不管，死活不论，随便处置！

那两个御士便欲拖走东郭牙，手才搭上去，东郭牙厌恶地推开他们，毅然地昂声道：“君子不受辱，无非一死，不劳动贱人动手！休得脏了我！”

他举手一掸衣襟：“东郭牙受国君深恩，无以为报，今愿追随国君于地下！”话音方落，他像枚弹丸似的蹦出去，听得砰的一声，整个人直直地撞在梁柱上，血像爆浆似的炸开来，人倒下去的一霎，头颅倔强地向上甩起，一线血像箭似的抛在无亏身前。

眼见东郭牙自撞而死，无亏又惊又怕：这些人都疯了不成！宁愿死也不服顺自己，小白是这样，东郭牙也是这样，他们到底为了什么前赴后继，舍生不顾，是那虚无缥缈的君子大义吗？

东郭牙的死没让无亏自省，反让他更恨了，东郭牙这一类人，素以敢言君子自称，历来张嘴乱说话，小白能容忍他们，无亏却容不下。东郭牙的一笔史录搅得无亏坐立不安，再有现今流言四起、无从辩驳的窝囊气，一股脑儿都发泄出来，旋即下令封闭啧室：一众学者百无一用，日逞口舌，浪费齐国粟米，当速速赶走，从此齐国不允许非议朝政，但有嘴巴不老实的，统统割舌头！

齐国承平已久，上层以宽博胸襟容纳异见，纵便小白有不能忍时，管仲劝一劝，他也就过去了，各方士子听闻齐国君主与执政有容人大度，蜂拥奔至，因此啧室麇集了来自天下列国的学者。

然而无亏一声断喝，啧室闭馆，并限令三日之内，他国学者必须离开齐国：有不走者，可愿尝尝齐刑之滋味？

许多外来的啧室学者早已在齐国安家，一走便是一大家子，老老少少，男男女女，赶着车马，扛着行囊，一边走一边哭，凄凉之景，令路人垂泪。走也不得自由，后头常有一脸横肉的御士持戈压阵，走得慢了，轻则辱骂，重则鞭打，相熟的齐国朋友来送行，才说了片言只语，便被御士赶走，叱令道：岂可与外敌交谈，快走！

无亏关闭啧室，驱赶列国学者，卿大夫们保持了高度一致的沉默，也许在他们心里，啧室属于变国之政，只要事关变国之政，封禁、推翻、清除、消灭，都是应当允许的。

在齐国执行四十年的变国之政，从啧室大门关闭的那一刻开始，走向了死亡。

在一片祥和的沉默中，只有宁戚反对，但他病得太厉害，别说出门去阻止御士撵人，床榻也挪不下来，迫于无奈，遣家臣给高傒送去一书，很不客气地质问高傒："国难至今，子何以不言不问？"收书的是高氏宫家徒。高傒有没有亲阅来书？如果阅了，作何感想？外人一无所知。外人能知的是，高傒又"恰如其分"地患疾了。

无亏清空了啧室，准备将啧室改成监牢，专门用来关政治犯，比如不服他的某某君子，比如不省心的兄弟们，比如太子昭。

但这个美好的念头刚冒出来，有个坏消息就跑到他面前来招摇：太子昭跑了。

当御士们正在热火朝天地驱赶列国学者时，太子昭乔装改扮，出临淄雍门而去，那掌雍门的司门不仅不拦截，居然跟着太子昭一块儿逃亡。

太子昭的出奔，让临淄城的政治局势陡然改变，长期以来压抑的平衡被打破了，早就拔出鞘的利剑，再也收不回来了。

六

日出仍冷，寒风扫荡长街，管氏宫的大门滞重地打开，门前停着两乘车，一辆四面垂幔的衣车，一辆素车。俄顷，有人走了出来，先现身的是乐无荒与召弃疾，两人登上素车，再是管忆与管启方扶着管母踏出门，祖孙登上衣车，管忆陪同管母坐于车中，前头充御者的却是管启方。

“太祖母，姑母，坐好了。”管启方叮咛道，辔绳甩开狂乱的寒风，驷马嘚嘚地顿蹄，衣车上路了。

由召弃疾驾驭的素车前头开道，衣车紧紧跟随在后，两车相距不到五步。天尚早，庄道上人烟不见，路上不时能见到焦黑的箭镞，断开的长矛，以及已干涸的血迹，有大块的，仿佛人形，有小块的，像斩下的头颅，冷冽的空气里凝结着战场的腐臭味，走过庄道，如同穿过千万层厚重的裹尸布，委实举步维艰。

昨日在庄道进行了一场烈战，交战双方各自投入了近千人，你守庄道南端，我守庄道北端，彼此飞箭乱射，戈矛乱刺，三十多乘战车追风逐电，轮毂奔跑轰鸣之声，战士厮杀呐喊之音，震得道路两旁的卿大夫私第门墙颤颤发抖。

而这已经是本月以来，发生在庄道的第三次战斗。

太子昭奔逃后，临淄城的流言如盛夏的洪水，越发高涨，十人有九人说太子昭并未离国，实已被无亏杀害。

国君没了，有太子继位，太子也没了，难道要看弑君者登临齐国君位？

诸公子首先发难，公子潘、公子商人、公子元等等为了对付共同的敌人，从前的嫌隙忽然消失，彼此联合起来，将各自的私属整合成一支军队。无亏原来掌御士，又掌中军，曾经将中军一旅征入临淄城扩充御士，要论军事实力，比起兄弟们的私属，强得太多，可自从他弑君的流言传扬开来，中军竟开始不听指挥。

齐国军队来自十五士乡，五乡出一军，因国牧罹罪，原由国牧领衔的左军渐次归于小白，小白将中军交给无亏，左军没有动，右军则一直由高傒掌控。无亏闻听兄弟们纠集私属与己为敌，打算再调中军余部入临淄，命令下达至中军五乡，却石沉大海。他拿中军无法，更无权调动左军，要拉拢右军为他卖命，必须联盟高傒，可高傒一如既往地“养病”。

不能将常备军拉上夺位战场，无亏只能凭着勉强还能控制的御士，与兄弟们殊死搏杀，双方各自打出正义旗号，无亏指斥诸公子忤逆，诸公子谴责无亏弑君。

双方现在将临淄城一分为二，无亏的控制范围靠北，以齐宫为中心，诸公子则控扼南城，居中的庄、岳大道是双方的外围界限，也是争夺最白热化的前沿阵地。齐国内乱严重，牵累了庄岳之间，列国行商逃奔离开，本国坐贾也居家不出，诸公子斗法有多久，庄岳之间便闭市多久。可叹往昔天下最大最繁华的官市，阛阓之间商铺云集，行人如织，如今是空无一人，紧闭的市门前，每日风起风落，宛若墓门。

公子们在门前喧闹，卿大夫在门后沉寂，仿佛看客，但仗打起来，飞箭不长眼，常常射入私第，当当钉在门上、墙上、廊柱上。曾有某君子的小妾，正当外头正拼杀至短兵相接时，说不好是不是头脑发热，偏要溜到外院，遭墙外飞来的乱箭射死，君子痛极气极，想要找人讨说法，却不知该找谁，到底这一箭是哪个公子的手下犯浑，终究是糊涂账。

原先有一队御士在管氏宫墙外昼夜巡街，然诸公子开仗后，御士全部加入战斗，门前没了看守，却有战争，门里的人仍然不得自由。

自管家出事，乐无荒便搬进了管氏宫，他说自己没有通天本事，救不了急难，唯愿与管家人共生死。管母深赞乐无荒大义，逢此祸乱，人人避之不迭，乐无荒竟慷慨蹈锋。

车马颠了一下，是轮毂撵在了一竿边角破敝的旗帜上，车里的管母本在假寐，因此颠踬，忽地睁开眼，微微偏过头，帷幔为风吹开一个角，车外的世界跳了进来，她看见了鲍氏宫。门前一片狼藉，烧焦的粗大木柴横门挡道，像是曾经有人在门口放过火，呛鼻的烟味仍然浓厚，想来这场火才熄灭不久，那门墙上处处可见凿痕，是戈斫的，抑或斧砍的，分不清了。举头一望，墙垣上堆起了古怪的藩篱，由案俎、凭几、衣箱、酒具、食器等家用物什拼叠而成，门墙的拐弯处竟搭上一张床榻，如此粗率的“藩篱”，显出主人家的无措与惊恐，是在防备杀红了眼的诸公子之徒攻进来吧。

惊恐也不仅属于鲍氏，诸公子交战后，居住在庄、岳大道的卿大夫家族，几乎家家遭殃，这家大门燃过火，那家墙外中过箭。大家因为是阖族聚居，人多则屋宇多，墙垣深广，勉强可挡一阵兵灾，小家却是小门小户，晌午时吃口饭，窗棂上当当中箭，大门外哐哐撞车，吓得老少俱哭。临淄城是遍地烈焰，有君子想要携家奔出国都，孰料诸公子各守半城，严防敌方祸首与胁从乔装出逃，故而禁止任何人出城，于是临淄全城戒严，一只跳蚤也不得离开，诸公子以命相搏，不允许临淄人置身事外，要活一起活，要毁一起毁，到战事平息的一日，城里也许只剩下死人了。

当国难降临时，过去养尊处优的君子，在刀兵的威逼下，与求活气的蝼蚁并无不同。国家面临倾覆之危，韬光养晦也罢，明哲保身也罢，冷漠旁观也罢，都像是痴人说梦，谁也不能与现实世界割裂，你享受了某个时代辉煌期的福利，也得承受时代衰败期带来的阵痛。

鲍叔牙去世以后，曾经被齐国人并称的管鲍，因为当事人的死亡，突然就一分为二，从此管自管，鲍自鲍，两家人互不登门，陌生得像上一代的知己情谊未曾有过。管氏连遭大难，鲍氏没来问候过，更不可能出手相助，只在召御寇将要下葬时，遣家臣送了一份赗仪，说是家主母的意思。

即便不计较上代交情，到底管鲍也有亲戚之情，而今管氏屡遭蹉跌，鲍氏竟连面也不露，人要入土了，才想起送赗仪，管家人都觉寒心，管母却说：“管鲍之交一代而已，后生子辈能往来固然好，不能往来，不必在意。”

曾经让齐国人交口称誉的管鲍之交，起于管仲、鲍叔牙，也终于管仲、鲍叔牙，世间的美好之所以珍贵，或者正在其短暂而不能重现。

帷幔徐徐垂下，遮蔽了世界的面目，车马又往前行了一段路，轮毂嘎啦啦响了几声，停住了。帷幔拉起来，目光望出去，面前挺起一壁擎天的高墙，正是高氏宫。

当下由召弃疾近前叫门，砰砰地敲了好一会儿，从门里挤出来生冷的声音：“主不见客！”

管忆扶着管母走到门前，管母礼貌地说：“我是敬仲母亲，求见高子。”

“主不见客！”回答不变，声音更冷，回拒了客人，像是受了气，又嘀咕道，“不在家躲祸，跑出来找死吗？”

管母和善地道：“我这里有极要紧的物什交给高子，烦劳拿给高子一览，若高子看了仍不愿见，我们不会觍颜打扰。”

那声音怀疑地问道：“何等物什？”

“与国君有关。”

声音沉默刹那：“稍等。”说是稍等，也不见开门，片刻工夫，打墙里抛出来一团黑影，仿佛晃出了一架秋千，原来是一根粗绳，那绳端系着一只敞口的漆匣，声音喊道，“把物什放进去！”

召弃疾看得摇头：“过于小心。”

管母倒不介怀，她向管忆微微颔首，管忆从怀里摸出一样物什，放入漆匣内，扯了扯粗绳，少焉，粗绳带着漆匣往上挪动，壁虎似的攀爬如飞，很快消失在墙垣上。

东西带进去了，众人唯有等待，时间漫长得像水滴石穿，管启方忍不住问道：“太祖母，高子会见我们吗？”

管母宁静地说：“他若心里还念着国君，便会见。”

这回答仿佛什么也没说，齐国内乱如此久，高傒一直“养病”不现身，他如果心里有国君，早就该出面整饬大局，而不是躲在高氏宫的深墙后面，忍看国不成国，更不要说过问小白的生死。

正等得心焦火燎，忽听得门后开锁的声音，大门拉开一条缝，显出一只眼睛，警惕地说道：“家主可以见客，不过……至多见两人。”

召弃疾与管启方都说要陪管母进去，管母不依，她说两个重孙年轻气盛，待会儿话不投机，与高子起了争执，恐耽误大事。她因吩咐管忆陪同见高傒，其余人在门外等候。

那大门开了一半，放了管母与管忆进去，又紧紧关闭，似乎高氏有洁癖，一粒尘土也要隔绝在外。

管母与管忆前往高氏宫正堂见主人，高傒已等在屋里，手里握着那物什，像抓住了久违的难题。都说高子多病，高子孱弱，高子衰老，高子命不久矣，可这个时刻，在管母眼里的高傒，仿佛一棵老树，年岁弥久，仍然拥有蓬勃的生命力。

高傒多病，大约是齐国最持久、最荒诞的谎言。

彼此见面，方才落座，不及寒暄，高傒将那什物拿出来："敢问管家母亲，这个……从何得来？"

那物什是个巴掌大小的木人——一个笑开花的男孩子，刻镂工妙，栩栩如生，细审木人模样，很像幼年的小白。

管母道："得自国君处……"她只一顿，刻意地补充道，"国君临薨前，交给妥善人转给我。"

高傒心中一震，敛容道："管家母亲失言也，国君未曾薨。"

管母无声地一笑："高子是聪明人，竟也相信长公子的假话？"

高傒不言，握住木人的手轻微颤抖着，面色镇定地道："暂不问国君薨不薨，国君为何将此物转给管家母亲？"

管母疑问道："高子心思细腻，当真不能明白国君之意？"

高傒沉默，也许心里是清楚的，只是不想说出口。

"此物是国君幼时，由高子送给国君，高子必定记得吧。当年国君失母，常为诸兄长欺负，高子怜他失恃，将他养在高氏宫，待他如亲子，国君数言，若无高子，他早已殒命也。"管母娓娓回溯往事，当日她从阿彤手中得到木人，立时就明白了小白的用心，她知道这木人的来历，皆因那年她与小白、高傒同行前往谷城，闲聊时忆起前事，小白讲述过一次，她从此牢记。

她顿了一顿，看着那木人："国君将此物转给我，是请高子顾念往日情分，救我管氏一门。"她又一停，朗声道，"救齐国！"

高傒露出无奈的神情，叹息道："齐之难，管氏之难，我看在眼里，也觉心伤，然诸君子尚不能救，我又能奈何！"

管母摇头："诸君子岂能与高子比？高子能救难，只是高子不愿。"

高傒欲言又止，将那木人搁在膝上，双手覆了上去，仿佛盖住了某个阴暗的念头。

管母扶住旁边管忆的手，挺正了身子，清声道："国君铭记高子深恩，为君四十余年，待高子宠逾群下。明知高子每以养病为借口，躲事避祸，不问罪；明知高子假作公义为上，实则事事以私家为先，不问罪；明知高子仿佛支持变国之政，私下却与反变国之君子勾连，两处不得罪，两处得利好，仍不问罪！高子与国君相识数十年，难道不识国君是何等智略？他不问高子之罪，非不知，乃不忍也！”

高傒浑身颤抖，膝上的木人滚下去，他有些慌乱地去捡那木人，指头碰上去，竟然打滑，令木人越滚越远，说出口的话也张皇失措：“管家母亲……怎可乱猜人心。”

管母静静道：“人心本来如此，怎用乱猜？敢辱高子？适才我所言，可是高子之本心？”

高傒终于将木人捡起来，目光低垂着，一动不动地盯着木人的脸，压声道：“你在威逼我吗？”

管母失笑：“我一个无权无势的垂暮老妇，怎敢威逼高子！高子指责我乱猜人心，实则乱猜人心者是高子自己！天下之人，未必皆似高子，唯顾小家，不顾国家，唯顾私利，不顾公义，后者不问前者之罪，前者却要质疑后者之心。”

高傒抬起头，神色异常冷酷，与他素日的温雅和煦截然不同：“若前者是我，后者是谁？敬仲吗？”

“没错。”管母毫不谦让地承认道，“高子勿怪，母亲赞誉自家儿子，为情，也为理。夷吾一生为公，有子如此，夫复何憾！”

高傒嘲弄地笑起来：“为公者的母亲，却来求为私者救命，管家母亲不以为可笑吗？”

管母怆然一叹：“为公者一生尽心谋国，上不负君恩，下不愧民心，身后家人竟求为私者救命，是非黑白颠倒如此，高子以为可笑？”

高傒哑然了，目光一低，恰碰上木人的笑脸，忽然品出笑容里的讽刺味道。

“高子精于谋算，为高氏殚精竭虑，全心在宗族，齐国兴，高氏兴，齐国衰，高氏仍兴。不过，我不免有一问，设若齐国亡，姜氏宗庙不血食，高氏又该如何自处？”

高傒锁起眉头：“管家母亲又乱言，何至于宗庙不血食！”

管母叹道：“高子看不见吗？今日齐有大难，人人求自保，人人不问难，君子畏死，丈夫躲祸，长此以往，齐国亡无日也！国不得保，哪有宗族立身之地？”她缓缓注视着高傒，“我管氏一宗，值此国难之时，倘遭遇举族死丧之灾，只当为齐国殉难，时也，命也。”

她慢慢站起来，参礼道：“今日说了过逾之言，得罪高子，见谅。”

高傒竟没反应，连送客的礼数也忘记了，待管母已走到门口，像从梦里苏醒，急急地唤了一声，管母回过头，高傒嗫嚅着，似乎难言，却又遏不住那好奇心，终于问道：“敬仲可有私心？”

管母笑道：“人孰无私心？不敢欺哄高子，夷吾有私心。”

“私心何在？”

“家人。”

高傒不说话了，再想发问时，管母与管忆早已走得没了影儿，敞开的堂室前，寒风似千万支鼓槌，一次次撞击廊柱，发出凄厉的尖啸声。

木人在掌心捏得发热，仍不想放手，高傒盯视那笑脸，记忆是坠在尘埃里的落花，被风吹开时间的浮土，现出最初的美。应该是在很多年前，那时，他刚将小白领回家里，小白说他不敢一个人睡觉，整夜胡思乱想，硬睁着眼睛到天亮。为了鼓励小白，他将这木人送给小白，哄他说，手里握住木人，能睡安稳觉。

小白信了他的话，握住木人睡觉，果然安枕，这样幼稚的心理暗示，却抚慰了孩子惶恐不安的心。小白对他说：“高子是待我最好的人，像父亲。”

他不准小白呼自己为父，他坚持说：“公子父亲是国君，认臣下为父，忤逆也。”

小白口头不敢宣言，心里却拿他当父亲，那阵子，外头风言风语：高傒与公子小白仿佛父子，小白怕不是高傒私生子，怨不得国君厌弃小白。

蜚短流长恼人肝肠，但从此以后，小白对他的亲情眷顾没有改变过，后来他支持小白为君，有情感因素，更有对高氏家族利益的考量。他待小白，利多于情，小白待他，情多于利，过去很多年，小白说起当年往事，每每叹息“无高子，寡人死已久矣”，小白念他的恩情，念到人生终结。

这几十年里，因为一场震荡全局的变国之政，齐国卿大夫家族多少受到牵连，唯独高氏毫发无损，人道是高傒八面玲珑，处世圆滑，他原来也以为是自己会避祸，今日管母的一席话，方使他彻悟，高氏能在数次政治风波中全身而退，不仅因为他善处险难，而是小白见而如不见，闻而如不闻，一如管母所言，小白不问他为私忘公之罪，非不知，乃不忍。

高傒呆呆地看着木人的笑脸，笑容模糊了，有泪水打湿了男孩儿的脸，是小白哭了。

最深的回忆像一幅旧画，从过去的门后显出来，他看见那个在寒冷冬日里光脚奔跑的孩子，他问那孩子："你为什么赤足乱跑？"孩子哭着说："他们逼我跑齐宫，不跑完，不给我饭吃。"他说："我带你去见国君，为你做主。"孩子问："如果君父不为我做主，该怎么办？"他认真地承诺："我带你回家。"

于小白而言，那应该是他这一生最温暖的时刻，这凄凉无情的人间，居然有人关心他、爱惜他，要带他回家，于是小白记在心里，记了一辈子。

木人脸上的泪越来越多，欢笑着哭泣，喜悦着悲伤，快乐着痛苦。人生不也如此吗？爱恨交加，情利并生。所谓纯粹，只是理想。

管母拜访高傒的五日后，当年的十二月乙亥，紧闭许久的齐宫洞开大门，向外宣布一个噩耗：国君小白薨逝。

这消息压根儿就不令人惊讶，当无亏弑君的流言传于街巷时，临淄人乃至齐国人都断定，小白十之八九是死了，无论无亏要多少手段掩饰，一再大声疾呼国君还活着，人们也不相信。

小白刚死之时，无亏死硬着不承认，而今正与诸公子鏖战，双方胜负未分，为何忽然宣布国君薨逝呢？传闻是高傒去见了无亏一面，说了一句意味深长的话："不殡先君，何以立新君？"

无亏深思了几天，终于公布了小白的死讯。

知道宫中正式宣告小白已死，病得起不来身的宁戚突然像是回魂了，精气神出奇地好，利索地奔往齐宫，意外的是没人阻拦他。也因为高傒劝说无亏：君丧是国之大丧，纵算是非常时期，公子也该允许君子进宫为国君哭灵。无亏又想了许久，准予少部分不参与诸公子纷争的君子入宫与丧，但严禁诸公子入宫。

宁戚未入齐宫前，便知小白已被挪到路寝，无亏公布小白死亡，也是为了向外界宣示，他没有弑君，小白死于床箦，还是路寝的床箦，真真的死得其正。

国君死于路寝，按理说国丧礼仪繁多，如果是国君新丧，这寝宫内外应是人头攒动，殡殓的、叫魂的、奔丧的盈于一室，可也许是国家不宁，都城还在巷战，找不来多余的人手，竟冷清得像无事发生。门口站着两个睡眼惺忪的御士，中庭有两个寺人在扫尘，寝殿门口有两个宫女正在抹地板，一面抹一面仿佛欲呕，知道的说是在洗地，不知道的，还以为在清洗茅厕。

宁戚刚一登上寝殿庭阜，便听见殿内传来丙刁恶声恶气的叫骂声："什么是尸虫出于户，移尸之时虫落于地？先君薨不久，哪里来的尸虫？这样的瞎话也敢到处说！全给我听好了，先君薨于路寝，停尸于路寝！"

宁戚停住了，像遭了刺骨寒风袭击，身上止不住地发抖，一双腿不听使唤，仿佛陷进了沼泽地，费了偌大力气才将自己拔出来，抹地的宫女认得宁戚，慌忙拜礼，声音很大，正在训人的丙刁扭过头来，未及招呼，宁戚已迈步入门。

丙刁心里顿生不快：守门的御士为何不通报？虽说允许君子吊丧，可也不能随便闯宫。眼见宁戚要走去停尸的里卧，丙刁将手一伸："且慢！"

宁戚乜他一眼，懒与他啰嗦，抬脚往里走，丙刁又一拦，说道："正为先君小殓，宁子不当看。"

宁戚笑了一声："先君？敢问国君薨于何日？"

丙刁面带哀戚地说："三日前。"

宁戚默然，忽然腾起雷霆暴怒，一口唾沫吐去丙刁眉心，指着他的鼻子大骂道："当面扯谎！这无耻谎言哄哄三岁黄口罢了，休得来哄我！什么叫国君薨于三日前？你也有脸说出口，且去外边听一听，道路皆知国君已薨两月也！"

丙刁受着一脸口水，又羞又恼又恨，寻思着把宁戚拖出去，摁在庭阜前曝晒，恶念才萌，却见宁戚强行往里卧硬闯，嚷叫道哪个敢拦着他看国君，他便一头撞死，他来时已给家里人交代了遗言，但有不测，一定是被奸佞逼死，当立即宣扬天下！前回国子来书，请他往卫国母邦一游，只怕要辜负了国子盛情，哀哉，痛哉！

听来像疯话，句句都不简单，丙刁不是不知道，宁戚向来擅长装疯卖傻，自封小人，行事全无章法，随心所欲，百无禁忌，对付讲究颜面、依循规矩的君子其实容易，对付不按常理出招的小人，却是棘手事。

宁戚口里喋喋不休地骂人，脚下也不停，径直走进里卧，丙刁倒也没说谎，果有几个宫女在为小白小殓，不过是为死人穿寿衣，那一张张脸上像受着酷刑煎熬，全是忍耐。尸身上盖着白布，隐隐露出一双乌黑的光足，像在墨池里染过、泥潭里滚过、鼎镬里煮过、杵臼里捣过。

宁戚静默一霎，将那白布揭开了……

过了很久，也或者并没有太久，宁戚慢慢地走了出来，脸色苍白无血，恍惚旧病复发，死已近前。

他在外殿站住，仿佛失了魂，他得缓一缓，才能把自己找回来，迷迷糊糊觉得是高傒走进路寝，高傒对他行礼的声音，他听得很清楚，自己的声音却很朦胧："去看看，看看国君，都该去看看……"

蓦地，像梦醒了，他打个激灵，用疑惑的目光打量高傒，仿佛那站在他面前的不是人，而是幻象，他得多花些时间，才能辨认真假，他便目不转睛地盯着高傒说道："子能救国君，子不救；子能救齐国，子也不救。子之心，只在高氏，与子之宗族比，国君算得什么，齐国算得什么！"

话难听不说，也太不给留颜面，高傒沉了脸色。

宁戚讥笑道："你们是君子，我是小人，小人与君子，怎可同朝位？错了，从头便错了！"

"宁子疯矣。"高傒冷冷道，目光渐寒。

宁戚凄惨地笑起来，倏忽是满面泪光："我是疯了，高子未曾听闻吗？尸虫出于户，你听了疯不疯，疯不疯？国君薨已两月，停尸偏殿，无人过问，公子忙夺位，君子忙自保……我又错了，高子怎会疯！齐人早言，国君会输，而高子不会输。尸虫出于户又如何？纵算齐人皆死，高子也可坐于尸骨之上庆贺高氏不输，高氏万年！"

从没被人这样当面羞辱过，高傒紫涨了面皮，很想反驳宁戚，却像唇齿被缝起来，竟说不出话。

宁戚轻蔑地瞪了一眼高傒，高声道："高子是君子，齐君子多矣，然而宁戚耻与君子为伍！"他昂首往外走去，又重复道，"耻与君子为伍！"

直到宁戚走出路寝，那声"耻与君子为伍"仍然传回来，余音仿佛久久不落的秋晚黄叶，飘在半空中，摇摇晃晃，一抬头便能望见，一闭眼便能想象。

高傒怔怔难言，仿佛被宁戚的控诉击碎了灵魂，若要复原，却不知要到何年何月。一旁的丙刁见宁戚离开，终于得了报复机会，阴森森地说："宁子无礼也，怎可凌辱君子！从没见过做小人亦能如此猖狂，真无耻也。”

高傒慢慢地看着他，那目光里的寒意像刀锋似的慑人，丙刁登时瑟缩，耳听高傒刻薄地说道：“你戕害召御寇时，是以君子之身，抑或小人之身？”

丙刁低了头，冷汗一颗颗从皮下爆出来，再不敢有一字置喙。

高傒既不看他也不理他，转身走入里卧，宫女们正在给小白着衣，见到高傒，忙暂停手中活路，躬身行礼。高傒瞧了一眼小白的尸身，沉默良久，从怀里摸出一个小木人，轻轻放入小白手中，小声吩咐道：“给国君带上。”

有了木人握在手里，那个世界的小白也能睡安稳觉，高傒缓缓走开，木人的笑脸越来越远，是小白在笑，可似乎有人在哭，是他自己吗？

人活着，在本可拯溺时视若无睹，人死了，再去流泪悼念，是怎样的虚伪！纵然是虚伪吧，也要纵情一哭，为过去的温馨哭，为后来的隔阂哭，为现在的抱愧哭。

从齐宫出来，宁戚那回光返照似的意志力便垮了，被家徒抬回了家，是夜他对家人道：“给我准备后事吧。”

求死得死，挨到翌日黎明，宁戚竟是大限临头，奇怪的是，他本有速死之心，但到弥留之际，那口气偏就不咽下，家人猜测他有心愿未了，问了若干身后事，他只睁着眼，恁是要忍死，终是宁妻机敏，派了个家臣去司寇官寮打听。

一来一去，家臣奔得快，赶回来时，宁戚还吊着那口气，他趴在宁戚耳边，兴奋地说：“主尽可放心，今日日出，管子给放出来了。”

宁戚释怀似的呼出一口气，将迟来的死亡迎入怀抱。

一生以小人自居的宁戚，在生命的最后光阴里，比起日日标榜为大义君子的齐大夫们，更像一个真君子。后来有记性佳的同寮在宁戚的葬礼上，与人说起宁戚曾经向小白慷慨陈词，他虽为小人，倘国有急难，他也能效君子所为，舍身赴难。以往听来，只道他是在国君面前装腔作势，讨个好彩头，现在回想，才知他说的是真心话。

宁戚自言不避难，他果然就不避难，在这公子忙夺位、君子忙自保的国难之日，只有宁戚关心管家人的死活，管鸣遭逮拿下狱数月之久，宁戚每日遣家臣去司寇牢狱探看，知道管鸣依然安好，他才放心，屡对家人言：敬仲有大功于齐，不可使其家人凄凉无归。

管鸣身陷牢狱三个多月，终于重获自由，街巷传闻又是高傒的功劳，无亏对管家人下手，是给卿大夫家族送去的投名状，释放管鸣，是给高傒面子。

也许正因为高傒的关系，竟是曹孙宿亲自释放管鸣，还将他送出司寇官寮，一边送人一边叨叨，如长公子优待，高子关怀，如今已查实清楚，管子无罪，委屈管子在司寇做客数月，代祝家中老祖母眉寿万年，等等。耳听曹孙宿把坐牢说成是做客，管鸣又悲愤又好笑，瞧着那张浮夸的笑脸，他其实很想问一声：杀害召御寇的凶手抓了没有？你敢抓吗？

来接管鸣的家人是管启方，父子相见，百感交集，彼此打量着，竟说不出话，管启方撑不住哭出来，哽咽道："太祖母令我来接父亲回家。"

管鸣也落下泪来："回家，我们回家。"

父子正要登车离开，管鸣拉住车軨，不经意地一偏头，却呆住了，仿佛隔着一场久违的梦，他在梦之外，那人在梦之内。

管启方也看见了，便在官寮前的长街一头，一辆轩车安静地停靠路边，车上之人沉默如渊薮，苍冷的脸如同石像，他是路过，或是特意来见亲人，他若不说，无人知晓。

管鸣凝望着他，忽地大声呼道："兄长！"

没有回应，仿佛那是个假人，听不见人间的苦乐倾诉，看不见人间的悲欣景象，管鸣又喊道："兄长！"

轩车像迷途孩子受了惊，驷马甩蹄，突然地掉头而去，仿佛此地有极骇极恐之事，唯有选择逃跑，若慢一点儿，便会死无遗骸。

管鸣愣愣地望着远去的轩车，轮毂带起的尘埃，像浑浊的泪一般，飞向低垂暗沉的天空，他迟迟地转过身，迟迟地对管启方说道："回家。"

车马行进了，路面似乎不平，总是晃晃悠悠，这归家之途漫漫难行，寒冷季节的临淄城，像冰天雪地的荒原，行人少见，车马不出，只有远街时不时传来模糊的喧嚣，是诸公子又在交战吗？

父子都有心事，很少交流，走了一半路，管启方小声说道："长公子要即位了。"

管鸣冷漠地轻笑一声，他并不惊讶，就算身在牢狱，外边的消息总也挡不住。他很清楚，公布小白死讯，便是为无亏即位做准备。至今无亏与诸公子仍处于战争状态，他一旦抢先登位，就能以国君之尊，义正词严地指斥诸公子忤逆，无亏占据道义的制高点，诸公子再责难他弑君，徒逞口舌而已。

管启方的声音又低了一些："祖母说，待国君启殡，我们便随乐父离开齐国。"

"哦。"管鸣有气无力地答应着，偌大的齐国没有管家人的容身之地，除了走，想不到更好的解决办法。

彼此沉默了少时，管启方暗声道："父亲可知，外间传言，国君是自绝……"

像为寒风所袭，管鸣竟自发颤，紧张地说："外间的风言风语，不要听，听了也不要乱传。"

管启方恹恹无神地"哦"了一声，其实，他们都知道小白真正的死亡原因，也听闻虫出于户的惨烈事实，但知道并不意味着可以无所顾忌地宣讲，避祸深宅的齐君子们也知道，却依然选择装聋作哑，仿佛小白死得其正。也许史官会书写真相吧，可秉笔直书的东郭牙已死，谁会把真相记录下来呢？

又是长久的无言。

"父亲，"管启方犹豫着，语气为难地说，"若是，若是太子复国，我管氏能在齐国立足吗？"

这问题直击要害，管鸣便觉心中搅起千层波澜，却只说出一个字："难。"

管启方不解地说："太子是祖父力保，若无祖父，太子不得国贰之位，他向来待吾家也亲善，不能保护管氏吗？"

管鸣深深叹息："太子不是国君，无国君之能，无国君之勇，无国君之度，设若君子家必要灭我管氏，太子能为管氏一家，与诸君子决裂乎？尔可细思，仲父之称，天下唯一，现在将来，再不会有。"

无亏现在暂时放了管家人一条生路，不意味着卿大夫家族的仇怨放下了，即便有朝一日太子复国为君，他也抗不过卿大夫们的报复意愿。

管启方悲慨地说道："祖父为兴齐国，付出一生心血，身后竟不能保家人；国君为一代雄主，创不世伯业，身后竟不能保善终。当年努力，尽付东流，过去辛苦奋进，有何意义？"

管鸣无言以对，过去辛苦奋进，是为了今日眼见功业坍塌吗？颂歌未罢，悲声已起，繁花未败，青苔已生，兴亡盛衰，仿佛如儿戏，哪里有千秋功业，只有一时得意，百代殷鉴。

车马摇曳在寂静的临淄城，昔日繁华没了影儿，昔日富庶不知去向，昔日热闹已成幽梦，冬日的风穿透了临淄城的脏腑，将残余的昨日温暖一一吹走。

自齐桓公七年（公元前679年），齐国始霸，至齐桓公四十三年（公元前643年）小白薨逝，齐国霸业持续三十余年，天下服齐之威，唯从齐之所向，至此结束了。

七

雨水很密集，像天上在炒豆子，不慎翻了锅，噼噼啪啪落下来，敲着房顶，击着墙垣，撞着门窗，跳溅出千万的坑洼。冒着狂急的雨，一辆华贵的轩车戛然停在一座私第门前，丙刁从车里钻出来，扶他下车的家徒动作稍稍迟缓，致他落地时崴了一下，他愠怒，骂道："蠢货！"

家徒吓得连声赔罪，丙刁不依不饶，令他在雨地里跪好：贱骨头就是欠收拾！

他这里正发火，门里荡出来怡然的笑声："刚至吾家，子便动怒，不明情由者，还以为是我又得罪了丙子。"

丙刁转过脸去，一帘雨后显出管友的笑脸，朦胧不清，他故意问道："你得罪过我吗？"

管友慌忙行礼，诚惶诚恐地说："不敢，前回在吾子之宅，友疯癫失性，对吾子甚为无礼，故今日举一小宴，恭请吾子屈尊至吾家，是为谢罪，本也不敢指望吾子肯原谅友，不想吾子竟弃前嫌，大度赴邀，友狂喜之至。"

丙刁盯着他一番打量，一抹玩味的笑像灰尘一样，掠过瘦巴巴的脸："我以往怎的没发现，你原来这样会说话。"他咳嗽一声，说道，"我本也不想来，是国君劝我，要我不计前嫌，与你和好。"

"是，是国君优待，也是吾子大度，我不敢不谢国君，也不敢不谢吾子。"管友惶然地说，越发地显得战战兢兢。

瞧得这畏畏缩缩的窝囊样，丙刁鄙夷地笑了两声。当下管友请了他进门，往堂上就座，一时宾客落席，管友却不敢坐主位，招呼下头送上酒肴，而后让侍从退下，他说要与丙子说体己话，别来打扰他们。他便长跪在一旁，又是奉觞斟酒，又是片肉舀羹，那殷勤讨好的媚上姿态，仿佛丙刁是家主人，而他是伺候丙刁的家徒。

管友捧起一只扁酒壶，给丙刁斟满一觯：“这是鲁国长勺酒，齐国难见，吾子尝尝，比齐酒如何？”丙刁呷了一口，以为爽口，见管友劝自己饮酒，他却不动口，说道：“盍不同饮？”

管友知他疑心重，只一笑，饮了半觯。有管友打头阵，丙刁放心地将剩下的酒饮尽，甘洌的酒水在胃里激荡，舒坦的微醉抚摸着四肢百脉，他安逸地斜靠在凭几上，慢慢环顾四围，忽有个奇怪的念头像温酒时爆出的气泡，不由分说滑入脑海，疑疑惑惑地说道：“家里好冷清，你妻儿不在？”

管友恓恓惶惶地说：“不敢欺哄吾子，管氏将离开齐国，我打发妻儿去送行，虽则我与管氏已无瓜葛，但到底曾是亲人，今当远别，聊尽情分，若是吾子以为不妥，我将他们叫回来。”

丙刁堆叠出大度的笑容：“那倒不用了，这是你的善心，我岂是无情之人，怎会阻挠亲人送别。”

“便知吾子宽厚。”管友笑盈盈地说，取来牲匕，细细地片了一方炮豚，放在丙刁面前。

丙刁前倾身体，酒熏红的眼睛里闪烁着笑：“你怎不随他们走？”

管友为他又斟了一觯酒：“我为何要走？一则我受国君厚恩，当终生效死，二则我与管氏早已断了干系，他们走或留，与我何干？”

丙刁乜着他：“你倒还绝情得有趣。”他将那方炮豚送入口中，慢慢咀嚼品味，点头道，“管家人也可不走，今公子昭借宋国之力，企图归国夺位，设若公子昭侥幸取胜，管氏又能重获荣光，何必着急上路。”

当啷！管友手中的牲匕掉落了。

去年十月，太子昭奔逃宋国。慈父听说齐国内乱，小白薨逝，先悲于小白死不得其所，其伤慨痛苦远过于小白的亲儿子们，而后为盟友平国难的责任感涌上心间，毫不犹豫地收留了仓皇无依的太子昭，允诺为太子昭夺国。过了个年，宋国联合曹、卫、邾等国，诸侯联师同讨齐国。

而此时，无亏才登上君位三个月。

无亏强行将自己推上齐国国君之位，当此之际，他连临淄城也没全占。

无亏自立为君，诸公子岂能服气，双方的矛盾更加激化，后经数次不惜代价的血战，无亏已将诸公子挤压在南城一隅，他自信不过多久，便能彻底清剿诸公子，将兄弟们的头颅斩下来，一颗挨着一颗挂在城门上风干。

起初无亏与诸公子胜负难分，卿大夫家族携贰观望，后见无亏仿佛要战胜诸公子，各家族默契地承认了无亏的国君身份，如今太子昭携诸侯之师复国，卿大夫们又开始摇摆不定了。这骑墙态度让无亏极为恼火，勒令齐君子，即日在太庙盟誓效忠，有敢不来者，以篡国论处！

纵使有了口头警告，卿大夫们也许还是不会来，竖刁向无亏建言：遣御士一家一家地传人，愿来的自不必说，有些微不情愿的，强制性押解而来，但有反抗举动，即行杀戮，列国诸侯为正君位，哪里有不杀人的，你不杀他们，他们就会杀你，杀多了，也就老实了。

如此疯狂的建言，无亏竟然同意了，他甚至冒出更惨绝的念头，倘或逼急了，他就将临淄城一把火烧了：他得不到的，谁也别想拿走！

竖刁见自己随口一谑，竟吓得管友失态，心里油然生出恶毒的快感，他将牲匕拾起来，递到管友手里，仍要故意激一激："你想不想公子昭复国？"

管友颤巍巍地握住牲匕，牵起衣袖擦去脸上的冷汗，惶怕地说："我为何想公子昭复国？他们得势，我就完了，我不要完，不要……"

这听闻变故吓得要尿裤子的窝囊废，竟然是管仲的儿子？竖刁就算不喜欢管仲，也觉得管友辱没先人名声，他拍拍管友的肩背，仿佛抚慰哈巴狗："你放心，有国君在，那帮废物岂能得势！"

两人又各自饮下两觯酒，醉意渐浓，管友双手发抖，片肉时差点戳伤掌心，竖刁也觉着肠胃不适，嗟叹道应该唤上易牙，有他在，随手熬一熬醒酒羹汤，不怕醉酒。

既说起易牙，管友用钦服的语气说道："据闻吾子与易牙相识于微时，是吾子举荐易牙入宫，易牙有今日在吾子也。"

竖刁颇为得意地仰起脸："那是自然，没有我，易牙还只是小曹子家的贱庖，异日填于沟壑，尚不为人知！"

"我还听闻，吾子曾与牙结盟，共求富贵，可是真事？"管友随和地问道，眸中波光一闪，旋而垂眸，为竖刁斟满了酒。

许是半醉了，这般私密的事被管友说出口，竖刁居然不恼，举手拍案，激动地说："是又怎样？不知求富贵，迂人也；不能求富贵，蠢人也！"

管友赞许地一笑，将酒觶捧给丙刁："说得好，人活一世，若不求富贵，枉活也。我对吾子往昔经历略知一二，齐国乡野之家，贫不能自养，吾子能享有今日富贵，实属不易。"

寥寥数言感慨让丙刁深为触动，端起酒觶一饮而尽："不易，正是不易！我父亲与尔父亲同乡里，皆贫也，尔父亲竟为齐执政，富拟公卿，权侔侯伯，我父亲却潦倒于穷乡，死不得葬！凭什么！凭什么一样为人，你管氏得为人上人，我丙氏则为人下人！我偏就不信，偏要争口气，看看，你管氏风光不再，恓惶离国，而我，新君宠臣，富贵永葆！"他咯咯地笑起来，激越的情绪像蛊虫蚀骨，引来阵阵疼痛，他捂住胸口猛烈地咳嗽。

听着丙刁发狂的笑声，管友默默地饮下觶中酒，轻轻晃了晃扁酒壶，酒已见底了，他将最后的酒倒入丙刁与自己的觶里，各自有一小半。

"你恨他们吗，所有过得比你好、本事比你大、财富比你多的人？恨秉义君子，亦恨得利小人？"管友的问话声缥缈得像外边的雨水，隔着门窗，恍惚不清晰。

"恨！"丙刁怨毒地说，"我恨他们！天下富贵若不为我所有，便该毁弃！"说得恶意疯长，狠狠地抓起酒觶，将里边的酒饮得干干净净。

管友端持酒觶，和颜悦色地说："我父亲病重之时，你进言先君，将我与鸣召回国都，欲使我为尔等驱使，迫我与家里决裂，欲使鸣身陷机阱，异日有变，逮拿易也。你恨极我父亲，恨极管氏，必要将我兄弟逼入危境，可是这样？"

丙刁醉狠了，毫不避讳地说："正是，你待若何？"

管友微笑，慢腾腾地说："我父亲曾言，天下有这一类人，事有不如意，怪天怪地，怪君怪主，怪父怪母，怪同寮怪乡邻，却从不怪自己，固执以为自己平庸无所为，是他人不懂我、不知我、不用我，以是争心过强，欲求太满，争不赢，求不得，生出怨恚心，势与人人为敌。此言原是为了训诫我，我早先不悟，后来醒悟，深以为然，现在送给你。"

丙刁虽然已有酩酊之意，仍能听出管友的话不对劲，他沉下脸来，呵斥道："说的什么鬼话！"

管友笑得极斯文："你不能悟，只因你蠢；我能悟，因为我是管敬仲的儿子。我错了太久，为一己之私，酿成大罪，如今想要赎罪。”他将那酒觯高高举起，仿佛祭奠似的，却在放下时，送入了口中，饮尽这最后的酒。

丙刁呆愣，管友是在说醉话，还是他的错听错觉？他晃了晃昏沉的脑袋，被醉意污染的目光正撞上管友那冷酷的笑容，瞬间酒醒了，一身的骨肉忽然像被战车碾过，剧烈的疼痛激得他离席跳起，才刚站立，又被那撕心裂肺的痛拉了回去，身体跌倒的一霎，胳膊摔在案俎上，将一鼎炮豚撞翻在地，喷香的、醇厚的、寻常人不得食的肉，生了翅膀似的飞出去，摔下来，脏污了这个干净的世界。

“你……”丙刁指着管友，他疼得说不出后面的话。

管友知道他想问什么，显出酷烈的笑：“酒里掺了毒，我们一起饮毒酒，一起下黄泉，结伴而行，途中不孤单，如何，寺人刁？”

丙刁凄厉地号叫起来，管友赚他来赴宴，原来是与他同归于尽，这是得多疯狂，多不爱惜生命？管友想死，可他不想死，他的人上人生活才开始，他的富贵之旅刚刚启程，他还要尽享荣华，成为齐国，不，成为天下最贵重的上等人，谁敢不服，他便折磨他们，让他们生不如死！

丙刁不顾一切地爬起来，手脚并用地往外奔逃，管友像蹲守猎物的豹子，猛地腾身而起，两只手仿佛生铁钳子似的，死死地摁住丙刁的肩膀，将他重重地摔在地上。

当丙刁被制伏的一瞬，管友抬起手一挥，举起一柄牲匕，刃面闪着清寒的光，巨大的恐惧从丙刁的心底翻卷而出，苍白的泪成串地落下来，将死之余，什么也不顾了，求生的本能使他把自己往低处垂落，便如丢下一粒尘埃，他哀哀地说：“求，求你，放过我……”

管友满脸狰狞之容，仿佛凶暴的恶鬼，厌恶地啐了丙刁一口：“你割召御寇舌头的时候，有没有放过他！”

丙刁绝望地惨哭着，管友用一只手扼住他的咽喉，令他发不出声，另一只手从左至右狠狠一拉，划出一条短促而犀利的弧线。

红，刺得双目不得睁开的红，伴随着仿佛垂死野兽的惨嗥，将整个世界都污染了。

血淋淋的牲匕脱手而落，没舌头的怪物疼得满地打滚，他用头撞地，仿佛能撞出他失踪的舌头，纵便找不到舌头，也还想活，他要离那个疯子远点，他要逃回自己的富贵窝，于是他像蛆虫似的朝外蠕动，爬一寸，喘出一包血。割掉舌头的也是个怪物，他坐在血泊里，看着没舌头的怪物往外攀爬，畅快地大笑，一口血吐出来，顺手捞起一只簋砸过去，又抓起凭几砸过去，砸中了，他大笑，砸不中，他也笑。

他大声地喊道："父亲，我够格做你儿子吗？"

在这即将灭寂的瞬间，管友突然想起那年首止会盟后，归国途中，他与父亲同车而行，那时他以为自己能与父亲重归于好，他开始相信父亲对他有爱，后来怎么又走岔了路，父子暌违，仿佛陌路？他竟连父亲的最后一面也未见到。

生时不能与父亲最后道别，那就去另一个世界弥补错失吧。若能再见面，让我们做一对拥有寻常亲情的父子，普通人家的父子是怎样，我们便是怎样，父亲，你说好不好？

门外雨声风声交相并作，门内死亡正在侵蚀生命，雨点殷切地敲着门，可死亡不会给生命开门。

大雨嘈嘈杂杂地落了几乎一整日，到了傍晚方才缓缓住了，当向晚的余晖在檐下摇荡时，在外院久等不见主人现身的丙刁家徒冲进内院，打开了紧闭的房门，触入眼底的是令人骇怕的一幕，遍地血腥，满目恐惧，仿佛屠宰场。

一个时辰后，这桩惨案知会给司寇曹孙宿，半个时辰不到，鹿无极也知道了，他立即去见曹孙宿，两个说了不到十句话，这桩惨案便被压了下去。

曹孙宿本想将此事上告无亏，凭他多年断狱的老到经验，他以为管友支走家人，邀丙刁赴宴，又在举宴时遣开其他人，分明是预谋杀人。

鹿无极却说："当然可以上告，但能否暂缓一日？明日国君将与君子们盟誓，两者比较，后者为大，当此非常之时，将此惨事告诉国君，惊扰国君心神，恐惹来弥天之祸。何不忍一忍？待盟誓已成，国君心悦，再寻个时机，缓缓述之。"

曹孙宿认真思考鹿无极的话，无亏自即位以来，内忧外患接踵而至，原就是个暴戾性子，更加残忍了，如今正是他最不如意的时候，贸然将这惨事上告，依着无亏那爱迁怒的脾气，说不定会怨怪自己执法不严，因说道："那好吧，过了明日再说。"

"曹子这是顾全大局。"鹿无极赞美道，与曹孙宿议定了丙刁被杀一事，旋而进宫去面见无亏。自无亏登临为君后，深赞鹿无极忠心可表，令他持掌御士，可谓原官原职，有嚼舌根的闲人在他背后奚落：国有变，而鹿无极不变。

无亏问他："诸君子有哪几个不愿与盟？"

鹿无极果断地说："我君放心，愿不愿，都得来，不愿的，逮了来，敢有异议，封了他的口！"

无亏沉默有顷："那便这样吧。"

一夜无事地过去了，晚间没有雨，往往相隔很久，有最后的残雨从檐角落下来，滴答一声，仿佛时间偶然发出的足音。隅中时分，鹿无极来请无亏，说君子们已至太庙，恭候国君盟誓。

"全都来了？"无亏猜疑道。

鹿无极微露愁容："不敢诓骗我君，齐之大夫，愿来者三分有二，不愿者三分有一，对后者，臣已逮拿。"他稍稍一停，语气加重道，"高子愿来。"

高傒主动支持自己，无亏很是满意，其他君子不愿就不愿吧，十个齐君子绑起来，也比不上一个高傒，只要国、高与自己一条心，齐国可定也。先君为何能坐稳君位？还不是得到国、高力鼎吗！等到慑服了齐君子，再把三军兵权拿回来，以后，齐国是自己说了算，天下也依然是齐国说了算。

太庙在齐宫外朝，由于其他人入宫不能乘车，国君却可，故而鹿无极为无亏驭车，平平顺顺地从内朝驶往外朝，一路没有任何颠踬，缓缓地在太庙门前停下。

鹿无极先下车，举手搀扶无亏稳稳落地，神色恭敬至极，这让无亏很受用。鹿无极率众御士簇拥无亏跨过太庙大门，中庭广大空阔，可举行千人献俘礼，面前的太庙正殿仿佛峭拔的山峰，阼阶上立着一个人，近午的阳光干燥爽冽，那人顶着艳阳站立，岿然如鼎，恍惚像高傒，恍惚又不像他。

无亏没见着与盟的齐君子，问鹿无极道："人呢？"

鹿无极不答，猛听见阼阶上那人高声道："公子无亏，尔知罪否？"

是高傒！无亏又惊又疑，他还不曾开口发问，高傒琅琅的声音再次响起，宫宴音乐一般直透耳背："尔残害先君，篡国谋政，死罪难赦也！今奉先君之令，杀逆贼，救齐国！今于太庙昭告列祖，此贼大恶，死后不得入我姜氏之庙！"

仿佛有人忽然挖了深坑，无亏只觉脚下一沉，几乎站立不稳，此时闪入脑中的唯一求生选择是夺门而逃，他转过身，本能地喊了一声鹿无极。

鹿无极可能答应了，也可能没答应，他听不见鹿无极的声音，但他看见鹿无极提起一柄矛刺出去，不是刺向他臆想的敌人，而是刺入了他的腰腹，撕裂的疼痛居然让他的听力变得异常敏锐，他清楚地听见鹿无极喊道："为先君！"

长矛狠拽出来，带出狂涌的鲜血，而后高高举起，再刺下去，鹿无极的声音更加高亢："为敬仲！"

当长矛第二次拔出无亏的身体，无亏已动弹不得，他像死狗似的蜷成一团，渐暗的瞳仁映出鹿无极因杀戮而发亮的面孔，他毫无同情地瞪着垂死的无亏，嘶吼道："为召御寇！"

长矛第三次刺下去，生命结束了，死亡启程了，可曾经因为死亡导致的痛苦还在延续。

鹿无极握住长矛，眼光扫射了栗栗危惧的御士们一眼，他踹了死人一脚，死了的无亏，与活着的无亏，一样丑陋。

他昂起头，看向高台上的高傒，高傒有没有看他，他不想管，他的使命完成了，他没辜负故人的临终嘱托，可他为何有如许多的憾痛？他没能救下先君，没能救下最好的朋友，没能制止国乱，没能及早稳定大局，他唯有一己之力，如何撑得起一个崩溃的国家？他痛恨自己力量薄弱，也痛恨有力量者无所作为，当国有大难，君子们在做什么，此时在高台上睥睨群生的高子在做什么？

无亏气焰炽张时，君子们罔顾君父罹难、国家乱象，要么投身奸佞，要么携贰骑墙，任凭齐国生了腐痈，日复一日溃烂下去。到今日无亏式微，太子昭拥重兵复国，形势陡转激变，君子们果断抛弃无亏，明里暗里做出迎候新君入城的姿态，于是他去找高傒，问高子可愿除逆贼救齐国，高傒一口应诺，那样慷慨无畏，那样血性忠悃，让人不得不相信，高傒永远是护佑齐祚的第一功臣。

鹿无极讥讽地笑了一声，一提长矛，矛尖像吞噬猎物的毒蛇信子，吐出恶浊的血，他一挥手，长矛飞了出去，落在身外很远的地方。

风在空旷的太庙中庭吟啸，是春天的风，却不温暖。

鲁僖公十八年（公元前642年）三月，登上君位不久的无亏为齐人所杀，龟缩在半壁南城的诸公子，听说无亏身死，以为自己的机会来了，迅速收拾残兵，必要把那空悬的国君之位争抢在手，而这时，诸侯之师已攻入了齐国内境，距离临淄城不过一舍之地。

诸公子先是率私属冲击齐宫，不想齐宫四门紧闭，一根毛也飞不进去，想要凭武力硬闯，战车还没发起冲锋，墙内便射出一蓬蓬飞箭，以至宫门外百步之内近不得人。擅长骑墙观风的卿大夫家族，自也不会支持诸公子夺位，家家关门闭户，或许宅门内正在喜气洋洋地讨论，如何热烈又矜持地迎接太子昭复国为君。

齐宫进不去，君位不好夺，卿大夫又生异心，诸公子聚拢起来商量，当前形势之所以严峻，无非城外有诸侯之师压境，搅乱了城内人心，如果能倾全力将诸侯之师击退，太子昭复国无望，剩下的事就是齐国内务了。

可能是姜齐家族的疯癫传统，遇事动辄头脑发热，诸公子真的以为凭着几千私属，能战胜久经战阵的诸侯之师，于是乎，诸公子率私属出临淄与诸侯之师决战。

这年五月，诸公子与以宋国为首的诸侯之师战于甗（今山东济南），史载："齐师败绩。"

战斗仅仅持续了一个时辰，对付不自量力的乌合之众，都不用诸侯之师联手出击，宋国军队像捏干面粉似的，轻易地捏碎了诸公子之徒。兵败后，诸公子四散逃离，也不敢滞留本国，纷纷奔亡出境，其中接纳齐公子最多的却是楚国，对此，后世书道："桓公之子七人，为七大夫于楚。"

诸公子奔国，无亏的同党也奔。太子昭离国，他们是不共戴天的敌人，太子昭归国，他们同是天涯沦落人。原来拥戴无亏的公子雍也南奔楚国，随他一同上路的是易牙。

战胜诸公子之徒，太子昭顺利复国，这回卿大夫们不躲在门后观望了，各家派出一人为代表，将准齐君恭恭敬敬地迎进临淄城。

太子昭进入齐宫，先去先君灵前祭奠追思——因齐国内乱未平，先君一直未葬，棺椁停在路寝前殿，灰已积了厚厚一层。接着召见鹿无极，他向鹿无极表示由衷的感谢，有赖鹿无极忍辱负重，潜身侍敌，若无鹿无极，他当日连临淄城也出不了，便无法奔去宋国求援，更无今日复国之幸。

太子昭感叹道：“当日无极传言于我：国有变，可出雍门而去。我甚为不解，后来国变，方知原来无极早就安排，无极勇武过人，智略超拔，是齐国的功臣。”

持掌雍门的司门，是鹿无极的同袍，也是当年救出申庶其的十三个战士中的一个，有此渊源，鹿无极请其开门放太子离开，那司门慨然从之，不仅开门放行，还自愿跟随太子左右，为太子复国效死力。

鹿无极谦让道：“不敢当太子赞誉，臣之所为，唯遵敬仲遗嘱，拼全力保太子，敬仲才是功臣。”

最了解小白的人，便是管仲了，所以他做了两手准备，如果他死后，小白无异常举动，齐国无事，可不作为，如果小白任性妄为，便只能以非常手段对付非常乱局。不过世事不能全为人所谋断，现实世界的多变，让活着的人也常常应付遑如，何况是身后谋事，或许管仲也没想到，齐国政局会乱到几乎全盘崩溃的地步，以至小白凄惨离世，他自己的家人也在动荡中陷于灭门之祸。

太子昭叹惋道：“敬仲生前为齐国谋兴国，身后为齐国谋宁国，一代良臣，忠心可表也。只是可惜，早点动手，也不至于……”他似觉得后面的话难听，一笑掩过去了。

鹿无极听出太子昭话里有责怪管仲的意思：早点除掉无亏，一了百了，何至于生发大乱。他不得不为管仲辩护道：“敬仲临殁，向先君进言除奸佞，过后出了差缪，方生大乱，望太子体察。”

太子昭并非不知道，管仲临死前着手清除奸佞，该撵的人撵远了，该监禁的人监禁了，是小白昏聩失常，将一众奸佞召回来了，以至于酿成国难，他就算有怨气，也怨不到管仲头上。没有管仲提前备难，将他交托于宋公慈父，没有管仲让鹿无极潜身侍贼，暗中行权，他已死在无亏手里多日了，哪里能拨云见日，将失去的君位重夺回来？

只不过这些年来，太子昭受了偌多委屈，吃了偌多苦头，总要找个发泄口怨一怨，难道去怪先君吗？

“无极所言是也，过后出了差谬。”太子昭略带尴尬地说，他赶紧把这茬儿撇过去，因又说起鹿无极有功，当大赏赉，问鹿无极想要什么。

鹿无极推却道：“臣为国尽忠谋事，职责所在，不须赏赉。”

太子昭绽出大方的笑容："无极过谦，你不要有顾虑，但你所想，皆可封赏。"

鹿无极沉默移时："臣有所想，然太子……给不了。"

太子昭脸上的笑容渐渐淡去："是何等念想，竟连我也给不了？"

鹿无极拜了下去："臣是职责所在，不敢求赏赉，太子能为明君，不辜负敬仲期望，于臣是最大封赏。"

太子昭若有所思地看着鹿无极，他忽然感觉，这个人很可怕，他能忍耻屈身逆贼，可见他有多么残忍的耐心，多么狠厉的手段。这样的强人，该如何驾驭，如何让他永远站在己方阵营，而不是背叛为敌？太子昭自认没有这样的能力。

"无极大义，不求回报，乃真烈士。"太子昭用君主的语气说，心里的感激像被冷水冲刷，慢慢稀释了。

太子昭复国的第三日，鹿无极携家小前往左南乡看望母亲，谷柳儿见到儿子一家，很是高兴，握住鹿无极的手絮絮叨叨：你可有大半年没来了，知道你如今成了救国功臣，洗净一身污名，母亲以你为荣。

鹿无极温顺地听着母亲啰唆，不觉烦人，反觉温馨，说道："儿子欲辞去掌御士之职，以后不再为公门中人。"

刚立了大功便要卸任，谷柳儿微诧："为何，太子待你不好吗？"

鹿无极不解释原因，请道："儿子有事求母亲，请母亲答允。"

谷柳儿见他神色郑重，问道："要紧事？"

"要紧。"

谷柳儿略一思索，因留了家里人在外屋耍乐，她与鹿无极在里屋闭门密谈，她也凝起神色，说道："你又要赴国难，还是复私仇？"

未曾开言，却被母亲一语中的，鹿无极深为佩服母亲的洞察力，坦诚道："母亲不必细问，儿子自有主张。"

谷柳儿微苦地一叹："我不劝你，也劝不动，你与你雍父一样，向来是自有主张，我纵有阻止之心，阻止得了吗？"

鹿无极一颤，不言声了。

"你要我答允的事，是什么？"谷柳儿轻轻地问。

鹿无极殷切地请求道："敬仲家人不日将离开齐国，儿子想请母亲与敬仲家人一道走。”

本来两个月前，管家人已动身上路。孰料才出了临淄雍门，忽闻管友死难，立即折返回去。用管母的话说：友是我管家人，怎可让他孤单赴死，身后无家人送行？若是这次返归，管氏又遭大难，是天命也！死则死矣，儿辈当泰然受之。

大半生都与家人疏离的管友，在一切无可挽回也无从弥补的时候，竟以最惨烈、最决绝的方式去救赎自我，舍了性命，换来了家人的容纳，尽管是迟到的，却是他渴望的。

因为管友的丧事，管家人滞留临淄城，无意中竟等来了太子昭复国，太子昭听说管家人要离开齐国，遣使来问候：“是齐国有对不起敬仲家人之处吗，为何要走，可否留下？”管母回复说：“齐国待管氏恩深，只是管氏久别故土，祖宗坟茔之木已拱也，今奔赴故土，为祭祖也。”话很委婉，情真意切，使人不能拒绝，太子昭不再挽留，但送给管家人丰厚的赠礼，并殷殷表白：“祭祖完妥，可再回齐国，敬仲有大功于齐，齐国永远欢迎敬仲后裔。”

原来儿子的要紧事，是希望母亲随从管家人离开齐国，管鸣当日身陷牢狱，险遭不测，端赖鹿无极暗中保护，俾得全身而脱，事后管母常对儿孙念叨：吾家欠了鹿无极大恩。如果鹿无极向管家人提出，将母亲妻儿的后半生交托给他们，管家人必定会答允。

谷柳儿立刻就明白了，鹿无极卸任公门之职，又送走家人，种种举动暗示未来所行之事具有极大的危险性，谷柳儿长叹道：“我为何要走？我是齐国人，父母坟冢在此，亲族朋友在此，你雍父也在此，齐国是我的家，别处不是家。”

鹿无极急急道：“可是……”

谷柳儿摇摇头，打断道：“你将妻儿送与管家人同行则可，至于我，你不必管我，你有你的主张，我也有我的主张。”

鹿无极很想劝服母亲，可他也知道，母亲劝不了他，他也劝不了母亲，他们是如此相似的母子，都拥有固执的灵魂，固执到天崩了，不让步，地陷了，不妥协。

鹿无极对着母亲深深伏拜，重重地磕下去一个头。

翌日鹿无极返回临淄，谷柳儿将早就准备好的礼物捧出来，让鹿无极带给管家人，再代问阿彤好，感谢这些年里她与自己做伴，希望她去远方，能得自在。

“代告敬仲家人，谷柳儿牢记敬仲之恩。”谷柳儿说，生了皱褶的脸上是舒展的笑。

两日之后的黎明，紧闭一夜的临淄城门豁然洞开，将夜的深寂释放出去，光的热闹收拢进来，管家人悄然走出管氏宫。

清晨的国都仿佛还在半梦半醒间，潮冷的雾气如泪横溢，曙光浸在晨雾里，像沉在水底的真金，璀璨之色被掩了一大半，车马橐橐穿过临淄城，一壁壁高墙掠过身侧，仿佛一张张冷酷无情的贵人脸，隔绝了人间温暖，舍弃了热血深情，方能得大富贵。

一行人走到稷门时，管母正在衣车里与管忆、阿彤叙话，忽听得管启方在车外呼道：“太祖母，有人来送我们！”

“是谁？”

“陈子。”

管母惊讶不已，管家人离开齐国，君子们装聋作哑，也许心里还在催迫管家人赶快滚蛋，未想陈完竟然前来送行——一个寄寓他乡、谨重求生的羁旅之臣，比起自诩秉持节义的齐君子，有情有义得多。她不暇多思，一时让管忆扶了她下车，果见陈完立在一辆轩车前，见管母下车会面，行了一礼。

“陈子纡尊送行，老妇代家人多谢陈子厚待，言辞难述万一。”管母感激地说。

陈完谦和地说道：“敬仲待完素来亲厚，今家人远行，怎敢不送。”

管母衷心地称许道：“陈子是有情之人。”

陈完面露不忍：“不敢受管家母亲过誉，我之有情，不如敬仲，敬仲心存大情大义，兴齐国，正天下，奈何身后难保富贵，也太……决绝。”

所谓决绝，陈完不明说，管母却懂。当日管母请高傒救管氏，过后双方交换条件，高傒帮助管氏解脱灭门之祸，准允他们离开齐国，管母则承诺放弃管氏在齐国所得利好，爵秩、封邑、田宅等等，一样不留，身外的富贵，曾经得之于齐国，如今还之于齐国。

管母安然道：“身外之物，来之不执守，去之不强留。我管氏本是乡野贫家，毕生之愿，只为求饱食，后因夷吾建微功于齐，承蒙先君厚遇，得享富贵数十年，如今失之，不过是复归原初。”

陈完喟然太息：“管家母亲高义，陈完获益多也。”他躬身拜道，“前道迢迢，陈完不敢迁延，愿管家母亲一路好走。”

彼此拜手道别，车马晃晃悠悠，慢慢驶过城门，一回头，陈完仍在原地目送，雾渐渐散去，朝霞铺满天幕，珠玉般的阳光滚下来，镶满他的脸庞，恍惚一方先君神主。

车马出城远去，耸峙摩云的临淄城像滑行的硕大棋盘，不断地往后推移，起初能看见一面没有尽头的宏伟城墙，后来能看见城池的全貌，再后来，那雄浑磅礴的临淄城，只是浩大天空下的一隅阴影。

走在最前边的是管启方与乐无荒，两人同乘一车。最近半年来，乐无荒的身体状况不佳，管母原说养好了身子再走，他却不答允，他说保护朋友家人是他的责任，若能使朋友家人得安乐，纵死也值得了。

管启方一面驾车一面闲聊：“乐祖，前回楚国令尹子文来书，称顾念与祖父旧日情谊，请我们去楚国，你说我们要不要去？”

乐无荒轻声道：“天地偌大，只要你愿意，哪里都可以去，谁也不能拘束你。”

管启方欢欣地笑道：“当年乐祖与祖父行走天下，其中的有趣见闻能说给我听吗？”

乐无荒答道：“好。”

“乐祖交过多少朋友？是为朋友才留在齐国？”

“很多，我是为他们留齐……”乐无荒的声音低得像风吹涟漪。

管启方又问：乐无荒是如何结识祖父？是因为忖里乙吗？听说忖里乙将轻重之术教给祖父，他是个什么样的人？祖父与祖母又是如何相识的？你是他们的媒人吗？郑国东门当真能男女同车吗？还有个叫百里奚的奇人，他真的在卫国酒肆洗了一年酒具吗……

乐无荒一直没有说话，管启方不介怀，他不断地发问，不断地打听，那流于口耳的故人往事，他不曾经历，但他向往。

道路遥遥，故土很远，一日日走下去，总能到达，那时，往祖宗坟垅前叩拜悼念，逝去的先人会不会问后辈子孙：当初既然离开，为何又回来了？

因为别处不是家？

可这广阔的天下，处处是家，处处也不是家。

车马依旧前行不歇，现在的家越来越远，过去的家越来越近，人生走一辈子，最后回去原初的地方，那儿，也许藏着最简单的初心。

尾　声

鲁僖公十八年（公元前642年）五月，齐国内乱暂平，太子昭在宋国的帮助下，归国为君，是为齐孝公。

齐孝公甫登君位，还来不及继承齐桓公的霸主事业，郑国旋即背齐朝楚，主动脱离了齐国主导的诸夏联盟。郑国的叛盟，像在摇摇欲坠的齐国霸业危墙上钻凿一条缝，此后虫蛀蚁蚀，风吹雨打，终于全面崩塌。

也是在这年冬天，邢国联合戎狄讨伐卫国，再七年，卫国灭邢，两个曾经饱受狄患的华夏封建国，竟因戎狄而同室操戈，然而，这不过是以往的同盟阋墙的开始。那以后，今年宋侵曹，明年鲁伐邾，后年郑讨卫，战火烧遍了广袤中国。齐桓公在时，齐国以强力控制中原列国内讧，但有些微纠葛，必加弹压，仿佛开辟出表面无事的和平天下。齐桓公死后，诸夏联盟渐趋分裂，效法齐桓公故事的宋襄公没有力量重新黏合离心的列国，中原从此回到纷争不断的老路上，年年有战事，岁岁起刀兵，小国不保国祚，大国数度争霸，不大不小之国骑墙观风。

为挽救岌岌可危的齐国霸业，也为了稳定国内局面，齐孝公即位不久，与卿大夫家族达成妥协。卿大夫家族支持齐孝公对内对外的举措，齐孝公给予卿大夫家族最优厚的利益，其中之一，是齐国举凡朝官乡官，皆由卿大夫的大宗小宗担任，换而言之，非君子家出身，不得遴选为官。这样一来，实际是取消了简拔人才的三选制，封闭了下层的上升通道。

贵胄专断权力的旧秩序逐渐恢复，消沉许久的放贷事业也蠢蠢欲动，先是两三家君子遮遮掩掩地向五鄙乡人放贷，过后见国中不干涉，更多的君子加入进来，仿佛是牢笼里关久了，一朝放出来，便要发狂发怒，过去的放贷招数全面复活，还创造出更多更新鲜的贷息花样。从此，放贷在齐国再不受拘束，直到战国，齐国的放贷事业依然轰轰烈烈。

持续四十年的变国之政，在执行者相继退出历史舞台后，徐徐落下帷幕，因变国之政而开创的齐国霸业步入末路，因变国之政而积累的财富也散失殆尽。

齐孝公继位两个月后，依例对内府进行查点，却发现曾经巨亿无算的藏帑，只剩一半不到。有知晓内幕的当事人交代说，当初无亏篡国，为了拉拢卿大夫家族，以是大肆贿赂，仿佛分胙肉，人人得而享之。国中为此遍问群下，卿大夫们自然不肯承认自己拿了国财，个个叫屈，众口齐声咬定是贱人丙刁中饱私囊，那时丙刁正得势，内府在他的掌握下，要贪墨太容易不过。可丙刁已死——尸体也不知扔到哪条沟里喂了野狗，家资一体充公，从他的宅第搜出来的私财，抵不上内府的缺口。

赖不到丙刁头上，又改口说是管友：到底管友是名义上掌内府的长官，管友虽然也死了，但贪污的国财可以送给家里人，想想国难已平，管氏竟执意离开齐国，难说不是携财潜逃，国君若不信，可以问问远走他乡的管氏，当然，他们是一定不承认的。

有耿介大夫请命国君，务必彻查下去，追回国财。齐孝公叹气，说了一通模棱两可的话：“国财何往，寡人知，寡人也不知。”卿大夫们推诿塞责，国君又不追查问罪，事情最终不了了之。

齐孝公不问国财去向，实是意味着，他不深究曾依附无亏的君子们，只要今日伏低称臣，过去对无亏做出的种种媚态，看不见也不想看。比如那曹孙宿，齐桓公提拔他，无亏任用他，齐孝公在位，依然倚重他。临淄国人谑言：泰山会倒，而曹孙宿不倒，做人要学曹孙宿。国君换了一茬儿又一茬儿，曹子还在司寇当御。

此年年末，与卿大夫家族进行利益交换后，为了争取更多支持力量，齐孝公同意了国牧返回临淄的请求。自齐桓公十七年（公元前669年），国牧罹罪，被齐桓公撵出临淄，困守封地二十七年，终于复归国都。

苍颜白发的国牧，颤颤巍巍地踏上归途，一路老泪纵横，一路唏嘘悲怀，走到临淄城外五里地时，却再也走不下去了。

原来那道路中央横着一棵断根的大槐树，虬干盘曲，树冠如墙，拦路虎似的阻碍离人归家，到底是人为所致，还是天风作怪，将此树拔根吹来，却是不清。大树横路，不利行人，倒便宜了路边一个脸烂的乞丐。因时逢初冬，天气转冷，他趁机将抖落一地的枝丫树叶燃起一堆火，面前有贵人过路受阻，眼皮也不抬一抬。

国牧命令私属将大树挪开，又遣家臣去最近的国乡提溜来乡官：逮着谁是谁吧，严词命令他，国子今要归家，速速派遣人手来清道！

因要等人清道，国牧只得下车等候，一面等得焦躁不安，一面骂骂咧咧。便在这时，那蔫不啦唧的乞丐，像捕食的鹞鹰，疯了似的扑了过来，在所有人警觉之前，将国牧紧紧抱住。惊变忽然发生，人人措手不及，待私属们反应过来，那乞丐的衣衫竟烧了起来，一丁点儿明火才见，顷刻整个人都被火吞噬，连带国牧也为火所没。后来人们推究事情缘由，揣测这乞丐早在身上涂满了膏油，他扑向国牧时，怀里已点燃了火。

家主人被疯子抱住同归于尽，私属们吓得脸也白、手也抖，呼救的呼救，扑火的扑火，唤人的唤人。来清道的乡官赶到后，指挥一众乡人将火扑灭，可怜人是没指望了，只得两具焦尸，分不清谁是谁，要将一尸风光厚葬，一尸死而重戮，又该怎么区别对待？

私属们无奈，只好将两具尸体一起带走。听闻国牧归来途中，遭疯子放火烧成炭，久盼国牧归来主持上流社会秩序的临淄君子如丧考妣，纷纷进言国君，务必查清凶手来历，是本国恶人寻仇，还是敌国祸害忠良。

可现在要紧的不仅是查清凶手来历，如何辨认尸体更是棘手，国牧家人日日守着两具尸体，都不知该对谁顿首号啕。

突然一日有个老妇拜访国氏宫，她说她认识那杀害国牧的疯子，可以帮忙认尸。

国牧家人半信半疑，当此万难之时，唯有死马当成活马医，因领那老妇去认尸，老妇也是个奇人，才看了一眼，指着一具尸体说，这是我儿子。

国牧家人还不曾问出你儿子是谁，老妇却从怀里摸出一枚微生锈斑的箭镞，她盯着那箭镞从容一笑，而后竟狠绝地刺入咽喉，求死之心决然得可骇，也许是故意，颈中血喷到了疑似国牧的尸体上。

疯子母亲养出一个疯子儿子，儿子与国牧同归于尽，母亲在国牧尸体面前自杀，这一家人与国氏有仇吗？

他们与国子确有前怨，这是齐孝公的回答。

不用费心查明来历，国君认识凶手，他对国牧家人说：不止寡人认得，你们都应认得，此子在先君桓公时持掌御士，寡人即位，他卸任远走，久无音信，原来是去谋划刺杀国子。

国牧家人就算知道这人是谁，也想不明白这人为何要刺杀国牧：你在临淄做御士，我在封邑做寓公，井水不犯河水，犯不着以命相搏。

齐孝公沉默很久，后来，似乎觉得掖着不说憋得慌，意味深长地说：还记得雍廪吗？

原来是为雍廪，国牧家人也沉默了。

事情的起因不胫而走，一日之内，临淄城的千门万户都在讲述那段往事，有骂这对母子疯魔的，更多的声音却是赞美。君子们也许不以为然，国人却交口称赞，甚至国都外的乡人也在纷说，称扬儿子忠烈，母亲大义，又追述雍廪的故事，叹息此子敢效雍廪：朋友可曾知晓，不久之前，正是他手刃篡国奸佞，救我齐国于水火，他是齐国功臣，怎是凶手！

国氏本来要对这对母子尸骸挫骨扬灰，奈何纷纷舆论不站在他们这头，渐渐还出来这样的抗议声：国氏若对这对母子尸骸不敬，我等也可去刨国氏祖坟！怕得国氏迟迟下不得手，既不能对死人泄愤，总留着这对母子尸骸也烦恼，而后打听得此子有个亲妹，遂知会她来领尸。那妹妹也刚烈，一声道谢没有，一声赔罪更没有，领着母亲兄长尸身转头就走。

国牧当初身犯重罪，齐桓公对他的惩罚是终生不得踏入临淄城，齐桓公没世，他以为惩罚自动消解，迫不及待地返归临淄，可世事岂能如人意，到最后，他终究还是没能在生前重返国都。齐国人将国牧生时不能回临淄，称为是桓公之诅。

齐孝公二年（公元前641年），高傒病逝，他从生病到死亡仅仅过去一个月，快得仿佛一眨眼。当君子们闻听高傒患疾，依循过往经验，人人以为高傒闭门养病两三月，又得炯炯有神地出来平衡大局，谁也没想到高傒居然真的死了。不会死的高傒死了，君子们在高傒的葬礼上，目睹躺在棺椁内纹丝不动的高傒，仍然觉得不真实。

这一年，鲁国的施父也去世了，丧报传来齐国，齐君子纷言：这位施父高寿几何？有一百二还是一百五，或者，两百了？

鲁国朝堂从此没了施父，每举朝会，听不见那句定场音似的开场白："臣早言之。"鲁君子不习惯，鲁侯也不习惯。喜欢、不喜欢施父的鲁君子都哀叹：鲁国都安然，周公庙岿然，太阳仍然从东边升起，施父却没有了。

高傒死了，施父死了，世间的朝升日落并未改变，纵有改变，也及时地掰正了回去，施父泉下有知，应该会特别欣慰吧。

齐孝公做了十年国君，尽管他曾努力恢复往昔辉煌，齐国的对外形势依然一年糟糕于一年，诸夏联盟早已分崩离析，中原恢复到无霸主的混乱局面。在他薨逝的前一年，鲁国与楚国联师伐齐，夺取齐国谷城，将在齐内乱时奔楚的公子雍与易牙安置在此。

进入谷城的公子雍与易牙，就住在过去的管氏宫。诡异的是，住进管氏宫后，易牙夜夜做噩梦，不是梦见庖人来索命，便是梦见易起来喊冤，偶尔还会梦见没舌头的丙刁骂他不讲义气，恐惧得夜不能寐，他说管氏宫邪门得很，八成与他不对付，因此搬了出去。

一年多后的城濮之战前夕，晋国军队渡河南来，楚国不欲与晋国正面对抗，于是命令驻扎谷城的楚人统统撤离，因易牙住得远，派去通知他的使者是最后一拨，请他速来管氏宫与大部队会合。明白事情紧急，易牙心焦如焚，亲自驱车狂奔，哪里知道跑过管氏宫大门口时，骖马忽然受惊，扬蹄乱腾乱跳，生生将他颠下车来，把腿骨摔断了。

断了骨头的易牙被抬出谷城，跟随撤退的楚师不眠不休地赶路，养不好伤、睡不好觉，哎哟哎哟地呻吟了两日，第三日便没了声息。

易牙摔死的这年，齐国君位上端坐的是公子潘，前一年齐孝公薨逝，太子继位不到一个月，便被卫开方弑杀，齐国国君迅速易主。

彼时卫开方重返齐国不到两年时间，距离他被撵出齐国，过去了十二年。

公子潘正是齐昭公，为君二十年而薨逝，不幸太子为公子商人弑杀，公子商人接续为齐君，即是齐懿公，因在位期间恣睢暴虐，多残无辜，群下不堪折磨，将其杀于申池，承继者是公子元，是为齐惠公。

齐桓公末世，诸公子为夺位，各自树党以争，几乎隳颓宗庙，亡国绝祀，至齐惠公承绪君位，持续三十四年的齐国政治内乱才告结束。

三十四年光阴蹉跎，齐国霸业早如烟云散去，天下还是原来那个天下，却不是齐国能够驾驭的天下了。

然而，这些都是后话了。

齐孝公六年（公元前637年），寄寓齐国多年的晋国公子重耳走上归国之途。他在齐桓公季年奔齐，齐桓公待他以上宾之礼，送给他女人、车马、田产，日子过得滋润，差点儿乐不思晋。

西去之路，何止千里，沿途经历喜忧参半，悲欢各别，重耳与随从们的最大感受是，列国设关置卡之密，比起过去奔齐时，多出了一倍不止。葵丘会盟后，列国听服齐国号令，为天下通行方便，取消冗赘的关卡，不籍或少籍重税，随着齐国霸业衰落，昔日的盟誓作了废，列国关卡如烈火烧过的野草，春风一过，又无休无止地疯长。

以强力达成的愿望，当强力瓦解时，愿望便不复存在了。

将要进入晋国时，重耳对狐偃说："舅父可知，管敬仲曾经问我，若天意属我，我待若何？"

狐偃说："公子如何作答？"

重耳笑道："管敬仲请我善待齐国，我唯有顺其意而答之，心中却不知如何善待。那时我尚不知将来投身何处，怎敢奢望天意？今日回顾往事，不觉钦佩之至，管敬仲果然非常人也，桓公尊为仲父，创齐国伯业，为天下立规矩，不亦当然！"

狐偃却叹了口气："只是可惜，齐之伯业，一代而终。"

重耳默然顷时，怅惘地说："今天意属我，晋倘能为伯主，能有几代？"

狐偃无法回答，重耳也回答不了，伟大的功业会终结，伟大的英雄会辞世，百年前是一番光景，百年以后又是另一番光景了。

（全文完）

后　记

距《大谋小计五十年：诸葛亮传》初稿动笔已有十年，这十年里，《大谋小计五十年：诸葛亮传》出版了，仿佛是完结了心愿，但时间往前走，温故旧文，当初那部倾尽全力完成的书稿其实留下不少遗憾。

这遗憾是：整个故事架构略显扁平化，虽然题材是历史人物传记，叙事重心在个人，但也因为突出人物的主角形象，导致情绪化渲染过度，从而削弱了历史向的纵深分析，比如像诸葛亮北伐这样的大事件，明明是涉及方方面面的复杂战争，下笔时格局趋于逼仄，为此自责许久反省许久，发觉问题的症结是对中国史整体了解不够，直白地说，就是历史知识欠缺，以至于愿望与成文发生差离。

为了解决这个症结，我决定从头学习中国史。

由此还发了个宏愿，不仅要学习，且在每段历史时期学习暂告结束时，争取写一部小说作为阶段性读书笔记，恰恰在学到春秋前期时，接到了有关管仲的约稿。

说是约稿，也是我自己的选择，在众多的历史人物中，几乎是“一眼相中”。理由有二,一是权作读书笔记，正好借此催迫自己努力学习，二是管仲是诸葛亮的偶像，写了“粉丝”，不得写“偶像”吗，岂不是天注定?

应诺写稿时很爽快，到真正构思、真正动笔时，才发现太难写了。我后来做了个比喻，如果《大谋小计五十年：诸葛亮传》的难度系数是1.0，那么，《上兵伐谋：管仲传》是2.0。

管仲襄助齐桓公九合诸侯、一匡天下，有点历史常识的人都知道，可“九合诸侯、一匡天下”怎么变成逻辑自洽、结构完整、情节曲折的故事呢？讲一个全能贤相辅佐一个强悍王者成就千秋霸业的故事？事实是如此，但很容易写成“开金手指”的“无脑爽文”。

要这么写也不是不行，但这样一来，从头学中国史又有什么意义？在《大谋小计五十年：诸葛亮传》里犯的错，又在《上兵伐谋：管仲传》里犯一次，不免羞耻。

不得已反复阅读史料、反复斟酌构思，经过无数次否决、反对、自省，也亏得有个热爱历史的朋友给了中肯建议，才慢慢理清思路，决意把故事重心确定为管仲改革，以改革这把弓弩，去瞄准管仲的一生，进而瞄准九合诸侯、一匡天下的宏阔事业，以及复杂的春秋社会生态。

管仲改革难，写出来更难，那是一场超越春秋时代的改革，一场构建早期基层社会组织的改革，一场再造天下格局的改革，也是一场人亡政息的改革（必须承认，限于篇幅，有的内容没有完全展开）。

行文之时，每往前推进一步，都艰难无比，仿佛不是在写小说，而是在与管仲一起经历革新之路，一起锐意破壁，一起重塑天下，因此一字一竭蹶，一句一顿挫，一行一磋磨。曾经有几个瞬间，生出放弃的念头，到底是憋着一口气顶到了最后。

写管仲传很累，然而也获益良多。有了这番艰苦的写作经历，我才真正领悟到，写政治家治国，不是仅写主人公看两份公文、接见两位官员，或者与某某宫斗，再抒发两句“他多么辛苦啊”“他多么能干啊”的感慨，如此等等浮于表面的空洞叙述；着眼点应在“治国”，如何治？治什么？宏观上如何把控？微观上如何操作？治国在现实层面本非易事，落于文字又怎能轻忽？

当然，成文肯定有不少毛病，不过我尽力了，实在是能力有限，有些事不是不愿做，而是做不到。

无论诸葛亮还是管仲，都有向死而生的精神力量，把不可能变成可能，平凡之人，成就不了伟岸之业，但至少可凭此精神，激励自己去努力做事，比如，写一个不太难看的故事。

以上，是为后记。

主要参考书目

《春秋左传注》杨伯峻编著
《国语集解》徐元诰撰
《春秋大事表》〔清〕顾栋高撰
《春秋大事表列国爵姓及存灭表撰异》陈槃著
《管子校注》黎翔凤注
《管子轻重篇新诠》马非百著
《齐国史》李玉洁著
《春秋史》童书业著
《春秋左传研究》童书业著
《春秋战国的社会变迁》晁福林著
《商周家族形态研究》朱凤瀚著
《春秋时期的步兵》蓝永蔚著
《春秋军阵研究》金大伟著
《先秦城邑考古》许宏著
《先秦戎族研究》姚磊著
《周代的采邑制度》吕文郁著
《周代国野制度研究》赵世超著
《诗经名物新证》扬之水著
《两周诗史》马银琴著
《两周风俗》陈绍棣著